MESTRE DOS DJINNS

P. DJÈLÍ CLARK

MESTRE DOS DJINNS

TRADUÇÃO
Solaine Chioro

Copyright © 2021 by P. Djèlí Clark

Grafia atualizada segundo o Acordo Ortográfico da Língua Portuguesa de 1990, que entrou em vigor no Brasil em 2009.

Título original
A Master of Djinn

Capa
Christine Foltzer

Ilustração de capa
Stephan Martiniere

Preparação
Jana Bianchi

Revisão
Camila Saraiva
Valquíria Della Pozza

Dados Internacionais de Catalogação na Publicação (CIP)
(Câmara Brasileira do Livro, SP, Brasil)

Clark, P. Djèlí
    Mestre dos Djinns / P. Djèlí Clark ; tradução Solaine Chioro. — 1ª ed. — Rio de Janeiro : Suma, 2023.

    Título original : A Master of Djinn.
    ISBN 978-85-5651-174-4

    1. Ficção norte-americana I. Título.

23-155352   CDD-813

Índice para catálogo sistemático:
1. Ficção : Literatura norte-americana   813

Eliane de Freitas Leite – Bibliotecária – CRB-8/8415

Todos os direitos desta edição reservados à
EDITORA SCHWARCZ S.A.
Praça Floriano, 19, sala 3001 — Cinelândia
20031-050 — Rio de Janeiro — RJ
Telefone: (21) 3993-7510
www.companhiadasletras.com.br
www.blogdacompanhia.com.br
facebook.com/editorasuma
instagram.com/editorasuma
twitter.com/editorasuma

Para Claudette, que muitos chamavam de Liz, e eu chamava apenas de mãe. Obrigado por todas aquelas visitas à biblioteca.

1

Archibald James Portendorf não gostava de escadas. Com o comprimento ridículo que tinham, sempre indo para cima, como em algum tipo de gozação. Às vezes, ele achava que podia até ouvi-las soltando um riso cínico. Se aquelas escadas tivessem olhos, fariam mais do que rir — assistindo enquanto ele bufava através do encaracolado bigode ruivo, as pernas curtas vacilando sob sua corpulência. Era criminoso naquele tempo moderno que escadas ainda tivessem permissão de existir — quando elevadores podiam carregar passageiros com conforto.

Ele parou para descansar apoiado a uma enorme réplica de um bule de cobre com a ponta curva como um bico, botando no chão o peso que vinha carregando. Era uma vergonha que alguém da idade dele, que havia chegado aos sessenta e um naquele ano, 1912, sofresse tais indignidades. Ele deveria estar dando a noite por encerrada com uma bebida forte, e não subindo uma escada maldita a trotadas!

— Tudo pelo rei, pelo país e pela empresa — resmungou ele.

Secando o suor da testa, desejou poder alcançar a umidade escorrendo pelas costas e outras regiões inomináveis que seu terno escuro, por sorte, escondia. Estava quente para novembro, e naquela terra muito calorenta parecia que seu corpo não sabia mais como *não* suar. Com um suspiro, ele voltou o olhar cansado para uma janela em arco. Naquele momento, ainda podia distinguir o contorno inclinado das pirâmides, a rocha brilhando sob a lua cheia que pairava no céu preto.

Egito. A joia misteriosa do Oriente, terra dos faraós, dos lendários mamelucos e de incontáveis maravilhas. Durante dez longos anos, Archibald passara três, quatro, até mesmo seis meses no país de cada vez. E uma coisa era certa: ele estava farto.

Estava cansado daquele lugar miseravelmente quente e seco. Trinta anos antes, tinham estado prontos para se tornar outra conquista no Império de sua majestade. Agora o Egito era uma das grandes potências, e Cairo estava superando rapidamente Londres, até mesmo Paris. O povo de lá gingava pelas ruas — zombando da Inglaterra a chamando de "aquela ilhazinha triste". A comida do Egito fazia mal para o estômago dele. Orações eram entoadas em vários momentos do dia e da noite. E eles se deleitavam em fingir não compreender inglês *quando ele sabia que podiam entender muito bem*!

E havia os djinns. Criaturas insólitas!

Archibald suspirou de novo, passando o dedão pelo G lavanda bordado em seu lenço. Georgiana o dera de presente para ele antes de se casarem. Ela desgostava daquelas estadias tanto quanto ele, tendo sido deixada em Londres sem nada para fazer além de dar ordens aos serviçais.

— Só mais algumas semanas, minha querida.

Mais algumas semanas e ele estaria em um dirigível, indo para casa. Como receberia de bom grado a visão de sua "ilhazinha triste", onde era sensatamente frio e chuvoso em novembro. Ele caminharia pelas ruas estreitas e saborearia cada cheiro fétido. No Natal, cairia de bêbado — do bom e forte uísque inglês!

Tais pensamentos o alegraram. Levantando seu pacote, ele começou a subir de novo, marchando no ritmo de "Rule, Britannia!", que cantarolava. Mas uma ponta de patriotismo não era páreo para aquela escada vexatória. Quando chegou ao topo dela, todo o vigor já fora drenado de Archibald. Aos tropeços, parou diante de um conjunto de portas altas feitas de madeira escura, quase preta, dispostas em um arco de rocha, e se curvou com as mãos nos joelhos, bufando alto.

Quando se levantou, inclinou a cabeça ao ouvir um zumbido fraco. Ouvia o som estranho vez ou outra havia semanas — um eco distante de metal contra metal. Ele perguntara para os serviçais, mas a maioria nunca notara o ruído. Aqueles que haviam ouvido alegavam que provavelmente eram djinns invisíveis morando nas paredes, e sugeriam que ele recitasse algo das escrituras. Ainda assim, o som tinha que estar vindo de...

— Portendorf!

O chamado fez Archibald se empertigar. Endireitando-se, ele se virou e encontrou dois homens andando até ele. Ao ver o primeiro, quase fez uma careta, mas forçou o rosto a manter a compostura.

Wesley Dalton fazia Archibald pensar em caricaturas de aristocratas eduardianos: cabelo dourado repartido perfeitamente, bigode encerado para formar pontas elegantes e autoconfiança transbordando das sobrancelhas até a covinha no queixo. O conjunto era asqueroso. Ao se aproximar, o jovem deu um tapinha forte nas costas de Archibald, quase o derrubando.

— Então não sou o único atrasado para festa da empresa! Achei que ia precisar pedir desculpas para o velho, mas chegar com o kaiserzinho deve me salvar do chicote!

Archibald forçou um sorriso. *Portendorf* fora um nome inglês por séculos. E era austríaco, não alemão. Mas não era adequado se irritar com um gracejo. Ele ofereceu cumprimentos e um aperto de mão.

— Acabei de chegar voando de Faiyum — anunciou Dalton. Isso explicava as vestes do homem: um uniforme de piloto marrom com calças enfiadas dentro das botas pretas. Ele provavelmente viera em um daqueles troços planadores para dois passageiros que era tão popular por ali. — Me informaram sobre uma múmia que valia a pena explorar. Acabei descobrindo que era uma farsa. Os nativos a construíram com palha e reboco, acredita?

Archibald acreditava. Dalton era obcecado por múmias — que poderiam provar sua teoria de que os antigos governantes do Egito eram, na verdade, parentes loiros dos anglo-saxões que dominavam a população mais escura do reino. Archibald era tão racialista quanto qualquer outra pessoa, mas até ele achava aquelas alegações absurdas e bestas.

— Às vezes, Moustafa — continuou Dalton, tirando o par de luvas —, acho que você se diverte me enviando nessas buscas tolas.

Archibald quase havia se esquecido do segundo homem, parado em silêncio como uma mobília: o criado de Dalton, Moustafa, embora fosse incrivelmente difícil encontrar nativos para aquele tipo de trabalho. Uma múmia não era algo fácil de se arranjar, já que o Parlamento do Egito restringira o comércio. Moustafa, no entanto, sempre parecia capaz de achar alguma pista nova para Dalton — todas infrutíferas e, pelo que Archibald suspeitava, muito caras de seguir.

— Apenas procuro servir, sr. Dalton — Moustafa falou em um inglês deglutido, pegando as luvas e as dobrando dentro da túnica azul.

Dalton grunhiu.

— Todos estendem a mão por um pouco de propina. Tão ruim quanto qualquer pivete nas rua de Londres que vai te roubar se você não tomar cuidado.

O olhar de Moustafa recaiu sobre Archibald, com o mais escancarado sorriso se abrindo em seus lábios carnudos.

— Eu que o diga! — exclamou Dalton. — Isso é o... item?

Archibald pegou o pacote do chão. Tivera que pechinchar bastante para adquirir aquela coisa. Não deixaria as mãos estabanadas do homem tocarem no objeto.

— Você vai ver junto com todo mundo — afirmou ele.

O rosto de Dalton demonstrou decepção e um pouco de indignação. Mas ele simplesmente deu de ombros.

— Claro. Então, se me permite...

As portas pesadas rasparam na rocha quando ele as empurrou para abrir. A sala atrás delas era delimitada por uma parede esférica com uma padronagem em tons dourados, marrom amarelado, verde e ocre contra um fundo azul royal. A superfície lisa cintilava sob o brilho do candelabro de latão com recortes em forma de estrela, ao estilo árabe. Dos lados, ficavam fileiras de pilares, os arcos curvados exibindo listras ocres. Uma amostra e tanto da decadência oriental que era apropriada apenas à Irmandade Hermética de Al-Jahiz.

Dois eunucos sólitos deram um passo à frente, com o rosto inumano e sem expressão como placas de latão indecifráveis. Nos dedos táteis de metal, cada autômato carregava um par de luvas brancas, túnicas pretas e um chapéu com borla dourada. Archibald pegou o conjunto que lhe cabia, vestiu os trajes longos por cima da roupa e colocou o chapéu sobre a cabeça — fazendo questão de deixar viradas para a frente a cimitarra e a lua crescente bordadas em dourado.

Havia vinte e dois homens no salão fora Dalton e ele. Moustafa respeitosamente ficara do lado de fora. Todos estavam adornados com as roupas suntuosas da Irmandade, alguns com aventais coloridos ou faixas que indicavam suas patentes. Ficaram conversando em grupos de dois ou três, atendidos pelos eunucos sólitos que lhes serviam bebidas.

Archibald conhecia cada um dos homens ali, sendo todos associados da empresa — não havia outra forma de se juntar à Irmandade. Eles cumprimentavam Archibald quando este passava, e ele era obrigado pela honra a parar para apertar apropriadamente a mão de cada um e lhes dar abraços com os rostos colados — um ritual que haviam adquirido dos moradores locais. Todos olhavam para o pacote, que Archibald assiduamente mantinha longe do alcance das mãos estendidas. Era um negócio entediante, e ele ficou grato quando se livrou deles, deixando Dalton na companhia dos outros. Quando se afastou da multidão, viu o homem que fora encontrar.

Lorde Alistair Worthington, Grande Mestre da Irmandade Hermética de Al-Jahiz, passava uma impressão de imponência em suas resplandecentes túnicas roxas com detalhes prateados. Estava sentado diante de uma mesa em meia-lua, acomodado em uma cadeira de espaldar alto que se assemelhava a um trono. Atrás dele, na parede dos fundos, haviam pendurado um longo estandarte branco com a insígnia da Irmandade.

Archibald mal conseguia se lembrar da época em que lorde Worthington não era "o velho". Com o cabelo branco e as feições arrojadas de um aristocrata, o líder da Empresa Worthington parecia adequado à função de sacerdote ancião da fraternidade esotérica. Ele fundara a Irmandade em 1898, com a função de revelar a sabedoria de al-Jahiz — o místico sudanês desaparecido que mudara o mundo para sempre.

Os frutos do trabalho deles estavam expostos nas paredes: uma túnica manchada de sangue, uma equação alquímica supostamente escrita com a letra do homem, um Alcorão que ele usava para ensinar. Archibald ajudara a obter a maioria daqueles itens, tal qual o pacote que carregava naquele momento. Mesmo com todas as buscas, porém, eles não tinham se deparado com a sabedoria divina ou leis secretas que governam os céus. A Irmandade, em vez disso, tornara-se o lar dos românticos, ou dos excêntricos como Dalton. A fé de Archibald definhara com os anos, como o pavio de uma vela que queimara por tempo demais. Mas ele segurava a própria língua. Afinal de contas, era um associado da empresa.

Quando chegou até lorde Worthington, o ancião não estava sozinho. Edward Pennington estava lá, um dos homens mais antigos da associação e um crente de verdade, mesmo que meio senil. Estava sentado entre outros dois homens, assentindo com a cabeça de rosto enrugado enquanto ambos falavam em seus ouvidos.

— Os alemães estão causando problemas terríveis para a Europa — comentava uma mulher, a única no recinto: linda, com a pele escura, kohl delineando os olhos brilhantes e o cabelo trançado que passava dos ombros. Um largo colar com fileiras de contas verdes e turquesa enlaçava seu pescoço, destacado sobre um vestido branco. — Agora o kaiser e o czar trocam insultos diariamente como crianças — continuou ela, com um inglês fortemente marcado pelo sotaque.

Antes que Pennington pudesse responder, um homem do seu outro lado falou. Sobre os ombros, ele vestia a pele de uma fera pintada.

— Não se esqueça dos franceses. Eles têm um assunto inacabado com os otomanos no que tange aos territórios da Argélia.

A mulher estalou a língua nos dentes.

— Os otomanos estão espalhados demais. Eles esperam mesmo recuperar Magrebe estando ocupados com os Bálcãs?

Archibald ouviu os dois debatendo, o pobre Pennington mal conseguindo falar uma palavra. Aquela dupla era um lembrete do quanto a Irmandade havia se desviado.

— Só espero que o Egito não se afunde nos conflitos da sua nação. — A mulher suspirou. — A última coisa que precisamos é de uma guerra.

— Não haverá guerra alguma — respondeu lorde Worthington. Sua voz ressoou baixa, porém clara, silenciando a mesa. — Vivemos na era da indústria. Construímos navios para atravessar os mares e dirigíveis para vagar pelo céu. Com a nossa manipulação de gases tóxicos e as resgatadas habilidades de alquimia e artes místicas do seu país, quais novas armas terríveis esta era poderia criar? — Ele balançou a cabeça, como se para afastar o pesadelo conjurado. — Não, este mundo não pode se dar ao luxo de uma guerra. É por isso que tenho ajudado o rei de vocês com a cúpula das nações que está por vir. A única forma de seguir em frente é com a paz, ou iremos, de certo, perecer.

Houve uma pausa antes de a mulher erguer o copo.

— Os egípcios são tão afeitos a brindes quanto vocês, ingleses. Frequentemente dizemos "*Fi sehetak*", pela saúde. Talvez agora devamos brindar pela paz.

Lorde Worthington inclinou a cabeça, levantando um cálice.

— Pela paz.

Os outros fizeram o mesmo, até o senil velho Pennington. Em algum momento no meio disso, ele viu Archibald.

— Archie! Temia que não fôssemos ver você! Venha, rapaz. Ora, você nem sequer está com um copo!

Archibald resmungou um pedido de desculpa, pegando um copo de um eunuco sólito. Fazendo a apresentação formal de costume, ele se sentou ao lado da mulher, que exalava um perfume doce inebriante.

— Archie foi fundamental na criação de nossa Irmandade — relatou lorde Worthington. — Supervisionou a aquisição desta casa, uma cabana de caça construída para o antigo paxá. Na época, Gizé ainda estava fora da zona turística. Archie carrega o cargo de meu vizir tanto quanto... — O ancião parou de falar, os olhos azuis cintilando na direção do pacote encostado contra uma cadeira. — Isso é...?

— É isso mesmo, senhor — completou Archibald, colocando o pacote sobre a mesa.

Todos os olhos se voltaram para o tecido escuro, a conversa se esvanecendo. Até mesmo o senil Pennington abriu uma expressão pasma.

Lorde Worthington esticou a mão, ávido, depois parou.

— Não. Vamos apresentar este presente para a Irmandade. — Como se essa fosse a deixa, um sino dobrou alto, anunciando a hora. — Ah! Perfeita sincronia. Se possível, pode pedir ordem, Archie?

Archibald ficou de pé, esperando o sino parar antes de gritar:

— Ordem! Ordem! O Grande Mestre pede ordem à Irmandade!

O barulho foi cessando conforme os homens se viravam para a frente. Com isso, lorde Worthington se levantou, fazendo todos na mesa se erguerem também.

— Salve! Salve! O Grande Mestre! — clamou Archibald.

— Salve! Salve! O Grande Mestre! — respondeu o recinto.

— Obrigado, meu vizir — disse lorde Worthington. — E sejam bem-vindos, irmãos, a essa reunião momentosa. Por dez anos temos prosseguido com nossa jornada de seguir os passos de al-Jahiz para descobrir os mistérios que ele colocou no mundo. — Com o braço esquerdo, apontou o estandarte carregando a insígnia da ordem, junto com as palavras *Quærite veritatem* escritas em letras douradas. — Busquem a verdade. Nossa Irmandade não se apega a túnicas, palavras secretas ou cumprimentos, mas sim a um propósito maior e mais nobre. É importante nos lembrar disso e não nos perder entre grandiloquência e rituais!

— O mundo está à beira de um precipício. Nossa habilidade de criar excedeu nossa habilidade de compreender. Mexemos com forças que podem nos destruir. É esta a tarefa que a Irmandade deve assumir. Recuperar os conhecimentos mais sagrados dos antigos, criar um amanhã melhor. É por isso que devemos lutar. Essa deve ser nossa maior verdade. — Os dedos do ancião se moveram até o pacote. — Que símbolo desse propósito é melhor do que o que obtivemos hoje? — Puxando o tecido, ele levantou o tesouro. — Contemplem a espada de al-Jahiz!

Arquejos irromperam. Archibald conseguia ouvir a mulher murmurando o que parecia uma prece. Não podia julgá-la, ele mesmo estava encarando o cabo forjado primorosamente que sustentava uma lâmina longa e levemente curva — tudo em um tom de preto tão escuro que parecia sugar a luz.

— Com este totem sagrado — declarou lorde Worthington —, eu determino novamente o propósito de nossa Irmandade. *Quærite veritatem!*

Os presentes estavam prontos para entoar o grito de guerra como resposta quando se ouviu uma batida repentina na porta.

Archibald voltou os olhos para ela como todos os outros. Bateram de novo. Três vezes ao todo. As folhas da porta sacudiram com cada golpe, como se uma mão grande as esmurrasse. Um momento de silêncio se seguiu — antes de elas serem escancaradas à força, uma delas quase caindo das dobradiças quando a barra que as trancava se partiu como um graveto. Gritos de susto vieram depois do barulho de pés atabalhoados enquanto os homens recuavam para longe da destruição.

Archibald semicerrou os olhos e viu um vulto passando pela entrada em forma de arco. Um homem, vestido todo de preto — com longas e folgadas calças enfiadas nas botas e uma camisa justa drapejada no torso. O rosto estava escondido atrás de uma máscara preta, apenas os olhos revelados por fendas ovais. Ele parou às portas quebradas para analisar o recinto, depois ergueu uma mão enluvada e estalou os dedos.

E, de repente, havia dois dele.

Archibald encarava o recém-chegado. O homem tinha simplesmente... se duplicado! As formas gêmeas se olharam, e o primeiro estalou os dedos novamente. Agora eram três. Snap! Snap! Snap! Agora eram seis daqueles homens estranhos! Todos idênticos e parecendo ter surgido do nada! Como um só, viraram o rosto mascarado para o grupo surpreso e deslizaram adiante como sombras.

Uma nova angústia tomou conta do local. Os homens cambaleavam para trás conforme os estranhos se aproximavam em silêncio. A mente de Archibald estava a toda, tentando encontrar algum sentido naquilo. Era um truque. Como ele já vira antes nas ruas da cidade. Eram locais — talvez ladrões? Querendo roubar algum inglês rico? Os seis pararam ao chegar perto do centro da sala, imóveis como estátuas. O estranho impasse foi interrompido pela voz indignada de lorde Worthington.

— Quem ousa invadir esta casa? — indagou. Nenhuma resposta foi dada pelos seis pares de olhos que não piscavam. Lorde Worthington bateu na mesa com raiva. — Este é o lugar sagrado da Irmandade de Al-Jahiz! Vão embora, ou farei as autoridades colocarem as mãos em vocês imediatamente!

— Se esta é a casa de al-Jahiz — falou uma nova voz —, então estou aqui por direito.

Uma pessoa entrou a passos largos pelas portas quebradas — um homem alto e ornado com uma túnica preta que se arrastava atrás dele enquanto andava. As mãos cerradas estavam encobertas por luvas escuras de cota de malha enquanto um capuz preto cobria sua cabeça, escondendo o rosto. Mesmo parado, sua presença preenchia a sala, e Archibald teve a sensação de que um peso fora depositado em cima deles.

— Quem é você para alegar tal direito? — exigiu saber lorde Worthington.

O estranho tomou o lugar na frente dos companheiros e respondeu retirando o capuz. Archibald parou de respirar. O rosto do homem também estava encoberto por uma máscara — entalhada para parecer a face de um homem e adornada com linhas estranhas que pareciam se mover sobre a superfície dourada. Os olhos por trás das fendas ovais eram buracos pretos tão gélidos que pareciam capazes de queimar.

— Eu sou o Pai dos Mistérios. — Ele falava com um inglês fortemente marcado pelo sotaque. — Aquele que Caminha Pela Estrada da Sabedoria. O Viajante dos Mundos. Conhecido como místico e maluco. Citado com reverência e como maldição. Sou aquele que procura. Sou al-Jahiz. E estou de volta.

O silêncio recaiu sobre o salão como um véu pesado. Até mesmo lorde Worthington parecia confuso.

— Que disparate! — gritou alguém.

Archibald grunhiu baixinho: — Dalton.

Este foi abrindo espaço em meio aos presentes, empurrando os outros até se colocar diante dos homens de trajes pretos, encarando o líder deles com toda a impertinência da aristocracia e da juventude.

— Tenho certeza de que você não é al-Jahiz! Olhem este espécime. Alto, com braços e pernas compridas, compleição do povo negro do Sudão, típica a locais de climas tropicais. Mas afirmo que al-Jahiz não era negro, e sim caucasiano!

Archibald queria que Dalton parasse. Pelo amor de Deus. Mas o tolo continuou, gesticulando dramaticamente na direção do desconhecido.

— O verdadeiro al-Jahiz descende dos governantes do Egito antigo. É esse o segredo de sua genialidade! Fosse colocado na Baker Street ou no meio da multidão fervilhante de Wentworth, ouso dizer que seria indistinguível de qualquer outro londrino! Declaro com convicção que, embaixo dessa máscara, não está a pele clara compartilhada por nossa própria linhagem anglo-saxônica, e sim o semblante escuro e inculto...

Dalton parou de falar quando o desconhecido, que havia estado em silêncio até então, ergueu uma mão enluvada. A espada que lorde Worthington segurava de repente começou a zunir e vibrar. O barulho aumentou para um lamento agudo, fazendo o ancião sacolejar com os movimentos do objeto. Com um puxão forte, a espada se libertou e voou pelo ar até os dedos estendidos do desconhecido. Ele fechou a mão em punho ao redor do cabo da arma e, caminhando adiante, abaixou a lâmina na direção de Dalton.

— Diga mais uma palavra — avisou o mascarado — e será a sua última.

Os olhos de Dalton se arregalaram por um momento, envesgando-se para olhar a ponta afiada da espada. Mais uma vez, Archibald desejou que o homem — por tudo que fosse mais sagrado — pelo menos uma vez *ficasse de boca fechada!* Mas, infelizmente, não foi o que aconteceu. Os povos nativos do Egito com frequência brincavam que os ingleses eram teimosos demais para dar ouvidos aos alertas de que deviam evitar a punição do sol do meio-dia, até tombarem por insolação. O jovem Dalton parecia determinado a seguir por essa linha. Fitando o desconhecido com um olhar que carregava toda a soberba do orgulho britânico e o húbris imperial, ele abriu a boca para começar outra injúria imprudente.

O mascarado não se mexeu. Mas um de seus companheiros sim. Foi algo rápido, como ver uma escultura de pedra ganhando vida. As mãos enluvadas se esticaram até Dalton e viraram um borrão — em um gesto similar a uma torção esquisita — antes de a forma voltar para sua postura de estátua. Archibald pestanejou. Levou um momento para compreender o que estava vendo. Dalton continuava de pé no mesmo lugar, mas sua cabeça fora virada totalmente para trás. Ou talvez o corpo fora torcido. De qualquer forma, o queixo do homem agora repousava na parte de trás da túnica, em uma posição impossível — enquanto os braços pendiam ao lado do corpo. Ele cambaleou em um círculo completo, um movimento quase cômico, como se tentasse entender o que havia acontecido. Depois Dalton se deteve, olhando atordoado para os presentes uma última vez antes de cair com a cara, virada para o lado errado, no chão — as pontas das botas pretas voltadas para cima.

Homens gritavam pela sala. Alguns pareciam estar sentindo ânsia de vômito. Archibald tentava não se juntar a eles.

— Isso não é necessário — implorou lorde Worthington, com o rosto pálido. — Violência não é necessária.

O desconhecido virou as pupilas escuras para o ancião.

— Ainda assim, a punição é necessária. Aos homens que reivindicam meu nome. Masr se tornou um lugar decadente. Poluído por projetos estrangeiros. Mas eu voltei para ver meu maior trabalho ser concluído.

— Estou certo de que podemos ajudar — disse lorde Worthington com urgência. — Se você for mesmo quem diz ser. Se puder nos mostrar algum sinal de que é mesmo al-Jahiz, então me terá à sua disposição. Minha riqueza. Minha influência. Eu te daria tudo que me é mais caro se provar ser digno do nome que reivindica!

Archibald se virou, chocado. O rosto do ancião carregava a expressão de alguém que queria acreditar desesperadamente. De alguém que *precisava* acreditar. Foi a coisa mais desanimadora que já vira.

O homem vestido de preto analisou lorde Worthington com o olhar, as pupilas ficando ainda mais escuras.

— Dar tudo o que lhe é mais caro — falou ele, com amargor. — Você faria isso, não é mesmo? Não necessito mais de qualquer coisa que possa me oferecer, velhote. Mas se é de um sinal que precisa, eu lhe darei.

O desconhecido ergueu a espada, apontando a lâmina para eles. O recinto ficou escuro, a luz filtrada por sombras. A inconfundível presença que emanava do homem ficou mais forte, crescendo até Archibald ter a sensação de que cairia de joelhos. Ele se virou para lorde Worthington — e o que viu foi o ancião queimando. Chamas vermelhas e vibrantes crepitavam nas mãos dele, fazendo sua pele murchar e borbulhar. Mas lorde Worthington não parecia perceber. Os olhos dele varreram o salão, onde todos os membros da Irmandade estavam queimando também — corpos incendiados por um fogo sem fumaça e da cor do sangue. As chamas estranhas deixavam as roupas intactas, mas marcavam a pele e o cabelo dos homens enquanto gritos preenchiam o lugar.

Gritos não apenas dos outros, percebeu Archibald, pois ele também gritava.

Olhou para o fogo rodeando seus braços, devorando sua pele por baixo da túnica incólume. Ao seu lado, a mulher guinchava, os berros moribundos se misturando à terrível cacofonia. Em algum momento depois da dor, depois do horror, antes que o último pedaço de si se entregasse às chamas, Archibald se entristeceu por sua Londres, pelo Natal, pela querida Georgiana e pelos sonhos que não se tornariam reais.

2

Fatma se inclinou para a frente, tragando o narguilé. O maassel era uma mistura de tabaco acre embebido em mel e melaço, com toques de ervas, nozes e frutas. Mas havia outro sabor: enjoativamente doce, a ponto de fazer cócegas na língua. Magia. Os pelos finos da nuca dela se arrepiaram.

A pequena multidão que havia se reunido a observava, na expectativa. Um homem de nariz grande e turbante branco estava tão debruçado por cima do ombro dela que Fatma podia sentir o cheiro da fuligem que o recobria — um ferreiro, pelo fedor. Ele fez um ruído para silenciar um companheiro, o que apenas fez os outros resmungarem. Pelo canto dos olhos, ela viu Khalid lançando um olhar fulminante para os dois homens — o rosto largo dele parecia tenso. Nunca era uma boa ideia irritar o agente de apostas.

Como a maioria, eles provavelmente haviam apostado no oponente dela, que estava sentado do outro lado da mesa octogonal. Dezessete anos completos, chutou ela, com o rosto ainda mais infantil do que o seu. Mas ele já vencera homens com o dobro da idade. Mais importante: ele era um *ele*, o que ainda tinha peso mesmo na modernidade exibida no Cairo — e explicava o sorriso nos lábios escuros do garoto.

Alguns ahwa mais tradicionais ainda não serviam mulheres, especialmente onde se fumava narguilé, o que era a maioria. Mas aquele covil desleixado, enfiado no fundo de um beco de má reputação, não se importava com quem servia. Ainda assim, Fatma podia contar em uma mão quantas mulheres estavam ali. A maioria deixava as apostas para os homens. Três sentadas na mesa mais distante do salão mal iluminado eram, sem dúvida, membros das Quarenta Leopardas, vestindo espalhafatosos cafetãs e hijabs de um vermelho vibrante e calças turcas azuis. Pelo olhar de desdém delas, era de pensar que fizessem parte da alta sociedade — e não da gangue de ladras mais notória da cidade.

Fatma ignorou todo o resto — homens apostando, garotos presunçosos e ladras arrogantes — para focar apenas na água que borbulhava no vaso do narguilé.

Imaginou o líquido diante de si como um rio fluente, real a ponto de molhar as pontas de seus dedos enquanto inalava sua fragrância. Dando uma longa tragada na piteira de madeira, ela deixou o maassel encantado fazer seu trabalho dentro dela antes de baforar uma coluna espessa.

Não parecia fumaça normal — era mais prateada do que cinza. Também não se movia como fumaça, os fiapos se trançando em vez de se dissipar. Demorou alguns segundos para se aglutinar, mas, quando o fez, Fatma não conseguiu evitar sentir um pouco de júbilo. Um rio de vapor serpenteou pelo ar com uma falua velejando pela superfície, a vela latina retangular toda tensionada, marolas se formando em seu encalço.

Todos os olhos na cafeteria seguiram o barco etéreo. Até mesmo as Quarenta Leopardas pareciam maravilhadas. Do outro lado da mesa, o sorriso de seu adversário havia dado lugar a um queixo caído de espanto. Quando a magia se esgotou e a fumaça clareou, ele balançou a cabeça, abaixando o tubo do próprio narguilé, derrotado. A multidão bramiu.

Fatma se recostou para receber os aplausos enquanto Khalid ficava de pé para recolher o dinheiro dele. Maassel encantado era uma substância proibida: uma combinação descuidada de feitiço e alquimia que imitava uma droga. Os viciados davam a vida procurando o próximo ilusionismo maior. Felizmente, uma forma mais suave fora popular na faculdade de mulheres de Luxor. E, como estudante, ela fizera parte de um ou dois duelos. Ou três. Talvez mais que isso.

— Ya salam! — gritou o garoto. — Shadia, você é tão boa quanto Usta disse.

Al-Usta era o apelido de Khalid. O antigo título turco era usado para se referir a motoristas, operários, mecânicos e artesãos — na verdade, qualquer pessoa muito boa no que fazia. Ela tinha certeza de que Khalid nunca tivera um dia de trabalho honesto na vida. Mas, quando o assunto era lidar com apostas, não havia ninguém melhor.

— Uma das melhores, eu falei — acrescentou o agente, sentando para contar um maço de notas.

Khalid havia inventado aquele nome, Shadia. O grandão era o guia dela por aquela parte maltratada do Cairo, onde Fatma el-Sha'arawi, investigadora especial do Ministério Egípcio de Alquimia, Encantamentos e Entidades Sobrenaturais, chamaria uma atenção não requisitada.

— Wallahi! — exclamou o menino. — Nunca vi um ilusionismo tão real. Qual o seu segredo, hein?

O "segredo" era o que qualquer calouro aprendia nas aulas de manipulação de elemento mental: escolher experiências reais em vez de imaginar alguma. A dela havia sido o barco de um tio no qual navegara várias vezes.

— Como Khalid, o Usta, disse: sou uma das melhores.

O menino riu baixinho.

— Nem teria percebido isso.

Ele apontou a roupa dela com o queixo — um conjunto todo branco com um colete combinando que parecia sublime contra a pele marrom avermelhada. Fatma passou os dedos pela gravata dourada, inevitavelmente mostrando o brilho das abotoaduras da camisa azul-escura.

— Está com inveja?

O garoto riu de novo, cruzando os braços sobre o cafetã cor de caramelo. Definitivamente estava com inveja.

— Que tal você me dar o que vim buscar e eu te mandar para o meu alfaiate?

— Gamal — disse Khalid. — Vamos aos negócios. Shadia tem sido paciente o bastante.

Mais do que paciente. Tal característica não era o forte dela. Mas trabalhar à paisana demandava isso. Ladrões eram desconfiados por natureza, e apenas uma propensão aos vícios deles os acalmava. Ela conferiu um relógio de ouro de bolso feito para parecer um astrolábio antigo. Dez e meia.

— A noite não é mais uma criança.

O menino jogou a cabeça para o lado.

— O que diz, Saeed? Shadia parece uma parceira de negócios?

O companheiro de Gamal, que estava sentado a seu lado, parou de roer as unhas por tempo suficiente para resmungar:

— Vamos acabar logo com isso, pode ser?

O jovem magrelo parecia ainda mais novo do que Gamal, com as orelhas protuberantes e uma auréola de cabelo crespo. Os olhos dele nunca encontravam os de Fatma, e ela torcia para o motivo ser a persona que ela trabalhava para projetar: uma jovem socialite disposta a pagar muito por mercadorias roubadas.

— Então vamos para um lugar isolado — sugeriu Khalid.

Ele apontou para uma sala nos fundos do estabelecimento e se levantou. Fatma ajeitou a cabeleira de cachos pretos aparados antes de colocar um chapéu-coco preto, preparando-se para se levantar. Parou no meio do movimento, percebendo que nenhum dos jovens havia se mexido.

— Não — disse Gamal.

Saeed parecia tão perplexo quanto eles.

— Não? — A forma com que o grandão esticou a palavra deveria ter intimidado qualquer um. Mas não o garoto.

— Vagar por lugares secretos dá ideias para as pessoas. Talvez venham até um de nós enquanto estivermos saindo e tentem descobrir o que é tão segredoso assim. Podemos negociar bem aqui. Qual o problema? Wallahi, ninguém está sequer prestando atenção em nós.

Fatma tinha certeza de que todos estavam prestando muita atenção neles. Em um lugar como aquele, as pessoas andavam com olhos atrás, dos lados e em cima da cabeça. Ainda assim, o garoto tinha um bom argumento. Ela encontrou o olhar questionador de Khalid. Ele parecia pronto para arrancar o menino da cadeira à força. Por mais que fosse uma ideia interessante, provavelmente era melhor não criar uma cena. Ela voltou a se sentar. Khalid suspirou, fazendo o mesmo.

— Deixe a gente ver, então — exigiu Fatma.

Saeed tirou a bolsa marrom do ombro e a colocou sobre a mesa. Enquanto ele remexia o conteúdo, Fatma sentiu a mão apertar a ponta da bengala em forma de cabeça de leão. Paciência.

— Espere. — Gamal estendeu um braço, detendo o parceiro. — Mostre o dinheiro.

Fatma apertou a bengala com mais força. O menino já estava ficando irritante.

— Não é assim que negociamos — repreendeu Khalid.

— É assim que eu negocio, tio. — O olhar dele se fixou em Fatma. — O dinheiro está aí?

Ela não respondeu de cara. Em vez disso, sustentou o olhar dele — até que parte da bravata murchasse. Apenas depois disso ela colocou a mão dentro do blazer para puxar um rolo de cédulas. O papel azul-esverdeado marcado com o selo real cintilou aos olhos do menino, e ele umedeceu os lábios antes de assentir. Saeed pareceu aliviado e tirou um objeto da bolsa. Fatma arquejou.

Parecia uma garrafa feita de metal em vez de vidro, com o fundo em formato de pera, incrustada com padrões de flores douradas que se espalhavam até a boca. A superfície enferrujada tinha cor de cobre, mas ela imaginou que fosse latão.

— É antiga — pontuou Saeed, com os dedos traçando as gravuras. — Talvez da época do abássidas, acho. Isso é pelo menos mil anos atrás.

Bom olho. Quer dizer que, por baixo daquele olhar nervoso, havia um estudioso.

— Encontramos pescando — continuou ele. — No começo achei que era para guardar perfume, ou que tinha sido usada pelos primeiros alquimistas. Mas isso... — A mão dele foi até a tampa da garrafa, deslizando por sobre o lacre de cerâmica de jade com um dragão gravado. — Nunca tinha visto desse tipo antes. Talvez seja chinês? Tangue? Também não reconheço a inscrição. E a cera está fresca, como se tivesse sido colocada ontem...

— Você não removeu nada dela, não é? — interrompeu Fatma.

A intensidade na voz dela fez os olhos dele se arregalarem.

— Usta Khalid disse para não abrirmos. Falou que o lacre intacto era parte da negociação.

— Fico feliz que tenha escutado. Ou podia ter desperdiçado todo nosso tempo.

— Aywa. — Gamal suspirou. — O que quero saber é o que tem de tão especial nisso. Saeed e eu encontramos várias tranqueiras. Todo dia, wallahi. Tudo que as pessoas jogam no Nilo volta. Nós vendemos para ricos como você. Mas ninguém nunca ofereceu tanto dinheiro, wallahi. Tenho ouvido outras coisas...

— Gamal — interrompeu Saeed. — Não é a hora de começar com isso de novo.

— Acho que é a hora certa — respondeu Gamal, com os olhos fixos em Fatma. — A antiga chefe da minha associação costumava me contar histórias sobre djinns presos em garrafas que eram jogadas no mar, bem antes de al-Jahiz os trazer de volta ao mundo. Ela dizia que os pescadores às vezes os encontravam, e, quando libertavam o djinn, ele realizava seus maiores desejos. Wallahi! Três desejos que podiam fazer a pessoa virar rei ou o homem mais rico do mundo!

— Eu pareço com sua antiga chefe? — perguntou Fatma.

Dessa vez, porém, a bravata do menino não vacilou.

— Nada feito — disse ele, de repente.

Agarrou a garrafa e a puxou de volta para a bolsa. Em sua mente, Fatma urrou. Saeed parecia atordoado.

— Ya Allah! O que está fazendo? Precisamos do dinheiro!

Gamal fez um som de reprovação.

— Ah! Wallahi, você só é inteligente com livros! Pense! Se isso for o que acredito ser, o que *ela* acredita ser, nós mesmos podemos usar! Pedir para que chova dinheiro! Ou transformar uma pirâmide inteira em ouro!

— Vocês dois estão cometendo um erro — avisou Khalid. O rosto escuro parecia uma tempestade, com o cabelo branco que cercava os tufos de barba lembrando nuvens. — Aceitem esse trato e sigam seus caminhos. Pelo Misericordioso, não é sábio...

— Não é sábio? — caçoou Gamal. — Agora você é um xeique? Vai começar a recitar os hádices? Você não nos assusta, velhote. Estava todo ansioso para pegar a garrafa de nós quando o procuramos. Aí, quando recusamos, você ficou ainda mais ansioso para fechar esse trato. Vocês dois estão nisso juntos? Querem nos enganar? Melhor ter cuidado. A gente pode usar um dos nossos desejos em vocês, wallahi!

Fatma já ouvira o bastante. Devia ter imaginado que o menino não seria um negociador honesto, não com o tanto de wallahis que soltava. Qualquer pessoa que jurava por Deus com uma regularidade como aquela não merecia confiança. Já bastava de tentar fazer aquilo do jeito fácil. Enfiou a mão dentro do blazer, de onde tirou algo prateado que colocou em cima da mesa. Antes, a identificação do Ministério era uma série de documentos volumosos marcados por um daguerreótipo. Eles haviam passado a usar aquele distintivo no ano anterior — com uma fotografia alquímica mesclada ao metal. Revelar a verdadeira identidade não era seu plano inicial, mas ver a arrogância se esvaindo do rosto de Gamal valeu a pena.

— Você é do Ministério? — perguntou Saeed, com a voz rouca.

— É bem difícil conseguir um desses de outro jeito — respondeu ela.
— É um truque — gaguejou Gamal. — Não tem mulheres no Ministério.
Khalid suspirou.
— Vocês dois deveriam ler mais os jornais.
Gamal balançou a cabeça.
— Eu não acredito nisso. Você não é...
— Khallas! — sibilou Fatma, se inclinando para a frente. — Acabou! Aqui vai o que precisam saber: tem outros quatro agentes neste lugar. Está vendo o homem na porta? — Ela não se deu ao trabalho de se virar quando os dois espiaram por cima do ombro dela. — Tem outro falando sem parar com todo mundo na mesa à direita. E um terceiro aproveitando seu narguilé e assistindo a um jogo de tawla à esquerda. Nem vou dizer onde o quarto está.

A cabeça dos rapazes girou como a de suricatos. Saeed visivelmente estremeceu.

— Então o que vai acontecer agora é o seguinte: vocês entregam a garrafa. Eu dou metade do que combinamos, por terem dificultado as coisas. E não levo vocês para serem interrogados. Temos um trato?

Saeed assentiu tão depressa que suas orelhas abanaram. Gamal era outro caso: parecia abalado, mas não vencido. Seus olhos iam dela para o distintivo depois para a bolsa e depois para ela de novo. Quando a mandíbula dele ficou tensa, ela praguejou por dentro. Não era um bom sinal.

Em uma explosão de movimento, o menino virou a mesa. Khalid se esparramou no chão, a cadeira escorregando debaixo dele. Fatma conseguiu se segurar para não cair, recuando aos tropeços. Gamal ficou de pé, com a garrafa em uma das mãos e uma pequena faca na oura. Já era a ideia de não fazer uma cena.

— Agora quem faz os tratos aqui sou eu! Deixe a gente ir embora! Ou quebro este lacre para ver o que acontece!

— Galam! — protestou Saeed. — Podemos simplesmente ir! A gente não precisa...

— Não seja burro! Ela não vai deixar a gente ir! Vão nos prender, e nossos familiares nunca vão ouvir falar da gente de novo! Vão fazer experimentos conosco! Ou nos dar de comida para ghouls!

Fatma fez uma careta. As pessoas tinham ideias bem estranhas sobre o que acontecia no Ministério.

— Vocês não sabem o que estão fazendo. E não vão sair daqui. Não com isso. Agora, me entregue isso. É a última vez que vou pedir.

Algo mudou repentinamente na expressão de Gamal. Grunhindo entre os dentes cerrados, ele passou a lâmina pelo lacre de cera, que se partiu e caiu.

Por um momento, tudo ficou quieto. O ahwa inteiro se virou para olhar a comoção. Mas os olhos das pessoas não estavam mais na mulher pequena de blazer branco ocidental, no grandão que era conhecido por ser um agente de apostas local se erguendo do chão ou nos dois jovens de pé atrás de uma mesa virada.

Em vez disso, encaravam de queixo caído aquilo que um dos rapazes segurava: uma garrafa antiga soltando uma fumaça verde vibrante. Algo que lembrava a emanada por maassel encantado, mas em maior quantidade. Ela formou algo que parecia mais sólido do que qualquer ilusionismo. Quando o vapor desapareceu, ficou para trás um gigante vivo e respirando: um ser com a pele coberta de escamas esmeraldas e a cabeça coroada com chifres de marfim liso que se curvavam para cima, roçando no teto. Não vestia nada além de calças brancas largas amarradas na cintura por um largo cinto de ouro. O peito grande subiu e desceu quando ele respirou fundo, para depois abrir seus três olhos — que cintilavam como pequenas estrelas brilhantes.

Mesmo no mundo que fora deixado por al-Jahiz, não era todo dia que se via um djinn marid simplesmente... aparecer. O exato cenário que Fatma tentara tanto impedir agora estava acontecendo bem à sua frente. Ela se permitiu sentir uma onda de pânico momentânea antes de encontrar sua determinação de novo.

— Não se mexam. Me deixe falar...

— Não! — gritou Gamal. — Ele é nosso! Você não pode ficar com ele!

— Ele não pertence a...

Mas o garoto já estava brandindo a garrafa vazia para o djinn.

— Você! Olhe para mim! Sou aquele que te libertou! — O marid, que estava em silêncio observando o recinto, virou seu olhar flamejante para o rapaz. Deveria ser o suficiente para fazer alguém recuar. Mas o garoto, de um jeito bem estúpido, ficou onde estava. — Isso mesmo! Nós que te libertamos! Saeed e eu! Você está nos devendo agora! Três desejos!

O marid encarou os dois, depois pronunciou uma palavra que ressoou e ecoou no ar:

— Livre. — Ele formulou a palavra de novo entre os lábios emoldurados por uma barba branca encaracolada. — Livre. Livre. Livre. — Então gargalhou, um ronco grave que irritou Fatma. — Faz eras desde que precisei proferir uma palavra nesse idioma dos mortais, mas lembro o que significa "livre". Estar solto. Não estar preso ou confinado. — O rosto dele se contorceu em uma expressão horrível. — Mas eu não estava amarrado, preso ou confinado. Ninguém me prendeu. Eu estava descansando, por escolha própria. E vocês me acordaram, sem serem convidados, solicitados, desejados... para eu lhes conceder desejos. Pois bem. Concederei apenas um desejo. Você deve escolher. Decida como irá morrer.

Isso foi o suficiente. As pessoas pularam de suas cadeiras e mesas e correram depressa para a saída. Até os funcionários que atendiam se juntaram ao estouro. O dono do ahwa desapareceu dentro de um armário, trancando a porta. Em instantes o lugar se esvaziou, deixando Fatma, Khalid, dois jovens e um marid muito mal-humorado.

Gamal parecia assustado; Saeed, prestes a desmaiar. Fatma balançou a cabeça. Era precisamente por isso que ninguém devia sair abrindo garrafas místicas por aí. Por que era tão difícil de entender? Bem, era hora de ela fazer por merecer o salário.

— Oh, grandioso! — chamou ela. — Gostaria de interceder por esses dois que te prejudicaram!

O marid virou os chifres para a frente, com o olhar flamejante analisando a mulher em detalhes.

— Você já esteve na presença de outro djinn. — O nariz distinto do ser inalou e se enrugou de nojo. — Entre outras criaturas. Você é uma feiticeira mortal?

— Não sou uma feiticeira. Lidar com magia é apenas parte da minha profissão.

O marid pareceu aceitar a resposta. Ou não se importava.

— Você quer falar em nome desses dois — apontou para Gamal e Saeed com uma das garras — tolos?

Fatma repreendeu um sorriso.

— Sim, ancião. Esses dois *tolos*. — Ela lançou o olhar diretamente para Gamal. — De certo o senhor é magnânimo o bastante para deixar passar qualquer desprezo que essas duas crianças *estúpidas* podem oferecer a alguém tão poderoso e sábio.

O marid rangeu os dentes afiados.

— As adulações dissimuladas dos mortais... Disso eu também me lembro. Quer saber por que me submeti ao descanso, aquela que não é feiticeira? Porque me cansei da sua espécie. Gananciosa. Egoísta. Sempre buscando satisfazer suas vontades. Eu não tolerava mais vê-los. Não suportava mais o fedor da sua espécie. Seus rostinhos feios. Eu dormi para escapar de todos vocês. Com a esperança de que, quando acordasse de novo, vocês teriam desaparecido. Aniquilados por uma doença abençoada. Ou massacrados em uma de suas guerras infinitas. Então eu não teria que ouvir seus ruídos parecidos com os de macacos. Ou falar o idioma articulado de vocês de novo. Mas cá estou eu. E vocês ainda estão por aqui.

Fatma ficou atônita com a injúria. Entre todos os djinns que aqueles dois podiam ter acordado, tinha que ter sido justo um preconceituoso.

— Claro. O senhor pode voltar a dormir, ancião. Pode dormir por quanto tempo quiser. Vou até mesmo me certificar de que o recipiente seja mandado para algum lugar distante, onde não será perturbado.

Talvez para o coração de um vulcão, pensou ela, quase distraída.

O marid a analisou como um açougueiro olharia para uma cabra balindo uma proposta para deter o abate.

— E por que, não feiticeira, eu deveria me dignar a fazer barganhas? Quando poderia simplesmente arrancar sua cabeça do pescoço? Manchar essas paredes com suas entranhas? Ou encher sua barriga com escorpiões insaciáveis?

Fatma não duvidava daquelas ameaças. Entre as classes de djinns, a dos marid era uma das mais poderosas e antigas — possuíam força sobrenatural e magia formidável. Mas se aquele tirano meio acordado pensava que ela se curvaria sob sua intimidação, teria uma surpresa. Inclinando o chapéu-coco em um ângulo arrogante, ela se aproximou do enorme marid, tombando a cabeça para trás para conseguir ver aqueles três olhos brilhantes.

— O senhor tem estado em autoexílio naquela garrafa por pelo menos mil anos, então me deixe atualizá-lo. Existem mais mortais tagarelas como nós do que pode imaginar. Muito mais. Existem mais indivíduos da sua espécie também, que cruzaram para este mundo. Os djinns vivem entre nós agora. Trabalham conosco. Obedecem às nossas leis. Quer me moer até eu virar uma maçaroca? — Ela deu de ombros. — Vá em frente. Mas o senhor irá pagar por isso. E as pessoas para quem trabalho sabem fazer até mesmo um descanso eterno em uma garrafa ser extremamente desagradável. Tente abrir esse seu terceiro olho. Veja como o mundo se transformou enquanto o senhor estava dormindo.

O marid não reagiu de primeira. Enfim, fechou os dois olhos no instante em que arregalou o terceiro, o da testa, até ele brilhar de um jeito flamejante. Quando reabriu os outros olhos, eles pareciam assustados.

— Você diz a verdade. Sua espécie realmente se multiplicou. Como gafanhotos! Há muitos outros djinns no mundo. Trabalhando junto com os mortais. Vivendo entre eles. Acasalando com...

— Sim, tudo isso — interrompeu Fatma.

— Nojento.

— É a realidade. Então isso nos traz de volta à nossa barganha. Estou certa de que o senhor prefere voltar a dormir. Esperar para ver como as coisas se desenrolam. Minha oferta está de pé. Tem minha palavra.

O marid riu baixinho.

— A palavra de uma mortal? Vazia e fraca como a água. Não existe valor nisso. Me apresente algo que a faça se comprometer. Algo para tornar sua oferta legítima.

— Minha honra, então.

— O que é a honra de uma mortal para mim? Você está testando minha paciência, não feiticeira. Faça sua oferta valer a pena, ou não estará oferecendo coisa alguma.

Fatma cerrou os dentes. Malditos djinns e suas barganhas. Havia uma outra coisa que ela podia oferecer. Embora ela detestasse a ideia. Mas parecia ter poucas opções.

— Para fazer uma oferta legítima — falou ela —, eu te ofereço meu nome.

Isso fez as sobrancelhas do marid se erguerem. Djinns adoravam nomes. Nunca revelavam como se chamavam de verdade; em vez disso, referiam a si mesmos com base em localizações geográficas — cidades, rios, cordilheiras. Ou isso ou títulos majestosos como Rainha da Magia ou Senhor da Quinta-feira. Esse tipo era insuportável. Contudo, pela expressão no rosto dele, parecia que até mesmo nomes mortais carregavam algum valor.

— Seu nome *verdadeiro* — exigiu ele. Ela ficou enfurecida, mas assentiu. — Aceito a oferta. Mas ainda tem a questão de conceder o desejo aos tolos.

Fatma ficou atônita.

— Como assim? Acabamos de resolver isso!

Os lábios verde-escuros do marid se repuxaram em um sorriso malicioso.

— Nosso acordo, não feiticeira, foi pela sua oferta de que eu volte para meu recipiente em troca de descanso ininterrupto. Não para que eu poupe a vida desses dois. O desejo ainda está firmado.

— Isso estava implícito!

Mas mesmo ao dizer as palavras ela sabia que era a culpada. Era necessário cuidado ao fazer uma troca com um djinn. Eles levavam cada palavra de forma literal. Era por isso que tantos eram ótimos advogados naquela época. Ela amaldiçoou seu erro e tentou pensar direito.

— Então o desejo ainda está de pé? — perguntou ela.

— O que foi pedido será concedido.

— Mas o senhor já impôs os parâmetros.

O marid deu de ombros e lançou um olhar cheio de ódio para Gamal e Saeed, que visivelmente tremia.

— Os solicitantes deviam ter tomado mais cuidado ao especificar seus desejos.

— Então tudo o que eles podem desejar é a morte?

— O que chegará para todo mortal no fim.

Não era exatamente justo. Mas justiça costumava contar muito pouco quando se negociava com imortais. A mente dela trabalhou para encontrar uma solução. Aquele marid havia vivido uma longa existência e era muito bom naquilo. Mas ela era uma agente do Ministério. Isso significava proteger as pessoas do mundo sobrenatural e mágico — mesmo quando elas eram idiotas e se jogavam de cabeça nele.

— Eu tenho uma proposta — falou ela, por fim, tomando cuidado com as palavras. — Para o desejo deles, peço que conceda a esses dois tolos a morte... quando forem velhos, em seus leitos, no fim de suas vidas naturais.

Foi lindo ver a arrogância evaporando do rosto do marid. Ela esperou que ele protestasse, encontrasse algum furo na lógica dela. Mas, em vez disso, ele apenas assentiu — julgando Fatma mais uma vez — e depois abriu um sorriso horrível.

— Boa cartada, não feiticeira — pronunciou ele. — E feito.

Cerca de meia hora mais tarde, Fatma se levantou, limpando o distintivo que pegara do chão. Com a mesa sendo virada e o estouro de clientes, ele tinha ido parar do outro lado do lugar. Khalid o havia encontrado em uma pilha espalhada de cinzas de carvão.

— Não havia outros agentes, não é? — perguntou o grandão, segurando uma xícara de chá.

Tinha persuadido o dono da cafeteria a sair do armário e o convencera a preparar a bebida.

Fatma girou um dos ombros, sentindo uma pontada suave. Ela se machucara em um caso no verão anterior. E, embora a lesão tivesse se curado notavelmente rápido, ainda doía vez ou outra.

— Sorte que eles não sabiam disso.

Khalid riu, olhando para Gamal e Saeed. Estavam ambos sentados, atordoados, enquanto agentes de uniforme preto do Ministério os questionavam.

— Boa saída para salvar aqueles dois. Por um momento, achei que o marid tinha te pegado.

— Por um minuto também achei.

Khalid abriu um enorme sorriso antes de sua expressão ficar séria.

— Você sabe o que fez? O que lhes concedeu?

Fatma soubera no momento em que disse as palavras. Gamal e Saeed tinham recebido a garantia de que viveriam até a velhice. Nunca precisariam se preocupar em morrer atropelados por um automóvel. Ou em cair do parapeito de um prédio. Nem mesmo com um tiro. O poder do marid os protegeria pelo resto de suas existências mortais.

— Acho que eles ainda não perceberam — refletiu Khalid. — Mas vão se dar conta a tempo. Saeed, acredito, vai aproveitar bem o benefício. O garoto queria o dinheiro para pagar uma escola técnica. Embora eu ache que ele provavelmente se sairia melhor em uma universidade. Mas Gamal... O cara poderia roubar o delineador dos seus olhos e ainda não ficaria contente.

— É pior do que isso — disse ela. — O desejo concede a eles uma vida longa, mas não diz como. Eles podem passar a vida inteira com uma doença terrível, sem poder morrer. Mesma coisa se um acidente os deixar com uma dor insuportável. A "dádiva" deles pode facilmente se tornar uma prisão.

Khalid abaixou a xícara de chá lentamente e murmurou uma oração. Era aquilo que muitas pessoas não compreendiam. Magia detestava desequilíbrio. E sempre exigia um preço.

— Vou ficar de olho neles então — disse ele, com seriedade, antes de acrescentar: — Graças a Jahiz.

Fatma balançou a cabeça ao ouvir a familiar gíria do Cairo — evocada com louvor, sarcasmo ou raiva pelo místico sudanês que desaparecera havia muito tempo. O mesmo místico que, uns quarenta anos antes, abrira um buraco que levava a Káf, o reino paralelo dos djinns. Ela era jovem o bastante para ter nascido no mundo que al-Jahiz deixara em seu encalço. Ainda era, às vezes, um assunto desnorteante.

— O garoto estava certo, sabe — disse ela, olhando para ele. — Você não precisava ter me dado a dica. Podia ter ficado com a garrafa para você. Tentado conseguir seus próprios desejos.

— E arriscar receber a maldição do Maomé Ali? — caçoou Khalid. — Que Deus me perdoe!

Outra gíria do Cairo. Diziam que Maomé Ali Paxá, o Grande, consolidara seu poder com a ajuda de um djinn conselheiro — que o abandonara no momento em que ele mais precisava, atendendo aos apelos do Quediva com risos que ecoavam sem parar na mente dele. Quando o governador envelheceu e foi obrigado a abdicar, muitos culparam a maldição do djinn por enfraquecer sua mente.

— Diferentemente dos jovens — continuou Khalid —, eu sei a diferença entre o que quero, o que preciso e o que pode simplesmente me matar. Além disso, achei que isso de djinns presos em lâmpadas era só coisa de escritos ruins de algum francês.

Ele olhou para os agentes da Perícia Sobrenatural, que estavam cautelosamente acondicionando o recipiente do marid dentro de um caixote de madeira para ser transportado. Eles haviam colocado um lacre apropriado de volta no lugar e encontrado um lugar para guardar a coisa — permitindo que seu ocupante intragável esperasse pelo fim da humanidade.

— Falar que eles podem ser encontrados em lâmpadas é um exagero — disse Fatma. — Garrafas, por outro lado...

Ela não teve a oportunidade de terminar, pois avistou alguém vindo na direção deles. Estava usando um cafetã vermelho, então não estava com a Perícia Sobrenatural. Quando olhou melhor, viu que também não era uma pessoa — um eunuco sólito. Pela estrutura flexível e pelo andar elegante, era um dos novos modelos mensageiros.

— Boa noite e perdoem minha intromissão — falou o eunuco, detendo-se. — Eu trago uma mensagem para a destinatária: agente Fatma el-Sha'arawi. O remetente é: Ministério de Alquimia, Encantos e Entidades Sobrenaturais.

— Sou eu — apontou Fatma.

Uma mensagem àquela hora?

— A mensagem é confidencial — declarou o homem-máquina. — Identificação necessária.

Fatma levantou o distintivo diante do sensor abaixo do rosto sem expressão do eunuco sólito.

— Identificação confirmada.

Seus dedos mecânicos fizeram surgir um cilindro fino que foi entregue para Fatma. Ela abriu o tubo e desenrolou o papel, esquadrinhando-o depressa.

— Mais trabalho? — perguntou Khalid.

— Aywa. Uma viagem até Gizé, pelo jeito.

— Gizé? Desse jeito você não vai dormir muito esta noite.

Fatma guardou o recado.

— Dormir é para os mortos. E eu planejo viver bastante.

O grandão riu.

— Vá em paz, investigadora — gritou ele enquanto ela se afastava.

— Que Deus te proteja, Khalid — respondeu ela antes de sair do ahwa para a noite.

3

Àquela hora da noite a viagem até Gizé de carruagem automatizada duraria aproximadamente quarenta e cinco minutos. Mas Fatma seria muito mais feliz quando a expansão do teleférico estivesse pronta e funcionando. O Ministério do Transporte alegava que ele faria a viagem em um quarto do tempo.

Durante o trajeto, a mente dela catalogou os eventos da noite. Havia demorado dias para seguir a dica de Khalid. Identificando a garrafa. Organizando a reunião e criando sua identidade secreta. Ela tinha até comprado um terno novo — para aperfeiçoar a aparência de socialite excêntrica. As coisas não haviam saído exatamente como planejado. Mas até aí quando saía? Quem poderia imaginar que aquele garoto teria coragem de invocar um djinn marid e depois exigir desejos?

— O coração de um tolo está sempre na ponta da língua — resmungou ela.

Um dos ditados de sua mãe, para todo motivo ou ocasião. Claro, ali era o Egito. Dava para se ouvir tais adágios em todo lugar, pronunciados por centenas de lábios, e quase sempre sem serem solicitados. A diferença era que a mãe dela parecia usá-los frase sim, frase não. Aquilo tinha de ser algum tipo de recorde. E os ditados não eram só egípcios. Ela parecia retirá-los sabe-se lá de onde. O pai de Fatma brincava que a mãe dela havia começado a proferi-los assim que nascera, dando bronca na parteira, e assim continuara até seu subu'.

Lembranças da mãe, como de costume, faziam Fatma recordar de casa. Ela não fazia uma visita havia meses. Nem mesmo para o Eid. Estava ocupada demais com trabalho, dissera à família. Não era por não sentir falta deles. Mas sempre que visitava sua aldeia tudo parecia pequeno demais. Ela se lembrava de quando Luxor parecia a maior cidade do mundo aos seus olhos. Contudo, comparada ao Cairo, ela estava mais para uma cidade grande cheia de ruínas antigas.

O brilho das luzes a fez se sentar para olhar pela janela, encontrando o espectro de seu reflexo: olhos ovais escuros, nariz largo e lábios carnudos. Ela estava em Gizé. A cidade estava crescendo, enchendo-se de recém-chegados fugindo dos bairros abarrotados do Cairo. Ruas pavimentadas e prédios recém-construídos se estendiam pelo planalto — iluminados por lamparinas elétricas em formato de colunas lotiformes no estilo neofaraônico. A viga principal de uma torre de atracação inacabada sobressaía acima dos telhados, onde dirigíveis de carga em breve ancorariam, transformando o lugar em um centro de comércio. Ainda assim, não importava em que Gizé estava se tornando: seu passado permanecia proeminente — o horizonte dominado por pirâmides imponentes, antigas sentinelas daquela era moderna.

A carruagem atravessou o centro da cidade, passando por ruas comerciais até chegar a uma estrada cercada por deserto árido. Depois do que pareceu uma eternidade, a paisagem invariável foi interrompida por uma grande estrutura bem iluminada — as pirâmides ao fundo surgindo como montanhas.

A propriedade da Worthington era uma coisa feita de quadrados e retângulos, como se várias construções tivessem sido alinhadas de maneira desigual — para que a fileira se estendesse de comprido. A arquitetura era tradicional, com torres, minaretes e colunatas de rocha bege, acentuadas por balaustradas e pórticos de madeira escura. Ficava em um jardim ainda maior: um oásis de palmeiras e arbustos frondosos que sugeria a imagem de uma ilha flutuante.

A carruagem parou na entrada da propriedade para deixar Fatma. Havia vários outros veículos estacionados ali, carregando o azul e o dourado da polícia do Cairo. Subindo por um lance de escadas, ela bateu na porta com a bengala. Um homem alto e mais velho usando uma jelaba branca a abriu.

— Boa noite, jovem mestre... — começou a falar em inglês. Depois parou, com uma expressão de curiosidade no rosto cansado. Quando falou de novo, foi em árabe. — Boa noite, filha. Eu sou Hamza, mordomo noturno da casa. Como posso ajudar?

Fatma lidou bem tanto com o erro quanto com a correção. O terno e o rosto de menino confundiam as pessoas à primeira vista. As sobrancelhas dele se ergueram ao ver o distintivo dela. Mas também estava acostumada com isso. Abrindo mais a porta, ele se curvou suavemente e a conduziu para dentro.

Estavam em uma espaçosa sala retangular que parecia ser uma sala de estar. Luminárias de cor prata vintage incrustadas estavam penduradas no teto alto de madeira escura, a luz delas reluzindo no chão — uma vasta área pavimentada com piso branco em formato de estrela. Uma variedade de antiguidades decorava as paredes: de uma vibrante pintura safávida de jogadores de polo a um par de espadas em bainhas de couro castanho-avermelhado. Eram divididas por quatro arcos bulbosos equidistantes, e o mordomo noturno a conduziu através de um deles, seguindo por um corredor não menos opulento. Tapetes coloridos pendiam por todo o comprimento das paredes como tapeçarias: um floral vermelho de Tabriz, alguns anatólios cor de vinho, um verde de Bucara com estampas amarelas, tudo junto com delicadas treliças muxarabi. Enquanto Fatma admirava tudo isso, um fraco ruído chegou a seus ouvidos. Como o ressoar de metal. Logo parou.

— É uma pena que a estejamos recebendo nesta casa a essa hora — disse o mordomo. — Macula a beleza colocada em sua confecção.

— Há quanto tempo está nesta propriedade, mordomo Hamza?

— Desde o começo. Há bem mais de dez anos. E eu vi a casa de lorde Worthington crescer e se tornar esta magnificência!

Fatma não sabia ao certo se chamaria aquele palácio de conto de fadas de magnífico. Mas cada um era cada um.

— Você era próximo de lorde Worthington?

— Há um limite de quão próximo um mestre pode ser de um servo. Mas lorde Worthington sempre me tratou com respeito. Às vezes é algo raro. — Eles pararam diante de um lance de escadas. — Os outros estão reunidos lá em cima. — Ele fez uma pausa, com a expressão séria. — O que quer que encontre lá, é apenas um receptáculo e não o homem. Todos pertencemos a Deus. E para Ele devemos voltar.

Ele partiu, deixando Fatma sozinha para subir o que podia muito bem ser a escada mais longa do mundo. Quando chegou ao topo, ela não estava exatamente sem fôlego, mas quase isso. Vozes vinham de algum lugar à direita. Enrugando o nariz por causa de um cheiro horrível, ela seguiu até a origem de ambas as coisas.

A sala que encontrou estava sem as portas. Uma das folhas estava pendurada por uma dobradiça. A outra, quebrada no chão. Ela passou por elas, percebendo a barra de madeira estilhaçada antes de analisar o resto. O espaço redondo estava repleto de pessoas. Policiais. Andavam de um lado para o outro sob um imenso lustre de latão, que iluminava a cena apavorante.

A mensagem que Fatma recebera era curta e direta: baixas relatadas na propriedade Worthington; conferir se houve atividade sobrenatural. Aquilo dificilmente fazia jus à missiva. Corpos cobertos por lençóis brancos estavam dispersos pelo chão de mármore. Em uma análise rápida, contou quase vinte. Havia mais sobre a mesa nos fundos. O cheiro terrível agora era quase esmagador. De algo queimado. Só que pior. Acobreado e quase metálico. Como a menos apetitosa das carnes assadas.

Fatma ainda estava observando tudo quando um policial se aproximou. Parecia ter a idade dela — vinte e quatro, talvez vinte e cinco anos. Mas veio tempestuoso, estufando o peito e fazendo careta, como se estivesse se preparando para tirar a irmã mais nova de um antro de drogas.

— Ei, você! Não pode simplesmente ir entrando aqui! Esta é a cena de um crime!

— Então isso explica os cadáveres — respondeu ela.

Ele pestanejou, atônito, e ela suspirou. Desperdiçar um bom sarcasmo era irritante. Mostrou o distintivo; ele deu uma boa olhada no objeto e depois nela, e repetiu o gesto mais uma vez antes de revirar os olhos.

— É você!

Fatma havia aprendido que "é você" podia significar muitas coisas. É você, a Sa'idi escurecida pelo sol de alguma aldeia de fim de mundo. É você, a mulher que não passava de uma menina aos olhos dos outros que foi admitida como investigadora especial pelo Ministério — e designada para o Cairo, ainda por cima. É você, a agente estranha que usa termos ocidentais. Alguns outros poucos tendiam a ser menos educados. O Egito se vangloriava por sua modernidade. Mulheres iam para a escola e enchiam as prósperas fábricas. Eram professoras e advogadas. Alguns meses antes, às mulheres tinham até garantido o direito ao sufrágio. Falava-se sobre elas entrarem em cargos políticos. Mas a presença de mulheres na vida pública ainda irritava muitos. Alguém como ela aturdia completamente o juízo dos homens.

— Policial! Está incomodando a agente?

Fatma olhou para o rosto familiar — um homem de meia-idade que estava usando um blazer da polícia mais sofisticado, com dragonas de ouro. Ficava um pouco apertado no homem alto e corpulento, então sua barriga o precedia. O policial mais novo se sobressaltou, virando nos calcanhares para ficar frente a frente com o inspetor Aasim Sharif.

Aasim era membro da força policial do Cairo e um contato do Ministério. Não era um sujeito ruim: um pouco vulgar, mas amigável o bastante quando não estava resmungando sobre as inconveniências do mundo moderno. Ele até mesmo ficara confortável perto dela. Tão confortável quanto ela podia esperar. Ele encarou o jovem policial por cima das longas e espessas suíças grisalhas. Grandes bigodes exagerados haviam ficado ultrapassados segundo a sempre volúvel tendência de moda do Cairo, mas ainda faziam sucesso mais ao sul, como os tios de Fatma podia muito bem atestar — entre outros cidadãos cairotas mais velhos como Aasim. Símbolos orgulhosos da nostalgia, supunha ela. O bigode dele sempre a fazia pensar em janízaros antiquados, e naquele momento os pelos se remexiam de irritação.

— Eu te fiz uma pergunta! Você está incomodando a agente?

— Não, inspetor! Quer dizer, eu não sabia quem ela era, inspetor. Quer dizer...

Ele engoliu em seco quando Aasim intensificou a careta.

— Por que você não faz algo de útil? Vá até a cozinha e pegue um café para mim.

O jovem se sobressaltou.

— Café?

— Café — repetiu Aasim. — Você não sabe o que é? Preciso te explicar o que é um café? Devo começar recitando a história do café? Não? Então por que ainda está aqui? Yalla!

Gaguejando um pouco, o jovem policial saiu correndo.

— Você se divertiu demais com isso — acusou Fatma.

Os lábios de Aasim se repuxaram em um sorriso.

— Sabe o que é engraçado? Eu nem gosto de café. Tem sabor de água suja para o meu gosto. No entanto, amo domar novos recrutas. — Ele se virou para Fatma. — Boa noite, agente. Você está bastante... — ele analisou bem o terno dela — ... inglesa.

— Esse é americano. De Nova York.

— Não acredito na existência de tal lugar.

Ela fez uma careta.

— Você tem um caso e tanto aqui.

Aasim coçou o queixo barbeado.

— Ainda não viu a pior parte. — Ele a convidou para caminhar a seu lado. — Espero que não tenhamos te acordado, mas achei prudente chamar o Ministério.

— Você, claro, pediu especificamente por mim?

— Claro. Sei quanto você aprecia um desafio.

— Eu tenho uma vida pessoal, sabia?

Ele balançou a cabeça.

— Também não acredito nisso nem por um instante.

— Bem, pelo menos me atualize.

— Recebemos uma ligação em algum momento antes das dez — começou ele. — Do mordomo noturno da propriedade.

— Hamza. Conheci ele — apontou Fatma.

— O homem estava um caco. Entrou aqui e encontrou os corpos. Ligou para todas as delegacias que podia gritando sobre assassinatos. Quase todos aqui são policiais de Gizé, mas eles pediram reforços ao efetivo do Cairo. Chegamos aqui e demos de cara com tudo isso.

Eles pararam diante de um amontoado de lençóis brancos que cheirava a queimado. Ou será que o odor era por causa de todos os policiais por ali, baforando seus cigarros Nefertari? Ao verem o inspetor, eles se apressaram em apagar os tubos finos e amarronzados. Aasim detestava que fumassem na cena dos crimes em que estava trabalhando.

— Vinte e quatro mortos — informou a ela, afastando o olhar dos oficiais.

Vinte e quatro. Deus misericordioso.

— Todos morreram queimados — continuou ele. — Estava torcendo para que os cobrir fosse disfarçar o cheiro.

— Você contatou o Ministério por causa de um incêndio?

Mas, assim que as palavras saíram dos lábios de Fatma, ela percebeu o óbvio: sem marcas de chamuscados. Na verdade, não havia marcas de queimado em lugar algum.

Aasim entregou um lenço a ela.

— Vai precisar disso. Está um fedor de cabelo queimado embaixo disso.

Fatma o imitou e se ajoelhou enquanto ele afastava o lençol. Mesmo com o lenço pressionado contra o nariz, o fedor era forte. O corpo chamuscado parecia madeira tostada, a cabeça preta com órbitas vazias de onde fluíam colunas de fumaça. Aquela pessoa, quem quer que tivesse sido, havia morrido gritando, com a boca aberta mostrando os dentes sujos de fuligem e pedaços de obturações de ouro. O que se destacava, no entanto, era sua roupa: uma longa túnica preta por cima de um blazer cinza-escuro, com luvas brancas e um fez preto ainda acomodado na cabeça — e ileso.

— Apenas a pele está queimada — murmurou ela.

— Muito incomum para um incêndio, não acha? — perguntou Aasim.

Fatma prestava apenas parte da atenção nele, enquanto a mente repassava depressa os diversos tipos de incêndio controlados das variantes mágicas e alquímicas: fogo que era capaz de derreter metal, que grudava em superfícies como óleo ou até mesmo que podia ser moldado no formato de feras. Mas fogo que consumia pele e deixava roupas intocáveis? Aquilo era novidade. Pegou o par de óculos espectral fornecido pelo Ministério, acomodou a armação de metal gravado no rosto e espiou através das lentes redondas verdes. A magia estava em todo lugar. Não nas roupas. Mas aderida ao cadáver como um fraco resíduo luminoso.

— Todos eles estão assim? — perguntou ela, tirando os óculos.

— Cada um deles. Bem, exceto nosso amigo aqui.

Aasim apontou para um cadáver separado do resto. Afastando o lençol, revelou um corpo queimado vestindo a mesma roupa imaculada. Porém algo estava errado. Fatma demorou um instante para perceber.

— A cabeça dele está ao contrário — observou ela, incapaz de esconder o choque na sua voz.

— Não é algo que se vê todo dia, não é? Ficamos confusos também, até virarmos o corpo.

Fatma se inclinou para inspecionar o cadáver bizarro.

— O rosto dele. Não sugere um grito. Ele não morreu queimado. Isso aconteceu antes.

— Tem alguma ideia da força que é preciso ter para fazer *isso* com um corpo humano?

— Confesso que não pensei muito sobre o assunto. Mas vou chutar que é necessária uma força *inumana*?

Aasim suspirou.

— Quando meu avô era policial, a pior coisa com que ele precisava se preocupar eram batedores de carteira. Trapaceiros tentando bater nos inspetores do mercado. Num dia animado, um falsário talvez. Já o que eu ganho? Corpos queimados magicamente e força inumana.

— Este não é o Cairo do seu avô — retorquiu Fatma.

Aasim concordou, resmungando:

— Graças a Jahiz.

Fatma se levantou, olhando além dos cadáveres em mortalhas para analisar a sala. Pela primeira vez ela percebeu o teto, côncavo como um favo de mel. Muqarnas. Um estilo arquitetônico persa que se espalhara para o Egito junto com as rotas de comércio séculos antes. As paredes azuis com estampa de flores douradas e verdes também tinham estilo persa — mas com um toque andaluz, e um pouco de caligrafia árabe. As colunas que percorriam as laterais eram marroquinas e inscritas com versos do Alcorão. Não era incomum ver todos aqueles estilos no Cairo, dada a longa história da cidade como uma interseção de culturas. Mas, assim como o resto daquela casa, algo na construção da sala a fazia parecer mais uma mixórdia do que um cômodo dotado de algo próximo a uma coerência estética: era como uma tentativa corajosa porém exagerada de autenticidade vinda de algum forasteiro.

Também havia objetos nas paredes, atrás de vitrines de vidro. Fatma viu um livro, pedaços de tecidos e outras coisas mais. Um estandarte branco pendia da parede do fundo. Duas pirâmides em primeiro plano formavam um hexagrama, expondo um olho que tudo vê no centro, cercado por sete estrelas pequenas. Em cada canto do hexagrama havia o símbolo de um dos signos do zodíaco, com o disco do sol alocado à esquerda e uma lua cheia à direita. O estranho agrupamento era inteiramente circundado por uma serpente flamejante devorando a própria cauda. Embaixo vinha uma cimitarra dourada sobre uma lua crescente virada para baixo que terminava em pontas finas. Os olhos dela foram para o fez que o homem morto com a cabeça virada ainda usava; ele exibia a mesma espada dourada com a lua crescente.

— Que lugar é este? — perguntou ela. — Quem são essas pessoas?

Aasim deu de ombros.

— Talvez algum tipo de culto? Você sabe como os ocidentais gostam de se fantasiar e fingir que são místicos antigos. Ordem disso... Irmandade daquilo...

Ele a conduziu até a mesa em meia-lua ao fundo, onde jaziam mais corpos. Alguns estavam curvados nos assentos. Outros, deitados no chão. Aasim parou no centro da mesa, puxando o lençol para revelar um cadáver sentado usando uma túnica de cor roxa escura.

— A única coisa que sabemos com certeza — disse ele — é que este é lorde Alistair Worthington.

Ele ergueu a mão do homem morto. Enfiado no mindinho carbonizado estava um grande sinete de prata. A superfície lisa exibia um brasão entalhado: um escudo com um grifo empinado, sobreposto pela cabeça de um cavaleiro e um braço com armadura bradando uma espada. Embaixo um único W fora inscrito.

— Este é *o* Alistair Worthington?

— O Paxá Inglês em pessoa — respondeu ele.

Fatma estava familiarizada com o apelido, assim como com o nome Worthington. O inglês que ajudara a negociar o Tratado Anglo-Egípcio e garantira direitos especiais ao novo governo egípcio. O dinheiro e a influência dele haviam mantido a paz, assegurado o comércio e construído Gizé.

— O Paxá Inglês encontrado morto por alguém — corrigiu ela.

Aasim fez uma careta.

— Estava torcendo para você dizer que tinha sido só um feitiço que deu errado.

Fatma balançou a cabeça.

— Eu vi as portas. Alguém forçou a entrada. — Ela analisou os cadáveres. — Fez todos correrem para o fundo. Aquele com o pescoço quebrado... Talvez tenha sido corajoso. Tentou lutar. Os outros foram todos queimados vivos.

Aasim assentiu. Ele provavelmente chegara à mesma conclusão, mas estava torcendo por uma saída mais fácil.

— Assassinato. Faz ideia de quanta papelada isso vai gerar?

— O Paxá Inglês tinha algum inimigo? — perguntou Fatma, ignorando a reclamação.

— Ricos sempre têm inimigos. Normalmente, é assim que enriquecem.

— Ele não deveria estar ajudando na cúpula de paz do rei?

— Está falando daquela para impedir que os europeus comecem uma nova cruzada uns contra os outros? Acha que pode ter alguma relação com isso?

— Não sei — respondeu ela.

Por que cometer um massacre daquele nível apenas para matar um homem? Não, a hora e o lugar tinham sido intencionais, independentemente de quem fizera aquilo. Tal cenário fora planejado para todos verem — como uma pintura sangrenta. Ela olhou de novo para o estandarte pendurado. Bem na parte de baixo estava bordada a inscrição *Quærite veritatem*. Busquem a verdade, se ela estivesse traduzindo certo do latim.

— Tem mais uma coisa — disse Aasim, curvando-se para puxar o lençol de um corpo retorcido no chão. Estava queimado como os demais, mas havia algo diferente: aquela vítima usava um vestido branco justo cuja barra batia nos tornozelos. — Era a única mulher no salão — observou o inspetor.

E havia mais. Um largo colar de pedras coloridas envolvia seu pescoço, acomodado contra o peito. Um usekh — um tipo de joia que saíra de moda uns dois séculos antes. Ela se ajoelhou para olhar os brincos de ouro aparecendo por baixo da peruca de tranças pretas: eram ambos esculpidos na forma de uma mulher com asas abertas.

— Tinha mais alguém assim? — perguntou Fatma. — Digo... fantasiado?

Aasim ergueu o lençol de outro corpo. Esse era um homem, com a pele pintada de um guepardo pendurado nos ombros. E ela achando que aquela noite não podia ficar mais bizarra.

— Deve ter sido uma festa e tanto — ponderou Aasim.

Uma das bem estranhas. O olhar dela foi para outro corpo, cuja mão jazia estendida para fora da cobertura branca — como se estivesse tentando alcançar de novo o mundo. Ela olhou mais de perto. Os dedos carbonizados envolviam um lenço com a letra G bordada em cursiva.

— Acha que podiam ser necromantes? — perguntou Aasim, com o bigode se retorcendo de nervosismo. — Talvez uma tentativa de fazer ghouls que deu errado?

O homem culpava os necromantes por tudo. Por ele, os mestres dos mortos-vivos espreitavam por trás de todo crime. E ele odiava ghouls. Mas até aí quem não odiava?

— Improvável — respondeu ela. — Fazer ghouls não inclui transformar corpos em combustível — acrescentou, e a simples ideia de ghouls flamejantes fez o bigode de Aasim se contrair. — Além disso, não vi takwin algum quando coloquei as lentes espectrais. — Necromantes usavam uma versão corrompida da substância alquímica para fazer ghouls. A feitiçaria que ela vira era outra coisa.

— Alguma testemunha? O mordomo noturno?

Aasim negou com a cabeça.

— Ao que parece, lorde Worthington dispensava os funcionários *humanos* quando tinha essas reuniões. O mordomo noturno chegou depois das festividades. Com isso, restaram apenas eles.

Ele apontou para uma fila de eunucos sólitos imóveis, mesmo com pessoas trabalhando ao redor. Segundo relatos, alguns homens-máquinas tinham alcançado a consciência — um fenômeno que desconcertara o Ministério. Não parecia ser o caso ali.

— Mas tem alguém — continuou Aasim. — A filha de lorde Worthington.

Fatma se virou bruscamente para ele.

— Filha? Por que não a mencionou antes?

O inspetor ergueu as mãos.

— Ela está se recuperando. Vou te levar até ela. — Eles saíram da sala e desceram a extensa escada. — Abigail Delenor Worthington. Parece que chegou em casa depois de tudo. O mordomo noturno a encontrou na entrada, inconsciente. Ele diz que ela tinha esbarrado com uma pessoa misteriosa. Talvez um sobrevivente. Ou o criminoso. Mas é melhor deixar ela mesma explicar. Independentemente do que for fazer, não a deixe falar com você em árabe.

— Ela fala árabe? — perguntou Fatma.

— Nem um pouco, mas não parece saber disso. O mordomo teve que traduzir o que ela disse. Mas talvez você se saia melhor.

Assim que chegaram à base da escada, entraram em um corredor que terminava onde dois policiais montavam guarda diante de uma porta dupla. Ao verem Aasim, eles as abriram para permitir a passagem. A sala apresentava a colisão de arquitetura que definia o resto da casa, mas, em vez de tecidos luxuosos e espadas, havia livros. Infinitos livros acomodados em prateleiras de madeira. Uma biblioteca. Os tomos eram divididos por pinturas emolduradas em um vívido estilo orientalista, muitas apresentando construções caindo aos pedaços com nobres felás posando diante delas ou sultões em vestimentas espalhafatosas. Outros eram impudicos, com mulheres alabastrinas quase sem roupas descansando, servidas por criados de pele escura.

Havia cinco pessoas reunidas no cômodo — sem contar o eunuco sólito que segurava uma bandeja com garrafas de cristal. Quatro dos presentes estavam de pé em volta de um estiloso divã turco verde-musgo com longas pernas de pratas curvadas. Parecia feito para relaxar, mas naquele momento abrigava uma mulher encostada em uma pilha de travesseiros cerúleos com borlas mostarda. Usando um vestido creme, ela parecia ter vinte e tantos anos, era esguia e de pescoço longo e tinha cachos ruivos escuros que recaíam sobre as alças de renda amarradas nos ombros. Seu semblante bronzeado era evidentemente inglês — com um nariz empinado e um rosto quase no formato de coração. Abigail Worthington, presumiu Fatma. Naquele momento, um homem magro e baixo de cabelo escuro, vestindo um sobretudo noturno formal e calça cinza listrada, estava de joelhos fazendo um curativo na mão dela.

— Já estava na hora de você voltar! — disparou alguém.

Fatma olhou para o outro homem na sala, cuja compleição robusta preenchia um colete preto e uma camisa branca parcialmente desabotoada — a gravata estava afrouxada. Tinha a cabeça coberta por uma auréola de cachos dourados que formavam costeletas generosas.

— Você nos deixou mesmo presos aqui, vigiados por seus gendarmes? — expressou ele em um inglês refinado.

Os gestos dos braços inquietos fizeram chapinhar o conteúdo de um copo que tinha em mãos.

— Deixe disso, Victor. — Seu acompanhante parecia falar pelo nariz. — Todo mundo já está com os nervos à flor da pele.

O homem maior parecia determinado a replicar, mas Abigail Worthington se adiantou.

— Percy está certo. — A voz melódica soou rouca. — Não vai ajudar em nada gritar com essas pessoas. Eles não podem mudar o que aconteceu. — Ela ergueu a cabeça e pousou os olhos vermelhos e inchados neles; a confusão cruzou seu rosto quando viu o terno de Fatma. Foi melhor do que a reação de outras mulheres. Os dois ficaram de pé, encarando boquiabertos os recém-chegados, trocando cochichos por trás das mãos. Quando Abigail falou de novo, foi em árabe: — Desculpe. Conhaque. Victor. Ele bebe. Muitos. Vira estúpido.

Fatma fez uma careta. Aasim não tinha exagerado. O árabe da mulher causava dor em seus ouvidos. Decidindo ajudar a todos, ela respondeu em inglês:

— Está tudo bem, senhorita Worthington. Você teve uma noite e tanto. Ofereço meus pêsames.

Os olhos azuis esverdeados de Abigail se arregalaram mais uma vez, fitando Fatma. Assim como os dos companheiros dela. Os dois que cochichavam se detiveram de súbito.

— Você fala inglês! E com um sotaque muito encantador! Embora eu não consiga reconhecer muito bem de onde. Que esplêndido! — Ela secou as lágrimas da bochecha. — Obrigada. E, por favor, me chame apenas de Abbie.

— Abbie, então — concordou Fatma. — Eu sou a agente Fatma, do Ministério de Alquimia, Encantamentos e Entidades Sobrenaturais do Egito.

— Uma agente — articulou ela, maravilhada. — Primeiro seu país permite que mulheres votem, agora descubro que deixaram você ser oficial da polícia!

— O Ministério não é a polícia. Eu trabalho com o Inspetor Aasim em assuntos que lidam com o... incomum. Temo que a morte de seu pai vá por essa direção.

A expressão de Abigail se fechou, e ela pressionou os lábios com força.

— Eles não me deixaram entrar para ver... — Ela engoliu em seco. — Pelo que entendi, houve um incêndio?

— Sim, mas foi mais do que isso.

Fatma explicou delicadamente o estado dos corpos

— Meus Deus! — clamou Victor. Sorveu o resto do conhaque de uma vez. — Assassinato! Feitiçaria, então?

— O que mais poderia ser? — sussurrou Abigail. — Pobre papai. Espero que não tenha sofrido. — Ela parecia prestes a chorar de novo, mas pousou uma mão sobre a faixa laranja que contornava sua cintura e falou de uma forma equilibrada: — Como posso ajudar, agente?

— O inspetor Aasim disse que você esbarrou com alguém, certo?

Abigail tremia visivelmente.

— Sim. Eu tinha acabado de chegar. A casa estava silenciosa de um jeito estranho quando entrei. Mal tinha saído da sala de estar quando *ele* apareceu. Um homem, usando túnica preta.

Fatma escreveu as informações em um bloco de nota.

— Não era um de seus serviçais? — perguntou, e Abigail negou com a cabeça. — Podia descrever o homem para mim?

A expressão da mulher ficou esquisita.

— Não exatamente. Ele usava algum tipo de máscara. — Ela tocou o próprio rosto, como se imaginasse a máscara ali. — De ouro. Com entalhes. Me lembro que ele era alto. Muito alto! E seus olhos... Nunca tinha visto olhos tão intensos!

— Foi ele que fez isso? — Fatma apontou para o curativo na mão dela.

As bochechas de Abigail coraram.

— Não. Eu... Bem, então, eu desmaiei. Desfaleci ao ver aquele homem horrendo. Sou uma boboca, caí em cima da minha própria mão. Percy foi um querido por fazer o curativo.

— Fiz o que pude — disse o homem magro, levantando-se.

— Tem alguma outra coisa que possa nos dizer sobre esse homem com a máscara de ouro? — insistiu Fatma.

Abigail negou de novo com a cabeça, pesarosa.

— Fiquei desmaiada até Hamza me encontrar.

— Queria ter estado aqui — disse Victor, intenso. — Eu teria dado uma lição nesse diabo mascarado! — Ele entornou outro copo e se virou para Fatma. — Quero saber o que você e esse inspetor estão fazendo para deter esse criminoso. Não deveriam estar lá fora, caçando o desgraçado?

Fatma o encarou, sem emoção. Sempre havia alguém como ele.

— Acho que não peguei seu nome completo.

Ele ergueu o queixo quadrado.

— Victor Fitzroy. — Como se aquilo devesse significar algo.

— Desculpe meus modos — intercedeu Abigail. — Esses são meus amigos. O esquentadinho é Victor. O que fez o papel de médico é Percival Montgomery — apresentou, e o homem de cabelo escuro sorriu maliciosamente por trás do pequeno porém espesso bigode. — E essas são Bethany e Darlene Edginton, minhas antigas parceiras de travessuras.

As duas mulheres assentiram, mas o assombro permaneceu nos olhos cor de mel delas. Irmãs. Fatma podia ver agora: tinham os mesmos nariz arrebitado, cabelo cor de areia e rosto esquelético e fechado.

— Todos nós voltamos depois que Abbie ligou — disse Percival. — Coitado do velho Worthington. Que sua alma descanse em paz.

Abigail soluçou, enxugando os olhos.

— Só mais algumas perguntas. Seu pai tinha algum inimigo?

— Inimigo? Quem poderia querer machucar meu pai?

— Talvez alguém do trabalho? Um rival de negócios?

Abigail balançou a cabeça.

— Suponho que algo tão terrível seja possível. No entanto, não sei muito sobre os negócios de meu pai. Alexander é quem tem cabeça para essas coisas.

— Alexander?

— Meu irmão. Ele cuida dos assuntos de negócios da família. Está no exterior.

Fatma escreveu depressa.

— Só mais uma coisa: você sabe alguma coisa sobre o que seu pai estava fazendo esta noite? Quem eram todas aquelas pessoas com ele?

— Uma irmandade secreta — respondeu ela. — Uma das excentricidades de meu pai.

— Algum motivo para acreditar que essa irmandade possa ter inimigos?

— Não consigo imaginar nenhum. São velhotes caretas usando chapéus bobos enquanto bebem e fumam. Quem os levaria a sério o suficiente para querer matá-los?

Fatma teve vontade de informar que alguém podia ter feito exatamente isso, mas só fechou e guardou o caderno.

— Obrigada. Que a memória de seu pai seja constante em sua vida.

— Por favor, faça tudo que puder para trazer esse assassino perante a Justiça, agente — disse Abigail, implorando com os olhos brilhantes. — Meu pai merecia mais do que isso.

Fatma assentiu, e ela e Aasim se retiraram. Do lado de fora, ele olhou para ela, impressionado.

— Seu inglês é tão elegante quanto seu terno. Só entendi metade do que conversaram. Descobriu alguma coisa?

— Além da existência de um homem mascarado? Não muito.

— Bem, precisamos seguir com o que temos. Entramos em contato com esse tal Alexander. Suponho que vá chegar nos próximos dias. Até lá, isso vai sair estampado em todos os jornais. — Ele balançou a cabeça. — A papelada vai ser insuportável.

— Papeladas são parte do mundo moderno. Vou começar a fazer buscas pela manhã. Mande seu pessoal me enviar o relatório forense. Vou conferir quando...

Ela parou de falar abruptamente quando alguém contornou um corredor, quase esbarrando neles. O policial jovem. Ele segurava uma xícara, tentando sem sucesso não derramar o conteúdo. Seu rosto demonstrou surpresa ao vê-la, depois alívio por encontrar Aasim.

— Inspetor! Seu café?

Ele entregou uma xícara que parecia meio cheia. Aasim a aceitou com um olhar indiferente.

— Agente Fatma — cumprimentou o policial, com mais educação do que antes. — Estava procurando por você também. Tem alguém que quer te ver. — Ele se virou. — Estava logo atrás de mim. Espero não ter... Ah, ali está ela!

Fatma viu outra pessoa contornando o corredor. Uma jovem mulher, vestindo um sobretudo preto e uma longa saia escura que farfalhava quando ela se mexia. Ao vê-los, seu rosto se iluminou dentro do hijab azul-celeste.

— Boa noite — cumprimentou ela, tentando recuperar o fôlego. Fitou Aasim antes de se virar para Fatma. — Agente Fatma, consegui te alcançar. Graças a Deus!

Fatma a olhou, desconfiada.

— Não sei se nos conhecemos...

— Ah, que cabeça a minha!

A mulher começou a procurar algo em sua bolsa de couro marrom pendurada no ombro. Depois de um longo momento constrangedor, tirou de lá algo bastante inesperado. Um distintivo prateado com sua imagem e as palavras MINISTÉRIO DE ALQUIMIA, ENCANTAMENTOS E ENTIDADES SOBRENATURAIS DO EGITO.

— Eu sou a agente Hadia — disse ela. — Sua nova parceira.

Fatma pensou que quase podia ouvir o bigode de Aasim se retorcendo com as palavras.

4

O eunuco sólito na cafeteria abissínia depositou duas xícaras de porcelana sobre a mesa antes de se afastar com o zunido de engrenagens girando. Fatma pegou a dela, cheia de um forte blend de misturas florais da Etiópia, que estava superando depressa as variedades turcas mais tradicionais na cidade. Ela deu um gole. Estava perfeito: uma colher de café, uma de açúcar, espuma na quantidade exata. A loja era mais uma cafeteria do que um ahwa tradicional, exibindo serviços e clientela moderna. Também ficava aberta a noite toda, e com frequência ela ia até lá depois do expediente para relaxar.

Ao menos, essa era a rotina de costume.

Fatma repousou a xícara para examinar com atenção os documentos na pasta diante dela. Passara a viagem de volta de Gizé, uma constrangedora e silenciosa carona compartilhada, dando uma olhada neles — pelo menos três vezes. Era isso ou ser forçada a encarar uma conversa de verdade. Agora, falava alto enquanto lia:

— Hadia Abdel Hafez. Vinte e quatro anos. Nascida em uma família de classe média de Alexandria. Estudou alquimia teológica comparada na universidade de lá. Se graduou como melhor da turma. — Ela parou, levantando a cabeça. — Passou dois anos dando aula na Faculdade Egípcia para Garotas na América?

Hadia, que estava sentada com as mãos em volta da xícara de chá de menta preta, animou-se dentro do sobretudo — parecia aliviada por finalmente estar falando. Fatma quase se esquecera de como era o uniforme do Ministério para mulheres, já que optara por não usar um havia muito tempo. Também tinha aquele lenço azul-celeste que se destacava de forma descarada. Hijabs estampados ou coloridos ainda eram malvistos entre a maioria dos egípcios tradicionais e do campo, até mesmo ali no Cairo. Ela obviamente queria que soubessem que era uma mulher moderna por completo.

— Achei que a missão da rainha talvez pudesse me fazer colocar meu diploma em uso — respondeu ela.

Fatma arqueou uma sobrancelha.

— Eles não gostam muito de alquimia na América — disse.

— A missão fica em Nova York, no Harlem. Trabalhei com imigrantes no Brooklyn também. Romanos, sicilianos, judeus. Todos povos suspeitos de levar seus "costumes estrangeiros". — Ela franziu seu nariz grande em reprovação.

Não era preciso explicar. Os decretos na América contra magia eram infames.

— Voltou para o Egito e foi aceita de primeira na Academia do Ministério. Se formou na turma de 1912 e foi encarregada da filial de Alexandria. Mas agora você está aqui. No Cairo. Como minha... parceira. — Fatma fechou a pasta, deslizando-a de volta pela mesa. — Não é todo dia que novas parceiras surgem, em uma cena de crime, carregando seu currículo.

Manchas de rubor surgiram nas bochechas bege de Hadia, e seus dedos se remexeram nas beiradas da pasta.

— O diretor Amir queria que nos conhecêssemos amanhã. Mas eu já estava trabalhando até tarde no Ministério quando soube do caso. Então peguei uma carruagem e decidi me apresentar. E talvez, pensando a respeito agora, essa não tenha sido uma boa ideia...

— Agente Hadia. — A mulher se empertigou, com os olhos castanho-escuros atentos. — Acho que houve algum erro. Eu não pedi uma parceira. Nada pessoal, é só que trabalho sozinha. Tenho certeza de que podem te colocar com outra pessoa. Tem uma investigadora na filial de Alexandria, a agente Samia. Uma das primeiras mulheres do Ministério. Eu escrevo uma carta de recomendação se quiser.

Pronto. Ela até conseguiu fazer uma expressão simpática. Não tinha necessidade de ser cruel.

Hadia a encarou, matutando algo antes de abaixar a xícara de chá.

— Me disseram que você podia não aceitar ter uma parceira de primeira. Me deram uma missão com a agente Samia quando me graduei. Recusei. Disse para ela que queria trabalhar com você.

Fatma estacou no meio da bebericada.

— Você recusou trabalhar com a agente Samia? Na cara dela?

A agente Samia era uma das mulheres mais imponentes que ela já conhecera. Não se dizia não para ela.

— Ela me desejou sorte em nome de Deus, e aqui estou eu.

— Mas por que trabalhar comigo? Eu não tenho nem de perto a experiência de Samia.

Hadia parecia incrédula.

— Por que trabalhar com a agente mais jovem a se graduar da academia, aos vinte anos? Que foi designada para a filial do Cairo? Que virou investigadora especial em apenas dois anos? De quem os casos agora são leituras obrigatórias na academia?

Fatma grunhiu. Era aquilo que a notoriedade trazia.

— Achei que ia gostar de saber que não desperdicei minha viagem até a propriedade Worthington esta noite. — Hadia pegou outra pasta, abrindo-a antes de a colocar sobre a mesa.

Fatma arregalou os olhos. Rascunhos da cena do crime!

— Como você...?

— Tenho um primo na polícia. — Ela sorriu, mostrando os dentes superiores um pouco projetados para a frente.

Fatma se inclinou sobre o tampo, folheando as páginas. Aasim teria mandado todas aquelas informações para ela até o dia seguinte, mas era particularmente tacanho com seus rascunhos.

— Nunca vi queimaduras como essas — comentou Hadia. — Algum tipo de agente alquímico?

— Controlado demais — balbuciou Fatma. — Tem magia envolvida nisso.

— Achei este interessante. — Hadia levantou um rascunho. Era da mulher. Traçou com os dedos o colar e os brincos grandes. — Essa era uma idólatra, não era?

Fatma levantou a cabeça, com os olhos semicerrados. Boa observação. A chegada de djinns e magia se derramando pelo mundo havia impactado a fé das pessoas de formas estranhas. Era inevitável que alguns fossem em busca das mais antigas religiões do Egito, cuja memória estava gravada em cada paisagem.

— O que você sabe sobre isso? — perguntou Fatma.

— Mais do que a polícia. Acho que não perceberam ainda.

Ainda. Aasim e seus funcionários acreditavam que os seguidores de religiões antigas eram pequenos grupos de hereges. Não estariam esperando aquele tipo de pessoa na mansão de um lorde britânico.

— Pelo estandarte — continuou Hadia —, lorde Worthington parece ter feito parte de um culto. Talvez a idólatra fosse a sacerdotisa deles. Tinha um homem com a cabeça virada para trás. Algum tipo de sacrifício? Ouvi falar...

Fatma fechou a pasta, interrompendo a parceira.

— A primeira coisa que deveriam ter te ensinado na academia é não encarar boatos que ouviu nas ruas como fatos. Não tive nenhum caso de "idólatras" virando a cabeça de pessoas por aí. Então talvez a gente deva esperar ter alguma evidência antes de estabelecer que houve sacrifícios humanos.

O rosto de Hadia corou.

— Desculpa. Estava apenas pensando em voz alta.

Fatma colocou a mão no paletó para pegar o relógio de bolso. Já passava das duas. Ela se levantou.

— É tarde, agente Hadia. Não é a hora apropriada para pensar com clareza. Vamos dormir um pouco e podemos continuar com isso pela manhã.

E, com sorte, posso te fazer ser reatribuída.

— Claro. — Ela juntou suas coisas e se ergueu também. — Estou honrada por trabalhar com você, agente Fatma.

E as duas seguiram caminhos separados.

Fatma podia ter pegado uma carruagem, mas a caminhada da cafeteria até sua casa não era longa. Além do mais, precisava esvaziar a cabeça. Não sabia ao certo por que se aborrecera tanto com as palavras de Hadia. Já tinha ouvido coisas similares milhares de vezes. Por isso não mencionara nada para Aasim. Talvez ela estivesse magoada por ter recebido uma parceira sem poder opinar sobre o assunto.

Ou talvez você tenha descontado seu cansaço em uma recruta sonhadora. Sua valentona. Ela conseguia ouvir a mãe ralhando: "Ora, olhe só a grande investigadora agora. Querendo abrir um buraco no chão e se esconder".

Fatma dobrou a esquina de seu prédio: um edifício alto de doze andares feito de pedra marrom, com pilares neofaraônicos ao longo das laterais e redondo como um torreão na frente. Do lado de fora das largas portas pretas trabalhadas em ouro estava um homem mais velho, calvo e grisalho. Ao vê-lo, ela suavizou a irritação no rosto. Todos os prédios de apartamento no centro do Cairo tinham seu próprio bewab — porteiros, zeladores e responsáveis por serviços gerais. Aquele não via problema algum em oferecer conselhos não solicitados, e conseguia ler expressões com uma precisão assombrosa.

— Tio Mahmoud — cumprimentou ela, caminhando com a ajuda da bengala.

O homem a fitou com um olhar que poderia muito bem vir de uma esfinge. Seus olhos intensos pareciam pesá-la e julgá-la em uma balança, antes de seu rosto marrom avermelhado se abrir em um sorriso.

— Capitã — respondeu ele, usando o apelido que dera para ela por causa dos ternos. Seu sotaque sa'idi não tinha nada de cairota. Com aquela jelaba longa e sandálias, ele podia ter vindo direto da aldeia dela. — Wallahi, o Ministério está te fazendo trabalhar até mais e mais tarde nessas últimas noites.

— Ossos do ofício, tio.

O bewab balançou a cabeça.

— E você nem vem dormir em casa à tarde como uma pessoa civilizada, sempre se movendo como um daqueles vagões. — Ele gesticulou para rede de cabos que atravessam o horizonte da cidade. — Wallahi, isso não é bom para a circulação!

Ela tinha vontade de perguntar quando ele dormia — uma vez que parecia ficar ali fora o tempo todo. Mas seria grosseiro. Em vez disso, colocou a mão no peito e se curvou em agradecimento.

— Vou aceitar o conselho.

Isso pareceu satisfazê-lo, e ele abriu as portas.

— Viu? Você dá ouvidos a um velho como eu. Alguns chegam aqui e esquecem de toda a decência, wallahi. Mas você é uma boa sa'idi, com boas maneiras. Em nossa cabeça e coração, temos sempre que lembrar que somos sa'idi. Durma bem.

Ela disse o mesmo e entrou no saguão, ignorando sua caixa de correio e indo para o elevador.

— Nono andar — pediu ela para o eunuco sólito.

Encostando-se na parede atrás de si, sentiu o fardo do dia pesar sobre seus ombros enquanto subiam. Quando saiu, já estava se arrastando e pensando afetuosamente em sua cama.

Ao abrir a porta do apartamento, encontrou o interior escuro. De memória, pendurou o chapéu-coco no gancho da parede ao lado de uma planta folhosa. De forma estabanada, procurou a alavanca da lamparina de gás. O dono do prédio tinha prometido mudar para luz alquímica, ou até mesmo eletricidade; até o momento, porém, ela não vira nenhuma obra sendo iniciada, apesar da pequena fortuna que pagava pelo lugar. Algumas bombeadas clarearam o lugar escuro — o suficiente para pelo menos enxergar.

— Ramsés? — Ela bateu com a bengala em uma estante. Onde estava o gato? Mahmoud tinha vindo alimentá-lo e teria falado se ele estivesse desaparecido. Ela desabotoou seu blazer. — Ramsés? Sei que é tarde, mas não fique bravo.

— Ah? — ronronou uma voz. — E o que Ramsés ganha quando você o encontrar?

Fatma tensionou os músculos, virando-se nos calcanhares enquanto instintivamente levava a mão até a jambia na cintura — apenas para descobrir que a espada não estava lá. Droga. Com a outra mão, apertou o revólver do trabalho, ainda aninhado no coldre. Ela estava no meio do processo de sacá-lo quando estacou, vendo o que havia diante de si.

Descansando casualmente em uma cadeira marroquina de espaldar alto com estrutura de madeira escura e estofados cor de creme — a cadeira *dela* — estava uma mulher. Vestida com uma larga peça única de tecido preto, encontrava-se sentada com as pernas cruzadas. Intensos olhos escuros se destacavam em um rosto quase perfeitamente oval; na parte de cima da cabeça, o cabelo fora raspado bem baixo, exceto por um tufo de cachos na parte da frente. Na ponta de todos os dedos das mãos enluvadas da mulher havia uma garra afiada de prata, com as quais ela acariciava distraidamente o pelo do gato em seu colo.

Antes que Fatma pudesse falar, a mulher gentilmente colocou Ramsés em uma almofada. O gato miou, descontente, mas apenas piscou os olhos amarelos uma vez antes de se aconchegar, formando uma bolinha prateada. Ficando de pé, a mulher de capa preta caminhou adiante — os pés calçados não faziam som algum no chão de madeira. Seu modo de andar tinha um gingado, quase intencionalmente preguiçoso. Ainda assim, ela pareceu se mover de um jeito nitidamente acelerado para cobrir a distância até Fatma com passos rápidos, olhando-a de cima. O olhar da mulher recaiu sobre a pistola quase empunhada.

— Está planejando atirar em mim, agente? — sussurrou ela. — Cadê aquela faca que sempre carrega por aí?

Fatma afrouxou os dedos e soltou a respiração que segurava.

— Não a usei esta noite. Fui investigar um caso à paisana. Ela teria chamado atenção.

A mulher soltou um riso rouco do pescoço fino. Passou uma garra prateada embaixo do queixo de Fatma, descendo pelo comprimento de sua gravata.

— Como se você não chamasse atenção nesses terninhos. — Segurou a gravata, enrolando-a nos seus dedos e puxando até que as duas se tocassem; Fatma não sabia dizer de quem era o coração cujas batidas sentia. — E amo tanto esses terninhos!

Então, daquele jeito ágil, ela se abaixou e deu um beijo em Fatma.

Não foi um beijo firme, mas ávido. Do tipo que transmitia necessidade e desejo, coisas ansiadas e negadas por muito tempo. A princípio Fatma se conteve, a razão desorientada por um momento, os lábios e a língua desajeitados e fora de sintonia. Mas aquela voracidade também estava dentro dela. Rapidamente a chama se acendeu, cheia de desejo, buscando de forma divertida o compasso certo até que entrasse no ritmo da outra.

Quando os lábios se afastaram, a cabeça de Fatma estava girando. O ar parecia eletrizado, e ela respirou fundo para reabastecer os pulmões.

— Siti — falou ela, arfando. — O que está fazendo aqui?

Siti abriu o sorriso de uma leoa, batendo pestanas com seus cílios curvados, e Fatma sentiu um alvoroço dentro de si.

— Acho que isso está bem óbvio.

Ela afrouxou a gravata de Fatma, e de alguma forma começou a desabotoar sua camisa com aquelas garras curvadas.

— Mahmoud não disse que eu tinha visita.

O rosto escuro de Siti se franziu enquanto ela tirava o blazer de Fatma.

— Aquele bewab é bonzinho, mas muito enxerido. Você não iria querer que ele contasse para os seus vizinhos sobre as visitas que recebe de uma mulher infiel na calada da noite, iria?

— Então como...? — Fatma se interrompeu para tirar o blazer enquanto Siti trabalhava no colete. Seus olhos recaíram nas cortinas de algodão da sacada, esvoaçando ao sabor da brisa da noite. — Você alguma vez usa a porta?

— Não se eu puder evitar.

Com uma empurrão espirituoso, Siti prendeu Fatma contra a parede. A agente sempre ficava embasbacada com quanto Siti era forte. Não que ela estivesse resistindo muito. Um conjunto de garras correu por sua nuca, fazendo-a estremecer. Ela as deixou subir, enfiando-se suavemente por seus cachos pretos.

— Você precisa lavar o cabelo.

— E você cortou o seu. Quando foi que voltou? Não te vejo há meses.

— Sentiu saudades? — perguntou ela, fazendo biquinho.

Fatma envolveu a cintura de Siti com os braços, desfrutando da sensação familiar, e a puxou para mais perto.

Siti sorriu, com os olhos escuros cintilando.

— Vou aceitar isso como um sim!

— Sabe, eu estava planejando chegar em casa e dormir. Estava muito cansada.

— Ah, é? Ainda está cansada?

Fatma respondeu com um beijo e decidiu que não estava cansada no fim das contas.

Algum tempo depois, Fatma se viu sentada na cama entre as almofadas vermelhas e douradas e os lençóis adamascados que combinavam. Vestida com uma simples jelaba branca, reclinou-se contra Siti, que penteava seu cabelo ainda molhado.

— Se não mantiver o couro cabeludo umectado, ele vai ficar ressecado neste calor.

— Eu tenho um barbeiro — respondeu Fatma.

Siti estalou a língua nos dentes, derramando óleo nos cachos de Fatma e depois massageando com seus dedos ligeiros. A agente suspirou, satisfeita, sentindo o fraco aroma doce de nozes. Aquela era uma das coisas de que mais sentia falta.

— O que é isso? — balbuciou ela.

— Um óleo que minha mãe e minhas tias me ensinaram a fazer. Ajuda a manter o cabelo saudável.

— O que tem nele?

— Um pouco disso e daquilo, antigos segredos núbios. Não compartilhamos com pessoas de fora.

Fatma virou a cabeça para Siti, que estava usando uma de suas jelabas. A roupa carmim era pequena demais e parecia mais uma camiseta, mas Siti a usava como se tivesse sido feita para ela.

— Acho que tenho o direito de saber. Meu pai diz que podemos ter ancestrais núbios, alguma tataravó ou coisa assim.

Siti revirou os olhos, virando a cabeça de Fatma de volta para a frente.

— Você é só uma sa'idi com lábios bonitos. Fale comigo de novo quando tiver certeza. Ai!

Fatma se virou de novo e viu que Ramsés tinha subido no ombro de Siti, fincando as garras.

— Isso machuca! — Ela o enxotou, e ele pulou para a cama. — Tem certeza de que ele não é um djinn? Metade dos gatos do Cairo provavelmente é djinn, sabe...

Fatma riu, passando uma mão pela parte de baixo da perna direita dobrada de Siti enquanto olhava para a esquerda. Elas eram longas, assim como os braços — era como se ela tivesse sido esticada. Bem torneadas também, tanto que Fatma podia sentir os músculos. Ela se considerava razoavelmente em forma; perto de Siti, porém, tinha a sensação de que devia passar mais tempo no ginásio.

— É bom te ver, Siti. — Com a voz mais suave, perguntou: — Mas o que fez você voltar?

— Humm, ao Cairo? Ou à sua cama?

Na verdade, as duas coisas. Fatma a conhecera no verão anterior, durante um caso. O que começara como alguns jantares logo se desabrochara em... o que quer que fosse aquilo. Havia sido inebriante e novo e maravilhoso. Mas acabara junto com o verão, e Siti partira para fazer... o que quer que fizesse. Algumas cartas haviam chegado, postais de Luxor, Quena, Com Ombo. Fatma voltara para a vida frenética como agente do Ministério, dizendo para si mesma que havia sido só um casinho. Agora, Siti tinha retornado. E, com ela, toda euforia.

Ela se sentou, virando para trás. Era melhor ser direta.

— Suponho que essa não seja só uma visita. Ou estaria usando algo um pouco mais casual. — Fatma gesticulou para a roupa preta embolada no chão, as garras de prata jogadas por cima.

Siti a encarou, impassível, com os olhos frios como pedras pretas. Algo cedeu, e ela suspirou.

— Voltei para o Cairo de dirigível hoje. E sim, eu fui enviada para passar uma mensagem. Do templo.

O templo. Aquele era outro fato sobre Siti. Ela era seguidora da religião antiga. Comprometida com Hator, a deusa do amor e da beleza, um dia venerada em um Egito havia muito inexistente. Uma infiel, sem dúvida. A "idólatra" de Hadia adentrou sua mente, e ela a afastou.

— Qual é a mensagem, então? — perguntou ela, mais fria do que pretendia.

Não importava ela ter ido até ali parcialmente a trabalho, importava?

Siti franziu a testa ao ouvir aquele tom.

— É sobre o que aconteceu esta noite em Gizé.

Aquilo foi inesperado.

— Como você sabe sobre isso? Não faz nem algumas horas. — Ela estreitou os olhos quando a compreensão chegou. — Algum dos policiais faz parte de um dos seus... templos.

— Por que você acha que é só um? — perguntou Siti. — Enfim, duas das vítimas eram seguidoras. Eu não os conhecia muito bem. Eram de outros templos. Mas a notícia está rodando por aí sobre como morreram. Podemos ter informações. Imaginei que você fosse a melhor pessoa para abordar.

Claro. Fatma era uma das poucas autoridades em contato com eles.

— Que tipo de informação? Você está envolvida nisso?

— Eu? Não! Acabei de chegar aqui. Não sei muito sobre nada, exceto que esse tal Worthington, que chamam de Paxá Inglês, tinha negócios com os templos. Você vai precisar perguntar mais coisas para Merira. Ela quer te encontrar amanhã.

Merira. Uma sacerdotisa do Templo de Hator local que parecia saber das coisas mais estranhas.

— Então vamos nos encontrar amanhã. Mais alguma coisa?

— Sim.

Siti se inclinou para a frente e a beijou — com gentileza, mas com ardor suficiente para afastar a frieza que circulava os pensamentos de Fatma. Ela se deixou levar mesmo quando a mulher se afastou.

— Senti saudades suas nesses últimos meses — disse Siti, parecendo ler o que estava por trás dos olhos de Fatma. — Eu *já estava* planejando vir, com ou sem mensagem. Só consigo pensar nisso. Só penso nisso há um bom tempo. — Deitando-se, colocou a cabeça no colo de Fatma e se aninhou. — Pelo resto da noite, prometa que vamos parar de falar sobre assassinatos, investigações e o que quer que tenha acontecido lá. Só por esta noite, vamos esquecer do mundo. E simplesmente *estar* aqui.

Fatma passou a mão pelo cabelo baixo de Siti, brincando com o tufo da frente entre os dedos. Ela podia fazer aquilo. O mundo, afinal de contas, esperaria.

Foi o som do muezim chamando para a Fajr que a despertou.

Fatma piscou algumas vezes para se acostumar com o quarto escuro. Um relógio próximo avisava que havia acabado de passar das cinco da manhã. Ela virou o corpo e esticou o braço, encontrando um espaço vazio. Ficou de pé e olhou em volta, mas se viu sozinha. Seu olhar foi para a sacada, por onde a brisa da madrugada entrava.

Siti optara pela saída de costume, ao que parecia.

Como nos velhos tempos. Havia até mesmo um recado dobrado sobre o travesseiro. Cheia de culpa por saber que não se levantaria a tempo de orar, Fatma se deitou de novo e fechou os olhos. Ramsés ronronou contra o corpo dela, e ela se enrolou em volta dele tentando ignorar o vazio ao seu lado.

5

— Bom dia, tio.

— Uma manhã de rosas, capitã — respondeu Mahmoud. — Este é novo?

Ela olhou para as próprias roupas: um blazer verde-floresta escuro com finas listras magentas e um colete combinando. Ela ainda ornara o conjunto com uma gravata fúcsia mostrando toques de roxo por cima de uma camisa branca.

— Andava escondido no guarda-roupa. Achava um pouco... audacioso.

O bewab ergueu as sobrancelhas grossas, mantendo a porta aberta.

— Você parece mais leve esta manhã, capitã. Deus é maravilhoso por te mandar sonhos e sono bons.

— Pode-se dizer isso.

Saindo do prédio, ela tocou a aba do chapéu-coco e se despediu dele. A verdade era que ela se sentia notavelmente descansada — embora tivesse dormido apenas algumas horas. Não se sentia assim desde o verão, depois de passar um tempo com... Siti.

Um sorriso repuxou seus lábios, e quando ela parou para engraxar os sapatos, o homenzinho de jelaba branca e turbante a encarou, curioso. Ela escondeu o rosto corado atrás de um jornal enquanto uma das mãos escorregava para o bolso do blazer — para tocar o recado de Siti, um convite para tomar café da manhã.

Subindo em um bonde que encontrou repleto de pessoas viajando a trabalho — operárias de fábrica usando reveladores vestidos azul-claros e hijabs; homens de negócios em ternos ao estilo turco e chapéus fez vermelhos; funcionários do governo usando cafetãs por cima de jelabas de botões brancos translúcidos, os trajes completos com camisas de colarinho ao estilo ministerial. Havia um djinn com cabeça de cabra, vestindo terno e calça de tweed; estava sentado lendo o jornal, com a longa barbicha do queixo se mexendo enquanto mastigava distraidamente. Ao notar a manchete, Fatma conferiu depressa o próprio exemplar do periódico.

A morte chocante do Paxá Inglês era a história principal, e incluía condolências da comunidade empresária, uma declaração do governo jurando que as reuniões da cúpula de paz continuariam e um relato das investigações posteriores. Nada sobre chamas que queimavam apenas pele, cadáveres com a cabeça virada ou homens misteriosos de máscara dourada. O resto da primeira página incluía especulações sobre a aproximação crescente entre o kaiser alemão e o sultão otomano, as preocupações costumeiras de guerra e uma extensa reportagem sobre outro roubo audacioso realizado pelas Quarenta Leopardas. Talvez Aasim tivesse conseguido manter a imprensa no escuro no fim das contas.

Ela guardou o jornal e pulou para fora do bonde em uma interseção bloqueada. O trânsito infame do Cairo estava engarrafado de novo: um acidente envolvendo um elegante automóvel prateado e uma carroça puxada por um burro capotada com melões. Os dois condutores gritavam, apontando e agitando os dedos no ar. O burro ignorava os dois, tentando abocanhar os melões.

Fatma seguiu na direção da rua principal, serpenteando pelas ruas paralelas até seu destino. Makka era uma lanchonete núbia de aparência pacata a despercebida, mas havia estabelecido uma clientela leal. As mesas estavam todas cheias, e as cadeiras mal deixavam espaço para passar entre elas. A decoração imitava as tradicionais casas núbias, com os batentes das janelas amarelos contra paredes azuis e chão com ladrilhos verdes e marrons.

Ela mal havia entrado quando um homem de cabelos brancos a recebeu com um cumprimento escandaloso. Tio Tawfik, o filho da dona. Ele a encheu de perguntas. Por que tinha passado tanto tempo sem vê-la? Como estava a família? Não queria ver a mãe dele? Ela foi arrebanhada para a cozinha — onde o aroma de cominho e alho flutuava no ar. As irmãs de Tawfik não eram nem um pouco menos afetuosas e perguntadoras. Ela suportou o interrogatório até se colocar diante da proprietária de Makka, madame Aziza — uma irmã da avó de Siti. A majestosa matrona estava sentada em uma cadeira como uma rainha meroítica observando seu reino. Retribuiu os cumprimentos de Fatma e espiou de dentro de seu hijab preto mais tradicional.

— Uma bela bengala — disse ela, ríspida, batendo no chão com um cajado de madeira. — Mas gosto mais do meu. Veio ver minha sobrinha?

— Siti... Quer dizer, Abla me pediu para encontrar a senhora aqui.

Fatma estava tão acostumada com o apelido que algumas vezes se esquecia de usar o nome de verdade de Siti.

— Abla. Aquela lá não consegue ficar em um lugar só. É como o vento soprando para lá e para cá. Tem muito do pai nela.

Fatma não respondeu. Siti raramente falava sobre o pai, que nem sequer conhecera. Fora algum tipo de escândalo, pelo pouco que Fatma compreendia.

— Tinha uma história na minha aldeia — continuou madame Aziza — sobre uma mulher que era tão leve quanto uma pena. Era como o vento, e seu marido não conseguia mantê-la em um lugar só. Então recitava uma poesia, e ela se aquietava o suficiente para ouvir. Você sabe recitar poesias?

Fatma abriu a boca, tentando pensar em um resposta — e foi salva pela chegada de Siti, que surgiu descendo alguns degraus. Havia trocado a roupa de sair à noite por um visual mais de seu costume — um vestido núbio com estampas douradas e verdes amarrado na altura dos joelhos, por cima de uma calça branca apertada enfiada dentro de botas marrons de cano alto. Ela já chegou falando sem parar enquanto amarrava um hijab vermelho, antes de pegar o braço de Fatma.

— Yalla! Se não sairmos agora, vão me fazer servir mesas a manhã inteira!

Fatma conseguiu se despedir de alguns presentes enquanto era praticamente puxada da cozinha.

— Sua tia, o que ela sabe... sobre, quer dizer, nós?

— Tia Aziza? Ela tem noventa anos. Duvido que a sanidade dela esteja lá essas coisas.

Fatma deu uma olhada por cima do ombro, encontrando aquele olhar observador. Subestimavam a idosa.

— Achei que a gente ia tomar café.

Siti balançou a cabeça.

— Sem tempo. Merira quer te encontrar agora.

Agora? Fatma tinha a esperança de se sentar e conversar. Ver uma cumbuca de ful a fez se lembrar que também estava com fome.

— Preciso comer alguma coisa.

Siti respondeu pegando dois embrulhos com tio Tawfik e entregando um para Fatma. Kabed recém-saídos do forno, recheados com o que parecia ser mish. Siti já estava mordendo o pão com queijo, comendo vorazmente. Fatma resmungou; teria preferido o cozido de feijão. Elas andaram até a rua principal, onde o acidente havia sido resolvido, e Siti acenou para uma carruagem. Fatma se jogou no assento acolchoado enquanto o veículo já arrancava.

— Já vou pegar o turno do fim da tarde — reclamou Siti. Ela costumava ficar no restaurante da tia quando estava no Cairo, servindo mesas. — Minha prima preguiçosa acha que vou pegar os turnos dela também? — Ela suspirou, depois pareceu arrependida. — Malesh. Eu nem sequer te dei bom-dia direito. — Os dedos dela desceram pela gravata de Fatma. — Nem elogiei esse blazer lindo!

— Tudo bem — respondeu Fatma, terminando a comida. — Sempre que volto para casa, minhas tias me colocam direto para trabalhar. Na última vez, fui arrastada para o casamento da minha prima.

Siti fez uma careta.

— Experimente ir a um casamento núbio. Eles podem durar uma semana. E a henna...

— Não é muito diferente. Tenho uma tia que faz todas as hennas, mas tenho sido *ajudante* dela desde que me conheço por gente. Acho que ela sempre pensou que eu sempre seria uma aprendiz. Enfim, a gente passava metade da noite trabalhando na noiva.

Siti esticou a mão para limpar um pouco de mish dos lábios de Fatma.

— Você vai precisar treinar comigo. — Ela deu uma piscadela, se virando para procurar a carruagem. — Essa cidade cresceu desde que fui embora?

Fatma seguiu o olhar dela até onde o sol da manhã banhava o Cairo — uma mistura de prédios modernos e fábricas. Novos eram construídos todos os dias, as vigas mestras como ossos esperando por pele, espalhados entre ruas apinhadas de carruagens, bondes, carros a vapor e muito mais. O horizonte não era menos agitado, cruzado por vagões apressados que soltavam estalos de energia elétrica ao passar. Ainda mais no alto, um dirigível azul pairava como uma baleia voadora — seis hélices o impulsionando na direção do horizonte.

— Graças a Jahiz — as duas disseram juntas, e foram sinceras.

A carruagem seguiu em direção do Antigo Cairo. Ali, as ruas eram estreitas e pavimentadas com paralelepípedos. Do outro lado ficavam a mesquita e a arquitetura das eras do Cairo — da época dos fatímidas à dos otomanos.

Siti fez sinal para a carruagem parar, insistindo em pagar a passagem. Pegaram uma via principal na praça Al-Hussein e seguiram a multidão na direção de um portão de pedra exibindo enjuntas adornadas com padrões geométricos. Do outro lado ficava o mercado de Khan-el-Khalili.

O mercado árabe ao ar livre havia sido construído ao longo dos séculos em uma configuração quase aleatória. Fachadas com portas coloridas se enfileiravam em ruas estreitas, excedendo o número apenas das barracas que tomavam conta de todo espaço: cafeterias e quiosques para operários, livrarias e barraquinhas de fragrâncias alquímicas, butiques de seda e prateleiras repletas de peças de reposição para autômatos. Vendedores gritavam pela manhã, enquanto outros convenciam os transeuntes sussurrando promessas. No meio da barganha, milhares de aromas — perfumes, especiarias e carnes cozinhando — atordoavam os sentidos.

— Agora, disso eu sinto falta — disse Siti, andando pomposa pelo mercado. Ela guiou Fatma, dando a volta em cilindros gigantes de motores aeronáuticos e passando por homens jovens carregando nos ombros urnas de vapor de alta pressão que serviam chá em xícaras finas de porcelana. — Dá para conseguir quase qualquer coisa neste lugar. Sabia que supostamente tem uma anja por aqui em algum canto? Dizem que ela faz milagres.

Fatma se abaixou para passar por baixo de lanternas de latão penduradas antes de entrar por outra passagem. Uma anja? No Khan? Anjos tinham aparecido algum tempo depois dos djinns. Ou melhor, seres que se autodenominavam anjos. A Igreja Copta decretara que não podiam ser anjos, insistindo que todas as divindades do tipo residiam no céu com Deus. O ulemá era igualmente cético, afirmando que anjos de verdade não tinham livre-arbítrio. As criaturas enigmáticas não estavam elucidando o assunto de qualquer forma. Um deles fazendo o mercado árabe de residência era bizarro. Por outro lado, o que sobre eles não era?

— Já vi anjos o bastante — respondeu Fatma.

Siti concordou com um grunhido. O caso no qual elas tinham se conhecido no verão anterior envolvia um anjo chamado Criador, e as coisas haviam dado muito, muito errado. As duas tentavam não falar muito sobre o assunto.

Siti parou perto da saída de um pequeno beco, de frente para uma loja com duas portas. Acima de uma delas pendia uma placa que indicava em caligrafia preta que o lugar era um boticário, cuja fachada era decorada com cestos de folhas secas e ervas pungentes. A madeira gasta da outra fora pintada com um grande olho azul-celeste cercado por estrelas douradas e velas vermelhas. Acima disso, estava gravado em branco: MORADA DA DAMA DAS ESTRELAS.

Abrir a porta fez sininhos tocarem quando entravam no lugar azul desbotado. Uma velha estava sentada sozinha à mesa, empurrando peças por um tabuleiro de jogo, com uma cadeira vazia como oponente. Ao ouvi-las entrar, levantou a cabeça para formular cumprimentos desvozeados com a boca — movendo a mão para cima e para baixo, pedindo silêncio.

Metade do espaço retangular estava delimitada por uma cortina de contas vermelhas e pretas, atrás da qual estavam sentadas três pessoas em uma mesa. Um era Merira, vestindo um sebleh preto decorado com estrelas douradas e um longo turbante drapejado com moedas e bolinhas de lã vermelhas. Os indivíduos diante dela usavam vestes verdes cujo corte seguia uma mistura dos estilos parisiense e cairota, tão comum naquela época, ambos com o rosto escondido por um véu. Mulheres de classe alta, ali no fundo de um beco no Khan em busca de uma vidente. As três conversavam em sussurros: algo sobre um pai doente, um despachante de dirigível magnata e uma herança.

O que quer que Merira tivesse revelado parecia não ter caído muito bem, e a dupla começou a discutir alto. Depois de várias tentativas malsucedidas de intervir, Merira soltou um grito de frustração. Uma lufada de vento chacoalhou a cortina e fez a lamparina de gás dourada oscilar em seguida. Fatma segurou o chapéu-coco para não ser levado pelo vento. Siti bocejou, olhando as unhas. A roupa da velha se agitou, mas ela não tirou os olhos do jogo.

O vento morreu, mas causou o efeito esperado. As duas mulheres pararam o bate-boca, fixando o olhar em Merira, que silenciou um de seus protestos com um rápido "tsc!". Quando as duas finalmente partiram, deixaram uma quantidade obscena de dinheiro junto com sua gratidão.

Merira saiu da mesa parecendo cansada, mas colocou um sorriso radiante no rosto quando viu Siti e Fatma, cumprimentando-as com beijos. A sacerdotisa forçava um ar matronal, acentuado pela idade, por um par de olhos atenciosos e pelas bochechas rechonchudas. No entanto, era tudo encenação, como fingir ser vidente. Fatma sabia bem. Por trás daqueles lábios sempre sorridentes estava uma mente astuta que conhecia todo o funcionamento daquela cidade — tanto na luz quanto nas sombras.

— Sua clientela deu uma elevada no nível — comentou Fatma.

Merira revirou os olhos.

— Até mesmo os mais ricos querem conhecer sua sorte. E as contas precisam ser pagas. — Ela colocou a pilha generosa de notas na mesa em frente à velha. — E obrigada, Minya. Sua demonstração oportuna me impediu de estrangular aquelas duas!

O espaço acima da cadeira vazia se agitou, e uma mulher alta de forma inumana apareceu, com pele verde-água marmoreada e radiantes olhos jade. Seu corpo efêmero era tão transparente quanto seu vestido fino, que tremulava como se soprado por uma brisa. Uma jann. Um dos djinns elementares. Isso esclarecia as coisas. A jann mexeu uma peça no tabuleiro, fazendo a velha exclamar e morder a mão.

— Que a paz esteja contigo, agente Fatma — cumprimentou a djinn, com a voz ecoando. — É um prazer vê-la de novo, apesar das circunstâncias.

— E paz para você também, Minya — respondeu Fatma.

A djinn era devota de Hator. Djinns, afinal de contas, podiam ser de qualquer religião, ou nem sequer ter alguma. Ela se virou para Merira, que tinha tirado o turbante e agora estava passando kohl preto na pele tom de mel sob os olhos.

— Acredito que as "circunstâncias" tenham a ver com a noite passada? Tem alguma informação?

— Não só eu. Venha.

A sacerdotisa as guiou para além de outra cortina de contas, essa dourada e azul, depois enveredou por um corredor estreito até chegar a uma porta. Uma rápida série de batidas padronizadas lhes concedeu passagem, e as três entraram no Templo de Hator.

Iluminado por lamparinas fortes, o espaço era mobiliado com mesas de mogno e cadeiras acolchoadas. Murais coloridos na parede representavam deuses com cabeças de animais ou usando coroas divinas. No centro do templo havia uma estátua de granito preta de uma mulher sentada, com chifres curvados adornando a cabeça e um disco no meio deles. Hator. A Dama das Estrelas. A deusa venerada no Egito antigo, os fiéis reduzidos a um pequeno grupo nas travessas isoladas de Khan-el-Khalili.

Os que optavam por seguir aqueles deuses esquecidos o faziam em segredo. Embora o Ministério não soubesse ao certo os números, era estimado que havia por volta de milhares dessas pessoas — e aumentando. Havia apenas um ocupante no templo naquele dia: uma jovem usando uma túnica branca diáfana. Ela se curvou para Merira, que tirou o sebleh, revelando um vestido dourado pregueado. A jovem pegou o vestuário, ajudando a sacerdotisa a colocar uma peruca com cabelo em camadas. Siti fora sozinha para outro lado, parando para rezar para uma segunda estátua de granito — essa de uma mulher com cabeça de leoa. Hator na forma de Senhora da Vingança e Dama da Guerra — a deusa Sekhmet.

Fatma observou de longe. Não era intolerante, mas acreditava em Deus e no fato de que o Profeta — a paz estivesse com ele — era Seu mensageiro. Mesmo depois de tudo o que havia visto naquele ramo de trabalho, aquilo ainda era estranho. Siti se aproximou assim que terminou de orar, e Fatma se remexeu sob a vigilância daqueles olhos astutos. Elas tentavam ao máximo não conversar sobre religião.

— Merira foi por aqui — foi tudo o que ela disse, guiando Fatma até outra parte do local.

A sacerdotisa de Hator já estava sentada em um largo divã vinho cujas pernas terminavam em patas de animais. Um gato preto estava deitado ao lado dela, com argolas de ouro no nariz e nas orelhas além de um colar de lápis-lazúli. E havia mais alguém.

Sentado diante de uma longa mesa cor de café de frente para Merira havia um homem. Fatma nunca tinha visto um no templo. Achava que as seguidoras de Hator eram todas mulheres. Mas quando olhou direito o rosto dele se perguntou se ele era mesmo um homem. Tinha a pele completamente cinza, com amenos subtons marrons, como se sua cor verdadeira tivesse esmaecido no sol. Não tinha cabelo algum. Nada na cabeça redonda, nem mesmo sobrancelhas. Apesar disso, sua pele estranha não parecia macia. Em vez disso, exibia uma característica coriácea, o que a fazia imaginar uma textura áspera.

— Agente Fatma — apresentou Merira —, esse é...

— Pode me chamar de lorde Sobek — falou o homem. Sua voz era quase gutural. E os dentes! Tinham sido afiados nas pontas? — Mestre das Águas — continuou ele. — O Vigia. Lorde de Faium. Defensor da Terra. General dos Exércitos Reais.

Um silêncio se alongou. Merira manteve a expressão estoica. A jovem ajudante fixou o olhar em outro lugar. Siti suspirou, puxando uma cadeira e convidando Fatma a se sentar.

— Esse é, ééé... Ahmad.

O homem fez uma careta, mas assentiu com firmeza.

— Ahmad é o sumo sacerdote do Culto a Sobek — explicou Merira.

O nome despertou algo na cabeça de Fatma. O deus com cabeça de crocodilo do panteão do Egito antigo. Ela olhou para o homem, que usava túnicas marrom-escuras gastas nas pontas. Não eram exatamente os trajes de um sumo sacerdote, mas *havia* mesmo algo de crocodiliano nele. Agora que estava vendo mais de perto, era possível notar que o que pensara serem olhos pretos eram, na verdade, de um penetrante tom de verde-escuro. Como um crocodilo do Nilo.

— Perdemos dois dos nossos na tragédia de ontem à noite — disse Merira.

Fatma se virou para ela.

— Um homem e uma mulher. Conhece eles?

Merira assentiu, ajeitando um baralho de cartas de tarô pretas sobre a mesa. Fatma não entendia por que uma sacerdotisa de Hator precisava de tais coisas. Cartas de tarô para adivinhações eram provavelmente uma invenção europeia com algumas influências mamelucas, não uma prática dos faraós. Mas até aí, lá estava a própria Fatma usando um blazer inglês. Então, talvez ela não fosse a melhor pessoa para falar alguma coisa a respeito.

— O homem era um sumo sacerdote do Culto a Anúbis. — Merira virou uma carta, mostrando um chacal preto segurando a foice da morte. — A mulher era uma suma sacerdotisa de Néftis.

Ela virou outra carta: uma mulher sentada segurando um cajado.

Néftis. Uma deusa da morte, se Fatma se lembrava bem.

— Néftis — falou Ahmad — era minha consorte divina. A esposa de Sobek.

Fatma franziu o cenho.

— Pensei que Néftis fosse irmã e esposa de Set.

Siti balançou a cabeça em silêncio. Tarde demais. As narinas abundantes de Ahmad inflaram quando ele cerrou os dentes afiados.

— Por que todo mundo é tão subordinado a textos escritos há milhares de anos? — disparou ele. — Deuses podem mudar. Se distanciar. Tentar coisas novas. Além disso, Set era um babaca. Nunca soube como tratar Néftis apropriadamente. Como venerá-la.

Fatma olhava ao redor, incerta. Estavam falando sobre deuses ou sobre pessoas?

A raiva sumiu dos olhos de Ahmad, e ele colocou a mão dentro da túnica. Tirando uma foto do bolso: a imagem de uma mulher.

— Néftis. Meu amor. Meu ser divino.

A mulher na foto era jovem e muito bela — com um sorriso jovial que se estendia até seus olhos. Um contraste e tanto com os restos chamuscados que ela vira na noite anterior.

— Que Deus te dê paciência — ela disse a ele. — Posso perguntar o nome verdadeiro dela?

— Ester — respondeu ele suavemente, pegando a foto de volta. — Ester Sedarous.

Um nome copta. Ela era cristã. Ou, um dia, havia sido.

— O que ela estava fazendo lá ontem à noite? — perguntou Fatma, dirigindo a pergunta à Merira. — O lorde Worthington se juntou a um de seus templos?

— Muito pelo contrário. — Merira virou outra carta. Esta mostrava um velho barbado usando túnica roxa e segurando uma lamparina brilhante. — O Eremita busca a verdade.

Ela virou outra carta, e Fatma arqueou as sobrancelhas. Era uma réplica do estandarte na propriedade de lorde Worthington: duas pirâmides interligadas, formando um hexagrama cercado por serpentes flamejantes devorando a própria cauda, tudo isso acima de uma cimitarra e uma lua crescente virada para baixo.

Fatma não fazia ideia de como a mulher fazia isso, e não ligava muito.

— Chega, Merira. Quero saber tudo que você sabe. Chega desses truques de salão. Apenas me conte.

A suma sacerdotisa se recostou na cadeira, decepcionada. Amava seus dramas.

— A Irmandade Hermética de Al-Jahiz. — Bateu com a ponta do dedo na carta mostrando o estandarte. — O hexagrama, um símbolo da alquimia que representa os grandes elementos. — Foi tocando cada um dos quatro signos do zodíaco e o olho que tudo vê enquanto falava: — Ar, fogo, terra, água e espírito. O sol e a lua para representar os muitos mundos desconhecidos que podem existir. Embaixo, a espada: honra na defesa do que é correto, do que é puro, o equilíbrio entre a vida e a morte. Embaixo ainda, a crescente virada para baixo: a luz da sabedoria diante da escuridão. — Deslizou o indicador pela serpente flamejante. — A busca sem fim e eterna. *Quærite veritatem*. Busquem a verdade.

Fatma estava confusa. Desde a volta dos djinns, esotéricos e espiritualistas tinham tomado o Egito — uma variedade de homens com chapéus estranhos. Mas um grupo dedicado a al-Jahiz?

— Eu nunca tinha ouvido falar de algo assim.

— Nem eu — respondeu Merira —, até termos sido abordados para nos juntar a eles. A Irmandade Hermética de Al-Jahiz foi fundada por lorde Alistair Worthington. Em algum momento no fim dos anos 1890.

— Quase uma década depois da derrota britânica em Tell El Kebir — comentou Fatma. — Lorde Worthington foi essencial para negociar a paz e a independência.

— Pelo que lhe foi concedido privilégios especiais, aquele conhecido como Paxá Inglês — continuou Merira. — Ao que parece, ele usou disso para fundar sua irmandade secreta. Passaram anos caçando cada pista de al-Jahiz. Supostamente têm um cofre de relíquias.

Fatma se lembrou da sala de ritual na propriedade — construída, ao que parecia, em homenagem a al-Jahiz.

— Parece um pouco forçado, não parece? — perguntou Merira. — Eu estava certa de que havia algum plano nefasto quando ele convocou os líderes dos templos. — Tamborilava a mão sobre a carta do Eremita. — No entanto, tudo que vi foi um homem sincero em busca de um propósito elevado. Ele acreditava mesmo estar em uma jornada sagrada. Que os segredos de al-Jahiz trariam paz para o mundo.

— Nosso grande e nobre salvador inglês — pontuou Siti, com ironia.

— Bem, sim, isso também.

— Ainda não entendo como vocês estão envolvidos nisso — disse Fatma. — Se eu estivesse criando um grupo dedicado a al-Jahiz, vocês não seriam os primeiros na minha lista. Sem ofensa.

— Não estávamos envolvidos — respondeu Merira. — A Irmandade era em sua maioria formada por homens ingleses, da empresa de Worthington. Mas ele se convenceu de que o segredo para recuperar os segredos de al-Jahiz era conseguir, como ele mesmo dizia, "os nilotas de mais puro sangue entre nossos membros, com mentes que funcionassem como a dele".

Fatma fez uma careta. Merira deu de ombros.

— Ele tentou iniciar outros sócios ricos egípcios, mas os poucos com quem trocou ideia, tanto muçulmanos quanto coptas, recusaram. Ele até mesmo foi atrás de alguns sudaneses.

Fatma tentou imaginar um membro recrutando alguém do revolucionário povo madista da República do Sudão para sua irmandade ocultista. Provavelmente teria que aguentar três horas de refutação estrelando escritos da filosofia sufi e mais duas de retórica marxista.

— Aqueles próximos de lorde Worthington o avisaram de que ele seria visto como um pária se persistisse — disse Merira. — Nós, por outro lado, já passamos disso há muito tempo.

— Vocês eram os únicos que aceitariam a oferta dele.

— Até mesmo um homem rico às vezes precisa comer com os pobres — comentou Ahmad.

Aquilo soou como algo que a mãe de Fatma diria. O estranho pegou um maço de Nefertari, deslizou um entre seus lábios e estava pronto para acender um isqueiro prateado em forma de escaravelho quando Merira pigarreou alto. Entendendo o recado, ele suspirou e guardou o cigarro. A suma sacerdotisa de Hator estreitou os olhos para Fatma.

— Posso ver a expressão em seu rosto, investigadora. Você acha que estávamos sendo usados. Um inglês rico aparece com sua tolice de culto, caçoando de nossa cultura, e nem ao menos temos a dignidade de dizer não a ele... Como algum guia antigo recebendo a oferta de carregar sacos em troca de uma pequena gorjeta.

— Não exatamente. Mas vocês estavam sendo usados.

— E o usamos também — respondeu Merira. — Exigimos um preço alto por nossa presença. Nossos cultos não podem continuar assim. Se escondendo debaixo dos panos. Se reunindo em segredo. O dinheiro de Worthington nos ajudaria a construir e nos estabelecer em um templo de verdade. Um lugar de adoração ao ar livre, onde não seríamos perturbados e perseguidos. Por que acha que Siti tem viajado?

A cabeça de Fatma virou bruscamente para Siti, que não a olhou nos olhos. A agente voltou a encarar Merira.

— Não estou aqui para dar uma lição de como governar seu templo, mas estamos falando de assassinato. O envolvimento de sua gente vai vazar mais cedo ou mais tarde. Isso vai trazer exposição, e não a do tipo que você quer. Não preciso falar quão depressa as acusações podem se virar contra vocês.

Ahmad grunhiu algo sobre preconceito sem sentido, e o rosto de Merira ficou tenso.

— É por esse motivo que estou sendo o mais aberta possível — disse ela. — Vou te ajudar o máximo que eu puder. Dou a minha palavra, em nome da deusa.

— Ótimo — disse Fatma. — Então me diga, essa irmandade tem algum inimigo?

— Não sei dizer. Nós só lidamos com eles recentemente.

— E os outros templos? Ouvi dizer que há rivalidade entre vocês.

Merira arregalou os olhos.

— Rivalidade sim, mas entre membros. Ou sobre nossas interpretações da teologia. Mas assassinar dois dos nossos? Os sumos sacerdotes e as sacerdotisas se encontram todo mês para tomar café. Organizamos festas entre os templos. Ora, Sobek e Set moram juntos.

Fatma olhou para Ahmad, que deu de ombros.

— Foi assim que conheci Néftis. Além do mais, sabe como é difícil encontrar um apartamento barato de um quarto no centro do Cairo?

Na verdade, Fatma sabia, então deixou o assunto de lado.

— Nós sabemos sobre os cadáveres — disse Merira. — As queimaduras estranhas. Minya? Alguma ideia?

Uma brisa forte surgiu quando o nome da jann foi mencionado, e ela se materializou.

Fatma levou um susto. A djinn havia estado ali o tempo todo?

— Sabe algo sobre essas queimaduras?

O rosto da jann se franziu, pensando. Não era exatamente uma expressão humana — e não só por causa da pele marmoreada quase transparente. Seus olhos — também marmoreados — eram grandes demais, a boca muito larga e a mandíbula definida demais. Era o rosto de uma imortal que evocava eternidade.

— Eu não vi a morte por mim mesma — respondeu a jann, a voz ecoante. — Mas ouvi descrições: um fogo que consome a pele, mas deixa todo o resto intocado. — Ela tremulou, como se estivesse desconfortável. — Posso não estar certa, mas sinto o toque do trabalho de um dos meus primos.

A djinn passou os longos dedos finos no tampo da mesa. Uma das cartas de tarô se virou lentamente para mostrar uma espada cingida por chamas.

— Um daqueles formados literalmente por um fogo sem fumaça — entoou Minya. — Um ifrite.

Fatma ficou sem fôlego. Um ifrite! Um dos outros elementares. Seres de chamas. Eles eram considerados bastante voláteis e não viviam entre os mortais nem entre outros djinns. Na verdade, ninguém tinha de fato *visto* um ifrite ao longo dos quarenta anos desde a abertura do Káf por al-Jahiz.

— Mas por que um ifrite iria querer matar lorde Worthington? — perguntou ela.

A jann farfalhou, como o vento passando pelos galhos de uma árvore.

— Talvez esses mortais buscassem barganhar com um ifrite. Tais tentativas raramente terminam... sem consequência.

— Quem seria tolo o bastante para tentar barganhar com um ifrite? — resmungou Siti.

Alguém brincando com um força que não conhecia, Fatma pensou. Um dos maiores problemas naquela era. E isso raramente terminava... sem consequência.

— Mais uma pergunta: vocês sabem alguma coisa sobre um homem mascarado vestido de preto?

— Que homem? — perguntou Ahmad.

Um grunhido baixo ressoou em sua garganta.

— A filha de lorde Worthington esbarrou com um homem vestido de preto na noite passada — explicou Fatma, irritada com a reação dele. — Usando uma máscara dourada.

Ahmad cerrou os dentes, mas não disse nada. Fatma registrou o gesto para analisar mais tarde.

Merira negou com a cabeça.

— Me desculpe por não poder ajudar mais, investigadora.

— Você ajudou o bastante. Vou fazer o possível para que não sejam envolvidos em tudo isso.

— Vai fazer o possível para encontrar quem cometeu essa atrocidade — disse Ahmad.

Fatma franziu a testa. Aquilo era um pedido ou uma exigência?

— Eu sempre soluciono meus casos.

O homem de olhos verde-escuros a encarou, como se pudesse discernir a verdade.

— A Néftis não merecia o fim que teve — disse ele, com a voz quase falhando. — Faça justiça com quem a assassinou. Homem ou djinn, deixe que fique diante dos deuses e tenha sua alma pesada e julgada por seus crimes!

Fatma saiu da Morada da Dama das Estrelas para uma ruela isolada em Khan-el-Khalili. Siti veio logo atrás.

— Qual é a dele?

Siti franziu a testa.

— Quem? Está falando do Ahmad?

— Lorde Sobek — respondeu Fatma, com ironia. — Ele acha mesmo que é algum tipo de deus crocodilo?

— Bem, ele não acha que é *o* Sobek. É mais como um tipo de escolhido de Sobek aqui no mundo mortal. Alguém em comunhão direta com o deus sepultado, de quem uma parte agora reside dentro de Ahmad.

Deuses sepultados. Aquilo Fatma compreendia dos religionários antigos. A fé afirmava que os deuses nunca haviam partido de verdade; em vez disso, estavam enterrados profundamente abaixo do Egito — não mortos, mas sim sepultados dentro de sarcófagos colossais como os dos antigos faraós. Seus seguidores acreditam que quanto mais o povo voltava a adorá-los, mais os antigos deuses se rebuliçam no repouso imortal, tentando alcançar o reino mortal — concedendo a seus seguidores um pouco de seus poderes. Um dia, era dito, quando uma quantidade suficiente de pessoas entoasse o nome deles e oferendas voltassem a ser feitas em seus templos sagrados, os deuses despertariam do descanso eterno, tomando seus lugares por direito como os verdadeiros senhores daquela terra. Tal ideia, Fatma admitia em segredo, às vezes a fazia estremecer.

— Você está bem? — perguntou Siti.

Fatma tentou ignorar a visão de velhos deuses ressecados envolvidos em mortalhas de mumificação e adornados com coroas cintilantes nas cabeças de feras surgindo das profundezas do Egito — e respondeu com uma pergunta:

— Você está procurando um lugar para esse grande templo? É isso que vem fazendo nos últimos meses? E nunca me contou?

Siti se apoiou na parede.

— Eu contei que estava viajando a trabalho. Você nunca me perguntou mais nada. Nem pareceu querer saber. Nós não conversamos de verdade sobre esse tipo de coisa.

Era verdade, admitiu Fatma. Mesmo assim.

— Essa tentativa de abrir um tempo público... Isso não parece uma boa ideia.

— Achei que você tinha dito que não estava aqui para dar uma lição.

— Não estou dando uma lição. Só sendo honesta.

Siti cruzou os braços.

— Então qual é essa sua honestidade que não é uma lição?

— O país ainda está se acostumando com djinns e magia. Agora vocês querem dizer para eles que existem deuses antigos sepultados sob nossos pés, e que estão tentando acordá-los? O povo não está preparado.

— Quanto tempo deveríamos esperar até estarem preparados? — A voz de Siti saiu tensa. — Um ano? Dez?

— Quanto tempo for preciso. — Fatma podia sentir o próprio tom se inflamando. — Até as pessoas aceitarem vocês.

Siti inclinou a cabeça.

— Igual você me aceitou? Não acha que já me esconde o bastante do jeito que as coisas são?

As duas não falaram mais nada por um instante, apenas se encararam. Lentamente, a expressão de ambas foi ficando mais relaxada.

— A gente acabou de brigar? — perguntou Siti, com um sorriso se formando no rosto — Acho que acabamos de ter uma briga!

— Brigamos — concordou Fatma.

A irritação dela sumiu por completo ao perceber isso. Era surpreendente ter demorado tanto tempo.

— Que tal você se redimir comigo hoje à noite... — começou Siti.

Fatma arregalou os olhos.

— Me *redimir com você*?

— Se *redimir comigo*, me levando no Ponto. Ainda fica lá, né?

— O Ponto é sempre lá.

— Então parece que você tem um encontro, investigadora. Se vista bem.

Fatma riu baixinho quando Siti se virou para entrar. Ela sempre se vestia bem.

6

O Ministério de Alquimia, Encantamentos e Entidades Sobrenaturais ficava bem no meio do centro do Cairo. Quando foi fundado, em 1885, a matriz havia sido relegada a um armazém em Bulaque. Tinha sido transferida para a localização atual em 1900 — ocupando um dos edifícios da onda de novas construções feitas por djinns arquitetos.

Fatma localizou a silhueta do prédio quando se aproximou: uma longa estrutura retangular coberta por uma abóbada de vidro. Uma fileira de janelas em forma de sino ocupava a fachada do local de cinco andares, todas com cortinas mecanizadas embutidas; a estampa, de estrelas de dez pontas e velas pretas e douradas, constantemente se alternava com novos padrões geométricos. Passando por um par de portas de vidro, ela cumprimentou rapidamente um guarda — um jovem que sempre usava uniforme grande demais para sua estatura desengonçada. Um dia desses, ela o apresentaria a um alfaiate. Sem diminuir o ritmo da caminhada, atravessou o chão de mármore — onde a insígnia do Ministério, um símbolo medieval da alquimia sobreposto a uma estrela de doze pontas, era formada por um mosaico de pedras vermelhas, azuis e douradas.

Ela lançou um olhar para cima, onde gigantes engrenagens e orbes de ferro giravam sob a abóbada de vidro, como um planetário mecânico. Era, na verdade, o cérebro do prédio: uma engenhosidade mecânica forjada por djinns. Réplicas menores permitiam que bondes aéreos andassem no piloto automático, sem a necessidade de um condutor. Aquele ajudava a operar o Ministério inteiro. O prédio estava vivo. Ela tocou a aba do chapéu-coco como um bom-dia para a construção também.

Com a bengala, impediu que as portas de um elevador lotado se fechassem, permitindo que ela se esgueirasse para dentro. Pedindo desculpas aos outros ocupantes, Fatma falou o andar para o qual ia e conferiu o relógio de bolso. Ainda restava parte da manhã, mas não muito. Em sua cabeça, a voz de sua mãe surgiu bem na hora: *o tempo é feito de ouro*. O elevador parou no quarto andar, e ela saiu, passando por agentes no caminho até o escritório — homens vestidos de preto com chapéus fez vermelhos. Ela puxou a aba do próprio chapéu para baixo, evitando os olhares.

— Agente Fatma! — alguém chamou.

Ela cerrou os dentes. Sem sorte. Ao se virar, encontrou um homem alto de ombros largos usando um uniforme bem engomado do Ministério, com abotoaduras prateadas cintilando. Um sorriso ocupava sua mandíbula quadrada, e Fatma relaxou um pouco.

— Bom dia, agente Hamed.

O homem franziu a testa, olhando para um relógio na parede.

— Espera, ainda é de manhã?

— Não sabia que agora você era engraçado.

Deu um sorriso malandro por baixo do bigode escuro, bebericando uma xícara de chá.

Ela e Hamed haviam se formado juntos na academia, lá pelos anos 1908. Não que fossem grandes amigos na época. Ele era mais velho, maior e sempre se gabava de vir de uma família de policiais — o tipo de pessoa que ela costumava evitar. Mas, por acaso, tinham restabelecido contato no verão anterior. No fim, ele não era tão ruim assim. Um pouco rígido e conservador, como sua camisa branca engomada e sem colarinho, mas bacana com aqueles que o conheciam melhor.

— Trabalhando até tarde — comunicou ele. Depois, acrescentou em voz baixa: — Ouvi dizer que você estava em Gizé, cuidando do caso do Paxá Inglês. Os jornais dizem que foi um incêndio. Mas se você está envolvida...?

— Você é inteligente demais para confiar nos jornais, Hamed — repreendeu Fatma.

Ele pareceu decepcionado ao perceber que nenhuma outra informação estava por vir.

— Tudo bem. Mas este escritório é péssimo em manter segredo. Quanto mais você segurar o que sabe, mais criativa as histórias vão ficar.

Fatma franziu a testa. Homens eram tão fofoqueiros...

— Por favor, não me diga que tem outra aposta.

— Ah, tem sim. Mas não sobre isso. A aposta é sobre quanto tempo vai demorar para você colocar sua nova parceira para correr.

Fatma inalou bruscamente. Hadia! Entre a volta de Siti e o encontro daquela manhã, ela havia se esquecido completamente da jovem! Seu olhar esquadrinhou o escritório.

— Onde ela está? Já deram uma mesa para ela?

Hamed mordeu o lábio, fracassando em conter um sorriso. Levantando sua xícara de chá, apontou diretamente para a porta do escritório de Fatma.

— Onsi está lá com ela agora. Ele a está atualizando sobre...

Fatma girou sobre os calcanhares, sem ouvir mais nada. Encontrou a porta de seu escritório escancarada e entrou. Aquele espaço fora concedido a ela quando se tornara investigadora especial. Era grande, com janelas com vista para o Nilo e espaço suficiente para colocar uma mesa e móveis, inclusive uma cômoda — onde ela mantinha os blazers reservas. Cuidado nunca era demais. Agora também havia uma segunda mesa. Hadia estava sentada atrás dela. Ao ver Fatma, ela se levantou na mesma hora.

— Bom dia, agente Fatma — cumprimentou uma voz.

Fatma olhou para o homem agachado do outro lado do recinto. Agente Onsi. O parceiro de Hamed. Seu rosto negro irradiava alegria, como de costume.

— Eu estava só conversando com a agente Hadia. Sabia que fizemos a academia juntos? Porque eu... — Ele parou, fazendo uma careta por baixo dos óculos de armação de aro prateado. — Agente Fatma, você está bem?

— A mesa já estava aqui quando cheguei — desabafou Hadia.

Fatma se virou e saiu, sem dizer palavra alguma. Estava vagamente ciente do olhar das pessoas depositado nela enquanto caminhava até a sala do diretor Amir. Ela deu uma batida rápida antes de ser chamada para entrar.

De primeira, Amir não fazia jus ao que as pessoas esperavam de um diretor. O cabelo grisalho, os olhos sonolentos e o rosto cansado davam a ele o ar de um burocrata que trabalhava demais. Seu uniforme tinha um corte enfadonho e desgrenhado, e sua mesa era uma bagunça — coberta por pastas e documentos. Mas ele comandava o maior escritório do Ministério havia quase dez anos. A maioria em sua posição mal durava metade desse tempo. Naquele momento, ele estava absorto folheando um grande livro, como se procurasse algo.

— Achei mesmo que veria você — disse ele. — Estou surpreso que demorou tanto. Sente-se.

Fatma se sentou em uma cadeira estreita e desconfortável. Seu olhar recaiu na foto do Amir jovem que estava em um porta-retratos na mesa; usava um uniforme antigo do Ministério e sorria. Era difícil acreditar que um dia ele havia sido jovem — ou que sorria.

— Suponho que já tenha conhecido a agente Hadia.

— Nos conhecemos ontem à noite — respondeu Fatma.

— Ela foi até a propriedade Worthington? Impressionante.

Era uma forma de ver as coisas.

— Não acho que essa parceria vai dar certo.

— Ah é? — comentou Amir, distraidamente.

Ele estava pegando mais livros das estantes, abrindo e sacodindo os tomos. Fatma se manteve firme. O homem era conhecido por fazer as pessoas se perderem em suas intenções.

— Eu tenho me saído bem como investigadora especial sem uma parceira. Acredito que meu histórico fale por si só. Logo, não consigo entender por que precisaria de alguém agora. Sei que o Ministério tem insistido para que os agentes tenham parceiros. Isso funciona para algumas pessoas, mas não para todo mundo. Acho que a agente Hadia merece um mentor apropriado, o que não estou certa de que serei.

Pronto. Sucinta e direta ao ponto.

Amir não disse nada por um momento, sacudindo um último livro. Com um grunhido de frustração, voltou para a mesa e se acomodou em uma cadeira desgastada. Era um homem magricela e quando seus olhos meio fechados recaíram sobre ela, Fatma teve a impressão de estar sendo vigiada por um urubu.

— Me pergunte quantas pessoas, bem aqui no Cairo, têm diabetes — pediu ele.

Fatma ficou atordoada.

— Eu não...

— Não, vá em frente. Me pergunte.

— Quantas pessoas no Cairo têm diabetes?

— Ya Allah! Não faço ideia! Sou péssimo com números!

— O senhor acabou de me *mandar* perguntar.

Ele continuou:

— Sabe quem é boa com números? Minha esposa. Ela trabalha com estatística no Ministério da Saúde. Fez um relatório sobre diabetes e sobre como é uma epidemia no Cairo. O modelo probabilístico dela diz que posso ter diabetes e não saber.

Ele se inclinou para a frente antes de prosseguir:

— Então, sabe o que ela fez? Jogou fora todos os doces que tínhamos em casa. Chegou ao ponto de eu precisar esconder coisas doces em lugares secretos. No último Mulude, comprei vários doces em forma de cavalinho e os deixei aqui. Achei que ela ficaria de olho em doces de gergelim ou malban, não confeitos feitos para crianças. Mas agora, pelo que parece, ela descobriu até mesmo esses, então não posso mais comer nada doce como tira-gosto.

Ela o encarou. Ele tinha conseguido. Havia deixado Fatma completamente perdida.

— É frustrante? Claro. Um homem adulto deveria poder comer doces quando quisesse! — Ele suspirou, e seu rosto ficou mais relaxado. — Mas minha esposa está fazendo isso para o meu próprio bem. Então como posso não gostar disso? Agora entende o que quero dizer?

Fatma negou com a cabeça. Como alguém podia entender o que ele queria dizer?

— Você vai ter uma parceira para o seu próprio bem, agente — disparou Amir. — Você achando que precisa ou não. Você tem feito um trabalho louvável. Mas ele também é perigoso. Ghouls. Djinns. Aquele negócio sórdido com o anjo. Não é seguro para uma investigadora sozinha. O Ministério quer que seus agentes tenham parceiros para que um dê cobertura para o outro.

— Mas diretor — protestou Fatma —, eu com frequência trabalho em contato com a polícia do Cairo. Eles...

Amir balançou a cabeça.

— Não é bom o bastante. Você não trabalha com a polícia o tempo inteiro. E eles não são do Ministério. Olha, não é sempre que bato o pé. — Ele apontou para o blazer dela. — Eu alguma vez falei algo sobre seu desprezo descarado pelo uniforme apropriado do Ministério?

— O senhor fala disso pelo menos uma vez ao mês!

Ele franziu a testa.

— Sério? Bem, você não parece prestar atenção em mim, mas vai precisar desta vez. A ordem veio direto de cima. Os comissários do Ministérios querem a agente Hadia aqui, no Cairo. E querem ela com você.

Comissários? Pensou Fatma, confusa. Os líderes do Ministério estavam envolvidos?

— Por quê? O que há de tão importante nisso?

Amir se aproximou ainda mais.

— Quantas agentes mulheres existem? Dá para contar em uma mão. Agente Samia em Alexandria. Agente Nawal em Luxor. E você, que é bem mais jovem que elas. Agente Hadia é a primeira recruta mulher que temos desde então. Alguns meses atrás, foi concedido que as mulheres votassem. Logo poderemos ver mulheres no Parlamento. Há rumores sobre mulheres se juntando à força policial. O Ministério não pode ficar para trás! Não com esses tipos de Sororidades Feministas Egípcias monitorando todo mundo, depois escrevendo artigos para os jornais!

Então era isso. Fatma havia proposto novas formas de recrutar mulheres *anos* antes, e na maioria das vezes fora ignorada. Agora o Ministério estava fingindo se atualizar. E ela e Hadia eram algum tipo de campanha de relações públicas.

— Honestamente, estou surpreso — prosseguiu o diretor. — Achei que você receberia bem a contratação de mais mulheres em nossos contingentes. Sabe que sempre te apoiei. Sabia que eu fui um dos primeiros assinantes da *La Modernite*?

Fatma grunhiu baixinho. *La Modernite* havia sido uma revista egípcia que publicava textos de pensadores conhecidos, entre eles mulheres que viriam a se tornar as primeiras feministas. Amir gostava de lembrá-la de seu passado mais liberal — com frequência.

— Se o Ministério quer mais recrutas mulheres — disse Fatma —, então deveria trabalhar em recrutar mais mulheres. Quanto mais, melhor. Mas isso não quer dizer que quero uma parceira.

Amir deu de ombros, recostando-se na cadeira.

— E eu faria qualquer coisa por um doce agora. Querer não é poder, não é mesmo?

Quando Fatma voltou para seu escritório, Onsi tinha ido embora. Hadia ainda estava de pé, agitada dentro do hijab azul-escuro, com os olhos castanhos tomados pela ansiedade. Fatma fechou a porta, colocando o chapéu-coco num gancho na parede antes de se jogar na cadeira atrás da sua mesa.

— Pode se sentar, agente Hadia.

— Não foi ideia minha colocar uma mesa aqui — disse ela, sentando-se.

— Eu sei. Acho que o Amir estava tentando me ensinar uma lição.

— Alguns dos outros agentes disseram que você pode me expulsar.

Expulsá-la? Homens fofoqueiros! Não havia nada que gostariam mais de ver do que as duas únicas mulheres da agência em um alvoroço. Por outro lado, ela havia tentado que a remanejassem. Mas não era a mesma coisa. Era? Lançou um olhar firme para Hadia, lembrando-se da própria chegada ao escritório. Como teria se sentido se tivesse sido rejeitada pela única agente mulher de lá? Seu rosto corou, e pela segunda vez ela ouviu a bronca de sua mãe sobre a menina com tanta vergonha que quase abriu um buraco e se enterrou.

Ela pigarreou.

— Agente Hadia. Posso ter falado coisas inapropriadas na noite passada. Eu nunca tive uma parceira. — Aquela palavra ainda soava estranha. — Então isso vai ser algo novo para nós duas. Mas acredito que somos capazes de fazer funcionar.

Hadia arquejou.

— Obrigada! Quer dizer, isso é maravilhoso! Quer dizer, estou muito feliz por...

Fatma levantou a mão.

— Vai levar algum tempo. Então o que acha de irmos devagar por enquanto?

Hadia interrompeu as exclamações, assentindo solenemente.

— Devagar. Posso fazer isso.

Bem, pelo menos era um começo. Os olhos dela recaíram sobre a mesa de Hadia, na máquina de escrever no meio de uma pilha de pastas. Seguindo o olhar de Fatma, a outra mulher pegou um papel e se aproximou.

— Eu comecei a datilografar o relato do caso. Imaginei que quisesse começar logo. Além do mais, gosto de trabalhar com documentos. Espero que eu não tenha passado dos limites.

Fatma pegou a folha. Ela *gostava* de trabalhar com documentos? Era uma piada? Todo mundo gostava de alguma coisa, supôs ela. Talvez aquilo de parceira tivesse suas vantagens. Ela lembrou de Aasim mandando os novos recrutas buscarem café. Não, isso seria demais. Ela leu o papel.

— Não passou de limite algum. Onde conseguiu tudo isso?

— Com a polícia. Tive que ligar três vezes para fazer com que mandassem um mensageiro sólito trazer o arquivo.

Fatma sorriu. Três vezes? Ah, Aasim iria adorar a garota.

— Estou dando uma lida neles — continuou Hadia. — A polícia identificou a maioria das vítimas na lista de convidados que lorde Worthington mantinha. Pelo menos os sobrenomes — afirmou, e Fatma os leu... Dalton, Templeton, Portendorf, Burnley. Todos ingleses. — Dois corpos não foram reconhecidos.

— A mulher e outro homem — arriscou Fatma.

Hadia assentiu.

— Pela forma que se vestiam, aposto que não eram ingleses.

— Boa aposta. Puxa uma cadeira, agente Hadia. Vou te contar o que me manteve ocupada esta manhã.

Durante os vinte minutos seguintes, Fatma relatou o que ela havia descoberto: a identidade do homem e da mulher sem nome, a Irmandade de Al-Jahiz e o que a jann revelara sobre o incêndio misterioso. Quando acabou, Hadia estava de queixo caído.

— Um ifrite — disse em um suspiro. — E Deus criou djinns do fogo sem fumaça.

Fatma estava familiarizada com o aya, um dos muitos que mencionavam djinns.

— Descobriu tudo isso durante uma manhã? Com alguns informantes entre os idóla... — Hadia se interrompeu, corando. — Quer dizer, os seguidores da antiga religião?

Fatma não havia citado nomes. Não falara de Merira. Nem de Siti, obviamente. Mas havia deixado suas fontes claras.

— Eu já lidei com eles antes. Um grupo estranho, mas confiável. Com certeza não saem por aí queimando pessoas.

Hadia corou ainda mais.

— Mas nada disso soluciona nosso caso — continuou Fatma. — Por que essa irmandade barganharia com um ifrite? Não foi o fogo que matou nosso amigo com a cabeça virada para trás; então quem, ou o que, fez aquilo? E ainda tem esse homem com máscara dourada.

Hadia escrevia em um caderno de anotação.

— Parece que temos mais perguntas.

— Vai ser assim até o fim. Pelo menos agora temos pistas. — Os olhos dela foram para a pilha de pastas. — Vamos dar uma olhada no que mais Aasim enviou. — Hadia ficou de pé, virando-se para buscar os documentos. — E, agente... — chamou Fatma, dobrando as mangas. — Seja bem-vinda ao Ministério.

A mulher abriu um sorriso extremamente largo.

7

Já passava das dez quando Fatma chegou na rua Muhammad Ali. Trechos de música preenchiam o centro mais agitado do Cairo, ao passo que clientes entravam nos estabelecimentos com letreiros cintilantes. O Oud Elétrico brilhava com lâmpadas alquímicas verdes, enquanto a silhueta vermelha de uma dançarina de cabaré piscava em cima de outro. Um descanso bem-vindo depois daquele dia.

Elas haviam passado horas olhando arquivos sobre lorde Worthington: seus negócios, suas transações pessoais e financeiras. A Empresa Worthington tinha se estabelecido através do comércio e de contratos de construção — porque mesmo em um mundo com magia e djinns eram necessárias coisas mundanas como investidores e capital. E quando pessoas ricas eram assassinadas, quase sempre tinha relação com suas riquezas. Mas elas não haviam encontrado nada. No começo da noite, Fatma considerou o expediente por encerrado e mandou Hadia para casa. Não tinha muito que fazer além de esperar para ver o que os funcionários de Aasim entregariam na segunda. A situação inteira a deixou frustrada, e ainda mais ávida por aquela noite.

Ela saiu da avenida principal, entrando em uma das ruas isoladas. Não era tão cheia quanto as do Khan, mas era fácil se perder ali. Em uma praça mal iluminada, ela passou por um arco e desceu alguns degraus até uma porta quase escondida. Usando a bengala, produziu um padrão de batidas: três rápidas, duas espaçadas, três rápidas. Uma fenda se abriu no topo da porta, mostrando dois olhos de íris roxas oscilantes.

— Está perdida?

— Estou atrás de um pouco de chá de jasmim — respondeu ela.

— Quer açúcar?

— Só um pouquinho.

A fenda se fechou, e a porta foi aberta por um djinn muito musculoso usando uma casaca preta. Ele fez um gesto exagerado com o braço, os olhos roxos cintilando.

— Bem-vinda ao Jasmim.

Fatma entrou, uma cacofonia de música e farra se abatendo sobre ela como uma pequena tempestade.

O Jasmim não estava na lista telefônica. Do lado de fora, ninguém nunca dizia seu nome. Chamavam o lugar apenas de o Ponto.

Os clientes sentados às mesas conversavam e riam enquanto eunucos sólitos usando smoking e fez vermelhos recolhiam copos vazios. No Ponto, as bebidas fluíam livremente. Em sua maioria, cerveja, o alcoólico favorito do Egito. Mas também havia vinho e a bebida da moda, um champanhe borbulhante com elixir encantado que, de forma bem literal, fazia as pessoas flutuarem.

Mas ninguém ia lá apenas pelo álcool. Era fácil conseguir bebidas em qualquer lugar no Cairo, até mesmo as importadas. Era a clientela que tirava o Jasmim da zona turística. Em uma mesa, duas mulheres com vestidos parisienses fumavam com finas piteiras de casco de tartaruga — socialites querendo curtir com os mais pobres. Ladeavam um djinn alto de pele branca como leite e rosto sobrenaturalmente bonito, que tragava um narguilé e baforava orbes prateadas. Atrás das mesas, jovens rapazes com todo o jeito de trombadinhas se moviam com tanta graça quanto as dançarinas de cabaré — acompanhados por mulheres de classe alta que nunca seriam vistas com eles em nenhum outro lugar, de dia ou de noite. Alguns dos rapazes dançavam uns com os outros. Tudo vibrava no ritmo da música hipnotizante que retumbava de um palco.

Passando pela multidão, Fatma perambulou até o bar. Um djinn baixinho que era bartender e tinha seis braços fazia bebidas deslizarem pelo balcão. Ela pegou uma quando o copo passou diante de si e a ergueu para dar uma bebericada satisfeita.

— Você age como se estivesse bebendo algo — alguém comentou em inglês — quando tudo o que tem aí é refrigerante de salsaparrilha!

Ela se virou e viu um homem mais velho de blazer marrom a algumas cadeiras dali.

— Refrigerante de salsaparrilha com folhas de hortelã e chá — corrigiu ela. — Você devia experimentar.

O homem bufou.

— Gosto de bebidas *de verdade*! — Seu rosto carrancudo se abriu em um sorriso. — Como vai indo, Fatma?

Ela retribuiu o sorriso.

— Vou bem, Benny. Quanto tempo.

— É, faz tempo!

Ele mudou para a banqueta ao lado dela, pousando uma corneta prateada no chão.

Benny era dos Estados Unidos — como a maioria dos músicos no Jasmim —, de um lugar chamado Nova Orleans. Pessoas de todos os lugares iam para o Cairo. Alguns em busca de trabalho ou de histórias sobre as maravilhas mecânicas e os djinns. Benny e os outros haviam ido para lá fugindo de algo chamado Jim Crow. Tinham levado consigo esperanças, sonhos e músicas fantásticas.

— Vai tocar esta noite? — perguntou Fatma.

— Toda noite.

Um trompete ensurdecedor atraiu a atenção deles para o palco. O homem se inclinava para trás enquanto tocava, os dedos se movendo tão rápido que faziam o instrumento berrar numa mistura de lamentos e gritos irregulares, como um casal se amando tarde da noite ou discussões matinais. Atrás dele, uma banda se juntava ao seu clamor com a harmonia multitudinária de clarinetes e trombones.

Benny não tinha um nome para o que eles faziam. Dizia que era apenas o som de Nova Orleans. Mas afirmava que seria a coisa mais grandiosa do mundo algum dia. Fatma acreditava. Ficara imobilizada ao ouvir aquela bela música hipnótica pela primeira vez. O ritmo e as melodias sincopados causavam calafrios, urgindo que as pessoas se movessem, vivessem e fossem livres.

— Esse Bunky sabe mesmo tocar!

Fatma se virou para ver outros chegando e sentando em volta deles. O da papada avantajada e blazer azul era Alfred, conhecido como Frog — um trombonista. O homem pequeno de lábios finos e fez vermelho na cabeça, abraçado ao estojo de um clarinete, era Bigs. O que havia falado, um rapaz magrinho com um terno todo dourado que combinava com o chapéu, era um pianista. Ela não sabia ao certo qual era o nome de verdade dele, porque era apenas conhecido como Mansa Muça.

— É, você está certo — assentiu Benny. — Mas já vi melhores.

— Fala o nome de um! — ganiu Mansa Muça.

— Posso falar até três, mas só um basta.

— Então fale.

— Buddy Bolden.

Mansa Muça grunhiu.

— Por que toda vez que conversamos sobre música você fala do Buddy Bolden?

— Se você tivesse visto ele tocar — coaxou Alfred — não precisaria perguntar.

Os demais assentiram.

— Eu me lembro de uma vez que vi o Buddy tocar — relatou Benny. — Fatma, vou te falar, foi fora de série. Ele tocou tão alto que a corneta dele derrubou todo mundo que estava na fileira da frente. Não, estou falando sério! As pessoas voaram para longe na mesma hora! Teve uma mulher que saiu rolando para fora do recinto. Passou a noite de sábado rolando, e ninguém conseguiu achar a mulher até ela chegar ainda rolando na missa de domingo!

O grupo explodiu em risadas enquanto Mansa Muça jogava as mãos para o alto, derrotado. Fatma sorriu.

— Bem, agora o Buddy se foi — contribuiu Alfred. — Deixe ele, Jim Crow e a velha Nova Orleans para trás. — Ele ergueu um copo. — Ao rei Bolden. Nunca vão levar sua magia embora.

O resto ergueu os copos, entoando a mesma coisa. Quando al-Jahiz devolvera a magia ao mundo, não tinha acontecido apenas no Egito. Acontecera em todos os lugares. No mundo inteiro. Nos Estados Unidos, a volta da magia fora recebida com perseguição. Benny e os outros ainda cochichavam de olhos arregalados sobre um feiticeiro chamado Robert Charles que quase tinha destruído Nova Orleans. Afirmavam que o tal Buddy Bolden fazia outro tipo de magia com sua música, e havia pagado um preço alto por seu dom.

Alfred suspirou.

— Eu sinto saudades de casa às vezes. Mas sem chance de sentir falta do Jim Crow.

— Amém! — acrescentou Benny. — Sem Jim Crow no Cai-ro!

Um coro de "É isso aí!" veio de todos os lados.

— Não sei, não — Mansa Muça entrou na conversa, girando a bebida. — Eu sou bem tratado, porque não sou daqui. Mas outros com a pele escura que nem a nossa não têm tanta sorte. Já vi eles serem expulsos dos lugares várias vezes. Até levarem cuspidas. Serem estapeados nas ruas. E quem você encontra na quebrada? Vários rostos parecem com os nossos. Igualzinho em casa.

Fatma não podia negar tais relatos. O Egito tinha seus próprios problemas. O fato de al-Jahiz ser sudanês tornara as coisas um pouco melhores. Havia até pedidos para que a discriminação fosse banida por lei. Mas crenças enraizadas eram difíceis de destruir.

— Não faz sentido — resmungou Benny. — Lá no nosso país, a Fatma aqui entraria na dança de Jim Crow. Metade das pessoas deste lugar não passaria no teste do saco de papel pardo.

— Vários aqui não seriam vistos nem como octoroon — disse Alfred. — Diabos, nem mesmo como quadroon.

— Mas eles não sabem disso — resmungou Mansa Muça.

— Alguns octoroon e quadroon do nosso país não sabem também — brincou Benny.

Novos risos surgiram enquanto Fatma ouvia com fascínio. Ela tinha aprendido boa parte de seu inglês com eles. Aprendera até mesmo a cadência e entonação daquela gente. Mas parte dos vernáculos que usavam ainda passava batida. O que diabos era octoroon?

— É por isso que estou sempre arrumado onde quer que eu vá — relatou Mansa Muça. — As pessoas te tratam melhor quando está de terno. De onde é o seu, Fats? Esse de hoje é muito bacana!

Fatma tocou a aba do chapéu-coco como de costume. Tinha escolhido usar um cor de vinho vibrante e uma sobrecasaca brocada. A gravata verde-escura exibia um prendedor com uma bola de prata, por cima de uma camisa rosa clara listrada com colarinho curto de pontas arredondadas. Ele estava certo. As pessoas tratavam quem usava terno diferente.

— Vocês sabem que fui eu que ensinei a Fatma a se vestir, né? — perguntou Mansa Muça.

Fatma lançou um olhar sem emoção para ele.

— Mas todos seus ternos são dourados.

Benny gargalhou alto e Alfred berrou até a papada tremer, dando tapas no balcão.

Mansa Muça bufou.

— Vocês precisam prestar atenção em como falam com o rei!

Ele assumira a alcunha depois de aprender sobre o imperador do Mali, que passara pelo Egito durante o Haje, distribuindo ouro suficiente para arruinar os comércios locais — ou era o que diziam as histórias. Ele terminava suas apresentações fazendo jorrar moedas falsas de ouro, que as pessoas catavam como se fossem valiosas.

— Ih! — exclamou Benny, olhando para além deles. — Lá vem encrenca!

Fatma seguiu o olhar dele até o vulto alto parado perto da entrada. Siti. E Benny estava certo. Ela sem dúvida aparentava ser encrenca: usava um longo vestido vermelho noturno de renda e chifon que caía drapejado até seus pés. Sob o diáfano bolero translúcido, um corpete justo bordado com uma tela de contas brilhava na luz fraca, enquanto uma faixa em sua cintura combinava com o resto.

Siti avistou Fatma e foi rebolando na direção deles, atraindo vários olhares. Um coro de bochichos seguiu sua chegada. Benny e os outros tratavam Fatma como alguém do grupo, mas com Siti era diferente — era uma mulher para encher de elogios e que podia golpear com rapidez. Depois que a comoção se acalmou, ela deslizou até ficar diante de Fatma, esticando a mão para puxar sua gravata.

— Nossa, que coincidência você por aqui.

Fatma encarou a diadema dourada que repousava sobre a peruca de tranças curtas que Siti usava no momento — a parte da frente tinha a gravura de uma leoa.

— Você está...
— Parecendo a versão em carne e osso da ira flamejante da deusa?
— Eu ia dizer "linda".
— Vou aceitar o elogio. — Ela pegou uma bebida com o bartender, entornando-a de uma vez. Seu olhar foi direto para o copo de Fatma. — Refrigerante de salsaparrilha? Com folhas de hortelã?
— E um pouco de chá.
Siti estalou a língua nos dentes.
— Estamos aqui para ser más. Desobedecer às regras.
— É *assim* que desobedeço às regras.
— Não me leve a mal, mas esses seus radiantes olhos castanhos parecem cansados. Dia longo na Central dos Meninos Fantasmas?
Meninos Fantasmas?
— Sabe como é entediante revisar relatórios financeiros de uma empresa multinacional com dúzias de subsidiárias?
— Não. E não quero saber. Nunca.
— Mesmo com a ajuda da Hadia, demorou horas.
— Hadia?
— Minha nova... parceira.
A palavra não soou nem um pouco menos estranha.
Os olhos de Siti se iluminaram.
— Parceira? Outra mulher entre os Meninos Fantasmas? Bonita que nem você? Com uma quedinha por ternos e infiéis? Devia trazer ela aqui.
Fatma tentou imaginar Hadia no Ponto e fracassou.
— Acho que ela desobedece a menos regras do que eu. Toda alegre e entusiasmada. Tive que colocar ela para fora do escritório. Mas ela gosta de datilografar relatórios.
— Agente Fatma e sua parceira entusiasmada. Mal posso esperar para conhecê-la.
Fatma estacou no meio de um gole. Conhecer? Siti riu, cobrindo a boca.
— Relaxa. Mas você vai ter que pensar em como explicar nossa relação quando ela começar a te encontrar com frequência na minha companhia. Eu sou bastante memorável.
— Isso quer dizer que está planejando ficar aqui por um tempo?
Siti respondeu entornando outra bebida, o que não era resposta alguma.
O repique repentino de um tarol encheu o ar, seguindo do ritmo ligeiro de mãos batucando darbukas. Não demorou muito para a música de Nova Orleans se misturar ao estilo local — como se fossem dois parentes se reencontrando. A fusão criou uma mescla vibrante que retumbava como a alma do Cairo moderno,

espalhando-se dos covis secretos para as ruas. O som fez a multidão entrar em reboliço, correndo para a pista de dança.

Mansa Muça se esgueirou para perto, oferecendo a mão para Siti.

— Deixe o rei te conduzir com estilo.

Ela respondeu enlaçando o braço de Fatma com o seu.

— Temo que esta dança já tem dona. Yalla!

Fatma se ergueu, dando de ombros e abaixando a aba do chapéu para Mansa Muça. Ele deu uma risada, tocando o chapéu dourado como resposta. Elas chegaram à pista de dança no instante em que o retumbar de uma trompa começou. Siti deu um giro quando Fatma se aproximou, enlaçando a cintura dela e a trazendo para perto, uma entrando no ritmo da outra. As duas compartilhavam sorrisos cheios de significado, deixando que seus movimentos se comunicassem. Até onde Fatma sabia, se aquilo não fosse magia, nada mais era.

Horas mais tarde, elas caminhavam pelas ruas isoladas perto da Muhammad Ali. Fatma ditava o ritmo com sua bengala, de braços dados com Siti, dançando com leveza como se as trombetas e tambores continuassem tocando em sua cabeça. Era isso, ou a bebida.

— Para onde vamos agora? — balbuciou ela.

Fatma olhou bem para ela.

— Acho que você passou um pouco do ponto para os padrões da sua família.

— Eu durmo no quarto da tia Aziza. Ela não percebe nada.

— Não tenho certeza disso. Venha para minha casa.

Siti deu uma piscadela.

— Como se já não fosse para onde eu estava indo desde o começo.

— Você vai ter que aceitar usar a porta. Eu me nego a entrar pela janela.

— Vai explicar para o bewab enxerido quem sou eu? Ele *sempre* está lá.

Ele de fato *sempre* estava lá.

— Ele pode pensar o que quiser. Sou eu que pago o aluguel.

Siti soltou um riso sarcástico.

— Não precisamos ir ainda. Ainda estou usando meu vestido embaixo disso. — Ela gesticulou para o cafetã escuro.

Fatma ficou em dúvida. Ela quase não havia sobrevivido a virar a noite com Siti das outras vezes.

— Que tal a gente ir para casa, eu faço um chá, e nós conversamos. É sexta. A gente pode até acordar tarde.

Siti fungou no ouvido dela.

— Que romântica! Vai tentar me seduzir com poesia depois disso?

Fatma ergueu uma sobrancelha.

— Você gosta de poesia?

— Só das antigas. Consigo recitar as de Majnun de cor.

— Impressionante. O que acha de romances persas?

— Nada melhor do que tragédia e amor não correspondido. Conheço alguns de Antara também.

— Isso explica o que sua tia disse. Ela acha que eu deveria recitar poesia para você.

— A tia Aziza te falou isso?

— Aywa. Disse que posso conquistar seu coração.

— Que velha astuta — resmungou Siti.

— Ela disse que você parece muito com seu pai. E que é por isso que você gosta de perambular por aí.

O silêncio que se seguiu fez Fatma querer retirar o que havia dito imediatamente.

— Bem — disse Siti depois de um tempo, soltando o braço de Fatma. — Titia gosta mesmo de falar.

— Desculpa — disse Fatma, xingando sua boca tagarela. — Eu não deveria ter...

Siti mexeu a mão, como se descartasse o comentário — ou talvez o pai ausente.

— Acho que um pouco de chá e conversa parece uma ótima. — Ela bateu com a ponta do dedo logo embaixo do próprio olho. — Mas ele vai junto?

— Como assim?

Fatma se virou para olhar, mas Siti estalou a língua.

— Não olhe diretamente!

Ela se contentou em dar uma olhada de esguelha, percebendo um vulto escuro. Elas estavam sendo seguidas.

— Há quanto tempo ele está ali? — sibilou ela.

— Não tenho certeza. Provavelmente nos seguiu desde o Ponto.

Fatma olhou em volta. Havia várias sombras para se esgueirar naquelas ruas ermas.

— Não foi assim que a gente se conheceu? — perguntou Siti.

— Você roubou minha carteira para chamar minha atenção. Porque você é estranha. Ele provavelmente é um ladrão.

— Ou um maníaco homicida! Que persegue jovens pela cidade!

— Péssimo para ele.

A reposta de Siti saiu quase como um grunhido:

— Péssimo.

As duas contornaram uma esquina, passando por um arco pontudo e descendo escadas que levavam às sombras. Ali, elas se separaram, posicionando-se em lados opostos. Fatma apertou o punho da bengala, liberando alguns centímetros da espada. As pessoas sempre queriam aprender do jeito mais difícil que usar o item não era só questão de aparência. Siti estava nas pontas dos pés, mostrando os dentes e ansiosa.

Os passos do perseguidor se aproximando ressoaram no silêncio. Ele hesitou antes de descer a escada e entrar nas sombras. Um vulto, usando capa e capuz escuros, passou bem no meio das duas.

Amador, pensou Fatma. Ela esperou ele passar para empunhar a espada, deixando reverberar o som do deslizar da lâmina. O sujeito se virou bem a tempo de sentir a parte sem corte da espada bater em seus joelhos. Um grito de dor surgiu quando suas pernas se dobraram. O berro foi interrompido quando Siti deu o bote, derrubando-o com um baque alto. Ela ajoelhou no peito do homem enquanto ele lutava para recuperar o fôlego.

— Escolheu as mulheres erradas para caçar! Você é um maníaco ou o quê? Fale!

O homem tentou se libertar, debatendo-se dentro da túnica e balbuciando.

— Acho que ele não consegue falar com você em cima dele desse jeito — apontou Fatma.

— Problema dele, não meu.

Ela pressionou o joelho com mais força, e o homem ganiu.

Fatma se curvou, puxando o capuz do sujeito.

— Olha, amigo, é melhor você... — Ela parou de falar ao ver o rosto dele.

Careca, com a pele pálida e acinzentada. E sem sobrancelhas.

— Ahmad? — perguntou Siti, erguendo o joelho.

Ele arquejou antes de resmungar baixinho:

— Podem me chamar de lorde Sobek. O Vigia. Defen...

— Ahmad!

Ele fez uma careta, passando a língua rosada pelos dentes afiados.

— Pois não?

Siti se colocou de pé em um pulo, gesticulando para Fatma em confusão.

— O que está fazendo aqui, Ahmad?

O homem estranho se levantou. Seus olhos verde-escuros recaíram em Fatma.

— Vim te procurar. Vi você entrando naquele lugar. Depois a Siti. Imaginei que fossem sair em algum momento.

Fatma franziu a testa.

— Você me seguiu? Por quanto tempo?

— Desde o seu apartamento. — Ele recuou quando ela deu um passo adiante.

— Eu tinha um bom motivo!

— Para me perseguir?

— Queria ver como você estava lidando com o caso! — exclamou ele. Fatma parou, e ele aproveitou para continuar: — Esperava que o Ministério fosse trabalhar dia e noite para prender o assassino de Ester. Em vez disso, te encontro de folga como se nada importasse!

Fatma foi pega de surpresa.

— Eu não preciso que você me diga como devo fazer meu trabalho. Tenho o direito de ter uma vida.

— Ter uma vida? — A pele onde deveriam estar as sobrancelhas do homem se ergueu. — Fui até a polícia hoje, para identificar o corpo de Ester. Para que a família dela pudesse receber a notícia. — O rosto dele se retorceu. — O corpo estava tão queimado que mal consegui reconhecer seu rosto. Não consegui...

A raiva de Fatma se acalmou. Ele não tinha o direito de segui-la, mas ela compreendia o luto.

— Ahmad — falou Siti com gentileza. — Sinto muito pelo que deve estar passando. Mas andar no escuro atrás de nós não vai ajudar. Por que você não veio só conversar?

Ele deu de ombros.

— Estava esperando o momento certo. Não queria parecer... bizarro.

Siti bufou.

— Tarde demais, Ahmad.

— Estamos fazendo o melhor possível no Ministério — afirmou Fatma. — Estamos indo atrás de todas as pistas.

Os olhos escuros de Ahmad cintilaram.

— Acho que achei uma dessas. Uma pista. — Ele sustentou o olhar confuso delas. — Vou levar vocês lá. É algo que precisam ver por si mesmas.

Fatma olhava de soslaio para Ahmad, sentado diante dela na carruagem automatizada. O homem havia pegado seu isqueiro de escaravelho prata para acender o terceiro Nefertari, baforando a fumaça do cigarro para fora da janela. A aparência dele parecia mais crocodiliana: como se seu rosto tivesse se alongado.

— O nariz dele não parecia maior hoje de manhã? — cochichou ela.

A seu lado, Siti deu uma olhada rápida. A voz dela não estava mais enrolada, e ela parecia sóbria e alerta.

— Isso acontece com ele há um tempo. O que quer que esteja acontecendo parece estar indo mais rápido.

— Que tipo de magia é essa? — perguntou Fatma.

— Não faço ideia. Não é o meu templo.

— Parece com algum tipo de transmogrificação. Você não está metida com esse tipo de coisa também, não é?

— Não se preocupe. Hator não vai me transformar em uma vaca dourada, se é isso o que quer saber.

— E Sekhmet?

Siti abriu o sorriso de uma leoa.

— Não posso te contar todos os meus segredos. Mas a Dama está sempre por perto.

Fatma tentou imaginar a deusa feroz dentro da mulher, espiando através dos olhos dela. Pensando bem, decidiu que não era uma imagem que queria conjurar. Em vez disso, voltou a tentar identificar onde estavam. Em algum lugar fora da cidade de verdade. Já tinham passado quase meia hora na carruagem, e o condutor se mantinha de boca fechada sobre onde estavam indo.

— Acha mesmo que essa é uma boa ideia?

— Imagino que podemos ao menos ver o que é — respondeu Siti.

— E se ele for seu primeiro palpite? Um maníaco homicida? Ele acha que é um deus crocodilo.

— Acha que ele está nos levando para sermos devoradas por seus capangas crocodilos? — caçoou Siti, tentando fingir que estava séria.

— Espero que ainda consiga contar piadas quando formos engolidas vivas.

— Sobek não gosta de carne humana — intrometeu-se Ahmad. — Mas ele ouve muito bem.

Siti riu; Fatma, um pouco envergonhada, voltou a olhar pela janela. A carruagem saiu da estrada principal e entrou em uma antiga área de usinas, onde prédios dilapidados se erguiam ao redor.

— Vamos descer aqui — disse Ahmad, jogando fora a bituca do cigarro.

Fatma fez uma careta quando desceram em uma estrada de terra, a poeira se assentando em seus sapatos escoceses marrons. Aquele fora um bairro industrial do Cairo logo depois da chegada dos djinns. O povo fluía das aldeias para lá, avido por um pagamento melhor na cidade movimentada. Depois de um tempo, as fábricas acabaram fechando — mudando-se para novos centros manufatureiros como Helwan e Heliópolis. Mas muitas pessoas haviam permanecido, apinhadas nas várias favelas em torno dos restos decadentes da indústria.

— Por aqui.

Ahmad foi na frente. Elas o seguiram, andando com cuidado pelo chão desnivelado. Ali, barracos faziam as vezes de casa: eram cabanas de tijolos, argamassa, até mesmo terra. Em algumas, havia pequenas fogueiras, e às vezes raras lamparinas de iluminação a gás alquímico.

— É fácil esquecer que lugares como este existem — murmurou Siti, vendo uma velha carregando baldes.

— A modernidade tem suas desvantagens — acrescentou Fatma enquanto vários jovens rapazes passaram correndo por elas, empolgados.

— O que todas essas pessoas estão fazendo na rua tão tarde?

Fatma estava se perguntando a mesma coisa. Lugares como aquele estavam sempre em atividade, incluindo o próprio entretenimento pós-expediente. Mas aquelas pessoas vagavam por ali como se estivessem no meio do dia. Ela olhou com mais atenção. Não estavam vagando. A maioria estava seguindo na mesma direção que eles, a de uma construção perto do centro da favela onde funcionara uma antiga fábrica.

A agente alcançou Ahmad.

— Para onde está nos levando?

Como resposta, ele parou alguém: um menino de não mais do que doze anos usando uma jelaba de tamanho errado. Ele torceu o nariz arrebatado e abriu a boca para reclamar, mas estacou ao ver o rosto de Ahmad.

— Um minuto de seu tempo — sibilou o homem. — E algo para compensar o incomodo.

Os olhos do menino cresceram, e seus dedos rapidamente pegaram a moeda da mão de Ahmad.

— Que deus te pague, paxá. Quer dizer, djinn.

Fatma abriu um sorriso malicioso. Um erro inocente.

— Diga para a moça aonde está indo — disse Ahmad.

— Ver o homem de preto! — confessou ele, animado. — O homem com a máscara de ouro!

Fatma encarou Ahmad, depois fitou de novo o menino.

— Que homem com a máscara de ouro?

O menino se encolheu.

— Dizem que dá má sorte falar o nome dele! Mas ele realiza maravilhas! Wallahi, eu vi com meus próprios olhos!

Fatma queria pressionar mais, mas Ahmad soltou o menino, que correu em disparada.

— O que está acontecendo? — exigiu saber ela.

Ele acelerou o passo.

— Quando você me falou sobre o homem misterioso na propriedade Worthington, me lembrei de boatos que ouvi. Cochichos sobre um homem de preto visitando lugares como este.

— E você não achou que deveria me contar?

— Queria ter certeza. Até hoje, achei que era uma história das ruas.

— Nunca ouvi falar de nada disso — disse Siti, achando suspeito.

— Você passou um tempo longe. E o Templo de Hator cultiva adoradores de alto escalão, mas os acólitos de Sobek andam entre os menos afortunados.

— Nós não temos um alto escalão... — começou Siti, mas Fatma a interrompeu. Aquele não era o momento.

Além disso, haviam chegado à antiga fábrica. No fim não era uma construção propriamente dita, mas sim a estrutura caindo aos pedaços de uma: faltava teto e paredes de dois lados. No espaço, havia um agrupamento de dezenas de pessoas. Ela seguiu o olhar extasiado deles até a parte de cima de uma das paredes, onde um sujeito falava.

Fatma arfou.

Ele era exatamente como Abigail Worthington havia descrito: alto e vestido com túnicas pretas. Não estava sozinho. À sua direita havia um sujeito de camisa e calça preta. Ele permanecia parado enquanto as palavras do homem alto ecoavam na noite:

— ... eu vim para encontrar meu povo perdido — ressoava a voz dele. — O Cairo se tornou um lugar de decadência, onde a riqueza é acumulada enquanto muitos são deixados à pobreza. Onde está o rico que dá esmolas? Onde está o médico para curar? Onde está a oferta de modernidade prometida?

Gritos de aprovação ecoaram da multidão, entre pedidos para que ele continuasse. Fatma passou por Ahmad, esforçando-se para ver melhor.

— Quando vim pela primeira vez, caminhei entre aqueles como vocês — continuou o homem. — Aqueles que a sociedade havia descartado. Agora retornei, não entre os poderosos, mas entre a plebe. Para encher ouvidos que vão prestar atenção! Para ensinar quem vai aprender! Para corrigir o que se tornou errado!

Mais gritos, agora de aprovação. Fatma chegou até a frente do grupo, esticando o pescoço para enxergar. Abordou um velho ao seu lado.

— Tio, quem é esse?

— É ele! — respondeu o senhor, sem abaixar o olhar. — Aquele que retornou!

— Quem? — ela quis saber. — Quem retornou?

Ele a encarou dessa vez, com o rosto incrédulo coberto por uma barba branca.

— Dizem que não devemos falar o nome dele, mas é o Grande Professor, o Inventor, o Mestre dos Djinns — cochichou ele, maravilhado. — Al-Jahiz!

Fatma o encarou, perplexa. Olhou para Siti, que parecia igualmente atordoada. Ahmad assentiu, solene.

— Nas ruas do Cairo, nos lugares que esquecemos, o povo diz que al-Jahiz voltou. Um homem misterioso usando uma máscara de ouro. Igual o que fugiu do local do assassinato dos membros da irmandade dedicada a al-Jahiz. Qual você supõe que seja a probabilidade disso?

Em vez de responder, Fatma olhou de novo para o homem na parede. Ele estava de pé, com os braços atrás das costas, absorvendo os aplausos da multidão. Passou os olhos pelas pessoas e depois fitou diretamente a agente. Por um momento, o olhar deles se encontraram, e ela estremeceu. O rosto do sujeito estava escondido atrás de uma máscara de ouro, mas mesmo assim ela podia ver de longe seus olhos — a intensidade neles. Por um momento, os dois apenas se encararam. Então ele ergueu uma mão e apontou para baixo. O vulto silencioso ao lado dele mexeu a cabeça como se ganhasse vida — antes de saltar da parede para o chão.

Fatma arquejou. Ele deveria ter morrido ao cair de uma altura daquelas — a construção tinha pelo menos quatro andares. Ou quebrado metade dos ossos de seu corpo. Mas os vultos pousaram agachados, com as botas levantando uma nuvem de terra.

Fatma pestanejou, atônita. Espera, *vultos*? Só um homem havia pulado da parede. Disso ela tinha certeza. Mas agora havia dois! Idênticos! Usando as mesmas máscaras: pretas e entalhadas no formato de rostos humanos. Eles se encararam antes de seguir andando, os corpos magricelos se movendo como chacais.

— Fatma!

Siti gritou assim que um dos sujeitos começou a correr na direção delas. Fatma mal teve tempo de levantar a bengala, bloqueando um punho e recuando quando ele a atacou de novo. Houve um grunhido e Siti passou voando por ela, tendo o homem como alvo. Mas o companheiro dele se juntou à luta, com as pernas disparando chutes que ela foi forçada a afastar com tapas.

Fatma tropeçou quando a multidão começou a recuar para longe dos combates. O homem era rápido — de uma forma nada natural. A agente não tinha esperanças de conseguir pegar a espada; o sujeito nunca dava uma chance. Ela foi forçada a usar a bengala para bloquear enquanto ele seguia com o ataque. Fatma precisava fazer algo logo ou...

Em um borrão ele veio para cima dela, e um punho se chocou contra a lateral do corpo de Fatma. Ela sentiu uma onda de dor intensa que a teria feito se curvar, mas nem sequer teve tempo para isso antes de ele a atingir no tórax com a mão espalmada. Foi como ter sido atingida por uma pedra. Os pés dela foram erguidos do chão, e ela caiu de costas com força. Deus! Que dor! Em todo o corpo! Perplexa, ela levantou o rosto para vê-lo se esgueirando para a frente como um gato atrás de uma presa. Tentou soltar a espada de forma desajeitada, e conseguiu sacá-la assim que ele pulou sobre ela com um soco já armado.

— Fique longe! Ou...

Antes que pudesse terminar, ele se jogou sobre a lâmina. O metal perpassou a camisa e a pele, afundando em seu peito. Ele parou, analisando a arma que provavelmente perfurara um pulmão. Ele logo começaria a cuspir sangue por aquela máscara. Maldição! Não queria que aquilo tivesse acontecido! O sujeito levantou a cabeça para encará-la sem piscar os olhos — preto contra preto, sem nenhum vestígio de branco. Então avançou ainda mais, fazendo a espada passar por ele. Fatma encarava, descrente. Não havia sangue algum na lâmina prateada. Em vez disso, teve a impressão de ver uma tênue névoa preta, como partículas de areia. Ele se aproximou mais, até que seus rostos quase se tocassem — encarando Fatma com aqueles olhos inumanos.

Alguém gritou alto e o homem recuou, a névoa preta surgindo onde deveria estar a ferida. Fatma observou enquanto ele se aproximava de seu gêmeo, com quem Siti estivera lutando. Os dois se tocaram — e, em um piscar de olhos, tornaram-se um. Com um salto espetacular, ele voou e pousou de novo em cima da parede ao lado do homem com a máscara de ouro. Fatma se ergueu com dificuldade, ignorando a pontada no peito enquanto levava a mão à lateral do corpo e olhava para os dois lá em cima. O que estava acontecendo?

Siti, no entanto, não ia deixar aquilo barato.

Com um rugido de leoa, arrancou a peruca e voou até eles. Depois se lançou contra a parede, pendurando-se com algo afiado e metálico. Fatma reconheceu as luvas com garras prateadas. Ela levava aquela coisa para todo lugar? Rosnando, Fatma começou a subir, ainda usando o vestido, mas descalça agora. Ahmad não era o único abençoado com uma magia estranha. Siti carregava sua própria feitiçaria peculiar: uma magia que a tornava mais rápida, mais forte. Ela escalou um terço dos tijolos em instantes, incentivada pela raiva e por pura teimosia. Vendo-a subir, Fatma se perguntou se uma deusa não vivia mesmo dentro daquela mulher. Então, a parede irrompeu em chamas.

Fatma recuou quando o barulho do fogo iluminou a noite, vermelho como sangue, esquentando a pele dela. Siti se soltou. Uma pessoa normal teria caído e quebrado os quadris, mas ela conseguiu pousar de quatro — tão graciosa quanto um gato. Antes que qualquer uma das duas pudesse dizer algo, as chamas desapareceram. No topo da parede, os dois homens também tinham desaparecido.

— Covardes! — gritou Siti. — Eu quase peguei ele!

— Você está bem? — Fatma cambaleou até ela.

Siti flexionou um dos conjuntos de garras fumegantes.

— Nem sequer me tocou. — Ela arregalou os olhos cheios de raiva, alarmada. — Você está machucada!

Fatma grunhiu de dor quando a mulher mais alta se aproximou para segurá-la.

— Levei um golpe na lateral do corpo. Acho que talvez... — Ela exalou. Doía falar — ... tenha quebrado uma costela.

Siti a envolveu com um braço, apoiando seu peso.

— Eles eram mais fortes do que aparentavam ser.

Fatma assentiu. Lembrou-se do cadáver com a cabeça virada para trás. *Inumanamente* fortes.

— Não acho que queriam te machucar — disse Ahmad. Ele havia se afastado com a multidão durante a luta e agora estava de volta. Olhou para Fatma, reavaliando a afirmação. — Pelo menos não de forma grave.

Siti o contornou.

— Você foi uma companhia e tanto! Uma ajudinha teria sido legal!

O homem abriu uma careta crocodiliana.

— Achei que vocês dariam conta. Além disso, acho que a intenção deles era mandar uma mensagem, nada mais.

— Que mensagem? — perguntou Siti, irritada.

Ahmad apontou para a parede. Os tijolos estavam chamuscados, mas em alguns lugares as pedras permaneciam intocadas, formando algo escrito do chão ao teto.

— Tudo bem — admitiu Siti. — Isso é uma mensagem.

Enquanto Fatma lia as palavras, sentiu seus dentes se apertarem junto com seu estômago.

OLHAI, EU SOU AL-JAHIZ.
E ESTOU DE VOLTA.

8

Diferentemente da maioria dos departamentos do governo, o Ministério não fechava às sextas-feiras. Era operado por uma equipe mínima, além dos eunucos sólitos que eram mantidos pela consciência do prédio para trabalhar na limpeza. Enquanto Fatma caminhava com Hadia, ela mal prestava atenção no vazio ou no silêncio esquisito. Sua mente ainda estava na noite anterior.

— Costumo passar as sextas com os meus primos — disse Hadia. — Mas fico feliz que tenha ligado.

Fatma percebeu que não tinha pedido para Hadia aparecer — ela meio que havia exigido. Era uma grosseria. Mas mostrava quanto ela estava incomodada. Ela colocara na cabeça que iria ao escritório de manhã. Havia até mesmo optado por um terno prático — azul com uma gravata bordô e sapatos marrom-escuros. Fingir ser dândi teria de esperar. Bem, exceto pelo prendedor de gravata de ouro e pelas abotoaduras combinando. Sem falar do chapéu-coco e da bengala. A camisa violeta listrada contava como dândi?

Enfim, ela levaria aquilo a sério. Era difícil admitir, mas Ahmad estava certo. Ela deveria ter ido atrás daquele homem mascarado. Em vez disso, empurrara o caso para escanteio, esperando por Aasim. Parte disso se devia a Siti, de quem o retorno a afetava mais do que ela conseguia admitir. Mas só porque ela tinha tirado uma folga não significava que a cidade havia feito o mesmo.

— Esteja preparada — disse ela quando chegaram ao elevador. — O melhor conselho que posso te dar como agente. — Hadia vestia seu casaco do Ministério, com uma saia escura comprida e uma bolsa pendurada no ombro. Seu hijab, no entanto, era verde-escuro. Estava tentando combinar a cor com o terno anterior de Fatma? — Mas obrigada por vir. Houve uma atualização no caso.

— Claro. Estou curiosa para saber que tipo de atualização aconteceu entre a noite passada e esta manhã.

As portas do elevador se abriram, e elas entraram.

— Mais coisas do que pode imaginar — respondeu Fatma. — Subsolo.

O elevador começou a descer e, quando se virou, Fatma encontrou Hadia esperando, na expectativa. Escolhendo as palavras, ela relatou a noite anterior — deixando Siti de fora, claro, e se referindo a Ahmad como um "informante". Enquanto falava, deixou a mão recair para a lateral de seu corpo. Siti a havia carregado até em casa, feito um curativo no ferimento e depois dormido ao lado dela na cama, cantarolando uma música que a fizera cair em um sono profundo. Quando acordou, a mulher havia partido, claro. Assim como a dor. Fatma não sentia nada além de uma pontada fraca. Estranho. Talvez não tivesse quebrado uma costela, como temia — apenas recebido um golpe na lateral do corpo. Quando finalmente terminou, Hadia exalou, como se fosse ela que estivesse falando.

— Sua noite definitivamente foi mais animada que a minha. Al-Jahiz! De volta!

— Pare, elevador — ordenou Fatma, e ele parou de repente. Ela fixou os olhos em Hadia, falando com a voz firme: — Esse sujeito de preto. Seja lá quem for, pode estar envolvido em um assassinato em massa. Ele pode ser um criminoso. Mas *não é* al-Jahiz. Boa parte de nosso trabalho tem a ver com desmascarar ilusões. Não se deixe envolver com isso.

Hadia conseguiu assentir, meio encolhida.

— Você está certa. Claro — disse, enquanto Fatma mandava o elevador continuar. — Mas você acha que tem uma conexão. Um homem pela cidade alegando ser al-Jahiz deixando cartões de visita flamejantes. Membros da irmandade dedicada a ele encontrados queimados vivos.

— E alguém com as descrições do homem identificado na cena do crime — acrescentou Fatma.

— Mas por que esse... impostor... atacou vocês?

Fatma havia pensado naquilo, e ainda não tinha uma boa resposta.

— Talvez eu tenha chamado atenção.

— E o ifrite? Viu algum?

— Não exatamente. Vi fogo que se movia de um jeito estranho, mas só.

Hadia parecia confusa.

— Então por que estamos indo para o subsolo?

— Porque é lá que fica a biblioteca.

— Certo. E estamos indo para biblioteca porque...?

Fatma a encarou com seu melhor olhar inexpressivo.

— Porque é lá que ficam todos os livros.

As portas do elevador se abriram, e ela saiu, deixando Hadia com uma expressão desnorteada que logo foi substituída por uma de maravilhamento.

O Ministério continha uma das maiores bibliotecas da cidade. Ocupava quase toda a área inferior do prédio — dois andares inteiros de livros e manuscritos com séculos de idade, vindos de toda parte do mundo. Até onde se sabia, alguns nem sequer eram daquele mundo. Os tomos repousavam em estantes que se estendiam quase até o teto alto, cujas prateleiras podiam ser alcançadas com escadas que deslizavam por um trilho. Outras ocupavam com perfeição as duas laterais da estante. Um mezanino no centro do cômodo guardava as obras raras. No fundo da sala, um pêndulo enorme balançava de um lado para o outro; era feito com um cabo de ferro em cuja ponta pendia um gigante disco de ouro em formato de sol inscrito com formas geométricas. No topo do relógio antigo havia um mostrador em meia-lua que dava a hora com signos do zodíaco.

— Ayou! — Hadia encarou, embasbacada.

— Você ainda não viu o cofre. — Fatma sorriu, se afastando.

Hadia se apressou para segui-la.

— Espera, tem um cofre? O que tem no cofre?

Fatma não respondeu. Há algumas coisas que novos recrutas precisam aprender por contra própria. Ela levou Hadia até um espaço no centro do andar, onde mesas longas com corrediças estavam ajustadas para leitura. Atrás de uma estava o único ocupante da biblioteca.

Zagros era o bibliotecário do Ministério: um marido do tamanho de um rinoceronte, caso o animal andasse em duas pernas. E se vestisse com uma túnica de manga comprida índigo bordada em lilás: o que ela achava ser um khalat. Diferentemente dos rinocerontes, o djinn tinha a pele lilás-clara e quatro chifres de carneiros retorcidos e listrados em ametista. Mas seu humor era semelhante ao de um rinoceronte. Ele vigiava a biblioteca com muito zelo, e era conhecido por banir agentes pela menor das infrações. A maioria reclamava de que ele era exigente, desagradável e facilmente irritável. Fatma era mais esperta do que isso. Na verdade, o djinn era apenas um grande pretencioso.

Confirmando a avaliação dela, foi preciso chamá-lo três vezes antes de ele se dignar a olhar para as duas. Suas pálpebras meio abertas atrás de um par de óculos de armação prateada carregavam uma mistura de tédio e irritação.

— A biblioteca está fechada — berrou ele de maneira preguiçosa. — Volte durante os horários regulares.

Ergueu uma mão adornada com anéis e garras bem cuidadas, enxotando as agentes como se fossem crianças.

— A biblioteca não fecha às sextas — respondeu Fatma.

As orelhas pontudas do djinn se remexeram enquanto ele resmungava em farsi antes de voltar para o árabe:

— Bem, olhe só para você, sabendo das coisas. Que bom! Mas estou ocupado, então dá na mesma.

Ele gesticulou para a mesa, onde fragmentos de papiros amarelados jaziam pressionados entre placas de vidro espectral. Havia lacunas entre os pergaminhos, e mais alguns pedaços estavam em uma pequena caixa ali perto.

— Isso é língua meroítica? — perguntou ela, olhando os escritos. — Século II?

Zagros se virou, franzindo os lábios cor de violeta antes de falar arrastado:

— Três. Mas é meroítica sim.

Fatma se inclinou para a frente, parecendo interessada. Quando ele estava de mau humor, impressionar sua bibliofilia inata ajudava. Errar o século fora um toque especial, porque seres como ele viviam para corrigir as pessoas.

— Achei que a língua meroítica era indecifrável. O idioma núbio perdido.

— Ela se mantém obstinadamente incognoscível — admitiu Zagros. Apontou para os pedaços de pergaminhos entre o vidros infundidos, que brilhavam em um verde-jade fraco. Onde as garras do marid tocavam, o escrito mudava e se transformava em árabe. — Isso nós sabemos que significa "porta". Esse aqui é "pássaro". Mas o que significa quando são colocados juntos?

Fatma quase sugeriu "pássaro-porta", mas o bibliotecário não era conhecido por seu senso de humor.

— Decifrar as palavras não nos ajudou a compreender o *idioma* — reclamou ele. — São duas coisas diferentes, percebe? Estou trabalhando em uma teoria que diz que a sintaxe pode estar trancada de forma mágica, propositalmente obscura.

Fatma olhou para Hadia, apontando o djinn com o queixo. Ela logo entendeu o que a agente mais experiente sugeria.

— De onde esse livro... é? — perguntou ela.

— Da tumba mortuária de Amani-Xaquéto! — respondeu Zagros, com os olhos dourados animados. — Um dos famosos candaces! Esse pode ter sido um nênia funerário: uma elegia aos deuses deles ou uma filosofia sobre o além-vida. O Sudão nos emprestou a peça. Ficou no acervo deles enquanto aqueles sufistas passavam o tempo pesquisando numerologias radicais na geometria sagrada. Algumas pessoas, quando leem Marx... — Interrompendo-se, o djinn olhou para elas como se estivesse diante de pessoas completamente diferentes. — É revigorante ouvir alguém que aprecia os escritos alfanuméricos. Como posso ajudá-las hoje, agentes?

— Estamos procurando obras sobre al-Jahiz — disse Fatma.

O djinn arqueou uma sobrancelha.

— Tem mais do que alguns desses.

— As melhores biografias e relatos contemporâneos.

Zagros batucou pensativamente no par de presas de marfim que se curvavam para fora de sua boca. As pontas eram folheadas a prata e carregavam pequenos sinos que tilintavam ao toque.

— As biografias históricas mais populares foram as escritas por Ghitani. Depois tem os relatos literários de Mahfouz e Hussein. Interpretações religiosas pelos faquires sudaneses... — Ele se virou, balbuciando e andando pela biblioteca.

Fatma e Hadia seguiram logo atrás. O djinn era mais rápido do que seu tamanho sugeria, e elas foram se orientando com base em vislumbres da túnica dele flutuando ao virar nos corredores — e nos badalares dos sininhos.

— Essa foi uma reviravolta repentina — cochichou Hadia.

Ela deu um gritinho, conseguindo pegar por pouco o livro grosso que Zagros arremessou para ela.

— Djinns são muito parecidos com o resto de nós — disse Fatma. Agarrou um livro em pleno voo, sem diminuir o ritmo de seus passos. — Eles só querem saber que as coisas esquisitas pelas quais se interessam são apreciadas.

— Como meu primo que coleciona pássaros autômatos — lembrou Hadia. — Mas por que estamos fazendo isso mesmo?

Ela pegou um segundo livro, que pousou em cima do primeiro, e sorriu, satisfeita.

— Você mesma disse mais cedo — respondeu Fatma, casualmente pegando mais dois volumes. — Alguém está andando pela cidade alegando ser al-Jahiz. Alguém que estava na cena do assassinato de uma irmandade dedicada à lembrança dele. Al-Jahiz é a linha que conecta as duas coisas.

— Você acha que quem quer que esteja se mascarando como al-Jahiz provavelmente criou sua persona baseada em livros como estes. E a irmandade de lorde Worthington fez o mesmo. Não estamos construindo o perfil de al-Jahiz; estamos montando um com base em como as pessoas se lembram dele.

A mulher era boa, Fatma precisava admitir. Houve outro ganido quando um novo tomo grande voou na direção delas, fazendo Hadia derrubar sua pilha. Ela precisaria aperfeiçoar a habilidade de pegar.

Algumas horas depois elas estavam sentadas em meio a pilhas colocadas ao longo de uma mesa — o único barulho era o zunido constante do pêndulo balançando. O bibliotecário havia provido mais material do que elas podiam analisar. Trataram de consultar os mais populares primeiro antes de irem para os títulos mais obscuros. Hadia tomava nota com caneta e papel enquanto seguiam, incapaz de convencer Zagros a deixá-la trazer do escritório uma máquina de escrever — o que ele chamava de máquina vexatória e cacofônica. Ainda assim, ela havia escrito várias páginas. Ao chegar ao fim da folha, ela parou para flexionar a mão.

— Acho que é câimbra. — Fez uma careta.

Fatma repousou o próprio livro, depois fez o mesmo com olhos cansados.

— Leia o que já temos.

Hadia folheou as páginas antes de levantar uma.

— Al-Jahiz. Bem, a primeira coisa é que ninguém realmente sabe o nome dele.

Isso era algo com que todos os livros e relatos concordavam. Al-Jahiz não era um nome de verdade, era mais como uma alcunha. O homem mais famoso da lembrança moderna não podia sequer ser designado por algo tão simples quanto um nome.

— É incerto se ele adotou o título ou se este foi dado a ele — continuou Hadia. — De qualquer forma, a maioria dos escritores concorda que é a fonte das discussões sobre a origem dele e das escolas de pensamentos que surgiram. A escola Temporalista alega que ele é um viajante do tempo, e que é o mesmo al-Jahiz de Baçorá do século IX.

— Abū 'Uthman 'Amr Baḥr al-Kinānī al-Baṣrī — recitou Fatma.

— Conhecido como al-Jahiz. — Hadia assentiu. — O de olhos esbulhados. Não é muito lisonjeiro. A maioria hoje acredita que ele sofria de uma malformação na córnea. Não se sabe muito sobre o começo da sua vida, mas ele recebeu o crédito por ter escrito mais de duzentos livros, se acreditarmos nas histórias, sobre tudo, de zoologia a filosofia. Os temporalistas alegam que os dois al-Jahiz são um. Contudo, não há nada sobre o al-Jahiz medieval dizendo que ele era um inventor. Provavelmente o confundiram com o al-Jazari do século XIII. Foram avisados desse erro, mas são bastante insistentes; alguns até alegam que al-Jahiz voltou primeiro como al-Jazari. Eles nem acertaram a origem! O primeiro al-Jahiz provavelmente era abissínio. Todos concordam que o al-Jahiz moderno é do Sudão. E ninguém o menciona como alguém de olhos esbugalhados. Então o motivo para o título continua um mistério.

— As pessoas encontram várias formas de fazer suas lógicas funcionarem — respondeu Fatma.

O Temporalismo havia se tornado popular entre os mecânicos e aqueles de mente mais científica. Mês ou outro, o Ministério recebia um caso de um deles tentando construir uma máquina do tempo usando magia não licenciada e alquimia instável. O último tinha tentado algo assim dentro do apartamento. Não viajara no tempo, mas conseguira transportar metade do andar para um ponto a dez quarteirões de distância — no meio do trânsito da tarde.

— Há também os transmigracionistas — leu Hadia. — A escola surgiu entre alguns sufistas, que usam o conceito de tanasukh para argumentar pela metempsicose. Dizem que o al-Jahiz moderno é a reencarnação do primeiro. Mas é considerado herético, censurado pelo ulemá e até mesmo pela maioria dos sufistas.

Grande parte dos seguidores dessa corrente hoje é de budistas ou hindus. Tem um festival para ela em Bengala.

Heréticos ou não, palpites sobre al-Jahiz ter renascido eram difundidos, e não apenas entre os sufistas heterodoxos. Apesar de ser rejeitado como um costume rural, era fácil encontrar cairotas que diziam o mesmo.

— Existem dezenas de outras escolas sobre a origem dele. — Hadia ergueu várias folhas. — Os sufistas do Sudão acham que ele é um arauto de Mádi. Alguns coptas o veem como o anunciante do Armagedom. Nenhum faz mais sentido do que o outro.

— Eles não precisam fazer sentido. A própria ambiguidade de al-Jahiz concede interpretações.

— As pessoas o definem como querem. — Hadia compreendeu. — Então, um impostor...

— ... nunca precisa ser específico — completou Fatma. — Aquelas pessoas na noite passada. Elas viram al-Jahiz naquele homem com a máscara de ouro. Não importa se cada um tinha uma ideia diferente sobre quem ele era. O al-Jahiz está tão envolvido em mitos e boatos que pode ser quem as pessoas querem que ele seja.

— Isso é perigoso.

— É por isso que o Ministério leva a sério homens alegando ser al-Jahiz. Ele não é o primeiro. Mas sempre causam problema pelo que incitam nas pessoas. O povo está disposto e querendo acreditar. Mesmo quando os impostores são meio malucos.

— Esse de agora parece? Meio maluco, digo?

Fatma balançou a cabeça, lembrando-se daqueles olhos. Intensos, sim, mas nada neles parecia maluco.

— Então estamos cientes das coisas que não sabemos sobre al-Jahiz. E o que sabemos?

Hadia remexeu de novo em seus papéis, erguendo outra página.

— A primeira menção a al-Jahiz costuma ser creditada a Alhaji Omar Tal, antigo conquistador e fundador do Império Tuculor. Em 1832, era um místico errante. Quando volta do haje, conhece Ibraim Paxá, na época um comandante do exército em campanha na Síria. Omar Tal curou o filho do futuro paxá de uma mazela antes de profetizar, como todos sabem, a vinda de um homem que ele alegou que abalaria o mundo. Chamou tal homem pelo título de "o Mestre dos Djinns".

Fatma se lembrou do que o velho da multidão tinha dito. O Mestre dos Djinns — um dos famosos honoríficos de al-Jahiz.

— Consideram que por volta dessa época o homem que se tornaria al-Jahiz era parte do regimento sudanês do paxá, feito de soldados escravizados. Alguns até alegam que ele foi enviado com um batalhão para o México para acabar com uma rebelião contra Napoleão III nos anos 1860. Mas parece outro boato, pois naquela época ele não estava mais no exército egípcio. Aparece pela primeira vez com o título "al-Jahiz" em 1837 no Sudão, pregando contra a escravidão na companhia de um alto sujeito misterioso, que a maioria das pessoas acredita ser um djinn.

— Mil oitocentos e trinta e sete — repetiu Fatma, pegando um livro e o folheando até onde queria. — O mesmo ano do combate na fronteira do Egito e da Abissínia, depois de coletores de impostos sequestrarem um padre etíope copta no Sudão. Os abissínios derrotaram facilmente o forte egípcio local, libertando o padre. Os sobreviventes alegaram que os abissínios usaram "armamento enfeitiçado".

— Al-Jahiz desaparece de todos os relatos por trinta e dois anos — continuou Hadia. — Então, em 1869, inexplicavelmente chega ao Cairo. Começa a ensinar alquimia e o que ele chama de "artes perdidas", realizando algumas das primeiras "grandes maravilhas". Sua escola secreta na rua começa a ganhar seguidores.

— Depois, em 1872, Ismail Paxá anexa o território abissínio, começando uma guerra — leu Fatma.

— Que perdemos, de novo — acrescenta Hadia. — Em apenas dois dias! Dessa vez as pessoas prestam atenção nos soldados falando sobre magia. Acham que os anos em que al-Jahiz esteve sumido foram passados na Abissínia, seguindo os passos do Profeta, que a paz esteja com ele. Provavelmente era a fonte do armamento deles.

— O que os abissínios não confirmam de maneira alguma — resmungou Fatma.

Era frustrante como a monarquia era tão sigilosa. Agora havia uma trégua entre os dois reinos, e nenhuma hostilidade em décadas. Por outro lado, os governantes abissínios também mantinham leões vivos perambulando por seus palácios — que supostamente tinham a habilidade de falar. Então, talvez, aquela não fosse a parte mais estranha.

Hadia folheou suas anotações antes de bater em uma parte com a caneta.

— Depois da guerra de 1872, Ismail Paxá descobre sobre al-Jahiz e o manda prender como traidor. Mas al-Jahiz o conquista com seus ensinamentos. O quediva o instala no Palácio de Adbeen para trabalhar em seus experimentos. É lá que ele constrói a maior parte de suas máquinas e transcreve seus muitos livros. Também é onde "a coisa" acontece.

Fatma não precisava de uma cartilha. Todos os novatos no Ministério conheciam a história sobre como al-Jahiz construiu uma grande máquina de alquimia e magia. Sobre o dia em que o palácio inteiro se encheu de luz, que fez as pedras se distorcerem e brilharem. Naquela época, o povo chamara aquilo de obra do feiticeiro sudanês do quediva. Hoje, era lembrado como a perfuração no Káf, o enfraquecimento das barreiras entre os muitos reinos que mudou o mundo para sempre.

— Ninguém sabe por que ele fez isso — leu Hadia. — Curiosidade, malandragem, malícia. Mas a ciência nunca foi replicada.

Fatma segurou a língua, com os olhos vagando até o cofre atrás do pêndulo em movimento. Aquilo não era inteiramente verdade. A grande fórmula de al--Jahiz — a Teoria das Esferas Sobrepostas — fora replicada exatamente uma vez, através de uma máquina construída pelo anjo Criador. Ele a chamou de Relógio dos Mundos. Criador tentara usar a invenção para causar o fim do mundo, mas Fatma e Siti haviam destruído a coisa. Os arquivos sobre o caso continuavam lacrados para a maioria. E o que restava do relógio agora ficava a apenas alguns passos do cofre, onde o Ministério guardava seus segredos mais preciosos.

— Durante os meses que se seguem — continuou Hadia —, djinns começam a aparecer em pequenas quantidades pelo Cairo. Em outros lugares também. A maioria se mantém escondida, mas o quediva pressente que algo grande está acontecendo e age para obter uma independência maior ainda com a Porta Otomana. Pede para al-Jahiz construir armas mágicas, mas ele se recusa. Irritado por isso, Ismail Paxá manda os soldados confiscarem suas invenções. Quando chegam, al-Jahiz já partiu. — Ela a encara com ironia. — Existe só uma dúzia de versões diferentes de como *isso* aconteceu.

Essa era uma forma de amenizar as coisas. Al-Jahiz deixara os soldados do quediva cegos antes de passar por eles enquanto tentavam pegá-lo. Ele os havia transformado em nuvens de fumaça. Não, ele os transformara em carneiros alados que o carregaram para longe de lá. Ou havia voado para longe nas costas de um djinn? Não, era um djinn robô. Uma charrete puxada por djinns. Ou rukhs de asas douradas.

E assim seguia.

A única coisa que todos sabiam com certeza era que, em 1873, al-Jahiz havia desaparecido, levando a maioria de suas máquinas e escritos consigo.

— Tenho um primo que se considera um augure — confessou Hadia. — Ele jura que al-Jahiz foi embora pilotando uma grande geringonça que girava com rodas sem fim. E que até hoje ele viaja entre os mundos, levando magia com ele. Mas acho que nada disso importa de verdade. Porque o que mais nos impacta atualmente aconteceu depois que ele foi embora.

— Aywa — concordou Fatma.

Nos dez anos depois do desaparecimento de al-Jahiz, um movimento nacionalista entrara em ascensão enquanto Ismail Paxá caía em dívidas e cedia mais controle aos poderes europeus. A maioria dos djinns se escondeu nos bastidores, mas também estava lá. Foi só na batalha de Tel el-Kebir, em 1882, que tinham revelado sua existência — quando a magia dos djinns se juntou ao fervor nacionalista para expulsar os britânicos do Egito e mandá-los de volta para o mar. Esse evento agora era comemorado como o Surgimento. Tinha sido eles que haviam criado aquele novo mundo, independentemente do que tivesse acontecido com al-Jahiz.

— Eu fiz os cálculos — disse Hadia, coçando o rosto. — Al-Jahiz provavelmente estava na casa dos vinte anos na década de 1830. Então na época que desapareceu tinha uns sessenta. Qualquer um alegando ser ele hoje em dia teria que ter, o que, cem anos?

— O homem que vi ontem à noite definitivamente não parecia ter cem anos — confirmou Fatma.

— Seria de esperar que as pessoas levassem isso em consideração. Queria que tivéssemos alguns de seus seguidores antigos por aí para pregarem contra esse impostor.

— Sem chance de isso acontecer — disse Fatma.

Os principais seguidores de al-Jahiz haviam desaparecido pouco depois dele, supostamente para esconder os escritos secretos do mestre. Os mais jovens provavelmente teriam uns setenta anos se ainda estivessem vivos. O Ministério vinha buscando por eles há décadas, mas não tinham encontrado nada.

— E os outros que viu ontem à noite? — perguntou Hadia. — O homem que na verdade era dois? Essa parte meio que me deixou confusa.

— Eu ainda estou confusa com isso também — respondeu Fatma, massageando a lateral do corpo de novo. — Não sei o que aquele homem era. Ou como fez o que fez. Tem que ter feitiçaria envolvida.

Hadia assentiu, pensativa

— Então qual é a conexão com o lorde Worthington?

Fatma tamborilou os dedos na capa do livro. Vinha pensando naquilo enquanto juntavam as informações para um perfil.

— Lorde Worthington era um homem tão encantado com al-Jahiz que criou uma irmandade dedicada a ele. Pelo que vi, estavam caçando até mesmo pedaços de roupas, objetos pessoais, qualquer coisa relacionada a ele. Como relíquias sagradas. Homens obcecados com al-Jahiz a ponto de quererem ser donos dele, parte dele, talvez ser ele.

Os olhos de Hadia se arregalaram.

— Você acha que o impostor fazia parte da irmandade de Worthington?

— É a melhor coisa em que consigo pensar. Alguém imerso em al-Jahiz. Alguém que conhece a irmandade de lorde Worthington. Até mesmo as noites em que os membros se encontram. E onde. Alguém que podia entrar na mansão dele sem ser visto e detectado. São peças demais para não se encaixarem.

— Mas por quê?

Fatma fechou o livro.

— Talvez um funcionário ressentido. Alguém que queria o Paxá Inglês fora do caminho. Ou um membro da Irmandade que levou essa coisa de al-Jahiz longe demais.

— Parece plausível. Mas não explica o possível ifrite.

— Não — admitiu Fatma, relembrando o incêndio estranho. — Mas um mistério de cada vez.

Elas foram interrompidas por Zagros, que se aproximou.

— Vocês duas compreendem — falou de um jeito arrastado — que é educado ficar em silêncio pelos outros usuários da biblioteca?

Fatma olhou para o lugar vazio ao seu redor.

— Somos as únicas usuárias.

— Então deveriam ficar em silêncio pelo bem de vocês.

As duas mulheres se entreolharam. Ao que parecia, não estavam mais nas graças do djinn.

— Parece, contudo, que hoje não sou apenas um bibliotecário, mas também um mensageiro. — O djinn mostrou um pequeno tubo enrolado, que segurava com desdém entre as garras do indicador e do dedão. — Isso chegou a vocês através de um mensageiro sólito. Ela não conseguiu passar do saguão, então fui forçado a subir um lance inteiro de escada, já que esses elevadores não acomodam meu peso sadio, e descer de novo. Tudo isso para ver que o recado nem sequer era para mim. Não é uma história encantadora?

Fatma pegou a mensagem com um agradecimento, embora o bibliotecário já tivesse se afastado.

Hadia ficou olhando enquanto ele ia embora.

— Ele é sempre assim?

— Não. Às vezes está de mau humor de verdade. — Ela leu o recado. — Acho que talvez tenhamos um motivo para fazer trabalho de campo hoje. Já foi no Cité-Jardin?

Hadia negou com a cabeça.

— Ninguém que conheço tem dinheiro para isso.

— Então considere esta a chance de fazer uma visita. Acabei de receber uma pista. Alguém lá com quem podemos conversar que pode saber algo sobre essa Irmandade de Al-Jahiz. Vamos almoçar primeiro. Está com fome?

— Morrendo! — Hadia quase gritou. — Mas hum... — Ela aponta para o mostrador de signos em cima do pêndulo balançando. — Acha que temos tempo para al-salah? É sexta-feira. Tem uma mesquita que abre para mulheres. Fica no caminho, acho. E o sermão é rápido — disse ela. Fatma se virou para olhar o relógio, sentindo-se um pouco culpada por sua impaciência. — Ou podemos rezar aqui — sugeriu Hadia. — Sem desviar do din.

— Não — disse Fatma. Nova parceira, novas concessões. — Está tudo bem. Na verdade, não me incomodo. — Seria bom para limpar sua mente. — Mas não tenho um hijab. Só mais chapéus-coco.

Hadia colocou a mão dentro da bolsa, puxando um lenço azul de dentro.

— Sempre preparada!

9

Entrar no Cité-Jardin sempre era impressionante. Em um momento se estava no centro agitado do Cairo — com as lojas e restaurantes ainda abertos numa sexta-feira para os locais e os bondes repletos de turistas. Mas caminhando mais algumas ruas ia-se parar em um lugar sem o barulho de buzinas ou os estalidos dos vagões aéreos, sem pedestres conversando sobre política ou vendedores de rua aos gritos. Apenas o cantarolar dos pássaros e o farfalhar dos ventos passando pelos galhos folhosos das árvores.

Cité-Jardin tinha sido construída por um djinn arquiteto. Ele já vivia naquele mundo antes da chegada de al-Jahiz e navegara com o exército de Napoleão para conhecer Paris. Voltou ao Egito depois do Surgimento e convenceu o novo governo a deixá-lo projetar um complexo — um que alegava que faria o Cairo se tornar uma cidade internacional. O resultado foram modernidades incrementadas com inspiração tirada do mundo natural. As construções — a maioria embaixadas — eram esculpidas com folhas ou videiras entrelaçadas. As casas eram mansões: solares com vários andares, arcos e pilares com aparência de feixes de bambus, tudo cercado de florestas formadas por árvores e arbustos. Luminárias elétricas incandescente margeavam as ruas, como árvores novas coroadas com orbes de vidro colorido.

Fatma admirou a opulência e serenidade orgânicas. Rezar havia sido uma boa ideia. Ela se lembrava de quando era garota e ficava em casa às sextas-feiras enquanto seu pai e todos os parentes masculinos iam para a mesquita. Ser capaz de agora compartilhar aquilo com outra mulher era... revigorante. E sempre ajudava a clarear a mente — *Você provavelmente deveria ter mais esse hábito.* Fatma silenciou o sermão da mãe, ouvindo Hadia em vez disso.

— ... então falei para ele que não é porque a oração de sexta-feira não é obrigatória para mulheres que não posso comparecer. De que crianças estou cuidando? — Ela vinha compartilhando o que achava sobre mulheres e fé desde que elas tinham saído da mesquita, mal parando enquanto almoçavam andando, espetinho de cafta de carne e pão egípcio. — Ouvi dizer que na China tem uma mesquita só para mulheres. Dá para imaginar? Talvez devêssemos tentar isso por aqui. Talvez eu deva falar sobre isso na reunião da IFE.

— Você é da Irmandade Feminista Egípcia? — perguntou Fatma.

Elas observaram um automóvel passando — um veículo preto luxuoso de seis rodas com estribos laterais de marfim.

— Passei o verão em Alexandria marchando pelo voto. — Ela fez o símbolo de vitória do movimento sufragista. — Tenho uma prima no comitê do Cairo. Devo ir lá na semana que vem.

— Você tem muitos primos. — Fatma havia perdido as contas de quantos.

— Nossa família é grande. Você gostaria de ir? A uma reunião da IFE? Sempre gosto de levar mulheres de profissões diferentes para mostrar que não somos todas operárias de fábrica. — Depois ela acrescentou depressa: — Não que tenha algo de errado em ser operária.

Fatma podia pensar em muitas coisas erradas em ser operária: salário baixo, maquinários sem segurança, chefes homens assediadores que frequentemente agiam como carcereiros. Mas ela entendia o argumento.

— Vou pensar no assunto — respondeu Fatma, hesitante.

Ela doava para a IFE e no geral apoiava a causa delas. Mas quem tinha tempo para política? Hadia parecia pronta para falar mais — talvez um papo de recrutadora — quando alguém passou ao lado dela.

— Dia bonito para uma caminhada — disse Siti à guisa de cumprimento.

Fatma se sobressaltou com a aparição da mulher. Ela estava usando um cafetã amarrado amarelo como o sol que ficava maravilhoso contra sua pele, combinado com calças azuis e botas marrons de cadarço com cano alto.

— Liguei no seu escritório três vez antes de mandar o eunuco mensageiro — continuou Siti, preguiçosamente, acompanhando os passos delas.

— Eu não estava perto do telefone — diz Fatma. — Não achei que você teria algo para mim tão depressa. Também não estava esperando trombar com você.

Ela torcia para que seu rosto transmitisse completamente o "que raios você está fazendo aqui" ela estava tentando demonstrar.

Voltando para casa na noite anterior, elas haviam inventado depressa um plano de ação. As coisas pareciam estar se unindo em torno da misteriosa sociedade secreta de lorde Worthington. Siti deveria falar com Merira sobre os membros da Irmandade. Fatma iria para o escritório e conseguiria atualizações sobre al-Jahiz. Aquele encontro, no entanto, não era parte do plano.

— Nunca me subestime. — Siti piscou, virando-se para Hadia. — Você deve ser a parceira. Outra mulher entre os Meninos Fantasmas! O Ministério vai receber um artigo elogioso da IFE.

Hadia, que vinha observando a interação entre as duas, parecia compreensivelmente confusa.

— Essa é a Siti — disse Fatma. — Ela é... — As palavras, por algum motivo, fizeram sua língua se enrolar.

— Uma das informantes da agente Fatma — intercedeu Siti, suavemente.

— Ah! Sim, claro. Eu sou a agente Hadia.

— Um prazer te conhecer, agente Hadia — respondeu Siti, aceitando o aperto de mão.

— De onde conhece a agente Fatma?

Siti abriu um sorriso malicioso.

— Nós trabalhamos juntas. — Siti se inclinou e sussurrou: — Sabe, eu sou uma idólatra!

Os olhos de Hadia se arregalaram como ameixas escuras, e ela estacou, ainda segurando a mão de Siti. Fatma queria cobrir o rosto com o chapéu-coco. Por que aquela mulher agia assim? Quando Hadia encontrou a voz novamente, disse apenas:

— Achei que "idólatra" era ofensivo.

— Só quando *você* usa. — Siti soltou a mão dela. — Mas nós nos chamamos assim o tempo todo. — Ela deu de ombros ao notar a perplexidade de Hadia. — É uma coisa de idólatras. Você não entenderia.

— O que nós não entendemos — ironizou Fatma — é por que você está aqui. Não foi o que combinamos.

Siti parecia inabalável.

— Não combinamos nada. Eu te disse que falaria com o meu pessoal e conseguiria uma nome para você, o que eu consegui. Não debatemos onde eu estaria ou não. Acho que tenho o direito de estar aqui. Duas das vítimas desse assassino eram da minha comunidade. Nós cuidamos dos nossos.

Fatma sabia que era inútil protestar. A mente de Siti era imutável de um jeito teimoso quando ela decidia algo. Fatma podia declarar que aquilo era assunto do Ministério — ordenar que ela fosse embora. Mas a mulher não reagia bem ao autoritarismo.

Elas caíram em um silêncio constrangedor. Hadia, que andava no meio das duas, olhou para elas várias vezes, tomando coragem para falar:

— Posso perguntar a qual, hum... *templo* você pertence?

— Hator — respondeu Siti. — Mas Sekhmet me agrada mais.

— Sekhmet. Em alquimia teológica estudamos o Egito antigo e helenista. Se bem me lembro, ela é uma deusa da guerra, não é?

— O Olho de Rá. Quando os humanos tentaram destruir Rá, sua filha, Hator, não aceitou isso com gentileza. Com raiva, ela se tornou Sekhmet, a leoa feroz. Aí quebrou algumas coisas.

Hadia franziu a testa.

— Ela não quase destruiu o mundo?

— A deusa se dedica *para valer* ao trabalho dela. Felizmente para os humanos, Tote a enganou com uma cerveja que ela achava que era sangue. Colocou-a para dormir. Ela acordou com um humor melhor.

Fatma quase podia escutar o ayat que Hadia provavelmente estava recitando em sua mente. Em defesa dela, a parceira manteve a compostura.

— Então o que é que você faz no templo?

— Eu procuro coisas. Conserto coisas. Junto coisas. — Siti abriu um sorriso astuto. — Às vezes, se estiver com sorte, também posso quebrar coisas.

— Chegamos — disse Fatma, ávida em terminar com aquela conversa.

Elas estavam paradas diante de uma casa branca que ostentava três andares. Era coberta por telhados vermelhos triangulares no estilo ocidental, mas com uma fachada de pedras que imitava muxarabis. A julgar pelo número de janelas, devia ter pelo menos doze cômodos — ou mais.

— Que chique — pontuou Siti.

Fatma confirmou o endereço na mensagem.

— Como encontrou essa tal... — ela olhou o nome de novo — ... Nabila al-Mansur? Espera, ela é parente dos al-Mansur industrialistas de ferro?

— Mesma família — confirmou Siti. — Embora agora estejam envolvidos com um pouco de tudo. Merira perguntou pelos templos. Minha suma sacerdotisa — ela explicou para que Hadia entendesse. — Enfim, recebeu uma pista curiosa. De alguém que trabalha no *Al-Masri*.

— O jornal? — perguntou Hadia. — Um repórter?

— Melhor. Uma secretária. Do editor. Membro do Culto de Ísis. Uns tipinhos arrogantes, mas nos damos até que bem. Enfim, perceberam como as notícias sobre a morte de lorde Worthington são pouco detalhadas?

Fatma havia conferido o jornal de novo naquela manhã.

— Eles fazem parecer que o incêndio foi um acidente na melhor das hipóteses. Nada sobre a irmandade secreta. Estranho.

— De propósito — respondeu Siti. — A secretária diz que na manhã após a morte do lorde Worthington ela chegou ao trabalho e encontrou os tipógrafos irritados. Tinham precisado jogar fora uma remessa do jornal da manhã e reimprimir as manchetes por causa de ordens que haviam chegado às quatro da manhã. Naquele dia, ela atendeu uma ligação para o editor e ficou na extensão. Ouve as ligações vez ou outra para manter os templos informados. A pessoa que ligou agradeceu o editor por manter fora do jornal assuntos que podiam constranger o Paxá Inglês. Tentou persuadir o homem para que continuasse assim.

Fatma achava que aquilo era trabalho de Aasim. Mas o que ela dizia era ainda mais interessante.

— Deixa eu adivinhar: a pessoa que ligou era a tal de Nabila al-Mansur.
Siti deu uma piscadela.
— Você está começando a entender. A secretária também contou que a família al-Mansur é a maior benfeitora financeira do jornal da cidade. Aposto que não foi a primeira vez que Nabila fez uma ligação dessas.
— A livre imprensa já era.
— Assuntos que podem constranger o Paxá Inglês — repetiu Fatma. — Como morrer em uma reunião de sua própria sociedade secreta de ocultismo.
— Eu colocaria isso no topo da lista — concordou Siti. — Merira disse que, antes de ele entrar em contato com os templos para falar de seu pequeno clube, tentou convencer uma plateia de classe mais alta. Os al-Mansur cabem no perfil.

Fatma suspeitava do mesmo. Seguiram por um caminho cercado de árvores até a porta da frente — a superfície preta era talhada com estrelas interligadas. Precisaram bater duas vezes com a aldrava de latão até alguém aparecer. A serva, uma jovem de branco, observou o trio sem expressão alguma até Fatma mostrar o distintivo, o que a fez correr para buscar a patroa.

Quando Nubia al-Mansur veio até a porta, a ideia que Fatma havia formado da mulher não lhe fazia justiça. Ela não era alta, mas surpreendentemente corpulenta — não rechonchuda e sim robusta, usando um jelaba moderno de seda com franjas douradas, contrastando com o hijab preto amarrado apressadamente de forma tradicional. Já tendo passado bastante da meia-idade, seu rosto carregava uma quantidade considerável de rugas, mas seus olhos eram dois pontos astutos. Ela as encarou por cima do nariz aquilino, com um olhar julgador que apenas uma aristocrata poderia dominar.

— Pois não? — perguntou ela, estalando a língua com impaciência.
— Que a paz esteja convosco, madame Nabila. Eu sou a agente Fatma, e essa é a agente Hadia. Somos do Ministério de Alquimia, Encantamentos e Entidades Sobrenaturais.

Madame Nabila analisou os distintivos delas, com os olhos castanhos brilhando como os de uma coruja.

— O que o Ministério precisa de mim?
— Queremos perguntar sobre o lorde Worthington.
— Ele está morto. Isso mudou?
Então ela dificultaria as coisas.
— A morte dele aconteceu na companhia de uma certa irmandade que temos motivos para acreditar que a senhora conhece.

Isso prendeu a atenção dela. Ela pressionou os lábios enquanto seu olhar ficava mais cortante. Depois de algum tempo, relaxou e ajeitou o lenço.

— Muito bem, entrem. — Os olhos dela se moveram até recaírem sobre Siti. — Mas sua abda vai ter que esperar aqui fora.

Fatma ficou tensa, e ao lado dela Hadia inspirou de forma audível. O insulto era bastante comum — usado a esmo contra núbios ou qualquer outra pessoa de pele escura. Um lembrete nenhum pouco sutil de um passado recente. Mas o Cairo se gabava de ser uma cidade moderna, e agora via com maus olhos o uso de tais termos. Pelo menos em público.

— Ela não é minha... serva — disse Fatma, incapaz de explicar apropriadamente a presença de Siti.

— Quem quer que ela seja, vai esperar aqui. Não vou tolerar uma abeed na minha casa.

Fatma abriu a boca em um lampejo de ódio, mas Siti interrompeu:

— Tudo bem por mim. — Seu tom era sereno. — Não acho que quero entrar aí, de qualquer forma. — Ela parou, pensativa. — Sabe o que é engraçado? Minha família vive à beira do Nilo há milhares de anos. Com certeza, há bem mais tempo do que os descendentes de alguns mamelucos, tão convencidos e de nariz em pé que se esqueceram que chegaram aqui só recentemente. Como *escravizados*. — Ela enfatizou a última palavra antes de se virar e andar para longe em um passo tranquilo.

Madame Nabila fez uma careta.

— Que grossa. Abeed. Deus não colocou nada de claridade na pele deles.

Balançando a cabeça, ela guiou as duas agentes para dentro.

Fatma lançou um olhar para Siti antes de segui-la, deixando a serva fechar a porta atrás delas.

— Já tive algumas abeed trabalhando para mim — continuou a madame Nabila. — Ladras terríveis. Wallahi, precisava ficar vigiando as mulheres fazendo pão de manhã, ou elas surrupiavam sacos de farinha. Eu as dispensei na hora quando descobri e não contrato mais gente dessa laia.

Fatma analisou a casa — tinha paredes com estampa floral dourada, chão de mármore coberto por tapetes extravagantes, um grande lustre de latão composto por talvez uma centena de esferas cintilando com gás alquímico e móveis ornamentados com acolchoados de veludo. Aquela mulher de riqueza obscena estava reclamando do roubo de um pouco de farinha?

— Não estamos aqui por sua visão política — disse Fatma, cortando a ladainha.

Madame Nabila parou, inspecionando a interlocutora com o olhar.

— Você desaprova a forma como falo. Não é de surpreender. Você carrega um pouco de abeed no nariz e nos lábios. E na pele também. Achei que el-Sha'arawi era uma família rica e respeitável do Sul.

— Não somos esses — respondeu Fatma. — Você se enganou.

O olhar avaliador da mulher mais velha recaiu sobre Hadia.

— Pelo menos você parece ter um sangue imaculado.

Hadia a encarou com frieza.

— E entre as maravilhas Dele está a criação do céu e da terra, e a diversidade de nossos idiomas e cores. Por isso, atenção: existem mensagens, deveras, para todos que possuem o conhecimento inato. — Terminando de declamar o ayat, ela sorriu. — Diante de Deus, nosso *sangue* não significa nada. A virtude está nos atos, não na pele.

A expressão de madame Nabila se fechou; era nítido que não estava acostumada a ser repreendida por alguém com a metade de sua idade. Ela se virou, resmungando sobre "filosofias liberais", e acenou para que as duas agentes a seguissem. Passaram por uma sala com pinturas vívidas, inclusive uma de dirigíveis pairando sobre a Cidadela de Saladino.

— Vocês interromperam minha hidroterapia — reclamou madame Nabila, erguendo a bainha da jelaba para subir por escadas em espiral com corrimãos que se retorciam como videiras. — Então vão ter que falar enquanto faço minha sauna.

Quando chegou ao topo, ela as conduziu até um cômodo com um amplo banheiro cujos chão e paredes eram cobertos por azulejos verdes sobrepostos com estrelas octogonais amarelas. Diversas servas — mais mulheres de branco — estavam paradas ao lado de uma grande banheira de prata.

Enquanto Fatma e Hadia se sentavam em um banco, duas servas ajudaram a mulher a se despir. Mais duas começaram a manipular botões na caixa de prata, que se abriu em um sulco que a cortava ao meio. De dentro apareceu um pequeno assento, no qual madame Nabila entrou e se sentou. A caixa se fechou de novo, deixando apenas a cabeça dela visível, irrompendo de um buraco no topo. A caixa começou a zunir e sibilar conforme o vapor subia serpenteando do buraco que saía a cabeça da madame Nabila, dotado de um cheiro doce, obscuro e floral. Fatma inspirou fundo. Era cardamomo? Ela estava fazendo uma sauna vaporizando... chá?

— Ricos são estranhos — cochichou Hadia.

Isso era sempre verdade.

— Pronto — disse madame Nabila. — O que vocês duas querem?

— Informações sobre lorde Worthington — disse Fatma. — Vocês dois se conheciam?

— Alistair e eu? — Ela franziu a testa. — Sim, nos conhecíamos. Nada inapropriado. Ele era amigo do meu marido, que faleceu anos atrás. Éramos mais sócios nos negócios. Mas, por algum motivo, ele achava que podia se confidenciar comigo assim como se confidenciava com meu marido. Os ocidentais estão sempre precisando de alguém para se confidenciar, percebo.

— Ele te confidenciou sobre a Irmandade de Al-Jahiz?

Madame Nabila fez uma careta.

— O grande projeto de Alistair. Ele sempre falava sem parar para o meu marido sobre al-Jahiz. De forma vivaz e questionadora, como se soubéssemos qualquer coisa sobre aquele maluco. Depois que meu marido faleceu, ele tentou me recrutar. Eu recusei, claro! Avisei que ele se tornaria um pária se descobrissem. Mas ele era teimoso.

— O que você sabe sobre a Irmandade? — perguntou Fatma.

— Não muito — respondeu madame Nabila enquanto uma serva limpava o suor de sua testa. — Que estavam sempre à caça de segredos de al-Jahiz e faziam rituais estranhos. Alistair acreditava que tais segredos poderiam trazer uma nova era ao mundo. Como se não tivéssemos o suficiente em nossas mãos.

— *Quærite veritatem* — recitou Fatma.

Madame Nabila arquejou.

— Vocês viram aquele símbolo revoltante? Acho que ele acreditava mesmo em tudo isso. Duvido que pudesse dizer o mesmo sobre metade da irmandade.

— Se eles não compartilhavam da mesma visão, por que se juntaram?

— Reputação e avanço. A Irmandade se tornou uma forma de homens ambiciosos da empresa se aproximarem de Alistair. A única depois que ele saiu da Inglaterra e se mudou para Gizé permanentemente. Eles podiam até mesmo conseguir fundos para projetos. Era basicamente o jogo que todos jogavam. Embora a maioria estivesse perdendo tempo.

— Por que diz isso?

— Alistair já mal comandava a empresa. Estava investido demais em sua irmandade.

— Então quem estava no comando? — perguntou Hadia.

— Presumo que o filho dele, Alexander.

— Por que a senhora entrou em contato com o jornal para encobrir o que aconteceu com lorde Worthington? — perguntou Fatma.

Madame Nabila arregalou os olhos.

— Como você...? — Ela suspirou. — Bem, tenho apenas a mesma resposta. Alexander Worthington.

— Está dizendo que o filho de lorde Worthington te pediu para esconder os detalhes da morte do pai?

Madame Nabila estalou a língua nos dentes.

— Ele estava em pânico. Implorou para que eu falasse com eles.

— E você obedeceu?

— Não espero que você compreenda o fardo do status social. O lorde Worthington era um membro respeitável da sociedade egípcia. O Paxá Inglês. Como herdeiro da fortuna Worthington, Alexander sabia que a morte de seu pai em uma situação tão... comprometedora poderia constranger mais do que apenas sua família. Poderia afetar os negócios da Worthington. Afetar mercados em dois continentes. Sem mencionar a cúpula de paz, na qual o nome de Worthington é vital. Era do interesse de todo mundo manter o assunto no sigilo.

— Não dá para manter algo assim no sigilo — acrescentou Hadia. — Não para sempre.

Madame Nabila riu.

— Menina, não é preciso manter algo no sigilo para sempre. Já basta deixar o assunto vazar aos poucos, para dar a chance de todo mundo se preparar. Depois, quando a história completa é liberada, o impacto é menor e logo o assunto é esquecido.

Fatma podia ver lógica naquilo. Havia muita coisa acontecendo no Cairo a todo momento, dava para esconder até mesmo uma história como aquela se deixassem passar tempo suficiente.

— É verdade? — perguntou madame Nabila. — Que Alistair morreu daquele jeito?

— Não estamos chamando de acidente — foi tudo que Fatma respondeu.

A mulher cochichou uma oração.

— Eu o alertei sobre quem estava se aproximando. No fim, ele se associou com todo tipo baixo de pessoa. Não só a plebe, mas idólatras! Dá para imaginar? Se tiver dedo de um cúmplice nisso, pode ir atrás deles. Tenha certeza disso!

— Ele tinha inimigos?

— Rivais nos negócios. Ninguém capaz de tal depravação.

— E dentro da irmandade?

— Pouco provável. Não passavam de uns vinte membros. E todos morreram com ele.

Todos, pensou Fatma. Lá se ia sua teoria.

— Terrível para os negócios — reclamou madame Nabila. — Não é de surpreender que Alexander parecia tão angustiado. Pensei que ficaria de joelhos para pedir minha ajuda. Bastante indigno.

Fatma franziu a testa.

— *Parecia* angustiado? Alexander Worthington conversou com a senhora em pessoa? Na manhã em que o pai morreu? Ele está no Cairo?

Madame Nabila pestanejou.

— Sim, ele acabou de chegar ao país e já recebeu notícias tão terríveis.

Fatma compartilhou um olhar com Hadia. Aquela informação era nova.

— Última pergunta: Alexander era parte da Irmandade?

A mulher deu de ombros.

— Deus é que sabe. Mas dadas as convicções de seu pai, acho difícil de acreditar que fosse diferente.

Fatma pensou sobre aquilo. Então talvez tivesse um membro sobrevivente da Irmandade de Al-Jahiz afinal de contas.

Madame Nabila não se deu ao trabalho de interromper a hidroterapia para levá-las até a porta.

— Ela foi agradável — resmungou Hadia.

— Como diz minha mãe, é sempre os perversos que têm muito dinheiro. Bom trabalho mais cedo. Com o verso. Acho que depois que você a confrontou, ela ficou mais flexível.

— Nem pensei nisso — balbuciou Hadia. — Só não consegui aguentar o preconceito dela.

— Tem muito disso por aí — garante Fatma.

Hadia fez uma careta.

— Quando estive na América, tudo era sobre cor. Onde cada pessoa podia comer. Onde precisava se sentar nos ônibus. Onde podia viver ou dormir. Quando voltei ao Egito, não pude acreditar que não tinha percebido isso antes. Com meus amigos, minha família. Na IFE de Alexandria, nenhuma funcionária era mais escura do que eu. Em nossos protestos, mulheres núbias ou sudanesas marchavam atrás. Citar a escritura é útil para lutar contra isso. — Ela suspirou. — Talvez não sejamos tão diferentes da América no fim das contas.

Fatma não precisara viajar para aprender aquilo. Sofrera sua cota de desprezo. Nada parecido com o que Siti aguentava, mas também não era ausente. A magia e os djinns não haviam mudado tudo.

Elas chegaram até a porta da frente, que a serva abriu para deixá-las sair. Siti estava parada, esperando na rua. Ela as encontrou, farejando o ar.

— Por que vocês duas estão com aroma de chá?

— Vamos pegar uma carruagem — disse Fatma. — Eu te conto enquanto voltamos.

Elas precisaram sair de Cité-Jardin para encontrarem uma carruagem — então Fatma contou no caminho. Quando embarcaram, as três já estavam jogando ideias na mesa.

— Alexander Worthington aqui no Cairo — murmurou Siti. — E a irmã dele alegou outra coisa?

— Ela me disse que ele estava fora da cidade — falou Fatma.

— Por que mentir sobre isso? — questionou Hadia.

— Isso que eu gostaria de saber — resmungou Fatma.

— Você acha que ele tem algo a ver com tudo isso? — perguntou Siti. — Talvez tenha contratado esse homem com a máscara de ouro para dar fim no próprio pai? Traiçoeiro. Mesmo para um inglês.

— Ou talvez ele seja o impostor — disse Fatma.

Hadia suspirou.

— Isso é... elaborado!

Siti não parecia convencida.

— Nosso amigo da noite passada não parecia inglês. O árabe deles costuma ser horrível. A ideia do herdeiro de Worthington andando pelo Cairo como al--Jahiz é *muito* elaborada.

Fatma sabia disso. Além do mais, aquela teoria não explicava um possível ifrite. Ou o homem contra quem elas haviam lutado na noite anterior — ou seja lá o que ele fosse. Ela estava muito apegada à ideia.

— Você está certa — admitiu ela.

Provavelmente era melhor não fazer especulações malucas.

Elas logo chegaram ao Ministério. Assim que saíram da carruagem, Fatma puxou Siti de lado.

— Sobre o que aconteceu mais cedo... com a madame Nabila.

Siti fez um gesto comumente usado para dispensar crianças desobedientes.

— Acha que essa é a primeira vez que alguém me chama de abda? Que insulta minha família de "um bando de abeed fedidos"? Ou que faz algum comentário sobre minha pele? Meus lábios e meu nariz? Talvez homens pedindo para eu ser a pequena gariyah deles? Te garanto, isso não é incomum.

Fatma não era ingênua.

— Ainda assim, não é certo.

Siti sorriu.

— Protetora da minha honra. Assim vou ficar encantada. — Ela olhou de soslaio por cima do ombro de Fatma. — Mas acho que isso vai ter que esperar.

Fatma se virou para encontrar um sujeito familiar de uniforme cáqui saindo do Ministério.

— Inspetor — cumprimentou ela. — Outra visita inesperada.

— Agente — respondeu ele, depois se voltou para Hadia. — Quer dizer, agentes. — Olhou para Siti, mas ela se virou como se os ignorasse. — Liguei para o seu escritório. Como ninguém atendeu, decidi passar lá. O único que tinha te visto era um djinn da sua biblioteca. Acho que ele me insultou cinco vezes só para dizer que você não estava lá.

— Sinto muito que isso tenha acontecido — zombou Fatma.

Aasim grunhiu, franzindo o bigode.

— Vocês duas sabem que estão com cheiro de chá? Enfim, eu fui atrás do que você me disse sobre a noite passada. Seu encontro com al-Jahiz. — Ele disse o nome com sarcasmo.

Ela havia ligado para ele logo pela manhã. A polícia tinha mais pessoas do que o Ministério para fazer buscas pelas ruas.

— E?

— Nós o encontramos! Encontramos algo sobre ele, ao menos. Parece que você estava certa. Esse impostor tem andado pelo Cairo há pelo menos uma semana. Talvez mais. Não sei como não vimos. Mas assim que começamos a prestar atenção, as ruas estavam cheias de burburinhos a respeito disso.

— Alguma coisa sobre quem ele possa ser?

Aasim balançou a cabeça.

— Não, mas descobrimos onde ele vai aparecer a seguir. Domingo à noite. Estou pensando em ir, com alguns dos meus amigos. — O bigode dele se mexeu. — Quer vir?

10

Durante os dois dias que se seguiram eles planejaram.

Aasim garantiu um mandado de prisão, listando cada queixa e código criminal que podia usar sem problemas — e alguns que provavelmente não podia. Fatma coordenou como as coisas iriam acontecer. A polícia estava em maior quantidade, mas, já que o Ministério estaria envolvido, ela teria voz.

Isso significava manter o pessoal de Aasim sob controle. A polícia do Cairo tinha uma reputação. Ela queria expor aquele impostor, não começar uma revolta. Então, sem armas. A tal reunião provavelmente estaria cheia de pessoas pobres, idosos, até crianças. A última coisa que precisavam era de tiros. Amir havia deixado ela formar uma equipe especial de agentes. Hamed foi sua primeira escolha. Ele a ajudou a encontrar mais quatro: homens capazes de manter a calma, e cuja compleição física fazia as pessoas pensarem duas vezes.

A parte mais difícil foi convencer Hadia a ficar para trás. Uma operação como aquela não era lugar para uma recruta. Se as coisas se complicassem, não havia como garantir a segurança dela. Tudo que a mulher não queria ouvir. Fatma precisou recitar as regras do Ministério e explicar que ela ajudaria mais cuidando da logística na delegacia de polícia. Onsi ficaria com ela. Cada um se ajustaria àquilo que era mais adequado.

O único problema era conseguir uma chance de interrogar Alexander Worthington. Frustrantemente, ela não tinha motivos para um mandado. Apesar de madame Nabila alegar que ele estava na cidade na noite do assassinato do pai, os registros de seu passaporte mostravam que ele chegara de dirigível um dia depois. Havia avistamentos daquele suposto al-Jahiz pelo menos uma semana antes. Documentos podiam ser forjados, claro. Ele podia ter contratado alguém para fazer o papel de impostor. Fatma havia sugerido que o levassem a interrogatório para esclarecer as coisas. Mas os superiores de Aasim já tinham mandado que ele deixasse aquilo de lado — estavam levando bronca de políticos e executivos. O herdeiro de Worthington estava de luto, alegavam eles, e se preparando para o enterro do pai, um costume inglês. Ele não era um suspeito e podia ser interrogado mais tarde.

— É só mexer no portão de pessoas assim que elas já soltam os cachorros — disse o inspetor. — Vamos pegar esse impostor. Se Worthington estiver envolvido, a pessoa que ele mandou fingir ser al-Jahiz provavelmente é algum charlatão amador. Ou pior, um ator de teatro. Eu sei como fazer os dois cederem. Eles vão entregar quem quer que os tenha colocado nessa.

Fazia sentido, supunha ela. Mas quando domingo à noite chegou, ela estava com os nervos à flor da pele.

Ela estava na parte detrás do furgão da polícia, apenas um em um comboio que rangia pelas ruas do Cairo. Hamed estava bem diante dela, usando um bem passado uniforme do Ministério — os botões de prata cintilando e a calça ostentando uma prega perfeita. Ele parecia uma imagem saída direta do manual — até o fez vermelho. A única coisa deslocada eram seus sapatos: coturnos militares pretos com solas grossas. Os outros três homens que estavam no furgão — todos de ombros e pescoços largos — usavam o mesmo calçado.

Fatma pensou em colocar um uniforme. Por uns dez segundos. Ternos eram muito mais confortáveis. O que usava era cinza-escuro: sério e menos no seu estilo de costume. Bem, exceto pelos botões de marfim do casaco e do colete. E talvez a gravata azul-cobalto com toques de laranja fosse um pouco chamativa. Contudo, os sapatos eram pretos e completamente comuns — embora mais para brilhantes. Eram feitos para correr e pular. Ela também havia se preparado. Apenas de um jeito mais estiloso.

— Acha que vai ter uma multidão lá esta noite? — perguntou Hamed.

Ele apertava distraidamente um cassetete preto acomodado em seu colo.

— Se o que vi na sexta-feira à noite for algum indicativo...

— Eles acreditam mesmo que é ele? — perguntou outro agente. — Quer dizer, al-Jahiz.

— Alguns sim. Acho que outros só estão curiosos.

Não havia cartazes anunciando o encontro. Nenhuma palavra nos jornais. Mas dava para encontrar evidências dele em todo lugar: rabiscos nas paredes de becos escuros ou cochichos em antros clandestinos. Às vezes o Cairo era uma moeda com faces completamente diferentes.

— Ouvi boatos — um terceiro agente se aventurou a falar. — De que ele faz milagres.

O olhar dele mostrava a espera pela confirmação ou refutação dela.

— Não vi milagre algum.

— Mas tinha um ifrite? — brincou o quarto. Ele parecia esperançoso, o que era loucura. Ninguém deveria *querer* encontrar um ifrite.

— Tudo que vi foram alguns truques com fogo — respondeu ela.

Um silêncio inquietante se estendeu até Hamed falar:

— Não importa quem ele diz ser ou os truques que faz. Somos agentes do Ministério. Não é nada com que não possamos lidar.

— E aquele outro homem? — O cético de novo. — Que você disse que consegue virar mais de uma pessoa?

Fatma fez uma careta ao se lembrar.

— Estou torcendo para que vocês quatro possam lidar com ele. Ou eles.

— Estamos preparados para isso. — Hamed ergueu o cassetete: uma haste quase tão longa quanto o braço dele, com o topo bulboso.

Acionando uma alavanca na base dele o fez emitir um zumbido baixo, e a parte de cima começou a crepitar com raios azuis. Os outros se animaram, erguendo os próprios cassetetes. Um deles até bateu no peito com o punho. Homens, Fatma pensou talvez pela centésima vez, eram estranhos demais.

Quando o furgão da polícia parou, Fatma foi a primeira a sair, levantando uma pequena nuvem de poeira ao pisar no chão desnivelado. Ela ergueu o chapéu-coco com a bengala e olhou em volta. Sob a luz da lua cheia, que pairava na tela preta do céu, a Cidade dos Mortos se estendia em todas as direções.

El-Arafa, o Cemitério, como a maioria chamava a velha necrópole, ficava aninhada aos pés de colinas baixas. Um dia haviam sido antigas pedreiras de calcário, e seus cumes ainda tinham aparência irregular e escavada. O Cemitério ficava no vale do meio: uma densa malha de tumbas e mausoléus construídos mais de mil e duzentos anos antes. As famílias dos governantes egípcios haviam sido enterradas ali: comandantes do exército, sultões mamelucos, até alguns paxás otomanos. As tumbas eram palácios em miniatura e haviam sido casas de espetáculos, até mesmo escolas sufistas. El-Arafa se tornara um centro para quem buscava sabedoria e guardiões que zelavam por seu cuidado.

Mas isso havia sido muito tempo antes.

Durante os últimos anos do governo otomano, a maioria dos habitantes abastados do Cemitério tinha se mudado para áreas mais atraentes do Cairo. A rápida urbanização seguida da chegada dos djinns havia apenas acelerado as coisas, enquanto cairotas de classe média se arrebanharam para novos condomínios com comodidades modernas. O influxo de fazendeiros, camponeses e imigrantes para a cidade significou um novo grupo de habitantes para necrópoles — a maioria empobrecida. Os mausoléus haviam sido abandonados, muitos sucumbiram — alguns a ponto de não passarem de ruínas. Não havia água encanada, tubulações de gás ou maquinários a vapor, e as ruas nem sequer eram pavimentadas. Ainda assim, o povo dava um jeito, construindo pequenas moradias; alguns até fizeram residência dentro das tumbas. Era como se aquele lugar construído para os mortos inevitavelmente atraísse os vivos.

— Nada como uma visita à favela — resmungou alguém.

Fatma se virou para ver Aasim ao seu lado. Ninguém tinha o hábito de visitar a Cidade dos Mortos. Talvez peregrinos buscando bênçãos dos místicos sufistas que ainda residiam nos mosteiros, embora suas escolas estivessem fechadas havia muito tempo. Havia festivais em alguns dos mausoléus mais conservados. Mas a maioria dos cairotas mantinha distância.

— Pense que você está saindo mais.

Fatma olhou para uma construção próxima. Por detrás de uma cortina no segundo andar, uma mulher observava a caravana de policiais se reunindo nas proximidades de sua casa. Embaixo dela, dois meninos se empurravam para olhar.

Aasim grunhiu.

— Diga isso quando um dos ratinhos da favela pegar esse seu relógio de bolso brilhante de que você tanto gosta. Sabe o que dizem: quando algo some, é provável que vá aparecer em el-Arafa.

Um exagero. Muitos que moravam ali trabalhavam no grande Cairo. Ou participavam de uma economia informal que sustentavam aquela cidade dentro da cidade. A maioria do povo de el-Arafa não era composta de ladrões e criminosos. Eram apenas pessoas pobres.

— Não estamos aqui para impedir que contrabandistas negociem mercadorias de pequeno valor — respondeu Fatma.

— Mercadorias de pequeno valor? Dizem que o centro de operações das Quarenta Leopardas fica aqui. Não há nada de *pouco valor* nos itens que aquelas ladras surrupiam. Sabe, na última vez que viemos até aqui, eu estava com mais do que isto. — Sua mão com luva branca tocou o punho de um bastão de madeira na lateral do corpo.

— Nada de armas — reiterou Fatma. — Estamos lidando com pessoas pobres. Não com uma legião de ghouls comedores de carne.

Ela suprimiu um calafrio que veio com a lembrança da visita anterior que tinham feito ao Cemitério, quando investigavam as tramoias de um anjo insano.

Outro grunhido de Aasim, e seu bigode nervoso se retorceu com inquietação — sem dúvida também estava tendo vívidas lembranças.

— Espero que esteja certa. — Ele apontou com o queixo para longe. — Porque aquilo não me enche de confiança.

Ela seguiu o gesto dele até um bando de casas improvisadas dispostas entre os túmulos e mausoléus. Logo além delas, uma luz forte cintilava no céu, iluminando os telhados. Fez Fatma pensar em mercados noturnos a céu aberto. Só que não havia mercado noturno algum na Cidade dos Mortos. E os cantos e gritos estridentes que irrompiam hora ou outra não soavam como cliente pechinchando.

— Está todo mundo posicionado?

Aasim olhou para trás para avaliar seus homens. Os furgões já tinham sido esvaziados, deixando os policiais parados ombro a ombro em duas fileiras. Ele franziu a testa.

— Acho que você tem companhia.

Fatma se virou sem entender — e avistou alguém passando correndo por entre os policiais. Hadia? A mulher os alcançou, respirando com calma apesar do passo acelerado.

— O que está fazendo aqui? — perguntou Fatma. — Aconteceu alguma coisa?

Hadia negou com a cabeça.

— Não aconteceu nada. Estou apenas sendo sua parceira. — Ela sorriu, mas as palavras foram firmes.

— Eu te proibi expressamente de vir até aqui esta noite!

— Eu sei. — O sorriso de Hadia sumiu. — Só que você não pode fazer isso. Aquela regra que citou para mim, sobre mandar um recruta ficar para trás: ela não existe. Você inventou.

Fatma sentiu seu rosto corar. Ao seu lado, os outros agentes do Ministério reprimiram sorrisos.

— Você inventou uma regra? — Hamed riu. — E deixou ela com Onsi?

— Ele conhece o Código de Conduta do Ministério de cor — afirmou Hadia. — Mencionei por cima sua *regra* para ele, e ele me avisou imediatamente de que não existia tal coisa. Então, subi em um furgão da polícia e cheguei aqui. Onde deveria estar.

— Eu fiz isso para o seu próprio bem — resmungou Fatma. — Isso pode ficar perigoso.

— Eu sabia que as coisas poderiam ficar perigosas quando entrei na academia — rebateu Hadia.

Elas se encararam em silêncio.

Aasim pigarreou.

— Vocês duas precisam de um segundo?

— Não. — Não havia tempo para aquilo. — Hadia, você fica comigo. Se as coisas complicarem, você volta para trás das linhas da polícia.

— Eu posso tomar conta de mim mes...

— Como? Com as mãos? — Fatma se virou para Aasim, tentando não se deixar levar pela irritação. — Estamos prontos? — perguntou a agente. O inspetor alternou o olhar de uma para a outra, mas assentiu. — Então ótimo. — Ela deu de ombros, ajustando o chapéu, e se afastou com sua bengala. — Vamos.

O pequeno exército marchou pelas ruas estreitas do Cemitério. Fatma foi na vanguarda com Aasim — e agora Hadia — enquanto Hamed e os outros agentes os flanqueavam. Atrás deles, seguiam as fileiras de policiais. Pelo menos quarenta. Aasim queria mais, contingentes inteiros para cercar o lugar. Mas Fatma foi contra. Eles já estavam invadindo uma área residencial no meio da noite. Não precisavam tornar as coisas mais tensas do que já eram.

Nem todos os moradores de el-Arafa tinham ido para a reunião. Estavam sentados nas janelas e na soleira das portas, vendo a procissão serpentear entre as tumbas de pedras com marcações elevadas — às vezes se abaixando para passar por baixo de varais de roupa ou contornando fornos de tijolo. A maioria dos rostos o encarava sem expressão. Alguns estavam nervosos. Uma mulher soltou um "Ya lahwy!" em pânico quando eles passaram. Outros, no entanto, encaravam o grupo com firmeza. Uma ou duas vezes praguejaram aos cochichos.

Aasim se inclinou para ela.

— Cheguei a mencionar que o pessoal das favelas não gosta muito da polícia?

Fatma não duvidava. Com base nos relatórios que havia lido, e também porque havia um bom motivo para isso. Eles marcharam sem parar em considerável silêncio, embora os barulhos adiante fossem ficando cada vez mais alto à medida que se aproximavam. Eram aplausos. E tinha alguém falando. Ela conseguia distinguir algumas palavras que ecoavam pelas passagens estreitas da necrópole. Mas foi só quando passaram pelo conjunto de construções que ela teve a dimensão completa do que havia à frente.

Uma multidão enchia uma clareira. Havia mais pessoas de pé ou sentadas em cima das construções que se erguiam do outro lado. Fatma já esperava muita gente, mas parecia ter algumas centenas de pessoas por ali. Muito mais do que na última reunião. Lamparinas a gás haviam sido penduradas no alto, e o brilho delas cobria a área inteira, fazendo o espaço lembrar um anfiteatro ao ar livre ou uma casa de ópera. O palco ali fora um mausoléu alto. Suas paredes irregulares provavelmente um dia haviam sido lisas, embora o tijolo de barro mostrasse várias rachaduras. Andaimes de madeira cercavam as laterais de uma área em obras para reparos. A estrutura era coberta por uma grandiosa abóbada em forma de pera, cuja superfície era decorada com linhas talhadas da base até a ponta — um pináculo que subia e terminava em uma crescente. Bem na frente da construção abobadada, em um espaço aberto onde uma seção de merlões triangulares com padrões em colmeia havia desmoronado, estava o orador.

Fatma franziu a testa. Não era o homem da máscara de ouro. Era outra pessoa — vestindo um jelaba azul e um turbante branco. Ele erguia as duas mãos, gritando para a noite:

— ... e eu vi com meus próprios olhos os milagres feitos! Ele recorreu àqueles feitos de fogo sem fumaça e destruiu os estrangeiros! Eu já os havia ajudado a conduzir seus roubos e sacrilégios! Mas ele me guiou como devia! Ele voltou para que todos nós possamos ver e saber a verdade! Ele voltou para poder nos ensinar, como já fez antes!

As comemorações aumentaram até em um rugido que, àquela distância, era ensurdecedor.

— Quem é aquele? — perguntou ela, inclinando-se para Aasim.

— Pelo que nos contaram, todos os discursos do impostor são precedidos por pessoas assim. Eles falam sobre o que alegam ter visto o al-Jahiz fazer.

— Portadores do Testemunho — acrescentou Hadia.

Fatma estava familiarizada com a intitulação. Diziam que quando o verdadeiro al-Jahiz andava pelas ruas do Cairo, com frequência tinha homens e mulheres que o precediam — portando testemunhos de seus ensinamentos e milagres. O impostor tinha estudado *muito bem*.

O rugido da multidão ficou mais alto. Havia pessoas de pé ao longo dos telhados, na expectativa. O homem em cima do mausoléu agora estava berrando, embora apenas parte do discurso se erguesse acima do barulho:

— ... O Viajante dos Mundos! O Pai dos Mistérios! O Sábio Místico...!

Aasim falou algo que foi impossível de ouvir. Mas a atenção de Fatma estava focada em cima do mausoléu. O orador terminou, dando um passo para o lado. Ela sentiu os músculos tensionarem quando o homem da máscara de ouro fez sua entrada.

Ele tinha a mesma aparência de antes: alto e trajado com uma esvoaçante túnica preta. Até mesmo de onde estava, Fatma podia ver entalhes na máscara, que se mexia como se tivesse vida. À esquerda dele estava outro sujeito familiar, um homem esguio usando uma calça preta larga e uma camisa de tecido pesado. Quando o impostor tomou seu lugar, a multidão entoou:

— Al-Jahiz! Al-Jahiz! Al-Jahiz!

Ele ficou parado com as mãos juntas atrás das costas — seu companheiro permaneceu à sua direita, uma estátua imóvel. Os aplausos só diminuíram quando o impostor ergueu as mãos — que Fatma apenas nesse momento notou que estava coberta por uma cota de malha escura. No silêncio que recaiu, ele falou:

— Vocês vieram aqui esta noite em busca de milagres.

Arquejos surgiram, e Fatma sabia o motivo. Diferentemente do homem anterior, aquele impostor não precisava berrar. As palavras dele saíam em um volume perfeito que dava a impressão de que ele estava falando bem ao lado dela. Aquele era um truque novo que ele não tinha usado na outra noite.

— Vocês vieram hoje em busca de grande sabedoria. Para me ouvir contar o que vislumbrei quando caminhei entre os mundos. Vocês vieram porque seus olhos e mentes doem de fome, assim como suas barrigas, e as das suas crianças. Vieram porque suas almas estão sedentas, secas como a terra sob seus pés. Vieram porque mesmo nesta era em que milagres são abundantes — ele apontou para longe, na direção do grande Cairo — ainda há um vazio, um buraco em seu interior. Este novo mundo fracassou com vocês. Essa dita "modernidade" os deixou insatisfeitos, como homens à deriva no oceano sem uma gota de água para beber.

Ele respirou fundo, como se tragando vida, e sua voz explodiu.

— Eu retornei para vocês, meu povo perdido! — continuou o impostor. — Eu retornei para vocês, meu povo abandonado! Eu retornei para vocês! Não para os poderosos, os ricos, não para aqueles que usam meus ensinamentos errado para viver em decadência! Para erguer uma cidade grande para quem está no alto quando tantos ainda vivem tão embaixo! Que ousam proclamar uma era de milagres sendo sustentados nas costas daqueles que constroem e trabalham em suas fábricas! Que precisam assar o pão deles enquanto estes se empanturram do suor e da labuta de suas mãos! Que precisam viver na imundície enquanto eles constroem, e constroem, e constroem como se desejassem ouvir os céus! Masr se desviou muito do caminho que trilhei! Juntos, vamos consertar isso! Mesmo se isso significar demolir tudo que eles construíram para si para podermos começar de novo!

Os gritos em resposta se tornaram quase ensurdecedores. Fatma e Aasim se entreolharam. Estava na hora. O que ela estava prestes a fazer era genial ou a pior ideia da história das piores ideias. Ela recitou a Bismillah em silêncio. Então, antes que o impostor pudesse recomeçar a falar, gritou:

— Al-Jahiz é um assassino?

Fatma não tinha um daqueles transmissores de voz, como os usados pelos cantores. Também não tinha truques legais para ser escutada dentro dos ouvidos de todos. O que tinha era uma entonação suave que não vacilou. E uma calmaria silenciosa que fez suas palavras ecoarem. Todas as cabeças se viraram, seguidas depressa por um burburinho murmurado. Pela primeira vez, ela duvidava que tinha algo a ver com seu terno. Muito provavelmente era relacionado à força policial que estava atrás dela. De cima do mausoléu, o homem da máscara de ouro olhou para baixo — aquele olhar flamejante fixo nela. Se mantendo firme, ela falou de novo e caminhou adiante, seguida por seu cortejo.

— Fiz uma pergunta: al-Jahiz é um assassino?

A multidão se abriu enquanto se aproximavam. Algumas pessoas com crianças começaram a ir embora da reunião de uma vez, provavelmente temendo o começo de um conflito. Mas isso não iria acontecer, porque ela daria um fim no impostor bem naquele lugar e naquele momento. Não deixou o olhar desviar dele por muito tempo, de onde ele a encarava em posição elevada.

Eles chegaram até a frente do público. Os que estavam lá, a maioria rapazes jovens com olhar irritado, tiveram que ser empurrados para abrir passagem. Um — em cujo queixo crescia uma barba esparsa — ficou plantado no lugar com uma postura desafiadora. Fatma abaixou os ombros e trombou casualmente com o jovem, fazendo-o cambalear para trás. Recobrando o equilíbrio, ele se atirou contra eles mas acabou dando de cara com Aasim, que retribuiu o olhar por cima de um bigode que se retorcia.

— Tente.

Fatma os ignorou, agora focada no sujeito lá em cima.

— Você não respondeu à minha pergunta — gritou de novo. — Al-Jahiz é um assassino?

O impostor permaneceu em silêncio, e ela achou que precisaria repetir de novo. Mas então ele falou:

— Você lança enigmas. Fale abertamente para que todos possam compreender.

Houve um murmúrio de concordância da multidão.

— O al-Jahiz sobre o qual aprendi era um professor — gritou Fatma. — Um pensador. Um inventor. Um homem de virtude, verdade e justiça. Um homem que falava sobre liberdade. Deus é testemunha; em tudo o que li, ele nunca foi chamado de assassino.

— Então por que me chama assim agora? — perguntou o impostor.

Isso mesmo, pensou Fatma. *Puxe toda corda de que precisar.*

— Semana passada, mais de vinte pessoas foram mortas, assassinadas — gritou ela. — Queimadas vivas. Os corpos foram reduzidos a cinzas. Um homem foi visto fugindo da cena do crime, como um ladrão comum, um covarde tentando encobrir seus atos. Um homem usando uma máscara de ouro.

Gritos de raiva surgiram na multidão. Fatma olhou de soslaio para os policiais, que estavam com a mão pairando sobre os cassetetes. Fitou Aasim de forma expressiva, que se virou para sibilar algo para seus homens. O que quer que ele tenha dito foi levado adiante, e os policiais relaxaram. Em cima do mausoléu, o homem ergueu uma mão coberta por cota de malha, e a multidão se aquietou. Fatma não desperdiçou o silêncio.

— Eu não estou chamando o grande al-Jahiz de assassino — disse ela, se dirigindo à multidão. — Estou chamando esse *charlatão* de assassino, que escolheu enganar vocês com essa fraude, esse fingimento. Um homem capaz de matar tantas pessoas não merece confiança. Um homem assim não merece o louvor de vocês.

— Alguns rostos pareciam confusos. Ótimo. Ela virou a cabeça bruscamente de novo para o impostor. — Pergunto outra vez: al-Jahiz é um assassino?

Houve um longo silêncio. Parecia que agora todo mundo estava esperando uma resposta, com os olhos fixos no homem lá em cima. Enfim, ele respondeu:

— Eu sou muitas coisas para muitas pessoas. Professor. Pensador. Inventor. Fui chamado de outras coisas. Santo. Maluco. — Fez uma pausa. — E para aqueles de quem você fala, que pereceram no fogo, eu fui vingança.

Fatma exalou. Era isso. Ao seu lado, Aasim pigarreou e gritou:

— Isso parece uma confissão para mim.

— Confesso apenas ter feito o que precisava ser feito — respondeu o homem, virando os olhos flamejantes para a multidão, que o encarava desconfiada. — O que eles não estão contando é quem morreu naquela noite. Bem aqui, nesta mesma terra sobre a qual um dia caminhei, homens estrangeiros criaram uma chacota em meu nome. Eles não contam para vocês que um desses homens, proclamado Paxá Inglês, criou uma cabala desonesta com outros ingleses, que envenenaram meus ensinamentos. Eles não contam que esses homens praticavam artes sórdidas, até mesmo ousavam se denominar Irmandade de Al-Jahiz. Que se associavam com idólatras! Adoradores de deuses falsos!

Novos murmúrios, e Fatma olhou em volta, encontrando mais do que alguns rostos escandalizados. Ainda assim, não foi o suficiente. A dúvida ainda preenchia o ambiente.

— Isso não é motivo para assassinar pessoas! — gritou alguém.

Fatma olhou em volta, procurando pela voz. Outra pessoa falou:

— Somos um país com leis!

— Não existe necessidade de matar, nem mesmo idólatras! — gritou uma terceira.

— Ou estrangeiros! — disse mais uma. — Não devemos matar aqueles que não guerreiam contra nós!

Agora havia mais vozes, até mesmo discussões, surgindo aqui e ali entre a multidão. Um homem idoso citava o hádice sobre não violência para um grupo de rapazes que ouviam com respeito, mesmo discordando. Outros pareciam estar prestes a ir embora, voltando para casa. Fatma olhou para o impostor com triunfo nos olhos. Se ele achava que imbuir algum senso de justiça a seus crimes, estava tremendamente enganado. *Sua vez*, pensou ela em silêncio.

— Uma guerra foi declarada contra vocês — estrondou o impostor, ecoando acima do falatório. Ele esperou o silêncio voltar enquanto todos os olhares retornavam para ele. — O que eles não vão falar para vocês é que esses estrangeiros cometeram furtos. Roubaram o que queriam de nossas terras. Queriam tomar o que era de vocês por direito para atribuir um novo poder a si mesmos. Queriam corromper nosso país, corromper nossas crianças, degradar nossa sociedade, usando meu nome e pervertendo meus ensinamentos por sua própria ganância!

O objetivo deles não era nada menos do que enfraquecer o Egito, para nos tornar mais uma vez vassalos dos poderes ocidentais! Nos colocar sob o governo dos mesmos tiranos dos quais escapamos!

Novos arquejos. E verdadeiras expressões de sobressalto. Fatma franziu a testa. Aonde ele queria chegar?

— Nos diga! — gritou alguém. — Quem faria isso?

— As mesmas pessoas que mantêm vocês nesta favela — respondeu o impostor. — Aqueles que se denominam seus líderes. Que estão no rol do governo. — Ele levantou o braço, gesticulando na direção de Fatma e dos outros. — E eles sabiam! Essas autoridades, encarregadas de proteger vocês, permitiram esse sacrilégio! Por quê? Porque o Paxá Inglês andava com os ricos, os poderosos, que usavam sua influência para subornar políticos em troca de silêncio, para calar até mesmo os jornais para manter vocês na ignorância!

Ele fez uma pausa, esperando que suas palavras fossem absorvidas. E, para o desconforto de Fatma, ela percebeu que muitos estavam prestando atenção. Nem todos estavam convencidos, mas pareciam abertos a ouvir mais.

— Traidores! — gritou uma voz.

Ela achou que fosse um dos rapazes. A reação logo se espalhou, zunindo pela multidão como um enxame de vespas.

— Traidores! — o impostor pronunciou junto. — Traidores mancomunados com aqueles idólatras e ingleses, conspirando para permitir que estrangeiros se enraízem de novo em nosso solo! Para desfazer o trabalho que fiz para ajudar a libertar o Egito! Então sim, eu os queimei! Deixei que o fogo os consumisse! Para acabar com o plano deles, que mais uma vez acorrenta nossa terra e nos prende com grilhões!

Um coro de apoio da multidão ressoou na noite.

— Isso foi bom de verdade — admitiu Aasim. — Espero que você tenha um contra-argumento.

— Claro que ela tem — disse Hadia. Ela olhou para os lados, nervosa. — Você tem, não tem?

Fatma trincou o maxilar. As coisas não estavam se saindo conforme o planejado. Havia conseguido uma confissão, mas ele tinha transformado aquilo em um símbolo de honra. E tecera a conspiração mais ridícula. O governo egípcio como parte de um plano para ajudar a transformar o país em uma colônia da Inglaterra? Absurdo! Ainda assim, ela conseguia ver que aquilo tocava fundo em pessoas que tinham poucos motivos para confiar nas autoridades. Alguns na multidão pareciam genuinamente chocados, até mesmo preocupados. O que ele estava tentando fazer ali era perigoso, *muito* perigoso. Felizmente, nem todos foram arrebatados pelo discurso. O ceticismo estava escancarado no rosto de muitos. Alguns até mesmo olharam para ela, esperando, como se desejassem que ela tivesse uma refutação digna. Bem, era hora de dar a eles o espetáculo completo.

— Tire a máscara! — gritou ela. Isso perpassou o júbilo, que aos poucos desapareceu. — Al-Jahiz nunca usou máscara. Ele nunca escondia o rosto de seus seguidores, como um criminoso ou ladrão faria. Então por que usar uma agora? Acho que homens que se escondem atrás de máscaras o fazem para encobrir suas mentiras. Se você é o grande al-Jahiz, então faça esse milagre. Retire a máscara. Nos mostre o que tem por baixo dela.

Um silêncio atordoante recaiu sobre a multidão, e então uma voz gritou:

— Sim, tire a máscara!

Foi seguida de outra.

— Deixe a gente ver seu rosto! Tire a máscara!

Fatma se permitiu dar o mais discreto dos sorrisos quando mais demandas apareceram. Os cairotas eram assim: eles ouviam o que alguém tinha a dizer, mas se a pessoa quisesse que eles a seguissem, se quisesse ganhar a confiança deles, o povo precisava sentir que a conhecia. Precisavam olhá-la nos olhos e ler seu coração. Andar por aí com uma máscara era um bom artifício, mas muita gente estava ali mais por curiosidade do que por qualquer outra coisa. Ela havia agarrado tal curiosidade e dera uma boa sacudida.

— Por que está demorando tanto? — zombou ela. — Essa façanha está aquém do grande al-Jahiz? Ou você é melhor em dar discursos? Minha mãe sempre diz que por baixo de um exterior bonito e despretensioso com frequência há catástrofe. Talvez esteja escondendo uma catástrofe por baixo dessa máscara? Talvez seus olhos sejam tão grandes quanto seu nome sugere?

Houve o ressoar de risos. Esse era outro fato sobre os cairotas: dê um motivo e uma pessoa pode passar de algo sério para chacota, alvo de piadas ditas nas esquinas e nas cafeterias.

— Vamos, grande xeique — acrescentou Fatma, por precaução. — Tire a máscara!

O impostor ergueu uma mão, renovando o silêncio.

— Eu nunca aleguei ser um xeique — disse ele, em voz suave. — Esse é um título que vocês me deram. Não sou nada além de um revelador da verdade. Conto essas verdades para quem precisa ouvi-las: muçulmanos, coptas ou descrentes. Quando caminhei pela primeira vez pelas ruas do Cairo, vim apenas para ensinar e nada mais. Um rosto que se misturaria facilmente a outros. Não quero que minha imagem seja reproduzida, me tornando um ídolo para homens que não compreenderam nada me venerarem. Não queria ser usado pelos desonestos para desviar o povo.

Fatma preparou novas gozações com alegria. Ele não iria se safar dessa apenas com palavras.

— Mas não me foge da compreensão que os olhos devem, às vezes, ver a força da verdade.

As palavras na língua de Fatma evaporaram quando o homem fez o impensável: colocou os dedos em ambos os lados da máscara de ouro e a levantou. O sobressalto que surgiu ao redor perpassou a calmaria como uma faca.

Sob a máscara estava um rosto que chocava, e ela precisou lutar para não dar um passo para trás. Era uma face de ângulos intensos, com bochechas encovadas e queixo alongado. A pele que cobria o rosto era tão escura quanto a de qualquer sudanês, contrastando com o emaranhado de cachos grisalhos que recaía para todos os lados. E os olhos! Por mais impossível que parecesse, ardiam com ainda mais violência — como se revelassem toda sua severidade. Não era como se aquele fosse o verdadeiro al-Jahiz; isso a mente de Fatma não aceitaria. Mas se ela um dia tivesse de imaginar a aparência do homem a respeito do qual sussurravam nas histórias e lendas voltando a andar em meio a eles, aquele era o rosto que ela conjuraria para encará-la.

O espanto que emergiu da multidão foi palpável, surgindo em meio a exclamações:

— É ele! Ele voltou! Al-Jahiz!

A última parte foi acompanhada por novas vozes que se misturavam em um único coro:

— Al-Jahiz! Al-Jahiz! Al-Jahiz!

Se ainda havia incrédulos por ali, foram tragados pelos gritos mais fervorosos.

— Isso não é bom — disse Hadia.

Fatma olhou em volta. Tinha a esperança de desmascarar o impostor, revelá-lo como uma fraude. Em vez disso, dera validação a ele. Teve uma sensação profunda de que aquilo havia sido uma armadilha. Na qual ela havia caído direitinho.

— E agora? — perguntou Aasim.

Fatma afastou o medo e a insegurança.

— Lembro de ele ter admitido o assassinato. Vamos pegá-lo antes que ele contagie ainda mais todo mundo.

— Eles já parecem bem contagiados — pontuou Hadia.

E também não eram os únicos, percebeu Fatma. Hamed e os outros agentes estavam segurando os cassetetes com força. A polícia estava com os bastões em mãos, ombros tensos, como homens prontos para atacar. Aquilo poderia explodir a qualquer momento.

— Aasim! Ou prendemos ele ou batemos em retirada!

O bigode do inspetor ficou tenso.

— A polícia do Cairo não bate em retirada — disse ele, mordaz. Pegou um apito e o assoprou duas vezes. Os oficiais empunharam os cassetetes e se posicionaram como um batalhão. — Tenho autorização para te prender! — Aasim gritou para o impostor. — Pelo assassinato de lorde Alistair Worthington e seus associados! Qualquer um que impedir será preso por interferir na vontade do Estado!

As respostas foram explosões de raiva e vaias se juntando aos coros.

— A vontade do Estado... — A voz do impostor veio do telhado em zombaria. — Veem agora do que estou falando? Onde estão as autoridades do Cairo quando vocês estão doentes? Ou precisam de água limpa? Ou quando o preço da comida aumenta? Eles não se incomodam. Mas agora, para proteger esses estrangeiros conspiradores, mandam um exército inteiro da polícia. E contra quem? Os pobres e oprimidos. Invadindo suas casas e moradias. Tudo para prender um homem? Eu irei de bom grado, meu povo, se vocês assim quiserem. Para que essa traição vergonhosa não siga adiante.

Gritos de revolta irromperam junto com punhos erguidos. Enquanto Fatma observava, um grupo de trinta pessoas ou mais se separou da multidão principal. Ela reconheceu o líder: o rapaz que tinha empurrado mais cedo. Ele conduzia o grupo na direção deles, incitando os homens com seus gritos e gestos profanos. Ela lançou um olhar para os policiais. Havia raiva na expressão deles, mas também estavam com medo por compreender que estavam deploravelmente em menor número. As coisas haviam piorado, e agora se encontravam à beira da desgraça. O menor cutucão poderia fazer tudo despencar. Não, aquilo *não podia* acontecer. Fatma encarou o impostor, que com seu rosto impossivelmente envelhecido parecia satisfeito. Ela *não* deixaria aquilo acontecer! Chamou Aasim, pensando em falar para se retirarem — quando o cutucão chegou na forma de um sapato.

11

Fatma viu o sapato voando — uma sandália arremessada por mãos despercebidas. O objeto caiu depois de descrever um arco e não podia causar danos reais, mas o policial acertado no rosto rugiu — talvez mais ofendido do que machucado — e avançou, desencadeando uma sequência de reação. Os policiais na frente do grupo dispararam, levados pelo embalo daqueles atrás. Quando se chocaram com a multidão, tudo explodiu.

Cassetetes atingiram costas, braços e pernas. Pessoas caíram, gritando quando eram acertadas. Algumas lutaram. Outras fugiram, com a polícia as perseguindo em meio à turba. A briga se espalhou quando novos combatentes se juntaram à rixa. Em instantes, estavam em uma batalha campal.

Fatma desviou de um homem que estava com ela na mira. Ela o golpeou com o castão da bengala, empurrando-o para trás. Outro apareceu, esse mais ágil. Fatma quase não percebeu um punho que passou a alguns centímetros de seu nariz. Então, a pessoa girou e pulou para acertar Aasim bem no meio do rosto. Ele ganiu, apertando a bochecha; com o braço livre tentou alcançar inutilmente quem o atacara, que já estava correndo para longe.

— Eu acabei de levar um tapa de uma garota? — perguntou ele, sem acreditar.

Fatma observou o vulto ágil desaparecendo na multidão. Era mesmo uma *garota*. Não devia ser mais do que uma adolescente, alta e de pele escura. Mas o que se destacava eram suas roupas: um cafetã vermelho vibrante e calça turca azul.

— Quarenta Leopardas! — gritou ela, alertando. — Tem membros das Quarenta Leopardas na multidão!

Parando para prestar atenção, conseguiu avistar as ladras se dispersarem em meio à desordem — roubando cassetetes ou dando rasteira nos policiais. Outras usavam estilingues para lançar pedras que derrubavam homens em um golpe só. Algumas estavam coordenando a multidão desorganizada para atacarem e fugirem estrategicamente ao longo da linha de oficiais de Aasim.

— Quarenta Leopardas! — disparou ele, massageando a mandíbula. — Por que raios estariam envolvidas?

Fatma não fazia ideia, mas isso só deixava tudo pior. Outro grupo de agressores investiu contra eles, separando-a de Aasim. Ela foi deixada com Hamed, e mais nenhum outro agente, trabalhando duro para manter a multidão furiosa longe. Um apito de alerta repentino disparou em sua mente. Onde estava Hadia? Ela virou, encontrando a mulher à sua direita.

— Fuja! Encontre a retaguarda e peça para eles te levarem embora!

— Não tem mais retaguarda! — respondeu Hadia.

— Você não pode ficar aqui! Vai...

As palavras de Fatma foram interrompidas quando alguém a empurrou. Ela caiu, e ao olhar para cima viu um homem grande intimidando-a com um bastão. Ele o ergueu para atacá-la — mas um punho o acertou na lateral do corpo. O homem se encolheu, deixando o bastão cair e se virando para quem o havia agredido. Hadia. O rosto dele registrou surpresa por um instante, e no seguinte investiu contra ela. Fatma assistiu boquiaberta à mulher desviar calmamente do alcance dele. Agarrando o braço do homem, ela usou o próprio impulso dele para arremessá-lo longe — fazendo-o colidir com seus companheiros. Ele se recompôs e veio na direção dela de novo. Desta vez, Hadia jogou uma perna para cima, e sua bota o atingiu com firmeza no queixo. A cabeça volumosa do homem estilingou para trás, e ele caiu estatelado. Os amigos dele observaram o homem inconsciente antes de correrem atrás de alvos mais fáceis.

Hadia estendeu a mão.

— Eu avisei: posso cuidar de mim mesma.

Fatma aceitou a ajuda para se levantar. Estava começando a questionar seriamente sua capacidade de julgar o caráter das pessoas. Acima da multidão, o impostor encarava impassivelmente o caos. Quando viu a agente, o olhar dele se demorou nela. Ele havia colocado a máscara de novo, mas ela era capaz de imaginar o sorriso contorcido que estava escondido. O pensamento a encheu de uma nova raiva. Ela ergueu a bengala para ele e gritou:

— Eu vou atrás de você!

Ele respondeu com um movimento superficial da mão — e o sujeito ao seu lado ganhou vida, pulando para o chão lá embaixo.

Fatma recuou. Maldição! Ela tinha se esquecido dele. Assim como antes, ele pousou de pé com facilidade, como se não tivesse pulado de uma altura de vários andares. Antes que ela pudesse piscar, havia dois dele. Hadia arfou. Mas Fatma já tinha visto aquele truque e foi preparada.

— Hamed!

Ele correu até ela, acompanhado de outros agentes.

— Eles não parecem tão ruins.

— Aparência pode enganar — avisou Fatma.

Hamed ordenou que seus homens formassem um semicírculo.

— Ainda estamos em quatro. E apenas... — Ele se interrompeu.

Um agente praguejou. Os dois sujeitos de preto haviam se transformado em quatro.

— O que você estava dizendo mesmo? — perguntou Fatma.

A resposta veio na forma de uma série de comandos rápidos. Seus homens puxaram as alavancas de seus cassetetes. Houve um zumbido baixo, e os topos bulbosos crepitaram com eletricidade. Era uma arma do Ministério, dotada de uma bateria que produzia um choque poderoso. Quando o trabalho exigia encontros com seres sobrenaturais, com frequência mais fortes do que humanos, era necessária uma vantagem.

Como um borrão, os quatro vultos foram para cima de Hamed e seus homens. As calças folgadas se agitavam enquanto desferiam socos e chutes. Fatma semicerrou os olhos. Pareciam mais lentos do que na noite anterior. Não muito, mas o suficiente para permitir que os agentes dessem conta deles. Hamed forçou a luta, levando um golpe resvalado no ombro para desferir um no braço do oponente. A descarga elétrica deveria ter deixado o homem inconsciente. Em vez disso, ele soltou um berro agudo — e seu braço direito caiu. Fatma ficou atônita. Não. O braço direito de *todos eles* caíram, enquanto soltavam um berro semelhante. Ela viu, bem diante de seus olhos, cada membro se transformar em cinzas escuras.

Hamed sorriu quando os quatro sujeitos feridos se afastaram.

— Acho que encontramos um ponto fraco. Isso pode ser fácil no final das contas!

Um ghoul! Fatma se lembrou da névoa preta na ferida que ela causara. O homem era algum tipo de ghoul. Quando parte de um não morto era cortada, virava cinzas — exatamente daquele jeito. Mas que ghoul era ágil daquele jeito? Ou capaz de se replicar? Antes que pudesse completar o pensamentos, as cinzas no chão se mexeram. Voaram de volta até o ombro de cada ghoul para formar braços sólidos que cresceram de novo — incluindo a roupa preta. Um dos homens de Hamed proferiu uma oração.

— Mantenha-os ocupado! — disse Fatma. — Vou atrás do mestre deles!

Hadia segurou o braço dela.

— Eu vou com você!

Foi mais uma afirmação do que um pedido. A mulher tinha até arranjado um cassetete igual aos dos policiais.

As duas foram abrindo espaço em meio à turba. A maioria das pessoas estava ocupada demais para ficar no caminho delas. As poucas que ficavam foram sendo empurradas para o lado até as agentes chegarem ao mausoléu. A única forma de subir era escalando o andaime montado nas laterais. Enquanto subiam, Fatma viu de relance um vulto de sombras subindo do lado oposto do andaime. Ao alcançar o topo, viram-se diante de uma passagem estreita na base quadrada do mausoléu. Correram, contornando um canto, e...

O impostor estava com os braços atrás do corpo, olhando para baixo, contemplativo.

— Glória a Deus — entoou ele. — É maravilhoso como as palavras conseguem comover os homens.

Fatma parou bruscamente, segurando Hadia.

— Charlatões têm o dom de distorcer a mente das pessoas — rebateu ela.

O impostor ergueu a cabeça, a máscara de ouro viva com padrões em movimento. E aqueles olhos!

— Ainda descrente. Mesmo depois do que viu.

— Para gente no meu ramo de trabalho, truques não são tão impressionantes.

— É isso o que sou? Um truque? Para os olhos? Para os sentidos?

— Não sei e não me importo. Estou aqui para te prender. Deixe que os tribunais cuidem do resto.

— Onde eu, sem dúvida, teria um julgamento justo — zombou ele. — Nos tribunais dos homens.

— Você matou mais de vinte pessoas. Queimou todas vivas. Esperava um desfile em sua homenagem?

— Eles talvez façam um. — Apontou para baixo. — O povo não me julga com tanta severidade. Compreende por que fiz o que fiz. Para salvar esta terra dos traidores e...

— Certo — interrompeu Fatma. — Você inventou uma ótima conspiração. Ainda é um assassino!

— Quando amanhecer, serei um herói. Meu nome estará em mil bocas. Não os ouve agora?

Fatma trincou o maxilar.

— Seu nome será lembrado por semear discórdia e desentendimento.

O homem inclinou a cabeça.

— Acha que plantei este conflito sozinho? Olhe como as pessoas vivem, na sujeira e na ruína. O mundo se move depressa com a modernidade que ostenta, se esquecendo daqueles que deixa para trás, ou que tritura nas engrenagens do progresso. Isso é maior do que eu. A fitna que está vindo tem sido preparada há anos.

— Fitna? — perguntou Hadia, perplexa. — Fitna é apenas uma palavra. Um sentimento de desordem ou agitação ao encarar dificuldades, diferenças de opinião, ao aprender algo que compromete seu raciocínio. O que tem a ver com seja lá o que você está tramando aqui?

— Ah. — O impostor ergueu um dedo. — O grande filósofo Ibn Arabi também descrevia a fitna como um teste, um julgamento, a ferro e fogo. Vejo isso sob óptica semelhante à da alquimia. Derreter a tal temperatura para separar os elementos, assim como alguém distingue o opressor do oprimido. É isso que trago para esta cidade: expor as feiuras que espreitam por baixo dessa era de maravilhas. Para que todos os olhos e corações consigam ver. E o que restará, quando as adulterações e poluições forem descartadas, será limpo e puro.

Hadia teve dificuldades de encontrar as palavras.

— Você está distorcendo as coisas! — disse, enfim.

— Ou talvez esteja dando significado para elas.

— Achei que tinha dito que não era um xeique — disparou Fatma.

O impostor deu de ombros.

— Revelo a verdade em qualquer língua necessária.

— Bem, guarde o discurso para seu julgamento. Nele você vai poder fingir ser um filósofo em aprendizado ou revolucionário quanto quiser.

Ela ergueu a bengala, liberando a espada.

— É isso o que irei enfrentar? Uma mulher com uma espada e outra com uma vareta da polícia?

— Está se esquecendo da terceira.

Fatma desfrutou da confusão no olhar dele. Ainda enquanto falava, um vulto se desprendeu das sombras do outro lado do impostor, chamando a atenção dele — uma mulher vestida de preto.

— Oi, tio — cumprimentou Siti, acenando com os dedos enluvados dotados de garras prateadas nas pontas. Ela caminhou a passos largos, recostando-se contra a parede do mausoléu. Seus olhos, único elemento visível no rosto coberto pelo tecido, estreitaram-se. — Está com uma boa aparência para alguém com... o quê? Cem anos? Anda fazendo muito exercício? Bebendo muita água?

O impostor a encarou.

— A idólatra da outra noite.

— Temos que parar de nos encontrar desse jeito. Sekhmet manda lembranças.

Um arquejo atrás de Fatma mostrou que Hadia tinha acabado de entender tudo. Fatma havia armado para Siti estar ali, mas para se envolver apenas se o plano dela desse errado. Tinha dado.

— Então você vai vir com a gente? — perguntou Siti, estendendo os dedos para observar despreocupadamente suas garras. — Ou está planejando tornar as coisas mais interessantes?

O impostor olhou para as três antes de erguer a mão direita para o alto — na qual uma espada se materializou do nada. Era longa, com a lâmina levemente curvada, e feita de metal preto que a deixava quase invisível em contraste com a noite. Um zunido baixo emanava dela, como uma música.

— Vou aceitar isso como um "não" — grunhiu Siti, e correu para cima dele com as garras à mostra.

Ele levantou a espada para deter o ataque dela, e o som do metal contra o metal ressoou. A lâmina soltava um zunido estranho quando ele a brandia com uma mão. Onde encostava nas garras, faíscas centelhavam como vaga-lumes. Siti golpeava em amplos arcos violentos, sorrindo com um deleite quase nada contido. Fatma viu aquilo como sua deixa e correu para o outro lado, esperando atacar a lateral desprotegida do homem. A espada da bengala fora feita especialmente para ela, com o pomo em formato de leão equilibrado para seu peso. Tinha o gume afiado para causar cortes que, se não fossem fatais, ao menos forçariam o oponente a se render — ou sangrar. Ela plantou os pés no chão e planejou uma manobra mordaz.

Mas o homem moveu a própria espada em um borrão, os giros e o balanço do pulso quase imperceptíveis. Com facilidade, jogou para o lado a espada fina de Fatma e voltou à posição anterior, preparado para o ataque de qualquer uma das duas. Todos pararam, avaliando. Siti se agachou, equilibrando-se nos dedos do pé como um gato, os olhos escuros brilhando.

— Esta espada — disse o impostor, quase tocando com a lâmina barulhenta na máscara — foi forjada por um djinn. Dizem que quando tira uma vida, a última coisa que quem está morrendo ouve é sua música.

— Você sempre é tagarela assim? — perguntou Siti. — Ou é meu perfume?

— Só quero que vocês saibam. Aí quando ouvirem a música em seus ouvidos, vão saber o porquê.

Siti estreitou os olhos e se atirou contra ele, com as garras estendidas. Fatma se aproximou para ajudar. Mas era difícil lutar em uma passagem tão estreita. A cada tentativa de golpe, ela era recebida com uma defesa frustrante antes de ele se virar para lidar com Siti.

Por mais que ela odiasse admitir, ele era bom. Muito bom. Movia a espada como se fosse uma extensão do próprio braço. Ela não tinha esperanças de estar no mesmo nível, e ele sabia disso. A preocupação principal dele era Siti, que era implacável. Fatma foi forçada a recuar quando os dois vieram em sua direção, contornando a beira do caminho. Hadia manteve distância mas foi atrás, com o cassetete preparado em mãos.

Fatma ficou às margens da luta, esperando por uma abertura. O homem não conseguiria manter aquele ritmo por muito mais tempo. Ele provavelmente percebeu o mesmo, porque assim que chegaram no fundo do mausoléu, pulou inesperadamente no merlão de padrão de colmeia revestindo a parede — depois saltou para fora. A agente correu para olhar pela beirada e o viu pousando no topo de uma construção lá embaixo. Estava de pé, com a espada erguida e esperando.

Siti soltou um grito e, antes que qualquer um pudesse impedi-la, saltou do mausoléu, caindo em uma cambalhota antes de voltar a ficar de pé. Fatma se mexeu para segui-los, mas Hadia segurou seu braço, balançando a cabeça.

— É impossível!

Ela estava certa. Quaisquer que fossem a feiticaria dominada pelo impostor e a magia estranha que cercava Siti, ela quebraria a perna se tentasse — ou pior.

Elas foram forçadas a escalar a parede do mausoléu para descer, caindo em um andaime um pouco bambo. Fatma correu, com Hadia logo atrás, antes de pular pelo largo vão até outro andaime — que sacolejou a ponto de parecer que ia despencar. Mas o negócio aguentou. Escalaram mais até Fatma conseguiu ver o prédio, onde o tinir das garras contra o ferro ressoava. Outro pulo, e ela estava lá. O esforço a deixou ofegante, mas ela correu para luta, assumindo o lugar ao lado de Siti.

— Que bom que conseguiu vir — bufou a mulher.

Fatma não tinha fôlego para gastar com palavras. Juntas, pressionaram o homem. Ainda combatia o ataque delas com a espada, mas estava perdendo espaço. Melhor do que isso: uma respiração pesada agora vinha de trás da máscara. Ele em algum momento cometeria um erro. Lutadores cansados com frequência o faziam. Fatma teve a impressão de ver isso acontecendo: as pernas quase tropeçando uma na outra, cedendo. Siti também viu e disparou para invadir a defesa dele. Mas de repente as pernas do homem ficaram firmes, ele se equilibrou e sua espada desapareceu inexplicavelmente. Uma finta! Antes que Fatma pudesse avisar, a espada se materializou de novo na outra mão, bem embaixo da lateral exposta do corpo de Siti. Com uma investida, ele fez a lâmina deslizar entre as costelas dela antes de torcer e puxar a lâmina de novo para fora. Siti arfou quando o sangue jorrou, despencando no chão.

Fatma correu até ela enquanto o homem recuava para observar de longe. A respiração de Siti estava pesada, e ela apertou a ferida antes de olhar sem acreditar para a mancha carmim em suas garras.

— Você está fora deste combate! — Fatma disse para ela.

O protesto da mulher surgiu como um grito de dor.

Hadia se aproximou correndo, ajoelhando-se para ver Siti.

— Glória a Deus! Se você não está cuspindo sangue, com sorte não acertou o pulmão! Mas esta ferida precisa ser estancada!

— Faça isso — disse Fatma de olho no impostor, que apenas observava, esperando.

— Você não vai tentar lutar com ele sozinha, vai? — perguntou Hadia, arrancando tiras das vestes de Siti.

— Algo assim — respondeu ela.

O corpo dela doía de tanto saltar e lutar. Mas o calor que crescia por trás de seus olhos transformava a dor em algo distante. Ficando de pé, ela tirou o colete. Não havia levado sua arma de fogo, mas tinha sua jambia — um presente de um dignatário estrangeiro durante seus primeiros meses no Ministério. A mão dela desembainhou a faca de dois gumes de uma bainha trabalhada em prata presa a um largo cinto de couro. Equilibrando-a com uma mão, empunhou a espada na outra e caminhou adiante.

— Só você? — perguntou o impostor.

Ele balançou a própria espada para limpar a lâmina das gotículas de sangue.

— Só eu.

Eles ficaram se encarando por um longo tempo. A máscara de ouro não tinha nenhuma expressão gravada nela — apenas o semblante de um homem com a boca repuxada para baixo. Então era difícil saber em que ele estava pensando enquanto a encarava, até que falou:

— Aquela idólatra. Ela é importante para você. Interessante.

Fatma sentiu sua raiva queimar. Iria lutar contra aquele homem. Não para matar, mas para mutilar, e machucar bastante. Seus pensamentos de vingança foram interrompidos pelo soar de sirenes. Ela se virou, e ao longe luzes anunciavam a aproximação dos furgões da polícia. Aasim havia passado a informação para a frente. Chamado a força policial inteira.

— Ao que parece, teremos que fazer isto em outro momento — disse o impostor.

Ele gritou em um idioma que ela não conhecia. Alguma língua de djinns.

Quatro vultos chegaram ao telhado. Os homens de máscara preta. Eles ignoraram Fatma, caminhando um em direção ao outro, e ela teve a impressão de piscar antes de haver apenas um. Ele parou na frente do impostor, encarando algo atrás de Fatma, e depois, repentinamente, explodiu em uma nuvem preta de cinzas, pele e carne, roupa e tudo — transformando-se em partículas que rodopiaram em um enxame. O impostor estendeu os dedos, e a nuvem foi tragada para a palma de sua mão até desaparecer. Ele abaixou a mão e a encarou com olhos que brilhavam com intensidade renovada.

— O grande e celebrado Ministério. Vocês se acham tão magníficos. Com seus segredos e magias insignificantes. Você ao menos compreende com o que está lidando?

Houve uma lufada de vento — quente e fétido, com um fedor de queimado. Sobrepujou Fatma com tanta força que ela achou que fosse sufocar, e cobriu a boca, arfando.

— Eu vou ensinar a vocês — disse o impostor. — Eu vou machucar sua gente. Vou fazer vocês compreenderem. E vou expor seus segredos.

E, sem nenhum aviso, o mundo atrás dele explodiu em chamas.

Para Fatma, a princípio pareceu uma parede de fogo vermelho-sangue. Mas o que julgou ser uma parede logo se aglutinou em outra forma: um corpo similar ao de um homem moldado no inferno, com a cabeça coroada com chifres curvados e cintilantes olhos fundidos. O ser ficou atrás do impostor, um gigante três vezes maior que ele, que queimava na noite como um farol. Ela não precisou olhar para baixo para saber que a luta lá embaixo havia parado, enquanto todos os olhares estavam presos naquela visão maravilhosa e terrível.

Um ifrite.

O djinn rugiu, fazendo o próprio ar ondular com o calor. Ele se curvou para revelar algo amarrado em suas costas: um arreio de couro que de alguma forma não queimava, com longas correias em volta. O impostor subiu e se ajeitou na cela, sem que as chamas agitadas o tocassem. Puxando as rédeas enlaçadas nos chifres do ifrite, encarou Fatma de cima.

— Todo o Cairo vai falar sobre o que viu aqui esta noite. Todo o Cairo saberá que sou al-Jahiz. E que voltei.

Ele deu outra ordem naquele idioma, e grandes asas de fogo brotaram das costas do ifrite. Ele alçou voo, com o vento quente de suas abanadas atingindo Fatma, fazendo-a cair de joelhos. Ela olhou para cima, cobrindo os olhos enquanto via o djinn flamejante planar no céu, disparando para longe como uma estrela reluzente, carregando o homem junto.

12

Fatma queria bater em alguma coisa. Dizer que os últimos dois dias e meio haviam sido horríveis não fazia justiça ao significado de "horrível". As consequências da noite de domingo — "consequências" era outra palavra atenuada — pareciam chegar a cada dia.

Ela tinha passado a manhã da segunda-feira em reuniões com Amir, os líderes do Ministério e representantes dos burocratas que administravam os muitos distritos do Cairo — todos exigindo relatórios sobre o que os jornais estavam chamando de Batalha de el-Arafa. Números de detidos ou feridos. Ativistas dos direitos acusando a polícia de brutalidade. O sindicato da polícia alegando terem sido enviados sem preparo. Ameaças de processos e contestações. Ela foi interrogada por horas, depois foi forçada a passar mais tempo arquivando documentos. Em três vias.

A noite de segunda-feira foi pior. Os jornais acabaram oficialmente com o embargo relativo à história de lorde Worthington, revelando tudo que sabiam sobre sua morte e a Irmandade de Al-Jahiz. As informações se provaram ser uma mistura de fatos com meias verdades. Os tabloides mais sensacionalistas espalharam histórias impudicas de indecência, acusando políticos e até mesmo insinuando que a monarquia egípcia era cúmplice do acontecido. Os jornais conseguiram a lista de convidados daquela noite, publicando o nome de cada uma das vítimas — inclusive os dois egípcios mortos expostos como idólatras.

E isso não foi nada perto do burburinho sobre al-Jahiz, que saiu de el-Arafa e alcançou todas as esquinas, e a fofoca corria solta pela manhã. Fatma levou uma bronca de seu bewab. Al-Jahiz havia voltado! Ela tinha ouvido as notícias? Tinha estado no Cemitério? Al-Jahiz havia jogado de verdade um trovão na polícia? Ele e a chefe das Quarenta Leopardas tinham mesmo duelado em cima de um mausoléu? Ouviu a mesma coisa no caminho para o trabalho. De seu engraxate até as conversas no bonde. Al-Jahiz — o impostor — estava na boca de todos.

Havia ainda os avistamentos. Várias testemunhas tinham visto o homem montado nas costas de um ifrite. Ela ainda estava tentando processar a lembrança na própria mente. Mais pessoas fora do Cemitério haviam visto *algo* flamejante voando pelo horizonte do Cairo. Agora, novos relatos inundavam o Ministério e a polícia, todos suspeitas de avistamentos. Al-Jahiz estava voando sobre Bulaque em uma carroça puxada por djinns. Não, fora visto sobre o Cairo antigo em um roca. Outros alegavam que ele tinha passado pelo becos de Khan. E que havia reaberto escolas secretas, realizando milagres. As palavras *Al-Jahiz Voltou* cobriam paredes inteiras — junto com alegações de que o governo e a monarquia estavam mancomunados em uma conspiração cabal para reduzir o país a uma colônia. Cada vez que as palavras eram apagadas, reapareciam em outro lugar. Fatma duvidava que a maioria da população acreditasse em histórias tão excêntricas. Mas o povo cochichava sobre esses eventos estranhos de qualquer maneira. Muitos temiam que podiam ser apenas preságios de algum grande azar ou calamidade, e havia uma preocupação real de que a histeria pudesse tomar conta da cidade.

Você ao menos compreende com o que está lidando?

O humor de Fatma piorou quando ela entrou no quarteirão do Ministério. Além de ir atrás de avistamentos ilusórios, ela não tinha pista alguma. Agora eles sabiam quem tinha matado lorde Worthington. Mas não muito mais do que isso. O impostor era apenas um fanático? Ou era tudo um disfarce de algo maior? E que tipo de feitiço o transformava em mestre de um ifrite — montando em um dos djinns mais poderosos e voláteis como se fosse um cão inofensivo? *Eu vou machucar sua gente. Vou fazer vocês compreenderem. E vou expor seus segredos.*

A única coisa positiva era que, apesar de tudo, ela ainda tinha sido mantida no caso. Amir argumentara com os líderes e administradores da cidade, dizendo que ela ainda era a maior esperança de resolver o caso. Eles concordaram. Qual escolha tinham? Na semana seguinte seria a reunião da cúpula de paz no palácio do rei. Governantes estrangeiros, dignatários e embaixadores estariam presentes na cidade. O plano era mostrar um Cairo capaz de ter agência nos assuntos mundiais — não uma cidade envolvida em medo e histeria. Eles queriam aquela história fora dos jornais assim que possível.

— Um minuto do seu tempo, agente — chamou alguém.

Fatma parou no meio de um passo, virando-se para encarar um sujeito de túnica marrom-escura com a barra desfiada e a cabeça escondida por um capuz. Estava parado embaixo do toldo de uma loja de gramofones, mesclado às sombras. A princípio ela o tomou por um morador em situação de rua e começou a procurar moedas nos bolsos — até que ele ergueu a cabeça. Ela se aproximou para segurá-lo pelo braço, puxando-o até o beco mais próximo.

— Ahmad! O que está fazendo aqui?

O homem se desvencilhou dela, soltando uma nuvem de fumaça de cigarro. Quando olhou diretamente para a agente, Fatma quase recuou. Seu rosto havia mudado ainda mais desde a última vez que o vira. A pele cinza parecia mais áspera, com manchas escuras — embora a parte da frente do pescoço estivesse clara e macia, quase elástica. O nariz dele havia desaparecido por completo, substituído por narinas em forma de fendas no meio de uma protuberância que lembrava um focinho. Seus dois olhos ainda eram verdes, mas as pupilas estavam estanhas — como se tivessem se alongado.

— Eu queria saber — disse ele, de um jeito esganiçado — como está indo sua investigação do caso.

Quem não queria? Fatma teve vontade de dizer para o homem pegar uma senha e esperar na fila. Mas em algum lugar daqueles olhos inumados havia tristeza. E ela se lembrou de que ele estava ali por amor. Como recusar aquilo a alguém?

— Temos um suspeito. O mesmo que você nos apontou.

— O tal suposto al-Jahiz. — Ele apertou o cigarro entre os dedos pontiagudos enquanto falava. — Tenho visto os... problemas que você vem tendo desde nosso primeiro encontro.

Era uma forma de colocar as coisas.

— Estamos fazendo o possível, mas ainda não temos uma motivação.

Ele deu de ombros, acendendo o isqueiro de escaravelho e indo para o segundo Nefertari.

— Isso importa?

— Aywa. Quando vinte e quatro pessoas são queimadas vivas, importa.

Ahmad grunhiu.

— O que os jornais estão dizendo sobre Néftis... A forma que estão a pintando. — A raiva fazia a voz dele estremecer.

Fatma podia compreender. Os tabloides tinham passado dos limites, fazendo artigos extensos sobre Ester Sedarous. Haviam perseguido a família dela, chamado a mulher de bruxa, alguns haviam até insinuado que ela tinha algo a ver com os assassinatos. Um deles a apelidara de "Madame da Morte".

— Os pais dela a enterraram ontem — continuou Ahmad. — Me disseram para não comparecer.

— Sinto muito. Como está seu pessoal? Sei que as coisas ficaram... ruins.

A exposição dos tempos era outro efeito colateral. As pessoas que haviam praticado religiões antigas em segredo agora encontravam o nome escancarado na manchete dos jornais. Havia ameaças contra estabelecimentos ou pontos de encontro suspeitos de hospedar os cultos. Em um dos casos mais feios, um homem acusado de "idólatra" fora expulso de sua casa pelos vizinhos raivosos.

Ver os problemas de outra pessoa torna seus próprios problemas menores, entoou a voz da mãe de Fatma.

— A Casa de Sobek é forte — declarou Ahmad. Depois, de forma mais comedida: — Como Siti está?

— Bem.

Fatma ainda estava surpresa. Siti se recusara a ser levada ao hospital — insistira que precisava apenas das bênçãos da deusa sepultada. Fosse pela deusa ou algum outro tipo de magia, um dia depois não havia nada além de uma cicatriz onde ela havia sido perpassada pela espada. Agora estava passando um tempo na casa de Merira, cuidando da loja da adivinha.

— Posso ajudar — disse Ahmad, tragando. — Não sou Siti, mas tenho contatos.

Fatma negou com a cabeça.

— Esse homem, seja lá quem for, é perigoso. Pode fazer coisas que não consigo explicar. Se você ou seu pessoal entrarem no caminho dele, podem ser assassinados. Já há mortes o bastante com as quais lidarmos. Deixe isso na mão do Ministério e da polícia.

Ahmad pareceu cético.

— As mãos da polícia parecem ocupadas no momento.

Ele estava falando dos protestos. Quase todos os detidos em el-Arafa eram moradores locais que haviam se tornado fanáticos. O povo não gostava da polícia invadindo suas casas. Um deles, porém, era valioso. O suposto Portador do Testemunho, que apresentara o impostor. Seu nome era Moustafa. Ele na verdade era empregado de um dos membros da Irmandade de lorde Worthington — um tal de Wesley Dalton, que, pelo que haviam descoberto, não era ninguém menos do que o corpo com a cabeça virada. O tal Moustafa fazia bicos para Dalton — era uma mistura de criado, guarda-costas e conselheiro. Também havia testemunhado os assassinatos. Tinha dito aquilo a eles com todas as palavras que al-Jahiz tinha aparecido e matado os ingleses. Aquilo o impressionara tanto que tinha se tornado um acólito. Alegava que al-Jahiz o poupara para que pudesse deixar o local e espalhar o testemunho do que tinha visto. Desde segunda-feira, multidões se reuniam toda manhã do lado de fora da delegacia exigindo sua soltura. Fatma balançou a cabeça. Que bagunça.

— Temos mãos o bastante. Deixe isso para lá, Ahmad. E pare de ficar se esgueirando por aí!

— É esquisito? — perguntou ele, com o cigarro repousando entre os lábios.

— Isso. Esquisito. Um pouquinho. — Ela observou o estranho rosto do homem de novo. — Você está bem?

— Nunca estive melhor. Vá em paz, agente Fatma.

— Vá em paz, Ahmad — disse ela, vendo-o desaparecer no beco, com uma nuvem de fumaça pairando ao redor de si.

Algo lhe dizia que ele provavelmente seria a coisa menos estranha com a qual ela teria de lidar naquele dia.

Fatma apressou o passo, chegando ao Ministério. Deu sua costumeira olhada para as engrenagens mecânicas girando no cérebro do prédio e tocou na aba do chapéu em um silencioso bom-dia. Cumprimentou também o guarda em serviço, usando um uniforme grande demais. Ele precisava *mesmo* de um alfaiate. Um elevador vazio já estava esperando e ela embarcou, pronta para pedir pelo quarto andar — mas hesitou. Ainda estava querendo bater em alguma coisa. Para limpar a mente. E sabia o remédio perfeito.

— Último andar.

O elevador se fechou, dando um tranco antes de subir.

Fatma começou a abrir os botões do terno. Quando o elevador parou, estava apenas com o colete preto de seda bordada com padrão de butas persas. Ao sair, afrouxou a gravata até chegar a uma série de portas.

O Ministério tinha seu próprio ginásio. Mas era para os homens. Ela fizera uma petição para poder usá-lo assim que chegara — embora os líderes quisessem se gabar de contratar a primeira agente mulher no escritório do Cairo, porém, não queriam um escândalo completo. Então tinham construído um ginásio inteiro separado para mulheres. Era menor e não tão bem equipado, mas continha as necessidades e comodidades básicas, inclusive uma banheira. O melhor de tudo era que Fatma o tinha quase todo para si.

Costumava ter, ao menos.

Foi uma surpresa abrir a porta e encontrar Hadia. Ela usava uma camisa branca com uma calça de exercício larga e volumosa. Com uma mão enluvada, brandia uma espada de madeira, empunhando-a contra um eunuco mecânico de treinamento. O homem-máquina tinha apenas o torso, na ponta de um mastro que se estendia do chão. Mas ele retorcia o corpo de um lado para o outro para brandir uma espada de madeira que segurava em um braço.

Ao ver Fatma, Hadia ajeitou a postura, pedindo para o eunuco de treinamento parar. Colocou um cacho preto solto para dentro do hijab.

— Bom dia, agente Fatma.

— Agente Hadia — respondeu ela, entrando. Desde a noite de domingo, as duas vinham sendo bastante formais em suas interações. E a mulher parecia bem emburrada. — Não sabia que você estava aqui.

— Vim só para praticar. Vou tomar banho e deixar o espaço para você.

— Não precisa ir. O ginásio é grande o bastante para nós duas.

— Bem, se você acha... Mas não quero atrapalhar.

Sim, definitivamente emburrada.

— Acho que você devia ficar. Posso precisar de uma parceira de luta. A não ser que um eunuco de treinamento seja mais o seu estilo.

A última parte soou quase como um deboche, e os olhos de Hadia se estreitaram antes de ela assentir.

Fatma nem se deu ao trabalho de vestir as roupas de exercício que estavam no armário. Estava ávida demais para isso. Pegando uma espada de treinamento, andou até o centro da sala.

— Como vamos contar os pontos? — perguntou Hadia.

Ela se posicionou de forma fluida, a espada de madeira estendida enquanto se equilibrava sobre os pés.

Fatma fez o mesmo.

— Paramos quando estivermos cansadas de bater uma na outra.

Hadia respondeu com uma série de ataques, com o corpo mais alto se projetando para a frente. A espada de Fatma, por sua vez, voou para cima, e os ataques vieram como golpes suaves com o meio da lâmina, como se a testasse. Hadia mudou de ângulo, dessa vez mirando mais para baixo. Fatma bloqueou os golpes de novo, dando passos para o lado enquanto os rechaçava sem dar abertura. As duas pararam os ataques, continuando a rodear uma à outra.

— Onde aprendeu a lutar? Outro primo?

— Meu pai, na verdade — respondeu Hadia, girando a espada em pequenos arcos preguiçosos. — Ele apanhava muito quando era criança. Virou soldado, aprendeu a lutar e voltou para dar uma lição nos valentões. Insistia que as cinco filhas nunca deveriam ser intimidadas. Você?

— Meu pai é relojoeiro. Mas quando eu era pequena me levava nas competições de tahtib. Naquela época, porém, ninguém aceitaria treinar uma garota a lutar com bastão. Precisei aprender sozinha.

— Hum. Isso provavelmente explica por que você gosta de fazer as coisas sozinha.

Fatma franziu a testa. Estava sendo psicanalisada agora? Voltou a investir contra Hadia, com golpes rítmicos que colidiam forte contra a espada da oponente. Hadia perdeu terreno, mas logo se recuperou, bloqueando os ataques de Fatma com golpes precisos. Continuaram assim por um tempo e, quando se afastaram de novo, estavam ambas com a respiração pesada.

— Você denuncia suas fintas fácil demais — arfou Hadia.

— O quê?

— Suas fintas. Você espreme os olhos. — Ela imitou o movimento. — É uma dica fácil para saber quando você não vai seguir com um ataque. Um péssimo hábito. Eu costumava morder o lábio. Tive que parar. Mas é difícil, quando se é teimosa.

Fatma trincou o maxilar.

— Está querendo dizer alguma coisa, agente?

Em resposta, o rosto de Hadia ficou inexpressivo.

— Tenho permissão para falar com franqueza?

— Isso aqui parece o exército para você? Diga o que quiser.

As palavras saíram de uma vez:

— Sabe como foi constrangedor descobrir que você inventou uma regra para me mandar longe da operação de domingo à noite? Eu ter tido que te confrontar sobre isso na frente de outros agentes?

Então era isso?

— Eu te falei, estava tentando te proteger.

— Não preciso de proteção! — disparou Hadia. — Eu posso...

— ... cuidar de si mesma — terminou Fatma. — Percebi. Como ia saber que você é uma espécie de... ninja?

— Você podia ter perguntado! Podia ter me deixado ser sua parceira em vez de me substituir com o primeiro homem grandão que conseguiu encontrar. — Ela bufou de frustração, soltando a espada. — Eu era a única mulher na academia. Você, entre todas as pessoas, sabe como é isso. Além de Onsi, os outros alunos da minha turma mal interagiam comigo, como se ser cortês fosse eib de alguma forma, ou pior, um haram. Os sermões não solicitados dos professores homens sobre os perigos das mulheres no local de trabalho eram meus favoritos, como se as próprias avós deles não estivessem provavelmente vendendo produtos no mercado ou ajudando na fazenda. Quando fui transferida, já esperava ter que lidar com pessoas que pensariam que não sou capaz. Que achariam que estou no lugar errado. Que me veriam apenas como uma *menina* que colocariam atrás de uma mesa. Mas, wallahi, não achei que você seria uma delas!

Fatma se encolheu. Aquilo doeu. A espada dela caiu também.

— Não estou acostumada a fazer isso com outras pessoas.

— Você parece trabalhar bem com altas mulheres núbias dotadas de garras — apontou Hadia.

— É diferente. Siti é... Ela é diferente, só isso.

— Não é uma usuária de hijab resguardada do mundo, você quer dizer? Uma mulher preocupada com etiqueta e boas maneiras? Que surta quando perde o salá? Que você acha que é delicada demais para lidar com as partes mais difíceis do trabalho? Então o quê? Vai só me colocar de escanteio?

Fatma sentiu suas bochechas queimarem.

Hadia fez a expressão de alguém que sabia a resposta para o que tinha perguntado — mas esperava ouvir algo diferente.

— Foi o que pensei. — Ela ficou ereta de repente, com os ombros para trás. — Mas quem perde é você. Eu treinei para ser uma agente do Ministério sabendo de todos os perigos que isso podia trazer. Sobrevivi à academia e me graduei como melhor da turma, porque sou *incrível*, porque mereci o direito de estar aqui, porque a barakah de Deus sobre mim não tem fim. Então você vai ter que lidar com o fato de que sou sua parceira. Que não está mais fazendo isso sozinha. Que estou aqui para te dar cobertura. Quando estiver pronta para embarcar nessa, me avise!

Fatma ficou em silêncio, encarando os grandes olhos castanho-escuros de Hadia. Eles praticamente tremiam, e suas bochechas bege estavam coradas.

— Isso foi ousado. Praticou?

A outra mulher engoliu em seco.

— Talvez. Algumas vezes. Com um espelho.

Fatma riu baixinho, incapaz de disfarçar. A expressão fechada de Hadia titubeou, e ela também riu.

— Você está certa — admitiu Fatma. — Me desculpe. Eu odiava quando os agentes faziam isso comigo logo que cheguei. Então eu trabalhei mais e me arrisquei de todas as formas possíveis para provar que eles estavam errados.

— Ouvi essas histórias — disse Hadia. — Você deve ter sido muito corajosa.

— Não, muitas vezes fui só estúpida. Quase morri. Não precisaria ter feito nada disso se as pessoas simplesmente me tratassem de igual para igual. Você não deveria ter que cometer os mesmos erros que eu para aprender. — Ela assumiu um tom sério. — Mas vou precisar que confie em mim. Venho fazendo isso há mais tempo que você. Às vezes, vou mandar você ir para casa à noite. Mesmo você achando que é a decisão errada. Se tiver problemas com minhas escolhas, discuta comigo depois. Não faça as coisas pelas minhas costas só porque acha que está certa.

Foi a vez de Hadia se encolher. Ela assentiu, erguendo a espada.

— Ainda quer continuar na pancadaria comigo?

— Não até eu melhorar isso de espremer os olhos. Já pensou em andar sempre com uma espada? Talvez uma bengala?

— Isso é mais... seu estilo. Combina com os ternos.

— Você nunca me perguntou sobre isso. Sobre os ternos.

— Deveria? Você nunca me perguntou sobre meus maravilhosamente modernos hijabs.

Fatma sorriu, apreciando a breve trégua.

— É melhor começarmos a trabalhar. Provavelmente já tem uma pilha de coisas para a gente olhar.

— Mais um dia caçando avistamentos de al-Jahiz — disse Hadia, em um suspiro. — Estou começando a achar que os líderes e administradores da cidades só querem manter as coisas na surdina até a reunião da cúpula de paz do rei. Acham que se não formos cutucar o vespeiro, talvez ele fique na dele.

— Você não está tão errada.

— Mas não me importaria de ter uma chance com aquele ghoul de cinzas.

Fatma arqueou uma sobrancelha.

— Ghoul de cinzas.

— É assim que vou chamar a criatura. Não podemos conversar com aquele Moustafa de novo?

— Para ele falar pela décima vez sobre os milagres de al-Jahiz? Não acho que ele tenha qualquer conexão real com o impostor. Está apenas sendo usado.

— Esse impostor — disse Hadia. — Ele é bom nisso. Em usar pessoas. O que que ele disse domingo à noite, sobre como as coisas são... Ele não estava mentindo. Apenas distorceu tudo, tocando nos nossos pontos fracos. Ele sabia como virar aquela multidão contra nós, e como reagiríamos.

Fatma compartilhava daquela preocupação. O impostor, quem quer que fosse, havia estudado a cidade. Assim como havia estudado al-Jahiz. Não iria apenas desaparecer como os líderes e administradores esperavam. Ele tinha um plano. E elas precisavam descobrir qual.

Alguém bateu na porta. Fatma foi abrir e, de todas as coisas, se deparou com um eunuco mensageiro. Ele se apresentou e realizou as verificações de costume, entregando uma mensagem a ela antes de se afastar. Ninguém mais fazia ligações? Ela abriu o recado, surpresa ao vê-lo escrito em inglês.

— É um convite — leu ela. — De Alexander Worthington. Ele concordou com um interrogatório. Acho que acabamos de receber uma oportunidade de encontrar algumas pistas de verdade.

13

Elas chegaram à propriedade Worthington no meio da manhã. A extensa mansão era mais surpreendente durante o dia, assim como a carruagem automática encostada na entrada. Vários carros já estavam estacionados, com motoristas bem-vestidos descansando por perto — homens acostumados com esperas longas entre os serviços.

— A gente devia ter falado com ele uma semana atrás — resmungou Hadia, seguindo Fatma para fora.

— O nome Worthington tem seus privilégios.

— Me pergunto por que ele decidiu nos encontrar.

— Não sei. Mas o convite é só para nós, não para a polícia. Falar com Aasim faz parecer que há alguma conduta criminosa envolvida. Falar com a gente...

— ... só faz parecer um pouco sinistro — completou Hadia.

Fatma a olhou de esguelha. Siti era uma má influência.

Quando bateram na porta, foram recebidas por um homem com postura de alguém que trabalhava para ricos. O mordomo diurno, ao que parecia. Elas foram conduzidas por um grande salão, passando por um arco com ponta bulbosa.

— Este lugar parece algo saído das histórias que eu costumava ler — cochichou Hadia, vendo os tapetes estampados e muxarabis entrelaçados. — Com príncipes mimados e cegonhas encantadas.

— Pode ser que acabe conhecendo pelo menos uma dessas coisas.

O mordomo diurno parou diante das portas da biblioteca, convidando-as a entrar. Não havia janela alguma, e uma lamparina de gás pendurada iluminava o local. Mas o que fez Fatma ficar mais aturdida foram as pessoas presentes ali.

O homem robusto de cabelo dourado, ela se lembrava, era Victor; o de cabelo escuro era Percival. Usavam cafetãs longos pretos com fez vermelhos. Sentadas em um divã verde-musgo da moda estavam três mulheres, todas vestidas com um sebleh preto e envolvidas em um milaya lef. Estavam com o rosto escondido atrás de uma bur'a que combinava com o resto do traje, embora a cabeça de todas estivesse estranhamente descoberta.

— Agente Fatma — chamou uma voz familiar.

Abigail Worthington. O cabelo vermelho a denunciou, assim como a mão esquerda ainda enfaixada. Ela estava segurando um livro aberto na mão direita — o título em inglês era *As histórias misteriosas dos djinns e do Oriente*. Uma das páginas exibia uma mulher vestindo pouquíssimas roupas e um véu, com os braços em um gesto de desespero diante de um djinn ameaçador cuspindo fogo pela boca.

— Assa-lama Ah-leco-um! — cumprimentou ela.

Fatma fez uma careta. Como alguém podia falar árabe tão mal?

— E que a paz esteja com você — respondeu ela, em inglês. — Abigail, esta é a agente Hadia. Minha parceira no Ministério.

Os olhos azuis esverdeados de Abigail se arregalaram embaixo da bur'a.

— Parceira? Que esplêndido! Bom dia para você, agente Hadia. Como disse para a agente Fatma, pode me chamar apenas de Abbie.

— Bom dia, Abbie — respondeu Hadia.

— Ah! Seu inglês é tão incrível quanto o da agente Fatma! Esse sotaque é... americano?

— Passei um tempo por lá.

Abigail arfou, perplexa.

— Outra mulher no seu Ministério. E viajada! Eu estava falando agora mesmo para Bethany e Darlene como o país de vocês se tornou avançado para mulheres, praticamente deixando nós, inglesas, para trás! Somos todas *féministes*, sabe. Nem nos comparamos a Pankhurst, claro. Mas somos companheiras de viagens na irmandade.

Bethany e Darlene, gravou Fatma, dando nomes às mulheres morenas ao lado de Abigail. As irmãs Edginton. Os olhos cor de mel delas carregavam o mesmo julgamento, como gatos avaliando um rival.

Victor gargalhou. Estava bebendo de novo, bebericando de um copo de cristal.

— Se deixarmos as mulheres votarem na Inglaterra, logo vão nos colocar em vestidos e usar ternos. — Ele apontou para o próprio jelaba com a mãozorra e depois indicou o traje de Fatma, antes de abrir um sorriso enorme. — Sem querer ofender. Só um pouco de humor inglês.

— Humor ruim — murmurou Percival, afundando o bigode na própria bebida.

O olhar cortante de Abigail se fixou em Victor; o homem ficou vermelho, abaixando o óculos depressa e tendo uma crise de tosse.

— Perdão — desculpou-se Abigail. — Victor herdou a famosa língua dos Fitzroy. A família inteira está sempre tropeçando nas próprias palavras. Você deve se lembrar de Percival Montgomery, o mais refinado. Percival, seja gentil e ajude o pobre Victor. Ele vai acabar se engasgando assim — sugeriu ela. O homem mais baixo suspirou, dando fortes tapas nas costas do amigo. — Victor só está amargo por não estar acostumado com o vestuário.

Fatma não resistiu e perguntou:

— Tem algum motivo para o... vestuário de vocês?

Abigail ficou perplexa.

— Achei que fosse óbvio. Estamos de luto. O funeral do meu pai foi ontem. Ele era tão apaixonado pela terra de vocês que quisemos honrá-lo usando roupas nativas. Até mesmo adotamos os véus de luto.

— Véus de luto? — perguntou Hadia.

Abigail abaixou a bur'a, confusa.

— Não é para isso que isso serve?

— Quer dizer que não precisamos usar isso? — perguntou Darlene Edginton, arrancando o dela.

— Graças a Deus! — A irmã a imitou. — Como vocês conseguem respirar?

Hadia as encarou, boquiaberta. Fatma desviou o assunto com uma pergunta.

— Viemos a convite do seu irmão...?

Abigail assentiu.

— Alexander está lá em cima. Eu levo vocês. — Ela se levantou, pendurando o milaya lef desajeitadamente em um dos braços antes de se virar para os amigos. — Peguem leve com o uísque. Ainda temos o dia inteiro pela frente.

Ela as conduziu para fora da biblioteca e ao longo do corredor. Enquanto andavam, um tinir fraco chegou aos ouvidos de Fatma, invocando imagens de um martelo golpeando metal. Ela se lembrou de ouvir aquilo durante sua última visita. Na época achara que a mente estivesse lhe pregando uma peça, mas agora o ruído estava mais claro. Depois parou. Talvez houvesse operários trabalhando no local?

— Você já leu esse livro, agente Fatma? — perguntou Abigail, erguendo o tomo que ainda carregava. — Foi escrito por um dos principais orientalistas ingleses. Conta histórias sobre djinns e magia e coisa do tipo. Bastante informativo!

Fatma olhou para o livro, lembrando do conteúdo sensacionalista. Parecia uma bobagem completa. A maioria daqueles "orientalistas" achava que suas traduções ruins e visões errôneas pudessem ajudá-los a compreender melhor as mudanças que varriam o mundo. Ao que parecia, ler pensadores que fossem *de fato* do Oriente não era suficiente para eles.

— Pelo que ouvi — continuou Abigail, com a voz mais sombria —, aquele homem horroroso usando máscara de ouro que encontrei tem causado estragos por todo o Cairo. Aconteceu algum tipo de revolta? E ele está alegando ser aquele sujeito sudanês.

— Al-Jahiz — afirmou Fatma quando começaram a subir um lance absurdamente longo de escada. — Sua mão está melhor?

Abigail fez uma careta de dor à menção do membro enfaixado.

— Os médicos dizem que torci com minha falta de jeito. Pode levar semanas para melhorar. — O tom dela mudou. — Os jornais alegam que esse homem matou meu pai. E todas aquelas pobres pessoas.

— Ele confessou — confirmou Fatma.

Abigail parou, apoiando-se no corrimão e cambaleando como se fosse desmaiar. Depois se firmou, balançando a cabeça quando as agentes demonstraram preocupação. Quando falou de novo, sua voz estava fraca.

— Por que ele faria isso? O que meu pai fez para ele?

— Não sabemos — respondeu Fatma, sincera. — Esperamos que seu irmão possa nos ajudar. — Ela parou antes de fazer a próxima afirmação. — Você disse que, na noite em que seu pai foi assassinado, seu irmão estava no exterior. Mas ele estava aqui no Cairo.

Os olhos azuis esverdeados vidraram de confusão.

— Alexander chegou no dia *seguinte*. De fato ele já estava a caminho do Cairo, sem que eu soubesse. Mas não estava aqui. Não naquela noite. Temo que estejam enganadas.

Fatma avaliou o rosto dela.

— Talvez sim. Obrigada.

Elas retomaram a caminhada, e Hadia olhou de relance para Fatma com uma expressão crítica no rosto. Lá se ia a ideia de tentar arrancar uma história diferente da mulher.

— O homem da máscara de ouro — disse Abigail, hesitando. — Acham que ele pode voltar? Para vir atrás do meu irmão e de mim?

— É possível — reconheceu Fatma. — Não sabemos as razões dele. Se preferir, podemos pedir para a polícia de Gizé providenciar um contingente para vigiar a propriedade.

— Sim. Essa é uma ideia esplêndida. Vou falar para o Alexander.

Ela entrou em uma conversa-fiada, apontando os ornamentos da casa. Ao que parecia, a propriedade havia sido uma casa de caça de um antigo paxá, vendida para Alistair Worthington em 1898.

— Isso foi na mesma época em que a Irmandade de Al-Jahiz foi fundada — comentou Hadia.

— Quatro anos depois de minha mãe falecer — respondeu Abigail. — Eu tinha sete anos quando ela morreu. Alexander tinha dez e lembra das coisas melhor do que eu. Diz que foi a morte dela que levou meu pai a se interessar por al-Jahiz. Meu pai acreditava que se a Inglaterra tivesse levado as artes místicas mais a sério, minha mãe talvez tivesse sido salva da tuberculose que a levou. Ele comprou esta residência e a reconstruiu com esse objetivo. Ele gostava da vista. — A jovem gesticulou com o livro na direção da janela, atrás da qual as pirâmides espreitavam.

— Foi daí que ele tirou o símbolo da irmandade? — perguntou Fatma. — A estrela de seis pontas. Duas pirâmides sobrepostas. — Ela desenhou o símbolo com os dedos.

— Inteligente da sua parte perceber. Ele alegava que o símbolo veio até ele em uma visão. Que carregava algum significado grandioso que ele não sabia explicar. Juntos encarávamos o símbolo, tentando desvendar seu significado.

— Mas você não era membro da organização dele?

Abigail soltou um riso suave.

— Céus, não. Meu pai levava a sério isso de uma sociedade de "irmãos". Podia até contar para a filha sobre suas explorações enquanto folheava livros antigos. Mas a Irmandade era para homens. Embora, no fim, entendo que ele tenha permitido que uma mulher nativa fizesse parte. Meu irmão teme que a mente dele estivesse desvaecendo.

— Seu irmão era membro, porém — disse Hadia.

— Por insistência do meu pai. — Houve uma pausa constrangedora. — Alexander e ele não concordavam sobre tais coisas. Depois de comprar a propriedade, meu pai vinha com frequência para o Egito, às vezes passava metade do ano aqui. Alexander foi para um internato em uma academia militar. Eu fui deixada com governantas e tutores na Inglaterra. Mas meu pai começou a mandar me buscar para passar um tempo com ele enquanto construía sua irmandade e caçava relíquias. Quando se mudou permanentemente para cá, fiquei um ano ou dois indo e voltando. Ele me confidenciava sobre suas buscas, como se eu fosse mamãe. Até o ajudei a ler seus livros e manuscritos estranhos. É por isso que conheço tão bem a cultura nativa.

Não bem o bastante, pensou Fatma. Segurou a língua, embora não soubesse quantas vezes mais conseguiria aguentar a palavra "nativa". Elas chegaram ao alto da escada e viraram à esquerda.

— Temo que tenha sido diferente com o pobre Alexander — continuou Abigail. — Ele apenas visitava esporadicamente. O Egito ainda é um lugar estrangeiro para ele. E ele nunca aceitou a sociedade do meu pai. Tenho certeza de que apenas se juntou a ela para receber sua herança. Mas olhem só para mim, falando sobre os assuntos do meu irmão. Ele com certeza pode falar por si mesmo.

Ela as conduziu a um lugar que Fatma já havia visitado antes: a sala de ritual da Irmandade de Al-Jahiz. As portas de madeira que ela vira penduradas pelas dobradiças tinham sido retiradas por completo, deixando apenas a abertura de arco rochosa. O cheiro de carne queimada fora removido, substituído pelos vapores de desinfetantes que ainda pairavam ali. Com as curvas paredes azul-água com estampa de flores douradas e verdes, fileiras de arcos curvados e muqarnas em forma de colmeia, o espaço exalava tranquilidade — contradizendo os horrores de algumas noites antes. Talvez o único lembrete fosse o estandarte branco no fundo da sala: estrela, crescente, espada e uma serpente flamejante. Embaixo, diante de uma mesa preta em meia-lua, em uma cadeira de espaldar alto como o trono de um rei, havia um sujeito solitário. Diferentemente dos homens no andar de baixo, ele usava um terno preto com uma camisa de colarinho branco engomado. Sua cabeça estava abaixada, e ele escrevia em um papel; só olhou para cima quando elas pararam bem diante dele.

Alexander Worthington não era exatamente o que Fatma esperava. Ela achava que encontraria alguém com a aparência eduardiana comum: bigode aparado e semblante bem-apessoado. Aquele homem tinha cabelo longo, de um dourado claro, que caía sobre os ombros. E uma barba — a um passo de desgrenhada. De nariz pontudo e traços angulares, ela imaginava que devia parecer lorde Worthington mais jovem. Quando sua irmã se aproximou para parar ao lado dele, a semelhança ficou inconfundível.

— Alexander, essas são as agentes do Ministério com quem você pediu para conversar — apresentou Abigail com um sorriso. — Agente Fatma e agente Hadia.

Os olhos azuis de Alexander vagaram lentamente até a irmã. Ele removeu uma piteira marrom dos lábios, repousando-a em um cinzeiro com formato de uma pessoa de turbante segurando um prato.

— Com quem *você* pediu que eu conversasse — comentou ele em um inglês refinado.

Abigail corou.

— E você concordou que era uma boa ideia. Por favor, Alexander, não seja grosseiro.

O irmão dela suspirou antes de se virar para um livro enorme que estava na mesa — encadernado em couro marrom e com páginas amareladas. Ele usou a caneta como marcador e o fechou, erguendo a cabeça. Suas sobrancelhas se levantaram como se estivesse notando as duas mulheres pela primeira vez. Não se levantou, mas Fatma estimou que ele podia ser considerado alto. Registrou a observação na mente.

— Vocês duas são de qual ministério, exatamente?

Fatma mostrou o distintivo.

— Alquimia, Encantamentos e Entidades Sobrenaturais.

Ele repuxou seus lábios em um sorriso.

— É de esperar que este país tenha algo assim. E que seja governado por nada menos do que mulheres. Como posso ajudá-las?

Fatma manteve o sorriso o mais sutil possível.

— Gostaríamos de conversar sobre a morte de seu pai.

Seus olhos azuis se endureceram.

— Veio me dizer que prenderam o assassino?

— Ainda não.

— Então não sei ao certo o que temos para conversar. Os jornais daqui dizem que ele está perambulando pela cidade com total imprudência. Um fanático de Maomé fascinando multidões com truques? Pensei que estariam por aí caçando este homem, e não gastando meu tempo.

Fatma apertou os lábios. Ao que parecia, Alexander Worthington, apesar de sua aparência, era exatamente o que ela havia esperado, no fim das contas. Hadia aproveitou a brecha.

— Sabemos que você acabou de enterrar seu pai e ainda está de luto. Não queremos tomar seu tempo. Mas qualquer informação que puder oferecer seria de grande ajuda.

Alexander a observou, avaliando.

— Seu inglês. É quase americano.

— Agente Hadia passou um tempo nos Estados Unidos — acrescentou Abigail. Ela havia parado atrás da mesa, abraçando o livro.

— Já visitei os Estados Unidos — disse Alexander. — Um país que ainda precisa ser domesticado, especialmente no oeste, onde as tribos nativas estão causando problemas de novo. Mas os americanos, creio, têm a ideia certa de como ser bem-sucedido nesta era, com essas situações desfavoráveis que têm levado a tantas revoltas. A Inglaterra seria sábia em fazer o mesmo, isso se um dia se erguer de novo. Correr atrás de primitivismo não nos trará nada de bom.

— Alexander serviu com os exércitos coloniais nas Índias Orientais — comentou Abigail. — Comandou um regimento inteiro! Foi até promovido a oficial! Dá para acreditar nisso? Andando por aí com um rifle e uma espada! — acrescentou ela, com um riso autodepreciativo. — Eu mesma aprendi um pouco de esgrima.

— A *capitão*. — O irmão dela cruzou os braços, cheio de si. — Eu não compararia a delicadeza da esgrima de uma donzela com nosso trabalho na Índia, tentando ajudar a Grã-Bretanha a manter o que ainda resta de seu império.

O que não era muita coisa, lembrou Fatma. A Índia tinha seus próprios djinns, e uma magia ainda mais antiga que diziam fluir pelo próprio Rio Ganges. Revoltas escancaradas haviam reduzido a Grã-Bretanha a apenas algumas cidades guarnecidas — tudo que restava do que um dia havia sido a joia de um império. Um ponto para o "primitivismo".

— Alexander fez algumas explorações bastante ousadas — bajulou a irmã. — E com seu cabelo e barba longa, voltou para nós como um tipo de nababo!

Seu irmão riu, mas estufou o peito, coçando os pelos loiros claros no queixo.

— Eu estudei os nativos da Índia. Cacei tigres ao lado deles. Têm hábitos rudimentares, certamente, mas algo no cabelo longo demonstra uma nobreza selvagem que imagino que tenha sido ostentada pelos meus próprios ancestrais ingleses. Assim sendo, acredito que esteja errada, minha irmã. Virei mais um saxão do que um nababo. — Ele voltou a se dirigir à Fatma. — Então, o que vocês duas querem saber?

— O homem da máscara de ouro — disse ela. — Ele admitiu o assassinato de seu pai. Ele também é um impostor que alega ser al-Jahiz. Acreditamos que exista uma conexão.

— Por causa dos... hábitos peculiares do meu pai.

— Alguma coisa que possa nos dizer sobre a Irmandade de Al-Jahiz?

Alexandre massageou as têmporas.

— Minha irmã provavelmente contou a vocês sobre o fanatismo do meu pai pelo mago sudanês. A morte de nossa mãe destruiu sua mente. Sua pequena ordem gastava uma grande quantidade de dinheiro, tempo e esforço buscando "a sabedoria dos antigos". — A última parte saiu carregada de sarcasmo.

— Não parece que você acreditava na missão do seu pai — avaliou Hadia.

— Não sou um homem de superstições. Compreendo que feitiçaria e brincar com criaturas anormais seja relevante nas culturas orientais. Mas a racionalidade é o único caminho para um progresso real. No Ocidente, olhamos para a frente. Meu pai, por outro lado, estava seduzido por essas noções rudimentares do Oriente. — Ele levantou a mão em um gesto de paz. — Sem querer ofender vocês e os seus, claro.

— Não nos ofendeu — respondeu Fatma, calma. — Mas você era membro da "pequena ordem" dele.

Alexander tensionou o rosto enquanto brincava com um anel prateado no mindinho. Fatma reconheceu logo de cara: o sinete carregava o selo dos Worthington, usado por último pelo pai dele.

— Eu era um garoto de dez anos quando minha mãe morreu. Vi meu pai sucumbir lentamente à loucura. Durante todo esse tempo, desempenhei o papel de um filho obediente. Fui para a escola. Servi à coroa e ao país, aprendi sobre negócios e tudo que era necessário para assumir o controle do nome Worthington. Mas para meu pai isso não era o suficiente. Ele insistiu para que eu me juntasse a ele em suas ilusões, me fez prometer que me dedicaria a encontrar os segredos dos céus e coisas do tipo.

Ele inspirou para se acalmar, como se tentasse conter a raiva.

— Assim, cedi ao pedido. Depois me afastei ao máximo dele e de sua loucura. Acabei na Índia, porque na Inglaterra eu estava cansado de ouvir os bochichos sobre Alistair Worthington estar maluco. Os homens que ele mantinha por perto o chamavam de o "tal do octogenário milionário". Meu pai achava encantador; acho que acreditavam que ele estava senil. Agora volto e o encontro assassinado. Eu o enterrei ontem, e nem consegui olhar para o seu rosto, porque não havia nada além de restos chamuscados. Então sim, eu era membro de sua irmandade. Mas nunca fiz nada além de me declarar parte para o benefício dele, pois eu sabia que um dia isso seria sua ruína.

Ao lado dele, Abigail Worthington chorava silenciosamente, apertando o livro e usando a bur'a para secar as lágrimas. O irmão olhou para ela; não levantou a voz, mas disse com frieza:

— Agora você chora. Derramou lágrimas quando ele estava transformando o nome da nossa família em piada em nosso país? Ou gastando nosso dinheiro em suas aventuras sem sentido e construindo este lugar ridículo — ele gesticulou para sala —, que serviria apenas como sua tumba?

A irmã passa a chorar mais ainda, e ele solta um longo suspiro.

— Minha irmã é dada às lágrimas, mas não posso ceder a elas. Veem isso? — Ele colocou a mão sobre o livro na mesa. — Um livro-razão dos negócios do meu pai nos últimos dezesseis meses. Tenho tentado tirar algum sentido das transcrições bizarras que ele ou seus aproveitadores estavam fazendo com a empresa: vendendo algumas indústrias, investindo imprudentemente em outras, grandes quantias simplesmente desaparecidas. Um carregamento inteiro de aço Worthington, o bastante para construir um prédio, sumiu! Vim até aqui esperando que pudesse encontrar algum esclarecimento em seu estimado santuário. Sabe, fui embora para colocar os assuntos da família em ordem, e enquanto isso minha irmã gasta seu tempo brincando de se fantasiar com aquele grupo de sicofantas lá embaixo.

— Eles são meus amigos. — Ela tentou soar firme, mas as palavras saíram apenas como um soluço petulante.

— Eles são seus amigos enquanto você pagar para eles virem para o Egito e os hospedar em casarões chiques na cidade. — Ele balançou a cabeça. — Fitzroy, Montgomery, Edginton. Todos são *novos* ricos. Se agarram à minha irmã e ao nome Worthington. No fundo, são mais aproveitadores. Juro, você é tão problemática quanto nosso pai.

Fatma tossiu. Ela não estava ali para presenciar uma briga de família.

— Tem alguma outra coisa que pode nos contar sobre a irmandade de seu pai? Alexander lançou um olhar monótono para ela.

— Que eles estão todos mortos.

— E sobre inimigos? Alguém que pudesse querer o mal deles?

— Um fanático por Maomé que levou meu pai muito a sério, ao que parece. Acabamos por aqui?

— Quase. — Fatma encarou o olhar irritado dele. — Estamos tentando esclarecer uma discrepância quanto a sua chegada ao Cairo. Você diz que desembarcou no dia seguinte ao assassinato de seu pai.

— Isso parece evidente.

— Ouvimos boatos de que você estava aqui na noite do crime.

— Quem quer que tenha dito isso está obviamente errado.

— Então está dizendo que não estava aqui naquela noite? Não foi você que pediu para os jornais silenciarem as notícias sobre o assassinato de seu pai?

Isso o fez franzir a testa.

— O quê? Onde ouviu tal coisa?

— Sinto muito — Fatma falou para ele. — Não posso dar informações sobre um caso em aberto.

Eles encararam um ao outro por um momento antes de ele jogar as mãos para o alto.

— Posso garantir que cheguei na cidade quando disse que cheguei. Confira meus documentos de viagem se quiser.

— E por que voltou? — pressionou Fatma. — Justo agora? Vindo lá da Índia?

Ele franziu a testa.

— Se quer mesmo bisbilhotar meus assuntos pessoais, recebi uma carta do meu pai requerendo minha presença. Ele não me escrevia com frequência. Então atendi ao seu pedido.

— O filho obediente. Você é o novo lorde Worthington agora?

Ele fez uma expressão amarga.

— Meu pai era o terceiro filho de um duque; assim sendo, um lorde. O título, ele leva consigo para o túmulo. Tudo que foi deixado para mim é o nome Worthington, que agora preciso reconstruir.

— Você podia ser o Bei Inglês, o filho de um paxá — comentou Hadia, em um tom sarcástico.

— Acho que para mim basta da decadência oriental — respondeu ele, sem expressão.

Fatma pensou que, para ela, já bastava dele.

— Você vai ficar no Cairo?

— Apenas pelo tempo que precisar para colocar os negócios do meu pai em ordem e vender esta monstruosidade de propriedade. Ele amava tanto este país que insistiu em ser enterrado aqui. Como o grande conquistador, Alexandre, da Antiguidade, como diz em seu testamento. Bom, já *eu*, apesar da inspiração do nome, não penso o mesmo. Estou planejando voltar para a Inglaterra. Minha irmã virá comigo. Lá ela poderá fazer melhor uso de seu tempo do que com frivolidades com seus ditos amigos.

Abigail pareceu querer protestar, mas engoliu as palavras.

— E a coleção de relíquias de seu pai?

— Relíquias de família inúteis — respondeu ele, com amargor. — Antes de vender a propriedade, vou demolir esta sala. As coisas podem ir junto. Quando voltar para a Inglaterra, quero que todas as lembranças desse negócio de irmandade fiquem para trás. Mais alguma coisa, agente? Talvez vocês possam dedicar certo tempo a encontrar qual morador local roubou uma carga inteira de aço? Talvez uma de suas desordeiras Quarenta Leopardas. Ouvi dizer que elas se alinharam com esse fanático maluco por Maomé.

— Vou repassar a informação para a polícia — respondeu Fatma, tocando a aba do chapéu-coco. — Obrigada pela ajuda. Voltaremos a te procurar se tivermos mais perguntas.

Ele respondeu com um gesto cansado, curvando a cabeça e reabrindo o livro-razão — sem sequer vê-las partir. Em silêncio, Abigail as conduziu pelas escadas até a entrada. Quando chegaram lá, ela se virou para as agentes, arrependida.

— Sei que meu irmão provavelmente não foi de grande ajuda. Mas eu quero colaborar com vocês na busca do assassino do meu pai.

Ela abriu o livro e, para surpresa delas, tirou outro de dentro. Fino e encadernado com couro preto, era pequeno o suficiente para caber na palma da mão. Fatma o aceitou, abrindo-o na primeira página. Palavras escritas à mão em inglês diziam: *O relato do vizir*.

— É algum tipo de livro de anotações — explicou Abigail. — Encontrei aqui na casa. Pertencia a um homem que trabalhava próximo ao meu pai, Archibald Portendorf. Se quiserem saber mais sobre a Irmandade de Al-Jahiz, talvez isso possa ser útil.

— "Catorze de abril de 1904. Obtido por TOM, um pedaço de túnica que dizem ter pertencido a al-Jahiz, duas mil e novecentas libras" — leu Hadia em voz alta enquanto elas voltavam de carruagem automática para o Cairo. Seus dedos folhearam até outra parte do diário. — "Dezembro de 1906. Obtido por TOM, páginas que têm a reputação de terem sido de um Alcorão tocado por al-Jahiz, cinco mil e seiscentas libras." — Ela virou o livro, mostrando o conteúdo. — Acho que Alexander Worthington não estava exagerando sobre os gastos do pai. Tem anos de informações aqui.

Sentada do lado oposto, Fatma esquadrinhou a página. Inglês escrito à mão não era seu forte. Algumas coisas ela conseguia distinguir, mas era de forma lenta. Felizmente, Hadia parecia ter facilidade com isso. Ela se lembrava de o nome Archibald Portendorf estar listado entre os membros assassinados da Irmandade de Al-Jahiz. Era um daqueles na mesa com Worthington. Ela se recordava distintamente da mão chamuscada dele apertando um lenço bordado com a letra G. Inicial da esposa dele, ao que parecia: Georgiana. Ela se perguntava qual fora o último pensamento que o homem tivera sobre ela enquanto morria.

— Isto é mais do que um livro-razão — disse Hadia, folheando o pequeno tomo. — Ele deixou anotações junto com seus gastos. Aqui está uma: "13 de setembro de 1911. Transferidas duzentas libras para um financiamento de emergência para a última aventura de WD, aquele jovem tolo. Ele alega ter encontrado uma área com areia movediça. Uma pena que ela não o tenha engolido. Ponto de exclamação, ponto de exclamação, ponto de exclamação".

Fatma conferiu uma pequena lista com o nome dos membros da Irmandade. Estavam usando o registro para decifrar os códigos do diário. TOM havia deixado elas perdidas até se lembrarem do apelido do lorde Worthington e pensarem em inglês: *Tal do Octogenário Milionário*.

— Wesley Dalton — disse ela. — Ele é o único WD.

— Quase todas as menções a ele vêm com comentários mordazes — observou ela. — Parece que Archibald não gostava muito dele.

— Wesley Dalton era o corpo cuja cabeça estava... virada para trás — comentou Fatma.

Hadia arqueou as sobrancelhas.

— Parece que ele tinha jeito com as pessoas. Olhe aqui. — Ela apontou para o diário. — Ao lado de várias dessas entradas está escrito a palavra "arquivista" seguida de "Siwa", em parênteses. Talvez ele tivesse que ir até lá? Com um arquivista?

Siwa era uma cidade oásis no extremo oeste do Egito. Razoavelmente afastada — umas nove horas de viagem com o dirigível mais rápido, e só se ele não parasse para abastecer.

— É uma viagem longa. Quantas vezes o local é mencionado?

— Com frequência. Especialmente no caso das compras mais caras. Mas por que ir até um arquivista em Siwa por causa de... — Hadia parou para ler — ... um sebhab que dizem ter sido usado por al-Jahiz ao fazer o dhikr? Eu não me lembro de al-Jahiz ter estado em Siwa.

Fatma também não. Aquilo não estava fazendo sentido.

— Você está com aquela cara — observou Hadia. — De frustração.

— Estava com a esperança de que sairíamos com algumas pistas. Em vez disso, conseguimos enigmas. Sem mencionar que ainda não fomos capazes de definir fatos básicos, como quando precisamente Alexander Worthington chegou ao Cairo.

A contradição clara entre o relato dele e o de madame Nabila havia tomado conta da maior parte da conversa das duas desde que haviam deixado a propriedade. Um dos dois estava claramente errado ou mentindo. Os documentos estavam a favor de Alexander. Mas parecia um engano esquisito da parte de madame Nabila. E por que ela mentiria?

— Isso é interessante — murmurou Hadia. — A última entrada. É datada de 6 de novembro.

— O dia dos assassinatos. O que diz?

— "Seis de novembro de 1912. Depois de duas semanas de barganha, foi obtido por TOM, do registro, uma espada que dizem ter sido de al-Jahiz, por um preço acordado em cinquenta mil libras. Arquivista (Siwa)." — Hadia arquejou. — Isso é muito dinheiro! Acha que é a mesma espada que o impostor usa?

Fatma se remexeu, inquieta, lembrando da espada cantante perfurando Siti.

— O que mais?

— Tem uma anotação longa: "Encontrei dificuldade em conseguir o item na rua Vermelha. Inquiri ao descobrir uma segunda transferência feita ao arquivista (Siwa) de cinquenta mil libras por AW. — Hadia levantou a cabeça, interrogativa. — Alistair Worthington?

— Não. Ele é TOM. AW é outra pessoa.

— Não está achando que...?

— Alexander Worthington! Continue lendo!

— "Informei a Siwa que eu era o único autorizado a falar por TOM. Ele ficou errático e perturbado. Me deixou tremendo. Vou sugerir a TOM não transferir mais para o arquivista (Siwa) até resolver a questão. Não vou apoiar seus hábitos, mesmo que ele tenha o registro para usar contra nós. Ponto de exclamação."

Hadia parou.

— Parece que houve duas transferências de cinquenta mil libras para o mesmo arquivista em Siwa. Uma na noite da morte de Alistair Worthington, em troca de uma espada. A outra transferência foi duas semanas antes, feita por AW. Talvez Alexander. Mas em troca de quê? E que negócio é esse de registro e rua Vermelha? Achei que o dinheiro fosse transferido para Siwa?

Fatma balançou a cabeça lentamente quando a compreensão se assentou.

— Rua Vermelha. Ele quer dizer Estrada Vermelha. O distrito artesão. Siwa não é um lugar. É o nome do arquivista. Um djinn.

Sem desperdiçar mais um momento, ela gritou uma nova série de direcionamentos para a carruagem, segurando a barra interna quando o automóvel se inclinou com tudo para a esquerda e saiu para Al Darb al-Ahmar.

14

A Estrada Vermelha era salpicada com prédios, monumentos e mesquitas, alguns que remontavam aos fatímidas e outros de tempos mais recente como os dos otomanos. O famoso distrito artesão era um labirinto de becos sinuosos ladeado por lojas, onde artesões preservavam técnicas passadas de geração em geração.

Fatma e Hadia passaram depressa por uma fileira de casas de tingimentos, onde mulheres se amontoavam ao redor de grandes tanques de pedra, pescando embrulhos de algodão da tinta preta. Em outro lugar, aprendizes costuravam cuidadosamente tasfir sob o olhar vigilante de um encadernador mestre. Al Darb al-Ahmar era um dos poucos lugares no Cairo moderno onde máquinas a vapor ou a gás eram raras; os artesãos dali preferiam tradição a produção mecanizada. Isso significava processos lentos, mas havia pessoas que pagavam generosamente por tais criações feitas à mão.

Elas contornaram uma esquina até a rua dos Criadores de Tendas, dando de cara com a antiga Bab Zuweila, com seus impressionantes minaretes gêmeos. Pediram que a carruagem as deixasse na recém-restabelecida Universidade de al-Azhar, onde consultaram duas estudantes que estavam sentadas, bebendo café. As mulheres não estavam familiarizadas com um djinn chamado Siwa, mas sugeriram um tapeceiro que, segundo elas, conhecia cada canto do bairro. No fim, ele era mesmo a pessoa a consultar. Enquanto ele e a filha mais velha trabalhavam em uma antiquada máquina de tear vertical, tecendo fios de seda em um tapete de oração, ele relatou precisamente onde encontrar Siwa — inclusive descreveu a fachada do prédio que deveriam procurar.

— Temos sorte por ele ser o único djinn arquivista em Al Darb al-Ahmar que se chama Siwa — disse Fatma, vendo as estampas de uma série de tendas.

A rua dos Criadores de Tendas fazia jus ao nome: era onde os artesões teciam à mão estilos geométricos coloridos da arquitetura local em enormes extensões de tecidos de lona. Cada loja pertencia a um criador de tenda, e eles se divulgavam com faixas prometendo peças ainda mais irresistíveis do lado de dentro.

— Nunca vou me acostumar com isso — disse Hadia, saindo do caminho quando um vendedor de pão achatado passou em um velocípede de três rodas, com uma cesta cheia de aish baladi redondos apoiada na cabeça. — Como os djinns nem sequer se diferenciam uns dos outros?

Fatma balançou a cabeça. Já que os djinns quase sempre assumiam o nome de localizações geográficas, era inevitável que muitos acabassem compartilhando a mesma alcunha. Ela havia conhecido dúzias de Quena e vários Heluãs. Como distinguiam um do outro pelo nome era um mistério. Eles simplesmente... conseguiam.

— Ali.

Ela apontou para uma placa que dizia *Os Irmãos Gamal*, bem em cima do desenho de três homens costurando. O prédio de quatro andares era feito de pedra marrom marcada por faixas vermelhas e janelas com batente verde. Como na maioria dos estabelecimentos do quarteirão, um toldo — uma lona marrom com tiras de outro tom de castanho — se estendia do teto até o outro lado da rua, cobrindo tudo embaixo.

Do lado de dentro, elas encontraram Gamal — um homem com bigode grisalho enrolado — e os irmãos, igualmente grisalhos. Os três estavam trabalhando em uma tenda majestosa com estampa em vermelho, azul e amarelo, com algo escrito em verde. Um gramofone tocava música alta — surpreendentemente, uma das canções que tinham se popularizado no Jasmim. Sem parar de bordar, os três orientaram as duas mulheres que fossem para o andar de cima quando perguntassem por Siwa. Por mais que a passagem fosse estreita, Fatma achou incrível que um djinn coubesse em um espaço tão apertado.

— Seria de imaginar que, com todo dinheiro que pagaram para esse Siwa — refletiu Hadia —, ele pudesse bancar um lugar maior.

— Talvez seja do tipo frugal — balbuciou Fatma.

Elas pararam diante de uma porta no terceiro andar, que parecia ter sido pintada recentemente de amarelo vibrante. Antes de sequer baterem, ela se abriu. Djinns tinham o hábito de fazer isso.

— Ahlan wa Sahlan! — cumprimentou ele.

— Ahlan biik — respondeu Fatma.

Ela ficou surpresa com a recepção calorosa, assim como com o djinn. Ele não era pequeno, no fim das contas — apenas um pouco menos enorme do que Zagros, na verdade; a voz dele, porém, era mais aguda do que seu tamanho sugeria. Sob um cafetã de veludo preto bordado em ouro, a pele dele era vermelha escura com finas linhas curvas em tom de marfim. Elas formavam padrões em espiral que se mexiam sem parar. O efeito era hipnótico, e Fatma teve que afastar o olhar — embora os olhos amarelos esverdeados dele fizessem a mesma coisa.

— Sou a agente Fatma, e essa é a agente Hadia, do Ministério de Alquimia, Encantamentos e Entidades Sobrenaturais. Estamos procurando por Siwa.

O djinn inspecionou os distintivos, depois tocou as pontas dos curvados chifres azuis em um gesto que ela não compreendeu tão bem.

— Eu sou Siwa. — Ele sorriu. — Como já as convidei a entrar em minha casa, por favor, o façam quando quiserem.

Ele as conduziu para dentro, e Fatma estacou. A seu lado, Hadia arfou, perplexa. Como a maioria das moradias dos djinns que ela havia visitado, aquela imitava um museu: tinha móveis antigos, estátuas, pinturas que pareciam de outro tempo — e livros. Infinitos livros. Em todos os lugares. Em prateleiras. Abarrotados sobre mesas. Em pilhas enormes que pareciam colinas organizadas de arte. Mas foi o tamanho do cômodo que se destacou. O apartamento era imenso, com arcos e pilares e um amplo chão de pedra. Ela olhou para fora da porta ainda aberta, que mostrava a escada estreita, e depois de novo para a cena diante de si.

— É maior do lado de dentro do que do de fora? — sussurrou Hadia, incrédula.

Aparentemente, sim. A magia dos djinns às vezes era desconcertante.

— Peço perdão pela enorme bagunça — disse Siwa.

— Você certamente gosta de ler — observou Hadia.

— Sou uma espécie de arquivista. De textos raros, tanto antigos quanto medievais, de estima mortal. A maioria dessas obras é de literatura, da minha coleção pessoal.

Hadia examinou um volume fino escrito em grego.

— Você leu todos eles?

O djinn abriu um sorriso enorme.

— Várias vezes! Aceitam tomar um chá comigo na sala de estar?

Ele as conduziu pelo apartamento — e Fatma tentou não ficar pasma quando entraram em outro cômodo com uma grande fonte feita de camelos de mármore branco equilibrando cestos em cima das corcovas. Pinturas em molduras douradas estavam enfileiradas nas paredes — a maioria representando camelos galopando por panoramas de desertos vastos.

Quando chegaram à sala de estar, o djinn ofereceu a elas espaço em um divã roxo luxuoso enquanto se sentava em uma enorme poltrona, grande o bastante para comportar seu corpo. Em cada um de seus lados havia a estátua de um alto camelo de ouro. Os detalhes eram primorosos, incluindo pelos nos músculos flexionados, imitando movimento, e rubis vermelhos radiantes que serviam de olhos.

— Definitivamente não é do tipo frugal — cochichou Hadia.

Havia uma pequena mesa de madeira entre eles, contendo um jarro de bronze folheado a ouro entalhado com desenhos persas e dotado de um bico que parecia a boca de um camelo. Ao lado estavam três xícaras de chá, com folhas frescas de hortelã. Elas foram convidadas a beber; Fatma pegou sua xícara, surpresa ao bebericar do conteúdo. Aquele provavelmente era o melhor chá de hortelã que ela já havia tomado.

— Bom, como posso ajudar o Ministério? — perguntou Siwa, com um sorriso afável no enorme rosto.

— Estamos investigando a morte de lorde Alistair Worthington — disse Fatma. — Pelo que entendemos, você o conhecia.

O djinn as encarou, piscando, enquanto Fatma estendia a mão para pousar a xícara na mesa. Desajeitada, quase deixou o objeto cair quando errou a margem do móvel. Ela havia ficado menor?

— Os jornais dizem que foi uma tragédia horrível — respondeu ele. — Mas eu não conhecia o Paxá Inglês. Não pessoalmente.

— Você tinha negócios com ele. Através de um intermediário. Archibald Portendorf?

— Sim. O vizir e eu tínhamos negócios juntos.

Fatma fez uma nota mental para melhor frasear suas palavras. Djinns não eram enganadores por natureza, mas às vezes eram diretos, respondendo precisamente apenas ao que lhes era perguntado.

— Esse negócio. Era para a Irmandade Hermética de Al-Jahiz?

Siwa pestanejou de novo. Seu sorriso vacilou, os lábios tremendo antes de se firmarem. Fatma registrou o comportamento, perdendo a concentração quando seus olhos foram para as paredes de madeira escura. Ela já havia percebido o mural que estava pendurado atrás do djinn, mostrando mais camelos em um fundo dourado. Parecia ser um tema. Só que agora os camelos que antes estavam correndo para a direita pareciam estar correndo para a esquerda. Os olhos dela foram para a xícara. O que havia naquela chá?

— Sim — respondeu Siwa, enfim. — Meus negócios eram com a organização fundada por lorde Alistair Worthington.

— Você os ajudava a obter itens.

— Fui encarregado com tal trabalho pelo vizir. Fazíamos ótimos negócios juntos.

— Por que você o chama assim? — perguntou Hadia. — De o vizir?

— Os membros da Irmandade de Al-Jahiz com frequência tinham títulos. Lorde Alistair Worthington era conhecido como Grande Mestre. Archibald, o vizir, era seu assistente.

Aquilo explicava o diário.

— Você era membro da Irmandade? — perguntou Fatma.

O sorriso de Siwa aumentou, e ele riu.

— Djinn algum fazia parte da Irmandade do lorde Alistair. Não que ele não tenha tentado.

— Ele tentou te recrutar?

O sorriso de Siwa vacilou. Fatma olhou para Hadia para garantir que ela estava escrevendo tudo aquilo, mas a encontrou contemplando o bule — que, estranhamente, agora era de latão, não mais de bronze.

— Ele tentou — disse o djinn. — Mas declinei. Tal intimidade com os assuntos mortais pode trazer... problemas.

Pela primeira vez, o sorriso dele diminuiu até não existir mais, e seus olhos assumiram um aparência introspectiva antes de seu comportamento agradável voltar.

— Então como você sabe tanto sobre a Irmandade?

Siwa deu de ombros.

— O vizir ficava nervoso perto de djinns. Eu tentava acalmá-lo com chá, e ele ficava tagarelando. Creio que para esconder o desconforto.

— As coisas que você obteve para a Irmandade — perguntou Hadia. — Eram registradas? Autênticas? Porque te pagavam muito por elas.

O sorriso do djinn se manteve, mas sua resposta foi firme:

— Eu só lido com objetos autênticos. Meu registro é sólido. Minha palavra é minha reputação.

— Claro — intrometeu-se Fatma. Djinns eram sensíveis com a insinuação de estarem mentindo, mesmo quando estavam. — Então você sabe que Archibald morreu junto com Alistair Worthington.

— De novo, uma tragédia horrível. Que Deus seja misericordioso.

— Você pode ter sido uma das últimas pessoas que o viram, fora os membros da Irmandade. Ele veio buscar uma espada com você, comprada por cinquenta mil libras. Que tipo de espada era essa?

— Uma que um dia pertenceu ao homem que vocês chamam de al-Jahiz — respondeu Siwa. — Forjada por um djinn. Uma lâmina preta que canta.

Então isso explicava como o impostar a havia obtido.

— De onde ela veio?

Siwa suspirou, arrependido.

— Me perdoem, mas não posso divulgar tais segredos de meus negócios.

Ela esperava por isso.

— Uma última coisa: Archibald alegou que na noite que veio pegar a espada houve uma discussão por dinheiro — afirmou ela. Os lábios do djinn tremeram de novo, e ele começou a piscar sem parar. — Parece que alguma outra pessoa já tinha te transferido cinquenta mil libras da conta de Worthington, duas semanas antes, como pagamento por serviços desconhecidos. Por alguém com as iniciais AW.

Siwa emitiu um som estrangulado. Selou os lábios com força, como se estivessem contendo algo, antes de gritar:

— Etiópia! Uma terra amaldiçoada de fato! Os negros de lá estão sendo reprimidos por ele! Com seus ombros largos e orelhas esticadas! Cinquenta mil e mais em sua empresa!

O djinn tapou a boca com uma mão dotada de garras, balançando a cabeça chifruda.

Assustada, Fatma olhou para Hadia e depois de novo para o djinn.

— Você está bem? — perguntou ela. Quando ele não respondeu, tentou mais uma vez: — Só quero saber sobre a segunda transferência de dinheiro. Foi para quê? E quem a fez? As iniciais AW eram de Alexander Worthington?

Ela mal havia acabado de falar quando Siwa soltou um uivo. Não, não um uivo, e sim um fluxo de palavras sem fim.

— Os bardos que me precederam deixaram algum tema sem cantar? Qual, então, deverá ser meu assunto? Quando os deuses decidem derrotar uma pessoa, primeiro levam a mente dela, para que ela veja as coisas erroneamente! Nada pode ser revogado ou dito em vão, nem irrealizado, se eu assentir!

Então, sem aviso, o mundo ondulou.

Fatma se colocou de pé em um salto.

— O que acabou de acontecer? — Hadia se levantou também.

Antes que ela pudesse responder, o mundo ondulou de novo. Não Hadia, nem ela. Mas o djinn e o cômodo inteiro se agitaram, ondulando como os padrões em espiral na pele do djinn. Quando achou que tinha uma ideia do que podia estar acontecendo, Siwa soltou um grito murmurado. Sua boca se escancarou, abrindo até a mandíbula quase se desprender, e uma língua azul escura pendeu para fora — tão longa que a ponta batia no meio do peito do ser. Ele puxou algo do cafetã: uma longa faca com lâmina serrada. Fatma colocou a mão na pistola, mas o djinn tocou o fio da arma na própria língua. Com um olhar febril, começou a cortar.

Fatma ouviu Hadia ter ânsias de vômito quando o sangue esguichou. Sem dizer outra palavra, as duas correram para fora da sala, vendo o apartamento ser puxado por espasmos esporádicos enquanto os gritos do djinn preenchiam suas orelhas. Não pararam até chegarem na porta da frente, descerem as escadas e passarem pelos três criadores de tendas — que ainda trabalhavam com zelo no processo de tecer. Apenas quando chegaram na calçada foi que conversaram.

— Ya Satter ya Rabb! — arquejou Hadia. — O que foi aquilo?

Fatma não tinha uma resposta. Um djinn cortando a própria língua era novo.

— O diário não dizia algo sobre ele ficar errático quando foi perguntado sobre o dinheiro transferido? Eu chamaria aquilo de errático.

— O que ele estava berrando? Parecia literatura ou...?

— ... poesia — completou Fatma. — Eu não conhecia a primeira parte, mas a segunda era Antar.

— O poeta medieval? Então estou maluca? Ou o apartamento... estava se mexendo?

— Você não está maluca — respondeu Fatma. — Ele é um djinn ilusionista.

Hadia ficou atônita, depois esbugalhou os olhos ao compreender. Fatma deveria ter sacado logo de cara: um apartamento grande demais do lado de dentro; objetos que mudavam de uma hora para outra. Todos os djinns eram dotados de ilusionismo. Os mais fortes nas histórias fizeram cidades inteiras aparecer no deserto e podiam enganar todos os sentidos de uma pessoa.

— Mas eu *senti* que andei o caminho inteiro até aquela sala de estar — insistiu Hadia.

— Isso é o que torna os djinns ilusionistas tão bons no que fazem.

— Nós sequer vimos o Siwa real? Bebemos mesmo chá de hortelã?

— Duvido que o apartamento dele seja tão opulento quanto parece. Também tenho um palpite de para onde o dinheiro dele está indo. Você notou todos os camelos? Quase sempre correndo?

Hadia franziu a testa, curiosa, mas Fatma a deixou pensar.

— Não vamos apoiar o hábito dele! — disse ela, compreendendo. — O diário dizia isso. Ele é um apostador! Corridas de camelo!

Fatma assentiu. Corridas de camelo sempre tinham sido mais populares no deserto leste, ou em sua região natal, perto de Luxor. Qualquer lugar com espaços amplos e retos, o que era difícil de encontrar no Cairo. Quer dizer, até um djinn criar camelos mecânicos a vapor, que podiam chegar a altas velocidades. Havia uma pista nos arredores da cidade, e as apostas altas em condutores e suas montarias mecânicas eram notórias. Nada esvaziava bolsos mais depressa.

— Isso explica por que ele precisa de tanto dinheiro — deduziu Hadia. — Mas por que cortar fora a própria língua? A não ser que aquilo tenha sido um ilusionismo também.

— Aquilo pareceu real *demais* — disse Fatma. — Tive a impressão de que ele estava genuinamente chateado. Toda vez que perguntávamos para ele qualquer coisa que chegava perto de tocar na Irmandade, o ilusionismo dele escorregava. Quando perguntamos sobre a noite com Archibald, a discussão sobre o dinheiro, ela começou a desmontar.

— Não só o dinheiro — comentou Hadia, franzindo a testa. — Foi quando você mencionou Alexander que as coisas ficaram ruins. Ele não queria mesmo falar sobre o assunto.

Ou não podia. Fatma olhou de novo para a loja do criador de tendas. Ela havia ouvido falar de feitiços que podiam impedir alguém de revelar segredos, deixando uma pessoa incapaz de formar palavras, selando seus lábios. Um feitiço que podia reduzir um djinn — um marid, nada menos — a um esguicho de frases aleatórias de literatura e forçá-lo a cortar a própria língua era uma magia forte.

— Só mais uma pergunta — disse Hadia. — Está mais escuro do que o normal?

Fatma saiu de sua contemplação para acompanhar o olhar de Hadia. O céu estava *de fato* escurecendo, o azul escondido por uma névoa amarelada que aumentava. Um vento quente e forte começou a soprar, golpeando-as e fazendo o toldo acima delas tremer. Por toda rua, lonas eram jogadas para todos os lados pelo crescente vendaval — algumas se soltaram e passaram a se agitar livremente. O vendedor de pão que haviam visto mais cedo passou correndo, ainda segurando as fatias em cima da cabeça. Gritava enquanto passava:

— Tempestade de areia! Tempestade de areia!

Tempestade de areia? Naquela época do ano? Enquanto Fatma observava, porém, sinais de uma tempestade vindoura foram aumentando, enquanto a luz do sol diminuía e o vento ficava mais intenso. O povo se empurrava para conseguir entrar, fechando lojas e montando barricadas. Ela já conseguia sentir a areia no nariz, dificultando a respiração.

— Precisamos voltar! — ela disse pra Hadia.

Segurando o chapéu-coco com força e empurrando os ombros contra o vento, ela partiu, torcendo para conseguirem escapar da tempestade.

15

Sentada na carruagem automática, Fatma ia juntando peças em sua mente. Primeiro, Alistair Worthington e sua irmandade tinham sido todos mortos por um homem que alegava ser al-Jahiz. Naquela mesma noite, ao que parecia, o próprio filho do Paxá Inglês havia transferido dinheiro para um djinn sem que o pai soubesse. Agora, alguma feitiçaria estava impedindo tal djinn de revelar mais. Alexander tinha, no mínimo, uma relação complicada com o pai, e não nutria amor algum pela Irmandade. Sem as duas coisas, estava livre para herdar o nome Worthington e limpar dele a influência do pai. Pessoas matavam por bem menos.

Ainda assim, nada daquilo explicava a magia que o impostor dominava. Certamente não explicava o ifrite. Será que aquele al-Jahiz falso era alguém contratado por Alexander? O inglês parecia desprezar qualquer coisa relacionada à feitiçaria. Contudo, lá estava ele, transferindo uma grande quantia para um djinn com gosto por apostas. Ela teria que dar uma sondada em um contrafeitiço, ver se tinha alguma forma de fazer Siwa falar. Algo dentro dela dizia que as respostas estavam ali. *O que está escondido é ainda mais importante*, sua mãe sempre dizia.

— Isso é estranho.

Fatma levantou a cabeça e viu Hadia encarando algo por fora da janela. Mas não parecia estar olhando para nada. Em vez disso, sua cabeça estava inclinada — era mais como se estivesse ouvindo algo. A tempestade havia piorado, dificultando a visão. Ela uivava sobre a cidade como uma criança nervosa.

— O que é estranho?

— Não consigo dizer qual é a direção da tempestade. Temos tempestades de areia em Alexandria. Elas sopram de uma direção. Não dá para perceber só de olhar, mas certamente dá para sentir no vento. Mas esta aqui parece estar vindo de... bem, de todos os lados.

Fatma franziu a testa.

— Essa *de fato* é uma época do ano estranha para tempestades de areia.

E não tinham recebido nenhum dos alertas de costume. Estava sequer quente o bastante para uma tempestade de areia?

— Talvez haja algo mais estranho ainda — disse Hadia, engasgando. — É o prédio do Ministério ali?

Fatma apertou os olhos para ver o que a mulher apontava: uma silhueta escura ao longe. Não, aquele não podia ser o Ministério. Ela semicerrou mais ainda os olhos, traçando a forma do contorno retangular. *Era* o Ministério! Só que coberto por uma espessa névoa amarela que circulava o prédio.

— Não é para menos que não dava para dizer a direção da tempestade — disse Hadia. — Ela está centrada no Ministério!

Olhando para o céu, Fatma percebeu os rastros de areia voando, todos disparando na direção do prédio do Ministério. Eles se mesclavam às nuvens agitadas como se estivessem ávidos a se juntar na dança, ficando mais espessos a cada momento. Não parecia nada bom.

— Está com sua arma? — perguntou ela.

Os olhos castanho-escuros de Hadia demonstraram sobressalto, mas ela assentiu, tocando uma área sob o casaco.

— Acha que é tão ruim assim?

Fatma conferiu a própria pistola. O revólver de serviço seguia o padrão do Ministério, nada exagerado: chapeado em prata, com cano fino e longo e tambor para seis munições.

— Quando tem uma perturbação estranha e desconhecida em volta do único lugar destinado a investigar perturbações estranhas e desconhecidas... É, acho que pode ser ruim assim. Você é boa com isso? — Ela apontou a pistola de Hadia com um gesto do queixo.

— Boa o suficiente, suponho. Mas não gosto de armas.

Fatma entendia. Carregar aquela coisa sempre parecia um peso a mais sobre seus ombros.

— Pense nelas como uma proteção. Não vamos usá-las a não ser que seja absolutamente necessário. Está pronta?

Hadia assentiu.

— Espere!

Ela puxou um hijab da bolsa. Entregando a peça para Fatma, Hadia afrouxou o próprio lenço para cobrir a boca e o nariz.

Pediram para a carruagem parar perto do Ministério quando o veículo ameaçou tombar com a ventania cada vez mais intensa. Quando desembarcaram, foram atingidas pela mesma ventania. Fatma curvou os ombros, com uma mão segurando o chapéu-coco e a outra agarrando o terno. Ela tinha que andar em certo ângulo enquanto a tempestade a atacava do jeito que Hadia havia suspeitado: estranhamente vinda de todas as direções de uma vez. Os grãos finos encontravam brechas para pinicar qualquer pedaço de pele exposta. Normalmente, aquilo era mais um incômodo do que qualquer outra coisa — mas por algum motivo, aquela areia doía de verdade!

Hadia não estava indo muito melhor, com a longa saia se agitando ferozmente. As duas se moviam mais pelo instinto do que pela visão, e tinham que tomar cuidado para não perder uma à outra na penumbra. Ao chegarem na frente do Ministério, a sensação era de que haviam andado por mais de um quilômetro em vez de uma quadra. As portas de vidro não se abriram quando se aproximaram, e elas foram obrigadas a forçá-las a abrir antes de se esgueirarem para dentro, uma de cada vez.

Fatma grunhiu com o esforço quando empurraram as portas para fechá-las de novo, deixando a tempestade lá fora. Ela se sacudiu, tirando a hijab do rosto e deixando areia cair no chão. Ao seu lado, Hadia descobriu a boca e o nariz, arfando. A entrada normalmente bem iluminada estava escura. Em partes devido à tempestade de areia, mas parecia não haver luz em lugar algum.

— Está sem energia — comentou Hadia.

Fatma observou a escuridão. Onde estavam os guardas a postos?

— O prédio tem gerador. O cérebro dele deveria mandar eunucos manutentores para consertar o que quer que esteja errado.

Assim que disse as palavras, rimbombou um estrondo alto, como algo de metal chiando e atritando contra metal. Havia uma cadência quase triste no ruído, e o prédio estremecia no mesmo ritmo.

— O que foi *isso*? — perguntou Hadia.

— O cérebro do prédio. — Fatma esticou o pescoço, tentando ter um vislumbre das engrenagens e dos orbes de ferro sob a cúpula de vidro.

— Tem algo errado. Escute. Pelo barulho, não está girando.

— Talvez a areia tenha entrado nas engrenagens de alguma forma?

— Talvez. Não consigo ver nada. Queria ter uns óculos espectrais agora.

— Estou com os meus — disse Hadia, vasculhando os bolsos. — Sei que a maioria dos agentes só os leva para cenas de crime e coisa assim, mas as diretrizes dizem para mantê-los com você, então... é o que eu faço.

Deus abençoe o entusiasmo de novatos, pensou Fatma.

— Coloquei — disse Hadia. — E estou olhando para cima... mas...

— O quê?

— Não sei o que estou vendo. Há movimento ali, mas não parece certo.

— Deixe eu ver.

Fatma colocou os óculos. A escuridão virou um verde-jade luminescente — tão claro quanto o dia, mas filtrado pelo mundo espectral. Tudo estava vívido ali. Até mesmo a tempestade do lado de fora era uma série de padrões intrincados que se rompiam e se formavam de novo. Olhando para a cúpula de vidro lá em cima, ela ajustou as lentes redondas verdes e focou.

Ver o cérebro mecânico do prédio através dos óculos espectrais costumava ser espetacular — uma cascata de luz que fazia cada cremalheira e pinhão cintilar, as várias orbes inundadas de brilho. Mas nada disso estava visível naquele momento. Em vez disso, um acúmulo de escuridão obscurecia tudo. Ela ajustou as lentes de novo. Agora conseguia ver um pouco de luz, mas enterrada sob amontoados de sombras, que se moviam e contorciam. O que diabos era aquilo? Uma das sombras se levantou como se estivesse se esticando antes de se juntar de novo à grande massa. Nesse breve momento, Fatma vislumbrou seu formato: humano, com membros compridos e um torso alongado. A visão a fez congelar por dentro. Esticou a mão na direção de Hadia, segurou o braço da mulher e se jogou com ela contra a parede, depois cochichou uma palavra repleta de urgência:

— Ghouls!

O rosto de Hadia mostrou todo o choque e repulsa esperados ao ouvir aquela palavra.

— Ghouls? Tem certeza?

Fatma assentiu, séria. Reconheceria aqueles corpos e membros retorcidos em qualquer lugar.

Hadia olhou para cima e se encolheu — como se esperasse que as criaturas caíssem sobre elas a qualquer momento.

— Não há nenhum Deus além de Ti — sussurrou ela. — O que ghouls estão fazendo no Ministério?

— Pare de me fazer perguntas que não posso responder! — explodiu Fatma, tomada pela frustração. — Mas eles estão por todo maquinário lá em cima. Não é de surpreender que o prédio pareça sem energia.

Houve outro ruído de atrito — provavelmente as engrenagens com dificuldade de se mexer sob aquela massa de mortos-vivos. Eles tinham tomado o cérebro mecânico como uma doença, infectando, drenando sua magia.

— Primeiro uma tempestade — disse Hadia. — Agora ghouls. Coincidência estranha, não acha? Isso parece intencional.

— Como um ataque — completou Fatma.

— Mas de quem? Não acha que... ele?

As palavras do impostor ressoaram na cabeça de Fatma. *Eu vou machucar sua gente.*

— Temos que conferir o prédio. Pode ter alguém ferido.

— Ou pior. — Hadia engoliu em seco.

Fatma não queria nem dizer aquilo em voz alta. Ghouls eram vorazes e comiam qualquer coisa. Ela já tinha visto um perseguir uma borboleta uma vez por mais de um quilômetro. As pessoas presas naquele prédio não durariam muito tempo.

— Lembra do seu treinamento sobre como lidar com ghouls?

— Mais ou menos.

Fatma franziu a testa.

— O que significa "mais ou menos"? Você não treinou no Assentamento?

O Assentamento era parte do projeto do governo para criar cidades novas em lugares remotos, irrigadas por maquinário de djinns. Aquela havia sido construída no deserto oriental, a leste de Dakhla. Ninguém sabia ao certo o que havia acontecido, mas todos os colonos desapareceram em meses, e a cidade ficou infestada de ghouls. O Ministério limpou tudo, declarando o lugar como livre de ghouls. Ainda assim, depois de apenas um ano, ele estava repleto das criaturas de novo. Outros tentaram produzir os mesmos resultados. Um fenômeno bizarro.

— Nenhum cadete tem ido colher no Assentamento há dois anos — disse Hadia. "Colher" era um eufemismo para o abatimento anual de ghouls, realizado por instrutores e aprendizes da academia. Era como uma excursão. Mas com ghouls, objetos afiados e vários mortos-vivos. — Não desde aquela turma que quase foi sobrepujada e devorada. Não leu sobre isso no jornalzinho de ex-alunos?

Fatma deu de ombros. Quem lia o jornalzinho de ex-alunos?

— Então como você é "mais ou menos" treinada para lutar contra ghouls?

— Simulações. Um grupo de cadetes se vestia de ghouls e perseguia os demais...

Fatma levantou a mão, sem querer ouvir mais nada. Mesmo no escuro, a inquietação de Hadia era clara. Compreensível. Ghouls deviam ser levados a sério.

— Você não precisa ir comigo. Se estamos no epicentro da tempestade, pode ter luz em outras partes da cidade. Talvez você consiga encontrar um telefone, pedir ajuda...

— Eu vou com você — interrompeu Hadia. — Sou uma agente do Ministério. Esse é meu trabalho.

A determinação na voz da mulher, mesmo diante de seu medo, mostrava que o assunto estava resolvido. Fatma colocou a mão na cintura, tirando a jambia da bainha.

— Já que você não é fã de armas...

Hadia aceitou a faca, parecendo perplexa.

— O que você está fazendo com uma jambia?

— Presente de um dignatário iemenita. O Ministério fez um favor para o clã dele, e ele achou que este seria um presente apropriado para um "rapaz tão jovem" e corajoso. Não me dei ao trabalho de corrigi-lo. E fiquei com a faca.

Hadia equilibrou a arma entre as mãos, testando seu peso.

— Ah, gostei dela!

— Vou querer de volta. — Fatma olhou para os mortos-vivos lá em cima. — O elevador não está funcionando. Vamos ter que ir de escada. Por aqui.

Elas foram até a escadaria, Fatma na frente com o revólver a postos. Fazendo um sinal para indicar que o caminho estava limpo, ela as conduziu escada acima. Estava mais escuro ali do que no saguão e elas diminuíam a velocidade em cada contorno para evitar dar de cara com alguém — ou alguma coisa. Em algum lugar no fundo da mente de Fatma pairava a questão de como exatamente os ghouls tinham entrado no Ministério. Mas ela empurrou a questão para longe. Haveria tempo o bastante para isso mais tarde.

Chegaram ao quarto andar sem incidentes. Tinham ouvido mais estrondos do cérebro infectado do prédio — mas sem ghouls, graças a Deus. Fatma se sentiu culpada por não parar nos outros andares, mas as pessoas que conhecia e com quem trabalhava ficavam todas lá em cima. Ela as ajudaria primeiro. Assim que chegaram à porta, uma batida alta veio do outro lado.

— Quando entrarmos, seja discreta — cochichou Fatma. — Não esqueça que os ghouls são mais fortes do que nós. Mais rápidos também, mas não muito inteligentes. Mire na cabeça. Entendeu?

Hadia assentiu com firmeza, o olhar impassível — com uma mão na pistola e a outra na jambia. Juntas, elas abriram a porta e entraram.

O escritório estava escuro — a única luz vinha fraca das janelas, atrás das quais a tempestade de areia se agitava. Mas àquela altura os olhos de Fatma já tinham se ajustado. Houvera uma luta ali. Papéis estavam espalhados junto com cadeiras reviradas. Mas sem pessoas. Hadia bateu no ombro dela, apontando para um buraco de bala na parede. Devia ter sido uma briga e tanto.

Bem agachada, Fatma as conduziu por um corredor lateral até o som das batidas. Xícaras de chá derramadas e bo'somat comidos pela metade indicavam que as pessoas haviam sido pegas desprevenidas. Mas para onde tinham ido? O som de batidas. Aquilo a ajudaria a descobrir. À medida que chegavam perto do som, o nariz de Fatma reconheceu o cheiro de carne podre e terra estragada. O fedor inconfundível dos mortos-vivos. Breves rosnados e som de mordidas confirmaram. Ela estava pronta para se virar e avisar Hadia quando um braço apareceu do outro lado de uma mesa — brandindo uma pistola. Fatma fez o mesmo por instinto, com o coração palpitando. Mas ora, ghouls não usavam armas. Ela fez uma careta.

Hamed?

O homem soltou um suspiro de alívio. Também estava abaixado, de um jeito desconfortável para um homem daquele tamanho, e acenou para que elas o seguissem. Ele as conduziu até onde uma grande mesa havia sido virada de lado. Mais alguém estava lá, agachado. Onsi. Um sorriso surgiu em seu rosto redondo ao ver Fatma e Hadia. Mas desapareceu quando veio outra batida alta. Eles se juntaram, com as costas na mesa.

— Um clima e tanto que estamos tendo — Hamed meio que brincou.

Atrás deles, as batidas e os rosnados aumentaram. Fatma precisava ver. Se virando, ela ergueu a cabeça só um pouco acima da mesa e espiou.

Ghouls. Seus corpos cinza-claros e nus estavam visíveis na luz fraca — imitações deformadas de homens com membros compridos. Ela deu uma contada rápida. Doze. Não, tinha mais um pendurado no teto daquele jeito anormal deles. Um bando inteiro, então. Estavam agrupados no escritório do diretor Amir — alguns sobre duas pernas, outros rastejando de quatro. Um empunhava o espaldar de uma cadeira quebrada, usando-o para golpear a porta do escritório. Cada batida era seguida de gritos abafados do outro lado. Gritos humanos.

Ela se sentou de novo.

— O que aconteceu?

A expressão de Hamed ficou séria.

— Nosso amigo da noite de domingo. Da máscara de ouro — disse ele, e a mão de Fatma apertou a pistola ao ouvir a confirmação. — Primeiro a energia acabou quando a tempestade começou. Depois, os ghouls simplesmente estavam aqui... no meio de nós. Foi uma loucura. — Pela primeira vez, Fatma percebeu que o uniforme sempre imaculado do homem estava desgrenhado e seu fez não estava à vista. — Estávamos lutando no mano a mano. Amir colocou o máximo de pessoas que conseguiu no escritório dele, onde estão escondidos. Onsi e eu estávamos tentando encontrar uma forma de libertá-los. Agora que vocês estão aqui...

— Onde ele está? — Fatma sibilou mais do que falou. — O impostor?

— Foi embora. Com vários ghouls e aquele homem estranho que consegue... se duplicar.

— O ghoul de cinzas — comentou Hadia.

Hamed a encarou, incerto.

— Se é assim que vamos chamar a criatura...

— Para onde eles foram? — insistiu Fatma.

— Não sei. Ele disse algo sobre arrastar nossos segredos para a luz.

Eu vou machucar sua gente. Vou fazer vocês compreenderem. E vou expor seus segredos.

Fatma ouviu as palavras em sua cabeça. O segredo deles. Onde o Ministério mantinha seus segredos?

— O cofre! — arfou ela. — Ele está indo para o cofre!

— O cofre? — perguntou Onsi. — O que ele iria querer lá?

— O que quer que seja, não podemos deixar ele conseguir! — disse Fatma.

Outra série de batidas veio junto com grunhidos de frustração.

— Ele não vai conseguir abrir o cofre — garantiu Hamed. — Está trancado. O sistema do prédio...

— ... está comprometido — completou Fatma, e relatou a situação atual.

— O maquinário do cérebro inteiro? — cochichou Onsi, sem acreditar. — Coberto por ghouls?

— Estamos por nossa conta — ela disse a eles. — Temos que proteger o cofre!

— A porta do escritório de Amir não vai aguentar — avisou Hamed. — Várias pessoas ali são secretários e atendentes. Não estão armados. Se os ghouls entrarem, não vai ter luta. Dois de nós entrar sozinhos não parece uma boa ideia. Indo em quatro, temos mais chance.

Fatma olhou para as escadas, ansiosa. Cada minuto que passavam ali dava mais tempo para o impostor. Mas vieram mais batidas seguidas pelos gritos no escritório de Amir. Por um momento, ela esteve prestes a abandonar os gritos ao destino. Ela se odiaria, mas faria isso. Uma mão tocou seu braço, e ela levantou a cabeça para ver os olhos castanho-escuros de Hadia compreendendo as ideias conflitantes dentro de Fatma.

— Acho que tem como fazer as duas coisas — disse a mulher.

Ela ergueu os olhos dela para o teto, e todos fizeram o mesmo — seguindo uma série de canos finos.

— O sistema de incêndio? — perguntou Hamed. — Aquela ideia de que ghouls não passam por água é um mito.

— Mas eles odeiam se molhar — rebateu Hadia. — Se a gente fizer aquilo funcionar, vai ser o suficiente para distrair eles. Derrotamos eles depressa, colocamos todo mundo para fora, depois vamos para o cofre.

Fatma encarou o olhar esperançoso da parceira e assentiu lentamente, começando a gostar da ideia. Ela havia visto ghouls atingidos por água. Fazia eles terem um ataque. Aquilo podia funcionar. Depois, para o cofre.

— O sistema de incêndio é controlado pelo prédio, mas tem uma manivela manual perto da porta. Alguém vai ter que ir lá, em silêncio. Quando ele estiver ligado, atacamos eles com força.

— Eu vou abrir o sistema! — Onsi se voluntariou. — Consigo ser bem silencioso.

Fatma o encarou, cética, mas Hamed concordou:

— Na verdade, ele é bom nisso de um jeito anormal. — Ele parou, a expressão ficando sombria. — Tem uma outra coisa. O homem da máscara de ouro. Antes de sair, ele disse que tinha uma bomba. Mas não sabemos onde.

Fatma engoliu aquela pequena novidade. Uma bomba. Por que não? Aquilo podia ficar pior?

— Então vamos rápido. Onsi, vá em frente! — incitou a agente. De todas as coisas, ele bateu uma continência de verdade para ela, com os olhos sérios atrás dos óculos, depois partiu. As batidas voltaram. — Vocês dois estão prontos? — perguntou Fatma. Hamed e Hadia assentiram com firmeza, e felizmente não bateram continência. — Então eu vou lá para cima. Atirem quando puderem!

Respirando fundo, ela se levantou, agarrando a beirada da mesa com a mão livre, e pulou por cima do tampo. Pousou com a pistola já em riste e soltou um assobio estridente.

Os ghouls se viraram de uma vez para olhá-la com rostos sem visão. Uma dúzia de lábios se afastou para deixar à mostra gengivas pretas e dentes que abocanhavam o ar, enrugando a pele cinza que ficava onde não havia olhos. Aquele que vinha batendo na porta estava no centro; esticou um longo pescoço, escancarando a mandíbula para emitir um grito agudo. O som parou abruptamente quando uma bala se alojou bem na testa da criatura. Um gemido escapou da garganta do ghoul antes de ele se estatelar no chão, imóvel.

E, com isso, faltavam onze.

Fatma espiou em volta do cano da pistola fumegante para avaliar o resultado do tiro. Primeira regra ao lidar com um bando de ghouls: definir o líder e o abater. Isso costumava enfurecer o resto. Como era esperado, eles estavam cansados demais — de tanto rosnar e tentar abocanhar — para causar alguma violência verdadeiramente extrema. Mas enraivecidos era melhor do que organizados. Ainda assim, quando se lançaram contra ela, Fatma se perguntou por que o maldito Onsi estava demorando tanto tempo!

Uma enxurrada de água veio em resposta quando o sistema de incêndio ganhou vida com um sibilo. Os ghouls se dispersaram correndo, alguns tropeçando e tropeçando no chão escorregadio, outros batendo na cabeça para evitar o aguaceiro e guinchando de pânico. Um apenas choramingava e corria em círculos. Eles odiavam *mesmo* água!

Fatma mirou e atirou na desordem, contando enquanto seguia. Faltavam dez. Nove. O som de mais tiros ressoou ao seu lado. Hamed. Oito. Sete. Seis. Eles estavam na metade, mas algumas das criaturas recobraram a bom senso que tinham e se afastaram dos companheiros, galopando em uma ataque alucinado. Ziguezagueavam durante a corrida, e Fatma praguejou enquanto suas balas atingiam ombros apenas de raspão ou erravam feio. Maldição, aquelas coisas eram rápidas!

Em segundos, um deles estava diante dela, arreganhando os dentes. Ela não tinha tempo para dar um tiro, então chutou a criatura no peito. O golpe deixaria um homem comum de joelhos, mas ghouls tinham a força de dois homens. O ser apenas cambaleou, estendendo um braço com os dedos compridos tentando alcançar o rosto dela — quando uma faca de repente zuniu, cortando o membro bem no cotovelo. A apêndice caiu, batendo no chão molhado e se transformando em cinzas. O ghoul virou a cabeça para a nova ameaça e foi recompensado com uma jambia — a jambia de Fatma — sendo enfiada direto onde o olho esquerdo do bicho deveria estar. O corpo dele cedeu como um autômato desligado com o aperto de um botão. Hadia puxou a faca e girou em um único movimento para cortar a perna de outro ghoul, fazendo-o se estatelar no chão. Nem deu tempo para que ele se levantasse, afundando a jambia até o cabo na base do crânio do ghoul.

Fatma assistiu, apreciando a cena. Armas de fogo eram mesmo um desperdício para aquela mulher. Não havia mais ghouls de pé. O que restava deles jazia no chão em pilhas imóveis. Por motivos nunca compreendidos, os membros retirados de seus corpos sempre viravam cinzas — mas nunca o torso. Esses sempre ficavam para limpeza.

— Acho que pegamos todos — disse Hamed, ofegando. — Contei doze aqui.

— Bom trabalho. — Fatma guarda a pistola. — Agora vamos...

Um grunhido surgiu antes que ela pudesse terminar, e Fatma olhou para cima a tempo de ver o ghoul no teto — de quem haviam esquecido completamente. Ele pousou na frente de Hamed, que ergueu a pistola, mas a coisa jogou a arma para longe antes de golpear o homem. O ghoul virou para Fatma, chegando até ela com um único um salto. Ela apertou o gatilho da pistola — e percebeu que estava sem munição. Aquilo não era bom.

Preparando-se para o impacto, ela levantou um braço para conter o ghoul que despencou em cima dela, fazendo os dois cambalearem para o chão. A agente precisou empregar toda sua força, já que estava estatelada no piso, para manter as mãos ao redor do pescoço da coisa, impedindo que aqueles dentes que abocanhavam o ar chegassem nela. O fedor do bafo do ghoul — de algo podre e morto — quase a sufocou, mas ela resistiu. Pelo canto dos olhos, teve o vislumbre de sua jambia se aproximando para acabar com a criatura. *Hadia!* Infelizmente, o ghoul também a viu. A coisa se virou no último instante, e a faca errou sua têmpora — em vez disso, perfurou a mandíbula dele.

O ghoul berrou, atirando-se para trás e saindo de cima de Fatma enquanto segurava a faca alojada na lateral da boca. Balas o acertaram no flanco. Onsi. O homem baixo estava atirando, mas sua mira era horrível e a maioria dos tiros acertava a criatura no corpo. Ele ficou sem munição em instantes, e não tinha feito mais do que atrasar o ghoul. Fatma se colocou imediatamente de pé, atrapalhando-se para recarregar a própria arma.

Mas Hadia já estava em movimento. De uma forma que Fatma não acreditaria se não tivesse visto, a mulher saltou nas costas do ghoul, colocando um braço em volta do pescoço dele para se agarrar nele. Libertando a faca da mandíbula da coisa, ela virou a lâmina na mão e perpassou o queixo da criatura com ela. Não foi suficiente para matá-lo, mas a jambia conseguiu prender a mandíbula do ghoul fechada, e agora ele tocava a boca com as garras, confuso. Pulando das costas da coisa, Hadia deu a volta, procurando o ponto certo com os olhos, e depois deu um chute rápido no cabo — mandando a lâmina para o lugar certo. O corpo do ghoul ficou rígido e depois despencou, caindo de cara.

O silêncio recaiu sobre o lugar enquanto eles examinavam a carnificina. Depois de um momento, a porta do escritório de Amir se entreabriu. O diretor espiou para fora, depois a escancarou. Estava segurando uma pistola, e atrás dele estavam homens e mulheres que pareciam assustados, a maioria funcionários do escritório.

— Pegaram todos? — perguntou ele, como se nada tivesse acontecido.

Fatma assentiu, ajudando Hamed a se levantar. O ghoul quase o havia deixado inconsciente, e ele estava começando a se recuperar. Ela o deixou aos cuidados de outra pessoa, com a mente já na segunda tarefa.

— O homem da máscara de ouro. Ele está indo para o cofre. Preciso descer até lá.

Amir absorveu o que ela estava dizendo.

— Certo. Leve mais homens com você. Precisamos tirar todo mundo daqui. Você deve ter ouvido, mas parece que tem um bomba no Ministério.

— Se não se importar, diretor, seria ótimo levar a agente Hadia comigo.

Ela olhou para a mulher, que estava virando um ghoul morto para recuperar a jambia, agora coberta por sangue preto.

— Não, tudo bem — gritou Hadia. Grunhindo, arrancou a faca da cabeça do ser. — Vou ajudar a liberar o prédio. Cuidar de qualquer outra dessas coisas. Vocês... — Ela sacudiu a lâmina ensanguentada na direção de dois agentes armados com cassetetes pretos. — Ajudem ela. E não a deixem sem cobertura!

Os dois homens a encararam, estranhando, mas — talvez pela faca ensanguentada — não discutiram. Fatma agradeceu apenas com o olhar e depois correu até as escadas, sem diminuir o ritmo para que os homens a seguissem. E se ela já estivesse atrasada? E se o impostor tivesse chegado até o cofre e pegado o que quer que tivesse ido pegar? *Eu vou machucar sua gente. Vou fazer vocês compreenderem. E vou expor seus segredos.* Ela apressou o passo.

Quando chegou à biblioteca, teve a presença de espírito de parar na entrada. Os dois agentes chegaram logo em seguida, com os cassetetes pretos preparados, e ela fez um gesto para eles continuarem em silêncio. Do jeito que os dois estavam arfando, era de pensar que eles é que tinham acabado de lutar com um bando de ghouls. Puxando a arma, ela tomou a frente e os conduziu para dentro.

A biblioteca estava escura, até mais do que outras partes do prédio. Havia um silêncio naquele vazio que a deixava inquieta. Não que em algum momento fosse um lugar barulhento. Zagros garantia que não fosse. Mas não ouvir sequer uma tosse distraída, o barulho de páginas se virando ou livros sendo colocados na mesa fazia o lugar quase parecer sem vida. E ela estava farta de coisas mortas naquele dia.

A cada passo, ela parava rente às estantes, preparando-se para encarar o que quer que fosse. Ao longe, ressoava um tique-taque constante e familiar acompanhado do som de engrenagens girando e o baixo zunido assoviado de um cabo balançando. O grande relógio fora um presente para a biblioteca, e operava em um sistema separado do prédio. O pêndulo não havia sido afetado pelo apagão e mantinha seu ritmo. Atrás dele estava o cofre do Ministério — que guardava itens de importância imensurável. Ela sabia muito bem. Ajudara a colocar alguns lá dentro.

Seus olhos foram se ajustando conforme se aproximavam e ela distinguiu o objeto — um peso gigante em forma de sol achatado, dourado e entalhado com padrões geométricos. Ela semicerrou os olhos, tentando vislumbrar a porta do cofre entre o balanço do pêndulo. Mas uma sombra bloqueou a visão. Ela parou, levantando uma mão. Havia alguém ali. Alguém grande, usando uma longa túnica roxa de veludo bordada em branco que se ressaltava até mesmo no escuro. A pessoa se virou e Fatma expirou, abaixando a arma.

Zagros.

O djinn bibliotecário mantinha sua costumeira pose majestosa, aquele olhar de pálpebras pesadas a encarando por trás de um par de óculos prateados. Estava segurando o maior livro que ela já tinha visto, gordo de tantas páginas e dotado com uma capa que parecia ser feita de ouro. Se ele ainda estava de guarda no cofre, significava que não tinham demorado muito. Talvez o impostor tivesse se arriscado e aprendido da pior maneira a não se meter com um marid centenário.

— Zagros! — ela o chamou em voz baixa. — Não sabe quanto eu estou contente em ver...

As palavras dela morreram quando alguém saiu de trás do djinn. Ela arfou. O homem da máscara de ouro! Ele a encarou com aqueles intensos olhos flamejantes antes de inclinar a cabeça para cima e sussurrar algo no ouvido de Zagros. O bibliotecário ouviu em silêncio.

Fatma tentou entender o que estava acontecendo. Agora que o djinn havia se mexido, ela podia ver que a porta do cofre estava, de fato, aberta. Atrás do impostor, um vulto de preto segurava papéis enrolados. O ghoul de cinzas. Várias duplicatas vinham atrás, carregando alguns objetos de metal. Estavam assaltando o cofre. Levando o que queriam. E Zagros estava deixando!

— O que está fazendo? — gritou ela, alarmada.

O bibliotecário, que costumava ser sereno, ergueu-se emitindo um ruído emanado do pescoço grosso, o que ela percebeu ser um rosnado. A mandíbula dele de repente se escancarou — mostrando presas tão longas quanto o antebraço dela — e ele rugiu! O som fez a biblioteca vazia sacolejar. A única coisa que que chegou perto de se igualar àquilo foram seus pés pisoteando o chão quando começou a correr na direção dos agentes.

Fatma tinha visto brigas feias envolvendo djinns marid antes. Era como ver uma batalha de gigantes. Ela com frequência comparara Zagros a um rinoceronte. Mas enquanto ele ia para cima deles, com os chifres dourados apontados para a frente, ela soube que nenhum rinoceronte seria tão assustador assim.

Ela se recuperou do choque inicial a tempo de se jogar para o lado. Seus dois acompanhantes não tiveram a mesma sorte e receberam o impacto da investida do djinn. Ele brandiu o tomo pesado como um aríete, derrubando os dois homens antes que pudessem usar o cassetete. Fatma não esperou para ver onde eles tinham ido parar: já estava correndo por um corredor para procurar abrigo entre as séries de prateleiras. O djinn enlouquecido a perseguiu, espremendo seu corpanzil entre as fileiras, estraçalhando madeira e fazendo livros voarem enquanto esticava as garras para pegar a agente. Fatma conseguiu irromper do corredor, com ele ainda atrás dela — fazendo chover pedaços da prateleira.

Fatma saltou, escorregando pelo tampo de uma mesa de madeira no instante em que o djinn golpeou com o livro pesado. Com um estalo alto, a mesa cedeu, uma das pernas se quebrando ao tombar. Por pouco, Fatma chegou a outro corredor, contornando uma esquina antes de se agachar para se esconder. Seu coração martelava o peito, a mente em modo de sobrevivência. Não havia tempo para perguntar por que o bibliotecário marid, normalmente tão recatado, estava sem dúvida tentando matá-la. Ela apenas precisava sair dali viva!

De onde estava encolhida, ainda podia ver o impostor. Ele estava indo embora, caminhando casualmente pela biblioteca enquanto os ghouls de cinzas e suas duplicatas seguiam com os braços carregados. Ele teve um vislumbre dela em seu esconderijo e colocou sobre os lábios o indicador coberto por cota de malha, pedindo silêncio. Aquela visão a fez vibrar de raiva e, por um momento, todos os pensamentos de autopreservação sumiram de sua mente. Até que uma sombra surgiu acima dela e a agente levantou a cabeça para ver o rosto contorcido de raiva irracional do djinn de pele lilás — seu rugido fazendo os sininhos em suas presas tilintarem.

Ela rolou, escapando por pouco de um soco que fez lascas de pedras voarem do chão. Ficando de pé, ela correu de volta pelo caminho pelo qual havia vindo, na direção do cofre — derrubando cadeiras, livros e o que mais estivesse no caminho para atrasar o djinn homicida. Ela podia se trancar lá dentro se fosse necessário. Mas um rugido que se aproximava cada vez mais rápido a fez perceber que não daria tempo.

Ela quase passou por cima da coisa no chão à sua frente, um objeto longo e preto. Um dos cassetetes! Ela o pegou, sem perder o ritmo. Novo plano! Seguiu na direção de várias mesas que haviam sido viradas de lado. Colocando-se atrás delas com as costas apoiadas contra a madeira, ela operou a manivela no cassetete, escolhendo a configuração de maior intensidade, e ouviu o zunido baixo. Acima dela, duas mãos gigantes surgiram segurando a beirada da mesa; a cabeça chifruda do djinn logo apareceu, com os olhos dourados arregalados fixos nela. Olhos que, apesar do brilho, pareciam mortos por dentro. Ele abriu a boca para rugir, mas ela não lhe deu chance — golpeando a parte inferior do pescoço dele com a parte bulbosa do cassetete.

Raios azuis crepitaram, iluminando o escuro. O bibliotecário urrou. O bastão era feito para lidar com criaturas como djinns. Naquela configuração, mataria um humano. Deveria pelo menos incapacitar o marid; ele lutou, porém, enfiando as garras na mesa e a pressionando contra a agente, com a boca aberta de modo a fazer saliva quente respingar nas mãos de Fatma. Ela não parou, mesmo quando foi espremida pelo peso do djinn, empurrando as costas contra a mesa. Se continuasse daquele jeito, ele logo a esmagaria por completo. Mas o aperto afrouxou de repente. Ele pareceu ficar cada vez mais lento antes de seus olhos se revirarem. O djinn se levantou, ficando de pé por um momento, depois se espatifou no chão com um estrondo.

Fatma se ergueu, espiando por cima da mesa. Zagros estava deitado de costas, com a respiração pesada. Vivo, mas inconsciente. Ela cambaleou, forçando a mente a focar de novo no objetivo anterior.

O homem da máscara de ouro.

Ela retomou o ritmo, correndo na direção da escada. Ou ao menos tentou. Em algum momento havia machucado a perna, e tudo que conseguia fazer era mancar em algo que era pouco mais que uma caminhada rápida. Ela deu uma olhada nos dois agentes caídos, que se levantavam meio trêmulos, e os chamou para que fossem com ela. Chegando nas escadas, ela subiu apenas alguns degraus: um estrondo forte fez tudo sacudir. Ela agarrou o corrimão, apertando com força enquanto o prédio balançava. Uma nuvem de poeira espessa passou por ela. A agente se engasgou e percebeu que não conseguia ouvir a própria tosse porque seus ouvidos estavam zumbindo.

A bomba.

Duas pessoas surgiram depressa ao lado dela. Os outros agentes. Juntos, os três subiram a escada. Quando chegaram ao topo, a porta já estava aberta — soltas das dobradiças depois de serem explodidas.

O saguão do Ministério estava irreconhecível. Sob uma névoa de poeira, havia pedaços de reboco e cacos espalhados pelo chão, estalando ao serem esmagados pelos pés deles. Corpos cinza-claros jaziam espalhados por todo o lugar, chamuscados e despedaçados. Agora Fatma compreendia. Os explosivos estavam *dentro* dos ghouls. Os que formavam uma massa sob a cúpula. Ela deu a volta nas gigantes engrenagens de ferro e nos distorcidos orbes dentados, e precisou de um momento para reconhecer o que aquilo era. Ergueu os olhos. A tempestade tinha passado, deixando para trás um límpido céu azul. Ela podia ver isso com clareza — porque as partes de maquinários jogadas no chão eram peças do cérebro do prédio. Tudo que restava era um buraco vazio.

Quando Fatma chegou lá fora, curvou-se para a frente para tentar expelir a poeira e a fumaça dos pulmões. Alguém segurou o braço dela, levando-a para longe. Hadia. Outra pessoa segurava seu outro braço. Hamed. Ela cambaleou entre os dois, pensando que devia estar em uma condição e tanto para ele a estar segurando daquele jeito. O homem costumava ser muito recatado com aquele tipo de coisa.

Os dois a levaram até uma distância segura. Lá, pessoas andavam de um lado para o outro, angustiadas. Alguns estavam com as mãos cobrindo a boca. Outros apenas choravam. Ela se virou para onde estavam olhando. O Ministério ainda estava de pé, mas havia levado um duro golpe. A cúpula de vidro não existia mais, arrancada pelo vento, e um incêndio meio apagado vertia uma fumaça preta.

Eu vou machucar sua gente. Vou fazer vocês compreenderem. E vou expor seus segredos.

As palavras do impostor ecoaram junto com o zumbido nos ouvidos da agente, dando a elas um novo significado terrível. Ela se virou para Hadia e Hamed, tentando fazer a boca funcionar. Eles tentavam acalmá-la. Hadia dizia que ela estava em choque. No meio da conversa deles veio o som distante de sirenes. Não! Eles precisavam ouvir. Ela havia *visto* o que o impostor pegara do cofre. Ela havia reconhecido as coisas.

— Projetos e peças — ela gaguejou. — Ele levou projetos e peças.

Ambos apenas a encararam, confusos. Ela cerrou os dentes, afastando o zumbido e o mundo, forçando as palavras a saírem.

— Escutem! Eu vi o que ele levou! Projetos e peças! Do Relógio dos Mundos. Ele levou projetos e peças do Relógio dos Mundos!

Hadia ainda parecia confusa, mas ao ver o sangue sumir do rosto de Hamed percebeu que havia sido entendida. Fechando os olhos, Fatma permitiu que o zumbido e o mundo a inundassem de novo, tentando não se deixar consumir pelo terror que sentia.

16

O ar da noite gelou a pele de Fatma, despertando-a de um sono errático.

Ela estivera sonhando. Com o homem da máscara de ouro. Ghouls e djinns rugindo. Um ifrite que voava com asas de chamas. Ela se afastou de Siti e se levantou da cama. Vestindo uma jelaba, andou até onde Ramsés estava, deitado em sua cadeira marroquina de espaldar alto — uma bola de pelo cinza em cima de um estofado cor de creme. Ela pensou em se sentar, mas lembrou que sua mãe alegava que o Profeta — que a paz estivesse com ele — uma vez cortara o próprio manto para não mexer em um gato dormindo. Em vez disso, ela passou pelas cortinas esvoaçantes até a sacada e olhou para a cidade lá embaixo.

Quando era mais jovem, sua família passava as noites de verão em cima do telhado da casa para evitar o calor. Eles se sentavam, compartilhando café e as novidades do dia. Ela dormia em paz lá, preferindo a expansão do céu aberto às paredes fechadas. Uma parte dela considerava subir no telhado do apartamento, mas não era a mesma coisa. Além disso, perder-se em lembranças de casa costumava ser sua forma de tentar escapar da realidade. Havia muito em jogo para ela se perder naquele tipo de devaneio. Fazia três noites e dois dias desde o ataque ao Ministério.

E o Cairo estava um caos.

Logo no dia seguinte ao acontecido, os administradores da cidade e os líderes do Ministério haviam ido conferir o estrago e passar para o público uma imagem de liderança forte. Mas o povo podia ver os escombros. Fotografias do prédio do Ministério soltando fumaça preta estavam estampadas em todos os noticiários. E todo mundo sabia quem era o responsável. Se as ruas estavam agitadas por causa de al-Jahiz antes, agora estavam em polvorosa.

Se alguém perguntasse a uma pessoa comum o que o Ministério fazia, ouviria todo tipo de resposta — muitas delas imaginativas. Mas o povo compreendia para que o Ministério servia: tentar fazer aquele mundo novo ter algum sentido;

ajudar a criar equilíbrio entre mítico e mundano; permitir que eles continuassem vivendo em paz, sabendo que alguém estava lá para vigiar forças que mal compreendiam. Ver aquela instituição destruída era um golpe pesado na psique coletiva da cidade.

Revoltas surgiram naquela primeira noite e se estenderam até a segunda. Parte da agitação vinha dos simpatizantes de Moustafa, que entenderam o ataque como um sinal para exigir a soltura do suposto Portador de Testemunho. Foi feio. Quase uma repetição da Batalha de el-Arafa. Várias prisões. Mais policiais feridos.

E foi só o começo.

Protestantes que se autodenominavam Fiéis de Al-Jahiz se manifestavam do lado de fora dos escritórios públicos — inclusive na frente do Ministério bombardeado. Pediam que o governo parasse de esconder a verdade, acusavam autoridades de conspirações bizarras para acabar com a soberania do Egito e exigiam o reconhecimento da volta de al-Jahiz. Sujeitos mais violentos atacavam qualquer pessoa que negava suas alegações. Houvera espancamentos e pelo menos um bombardeio em uma loja de obras em éter. Aquilo não era alguma seita religiosa extremista. Os seguidores de al-Jahiz incluíam sunitas e xiitas, sufistas e coptas, nacionalistas fervorosos e até mesmo anarquistas ateus e niilistas — todos unidos em sua dedicação. A um impostor.

Eu vou machucar sua gente. Vou fazer vocês compreenderem.

Fatma se deu conta de que tinha cerrado as mãos em punho. Se virou para a cama, e um pouco da tensão se acalmou. Mesmo dormindo, Siti tinha aquele efeito nela. Era difícil acreditar que a mulher havia sofrido um ferimento grave apenas alguns dias antes. Até mesmo a cicatriz havia sumido. Qualquer que fosse a magia que ela e o Templo de Hator explorava, era potente. O olhar dela deixou a cama, recaindo sobre um item de ouro que estava na mesa ali perto. Seu relógio de bolso.

Ela pegou o objeto, virando-o nas mãos. A parte de trás tinha sido gravada para parecer o tímpano de um antigo astrolábio: com as coordenadas da esfera celestial marcadas em uma projeção estereográfica, revestida de uma rete ornamentada. Pressionando um trinco, ela abriu o relógio, revelando uma carcaça de vidro que cobria engrenagens, placas, pinos e molas. Uma crescente se movia por um círculo interno, marcando os segundos, com um sol e uma estrela mostrando a hora e os minutos.

O pai dela era relojoeiro, uma habilidade que havia se provado ainda mais útil naquela época. Em um mundo industrial, todos precisavam de um relógio, nem que fosse para acompanhar os horários dos dirigíveis e das linhas férreas. O pai dela produzia relógios lindos, nunca dois iguais. Suas criações eram encomendadas de Luxor e até o sul de Assuão. Aquele tinha sido feito para ela. Fatma ainda se lembrava das palavras dele ao entregar o presente.

Antigos viajantes e navegantes usavam o astrolábio para saber o lugar deles no mundo. Para que, não importava onde fosse, pudessem localizar a Quibla para rezar ou saber a hora certa do nascer do sol. Fiz este relógio para você, luz dos meus olhos, assim sempre vai saber onde está. Cairo é uma cidade grande — tão grande que você pode se perder se não tomar cuidado. Se um dia as coisas ficarem corridas demais, e você sentir que não sabe para onde está indo, lembre-se deste presente. Ele sempre te conduzirá de volta para onde precisa estar.

— Está contando as horas? — ronronou uma voz em seu ouvido.

Ela se sobressaltou de leve quando os braços de Siti a envolveram pela cintura. Ela nem tinha ouvido a mulher se mexer, muito menos atravessar o cômodo.

— Ainda não consegue dormir?

Fatma fechou o relógio de bolso.

— Não consigo calar minha mente.

— Tem sido uma semana cheia. Você tem sorte de estar viva.

Era verdade. Ninguém havia morrido no ataque, graças a Deus. Os ghouls, pelo que parecia, tinham sido enviados para manter as pessoas fora do caminho. Até mesmo o guarda sumido havia aparecido em seu uniforme enorme. Mas aquilo não significava que não tinham sofrido baixas. O cérebro do prédio fora destruído. Para todos os devidos efeitos, o impostor o havia assassinado.

Zagros era outro assunto preocupante.

O fato de que o impostor tinha sido capaz de converter um deles prejudicara mais a moral do Ministério do que qualquer bomba. O djinn bibliotecário não resistiu ao ser preso. Ele era um traidor com certeza, mas um traidor estranhamente silencioso. Passava os dias em sua cela, recusando-se a falar com qualquer pessoa. Ela ainda via os olhos dourados dele ao tentar matá-la. Vazios. Mortos.

— Venha para a cama — encorajou Siti, roçando o nariz no pescoço dela. — Se preocupe com o amanhã amanhã.

Fatma se reclinou, desejando ser capaz, mas sua mente não pararia de funcionar assim como seu relógio. Ela e Hadia não tinham conseguido fazer muito pelo caso desde o ataque. Entre varreduras à procura de armadilhas, restos de ghouls e reparos, o prédio não seria habitável por dias. Elas vinham trabalhando em escritórios improvisados, mas as coisas não estavam mais apenas nas mãos delas.

Os líderes tinham intervindo, trazendo agentes até de Alexandria. Estavam em uma caça agora. Precisavam descobrir onde o impostor atacaria a seguir. Ir atrás de todos os avistamentos. Prender todo mundo envolvido. As pistas que ela e Hadia haviam desenterrado, a investigação acerca da morte do lorde Worthington — tudo aquilo havia sido praticamente abandonado.

— É como se eles nem sequer se importassem em resolver o caso — resmungou ela.

— O impostor admitiu o crime — disse Siti. — Acrescentou um bombardeio à lista.

— Mas não tem motivação alguma!

— Achei que dizer que é um criminoso insano seria suficiente.

Fatma praguejou baixinho.

— Estávamos chegando perto. Eu sei disso. Alexander Worthington. Ele está envolvido de alguma maneira!

Siti negou com a cabeça.

— Ninguém vai te deixar ir atrás de Alexander Worthington. Não na véspera da cúpula de paz do rei. Aquela que o pai dele organizou. Seria um escândalo. E, sem ofensa, mas você não tem exatamente muita coisa com que prosseguir trabalhando.

Fatma expirou, cansada. Não pela falta de sono, mas de frustração. Siti estava certa. Os líderes haviam mandado ela ficar longe dos Worthington. Não questionar seus associados ou tomar qualquer atitude que os constrangesse. Elas nem ao menos podiam pedir intimação de registros de negócios. Aasim havia recebido ordens parecidas: encontrar o impostor e garantir que a reunião do rei acontecesse sem empecilhos agora era a principal prioridade. Ela e Hadia tinham até sido colocadas em serviço naquela noite, em uma tentativa de fazer do palácio uma fortaleza impenetrável.

— Eu te contei o que ele pegou do cofre — cochichou Fatma. — Você sabe melhor do que ninguém o que isso pode significar.

As duas haviam sido as únicas a verem o Relógio dos Mundos em movimento. A máquina fora construída por um anjo vigarista chamado Criador — com base na Teoria das Esferas Sobrepostas, a mesma que al-Jahiz usara para abrir o portal no Káf quarenta anos antes. Usando magia de sangue, o anjo havia destrancado uma passagem para algum reino inferior — parte de um plano doentio de purificar a humanidade e começar de novo. Ela e Siti conseguiram impedi-lo por muito pouco, fechando o portal e selando as coisas terríveis que estavam lá dentro.

Ela havia explicado tudo isso para os superiores do Ministério, implorando que levassem a sério a ameaça que o Relógio dos Mundos significava nas mãos do impostor. Amir a apoiou, mas a preocupação deles foi descartada. Nenhum maluco e impostor seria capaz de recriar a obra de um anjo, argumentaram. Ela tinha certeza de que muitos duvidavam de seu relado sobre o que a máquina era capaz de fazer. Tudo era muito exasperador.

— Está ficando escuro lá fora.

Siti olhou para cidade, compreendendo que ela não estava falando sobre a noite.

— Todos os templos estão preocupados com esses Jahiziin.

Fatma revirou os olhos ao ouvir o termo, inventado pelos noticiários para descrever os seguidores do impostor. Não podia haver tantos. A maioria dos cairotas era de pessoas sensatas demais para isso. Provavelmente eram menos do que mil, mas uma minoria barulhenta e determinada era tudo de que se precisava para semear o caos.

— Aquele bombardeio na noite passada na mecânica de éter — continuou Siti. — Ali era, na verdade, um Templo de Osíris. O sumo sacerdote só foi salvo porque algumas das Quarentas Leopardas intervieram, mandando os Jahiziin embora.

Fatma ficou surpresa com a informação, lembrando-se do encontro delas com as Quarenta Leopardas em el-Arafa.

— Então as ladras agora estão do nosso lado?

— Seja grata por alguém estar — comentou Siti, brincalhona. Sua voz ficou séria: — A janela da loja da Merira foi quebrada na noite passada. Mas acho que foi só um vandalismo aleatório, não um ataque a Hator. Temos tido cuidado.

Fatma se lembrou da discussão delas sobre se o templos deviam ou não se abrir para o público. Ela não trouxe o assunto de volta.

— Tudo pode desandar, entende? A cidade inteira. Se desmanchar como um terno barato.

Siti soltou um riso baixo.

— Como se você soubesse alguma coisa sobre ternos baratos. — E abraçou Fatma com força. — O que quer que aconteça, vamos encarar. Já fizemos isso antes. Agora volte para a cama. Não vou aceitar não como resposta.

Fatma enfim permitiu ser conduzida de volta. Enroscando-se em Siti, respirou fundo, embriagando-se com o perfume da mulher, e enfim adormeceu. Seus sonhos foram agradáveis, pacíficos até. E ela tentou se agarrar a eles pelo máximo de tempo possível.

A cúpula de paz aconteceria na semana seguinte.

Na quarta-feira.

17

O palácio do rei era uma maravilha de seu tempo: uma síntese dos estilos persa, andaluz, otomano e neofaraônico. Foi construído para o atual monarca — que ascendeu ao trono durante as revoltas nacionalistas que se seguiram ao desaparecimento de al-Jahiz. Seu predecessor, o mesmo quediva que havia tentado prender o místico sudanês, tinha sido deposto a pedido dos britânicos. Eles ordenaram que o novo rei denunciasse o movimento nacionalista e todas as alegações "supersticiosas" de djinns andando pelas ruas do Cairo.

Em defesa dele, o jovem governante obedeceu a tais demandas sem muito entusiasmo enquanto secretamente assinava um tratado com os djinns, permitindo que eles vivessem abertamente e se tornassem cidadãos egípcios. Depois de os britânicos terem sido derrotados, a nova república manteve a monarquia, embora a maior parte do poder de governo estivesse nas mãos de um Parlamento eleito. Por seu papel na chamada Revolta Estável, os djinns construíram uma grande residência para o rei — com a intenção de demonstrar usas habilidades e afirmar o lugar deles na nova sociedade egípcia. Deram ao lugar o nome de al--Hadiyyah, "o presente".

Fatma andou pelo jardim do palácio sem prestar muita atenção em suas muitas maravilhas: nem na abóbada de mármore que brilhava como nuvens cintilantes nem nas moitas moldadas na forma de feras fantásticas que salpicavam o chão. O trabalho dela naquela noite não era se admirar com tudo. Ela fazia parte de um exército silencioso de guardas, soldados, policiais e agentes — designado para garantir que o impostor que se declarava al-Jahiz não arruinasse a reunião de cúpula do rei.

Ela parou para permitir a passagem dos servos de uniforme real — todos conduzindo avestruzes mecânicos dourados e roxos pelas coleiras de pérolas lustrosas. As engrenagens mecânicas dos autômatos aviários tiquetaqueavam ritmadamente, e era possível ter vislumbres dos maquinários por trás de seus olhos âmbar.

A reunião em si começaria no dia seguinte, quando líderes e diplomatas tentariam prevenir a perspectiva crescente de conflito na Europa. O Egito agora era uma das grandes potências do mundo, e havia a possibilidade terrível de ele ser tragado por qualquer conflagração.

Mas isso não era da conta dela. Seu dever ali era com as festividades da noite — que aconteceriam nos extensos jardins do palácio, onde dignatários estrangeiros, tanto humanos quanto outros, seriam recebidos. Vindos de onde estavam hospedados, no Palácio de Abdeen, já chegavam em um fluxo constante, saindo de automóveis com motoristas e carruagens a vapor douradas.

Os homens usavam ternos ocidentais e uniformes marciais decorados, junto com cafetãs e paletós à moda turca com dragonas de ouro. Para as mulheres, dominava o estilo parisiense com influência cairota, com hijabs florais e bordados intricados.

Alguns optavam por vestimentas mais tradicionais. Faquir sudaneses se destacavam com jelabas verdes e lenços ostentando as três cores da República Revolucionária. Uma dignatária de um dos estados emancipados da Índia estava envolta em um sári lápis-lazúli maravilhoso com adornos de ouro. Conversava com um adolescente, que vestia uma longa camisa branca por cima da calça larga e um xale listrado. Provavelmente o herdeiro da Abissínia — vindo no lugar de seu imperador adoentado. Isso sem falar nos djinns, cujos trajes caprichados desafiavam a imaginação. Um marid encantava com túnicas de cores que mudavam, e uma jann aquosa usava um luxuoso vestido de névoa.

Fatma havia escolhido um blazer escuro para aquela noite. Ele equilibrava um colete preto listrado e uma camisa branca com uma gravata prateada mantida no lugar por uma bijuteria azul que combinava com as abotoadoras azuis e prata. O chapéu-coco era novo, com um revestimento de veludo que chamava a atenção de muitos. Especialmente de ingleses, com seus trajes eduardianos sem graça. Inveja, sem dúvida. Ela colocou um pouco mais de gingado em seus passos ao passar por eles, fingindo acompanhar com o olhar uma série de lanternas a gás coloridas que flutuavam sobre os presentes como águas-vivas. Marca carimbada de Hamed. Ele estava do outro lado do jardim logo abaixo, com seu uniforme do Ministério dando lugar a um cafetã estiloso, com costuras ao longo das mangas e do colarinho. Hadia estava ao lado dele, com um vestido cor de vinho cheio de enfeites de contas e hijab combinando. Os dois pareciam fazer parte de um casal rico e moderno do Cairo — justamente o objetivo. O rei não tinha intenção alguma de deixar transparecer que seu palácio estava sitiado. Agentes e policiais deviam passar tão despercebidos quanto possível. Hamed assentiu suavemente para Fatma. Ela respondeu com um toque no chapéu. Completara outra ronda ao redor do jardim, e não havia sinal algum de algo errado.

Ela deveria ter ficado aliviada. O impostor não fora avistado desde o ataque, para a satisfação dos administradores da cidade. Mas ela foi lembrada de que ele havia feito o mesmo logo antes de lançar uma tempestade de areia e ghouls sobre o Ministério. Uma parte dela ansiava enfrentá-lo de novo. Eles estariam preparados dessa vez. *Coma seu inimigo no almoço antes que ele possa te comer no jantar*, incitava a voz de sua mãe.

Um alvoroço chegou a seus ouvidos; ela apertou a bengala, o coração acelerado. Mas eram apenas aplausos. Não era difícil desvendar o motivo: o rei e a rainha estavam caminhando entre a multidão, cercados por um redemoinho de convidados, guardas reais e empregados. O rei era um homem mais velho, com o cabelo sob o fez vermelho de veludo mais cinza do que preto, assim como o bigode de tamanho moderado em seu rosto envelhecido. Usava uma roupa suntuosa comum aos monarcas da época — uma farda militar enfeitada com estrelas de ouro e medalhas bregas, além de uma faixa bordada que atravessava transversalmente o peito.

Ao lado dele, a rainha usava um vestido vermelho que caía em cascata, fluindo pelo jardim. Ela era mais nova, como o rosto rechonchudo demonstrava. Era a segunda esposa do rei, que todos sabiam ter origem comum — um traço que fazia com que ela, e consequentemente a monarquia, fosse querida pelo povo. Um homem de expressão astuta usando um terno preto dividia o espaço com eles. O primeiro-ministro. A estrutura de poder que sustentava o Egito moderno toda reunida em um único local.

Mantendo uma pequena distância do cortejo vinha um djinn, quase magricelo e de alguma forma familiar. Seu terno escuro contrastava com a pele branca como leite e os chifres azul-escuros. Fatma demorou um momento para reconhecê-lo. Do Jasmim. Como podia esquecer daquele rosto sobrenaturalmente belo? Um dos conselheiros do rei, talvez? Outra estipulação do tratado assinado com os djinns. Ela se perguntou se os monarcas sabiam das proezas noturnas dele.

— Agente Fatma?

Fatma se virou para ver a mulher alta que vinha em sua direção. Abigail Worthington — que felizmente havia decidido não zombar dos costumes locais. Estava usando um vestido de noite rosado que fluía com a leveza do chifon e do cetim. Uma faixa preta de seda arrematada com prata e pérolas cingia sua cintura, e enfeites em forma de lilases adornavam os ombros. Eram quase chamativos o suficiente para fazer o curativo que ainda cobria sua mão direita passar despercebido. Atrás vinha o séquito de sempre: Darlene e Bethany, com vestidos em tons de vinho combinando e julgadores olhos castanho-claros. Victor com seu peitoral largo e Percival, sempre com um sorriso sarcástico, vinham ao fundo, em smokings pretos.

— Boa noite, Abigail — cumprimentou Fatma. Depois se lembrou: — Quer dizer, Abbie.

— Não esperava ver você por aqui! — Ela usou a mão não ferida para acariciar os cachos ruivos escuros empilhados em um pompadour elegante, depois se inclinou adiante para sussurrar: — Fiquei sabendo do ataque ao Ministério! Terrível! Vocês acham que aquele... maluco... vai aparecer aqui? — O medo marcava sua voz.

— Estamos aqui para garantir que isso não aconteça — afirmou Fatma, olhando para o pequeno grupo. — Onde está seu irmão?

Abigail suspirou, fazendo uma careta.

— Alexander chegará atrasado. Passou o dia inteiro debruçado sobre os livros contábeis da empresa de novo. Tenho certeza de que ele logo estará aqui.

Fatma franziu o cenho.

— Pensei que ele iria querer estar aqui. Essa reunião foi obra de seu pai.

Abigail a fitou com uma tristeza afetuosa nos olhos azuis esverdeados.

— Papai teria ficado tão orgulhoso... Ele queria muito ver mais paz neste mundo.

— Todos queremos — respondeu Fatma.

Victor tossiu — estava encarando um eunuco sólito com uma bandeja de drinques nas mãos.

— Esta, acredito, é minha brecha — diz Abigail. — Victor temia que não houvesse bebida alguma neste evento. Ou pior, que tivesse apenas vinho. Acho que está feliz de ver bebidas mais fortes sendo oferecidas para nós, ocidentais. Se me der licença, agente.

Ela se virou, conduzindo sua trupe em busca de prováveis deleites. Fatma meneou a cabeça. Como seria não ter responsabilidade alguma além de atender aos próprios caprichos? O que a lembrou de que era hora de começar uma nova ronda.

A agente iniciou o caminho pelo jardim, os olhos atentos. Antes que tivesse chegado a um quarto do caminho, alguém tocou no ombro dela.

— Com licença, sinhor.

Fatma se virou para encarar uma mulher alta com um longo e etéreo vestido branco. O rosto dela estava escondido atrás de um véu volumoso bordado com pérolas e arrematado por um largo chapéu branco. Ela falava inglês, mas com um forte sotaque francês.

— Istava me perguntando onde posso incontrar o toalete?

Fatma apontou para o palácio.

— Tem um ali.

— Ah! *Magnifique*! E me diga, como posso te fazer tirar este blizer fabuloso?

Fatma começou a responder — mas então percebeu o broche de prata preso do lado direito do vestido da mulher. O entalhe de uma leoa rugindo. Olhos escuros esfumaçados a encaravam. Olhos familiares. Um deles piscou.

— Siti? — disparou ela.

Um riso veio de trás do véu.

— Te enganei.

Fatma estava confusa.

— O que está fazendo aqui? *Como* sequer está aqui?

Siti tocou o broche de leoa.

— Merira conhece... pessoas. Conseguiu um convite.

E revelou uma pequena carta entre os dedos cobertos pela luva branca, endereçada a uma mulher de nome francês de quem Fatma nunca ouvira falar.

— Siti, você não pode simplesmente entrar de penetra em um evento real!

A mulher sacudiu o convite.

— Não estou de penetra. Fui convidada.

— Você não é essa pessoa.

— *Non*? Mas quim má seria? — perguntou Siti, de novo com aquele sotaque francês bobo.

Fatma expirou, tentando se manter paciente.

— Estou trabalhando aqui.

— Eu também — respondeu Siti, voltando a falar árabe. — Merira me quer aqui. Caso nosso *amigo* dê as caras. Ele está decidido a tomar os templos. Mandou pessoas atrás de nós. Bem, não vamos aceitar isso sem fazer nada.

— Se você for descoberta...

— Descoberta? — zombou Siti. — Como se fosse difícil fingir no meio desse bando. Olhe para eles. É tudo o que fazem: fingir. Não tem uma expressão real aqui. — Ela soltou uma risada rouca. — Consigo me encaixar perfeitamente em uma multidão como esta.

Como se para provar seu argumento, ela rodopiou para abordar um homem que passava e recitou algo com aquele inglês com sotaque francês. Ele pareceu se sobressaltar, mas depois gaguejou uma resposta no que Fatma achava ser alemão. Em instantes, ele a estava conduzindo até um eunuco sólito que servia bebidas. Siti deu uma risada intensa, virando-se para lançar uma piscadela para Fatma.

Essa mulher não tem jeito, pensou Fatma. *E também está linda naquele vestido.*

— Acho que aquele alemão vai pedir a mão dela em casamento antes do fim da noite — sugeriu alguém.

Era uma mulher parada perto de Fatma, que se divertia assistindo às palhaçadas de Siti. Parecia ter trinta e poucos anos, com uma robustez que se estendia até suas bochechas redondas. O inglês dela carregava entonações de algum ponto da região ocidental do continente. Seu vestido — com seus azuis e verdes radiantes — também transparecia o mesmo. Mas o que se destacava era quem a acompanhava.

Parada ao lado da mulher havia uma djinn. Alta e impressionante, tinha a pele azul-escura coberta por uma túnica tão dourada quanto os chifres em espiral, embora seu rosto fosse de um árido branco calcário — tudo junto fazia parecer que ela estava usando uma máscara. Aromas inebriantes a cercavam — olíbano e castanhas de carité partidas, pimentas fragrantes e cocos adocicados. Ela olhou para baixo imperiosamente com seu olhar prateado; e Fatma afastou o dela, aturdida.

A mulher, aparentemente sem perceber, ainda encarava Siti — com a cabeça inclinada sob um hijab amarelo sol que mais parecia uma coroa vistosa.

— Aposto que ela é uma pessoa muito interessante de se ter por perto. Vi vocês conversando. É sua amiga? Mas ora, perdoe meus modos. Meu nome é Amina.

— Fatma. Feliz em conhecê-la.

— Eu fico mais feliz. — A mulher sorriu, apontando para a djinn. — Essa é Jenne.

Fatma se virou para cumprimentar a djinn, então olhou outra vez. Jenne agora era um homem — nada menos imperioso ou impressionante, e exalando os mesmos aromas inebriantes. Os olhos prateados encararam Fatma brevemente, e depois o djinn se pôs a inspecionar as garras bem cuidadas.

— Devo me desculpar de novo — disse Amina, envergonhada. — Jenne não tem a intenção de ser rude. Mas sabe como são qareens... Essa está na minha família há eras.

Uma qareen. Aquilo explica muita coisa. Bem, de certa forma. Verdadeiros qareens eram conhecidos por serem djinns pessoais ligados a indivíduos: um tipo de companheiro ou sombra para a vida toda, em alguns casos até a alma gêmea de alguém. Aquele tipo de djinn em particular, contudo, ia muito além: ligava-se a linhagens inteiras, como relíquias vivas passadas adiante com o tempo. Embora eles fossem popularmente conhecidos como qareen, o Ministério os listava oficialmente entre os djinns não classificados. No geral, podiam ser encrenqueiros, volúveis ou violentamente protetores daqueles a quem se ligavam — não dava para saber.

— Ando de olho naquele homem ali com trajes de seda — diz Amina, apontando com o queixo o sujeito em questão. — Um conselheiro e consorte da falecida imperatriz viúva da China. Os boatos alegam que ele na verdade tem sangue de dragão e mais de cem anos.

— Duzentos — corrigiu Fatma.

Os olhos da mulher se arregalaram.

— Temos dragões em meu país. Feras temperamentais que bebem rios se tiverem a chance. São muito diferentes na China?

— Ninguém nunca viu de fato um dragão chinês — relatou Fatma. — Pessoas alegam ter o sangue deles, sim, mas os dragões em si continuam fugidios.

— Bem — murmurou a mulher, olhando para o conselheiro com interesse. — Eu gostaria de saber como é um homem com sangue de dragão. Você está entre os dignatários?

— Faço parte do governo egípcio.

— Uma local. Por causa do blazer, achei que fosse inglesa. Conhece muitas pessoas aqui?

— Não sou de um nível tão elevado no governo. Faço parte de uma agência em particular.

— Agente Fatma, então. Ainda não conheci muitos egípcios, isolados como estamos no Palácio de Abdeen. Estranhos nos hospedarem no mesmo lugar onde al-Jahiz perfurou o Káf. É como se quisessem ter certeza de que compreendemos o lugar do Egito no mundo.

Fatma não duvidava da intenção. Diziam que o Palácio de Abdeen ainda carregava resíduos da magia formidável que al-Jahiz operara ali — e que isso podia ser sentido, como um arrepio na alma.

A mulher a avaliou, fazendo um bico com os lábios carnudos.

— Você não parece uma burocrata. Eles não se vestem tão bem nem de longe. — Ela colheu uma taça de um eunuco sólito que passava e ofereceu outra a Fatma, que recusou. A qareen pegou duas e as entornou em um gole só. — Constantemente me pergunto: com uma cidade tão moderna como esta, por que não colocam esses homens-máquina no comando? Eu daria qualquer coisa para ter alguns deles no lugar dos sujeitos que nos governam.

— Eunucos sólitos geralmente não são muitos racionais — explicou Fatma.

A mulher riu.

— E os homens são lá muito diferentes?

Aquilo, de fato, fez Fatma sorrir. Mas ela não estava ali para socializar. Estava quase pedindo licença para se retirar quando várias pessoas se aproximaram para se juntar a elas.

Um era um homem mais velho com bigodes brancos em um rosto ruborizado, enfiado em um terno trespassado que parecia esticado para além de sua capacidade. O segundo era baixo e de meia-idade, e usava um simples terno preto. Sua expressão era serena, a boca quase enterrada na barba grisalha. O terceiro era mais alto e usava um uniforme imperial azul, com adornos de ouro no colarinho e casaca de punhos largos. O bigode aparado se estendia por cima de seu lábio superior, e ele olhava para os demais com o jeito de alguém acostumado a dar ordens.

— Deixe o povo nos substituir por autômatos — bufou o de rosto ruborizado em inglês — e os velhacos vão ser chamados para destruí-los dentro de um ano!

Amina se virou para ele, arqueando uma sobrancelha.

— Acha que eles serão menos competentes?

O homem riu baixinho.

— Nós pelo menos compartilhamos com a plebe a consanguinidade de pele, ossos, coração, sangue e paixão. Não a determinação fria e insensível de uma máquina.

— E, ainda assim, cá estamos — refletiu Amina. — Prontos para decidir se vamos ou não mandar essas pessoas para a guerra, para perder pele, ossos, coração e sangue. Talvez seria mais útil trocar parte da paixão por uma determinação fria e insensível.

O homem ergueu as sobrancelhas grossas, virando para os companheiros.

— Não disse que o sexo mais frágil logo nos ultrapassará na política e na filosofia? Marquem minhas palavras, nossos dias estão contados! — Ele se virou de novo, de bom humor. — Minhas desculpas, senhorita, ouvimos seu comentário e queríamos engajar com o assunto. — Ele encarou a qareen meio incomodado antes de voltar para Amina. — Diabos, a senhorita não é a princesa de Tuculor?

— Não existe mais Tuculor — respondeu Amina. — Mas sou uma neta do império.

Os olhos de Fatma se arregalaram. Princesa de Tuculor! Aquela era a neta de Alhaji Omar Tal, o místico errante da África ocidental que profetizara a chegada de al-Jahiz! Ele havia voltado para reconquistar sua terra natal em um autodeclarado jihad até que estados próximos se uniram para impedi-lo. Tuculor não havia sobrevivido ao seu fundador. O que restou se uniu em uma confederação de califados — que, junto com Socoto e com a ajuda dos djinns, repeliu os exércitos europeus. O legado de Omar Tal era complicado, para dizer de forma suave. No entanto, seus descendentes, como Amina, eram praticamente venerados.

— Permita-me fazer as apresentações — disse o inglês. — Eu sou lorde Attenborough, um representante de sua majestade. Este é o presidente Poincaré da França. — Ele apontou para o homem baixo com terno simples. — E o grande camarada emburrado ali é o general Zhilinsky, representante de vossa excelência de todas as Rússias.

— Posso perguntar, madame, o propósito de sua presença aqui? — inqueriu Poincaré com cordialidade. — Certamente os califados do Sudão ocidental não se envolveriam com qualquer conflito que pudesse acontecer na distante Europa.

Amina respondeu com um sorriso diplomático.

— Conflitos têm o hábito de se espalharem, como incêndio na mata. Os califados não iriam querer nenhuma... brasa perdida sendo jogada para o nosso lado.

Fatma analisou as palavras dela. Tanto os ingleses quanto os franceses haviam sido derrotados em suas tentativas de invadir a terra dela. Naquele momento, a França estava lutando com os territórios argelinos, e não era segredo que os califados apoiavam abertamente os movimentos de independência. Se a guerra viesse, sem dúvida se estenderia àquelas colônias. Brasas perdidas, de fato.

— Vamos ter esperança, então, de encontrar uma forma de resolver nossas diferenças sem levá-las ao campo de batalha — falou Zhilinsky. — Não sinto prazer algum em ter de mandar a cavalaria para ajudar nossos amigos franceses a se defenderem contra feitiços dos califados.

— O que é isso? — interrompeu uma voz. — Yakov, está falando de sua cavalaria de novo?

Um homem caminhava até eles, usando um uniforme militar todo branco, com dragonas igualmente brancas e enfeitado com medalhas e insígnias. Se tivesse uma competição de tais coisas naquela noite, ele claramente venceria. Ele era mais baixo que os outros homens, mas seus modos audaciosos mais do que compensavam sua estatura.

Nada daquilo fez Fatma hesitar. Nem mesmo o bigode do homem, castanho como seu cabelo aparado, mas com as pontas levantadas de um jeito que a fazia lembrar do próprio tio. Nem o pequeno grupo de homens o seguindo como servos obedientes. O que a deixou atônita foi a criatura empoleirada em seu ombro: pequena e robusta, com uma pele verde-escura, nariz fino e longas orelhas pontudas. Vestida para imitar o homem, condecorações inclusas, parecia uma boneca feia. O nome da coisa surgiu na mente de Fatma: um goblin. Ao lado deles, a qareen sibilou baixo.

O homem fitou os presentes, os olhos azuis absorvendo tudo em um só movimento amplo, antes de se virar para falar com Amina.

— Esses homens estão te incomodando com a falação, frau? Eles podem ir, se for esse o caso. — O inglês dele carregava um sotaque alemão, algo esperado dada a presença do goblin.

No momento, os olhos no rostinho enrugado da criatura estavam fechados com força. Até onde Fatma lembrava, eles passavam a maior parte do tempo naquele reino dormindo.

O presidente francês tensionou a expressão ao ouvir a zombaria, e o general russo se empertigou. Apenas Allenborough pareceu inabalável. Ele cumprimentou o alemão com uma mesura.

— Madame Amina, permita-me apresentar a vossa excelência, kaiser Guilherme II do Império Alemão e da Prússia.

Agora o goblin fazia sentido. A Alemanha havia convocado uma conferência das nações europeias em 1884 — dois anos após a derrota dos britânicos em Tel el-Kebir. Elas se reuniram em Berlim e decidiram que a colonização era a única forma de confrontar "a ameaça da magia", evitando assim que o Egito se estabelecesse. Cumprir tal missão se provou ser mais difícil do que esperado. Uma força ítalo-germânica mandada para a Etiópia foi destruída por completo em Adwa em 1896. Em 1898, a Grã-Bretanha foi novamente derrotada de forma espetacular em Omdurman. As metralhadoras, ao que parecia, não eram páreas para o que al-Jahiz havia libertado novamente sobre o mundo.

A Alemanha aprendeu sua lição com tais humilhações. Outras nações europeias negaram a magia, mas o novo kaiser a abraçou. Lendas alemãs eram coletadas e analisadas em busca de qualquer uso prático. Djinns não eram nativos do país, mas havia outras criaturas — e os goblins eram destaque entre elas. Diferentemente de seu predecessor, Guilherme II se abriu a propostas e solicitações por parte da Corte Goblin, permitindo que a Alemanha crescesse rápido com a perícia mágica e industrial das criaturas — talvez a única nação a realmente rivalizar com o Egito nesse âmbito. A barganha exigia que o líder alemão mantivesse um conselheiro goblin —, mas Fatma não sabia que o acordo demandava uma interpretação tão literal.

— Quando vi esta reunião, soube que seria a mais alegre daqui — comentou Guilherme. — Yavok! Vejo que Nicholas te mandou no lugar dele. — Ele se inclinou na direção de Amina, fingindo sussurrar. — Ouvi dizer que o czar mal consegue sair do país, com todas as revoltas e camponeses nas ruas. — Ele se virou, jovial, para o presidente francês. — Sempre bom te ver, Poincaré. Como estão as coisas na colônia? — Inclinando-se de novo, acrescentou: — Outra surra como a que a senhorita deu neles e eu não sei se terão muito império sobrando.

Amina apenas bebericou da taça, mantendo contato visual com Fatma. Não precisou falar para ser compreendida. Homens. Eles conseguiam ser tão infantis...

— Por que essa cara? Alguém morreu? — quis saber Guilherme.

Uma série de gritos de repente surgiu — seguido por um berro. Todas as cabeças se viraram.

— Talvez alguém tenha morrido *mesmo* — concluiu ele.

Fatma ficou alerta, esquadrinhando a multidão para ver o que tinha acontecido. As pessoas estavam recuando aos tropeços, com uma expressão atordoada no rosto. Ela lutou para ter algum vislumbre da cena, preparando-se para o que podia vir. Vários dignatários cambalearam para longe, enfim abrindo caminho. O coração dela pulou uma batida. Ali, em uma túnica escura, estava o homem com a máscara de ouro.

O impostor estava ali.

18

Fatma observou o homem com a máscara de ouro caminhando pelo jardim do palácio com um ar casual, as mãos atrás das costas. Por onde ele passava, todos ficavam em silêncio. Ele parou uma vez, virando-se para olhar para alguém. Abigail Worthington. Ela estava plantada no lugar, com os olhos arregalados. Quando os olhares se encontraram, o corpo dela amoleceu — foi amparada no último instante pelo jovem herdeiro abissínio ao seu lado. Desmaiou. Pelo menos não caiu em cima da mão de novo.

Fatma não fazia ideia de como o impostor havia passado pela segurança, mas ele cometera um erro. Havia agentes e policiais suficientes ali para prendê-lo. Nenhuma revolta o salvaria daquela vez. Ela já havia sacado a arma, preparada para contê-lo até a ajuda chegar, quando uma nova comoção irrompeu no meio da turba. Outra pessoa passando pela multidão, que se abriu uma segunda vez. Era o rei, seguido por seus guardas — a rainha e o primeiro-ministro vinham atrás.

— Este homem é um terrorista e um assassino! — gritou ele. — Prendam-no!

O impostor não se mexeu enquanto os guardas reais o cercavam, erguendo os fuzis. Em vez disso, olhou por cima da cabeça deles, dirigindo-se ao povo:

— Eu vim para vê-los esta noite sem nenhuma arma em punho. Tudo o que tenho são palavras. O rei do Egito inteiro teme um homem e suas palavras?

A pergunta era um desafio. E Fatma podia ver os olhos dele se voltando para o rei. Antes que o monarca pudesse responder, outra pessoa se pronunciou.

— Eu não tenho medo algum de palavras. — Guilherme deu de ombros, conseguindo não incomodar o goblin adormecido. — Vossa excelência, o senhor nos convidou para vir a seu país e nos manteve muito bem reclusos em seus palácios e jardins. Ainda assim, todos sabemos o que vem acontecendo nas ruas de sua cidade. Está na boca do povo, embora os outros sejam educados demais para mencionar. Agora, o homem em pessoa aparece. Eu gostaria de saber o porquê.

O impostor se virou para o kaiser.

— Para trazer verdades que outros podem esconder de vocês.

Isso evocou cochichos, que foram se erguendo pelo jardim em um burburinho.

— Quais verdades um homem escondido atrás de uma máscara pode revelar?

O rei aproveitou o momento para se reafirmar.

— Ele é uma fraude. Um charlatão. Ele alega ser quem não pode ser. Nada do que diz vale a pena ouvir.

— Peço licença, vossa excelência, mas talvez nós devamos julgar isso por nós mesmos. — Desta vez, foi o presidente francês que falou. Fez uma reverência, mas manteve o olhar no impostor.

O rei franziu a testa.

— Eu garanto. Independentemente de quem este charlatão alegue ser, está mentindo.

— E quem você alega ser? — perguntou Guilherme.

O impostor ajeitou a postura, o olhar flamejante.

— Eu sou al-Jahiz. Retornado.

Arquejos irromperam de todo lado. Boatos eram uma coisa. Ouvir aquilo sendo dito em voz alta, outra. Alguns ficaram boquiabertos. Outros pareciam incertos do que pensar. Uma voz se elevou para falar por eles.

— Você não é al-Jahiz. — Era o djinn sobrenaturalmente lindo, o conselheiro do rei. Ele saiu da multidão, mais alto do que os humanos a seu lado, os olhos pretos ardendo contra a pele branca como leite. — Você não chega aos pés dele. Um fingidor que ousa usar o título...

— Silêncio — ordenou o impostor, balançando a mão.

Para o espanto de Fatma, a cabeça do djinn estilingou para trás bruscamente, como se tivesse sido golpeada. A boca dele se fechou; o barulho dos dentes se chocando reverberou com um estalo. Ele ficou ali, confuso, apertando e puxando o queixo com força. Mas sua mandíbula não abria, como se tivesse sido soldada e selada. Seus olhos escuros tremularam e ele recuou, com uma expressão de horror arruinando o rosto perfeito.

A multidão caiu no silêncio ao ver o djinn acuado. Fatma ouviu Amina balbuciar uma prece ao seu lado enquanto a qareen se movia para ficar diante dela, protetora. Até o rei ficou quieto, encarando a cena como se não pudesse acreditar no que via. Seus guardas ficaram a postos, mas seus rostos demonstravam incerteza. O impostor não se importou com nenhum deles, fixando o olhar em Fatma. Não. Não nela. Nos líderes e dignatários ao redor dela.

— Você é tão notável quanto clamam os boatos — disse Guilherme no silêncio. Parecia tanto impressionado quanto cauteloso. Momentaneamente, sua atenção se voltou a Amina. — O que me diz, frau? Seu avô profetizou a chegada de um místico sudanês. É ele mesmo que retornou em carne e osso?

Atrás de Jenne, Amina encarava o impostor, ainda abalada. Mas logo se recompôs, respondendo ao kaiser alemão:

— Como devo sempre lembrar aos outros: eu não sou meu avô. O senhor precisará avaliar isso por si só.

Guilherme gargalhou, passando os dedos pelo bigode de pontas curvadas para cima.

— Suponho que o poder não corra no sangue. — Ele se virou de novo para o impostor. — Então, quais palavras precisa dizer?

— Devo perguntar o mesmo — acrescentou o presidente francês, o olhar curioso. — Quais palavras são tão importantes a ponto de você entrar de penetra em uma festa e arriscar uma captura certa?

O impostor esticou os braços longos, deixando o olhar vagar pelos presentes.

— Por que vocês todos estão aqui? Por que o rei do Egito convocou esta audiência?

— Para falar sobre uma paz duradoura — respondeu lorde Attenborough, sucinto.

— Paz. — O impostor repetiu a palavra como se fosse uma fruta estranha que havia colhido. — Vocês acham que o Egito é capaz de trazer paz a suas nações, mas não conseguem fazer isso por si mesmos. Seu povos bradam contra suas próprias injustiças. Sua corrupção e decadência os devoram por dentro.

— Deixe que cada nação cuide dos próprios problemas — retorquiu Guilherme. — Não estou aqui para julgar como um soberano governa seu povo. Se veio para me persuadir sobre tal assunto, está perdendo seu tempo. — De forma graciosa, meneou a cabeça para o rei, que respondeu com o mesmo gesto.

— Mas o Egito não está cuidando apenas dos próprios problemas — rebateu o impostor. — O Egito tem se envolvido com os problemas de todos vocês. Agora acredita que é uma grande potência, que se intromete com questões que estão muito além de suas fronteiras. Certamente, o sultão sabe disso.

Todas as cabeças se viraram para um homem que estava parado no meio do séquito do kaiser. Usava um terno turco com um fez vermelho; o rosto, coberto por uma barba rala, parecia pensativo. O sultão otomano. Fatma não o havia reconhecido, pois se comportava mais como um servo do imperador alemão do que como um igual.

— O outrora magnífico Império Otomano... — disse o impostor. — Agora é acossado por revoltas de todos os lados. Incapaz de reconquistar territórios, perdeu e perde mais a cada dia. É fraco e submisso, esperando que seus inimigos encontrem seus defeitos. — O impostor gesticulou para lorde Attenborough, o presidente francês e o general russo Zhilinsky. — O Egito veio em seu auxílio? O Egito ajudou a curar essas feridas? Não, ele apenas afundou mais a adaga.

— Isso é um ultraje! — berrou o rei. — O Egito tem tentado toda vez manter a integridade do Império Otomano. Buscamos soluções favoráveis para todos os lados.

Por mais que aquilo fosse verdade, o Império Otomano estava com problemas. O retorno dos djinns não havia concedido a eles os mesmos presentes que ao Egito. Os otomanos estavam espalhados demais por muitos continentes, com súditos que não tinham lealdade duradoura ao sultão. Nacionalistas surgiam em todo canto, alegando direito ao poder com base em tradições mágicas próprias. Enquanto isso, a Grã-Bretanha e a França se recusavam a devolver os territórios cedidos à força um século antes. Os russos encorajavam abertamente os movimentos de independência no Oriente. Manter o império era insustentável, mas ninguém queria ver um colapso absoluto. O Egito tinha trabalhado para evitar o caos completo.

— Forçá-lo a aceitar a independência armênia era uma dessas soluções favoráveis? — perguntou o impostor ao sultão. — Qual foi o resultado? Outras partes do império acreditando que podem fazer o mesmo? Acreditando que se lutarem o Egito aparecerá para oferecer uma... solução favorável?

O rosto do sultão ficou mais sério, e ele se virou para o rei.

— Vossa majestade de fato nos prometeu que conceder a independência aliviaria as queixas. Mostraria que o império podia ser razoável. Agora todo nacionalista clama por um Estado próprio, e minha fraqueza corre à boca pequena entre meu povo. — Algo ousado de se reconhecer, embora não fosse nada que os outros já não soubessem. As famosas conspirações e golpes contra o sultão eram de conhecimento comum. — Ainda assim, pedimos sua ajuda nos Bálcãs, e vossa majestade disse que não podia ir. Disse que não era problema do Egito.

O kaiser esfregou as mãos.

— Agora as coisas ficaram interessantes!

Fatma sentiu Amina apertar seu braço e se inclinar para perto.

— Ele vai virar um contra o outro! É como uma cobra que entrou em sua casa. Impeça-o.

Aquilo seria mais difícil do que a mulher imaginava. Pessoas demais ali estavam esperando por um motivo para puxar o tapete das outras.

Antes que o rei pudesse refutar, o presidente francês se pronunciou.

— Admito que achamos a convocação para essa reunião de cúpula de paz estranha dado o atual apoio do Egito às revoltas em Constantina e Argel. Podem até não ter mandado tropas e armas, mas seus djinns estão lá. Eles e os djinns locais dão apoio aos rebeldes, e o Egito não faz nada para cerceá-los.

O rei parecia exasperado com aquela linha de questionamento, e a rainha interveio por ele.

— O senhor, presidente Poincaré — disse ela, com uma graça estratégica que disfarçava sua origem humilde —, decerto não acredita que devamos responder por todos os djinns do Egito. Muitos não reconhecem as fronteiras delimitadas nos mapas humanos, já que têm caminhado por estas terras há séculos.

Poincaré fez uma reverência exagerada.

— Vossa Alteza sabe mais sobre os hábitos dos djinns do que eu. — Depois parou, olhando de novo para a frente. — Ainda assim, como o Egito acredita poder ser árbitro da paz entre as nações se não é capaz de conter os próprios cidadãos?

O impostor observava em silêncio — como um assassino que havia afundado o punhal em um ponto fraco e agora apenas esperava o sangue jorrar. Fatma nunca afastava o olhar dele.

— Eu, por exemplo — refletiu Guilherme —, acho curioso como o Egito consegue ser tão magnânimo ao providenciar um caminho para a paz e, ainda assim, ser tão avarento com suas maravilhas. — Houve novos resmungos entre os dignatários estrangeiros em meio à multidão. — A Alemanha teve que forjar seus próprios caminhos, já que o Egito se recusou a compartilhar seus segredos. Bem, isso não é verdade, não é? Algumas nações merecem mais do que outras, ao que parece. Yakov! Como estão indo aqueles gasodutos? E ouvi dizer que em breve estarão construindo um estaleiro para dirigíveis?

Zhilinsky retribuiu o olhar fixo.

— Não é da sua conta o que fazemos e com quem fazemos.

— Esses são programas de desenvolvimento — explicou o primeiro-ministro do Egito, em voz alta o bastante para que todos pudessem ouvir. — Não incluem qualquer maquinário que possa oferecer vantagem a uma nação sobre outra. O Egito está comprometido com sua neutralidade.

— E o que estão fazendo na Armênia? — pressionou o sultão.

— Mais do mesmo, majestade imperial — respondeu o primeiro-ministro. — Eu garanto.

— Garantias... — repetiu Guilherme, acariciando o bigode. — Eu não iria querer olhar para cima um dia e ver pesados cruzadores aéreos decorados com belas pinturas russas voando por cima dos Bálcãs para ajudar seus primos eslavos. — O tom dele se tornou cortante como uma lâmina sacada lentamente da bainha. — Seria um infortúnio se a Alemanha tivesse de ajudar nosso amigo sultão a derrubar uma frota. Até mesmo uma tão bela.

Zhilinsky o encarou.

— Apenas se quiser ver um milhão de soldados russos a caminho de Berlim para vingar a pátria mãe!

Um movimento repentino chamou a atenção de Fatma. O goblin no ombro do kaiser estava acordando. Ele abriu os opacos olhos amarelos e bocejou com a boca bem aberta para mostrar os dentes afiados. Aprumando-se, virou para o general russo e falou com uma voz rouca:

— A Corte Goblin não ficaria só olhando tal invasão acontecer. Sem dúvida incluiria obscenos rusalki e bagienniks, além de magia baixa. Consideraríamos isso um ato de guerra. — Ele fulminou o presidente francês com um olhar funesto. — Não pense que não estamos cientes das ofertas que vocês têm feito aos desprezíveis feéricos. Seríamos forçados a agir contra qualquer aliança provocativa com tais criaturas traidoras.

O rosto de Poincaré ficou vermelho.

— Ousa nos ameaçar? Monstro vil!

Tudo entrou em erupção depois disso.

O que antes era hostilidade se tornou gritaria. Um diplomata francês perto de Fatma empurrou seu equivalente alemão e uma escaramuça começou. Os guardas do rei o puxaram para trás, mesmo com ele implorando por ordem. Guilherme e Poincaré trocavam insultos a apenas um passo um do outro, enquanto Zhilinsky parecia preparado para lutar.

No meio de tudo isso, Fatma se esforçava para não perder o impostor de vista. Não afastara o olhar nem quando a discussão havia ficado mais acalorada, mas era gente demais. Algumas se agarrando. Outras tentando separar. Amina pedia calma bem alto, embora Jenne parecesse pronta para arrastá-la para longe se necessário. Fatma empurrou as pessoas para fora de sua linha de visão, tentando ver o lugar onde o impostar estava — vazio.

Ela praguejou, girando no lugar enquanto procurava. Ele não podia ter simplesmente desaparecido. Precisava estar ali! Os olhos desesperados captaram um deslumbre dele, e ela o encarou sem acreditar. O imposto estava parado e desimpedido do outro lado do jardim, observando a cena como um espectador. Como tinha chegado ali tão depressa? Era impossível! Os olhos dele se encontraram com os dela antes de ele se virar e se afastar.

Fatma saiu se espremendo às pressas entre as pessoas, empurrando outras para o longe. Quando enfim se libertou da turba, disparou em uma corrida. Os jardins em volta do palácio eram imensos. As festividades da noite estavam acontecendo apenas em uma porção deles, e ela o vira indo para uma área sem iluminação — onde palmeiras e moitas esculpidas por topiaria formavam uma pequena floresta densa. A agente estava no meio do caminho até lá quando alguém a alcançou.

— Imagino que o lugar para onde você está indo — disse Siti —, qualquer que seja ele, deva ser o lugar certo!

Fatma olhou para a mulher de canto de olho — correndo enquanto segurava a bainha do vestido branco. Tinha torcido para que Hamed, Hadia ou algum outro agente a tivesse visto, mas Siti nunca era a pessoa errada para se ter junto em uma briga.

— Ele foi por ali! — bufou Fatma, apontando com a bengala.

Elas chegaram às árvores, adentrando a área sombreada enquanto olhavam em volta. Siti respirou fundo, como se examinasse o ar. Depois apontou com o queixo.

— Por ali.

Fatma não discutiu; àquela altura, sabia que podia confiar nas estranhezas da mulher. Elas correram, passando por moitas em forma de animais organizadas como um labirinto, virando para um lado e para outro antes de finalmente verem a presa.

— Pare! — gritou Fatma.

O impostor não diminuiu em nada o passo, disparando para se abrigar em meio a algumas árvores. Apontando a arma para o alto, a agente puxou o gatilho. O tiro faria os guardas e os soldados descerem para aquela área. Ótimo. Também causou outro efeito desejado: forçou o impostor a se virar. Ele as encarou por trás da máscara de ouro antes de erguer a mão para disparar algo que parecia um jato de areia no escuro. Não, areia não. Cinzas. Os pontinhos rodopiaram pelo ar, rapidamente se convertendo em uma única figura mascarada vestida de preto. O ghoul de cinzas. Em um piscar de olhos, havia dois deles. Ambos seguiram adiante enquanto o mestre ficava para trás, observando.

Fatma não tinha a menor intenção de deixá-los se aproximar. Ela mirou. Ao lado dela, Siti puxou a parte de baixo do vestido com força — que se rasgou para revelar uma calça branca enfiada em botas. Amarradas a uma das pernas havia peças metálicas, que ela soltou e começou a encaixar uma à outra. Fatma esperou até os dois ghouls de cinzas estarem perto o bastante para acertar no escuro... e atirou.

Ela aprendera duas coisas naquela noite no Cemitério. Quanto mais a criatura se dividia, mais fracas eram as duplicatas. Além disso, o que quer que fosse feito com uma afetava também a outra. O tiro atingiu a da esquerda, que berrou enquanto sangrava cinza preta. Sua cópia sacolejou, vertendo cinzas de uma ferida igual. Ela atirou de novo, apenas na primeira. Acertou todos os disparos, diminuindo o avanço de ambas.

— Aqui! — Siti se voluntariou. — Me deixe tentar.

Quando Fatma se virou, viu que a companheira segurava um bacamarte de cano largo. Ela estivera carregando aquilo em peças sob o vestido o tempo inteiro? A arma disparou com um estrondo horripilante; o tiro perpassou um dos ghouls de cinzas, fazendo membros inteiros saírem voando. Siti avançou, recarregando e atirando enquanto andava. Depois de quatro disparos, não restava muita coisa além de um torso cambaleando sobre duas pernas despedaçadas. Ela girou a arma como um taco, esmagando os restos até virarem poeira.

— Impressionante — disse o impostor. — Mas temos assuntos inacabados. — Ele esticou a mão direita, sacando a lâmina barulhenta do nada e a apontando para Siti. — Me lembro de ter enfiado isso no seu corpo. Ainda assim, cá está você. Como é possível?

Siti abriu um sorriso afiado.

— Tenho muitas outras surpresas para mostrar.

Fatma sacou a própria espada.

— Sabemos o que você pegou dos cofres.

O impostor sacudiu a arma, provocativo.

— Não há como esconder coisas de mim.

— O que quer com isso? O que está planejando?

Ele ergueu o dedo até os lábios da máscara de ouro, como se pedisse silêncio.

— Os Nove Lordes estão dormindo — cochichou ele.

Fatma franziu o cenho. Nove Lordes? De que raios ele estava falando?

— Os Nove Lordes estão dormindo — repetiu ele, cantarolando. — Queremos mesmo acordá-los? São capazes de queimar sua alma só de olhar em seus olhos!

Fatma cerrou os dentes. Será que, uma vez na vida, os vilões podiam parar com aqueles malditos enigmas?

Siti grunhiu ao lado dela.

— Vamos continuar conversando ou vamos resolver logo as coisas? — Siti vestiu as garras; só faltava dançar de ansiedade.

— Agora! — gritou Fatma, correndo.

O impostor também estava em alta velocidade quando o alcançaram. Fatma atacou, rechaçando um golpe da lâmina cantarolante, e depois brandiu a própria lâmina na direção do oponente. Siti atacou com a intenção de retalhar, com as garras soltando fagulhas ao arranhar a espada. Algo novo as motivava, diferentemente da noite no Cemitério. Siti tinha visto seus amigos serem difamados e atacados. Fatma havia visto o Ministério queimar. As lembranças abasteciam a determinação de ambas. Aquilo terminaria naquela noite!

Com uma explosão repentina de força, Siti colidiu contra o impostor. Suas garras passaram pela defesa dele, rasgando a frente da túnica do homem. Ele baixou a guarda e recuou, mas recebeu um chute rápido no peito que o fez se estatelar. Gemeu alto ao cair no chão, e a espada preta desapareceu em uma névoa. Siti gritou em vitória, agachando para preparar o bote, mas ele ergueu a mão coberta por cota de malha.

—Não! — A palavra saiu cortante, como uma ordem.

E, de maneira bem inesperada, Siti ficou imóvel.

O impostor expirou, surpreso.

— Claro! Pensei mesmo que fazia sentido, mas não tinha como ter certeza. De que outra forma você poderia ter sobrevivido à minha lâmina?

Fatma encarou Siti, sem entender. O que estava acontecendo? A mulher apenas ficou parada ali, com os músculos tensos e preparados, pronta para atacar.

Mas ela parecia incapaz de se mexer, como uma estátua congelada no lugar. Aquilo era um novo feitiço? Ela ergueu a própria espada e a apontou para o impostor.

— Desfaça o que quer que tenha feito! — ordenou ela.

Ele riu. Era a primeira vez que ela o ouvia rir. E seus olhos queimaram, brilhantes. Perigosos. Ele pronunciou uma palavra. Algo no idioma dos djinns. Fatma teve a impressão de que era algo como "revele" ou "se torne". O olhar de Siti se virou para Fatma, cheio de algo que ela nunca vira antes na mulher: medo. Então, a mudança começou.

Para Fatma, foi como se Siti tivesse simplesmente desaparecido. No lugar dela, agora havia uma mulher com um rosto que ainda carregava certa semelhança com a mulher que ela conhecia. Mas era mais alta, de um jeito sobrenatural, e tinha a pele preta como nanquim. Dois chifres de carneiro, vermelhos e curvos, irrompiam da cabeça dela para terminar em pontas afiadas, e seus olhos eram como os dos gatos — pupilas vermelho-sangue formando fendas verticais contra um dourado iridescente. Fatma levou um tempo para compreender o que estava vendo. Mesmo assim, não fazia sentido algum. Siti não havia se tornado outra mulher. Tinha se tornado uma djinn.

— Você não sabia. — Uma nova alegria marcava a voz do impostor. — Isso vai tornar tudo ainda mais agradável. — Ele se virou para Siti, dessa vez falando em árabe: — Mate.

Fatma foi jogada no chão antes de conseguir raciocinar. O ar deixou seus pulmões depressa quando teve o corpo esmagado por algo pesado. Alguém estava em cima dela, com os joelhos pressionando forte seu peito para mantê-la no solo. Ela lutou para respirar. Mas alguém estava com as mãos em seu pescoço, enforcando-a. Não alguém. Siti. Era Siti que a estava enforcando.

A agente chutava freneticamente, tentando escapar daquele pesadelo. Porém, se Siti já era mais forte antes, parecia inumana agora. Fatma tentou focar apesar da dor, encarando o rosto estranho, mas familiar — repleto de raiva e com os dentes arreganhados, expondo os longos caninos afiados. O olhar dela subiu e se encontrou com o de Siti. Olhos de djinn. Abrindo os lábios, Fatma se esforçou para respirar, lutando para chamar a mulher pelo nome.

— Siti.

O som saiu tão fraco que Fatma mal reconheceu a própria voz. Ela esperava que ouvir o próprio nome pudesse romper o transe assassino que havia tomado a outra mulher. Perpassar sabia-se lá qual poder que a controlava. Contudo, nada aconteceu. Ela lutou para respirar mais uma vez e tentou de novo:

— Abla.

Nada ainda. Nem mesmo o menor sinal de reconhecimento. Era como se a mulher não tivesse ouvido. E Fatma se lembrava agora de onde havia visto olhos como aqueles antes. Zagros. O djinn bibliotecário tinha a exata mesma aparência quando tentara matá-la. Um rosto que mais parecia uma máscara de raiva com olhos mortos. Olhos sem vida. Como se nada vivesse por trás deles.

A garganta de Fatma espasmava enquanto o ar era espremido dela. Continuava se esforçando para se salvar, mas ao mesmo tempo havia um desejo de deixar para lá. De não lutar. De se deixar ir para um sono calmo. Só por um momento. Sentia as pálpebras pesadas. O mundo foi ficando distante e até a dor enfraqueceu até não passar de um entorpecimento fraco que parecia ser o problema de outra pessoa.

Não! Uma parte teimosa dela gritou, desafiadora, sacudindo-a de volta para a consciência. O mundo desabou ao redor dela novamente em uma onda de sentidos. O peso de Siti em cima de si. A dor. A incapacidade de respirar. Em sua cabeça, a voz teimosa persistia, incentivando-a. *Lute!,* ela ordenava. *Você não vai morrer aqui! Deste jeito! Lute pela por sua maldita vida!*

Fatma se forçou a abrir os olhos de novo — e se viu encarando não o olhar sem vida de Siti, mas sim um broche em forma de leoa rugindo pendurado no que restava do vestido da mulher. Estendendo a mão, ela tocou a peça de prata. Era prova de seu desespero o fato de sequer pensar que aquilo pudesse funcionar. Os dedos dela roçaram a pequena joia; com o que sobrara de sua força, arrancou o item da roupa de Siti e o colocou diante daqueles olhos mortos de djinn.

— Sekhmet.

A voz dela saiu ainda mais fraca do que antes, quase um sussurro inaudível, quando ela pronunciou o nome da deusa sepultada. Mas o resultado desesperado que buscava foi imediato: os olhos de outro alguém surgiram de repente por trás do olhar vidrado de Siti. Nada morto, definitivamente, mas algo que ia além da vida. Não antigo, mas perene — como se tivesse visto as estrelas nascerem e queimarem. Eles encaravam Fatma com a curiosidade de uma leoa avaliando um rato, ou como se o vasto deserto escaldante contemplasse a existência de uma gota de chuva. Fatma se sentiu minúscula sob aquele olhar, um cisco de poeira sendo levado por uma tempestade violenta — e pensou que pudesse secar sob sua intensidade, derreter com a fúria de cem sóis. Em seguida, tão rápido quanto surgiram, os olhos aterrorizantes desapareceram, deixando para trás o olhar de djinn. Mas não mais sem vida. Não mais vazio. E repleto de puro terror.

Siti — ou a djinn que ela havia se tornado — afastou com força as mãos do pescoço de Fatma. Em um só movimento, ficou de pé e cambaleou para trás e para longe, com o corpo tremendo. Balançou a cabeça ferozmente de um lado para o outro como se estivesse tentasse se livrar de algo, antes de um grito angustiante escapar de sua garganta. Inesperadamente, um par de grandes asas penosas irrompeu de suas costas, esticando-se. Elas bateram freneticamente, fazendo a djinn se erguer do chão. Em instantes, estava alta no céu, disparando para longe pela noite.

Fatma observou tudo, deitada de lado, tentando respirar. Quanto tempo havia durado tudo aquilo? Minutos? Segundos? Luzes lampejavam em sua cabeça. Mais uma vez, ela precisou se esforçar para não apagar. Haveria tempo mais tarde para tentar entender o que tinha acabado de acontecer. Haveria tempo mais tarde para pensar em Siti. Haveria tempo mais tarde para tentar remendar os retalhos de sua vida.

Em vez disso, seus olhos perscrutaram a escuridão. Ela encontrou o impostor, procurando Siti nos céus antes de se virar e se afastar. Algo dentro de Fatma rosnou como um animal. Ela levantou com as pernas fracas e cambaleou para a frente, pegando a primeira coisa que encontrou. O bacamarte abandonado. Sem munição. Mas ainda era útil. Disparando em uma corrida hesitante, ela chegou o mais perto possível do impostor e soltou um assovio agudo. Ele se virou, surpreso, e ela o golpeou.

Ele não estava esperando. Provavelmente achava que ela estava morta. Ou incapacitada. Erro dele. Ela ouviu um estalo satisfatório quando o cano da arma colidiu com força contra algo. A máscara de ouro quebrou de um lado, girando para longe. Ele recuou aos tropeços, cachos pretos escapando do capuz — antes de seu rosto *ondular*.

Fatma arregalou os olhos, vendo a pele escura do homem marolar como água. Ele colocou a mão onde havia sido golpeado, por dor ou para suavizar a distorção. Tarde demais! Soltando o bacamarte, ela esticou a mão para agarrar um punhado de cachos enquanto levava a outra até sua janbiya. Conseguiu pegar apenas uma mecha quando ele se afastou, a faca cortando o ar de cima para baixo. Algo golpeou a mão de Fatma, e ela saiu voando, dando várias cambalhotas — até que a noite explodiu em fogo.

O ifrite.

Ele pareceu se materializar da escuridão, um inferno vermelho-sangue na forma de um gigante, com chifres brilhantes e olhos fundidos. Um vento tórrido soprou as árvores e moitas esculpidas do jardim, transformando tudo em piras. Ainda apertando o rosto, o impostor cambaleou até subir nas costas do djinn que o esperava. Sua montaria abriu asas flamejantes e, com um salto, decolou, carregando seu mestre para longe.

Fatma os observou desaparecer antes de mancar até onde a máscara de ouro estava caída. Ao pegá-la, encontrou o cacho de cabelo escuro que conseguira cortar. Suas mãos apertaram os dois com mais força enquanto um pensamento preenchia sua mente.

O rosto dele havia ondulado!

19

Em cima do palco do Jasmim, um trombonista sozinho fazia um solo a plenos pulmões. Frog, como Alfred era mais conhecido, não havia recebido a alcunha que evocava a semelhança com um sapo por sua baixa estatura. Ou por sua voz grave. Mas sim pelos sons que tirava do trombone — algo entre um coaxar e um estrondo, inspirado, segundo ele, pelo anoitecer na baía pantanosa de sua terra natal, Nova Orleans. Naquela noite, ele tocava uma melodia sombria, sustentando notas longas enquanto suas bochechas se enchiam e ele assoprava.

O lugar estava menos cheio do que de costume — efeito colateral da inquietação na cidade. O proprietário djinn caminhava desanimado entre seus garçons ociosos, os olhos presos à porta enquanto esperava por clientes.

Bem, pensou Fatma com tristeza, ao menos tinham ela.

A agente não se lembrava de ter decidido ir para lá. As coisas tinham ficado um pouco confusas depois que a polícia e os guardas do palácio a encontraram entre as moitas queimadas. Ela se lembrava de entregar a máscara dourada quebrada e a madeixa de cabelo para Hadia. Depois disso saíra vagando, com a mente fixa em uma coisa: Siti se transformando em djinn. Ou melhor, em duas coisas: Siti tentando matá-la. Quando fechava os olhos, via aquele olhar inumano — sem vida, enquanto Siti a sufocava. Ela deveria ter ficado enjoada. Brava. Magoada. Mas estava apenas entorpecida. Naquele estado atordoado, acabara ali.

— Melhor ir com calma.

Fatma se virou e viu Benny. A corneta de prata dele estava entre os dois, como um freguês silencioso. Ele fez uma careta para o copo da agente.

— Precisa de uma bebida de verdade para afogar suas mágoas. Não dá para resolver nada com refrigerante de salsaparrilha.

— Com folhas de hortelã e chá — balbuciou ela.

Ele balançou a cabeça, olhando para ela de soslaio.

— Deve ter sido uma noite e tanto.

Fatma baixou os olhos para o próprio blazer, que carregava marcas de queimado e um rasgo no ombro. Ela também havia perdido o chapéu-coco, o que a deixara com os cachos pretos e aparados pendendo ao redor da cabeça de forma bagunçada.

— As últimas duas semanas têm sido longas, Benny.

Ele entornou a bebida.

— Trabalho ou vida pessoal?

— Ambos. — Ela terminou seu drinque e gesticulou para o bartender, pedindo outro.

— Essas são as piores. Tem a ver com a dona Encrenca? Vocês duas brigaram?

Fatma quase riu, com os olhos disparando para a porta. Uma parte dela queria que Siti entrasse a passos largos, usando um vestido escandaloso. Como se isso fosse fazer tudo que havia acontecido naquela noite desaparecer.

— Sempre que eu e minha garota tínhamos problemas, parecia que o mundo inteiro estava em chamas — relatou Benny. — Ninguém, ninguém mesmo, era capaz de nos magoar do jeito que magoávamos um ao outro.

Fatma resistiu à vontade de perguntar se essa garota dele já tinha se transformado em um djinn de mais de dois metros e tentado quebrar o pescoço dele.

— Então eu tentava lembrar dos bons momentos — prosseguiu o músico. — Sem deixar o percalço nos destruir. Cedo ou tarde, a gente voltava a ficar juntos. Era tão certo quanto a chuva.

— Sua garota já guardou segredos, Benny? Sobre ela mesma?

Ele colocou o dedo na ponta do nariz. Levou um tempo para Fatma entender o significado, até que esfregou o próprio nariz e um pouco de fuligem saiu em seus dedos.

— Normalmente, a gente não guarda segredos para magoar outras pessoas — disse ele. — Não estou dizendo que não vão magoar, mas não é intencional. Geralmente, guardamos esses segredos profundos porque temos medo do que as outras pessoas podem pensar. Como podem nos julgar se souberem. E não tem julgamento que a gente mais teme do que aquele da pessoa para quem entregamos o coração. Além disso, todo mundo tem segredos. Até você, aposto.

Depois disso, lá ficou ele com sua bebida, respeitoso o bastante para deixá-la com seus pensamentos enquanto o trombone chorava suas lamúrias.

Ela saiu do Jasmim depois de cerca de uma hora. Havia um limite de quanto refrigerante de salsaparrilha um corpo conseguia aguentar. Abotoando o que restava de seu blazer, ela caminhou pelos becos perto da rua Muhammad Ali. De cabeça baixa, colocou a bengala debaixo do braço e curvou os ombros, esperando transmitir que queria ser deixada em paz. Ela esperava especialmente que quem quer que tivesse começado a segui-la — os passos pesados óbvios no silêncio — entendesse a ideia. Suspirando, parou embaixo de um arco perto de uma série de pequenos degraus e falou com a voz clara e direta:

— Olha, eu ando tendo momentos difíceis. Na última semana, lutei contra ghouls, um feiticeiro e um marid enlouquecido, e encarei um ifrite. Se quiser lidar com isso, então vá em frente e me teste. Só quero que saiba no que está se metendo.

Houve um silêncio seguido por um resmungo gutural familiar.

— Seus dias andam bem cheios, agente.

Fatma se virou, curvando os ombros.

— Boa noite, Ahmad.

O autodenominado deus do Culto de Sobek se esgueirou das sombras. Parecia ter passado por mais mudanças. Estava mais corpulento, e se movia com um gingado estranho. Por baixo da túnica marrom dava para ver partes da pele cinza pálida e uma protrusão em seu rosto, como um focinho. Os penetrantes olhos verde-escuros pareciam mais do que nunca com os de um crocodilo. O que o homem estava fazendo consigo mesmo?

— Boa noite, agente Fatma — respondeu ele com um chiado rouco.

— Não conversamos sobre você me seguir por aí? Achei que a gente tinha concordado que era bizarro.

Ele estendeu as mãos em um pedido de desculpas — ambas agora dotadas com membradas e garras pretas.

— Malesh. Só quero conversar.

Fatma se agachou nos degraus, as costas voltadas para a passagem em arco. Não estava com vontade de ir para casa ainda mesmo.

— Então converse.

Ahmad se abaixou na frente dela, mesmo parecendo ter dificuldade em fazer isso. Sacou um Nefertari do bolso, o rosto inumano questionando: *se importa*? Ela assentiu. Ele manipulou o isqueiro de escaravelho de prata em um espetáculo elaborado antes de dar uma tragada e inclinar a cabeça.

— Você está bem, agente?

— Pareço tão mal assim?

Os olhos verdes do homem a analisaram.

— Sim.

— Valeu.

— Quer dizer, você não parece você mesma. Vejo além de carne e osso, vejo o espírito. O seu parece... ferido. Estou aqui, se precisar de alguém. Para te ouvir, digo.

Ela o encarou. Será que ele achava que ela queria descarregar os problemas nele? Um homem que acreditava ser um deus antigo e que agora estava se desfigurando? O que tinha dado aquela coragem a ele?

— Ah, então quer saber o que está ferindo meu espírito? — perguntou ela em um tom acalorado. — Ótimo! Vou te dizer tudo, até que você se engasgue!

E foi precisamente isso o que fez. Contou a ele sobre a busca infrutífera que era seu caso. Sobre o ataque ao Ministério. Sobre o que havia acontecido naquela noite. E sobre Siti. Sobre aqueles olhos sem vida que buscavam a morte de Fatma. Quando terminou, ela se sentiu arrasada, mas pelo menos não estava entorpecida.

— Então, isso... — começou Ahmad. Depois pigarreou. — Pensei que você fosse me contar sobre suas inseguranças e talvez sobre alguns conflitos interpessoais com seus colegas de trabalho. Meio que não estava esperando tanta coisa assim. Você está *mesmo* cheia de problemas!

— Que grande ajuda — ela disse a ele, irônica.

— Sinto muito que tudo isso tenha acontecido com você, agente. — Ele ofereceu o cigarro a dela.

Fatma hesitou, depois aceitou e deu uma longa tragada. A fumaça do tabaco rodopiou pelas narinas, chegando à língua — e ela se engasgou. Dava para contar em uma mão quantas vezes havia fumado um cigarro, mas aquela estava sendo de longe a pior experiência.

— Que coisa horrível. Tem gosto de...

— Chulé? — sugeriu ele.

— Por que você fuma esse treco se ele é assim tão ruim?

— Não é à toa que chamam isso de vício.

Ela devolveu o Nefertari a ele.

— Você sabia? Sobre a Siti?

Ahmad negou com a cabeça.

— Mesmo estando familiarizado eu mesmo com... transformações. Espero que vocês duas consigam encontrar uma maneira de seguir em frente. Também estou familiarizado com amor e perda.

As palavras dele a abalaram, como sempre faziam. Ela lutou para emergir de seus próprios problemas e luto, imaginando a dor que ele carregava.

— Eu não desisti do caso, Ahmad. Vou encontrar esse impostor. Vou prendê-lo. Sua... Néftis terá justiça.

Os olhos reptilianos a analisaram. Pareceu satisfeito, com o que quer que tivesse visto.

— A justiça vem aos perversos na hora certa. A balança de Tote assim exige. — Ele ficou de pé, soltou a bituca do cigarro e a esmagou com o pé. — Obrigado, agente.

— Pelo quê?

— Por tentar. Por decidir que Néftis importava.

Ele se virou para ir embora.

— Espere — chamou Fatma. Ele virou a cabeça para trás, fixando nela os sinistros olhos verdes. Ela os analisou, tentando ver se havia outra pessoa, ou qualquer outra coisa, a encarando de volta. — Você acredita mesmo que tem um... — ela gaguejou — ... deus vivendo dentro de você?

— O pedaço de um deus. Uma gota em um oceano. — Ele semicerrou os olhos, curioso. — E o que foi, agente, que você viu esta noite?

Fatma se agitou com a pergunta, irritada pela estranha percepção dele. Não respondeu, colocando outra questão em vez disso:

— O que está acontecendo com você agora é escolha sua? Ou é algo que está sendo feito com você, pelo seu... — ela gaguejou de novo — ... deus?

Ahmad pareceu refletir antes de dar de ombros.

— Quando se tem fé, isso não importa.

Com essas palavras finais, ele a deixou ali, avançando com seu gingado esquisito para dentro das sombras, como um deus de volta ao seu reino.

Era quase meia-noite quando Fatma chegou ao apartamento. *Você precisa ir para casa em algum momento*, sua mãe dizia com frequência. Ela vislumbrou dois vultos usando jelabas azuis parados na porta do prédio, em uma discussão acalorada. Um era o bewab, Mahmoud. O segundo... Fatma franziu a testa. O outro homem parecia demais com Mahmoud. A mesma estatura corpulenta. O mesmo cabelo grisalho com entradas. Quando ela chegou perto, os dois se viraram para ela com uma expressão de surpresa, e ela estacou. Havia dois Mahmoud. O mesmo rosto marrom avermelhado, as mesmas sobrancelhas grossas — até mesmo o olhar, capaz de avaliar e julgar alguém em um instante. Ela ficou atônita, e se perguntou se aquela noite tinha finalmente afetado sua mente.

— Boa noite, capitã — cumprimentou um dos Mahmoud.

— Sabemos o que isso deve parecer — disse o outro.

— Mas podemos explicar — completou o primeiro, com as palmas expostas.

Fatma olhou de um para o outro.

— Tem dois de vocês? — Ela precisava confirmar aquilo primeiro.

— Sim — responderam ambos.

Foi um alívio.

— Qual de vocês é o Mahmoud?

— Eu sou o Mahmoud.

— E eu também sou o Mahmoud.

Sério?

— Então qual de vocês é meu porteiro?

Os dois trocaram um olhar constrangido.

— Nós dois.

Ela assentiu, embora aquilo não fizesse sentido algum.

— Vocês vão explicar...?

— Tanto meu irmão quanto eu somos bewab neste prédio — disse um Mahmoud.

Gêmeos. Essa parte ela já havia deduzido.

— Eram dois de vocês esse tempo todo?

— Quando a gente veio para o Cairo, não foi fácil achar trabalho — falou um deles. — Todos querem mecânicos para as fábricas ou esperam que você tenha habilidade com maquinários. O que velhos como nós sabem de coisas assim? Esse foi o melhor emprego que a gente encontrou.

Fatma ouviu, as coisas começaram a fazer sentido: como Mahmoud sempre parecia estar em serviço, ou como passava a impressão de nunca dormir, ou como sabia tudo o que acontecia.

— O proprietário do prédio sabe?

Um Mahmoud negou com a cabeça.

— E por nós continuaria assim. Costumamos trocar de turnos em silêncio, fora de vista. — Os dois fizeram expressões idênticas de vergonha. — Fomos descuidados esta noite. Irmãos brigam.

— O proprietário só paga um de vocês? Por que fazer o dobro do trabalho sem receber o dobro do pagamento?

— É mais complicado do que isso — respondeu um. — Nos ofereceram um lugar para dormir e morar, contanto que a gente cuide do prédio.

— E cuidamos tão bem — continuou o outro — que recebemos mais do que a maioria dos bewabs da cidade em lugares semelhantes, wallahi.

— Mais do que o dobro, wallahi! — exclamou o primeiro. — O proprietário faz isso porque acredita que é um homem só fazendo um trabalho tremendo. Se sente bem em saber que é generoso com o pagamento. Se ele descobrisse que tem dois de nós...

Fatma achava que entendia. Era a fraude perfeita. Mais ou menos. Talvez? Estava um pouco perturbada por ter sido enganada por tanto tempo. Que tipo de detetive era aquela que não sabia o que estava acontecendo bem diante de seus olhos? Lembranças de Siti surgiram em sua mente, fazendo sua barriga se contorcer.

— O segredo de vocês está seguro comigo — disse a eles.

— Que Deus a tenha, capitã — falou um dos Mahmoud, grato. — Nós Sa'idi sempre podemos contar uns com os outros para guardar nossos segredos.

Os olhos dele recaíram na roupa desgrenhada da agente.

— O Ministério está te fazendo trabalhar duro, mais que o normal. — Ele baixou a voz, como se estivesse passando uma informação secreta. — A gente ouviu dizer que o palácio foi atacado!

Claro que tinham ouvido. Fatma apenas assentiu, sem querer entrar no assunto.

— Pegue o filho da mãe que está causando esses problemas! — exclamou o outro Mahmoud enquanto a conduzia para dentro. — Não acreditamos nas mentiras dele! Não estou nem aí se ele for al-Jahiz que retornou duas vezes, wallahi!

— Wallahi, o lugar dele é em uma prisão! — completou o irmão.

Ela entrou no edifício, depois parou para olhar de novo para eles.

— Como vocês mantêm isso? Fingir ser uma pessoa, sabendo que precisam esconder o que são?

Os dois homens deram de ombros.

— Já sabemos quem somos — respondeu um.

— Todo mundo faz o que precisa ser feito — disse o outro. — A primeira lição que aprendemos no Cairo.

Bem, ela não podia culpá-los por isso. As pessoas encontravam um lugar naquela cidade como podiam.

Ela subiu de elevador. Quando chegou à porta de casa, vasculhou os bolsos atrás da chave antes de abrir e entrar. O lugar estava escuro. Assim como ela o havia deixado. Mas não estava vazio.

Siti estava sentada na cadeira da varanda com a cabeça entre as mãos e Ramsés esparramado em seu colo. Ao ver a porta abrir, ela colocou o gato no chão e ficou de pé, avançando um passo. Fatma recuou, mais por instinto, e Siti estacou, imóvel e com as mãos cerradas em punhos ao lado do corpo. Nenhuma delas falou, até Fatma fechar a porta. Siti deu alguns passos trêmulos, diminuindo o espaço entre as duas. Seu olhar escuro carregava preocupação, e manchas em seu rosto mostravam a trajetória das lágrimas.

— Você está... — começou a mulher, com tremor na voz.

Ela esticou a mão, e Fatma tentou não se encolher. Os dedos de Siti recuaram antes de tentar de novo, tocando o tecido que Fatma usava no pescoço. Hadia havia dado o hijab para ela quando vira as feridas. As mãos de Siti estavam trêmulas enquanto ela soltava o tecido. Quando viu os hematomas profundos ali embaixo, seu rosto pareceu se deformar.

— Me desculpe — sussurrou ela.

Algo na declaração fez uma pontada de raiva se espalhar por Fatma, e ela lutou para controlar suas emoções conturbadas. Afastando-se, voltou a envolver o pescoço com o hijab e se sentou com tudo na beirada da cama.

— Você é uma djinn — disse ela. Mais uma afirmação do que uma pergunta.

— Sim — respondeu Siti, em voz baixa. Mesmo depois de ter visto aquilo com os próprios olhos, a confissão espantou Fatma, e ela respirou fundo para se acalmar. — E não — continuou Siti. — Quer dizer, sou meia-djinn. Ou seja lá como isso funcione.

Fatma ergueu o rosto em um movimento brusco. "Meio-djinn" era como as pessoas geralmente se referiam aos nasnas, criaturas incômodas que eram literalmente o que o nome descrevia: um ser com metade de uma cabeça, metade de um corpo, e até mesmo só um braço e uma perna. A agente havia recebido sua janbiya de presente por banir um nasnas particularmente desagradável que estava causando problemas ao clã de dignatário de Azd que estava de visita ao Cairo. Mas não era àquilo que Siti estava se referindo. Ela estava falando de algo mais fantástico, algo sobre que até mesmo o Ministério sabia pouco.

— Um de seus pais era um djinn — raciocinou Fatma. Era a única coisa que fazia sentido. Se é que alguma coisa daquilo fazia. — Seu pai.

O rosto de Siti ficou tenso. Ela voltou até a cadeira, abrindo espaço ao lado de Ramsés e envolvendo o próprio corpo com os braços.

— Eu não sei muita coisa sobre ele. Minha mãe diz que apareceu para ela na primeira vez como uma brisa gargalhante enquanto ela cuidava das cabras. A segunda vez foi como uma chuva de moedas caindo do céu. Na terceira, surgiu como um homem, alto, lindo e com chifres de ouro, pele que brilhava como ébano polido e olhos cintilantes como a luz das estrelas. — Ela bufou. — Ou pelo menos é assim que minha mãe se lembra. Ela era só uma menina. Não tinha nem quinze anos. Ele provavelmente havia vivido centenas de vidas. O caso deles foi curto, apenas longo o bastante para o entreter até ele vagar atrás de um novo capricho qualquer que chamou sua atenção. O bastante para me deixar na barriga dela.

Fatma absorveu tudo. O Ministério debatia muito sobre aquela possibilidade. Djinns não tinham apenas voltado ao mundo, tinham se tornado parte dele — trabalhando, vivendo e interagindo com humanos. Que faziam sexo era uma conclusão óbvia. Boatos sobre a insaciabilidade carnal de alguns djinns era material de piadas e músicas indecentes. Mas também havia relacionamentos, alguns sérios. A procriação de djinns, pelo menos com outros djinns, continuava envolta em mistério. Ninguém nunca tinha visto um djinn bebê ou criança. Meios-djinns, no entanto, eram populares em histórias e lendas antigas. Diziam que Bilkis, a rainha de Sabá, era meia-djinn, entre outras personalidades famosas — todas com a reputação de terem sido agraciadas com poderes sobrenaturais. Com o retorno dos djinns, o Ministério previa que o mundo entraria de novo na era de pessoas que não poderiam mais ser chamadas meramente de humanas — nascidas de linhagens mágicas e com capacidades imprevisíveis e desconhecidas.

— Qual delas é você de verdade? — perguntou Fatma. — A pessoa sentada aqui agora ou...

A imagem do ser inumano que a agente vira naquela noite lampejou em seus pensamentos: aqueles chifres curvados de carneiro, os dentes afiados e os olhos felinos.

— As duas sou eu. Sou exatamente quem você está vendo agora. Como me vejo a maior parte do tempo. E às vezes... sou quem você viu mais cedo. Eu sei, é difícil de entender.

Aquilo era um eufemismo. Fatma tivera mais facilidade de entender os dois Mahmoud. Lembrou da tia de Siti, madame Aziza. O que a velha havia dito mesmo? Que Siti era como o vento. *Tem muito do pai nela.* Aquelas palavras tinham um novo significado agora. Muitas coisas tinham. As habilidades aparentes de Siti — a magia que lhe dava velocidade, permitindo que escalasse paredes ou saltasse distâncias humanamente impossíveis. A existência daquela magia sempre deixara Fatma com a pulga atrás da orelha, mas ela nunca tinha perguntado. *Talvez você não quisesse mesmo saber. Talvez soubesse que a resposta levaria a algo assim.* Outro pensamento adentrou sua cabeça. A emoção desorientadora que ela sentia quando estava perto de Siti. Os toques quase elétricos da mulher. Não, na verdade o pensamento havia estado ali a noite inteira. Ela só estava finalmente confrontando-o.

— Você já... — Ela precisou engolir em seco para continuar. — Você já usou magia de djinn em mim? Foi você que fez a gente acontecer?

Siti a encarou como se tivesse recebido um tapa. O choque se transformou em mágoa, e depois em raiva que lampejou em seus olhos.

— Eu nunca faria isso. Não sou o meu pai. Não achei que você precisaria perguntar. — A voz dela tremia de novo, dessa vez com todas as emoções que passavam por seu rosto.

— Não? — Fatma retorquiu, tomada pelas próprias emoções. — Você mentiu para mim. Como esperava que eu reagisse?

— Eu não menti. A pessoa com quem você ri, com quem dança, com quem divide a cama, com que lava seu cabelo... Essa sou eu!

— Mas aquela outra pessoa também é. Você mesma disse. As duas são você.

Siti não discutiu, ficando em silêncio.

— Eu queria te contar — disse ela, enfim. — Muitas vezes cheguei perto disso. Mas como podia falar sobre o que sou para a agente Fatma, do Ministério de Alquimia, Encantamentos e Entidades Sobrenaturais? Estou bem ali, nas últimas palavras do maldito título. Tudo que eu via era você me olhando como algo digno de curiosidade. Uma espécie a ser estudada. Apenas outra *coisa* que precisa ser resolvida.

Ramsés miou, um aviso de que elas estavam falando muito alto, e Fatma sentiu o rosto corar. Será que aquela teria mesmo sido sua reação? Estava sendo parte da reação naquele momento? Ela se lembrou das palavras de Benny sobre segredos. *Geralmente, nós guardamos esses segredos profundos porque temos medo do que as outras pessoas podem pensar. Como podem nos julgar se souberem.* Talvez fosse algo a considerar. Mas havia mais coisa em jogo ali.

— Aquela outra versão de você tentou me matar esta noite. — Ela levou a mão ao pescoço por puro reflexo. — É algo que você não consegue controlar? Quando é... uma djinn? — Ainda era difícil falar a palavra.

Siti fechou os olhos, como se encarar a lembrança fosse difícil demais.

— Quando sou minha outra eu, me sinto... livre. Tudo é apenas... *maior*. Cada sensação. Cada percepção. E eu amo isso. — Ela abriu os olhos de novo, encarando Fatma. — Sabe para onde vou à noite? Quando deixo sua cama antes de amanhecer? Voar. Pairar sobre a cidade. Ah, se você pudesse ver Cairo do jeito que eu a vejo, como uma joia cintilante ao alcance da mão! — Ela estica o braço para imitar o movimento, um instante de alegria iluminando seu rosto. — Eu não tenho histórias tristes para te contar. Não sou uma personagem trágica de um conto, perdida entre dois mundos. Eu me deleito com quem sou. Com o que sou. — Sua voz ficou firme. — Aquele monstro tirou isso de mim. Tirou minha liberdade. — Ela tocou a têmpora com o indicador, o rosto contorcido enquanto procurava as palavras para explicar. — Eu conseguia ouvir a voz dele. Na minha cabeça. Como se ele estivesse dentro de mim, gritando para que eu não pudesse ouvir mais nada. A parte de mim que sou eu se perdeu no meio daquela voz. Eu tentei lutar contra, mas ele apenas me empurrou para o lado. Eu estava lá, mas não estava. Enterrada em algum lugar longe, submersa, enquanto meu corpo fazia o que *ele* queria. O que *ele* ordenava. Entende o que estou dizendo?

Fatma analisou o rosto de Siti, e o que viu ali a deixou abalada. A pessoa mais ousada e imprudente que ela já havia conhecido estava aterrorizada. A agente se lembrou de estar encarando os olhos sem vida de uma meia-djinn. Zagros estava com aquele mesmo olhar vazio no rosto quando havia tentado matá-la. Ela se lembrou do conselheiro djinn do rei, forçado a ficar em silêncio. E de um ifrite domado como se fosse um cão de caça leal.

— O impostor... ele consegue controlar djinns — disse ela, sem fôlego. A revelação a fez estremecer.

Siti assentiu, séria.

— Ele é mais perigoso do que a gente pensava. Bem mais.

Ela estava sendo bondosa em colocar as coisas daquele jeito. Não era apenas perigoso, era um desastre! Pior, aquele impostor tinha um plano. Tudo que tinha feito era metódico, com propósito. E agora havia roubado os itens necessários para recriar o Relógio dos Mundos. Nada daquilo era bom. Na verdade, era terrível. Elas tinham subestimado profundamente o que estavam encarando.

Fatma olhou para Siti. Correu os olhos pelo contorno do rosto da mulher, que agora encarava a cidade além da sacada, imaginando seus dedos passando por aquelas curvas.

— O que a impediu, então? De me matar?

Siti olhou para trás, solene, e depois soltou um riso surpreendente, secando uma lágrima de uma das bochechas.

— Você. Essa sua voz bonita chamando meu nome. Foi como uma corda atirada em um buraco escuro. Eu a peguei e subi, até conseguir sair.

Fatma ficou em silêncio. Siti podia ter ouvido sua voz, mas não havia sido o nome dela que quebrara o transe.

— Você não reagiu quando te chamei pelo nome — disse ela, enfim. — Você só reagiu a isso.

Ela pegou uma joia de dentro do blazer, esculpida no formato de uma leoa rugindo. A agente não havia descartado o broche desde que o arrancara da roupa da mulher. Siti pegou a peça de prata, perplexa. Então ela não fazia ideia. Não tinha lembrança alguma do que de fato havia acontecido.

O primeiro instinto de Fatma foi não dizer nada. Contudo, já não havia segredos suficientes entre elas? Ela suspirou por dentro e, respirando fundo, começou a explicar — tão bem quanto era possível explicar aquilo — o que ela acabara invocando e o que vira por trás dos olhos da mulher.

Quando terminou, Siti sussurrou uma oração desconhecida.

— Abençoada Senhora da Chama, Filha do Abate. Aquela pela qual os dois céus se abriram de imediato quando que ela se revelou em seu esplendor! — Ela fixou os olhos arregalados em Fatma. — Você foi abençoada por ter olhado no Olho de Rá!

— Eu te digo que vi... algo... à espreita dentro de você, e essa é sua única reação?

Siti encolheu de leve os ombros.

— Sou uma filha da deusa. Ela faz comigo o que desejar.

Fatma não sabia dizer por que, mas por algum motivo aquela resposta a irritou.

— Além do mais — continuou Siti —, ela apareceu para você.

— O que isso significa?

— Eu fiz orações para a Senhora Abençoada. Entreguei oferendas. Rezei para muitos de seus nomes. Ainda assim, ela nunca revelou o rosto para mim. Você a chamou e ela apareceu. — Siti parou, pensativa. — Talvez você e a deusa compartilhem uma ligação especial. Uma sobre a qual você não sabia até então.

Aquilo, decidiu Fatma, era absolutamente aterrorizante. Sussurrou a própria oração e mudou de assunto.

— Você fugiu — disse ela, em tom acusatório. — Quando voltou a si. Você só... me deixou lá.

Siti abaixou a cabeça.

— Eu precisava. Quando vi o que tinha acabado de fazer. Sabendo que eu podia ser usada, como uma *coisa*. Não podia confiar em mim mesma. Eu precisava ir para o mais longe dele possível.

Fatma passou a mão pelo cabelo.

— Eu não a culpo pelo que aconteceu esta noite — disse ela, enfim, surpresa por estar sendo sincera. — Você estava sendo usada, e sei que não teria feito o que fez intencionalmente. — O alívio que tomou o rosto de Siti fez com que fosse difícil dizer o resto. Fatma seguiu em frente mesmo assim: — Mas não posso simplesmente fazer as coisas serem como antes. Você escondeu uma parte sua de mim. Mesmo tendo um bom motivo. — Ela sempre sentira que estava apenas recebendo partes da mulher, apenas o que ela queria compartilhar. Agora sabia que era verdade. E isso machucava. Mais do que ela gostaria de admitir. — Vai levar um tempo para eu lidar com isso.

Ela levou a mão ao lenço no pescoço. Algumas feridas se curavam mais rápido do que outras.

Siti ergueu a cabeça de novo.

— Tempo é algo que tenho de sobra — respondeu ela, séria.

Fatma ficou atônita.

— Está dizendo que é imortal?

— O quê? Deuses, não! Estou sendo metafórica.

— Isso é um alívio. Acho que não seria nem um pouco capaz de te suportar se descobrisse que você vai viver para sempre.

Tecnicamente, djinns não viviam para sempre. Ainda assim, contavam séculos como pessoas contavam décadas.

— Bem, não vou viver um milênio inteiro — explicou ela. — Talvez eu veja um século. Ou dois? Ninguém sabe ao certo.

Fatma a encarou, boquiaberta. De repente, lembrou-se de outra estranheza daquela noite.

— Quando perguntei ao impostor sobre o Relógio dos Mundos, ele respondeu com uma música. Alguma coisa sobre os Nove Lordes.

— Os Nove Lordes que estão dormindo — lembrou Siti. — Que são capazes de queimar sua alma.

— Você sabe o que isso quer dizer?

Siti pensou por um momento.

— Parece um conto sobre djinns. Existem vários. Sempre sobre um djinn mau a que deveríamos agradecer por não ter passado pelo Káf. Mas não me lembro de nada sobre Nove Lordes. Talvez seja outra história sobre djinns governantes?

Com certeza havia muitos desses. Quase todos eram fábulas ou versões distorcidas da verdade. No folclore popular, por exemplo, havia um rei djinn lendário que governava o Monte Káf, uma terra de maravilhas fantásticas na beira do mundo. Al-Jahiz mostrara que, em vez de uma montanha escondida, o Káf era uma realidade em outro reino — ou reinos.

— Eu quero ver você — disse Fatma. — A outra você.

Siti ergueu as sobrancelhas ao ouvir o pedido.

— Tem certeza?

Na verdade, não, pensou Fatma. Ela havia tomado a decisão apenas alguns instantes antes. Mas parecia algo que ela precisava fazer.

Vendo sua determinação, Siti ficou de pé e se aproximou, estendendo a mão.

— Vou devagar.

Fatma segurou os dedos dela e sentiu um leve formigamento. Então, diante de seus olhos, Siti se transformou. Sua pele escura foi ficando preta até cintilar. Chifres de um vermelho intenso surgiram em sua cabeça, dobrando e se curvando para cima enquanto o corpo inteiro dela ficava mais alto. Ela indo devagar ou não, a transformação terminou em um piscar de olhos. Aos pés de Siti, Ramsés ronronou. Ele havia pulado da cadeira, e agora se esfregava nas pernas dela.

Fatma ficou de pé, correndo os dedos pelas novas mãos de Siti, aquelas com garras de verdade, esforçando-se muito para não se lembrar do que elas haviam feito naquela noite. Depois subiu para os braços de Siti, sentindo os músculos tesos embaixo das escamas pretas e lisas — tão minúsculas que era difícil ver onde elas se ligavam. A agente precisou ficar nas pontas dos pés para tocar os chifres, deslizando as pontas dos dedos pelos sulcos.

Siti emitiu um murmúrio baixinho vindo da garganta, tomando a cabeça de leve antes de olhar para baixo com os olhos vermelhos de gato que reluziam em dourado.

Fatma recuou.

— Eu te machuquei?

— Não é isso. — A voz dela era quase igual, apenas mais profunda. — Os chifres têm certas... zonas de prazer.

Zonas de prazer? Aquilo era novo.

— Você não tinha asas?

Fatma quase pulou para trás quando, em resposta, duas imensas asas pretas e vermelhas se abriram nas costas de Siti, as pontas carmim tocando o teto. Pela primeira vez, a agente percebeu que combinavam com o tufo de cachos acomodado entre os dois chifres da cabeça raspada da mulher. Ramsés se equilibrou nas pernas traseiras para dar tapinhas nas penas, mas elas estavam fora de seu alcance. Ele pulou na cama, tentando obter um ângulo melhor.

Fatma deixou escapar um risinho.

Siti franziu o cenho.

— Qual a graça?

— Você. Você é bonita para caramba. Mesmo como meia-djinn, continua bonita como sempre.

Siti sorriu. Tocando suavemente o queixo de Fatma, ela se curvou até os lábios das duas se encontrarem. *Definitivamente elétrico*, pensou Fatma, entregando-se ao beijo. Precisou de determinação para se afastar e dar um passo para trás, quase tropeçando.

— Desculpa. — Siti se encolheu. — Eu disse que te daria tempo. É só que... você tocou o chifre e...

Fatma recuperou o fôlego, deixando a adrenalina passar.

— Sei que você disse que nunca fez nada para fazer nossa relação acontecer. Mas você não é a primeira mulher que beijei. E nenhuma me deixa desnorteada.

— Eu nasci, em partes, da magia — respondeu Siti.

— E...? É assim que consegue fazer as coisas que faz?

— Isso me torna mais forte. Mais rápida, mais ágil. E quando eu realmente me importo com alguém, essa magia é exercida sobre a pessoa também. Talvez você descubra que agora se cura mais rápido. Ou que acorda descansada como se tivesse dormido por dez horas mesmo dormindo só duas. — Houve uma pausa constrangedora. — Pode ser que eu também consiga sentir ou saber onde você está em um determinado momento. — Os olhos de Fatma se arregalam em reação, e Siti acrescenta depressa: — Nada disso é para te enganar. Não sou capaz de fazer você se comportar de um jeito que não se comportaria normalmente. Não é algo que posso controlar, assim como não posso controlar o que sinto por você.

Havia tanta coisa que Fatma teria que reavaliar sobre os últimos meses... Ela suspirou, depois pensou em outra coisa.

— Como suas roupas estão intactas? — Apontou para a roupa preta que Siti ainda vestia, o traje que costumava usar quando andava por aí de noite. — Você é bem maior assim. Sem contar as asas.

— Meios-djinns não podem fazer muitas magias complexas. Não como os djinns completos. Mas mudar o vestuário para que ele não rasgue e a gente acabe seminu é bem básico. Demora um tempo para aperfeiçoar, claro. Estraguei tantas roupas quando era pequena que minha mãe... ai!

Ramsés havia saltado da cama, e agora estava pendurado na parte de baixo de uma das asas de Siti. Ela se transformou de volta e o gatinho caiu no chão em um borrão de pelo prateado. A meia-djinn pegou o animal no colo e sacudiu diante de seu focinho o dedo indicador, que Ramsés atacou com tapinhas brincalhões.

— *Tem certeza* de que ele não é um djinn? — perguntou Siti.

Fatma se sentou, observando a mulher e o gatinho.
— Temos que impedi-lo. O impostor.
Siti se juntou a ela, ainda com Ramsés no colo.
— E a gente vai.
Os três ficaram ali: uma agente do Ministério, uma meia-djinn e um gato (provavelmente), encarando a cidade adormecida além da sacada que, de alguma forma, tinham que dar um jeito de salvar.

20

A cafeteria abissínia estava razoavelmente vazia para uma quinta-feira às dez da manhã. Mas isso não era tão surpreendente. A cidade estava assolada por novos medos desde que ficara sabendo sobre o que tinha acontecido na cúpula de paz. A fábrica de fofocas do Cairo estava fazendo hora extra: al-Jahiz descera em uma bola de fogo, massacrando todos com sua espada; não, ele havia pairado sobre as costas de um ifrite, fazendo chover fogo do céu; o rei fugira do país e retornaria com um exército inglês; não, havia sido o rei que massacrara al-Jahiz com sua própria espada, e agora os Jahiziin queriam vingança.

Fatma lia os jornais matutinos quando um eunuco sólito chegou para entregar o café, colocando na mesa uma xícara de porcelana branca antes de dizer mecanicamente "Buna tetu". A frase em amárico — literalmente "beba café" — havia se juntado à língua franca do Cairo à medida que os cafés da Etiópia ficavam mais populares. Agora era um comentário educado e até mesmo um cumprimento entre os frequentadores mais chiques das cafeterias. Alguns desses estavam por ali naquele momento, com seus paletós pretos reveladores e chapéus fez pretos — as mulheres com estilosos vestidos escuros e hijabs muito brancos. Soltavam frases como "pós-neofaraônico" e "epistemologias da modernidade alquímica", com os olhos escondidos atrás de óculos de lentes escuras e os lábios tragando lentamente cigarros finos — talvez para mostrar quanto desafiavam o pânico que tomava a cidade.

Ou só estavam sendo estranhos. Bom para eles de qualquer forma, decidiu Fatma.

A agente voltou aos jornais. A cúpula de paz ainda estava acontecendo. Apesar do fiasco da noite anterior, nenhum dos representantes ou líderes havia partido — todos participando de um jogo de demonstração de superioridade e bravata. O rei teria muito trabalho. Bem, isso era problema dele. Fatma já tinha coisas o bastante com as quais lidar.

A porta se abriu, e Hadia entrou, sentando-se diante dela. Trocaram um bom-dia e chamaram o eunuco sólito para anotar outro pedido. Quando o homem-máquina se afastou, Hadia olhou para Fatma, esquadrinhando-a.

— Vai me dizer o que aconteceu com seu pescoço?

— Não — respondeu Fatma, bebendo o café.

Não havia nem se dado ao trabalho de colocar um lenço, optando por uma camisa listrada azul com colarinho alto. Mas não suficiente para esconder tudo. Hadia fez uma careta, como uma avó reprovadora.

— Você parece descansada. Isso é bom. — Ela estreitou os olhos. — Até seu pescoço parece melhor. Mal consigo ver os hematomas. Como isso é possível?

Fatma deu de ombros, uma das mãos esfregando a área de onde a dor havia quase desaparecido. Não havia um jeito apropriado de explicar que tinha uma amada meia-djinn. Ela havia dormido muito bem também, e ao acordar vira que seu cansaço havia sumido e sua mente estava alerta. Pela primeira vez, Siti tinha ficado lá, encolhida e adormecida na cadeira. Compartilhar uma cama naquele momento era esquisito. Mas nenhuma delas havia desejado passar a noite sozinha.

Hadia continuou:

— Depois que você foi embora — havia repreendimento em seu tom? —, eu não esperava te ver esta manhã. Por que mandou mensagem para que eu a encontrasse aqui e não no escritório?

Ela aceitou uma xícara oferecida pelo eunuco sólito, provando e fazendo uma careta antes de colocar mais açúcar.

— Ainda temos um caso para solucionar — lembrou Fatma. — Depois da noite passada, os líderes da cidade estão destinando todos os recursos à caça ao impostor.

— Imaginei. Tem novos agentes por todo escritório. Pedindo nossos arquivos... Bem, ordenando que a gente os entregue, na verdade. Passei as últimas duas horas relatando tudo que descobrimos, mas acho que eles iam preferir falar com você.

— Aposto que iam — resmungou Fatma. Provavelmente eram agentes vindo de Alexandria, ali para tirá-la à força de seu próprio caso. — É por isso que não estamos nos encontrando no escritório. Tenho informações que ainda não quero compartilhar.

Ela se inclinou para a frente e, em voz baixa, contou o que sabia. As sobrancelhas de Hadia se erguiam a cada revelação.

— Ele consegue *controlar* djinns? Como isso é possível?

— Não sei — respondeu Fatma.

Ela balançou a cabeça, surpresa.

— E eu achando que a parte do Relógio dos Mundos era a pior... Aí veio um ifrite, domado como um cavalo. Zagros tentando te matar. O conselheiro do rei tendo a boca selada. Tudo isso resultado do impostor controlando djinns. Como você descobriu?

— Não posso dizer. — Ela omitira referências a Siti, claro. — É... complicado.

Hadia a analisou de novo, aqueles olhos castanhos e avaliadores dela se estreitando ao pousar no pescoço da outra agente.

— Deixe para lá — disse Fatma. — A gente precisa focar. E estamos basicamente por nossa conta.

— Você acha que, se chegar no Ministério, isso possa causar pânico.

— Eu *sei*, e *vai* causar. Se souberem por aí que esse impostor é capaz de controlar djinns, a cidade vai explodir. Eu também sei como os líderes funcionam. Já estão assustados e constrangidos com o que houve na noite passada. Eles acabariam insistindo em agrupar os djinns, alegando ser pela segurança pública.

Hadia pareceu horrorizada.

— Essa é uma ideia péssima! Existem milhares de djinns morando na cidade. Mais dezenas deles de passagem por aqui. Sem contar que quase todos são cidadãos do Egito. Eles têm direitos. Não vão aceitar isso de serem agrupados passivamente.

Fatma tinha certeza daquilo.

— Uma vez a gente precisou prender um jann, um elementar da terra. Evacuamos um quarteirão por segurança. Contratamos dois marid para nos ajudar. Conseguimos capturar o djinn no fim, mas metade do quarteirão foi reduzida a escombros. Se o governo tentar agrupar alguns milhares de djinns, não vamos ter mais que nos preocupar com esse impostor destruindo o Cairo. Já vamos ter feito isso por ele. — Ela abaixou a xícara. — E tem mais...

— Nove Lordes? — perguntou Hadia, incrédula, assim que Fatma terminou de contar. — Que queima almas? — Ela espalmou as mãos nas bochechas, balançando a cabeça. — Você ao menos tem boas notícias?

Na verdade, ela tinha.

— Na noite passada, quando quebrei a máscara do impostor, eu vi o rosto dele.

— Como isso pode ser uma boa notícia? A gente já tinha visto o rosto do impostor. Sudanês. Um pouco fanático.

— É... Mas, dessa vez, ele ondulou.

Hadia franziu a testa antes de a compreensão surgir em seu rosto.

— Um ilusionismo!

Fatma sorriu, triunfante. No momento em que vira a ondulação, ela soubera. Entre todas as coisas péssimas que haviam dado errado na noite anterior, aquela fagulha lhe dera forças.

— Ele é uma fraude! Se escondendo atrás de um ilusionismo! — Ela se inclinou para a frente. — Você percebeu? Alexander Worthington não estava na cúpula.

Hadia assentiu devagar.

— Você ainda acha mesmo que ele é o impostor?

— Foi nele que nossa investigação chegou.

— Mas por que tumultuar uma cúpula de paz que o pai dele ajudou a planejar?

Fatma não tinha uma resposta. Por que tumultuar o evento de qualquer forma? Uma coisa era semear o caos no Cairo, mas em um encontro internacional com líderes e dignatários de todo o mundo? Aquilo era aumentar consideravelmente o que estava em jogo. E tinha também o Relógio dos Mundos. Ainda a incomodava o fato de que a única coisa que faltava para aquele impostor, fosse lá quem ele fosse, era um motivo — ou uma conclusão. Ainda assim...

— A ausência de Alexander Worthington no momento em que al-Jahiz faz uma aparição é no mínimo suspeita — comentou ela.

Hadia mordeu o lábio.

— Eu conferi isso. Foi uma das coisas que você mencionou na noite passada antes de sumir. Parece que Alexander tentou ir, mas teve problemas com o carro. O motorista dele confirmou.

— Conveniente — bufou Fatma.

— Tem mais. — Hadia puxou uma pasta da bolsa, colocando-a sobre a mesa. — Mandei fazerem uma pesquisa sobre Alexander na semana passada. Os resultados chegaram esta manhã.

Fatma ergueu uma sobrancelha.

— Está dizendo que fez o que fomos expressamente proibidas de fazer?

Hadia corou.

— Tenho um primo que trabalha no Departamento de Imigração e Alfândega. Eu apenas sugeri que poderia ser bom dar uma pesquisada sobre Alexander Worthington enquanto estrangeiro. Verificação padrão de antecedentes.

Fatma abriu a pasta.

— Estou gostando muito dos seus primos. O que é isso?

— Registros da academia militar. Parece que Alexander não é exatamente o que aparenta, mas não do jeito que pode estar pensando. Viu a formação dele?

Fatma esquadrinhou a página. Alexander tinha passado mesmo pela academia militar, como alegava. Só que as notas dele não era nada boas. Deprimentes, na verdade.

— Último percentil — leu ela. — Ele quase não passou.

Hadia entregou outra folha.

— Lembra como ele ficou falando sobre ter servido na Índia? Passou a maior parte do tempo em campos de caça atrás da sagrada Makara. A única batalha que liderou foi um desastre. Ele e seus homens precisaram ser resgatados. Meu primo diz que o comandante dele não parava de falar sobre como Alexander era inútil como capitão. Ficou aliviado quando ele partiu para o Egito. — Ela balançou a cabeça. — Alexander não me parece ser muito genial. Parece mais um inglês medíocre.

Fatma analisou o arquivo. Ao que parecia, tinha sido o nome Worthington, mais do que mérito, que lhe garantira a patente de oficial. Ela fechou a pasta, sem ter certeza do que fazer com aquilo. Alexander ainda era a melhor pista. Ele *estava* envolvido. De alguma forma.

— Você não foi a única que desencavou coisas — disse ela. — Contatei um agente de apostas que conheço e perguntei sobre Siwa, aquele djinn ilusionista. — Khalid confirmou que o djinn era bem conhecido nos círculos de apostas; por fazer apostas pesadas, ter vitórias fantásticas e depois perder tudo com a mesma rapidez. — Siwa tem dívidas, como a gente já imaginava. O dinheiro transferido para ele foi direto para pagar uma parte delas... e fazer novas apostas. Mas está longe de provar alguma coisa.

— Então como conseguimos provas? — perguntou Hadia.

Fatma terminou sua bebida.

— Começamos com o que temos e seguimos daí. Você levou os objetos que te dei ontem à noite para o pessoal da perícia?

— Deixei lá antes de ir para casa. Falei para o atendente em serviço que precisamos de um resultado rápido.

— Ótimo. Vamos ver o que eles descobrem. — Ela se colocou de pé, ajeitando o chapéu-coco. — Aí vamos precisar conversar com nosso bibliotecário.

Entrar no Ministério depois do ataque era surreal — era como encontrar um paciente no meio de uma cirurgia. Os destroços tinham sido removidos, e pedreiros estavam remontando o símbolo do Ministério — colocando quartzo azul novo onde a rocha havia erodido. Bem lá no alto, em cima de um andaime, um djinn de pele azul com espiralados chifres pretos gritava comandos para uma equipe de funcionários pendurados em cordas por arneses de segurança. Eles remontavam as engrenagens sob as instruções frenéticas do djinn, gritos de "sim, ya basha-mohamandes, agora mesmo!" ecoando. Ela tinha ouvido dizer que o djinn arquiteto havia chorado quando vira o cérebro mecânico destruído. O antigo prédio estava morto e enterrado, mas ele havia construído um novo cérebro para fazê-lo viver de novo.

Os elevadores pelo menos estavam funcionando, operando temporariamente por eunucos sólitos. A agente sinalizou para o homem-máquina que subiriam até o terceiro andar e ficou olhando as portas se fecharem, abafando a cacofonia dos trabalhadores.

— Estou torcendo para que a dra. Hoda tenha algumas pistas para nós — ela disse a Hadia.

— Dra. Hoda? A chefe da perícia é uma mulher?

— Não sabia? Ela está no Ministério desde o começo. Mas não comente por aí para não causar um escândalo. Era mais fácil quando a sede ficava em Bulaque. O Ministério tentou mantê-la lá quando o novo prédio foi aberto, em 1900, e contratou um paranormalista forense para ser o representante público do departamento. Só que ele não era muito bom. Os agentes o contornavam, mandando tudo para a dra. Hoda. Ele ficou chateado, pelo que ouvi falar, e insistiu que teriam que escolher entre ela e ele.

— Acho que sabemos como terminou — deduziu Hadia quando as portas se abriram.

O Departamento de Perícia Sobrenatural ficava no terceiro andar — um labirinto de mesas cobertas por equipamentos e aparelhos de laboratório. Homens usando jaleco branco andavam de um lado para o outro, olhando amostras através de óculos espectrais ou tirando medidas com paquímetros. O laboratório tinha sofrido danos durante o ataque, já que ghouls alvoroçados haviam destruído instrumentos e virado mesas. Receberam o troco da dra. Hoda, que preparara uma poção alquímica para derreter os mortos-vivos em poças espessas. Ninguém mexia com o laboratório dela.

As agentes encontraram a chefe da perícia em uma sala com janelas escurecidas, sentada diante de um grande orbe de vidro cheio de um líquido claro sendo aquecido por um bico de gás. A dra. Hoda olhava através de uma geringonça estranha que cobria metade de seu rosto — com cerca de oito lentes de vários tamanhos, algumas retraindo ou se estendendo a um toque. O cabelo da mulher era um volumoso crespo grisalho como uma aureola, com alguns fios balançando negligentemente perto da chama acesa. Ela não parecia ligar, segurando com firmeza um conta-gotas na abertura no topo da esfera.

— Cubram os olhos — avisou ela, sem olhar para as recém-chegadas, e deixou um pequeno glóbulo de substância cair do conta-gotas.

A gotícula encontrou com um líquido claro, que se agitou em um radiante branco luminescente antes de emitir uma explosão brusca de luz.

Fatma piscou para afastar os pontinhos que dançavam em sua visão. Quando conseguiu ver de novo, o ambiente em volta delas havia mudado, banhado em manchas iridescentes que vibravam e zuniam. Ao lado dela, Hadia era uma silhueta em forma de mulher feita de cores mutantes. Até que tudo voltou bruscamente ao normal.

A dra. Hoda bateu a ponta de uma caneta no queixo antes de escrever em seu caderno. Quando terminou, tirou a geringonça do rosto e, em seu lugar, colocou um par de óculos normais. Bateu as pestanas enquanto analisava Fatma e Hadia, a pele negra enrugando nas têmporas salientes.

— Agente Fatma. Não te vejo no meu laboratório faz um tempo.

— Bom dia, dra. Hoda. Pensei em fazer uma visitinha. Essa é agente Hadia.

Os olhos pretos da dra. Hoda cintilaram.

— Uma nova agente mulher? Nem fiquei sabendo. Eu devia sair mais, suponho. Essa é a coisa certa a se dizer? — Ela apertou e sacudiu a mão de Hadia com entusiasmo. — Quando vão dar um jeito de conseguir uma mulher para cá? Só me mandam homens. Bem bonitinhos, mas tenho mais uns bons cinco anos antes de me aposentar, e quero deixar meu laboratório em boas mãos!

Fatma suspeitava que a doutora ficaria ali por bem mais do que cinco anos. Provavelmente teriam que empurrá-la para fora do laboratório direto para o próprio funeral.

— Você precisa levar isso para o diretor Amir. Ele parece ávido em conseguir mais mulheres para a sede do Cairo.

— Vou ter uma conversa com aquele rapazinho, então — dra. Hoda assentiu.

Ah, Amir iria *amar* aquilo.

— A agente Hadia deixou umas amostras na noite passada. Espero que você tenha conseguido dar uma olhada nelas.

Os olhos da dra. Hoda se arregalaram e ela pulou da cadeira.

— Sim! Sim! Vocês me deixaram um projeto e tanto. Venham.

Ela as conduziu para fora e as levou até outra sala. Lá dentro havia uma mesa sobre a qual repousavam dois itens familiares. Um era a máscara de ouro. Uma rachadura irregular se estendia a partir do ponto que Fatma havia golpeado, embora ainda desse para ver os entalhes deslizando pela superfície. O outro era a mecha de cabelo preto que ela havia cortado, os fios crespos presos juntos.

— O que estão vendo? — perguntou a dra. Hoda.

— Uma máscara? — respondeu Fama.

A doutora a encarou com uma expressão séria.

— Vou precisar que você seja um pouco mais detalhista.

— Uma máscara de ouro. Com entalhes que se movem por ela. Algum tipo de magia.

— Melhorou. Uma máscara de ouro com entalhes mágicos. Qual é a sensação?

Fatma suspirou por dentro e pegou a máscara. Era pedir demais receber respostas diretas pelo menos uma vez?

— Um pouco pesada. Suave. Exceto por essa rachadura que... — Ela parou, franzindo a testa enquanto os dedos corriam pela marca.

— Algum problema, agente?

— Eu usei uma arma para acertar a máscara de ouro, e ela quebrou. Ouro não deveria quebrar tão fácil assim.

— Muito bem — parabenizou a dra. Hoda. — Olhe de novo para a máscara.

Fatma o fez, e quase a deixou cair. A rachadura tinha sumido. A superfície da máscara estava imaculada — exceto por um pequeno afundado onde antes estivera o sulco.

— O que está havendo? — perguntou Hadia, igualmente espantada.

A dra. Hoda riu.

— Amassar uma máscara de ouro parece mais razoável, não é? Coloque o item sobre a mesa. Ótimo. Agora, não acho que isso seja ouro. Vou mostrar para vocês. Quando eu fizer, também não vão acreditar que é ouro.

Ela pegou um pequeno martelo de um kit de ferramentas próximo e, com um golpe firme, acertou a borda da máscara. Um pedaço se quebrou, e a perita continuou martelando o fragmento até ele virar um pó dourado.

— Isso é impossível — arfou Hadia.

— É um ilusionismo — sugeriu Fatma, compreendendo.

— Um ilusionismo — concordou a dra. Hoda. — Cuja magia funciona envolvendo o alvo na própria enganação. Quando você golpeou a máscara, provavelmente não estava pensando de forma consciente no fato de ela ser de ouro e em todas as propriedades que isso envolveria. Então ela quebrou. Contudo, agora pedi para você a identificar como sendo feita de ouro. Isso a fez até parecer mais pesada, como ouro. Quando você se deu conta de que quebrar uma peça de ouro maciço seria improvável, o ilusionismo se reajustou em um amassado para fazer mais sentido na sua mente. Agora eu semeei novas dúvidas, quebrando um pedaço da suposta máscara de ouro e a moendo até virar poeira. — Ela se inclinou para a frente, batendo o indicador embaixo de um olho. — Ainda acredita que é ouro o que está vendo?

Fatma negou com a cabeça.

— Não pode ser. Então por que eu ainda a vejo como se fosse de ouro?

— Porque você é teimosa — disparou a dra. Hoda. — Enquanto você disser para a máscara o que ela deve ser, ela continuará tentando atender às suas expectativas. Pare de esperar qualquer coisa. Só a deixe ser o que é de verdade.

Fatma olhou para a máscara. Deixe-a ser o que é de verdade. Como exatamente devia fazer isso? Ela a encarou por um longo tempo. Nada. Fez uma careta de desprezo. Nada. Pegou a máscara. Ainda estava pesada. Não, ouro era pesado. Só que aquilo não era ouro. Era só uma máscara. Aquilo era tudo que ela sabia de fato. O objeto podia ser feito de qualquer coisa. *Era só uma máscara.*

A mudança aconteceu depressa.

Em um segundo, Fatma estava segurando uma máscara de ouro quebrada. No seguinte, era outra coisa — opaca e cinza, com a rachadura de novo percorrendo seu comprimento. Pelo arquejo de Hadia, ela também viu.

A dra. Hoda riu alto, em triunfo. Pegou a máscara das mãos de Fatma e a virou, passando os dedos com cuidado na parte de baixo.

— Argila. — A perita apontou para a mesa, onde o pó de ouro havia se transformado em pedaços de barro quebrado. — É só argila.

Fatma encarou a bancada, descrente.

— Você sabia desde o começo?

— Não exatamente. Quando vi a rachadura, sabia que a máscara não podia ser de ouro. Mas não mudava para mim de jeito algum. O ilusionismo parecia sintonizado com você, tornando a sua percepção o ponto focal. Talvez por você ter sido a última a ver a magia tecida em volta da pessoa que deveria esconder.

— Mas a máscara parecia ser de ouro para nós também — comentou Hadia. — Está dizendo que é por que Fatma achava que esse era o caso?

— Esse tipo de magia costuma funcionar criando uma ilusão compartilhada — explicou a doutora. — Algumas pessoas em uma multidão veem um homem com uma máscara de ouro. Então, de forma contagiosa, espalham o engano para outras. Logo, todo mundo vê uma máscara de ouro.

— Quem seria capaz de criar esse tipo de ilusionismo? — perguntou Hadia.

— Ora, apenas um djinn. Esse impostor tem aliados djinns, pelo que ouvi.

Mais provável que estejam sob seu controle, corrigiu Fatma mentalmente.

— Um djinn ilusionista conseguiria fazer isso?

A doutora ponderou a pergunta.

— Pouco provável — concluiu ela. — Djinns ilusionistas são capazes de mudar a aparência de si mesmos ou de um lugar que habitam, onde são mais fortes. Provavelmente estão por trás das histórias sobre pessoas sedentas vendo água no deserto que, no fim, não está lá. Ou daquela do homem que recebe riquezas só para mais tarde descobrir que as joias cintilantes são rochas. Enganadores notórios. Seus ilusionismos desaparecem assim que não estão mais na proximidade. — Ela apontou para a máscara de argila. — Esse ilusionismo continuou funcionando muito tempo depois de ser separado de quem o teceu. Isso é magia potente, maior que a de um djinn ilusionista.

Fatma trocou um olhar decepcionado com Hadia. Não era obra de Siwa, então.

— E um ifrite?

Os olhos da dra. Hoda se arregalaram.

— Ah, sim! Magia de fogo! Muito potente!

Fazia sentido, raciocinou Fatma. Se pode controlar djinns, escolha o mais poderoso. Ela se virou para a mecha de cabelo.

— E isso aqui? Posso tentar fazer o que fiz com a máscara? Talvez também seja um ilusionismo.

— Definitivamente um ilusionismo — confirmou a doutora. — Fiz uma análise espectral da amostra. Está repleta de magia de djinn. Mas uma máscara é uma coisa, um objeto criado. Cabelo é um caso diferente. Pertence a esse impostor, é uma parte dele. Esse é o ilusionismo mais firmemente tecido. Você vai precisar tentar com muito empenho.

Ela o fez. Algumas vezes. Mas o cabelo continuou como estava.

— Não se culpe — confortou a dra. Hoda. — Estamos lidando com um ilusionismo muito forte. Sua mente não faz a menor ideia de como ver além disso. Posso usar um tratamento alquímico para facilitar para você.

— Quanto tempo vai levar? — perguntou Fatma.

A dra. Hoda se curvou para esquadrinhar a mecha de cabelo.

— Dias. Semanas.

— Não temos tudo isso. Precisamos de um resultado imediato.

— Às vezes os ventos sopram para o lado contrário do que o desejado pelos navios! — disparou a perita, parecendo espantosamente com a mãe de Fatma. — A solução para afrouxar ligações mágicas também pode dissolver o cabelo em si. Se for rápido demais, você vai acabar com nada. — Vendo o olhar fixo e insistente de Fatma, ela revirou os olhos. — Acho que consigo fazer algo que apresse a taxa de deterioração mágica, mas sem causar erosão física. Mesmo assim vai levar muitas, muitas horas.

— Quantas exatamente?

— "Muitas" significa "muitas" — reiterou a dra. Hoda, irritada. — É seu ilusionismo. Se quiser desvendá-lo antes, encontre uma forma de fazer sua mente ver além dele. Vá caçar umas pistas ou sei lá. Não é isso que você faz?

— Obrigada, doutora — disse Fatma, agradecida, sabendo muito bem quando não insistir.

Elas saíram do laboratório, deixando a perita seguir com seu trabalho. Entrando no elevador, Fatma deu uma ordem que não dava havia muito tempo.

— Andar zero.

Quando as portas voltaram a se abrir, estavam diante de um corredor ladeado com portas de madeira em arco inscritas com caligrafia vermelha. Andar zero era a designação oficial para o piso onde ficavam as celas mantidas pelo Ministério, criadas com a ajuda de djinns. Não havia guardas ali; as inscrições caligráficas serviam como proteção a até mesmo a mais poderosa das magias. Naquele momento, havia apenas um ocupante na prisão. Ela parou na porta e tirou a chave de ouro do bolso, encaixando-a na fechadura.

— Tem certeza disso? — perguntou Hadia. — E se ele ainda estiver... como estava?

— Não acho que funcione assim. O controle acaba no momento em que o impostor vai embora.

— Vamos nos precaver.

Ela pegou um bastão preto que estava pendurado na parede, preparando a alavanca até que a ponta bulbosa crepitasse. Fatma não podia julgar a precaução dela. Virou a chave, empurrando a porta para abri-la.

Zagros estava sentado em uma cama dobrável pequena demais para seu volume. O djinn bibliotecário estava vestido com seu costumeiro khalat de manga comprida, de costas para elas. Encarava uma parede branca, e nem se dignou a se mexer ao ouvir a porta. Havia uma tigela de comida intocada no canto, junto com um jarro de água.

— Bom dia, Zagros.

O djinn se empertigou ao som da voz de Fatma. A cabeça chifrada se virou lentamente, os olhos dourados a observando por trás dos óculos prateados. Não havia nada de morto naquele olhar agora. Apenas resignação. A agente e ele não haviam se visto desde o dia do ataque. Aquele primeiro encontro estava sendo tão constrangedor quanto esperado. Ele sustentou o olhar por um tempo antes de se voltar para a parede.

— Me desculpe pelo que ocorreu — balbuciou ele, fazendo tilintar os sinos nas presas de marfim.

Pelo menos ele estava falando.

— Por que não conversamos sobre isso? — Fatma puxou um banco e se sentou. Hadia a seguiu, com o olhar cauteloso e o bastão preto a postos. — Você está encarando sérias acusações. Além de tentar me matar, o Ministério acha que você ajudou na invasão do cofre. Que está mancomunado com o impostor.

Zagros não respondeu. Apenas ficou imóvel de novo, uma rocha entalhada na forma de um djinn.

— Mas sabemos que isso não é verdade, não é? — continuou Fatma. — Então por que está deixando que acreditem nisso? Por que não se defende?

Mais silêncio.

— O Ministério pode te manter aqui por um longo tempo. Com nada para fazer além de encarar essa parede. Provavelmente vão contratar outra pessoa para cuidar da biblioteca. Vão deixar que ela reorganize seus livros. Talvez que crie um novo sistema de organização.

As palavras dela evocaram um pequeno tremor no djinn, mas ele logo voltou a sua postura estoica.

Fatma franziu a testa. Ele devia estar mesmo muito perdido para ignorar aquilo. Era mais fácil jogar todas as cartas na mesa.

— Eu sei sobre a voz. Aquela na sua cabeça. Que te fez querer me matar. Sei que você a ouviu não só nos ouvidos, mas em todo lugar. — Aquilo certamente chamou a atenção de Zagros. Ele se virou de novo para ela, com os olhos esbugalhados. Ela prosseguiu, lembrando da descrição de Siti: — Sei que quando tentou me matar, não era realmente você. Que o verdadeiro você estava enterrado em algum lugar bem lá dentro. Que teve de se assistir fazendo todas aquelas coisas, sem poder impedir.

O queixo de Zagros caiu. Mil perguntas pareciam pairar em sua língua enquanto seus olhos buscavam respostas nos dela. Então algo pareceu se fechar dentro dele. A luz em seu olhar se esvaiu de novo, a expressão voltando a uma resignação entorpecida. Lentamente, ele se virou para a parede, voltando ao que parecia ter a intenção de encarar pela eternidade.

— Isso é ridículo! — disparou Fatma, perdendo a paciência. — Sei que você não tentou me matar. Sei que o impostor consegue controlar djinns de alguma forma. Por que está disposto a deixar todo mundo pensar que você é um traidor? Por que não se inocenta?

Um longo silêncio se estendeu antes de ele sussurrar:

— Eu não consigo.

— O que quer dizer com não conseguir? Está protegendo alguém?

— Eu não consigo. — As palavras ainda saíram sussurradas, mas mais obstinadas.

— Ou está apenas com vergonha de admitir o que aconteceu com você?

— Eu não consigo! — Sua voz parecia forçada a sair.

— Isso não é resposta!

Zagros se virou e, quando viu seu rosto, Fatma se assustou. Tinha assumido um lilás pálido — estava coberto de suor e contorcido de dor. Os lábios do djinn se moviam, lutando para colocar para fora o menor som.

— Ele não consegue responder! — disse Hadia, recuando. — Não vê? Ele está engasgando! Diga que não precisa responder!

Ela estava certa! Os músculos no pescoço do djinn estavam salientes, e seus olhos dourados se reviravam enquanto ele gaguejava. Fatma se colocou de pé em um pulo.

— Não estou mais perguntando! Pare!

Zagros soltou um longo arquejo, apertando o pescoço. Depois ofegou, antes de seus ombros caírem e a respiração voltar ao normal. Fatma, espantada, encarou Hadia, que apenas balançou a cabeça. O que diabos era aquilo?

— Você trabalha tanto — a voz de Zagros saiu baixa. — Para se aperfeiçoar. Para cultivar um ar impecável. E no fim, tudo pode ser tomado de você. Em um instante. — Ele ergueu os olhos dourados para encarar as agentes. — Sabiam que, na verdade, sou um meio-djinn?

As sobrancelhas de Fatma se ergueram. Outro meio-djinn? Ela analisou seu enorme tamanho.

— E a outra metade é o quê? — deixou escapar antes de conseguir se conter.

— Minha mãe era uma daeva — entoou ele.

Ah. Agora dava para ver. Daevas eram primos distantes dos djinns da Pérsia e das regiões próximas — embora alguns djinns recusassem o parentesco. Muito reclusos, o pouco que o Ministério sabia sobre os daevas vinha dos escritos zoroastrianos e do folclore oral. Algo em que todas as fontes concordavam era que, enquanto uma classe de seres, eles eram muito desagradáveis. E aquilo ainda era um eufemismo.

— Eu cresci com todos os estereótipos de ser meio-daeva — continuou Zagros. — Que nosso sangue daeva nos faz ter pavio curto. Que somos selvagens, indomáveis. Inclinados à violência e à destruição. A família do meu pai o alertou de que minha mãe talvez o despedaçasse membro a membro na noite de núpcias. Na verdade, ela só tentou fazer isso uma vez. Talvez duas.

Certo, pensou Fatma. *Definitivamente desagradável.*

— Trabalhei duro para me contrapor a essa tendência. Me tornei o mais digno dos djinns. Sempre me portei com graça para que ninguém pudesse difamar minha linhagem. Tudo isso foi tomado de mim agora, e fui enfim reduzido ao daeva meio civilizado inclinado à raiva homicida. — Ele suspirou profundamente. — É algo terrível, essas políticas de ser inferido como respeitável. Ser forçado a ver suas fragilidades através dos olhos de outros. Terrível.

Fatma pensou sobre aquilo. Ela não havia perguntado a Siti como os djinns tratavam os mestiços. Mas, pelo que ela sabia sobre os imortais, podiam ser tão tolos sobre tais assuntos quanto os humanos.

— Então deixe a gente te ajudar — encorajou ela. — Nos deixe limpar o seu nome!

Zagros abriu a boca apenas para travá-la de novo, aparentemente contra sua vontade. Ele deixou a cabeça chifrada pender, balançando-a em submissão. Fatma percebeu que era inútil perguntar de novo. Aquilo não era obstinação. Havia magia agindo ali. Ele estava sendo impedido de falar.

— Igual a Siwa — cochichou Hadia, compartilhando o pensamento não dito da outra agente.

Fatma cerrou os dentes, frustrada. Alguém estava colocando obstáculos no caminho delas toda vez que chegavam perto de alguma pista. Naquele ritmo, o caso nunca seria solucionado. Ela gesticulou para Hadia que deveriam partir. Não conseguiriam nada ali. Já estavam na porta quando Zagros falou.

— Já leram *As mil e uma noites*? — perguntou ele, e as duas mulheres se viram de novo para ele. — Um conjunto influente de contos — seguiu o meio-djinn, com o olhar ainda fixo na parede. — A biblioteca do Ministério tem várias edições encadernadas. Mas não percam tempo com nenhuma dessas. Tem um livreiro, Rami. Em Soor el-Azbakeya. É dele que se deve comprar. — Ele parou, como se estivesse escolhendo as palavras com cuidado. — Peçam que ele mostre o que não podem ver.

Fatma trocou um olhar curioso com Hadia.

— Obrigada — disse ela, incerta. Embora confusa com o conselho, decidiu insistir mais: — Mais uma coisa: já ouviu falar dos Nove Lordes?

Zagros se virou para ela dessa vez. Ela teve a impressão de ver surpresa no olhar dele.

— Onde ouviu isso?

— O impostor. Ele cantou uma música. "Os Nove Lordes estão dormindo. Queremos mesmo acordá-los? São capazes de queimar sua alma só de olhar em seus olhos!"

O bibliotecário olhou para ela com espanto antes de responder:

— Uma antiga canção de ninar de djinns. Meu pai cantava para mim. Fala sobre noves ifrites antigos. Existe uma versão maior: "Os Nove Lordes estão dormindo. Em suas mansões de fogo. Queremos mesmo acordá-los? Não, não ousamos! São capazes de queimar sua alma só de olhar em seus olhos! Vá dormir, minha criança, ou eles vão queimar sua alma!".

— O impostor tem um ifrite — disse Fatma. — Ele pode ser um desses Nove Lordes?

Zagros negou com a cabeça.

— Os Nove Lordes são djinns *grandiosos*. Estão entre os primeiros formados por fogo sem fumaça. Alguns alegam de modo ousado e blasfemo que criaram a si próprios, puxando suas formas flamejantes do vazio. Qualquer ifrite que vocês tenham encontrado seria como uma criança em comparação a eles. Esses Nove Lordes um dia foram mestres de djinns.

— Como nas histórias sobre governantes e reinos de djinns? — perguntou Hadia.

— Eles foram nossos escravizadores — grunhiu Zagros. — Djinns foram mantidos subjugados ao poder deles. Forçados a proclamá-los nossos Grandes Senhores. A lutar em suas guerras sem fim. Erguer monumentos em sua honra. Construir palácios para ser morada do trono deles.

Fatma conseguia ouvir a ira na voz de Zagros. Os djinns não pareciam gostar muito daqueles antigos reis.

— O que aconteceu com eles?

— São apenas histórias — resmungou Zagros. — Mas dizem que os djinns se revoltaram, lutaram por nossa liberdade, prenderam os Nove Lordes em um sono eterno e os enterraram bem fundo no Káf. Hoje eles existem apenas como canções de ninar cantadas como aviso para crianças djinns desobedientes. Seja bom, obedeça aos mais velhos, ou os Nove Lordes vão despertar e virão atrás de você! — Ele encolheu os ombros pesados. — Mas de novo: são apenas histórias.

— Você sabe o que o impostor roubou — disse Fatma. — Os segredos do Relógio dos Mundos. Ele pode estar tentando despertar esses Nove Lordes?

Zagros ergueu uma sobrancelha grossa para ela.

— De que forma alguém desperta uma história?

Com essas últimas palavras, ele ficou em silêncio e não falou mais.

21

Soor el-Azbakeya ficava bem no coração do Cairo. Livros era o que vendiam lá — empilhados em mesas, abarrotados em banquinhas, às vezes agrupados na própria rua. Os melhores lugares para explorar eram as lojas espalhadas pelas construções — algumas eram tão pequenas que apenas os donos cabiam lá dentro na hora de pegar o que o cliente queria. Vendedores mais empreendedores ocupavam vários andares e tinham tudo, de manuscritos medievais sobre matemática alquímica a manuais de robôs a vapor barométrico — sem contar o novo furor por romances ocidentais de banca.

A Livros & Efêmeros Sortidos do Rami era um negócio de porte médio. Maior do que as lojas pequenas, mas ainda assim só ocupava o segundo andar de um prédio — a placa visível da rua lá embaixo. Fatma e Hadia atravessaram a rua até lá, passando por vendedores aos gritos, todos tentando atrair compradores. Embora fossem poucos, eram especialmente insistentes — empurrando livros na cara dos transeuntes e prometendo preços bons. Fatma quase bateu em um homem com a bengala para tirá-lo do caminho. Ela só estava interessada em um livro naquele momento, e em um vendedor.

Ela e Hadia haviam parado para comer, revisando os comentários crípticos enquanto dividiam um prato de caftas sobre rúculas bem cheirosas. Nenhuma delas tinha a menor ideia de onde começar a procurar aqueles Nove Lordes Ifrites. Mas ambas tinham lido *As mil e uma noites*.

As histórias eram populares no Egito havia séculos. Com a volta dos djinns, agora eram dissertações que acadêmicos liam atentamente, tentando separar possíveis verdades da fantasia. O que aqueles contos tinham a ver com toda aquela confusão, no entanto, era difícil de entender. Mas elas não podiam se dar ao luxo de virar as costas para possíveis pistas. Chegando ao prédio, subiram as escadas até a loja do Rami.

Fazendo jus ao nome, a loja era repleta de livros. Quase todos antigos, encadernados com couro gasto cujo cheiro pairava no ar. Lamparinas douradas de latão pendiam do teto para prover iluminação, junto com velas de sebo em castiçais de bronze. Havia uma coleção surpreendente de relógios antigos enfileirados nas paredes, todos sincronizados na mesma hora. De modo geral, o lugar carregava um ar rústico desconectado da modernidade do Cairo.

Fatma correu os olhos pela loja e avistou um homem pequeno empoleirado em uma escada enquanto guardava livros em uma estante alta. Ao ver as recém-chegadas, desceu devagar e se aproximou, com a calça larga farfalhando.

— Bem-vindas à Livros & Efêmeros Sortidos do Rami — cumprimentou calorosamente, o cacheado cabelo branco caído sobre o rosto se movendo junto com o discurso. — Tem algum livro que estejam procurando que posso ajudar a encontrar?

— *As mil e uma noites* — respondeu Fatma, com o olhar varrendo os arredores.

Havia outra pessoa na loja — uma velha, abissínia pela aparência, sem mencionar o vestido branco tecido à mão e com uma faixa colorida na cintura. Estava debruçada em cima de um grande tomo, virando páginas cautelosamente antes de inspecioná-las com uma lupa.

— Eu tenho vários exemplares! — O livreiro abriu um sorriso. — A maioria está em árabe e inclui as mil e tantas histórias. Tenho outros no original persa e em sânscrito, embora esses contenham menos histórias.

— E as que podem interessar a um djinn persa que atende pelo nome de Zagros? — Fatma mostrou o distintivo do Ministério. Hadia fez o mesmo.

O sorriso do livreiro sumiu, o rosto envelhecido se enrugando. Ele lambeu os lábios por um momento, depois esticou a mão para coçar a cabeça, mas a abaixou de novo ao lembrar que estava usando um fez.

— Zagros mandou vocês?

— Djinn grande. Pele roxa. Presas de marfim. Um pouco esnobe.

O pequeno homem riu.

— Esse certamente é o Zagros. Tem algum motivo em particular para ele ter mandado vocês virem até mim? Para encontrar esse livro?

— Ele disse que você podia nos mostrar o que não podemos ver — respondeu Hadia.

O livreiro ajeitou a postura, a expressão ansiosa — como se estivesse esperando exatamente por aquele momento.

— Bom, então é melhor termos uma conversa. — Ele se virou para a mulher abissínia: — Tsega! Faça um chá enquanto fecho a loja. Temos companhia!

Pouco depois, Fatma estava sentada com Hadia em uma pequena mesa. Sobre elas, uma lamparina de latão despejava luz que fazia cintilar um estandarte com uma estrela de davi dourada. A velha colocando pequenas xícaras de chá diante delas enquanto o livreiro inspecionava a lombada de um volume encadernado. Os dois falavam em meio ao trabalho.

— Fiquei sozinho na loja depois que minha primeira esposa, Magda, faleceu — relatou Rami. Seus pequenos dedos corriam pela capa do livro como se assim pudesse descobrir o conteúdo. — Então, cerca de dez anos atrás, Tsega entrou e prontamente começou a discutir sobre como eu deveria organizar alguns textos sassânidas. Soube naquele momento que teria que me casar com ela.

Tsega fungou, empurrando para trás o cabelo trançado.

— Eu trabalhava na biblioteca real em Adis Abeba — disse ela, com orgulho, sentando e pegando seu chá. — A organização dele não fazia sentido. Levei um bom tempo para acertar. Foi o único motivo pelo qual fiquei e concordei em me casar com ele.

O livreiro ofereceu uma piscadela malandra.

— Como podem ver, sou um homem de muita sorte. Um egípcio caraíta praticante se casando com uma abissínia haymanot. E os dois bibliófilos descarados. Onde além do Cairo um amor assim poderia criar raízes e florescer?

— Como conheceu Zagros? — perguntou Hadia, sorrindo, parecendo já estar rendida ao casal.

— Sempre consegui manuscritos antigos para ele quando ninguém conseguia — respondeu Rami. — Aquele djinn pode ter a língua afiada, mas tem um coração mole para livros. — O tom dele ficou preocupado. — Ele está bem? Sei que o Ministério foi atacado. Não posso imaginar ele te mandando para cá a não ser que algo tenha dado errado.

— E por que ele nos mandaria até você? — perguntou Fatma.

Ela não estava tentando ser rude, mas realmente precisava muito que aquilo andasse. Além do mais, o povo não precisava saber sobre Zagros. O livreiro pareceu captar o humor dela.

— Tudo bem, então. Vamos ao que interessa. — Ele repousou o livro na mesa. — *As mil e uma noites*. Um livro bastante comum. Na verdade, uma obra finalizada ao longo dos anos, por muitos autores. Os primeiros contos vêm da Persa e da Índia e não foram traduzidos para o árabe até o século VIII. Algum tempo depois, provavelmente em Bagdá, uma nova coleção de histórias se juntou à primeira, assim como alguns contos folclóricos mais antigos.

Os olhos dele ganharam um brilho de contador de história, e Fatma suspirou. Aquilo iria levar um tempo.

— Foi apenas no século XIII que histórias da Síria e do Egito ajudaram a aumentar o número para mil — continuou ele. — Algumas histórias foram acrescentadas apenas recentemente, como a de Ali Babá e os ladrões. Provavelmente invenção de algum francês criativo. Se bem que essas Quarenta Leopardas sobre as quais leio nos jornais parecem ter se inspirado na história, que por sua vez tirou inspiração de histórias mais antigas. Desde a chegada dos djinns, novos contos são criados em cafeterias e becos. Provavelmente alguns bem aqui em Azbakeya. Suponho que quando se trata de *As mil e uma noites*, estamos sempre enchendo suas páginas.

Tsega estalou a língua, impaciente, e Rami despertou dos devaneios.

— De qualquer forma, vocês provavelmente estão familiarizadas com os contos mais tradicionais — continuou. — Devem inclusive ter seus favoritos.

Claro, pensou Fatma. Ela conhecia aquelas histórias desde menina. "O mercador e o djinn", "Abdullah, o pescador", "O cavalo de ébano". Conforme foi crescendo, lia as mais assustadoras — como "Gherib e seu irmão Agib", cheia de ghouls insaciáveis — ou as completamente indecentes — como "Ali e seu grande membro". Havia histórias sobre mansões na Lua e tritões ou árvores falantes, uma mais fantástica que a outra.

— Eu sempre gostei de "As três maçãs" — comentou Hadia. — E "A história da menina assassinada". Coisas assim. Sobre mistérios que precisavam ser solucionados.

— Parece apropriado. — Assentiu Rami. Ele inclinou a cabeça para o lado. — E "A cidade de bronze"? O que lembram dela?

— Aquela do rei Salomão, não é? — perguntou Hadia. — Sobre algumas pessoas em uma jornada?

— Procurando por uma cidade perdida — acrescentou Fatma. A história fora sua favorita quando criança. — Havia cavalos de bronze, pessoas que foram petrificadas, uma rainha mumificada…

— Ah! Eu lembro da rainha mumificada! — disse Hadia, de supetão.

— Se lembram o motivo da jornada? — perguntou Rami.

Hadia abriu a boca, depois franziu o rosto. Fatma fez o mesmo. Repassou a história na cabeça — tão vívida com suas marionetes vivas e máquinas humanoides, que muitos estudiosos agora acreditavam ter sido os primeiros percursores dos eunucos sólitos criados pelos djinns. Mas ela não conseguia se lembrar o motivo da jornada. O que era estranho, já que era justo o ponto central da história.

— Eu não lembro — admitiu ela.

— Talvez isso ajude. — Rami abriu o livro em uma página, batendo nela com o dedo. — Vá em frente. Leia. O motivo da jornada está bem aí.

Os olhos de Fatma esquadrinharam o texto. A leitura era bastante fácil, escrita no estilo e ritmo antigos, típicos daquele tipo de história. Começava com um rei e um discussão sobre o profeta Salomão. Um marinheiro atracando em um reino estranho com um povo de pele preta cujos indivíduos estavam pelados e se comportavam como feras selvagens, sem falar. Ela franziu a testa. Aquela parte sempre havia sido desconfortavelmente racista daquele jeito? Havia algo sobre um djinn que ela não conseguiu compreender muito bem. Sua mente parecia deslizar em volta das palavras. Tirando aquilo da cabeça, ela continuou a busca. A jornada começava com um personagem chamado Talib. Só que ela não conseguia ver exatamente por quê. Fatma tentou de novo, lendo lentamente, ignorando os lugares onde as palavras pareciam patinar para fora de sua visão. Balançando a cabeça, ela deslizou o livro na direção de Hadia, que estava esticando o pescoço para poder ver.

— Não encontrei nada — disse ela. — O que eu deveria ter visto?

O livreiro sorriu, trocando olhares astutos com a esposa.

— Pare de brincar com elas, Rami, só explique — ralhou ela. Depois, para Fatma: — Ele é tão dramático que às vezes acho que deveria ter feito teatro. Lá na nossa cidade, ele teria dado um bom Salomão na montagem de *Glória dos reis*. Ou talvez um dos padres coptas ortodoxos da abertura.

Rami riu baixinho do comentário, mas respondeu:

— O que você não estava vendo muito bem é o trecho onde o motivo da jornada é mencionado. Os aventureiros estavam tentando encontrar um par de vasilhas de bronze que um dia havia pertencido ao rei Salomão. Diziam que ele havia prendido djinns lá dentro, usando seu selo, antes de as arremessar no mar. — Ele bateu o dedo no livro de novo. — Consegue ver agora?

Fatma deu uma outra olhada — e enxergou de imediato o pedaço do qual ele estava falando. As palavras estavam bem ali, claras como o dia. Talib havia ficado sabendo sobre as vasilhas de cobre usadas para prender os djinns, aprisionados pelo rei Salomão com seu anel de sinete. Ela saíra em uma jornada em busca delas. Havia até um símbolo desenhado na margem do texto — um hexagrama feito de duas pirâmides intercaladas inseridas em um círculo. Onde mesmo Fatma vira aquilo? Havia algo escrito embaixo do símbolo, na caligrafia dos djinns.

— O Selo de Salomão — traduziu Hadia, com os olhos fixos no hexagrama. Franziu a testa, olhando para o livreiro. — O que é isso? E por que não vimos nada disso agora pouco?

Rami apontou o dedo para o alto, balançando-o de um jeito revelador.

— Duas perguntas do mesmo tipo. Como os lados de uma moeda. O Selo de Salomão é muitas coisas. Às vezes é uma estrela de seis pontas, ou de cinco pontas, ou oito, até mesmo doze. Outras, é o símbolo nesta página, com frequência cercado por um círculo. A imagem se tornou popular na Europa Renascentista e com crentes tardios do oculto, que provavelmente a adotaram de tradições esotéricas judaicas, bizantinas e islâmicas bem mais antigas.

Com essas palavras, Fatma se lembrou de onde havia visto o símbolo: no estandarte na Irmandade de Al-Jahiz! A única diferença era que o círculo era uma serpente flamejante devorando a cauda.

— Ninguém sabe ao certo a aparência do selo — seguiu Rami. — Mas tem um relato interessante em "A cidade de bronze" sobre o djinn que dizem ter sido preso por Salomão. Um anel é mencionado. Alguns dizem que o anel tem o selo entalhado em si, colocado lá por Deus. Outros, que o próprio anel *é* o selo. A única coisa sobre a qual todos concordam é que o anel dava poder a Salomão sobre os espíritos. Na tradição islâmica, isso significa controle sobre os djinns!

Fatma encarou o livreiro. Um anel que podia controlar djinns! Um anel que faria com que alguém fosse o Mestre dos Djinns!

— Por que nunca ouvimos falar disso antes? — perguntou Hadia.

Fatma também gostaria de saber. Parecia impossível que o Ministério não tivesse percebido algo tão importante.

— O outro lado da moeda — pronunciou Rami, olhando atentamente para Hadia. — Esse é um belo hijab. Tão moderno... Perdoe um velho por ser tão atirado, mas ele combina com seus olhos. — Depois se virou para Fatma. — Posso dizer o mesmo da sua gravata. A cor é vermelha?

— Magenta — respondeu Fatma, parecendo tão confusa quanto Hadia. O que ele estava fazendo?

O livreiro se inclinou para a frente.

— Sobre o que estávamos falando?

Fatma abriu a boca para responder. Depois estacou. Acabara de lhe dar um branco inexplicável. Depressa, repassou os últimos minutos. Eles tinham se sentado para conversar sobre *As mil e uma noites*, o livreiro mencionara "A cidade de bronze", pedira para elas lerem uma página e... e... Ela olhou pra Hadia, buscando ajuda, mas a mulher parecia igualmente perplexa. Os olhos de Fatma se abaixaram para o livro, esquadrinhando a página. Apenas a história. E aquelas palavras ao redor das quais sua mente deslizava, que ela ignorava.

— Estávamos falando sobre o Selo de Salomão — disse Rami, prestativo. — Um talismã com poder de controlar os djinns.

As lembranças a inundaram em um instante. Enquanto Fatma observava, as palavras embaçadas na página se tornaram nítidas. E o símbolo reapareceu. Ela quase pulou da cadeira.

— O que acabou de acontecer? — sussurrou Hadia, também prestes a ficar de pé.

— Bebam o chá — Tsega disse para elas, balançando os dedos finos em um gesto de encorajamento. — As folhas foram preparadas para acalmar. Vocês vão precisar de um pouco disso para o que vem a seguir.

Fatma apenas bebericara o chá, pois estava bem amargo — com um gosto amendoado. Depois da experiência, porém, viu-se entornando tudo em um gole. Depois, a agente encarou o livreiro com firmeza.

— Explique.

O pequeno homem se reclinou, escolhendo as palavras.

— Sabe, chamam al-Jahiz de Mestre dos Djinns. Mas esse é um termo errôneo. Ele nunca usou tal título. Foi uma alcunha dada a ele depois de seu sumiço, parte dos mitos e lendas que o cercavam. — Ele moveu a mão, como se estivesse dispensando as histórias. — Na verdade, al-Jahiz era conhecido por abominar a escravidão. É possível que ele mesmo tenha sido escravizado, e sempre pregou contra a prática. Então não consigo acreditar que ele um dia teria um anel que roubaria o livre-arbítrio dos djinns. Isso faria com que fossem pouco mais do que escravizados.

— Mas você disse que o anel foi dado a Salomão por Deus — rebateu Hadia.

Rami manteve as mãos abertas diante de si.

— É o que as histórias dizem. Em algumas versões, foi dado a ele por sua sabedoria. Em outras, para prender e punir um djinn desobediente. Mais tarde, porém, se tornou um talismã para ser usado contra *todos* os djinns. Isso dificilmente parece justo ou razoável. Tenho certeza de que djinns devem contar sua própria versão dos eventos. Vai saber se Salomão foi mesmo o primeiro proprietário do anel... Ou se é algo bem mais antigo; talvez nem seja deste mundo. Qualquer que seja a verdade, se hoje eu fosse um djinn, retornado, eu iria querer que soubessem por aí da existência de um anel que pode dar poder sobre mim? Que pode mais uma vez me tornar um escravizado?

Fatma encarou o homem, incrédula.

— Está dizendo que alguém criou um tipo de magia, um feitiço, para todo mundo *esquecer* o Selo de Salomão?

— Não só esquecer — corrigiu Tsega. — Para escondê-lo de nossos olhos nos livros. Para banir a existência dele de nossas histórias. — Ela bateu com o dedo na têmpora. — Para o fazer se esgueirar para fora de nossa cabeça.

— Todos os nossos livros — acrescentou o marido dela. — Todos os nossos escritos. Sempre que o Selo de Salomão é mencionado, o trecho em questão fica difícil de ler. O que nos resta são brechas que nem nos damos conta de que estão lá. Entende o que estou dizendo? Essa magia não esconde simplesmente a verdade, faz com que a gente aceite a ausência! O silêncio! Força nossa mente a trabalhar para que essas brechas façam sentido!

Fatma olhou para Hadia, que parecia tão embasbacada quanto ela. O tipo de magia exigida para realizar tal coisa era complicado. Ia além de qualquer conceito de feitiçaria que elas compreendiam. Fazia o Ministério e todos seus estudos parecerem brincadeira de criança diante de forças que desafiavam a compreensão.

— Então como você sabe? — ela perguntou ao livreiro. — Como você vê?

Ele abriu um sorriso convencido.

— Eu sou um homem muito curioso. Isso já fez eu me envolver em muita confusão na vida. Mas tem sua utilidade. Quando encontrei essas brechas, elas me incomodaram. Era como se o silêncio que tentavam criar fosse alto demais.

— Ele só é teimoso — interveio Tsega, sucinta. — Um cabeça-dura.

O livreiro ignorou a esposa.

— Eu lia a mesma página várias e várias vezes, sentindo que estava deixando algo passar. Até que, certo dia, consegui dar uma espiada. A magia, ao que parece, tem suas próprias brechas, espaços que não levam todas as mentes em consideração. Depois que tive esse primeiro vislumbre, foi apenas uma questão de tempo até perceber tudo.

— Por que não foi ao Ministério com isso? — perguntou Hadia. — Precisávamos saber!

As sobrancelhas de Rami se ergueram.

— Contar ao Ministério sobre um feitiço grande o bastante para confundir o mundo inteiro? E o que aconteceria quando seja lá quem fez essa magia todo-poderosa me encontrasse? Eu disse que era curioso, não suicida!

— Mas você contou para alguém no Ministério — disse Fatma. — Zagros.

— Meu amigo djinn — confirmou Rami. — E um companheiro bibliófilo. Eu tinha certeza de que, se havia alguém que sabia disso, só podia ser Zagros. — Ele franziu a testa. — Mas quando perguntei, ele começou a agir... de um jeito estranho. Não como se não fosse me responder, mas...

— ... como se não conseguisse — completou Fatma.

Foi por isso que Zagros havia mandado elas ali. O livreiro era a única pessoa capaz de contar o que elas precisavam saber.

— A magia funciona diferente com os djinns, acho — ponderou Rami. — Eles parecem saber, mas não podem falar. Prende a língua deles.

— Quando paramos de falar sobre o selo, esquecemos dele — disse Fatma. — Isso vai acontecer de novo?

Ele assentiu.

— A magia é potente. Mas inventei meus próprios métodos para tirar vantagem das brechas dela. — Ele gesticulou para os relógios espalhados pela loja, cujo ponteiro estava perto da marcação da hora inteira. — Espere um momento.

Elas assim fizeram, esperando os segundos tiquetaquearem até a hora badalar. Cada relógio do lugar explodiu em repiques e sinos, até assovios — junto com um autômato que tocava tambor e dançava e cantava. No meio do clamor, o livreiro e a esposa pegaram papéis dobrados e começaram a ler. Ele entregou uma cópia extra para Fatma. Estava simplesmente escrito: *Lembre-se do Selo de Salomão, e do anel que controla os djinns.*

Quando os relógios pararam, ele deslizou a folha de volta para dentro do colete, batendo no bolso.

— Penso nisso como um tipo de remédio. Um para tomar de hora em hora ou quando for necessário. Dessa forma, a lembrança não esvaece.

Fatma agradeceu, guardando a própria cópia do lembrete.

— Já ouviu falar ou leu algo sobre os Nove Lordes Ifrites? Uma canção de ninar de djinns? Talvez Zagros tenha mencionado?

Rami balançou a cabeça.

— Zagros nunca falou sobre canções de ninar de djinns.

Bem, valeu a tentativa.

— Pode nos dar nomes de livros que façam qualquer menção ao Selo de Salomão e a um anel mágico capaz de controlar djinns?

O livreiro assentiu, empolgado.

— Isso eu posso fazer! Tenho uma lista pronta!

Ele se levantou, falando sozinho enquanto começava a vasculhar o estabelecimento. Fatma fez menção de ir atrás dele, mas foi impedida por uma mão em seu braço. Tsega fez Hadia e ela ficarem por um momento, falando baixo

— Rami não vai contar isso para vocês. Mais de uma vez, ele desapareceu da loja. Às vezes por um dia inteiro. Ele não se lembra de sair ou para onde vai, mas quando volta é como se tivesse que aprender de novo tudo que sabia sobre o selo.

Fatma via quanto ela estava preocupada.

— Acha que alguém está levando Rami? Fazendo-o esquecer?

Ela assentiu, solene.

— Temo o mal que isso pode fazer com sua mente.

— Sabe quem está fazendo isso? — perguntou Hadia.

A mulher apertou os lábios.

— Não posso afirmar com certeza, mas uma vez me escondi e o vigiei com atenção caso ele fosse levado de novo. Nunca vi o sequestrador, mas o ouvi! — Ela falou a última palavra sibilando. — Era o som de asas! Asas mecânicas!

Fatma arquejou.

— Um anjo — sussurrou ela.

Agora, o que diabos um *deles* tinha a ver com tudo aquilo?

22

Precisaram de uma dia inteiro para conseguir uma reunião com os anjos.

Fatma ficou surpresa com o fato de que sequer concordaram em vê-la. Anjos dificilmente se dignavam a responder a requisições de mortais — até de oficiais do governo. O Ministério normalmente precisava escrever várias missivas antes de receber, no máximo, uma resposta breve e superficial.

Então imagine o choque dela não só por ter uma audiência concedida a si como também ser com ninguém menos do que o Conselho Angelical. Sim, a carta que recebera fora escrita mais como uma intimação: *Sua presença é exigida diante do Grande Conselho dos Anjos Altíssimos...* e assim seguia. Mas quando fora a última vez que qualquer agente havia se encontrado com aquele órgão governante? Ela desconfiava que as palavras "Selos de Salomão" escrita em sua requisição tinham sido o pulo do gato.

— Acha que eles estavam nos esperando? — perguntou Hadia.

Ela não parava de ajustar o hijab enquanto caminhavam — uma faixa de seda branca com estampa de folhas douradas.

— Com eles, quem é que sabe? — respondeu Fatma. — Vamos fazer de novo.

Elas pararam sob a sombra de uma construção, e ela tirou uma folha de papel — a que Rami havia dado a ela — do bolso interno do blazer cinza-claro. Leu o conteúdo antes de passá-lo para Hadia. Desde o dia anterior, elas tinham se certificado de conferir a anotação com frequência, para impedir o feitiço de confusão.

No meio do caminho, enquanto voltavam da loja do livreiro, tinham esquecido completamente o que estavam fazendo e por quê. Uma hora havia passado até que Fatma, por acaso, puxara a anotação do bolso e a lera com curiosidade — fazendo tudo voltar de uma vez. Agora, mantinham um cronograma. Tinham feito cópias da anotação e as colocado nos bolsos ou em qualquer lugar para o qual pudessem olhar. Era maçante, mas elas não podiam se dar ao luxo de perder mais tempo.

Embora ninguém tivesse visto o impostor desde a cúpula do rei, o efeito dele ainda podia ser sentido. Sexta-feira não era um dia útil, mas as ruas estavam mais vazias do que de costume. Até mesmo os Jahiziin estavam na encolha. Muitos temiam que aquilo fosse a calmaria antes da tempestade. Os boatos que circulavam eram de que al-Jahiz estava se preparando par atacar a cidade, brandindo um exército de ghouls diante dele. Os administradores da cidade pediam calma, com medo de que o pânico provocasse uma evacuação em massa. Fatma nem queria imaginar o trânsito digno de um pesadelo.

— Me pergunto o que eles querem — comentou Hadia, ainda ajeitando o hijab. — Os anjos.

— Já encontrou um? — perguntou Fatma enquanto subiam o longo conjunto de degraus.

Hadia negou com a cabeça.

— Tive um vislumbre de um uma vez em Alexandria, pairando ao longe.

— Não é a mesma coisa de perto. Quando estiver lá, tente não olhá-los nos olhos. Isso ajuda.

— Devo ficar bem. Eles não são anjos de verdade, afinal de contas. Anjos de verdade subiram ao céu com Deus, sem nenhum livre-arbítrio. Essas coisas são algo completamente diferente.

Fatma conhecia a passagem, mas as palavras da outra agente soavam ensaiadas. E ela ainda estava inquieta.

— Eu já lidei com eles antes, então deixe a conversa comigo. Mantenha a anotação à mão. Se eu começar a divagar ou parecer confusa, me faça ler as palavras.

— Deixe comigo — garantiu Hadia. — Espero que eles tenham uma forma de cancelar isso.

Ela gesticulou com a mão ao redor da cabeça, indicando o feitiço invisível. Fatma também esperava. Era impossível resolver alguma coisa daquele jeito. Ao chegarem no topo da escadaria, pararam para encarar a estrutura que se erguia diante delas.

A cidadela. Ela havia sido construída no século XII, e, desde então, vários acréscimos tinham sido feitos — o último sob o governo do paxá Maomé Ali, o Grande. Era uma das construções medievais mais antigas do Cairo, junto com várias mesquitas — inclusive uma nomeada em homenagem ao paxá. Era a essa característica que devia sua fama... até os anjos chegarem. Eles haviam instalado imediatamente sua liderança ali, no Palácio Al-Gawhara. Ninguém fora contra. Raramente alguém se opunha a algo quando se tratava de anjos. Desde a chegada deles, algum tempo depois da dos djinns, tinham reivindicado para si inúmeras construções históricas, com frequência pagando aluguéis exorbitantes ao governo.

Al-Gawhara fora construído por Maomé Ali no mesmo local onde acontecera um banquete para o qual ele tinha convidado centenas de líderes mamelucos — apenas para assassinar todos eles. A crença geral era a de que o conselheiro secreto do paxá desempenhara um papel decisivo na consolidação do poder, reduzindo as armas dos mamelucos a areia. Era uma escolha esquisita de lugar para o santuário dos supostos anjos, mas quem sabia o raciocínio deles? O lugar foi reconstruído mais uma vez para hospedá-los, reequipado com andares que eram tão altos quanto a mesquita nomeada em homenagem a Maomé Ali, além de várias cúpulas redondas que tomavam a maior parte do recinto ao sul.

Dois homens grandes com túnica branca e turbante estavam de guarda na entrada. Cada um deles carregava lanças compridas cuja ponta ostentava uma lua crescente e uma estrela de davi douradas, coroadas por uma cruz. Anjos gostavam de se precaver. Os homens inspecionaram Fatma e Hadia, o rosto carnudo tomado por uma expressão atordoada.

Fatma entregou o convite para um dos guardas. Ele o pegou, soltando um arquejo de surpresa ao ver a língua sagrada flamejante que se mexia e se contorcia. Devolveu o objeto às agentes e deu um passo para o lado, abrindo a porta para deixá-las passar.

O lado de dentro do que um dia fora um palácio havia se transformado em um lugar de anjos. Um ou dois muito pequenos — não eram maiores do que crianças — voejavam pelo ar com suas asas mecânicas no ritmo da música: cantos gregorianos, cadências nasheeds e odes a dervixes rodopiantes. Embaixo, funcionários humanos e djinns, todos de branco, seguiam com seus serviços de manutenção do estabelecimento. Todos compartilhavam a mesma expressão espantada que a dos guardas.

Fatma olhou para Hadia, que não estava tão longe. Ela encarava um anjo que vinha pelo corredor. Era mais parecido com aqueles com os quais ela estava acostumada — um gigante de estrutura mecânica semelhante a um homem, com quatro braços longos e grandes asas de jade e cobalto. Seu corpo etéreo real estava enclausurado dentro da estrutura da máquina e brilhava como luz transformada em carne.

— Você vai ficar bem, Hadia? Hadia!

A mulher se virou bruscamente ao ouvir o nome, parecendo desconcertada.

— Se lembra por que estamos aqui? — perguntou Fatma.

Agora a outra agente estava com uma expressão confusa no rosto, que só desapareceu quando Fatma lhe mostrou a anotação.

— Desculpe — disse Hadia, ruborizando. — Eu só não tinha me dado conta de que eles eram tão... Quer dizer, não são anjos de verdade, mas... — Ela olhou em volta. — Aheeh! Este lugar. É só um pouco imenso. Muito gigante. Maior do lado de dentro. Outro ilusionismo? Como o apartamento de Siwa?

Fatma negou com a cabeça, observando os pilares altos e os tetos abobadados.

— Anjos não fazem ilusionismo. Isso é magia do tipo mais elevado. O Ministério acredita que a parte de dentro da construção funciona como um espaço extradimensional exponencial. Tecnicamente, podemos nem estar no Cairo agora.

— Tecnicamente, agente, não estão mesmo — confirmou alguém.

Elas viraram e encontraram uma djinn com rugosos chifres ocres caminhando a passos largos na direção das duas. Ela usava um fino vestido branco e exibia um agradável sorriso prateado no rosto de ébano.

— Bom dia, agentes Fatma e Hadia. Sou Azmuri, e vou acompanhá-las até o Conselho.

Elas responderam ao cumprimento.

— Não sabia que precisávamos de acompanhante — disse Fatma.

— Achamos este lugar confuso para os mortais — explicou Azmuri. — Tivemos, hum, incidentes em que alguns ficaram perdidos por dias. Às vezes, semanas. Vocês estão com a carta de intimação?

Fatma entregou o convite. Então ela estivera certa sobre aquilo.

— Excelente — proferiu a djinn. — Se puderem me dar um momento, é necessário preencher alguns formulários.

Ela gesticulou para outro presente que elas nem sequer haviam percebido — um homem baixo com a mesma expressão espantada no rosto. Ele segurava uma pilha de papéis em uma mão e várias canetas na outra. Fatma fez uma careta.

Anjos eram conhecidos pela burocracia. Exigiam que cada coisinha fosse registrada, assinada, selada e revisada — muitas vezes em três vias. Os cairotas brincavam que os seres deviam ser os inventores da papelada administrativa. Pegando uma caneta, Fatma olhou para o primeiro formulário, quase ficando zonza com os densos textos em juridiquês antes de assinar o nome em cinco lugares. Mais oito formulários se seguiram. Quando terminou, ela estava com câimbra na mão.

— Espero que eu não esteja abrindo mão do meu livre-arbítrio ou das minhas lembranças mais queridas — balbuciou Hadia.

— Ah, não — respondeu Azmuri. — Os formulários para isso são muito maiores.

Hadia se deteve no meio da assinatura ao ouvir o comentário, depois viu o sorriso zombeteiro nos lábios da djinn. Uma piada. Pelo menos, Fatma esperava que fosse. Quando terminaram, Azmuri dispensou o homem e se virou de novo para elas.

— Agora que tiramos isso do caminho, vou levá-las ao Conselho. Sigam-me, por favor.

E assim fizeram, com a djinn as conduzindo pelo saguão cavernoso e por um dos muitos corredores. Enquanto andavam, Fatma percebeu as grandes salas abertas — onde pessoas realizavam tarefas estranhas. Um dos recintos estava repleto de mulheres com véu, sentadas em fileiras ordenadas de mesas enquanto usavam pincéis para rascunhar línguas sagradas flamejantes em pergaminhos. Enquanto passavam, uma das mulheres começou a rir incontrolavelmente, a ponto de cair da cadeira. Ela foi amparada e levada embora, outra assumiu seu lugar e seguiu com o trabalho. Uma segunda sala continha dervixes girando em vestidos coloridos, todos cantando um dhikr enquanto rodopiavam por mais tempo do que deveria ser possível. Um terceiro cômodo abrigava uma grande máquina com engrenagens rodando e homens e mulheres andando freneticamente de um lado para o outro para manejá-la. Fatma parou para ver, o Relógio dos Mundos vindo a sua mente de maneira desconfortável.

— O que isso faz? — perguntou ela.

— Hum? — Azmuri olhou distraidamente para dentro da sala. — Ah, essa máquina faz o mundo funcionar. — Ao ver a expressão perplexa de Fatma e Hadia, a djinn sorriu. — É uma piada, agentes. Por favor, venham.

— Existe mesmo uma máquina assim? — perguntou Hadia, alcançando a djinn. — Que faz o mundo funcionar?

Para o desconforto de Fatma, a única resposta da djinn foi outro sorriso prateado.

Elas viraram em mais corredores até enfim chegarem a um par de grandes portas de ouro protegidas por mais guardas. Esses eram djinns, escamados e portando armas afiadas.

— Chegamos, agentes — disse Azmuri. — Vou esperar aqui para depois acompanhá-las de volta até a saída.

Ela falou em outro idioma com os guardas djinns, que abriram as portas para permitir o acesso das agentes e revelar o que havia lá dentro.

Sentados em uma grande mesa redonda cercada por cadeiras feitas para gigantes estavam quatro anjos.

Seus corpos mecânicos eram mais obras de arte do que máquinas, com engrenagens que tiquetaqueavam como corações e fibras de aço que imitavam músculos. Todos se viraram de uma vez para encarar as agentes, cada um com quatro pares de olhos brilhantes. Fatma reprimiu um arquejo e, em vez disso, deu um passo à frente, puxando seu distintivo ao se apresentar. Ela esperou Hadia fazer o mesmo, mas a mulher apenas ficou parada, estupefata de novo, encarando aqueles olhos cintilantes. Fatma havia dito com todas as palavras que a parceira *não* fizesse aquilo. Ela deu um cutucão forte em Hadia, fazendo a agente erguer o distintivo de maneira desajeitada. Mas tudo que ela conseguiu deixar escapar da garganta foi um pequeno "err".

— Sabemos quem vocês são, agentes — falou um dos anjos.

Sua voz era um ronco melódico: uma música linda misturada com trovão. Como todos os anjos, ele usava uma máscara com buracos ovais para os olhos. A dele era feita de ouro brilhante, como se tivesse sido mergulhada na luz das estrelas. Combinava com seu corpo, forjado em ferro preto exceto pelas pontas das asas, que também cintilavam em dourado.

— Sou chamado de Líder aqui.

Claro que sim. Como os djinns, anjos não compartilhavam seus nomes verdadeiros. Em vez disso, adotavam títulos relacionados aos seus propósitos. Fatma seguiu o gesto feito por um dos quatro braços do Líder, que apontou para duas cadeiras pequenas o bastante para acomodar as duas humanas. Fatma se sentou em uma delas, conduzindo uma Hadia atordoada até a outra.

— Ainda estamos aguardando outro dos nossos — disse Líder. Duas de suas mãos estavam cruzadas sobre a mesa, ao lado de uma pasta que parecia pequena demais para ele. Foi só então que Fatma percebeu que havia uma quinta cadeira gigante ao redor da mesa, vazia. As palavras do anjo carregavam um toque de irritação, o que parecia combinar com sua máscara, inexpressiva e com lábios cerrados. — Enquanto esperamos, talvez seja melhor vocês conhecerem os outros.

— Sou Harmonia — cumprimentou outro anjo, caloroso.

Tinha a voz parecida com a de uma mulher e usava uma máscara com um imóvel sorriso agradável. Seu corpo rechonchudo tinha a cor de um arco-íris sempre em mutação, então nenhuma parte tinha um tom fixo.

— Eu sou Discórdia — declarou um terceiro, brusco.

O corpo dele era afiado e anguloso, como se fosse capaz de cortar ao toque. Era branco como osso, até as pontas das asas, sem alusão alguma a cores. Ele encarava as recém-chegadas por trás de uma máscara preta moldada em uma expressão de desprezo.

— Sou Defesa — ressoou o quatro.

Parecia ter sido nomeado adequadamente, com um robusto corpo mecânico e seis braços grossos — dois mais do que ela via na maioria dos anjos. Era prateado e carmim, com uma máscara que parecia ter sido entalhada para a estátua de um herói.

Assim que Defesa terminou de se apresentar, as portas de ouro se abriram e outro anjo entrou. Como os outros, tinha quase quatro metros. Quatro braços mecânicos se estendiam de ombros de bronze, e asas brilhantes de platina decoradas com traços carmim e dourados se acomodavam atrás das costas largas.

Ao ver o recém-chegado, Fatma sentiu o corpo paralisar. Foi algo involuntário, que ela não podia controlar mais do que um espirro ou uma coceira. Ela ficou de pé em um instante, sacando a pistola, o coração acelerando até o retumbar preencher seus ouvidos.

— Criador! — grunhiu ela.

Deveria ser impossível. Ela vira o anjo morrer — enfiando facas na própria carne em sacrifício. Ainda assim, lá estava ele, vivo! Ela reconheceria aquela máscara translúcida de alabastro com o sorriso irônico esmaecido em qualquer lugar. Ele assombrava seus pesadelos. Fatma nem sequer sabia o que um tiro era capaz de fazer com uma daquelas criaturas, mas ela descobriria.

O anjo parou, inclinando a cabeça para olhar para a arma — mais curioso do que com medo.

— Você está atrasado — advertiu Líder.

— Peço desculpas — disse Criador, com uma surpreendente voz melódica de mulher. — Acho que essa mortal deseja me machucar. Fascinante!

Líder se virou para Fatma, só então percebendo que ela estava ali de pé, brandindo uma arma. Hadia nem sequer despertou de seu maravilhamento.

— Por favor, impeça-a — gemeu Harmonia. — Isso vai deixar tudo desagradável.

— Não — contrapôs Discórdia. — Quero ver o que acontece.

Defesa apenas fez a garganta mecânica roncar.

— Queria que você tivesse chegado na hora para que eu pudesse explicar — repreendeu Líder. — Ela acha que você é o *outro* Criador, com quem teve uma... experiência... desagradável.

— Ela não consegue ver que não sou ele? — perguntou Criador.

— Como já lhe disse em várias ocasiões, a percepção mortal é limitada — respondeu Líder.

Fatma ouviu, os fragmentos de informação fazendo-a reavaliar a situação. Aquele Criador falava com uma voz feminina. Mais jovem também. E soava como se nunca tivessem se encontrado. Lentamente, ela abaixou a pistola.

— Outro Criador? — perguntou a agente. — Por quê?

— Para substituir o último Criador — respondeu Líder, como se aquilo explicasse tudo.

Fatma sentiu o coração voltar ao normal devagar, aceitando que aquele não era o anjo vigarista, afinal de contas. Voltou a se sentar, guardando a pistola, ainda que muito abalada para sentir vergonha por sua explosão. Seu olhar se demorou em Criador, seguindo cada movimento do anjo.

— Agora que todos chegamos, vamos ao assunto a ser tratado — disse Líder, virando-se para Fatma. — Sabemos por que estão aqui.

Ela se voltou para encará-lo, um pouco confusa.

— O Selo de Salomão — mencionou Harmonia, felizmente.

A lembrança voltou depressa, para o constrangimento de Fatma. Ela estava se distraindo.

— Você sabe sobre o anel — continuou Líder. — Ou descobriu sozinha ou visitou o livreiro. Suspeitamos que acabaria fazendo isso no devido tempo.

— Eu disse a eles! — acrescentou Criador. O rosto do anjo estava impassível, mas suas palavras soavam animadas. — Quando soube como você lidou com meu predecessor, tive certeza de que também descobriria! Você é uma mortal bastante notável! — Ela se virou para a perplexa Hadia e adicionou, depressa: — Ah, tenho certeza de que você também é notável.

— Parece que nós e a agente Fatma somos destinados a cruzar os caminhos — refletiu Harmonia.

— Ou ela insiste em se meter onde não deve — gracejou Discórdia.

Defesa, de novo, fez a garganta retumbar.

Fatma fitou Líder.

— Foram vocês. Que apagaram todos os rastros do Selo de Salomão.

— Apagar da compreensão humana, sim — afirmou o anjo. — E da memória. Foi uma boa mistura de magias complexas, mas nos esforçamos para sermos meticulosos.

A raiva de Fatma inflamou com a casualidade no tom dele.

— O que dá a vocês o direito de brincar com a cabeça dos humanos? Quem fez de vocês juízes do que podemos ou não saber?

Todos os anjos a encararam em silêncio, como se estivessem perplexos.

— Ela acredita que agimos por nossa conta — comentou Criador. — Fascinante!

Fatma franziu o cenho.

— Como assim?

Líder abriu duas de suas palmas em um gesto de calma.

— Não foi nossa a iniciativa de remover o conhecimento sobre o Selo de Salomão. Foi a pedido dos djinns.

Aquilo de fato deixou Fatma sem palavras.

— Os djinns — murmurou Hadia, como alguém lentamente emergindo de um sonho. — O livreiro disse isso. Eles não querem que saibamos sobre o anel.

— Eles acreditam que tal conhecimento nas mãos de vocês é perigoso — confirmou Discórdia. — Sua espécie é maravilhosamente imprevisível, afinal de contas.

— A única forma de manter a segurança, eles decidiram, era livrar vocês da tentação — continuou Líder. — Para esse fim, nos contrataram para elaborar uma grande magia. Uma que expungisse o que vocês sabiam e escondesse esse conhecimento dos seus olhos dali em diante.

— Ela também impede os djinns de falarem sobre o assunto — acrescentou Fatma.

— A magia abomina desequilíbrio — disse Harmonia. — Não havia como os djinns pedirem por isso mas serem excluídos do alcance do feitiço. O preço exato para o equilíbrio era o próprio silêncio deles.

— Como eu disse, nos esforçamos para sermos meticulosos — comentou Líder, com orgulho.

Então aquela parte não havia sido intencional, refletiu Fatma. O Ministério publicava anúncios públicos regularmente, alertando as pessoas a não fazerem acordos imprudentes com djinns. Fazer permutas com seres que tinham séculos de experiência quase sempre era desfavorável ao humano. Talvez devessem fazer um anúncio regular parecido alertando djinns a não fazer acordos com anjos.

— Sua grande magia tem certas brechas — disse Fatma. — Algumas pessoas conseguem ver através dela, como o livreiro. Vocês têm abduzido o homem, tentando apagar suas lembranças. Mas ele sempre volta ao mesmo ponto. Continua contornando a magia.

Pares de asas mecânicas se remexeram constrangedoramente. Defesa soltou seu resmungo costumeiro. Fatma tinha encontrado outra daquelas brechas no dia anterior. Ela contara sobre o anel para Siti. A mulher nunca tinha ouvido falar dele — a magia parecia funcionar no seu lado humano. Mas depois que Fatma explicou uma vez, ela não precisara mais ser lembrada. Seu lado djinn também não parecia ter problema em falar sobre o assunto.

— Isso é verdade — disse Criador, virando-se para falar diretamente com Fatma. — Eu vi os perigos estruturais na criação assim que cheguei neste plano. A magia é como o tecido dos seus dirigíveis: se for usado para envolver um volume grande demais, fica retesado. Pontos fracos se desenvolvem, e logo há o perigo de desfiar! Eu alertei sobre isso, mas não me deram ouvidos. Eu, cuja mais profunda essência é a da construção...

— Chega — ordenou Líder, com firmeza, os olhos brilhantes fixos em Criador. — Vamos ter uma conversa sobre sua inclinação em falar mais do que deveria em momentos errados e em companhia inapropriada. — O anjo jovem se encolheu, as asas murchando. Líder se virou para Fatma. — O que importa é que alguém além daquele livreiro vexatório tem disposição forte o bastante para evadir nosso encobrimento. E agora também está utilizando o anel.

— O impostor que alega ser al-Jahiz — disse Hadia, parecendo voltar a si. Discórdia sibilou.

— Um canalha, que roubou o anel de onde o mantínhamos!

O queixo de Fatma caiu.

— Vocês estavam com o Selo de Salomão? Esse tempo todo?

— Parte de nosso acordo era guardar o anel — explicou Líder. — Cada dia que esse impostor fica com ele é um dia em que estamos sob quebra de contrato.

— Por que ficaram com a coisa? — perguntou Fatma. — Por que não o destruíram?

Arquejos se espalharam pela sala. Até o resmungo de Defesa parecia ofendido.

— Destruir tal relíquia sagrada seria sacrilégio! — explicou Harmonia melodicamente.

— Como alguém conseguiu roubar o item de vocês? — perguntou Hadia. — Quem teria coragem?

— Os mesmos que procuram objetos associados com al-Jahiz — respondeu Líder.

— A Irmandade do lorde Worthington — concluiu Fatma.

— O falecido lorde Alistair Worthington e sua obsessão exótica — afirmou Líder.

— O selo — disse Fatma. — É parte do emblema da Irmandade.

— Outra evasão infeliz de nossa magia — disse Harmonia, suspirando. — Embora apenas parcialmente. A mente de lorde Worthington conjurou algo similar ao selo, mas ele nunca entendeu de verdade o que era. Nós, há muito tempo, avaliamos o assunto como inofensivo.

— As relações dele eram mais vexatórias — disse Líder. — A Irmandade dele tinha entre seus contratados um certo djinn que trabalhou aqui como arquivista, até ser despedido por práticas antiéticas.

— Um djinn ilusionista chamado Siwa, imagino — disse Fatma, juntando as peças.

— Antes de ir embora, ele roubou uma lista dos pertences em nossos cofres — disse Discórdia. — Ele trabalha com ladrões de habilidades raras que entram dentro dos lugares e pegam o que são instruídos a pegar. Esses objetos são, depois, enviados ao lorde Worthington por um preço.

Hadia se virou para Fatma.

— O diário de Portendorf! Mencionava uma lista!

Fatma assentiu, lembrando.

— A espada de al-Jahiz estava na lista?

— A lâmina — confirmou Líder. — Roubada no mesmo dia que o selo foi levado.

— Por que não se livrar de lorde Worthington e de sua Irmandade de uma vez? — perguntou Hadia. — Suponho que isso esteja no poder de vocês. Por que participar desse jogo?

Os anjos reunidos trocaram olhares antes de responder.

— Não era nossa intenção fazer um rebuliço — disse Harmonia, com delicadeza.

— Vocês não queriam chamar atenção — deduziu Fatma. — Se as pessoas soubessem que o lorde Worthington estava entrando em seus cofres, logo todos os ladrões do Cairo tentariam fazer o mesmo só para ver se seriam capazes.

— Então, você entende nosso dilema — disse Líder. — Quando o anel desapareceu, suspeitamos de lorde Worthington, pensando que talvez tivesse enfim descoberto o significado do selo do seu emblema. Porém, logo depois ele e sua Irmandade inteira tiveram um fim prematuro. Isso nos deixou confusos. Então começamos a analisar o assunto.

Ele colocou um largo dedão de aço em cima da pasta sobre a mesa — empurrando-a na direção das agentes. Fatma a abriu e passou os olhos pelo conteúdo. Ao que parecia, registros financeiros. Ela passou vários documentos para Hadia.

— Propriedades da empresa do lorde Worthington — informou Líder. — Durante o último ano, fizeram alguns investimentos e aquisições interessantes.

— Propriedades armamentistas — leu Hadia. — Indústrias de armas. Dirigíveis de bombardeios. Fabricantes de metralhadoras e cilindros de gás.

— Ativos estranhos para um homem dedicado a promover a paz — repreendeu Discórdia.

Era mais do que isso, avaliou Fatma, folheando as páginas. As ações e a quantidade de dinheiro mencionadas ali eram astronômicas. Como se Alistair Worthington estivesse tentando converter a empresa inteira para lucrar com a guerra. Não, ele não, percebeu ela.

— Vocês não acham que Alistair Worthington estava tomando essas decisões, acham? — perguntou ela.

— Um mortal irritante, de certo — reclamou Líder. — Mas isso não parece de seu feitio. Outra pessoa da casa do lorde Worthington estava fazendo tais mudanças.

— Alguém que sentia desdém por ele e sua Irmandade — disse Discórdia.

— Alguém que tinha acesso a Siwa e à lista — acrescentou Harmonia.

Fatma analisou aquelas palavras com cautela.

— De quem estão falando?

Os anjos trocaram outro daqueles olhares irritantes antes de Líder balançar a cabeça mascarada.

— Não somos investigadores. Isso é com vocês. Esse impostor, quem quer que seja ele, agora está com o Selo de Salomão, um instrumento de poder imenso.

— Um poder imensurável! — lamentou Harmonia. — Grande demais para um mortal utilizar de forma tão deliberada. Com tanta frequência. Até mesmo Salomão era mais esperto. Isso cobra um preço, do corpo e da alma!

— É por isso que concordamos em trazer vocês até aqui — falou Discórdia. — Por isso compartilhamos o que precisavam saber.

— Você precisa recuperar o anel, agente — disse Líder em um tom insistente. — Precisa pegar o item desse impostor antes que mais estrago seja feito e depois o devolver para nós. Para que possamos cumprir nosso contrato.

Fatma não respondeu de cara. Aqueles anjos não sabiam quem era o impostor, mas claramente suspeitavam de alguém. Uma pessoa da casa de Worthington. Ela e Hadia estavam no caminho certo desde o começo.

— Nós vamos encontrar o anel — disse ela, enfim. — Mas apenas com a condição de que respondam a mais duas perguntas e atendam a duas exigências.

Líder não pareceu gostar da barganha, mas abaixou a cabeça em concordância.

— Vá em frente. Vamos responder ou atender o que desejam, dentro do razoável.

Fatma falou com cuidado.

— O que o impostor quer com o Relógio dos Mundos?

Outro movimento constrangido de asas.

— Aquela máquina deveria ter sido destruída — disse Líder sem rodeios.

Fatma dissera o mesmo no Ministério, em vão.

— Sim, mas essa não foi minha pergunta.

— Ninguém sabe — afirmou Criador. — Meu predecessor planejava usar o objeto em projetos nefários. Temo ainda mais esse impostor. Líder está certo, a máquina deveria ser... desfeita. — A última palavra soou quase estranha para ela.

— Segunda pergunta — disse Fatma. — O que vocês sabem sobre os Nove Lordes?

— Superstição de djinn — desdenhou Líder, preguiçosamente. — A espécie deles é inclinada a tais ilusões.

— Mas o impostor teria o poder de controlá-los com o anel?

— Essa é uma terceira pergunta — respondeu Líder. — Nossa barganha só permitia duas.

Fatma seguiu para as exigências.

— Primeira exigência: parem de sequestrar o livreiro. Façam uma magia melhor ou a desfaça de uma vez. Vocês não entendem humanos tão bem quanto pensam. Não podem esconder conhecimentos de nós. Vamos descobrir de alguma forma, de qualquer jeito. É como somos. Deixem o livreiro em paz.

Houve um período de silêncio antes de uma voz estrondosa dizer:

— Feito.

Fatma olhou para Defesa, surpresa. Todos os outros pareceram aceitar a palavra dele como final, contudo, declarando concordância.

— Segundo pedido: libertem Hadia e eu dessa magia de confusão. Vamos trabalhar mais rápido sem isso sobre as costas.

— Ah, isso não podemos fazer — disse Líder, meneando a cabeça.

— Por que não? — perguntou Hadia. — Foram vocês que criaram o feitiço.

— Não fomos só nós — explicou Criador, encarando Líder, que gesticulou para que ela continuasse. — Os meios para criar o encobrimento do Selo de Salomão envolveram poderes angelicais e também de *outros*, além deste reino, como parceiros ocultos. Libertar vocês duas da confusão de forma deliberada representaria uma violação de nosso contrato com eles. — A voz dela abaixou para um sussurro. — Não se quebra compromisso com eles. Nunca.

Fatma não fazia ideia de quem eram esses "outros", mas a determinação ameaçadora no tom do anjo a deixou incerta sobre como argumentar.

— Tem um jeito de fazer isso sem causar desequilíbrio — sugeriu Harmonia. — O djinn adormecido.

— O djinn adormecido — repediu Líder, melancólico. — Isso não violaria o contrato.

— Pode perturbar o caráter de nosso acordo — avisou Discórdia.

— Nossos parceiros não são tão ordinários a ponto de começar uma vendeta familiar entre os reinos por causa de escolhas de palavras — rebateu Harmonia. — Pelo menos, espero que não. — Ela se virou para Fatma. — Nosso contrato com os djinns submeteu de uma vez cada membro da espécie aos princípios do tratado, forçando-os a concordar meramente ao existir. As únicas exceções foram quaisquer djinns que pudessem, na época, estar incapazes de consentir devido ao seu estado incorpóreo inativo. Por existirem fora do contrato como foi feito, não estão submetidos a ele, e, assim, podem, se quiserem, renegociar como os termos são aplicados e a *quem* ele se aplica, contanto que aprovemos as escolhas.

— Então... — começou a dizer Hadia, pensando sobre aquilo. Anjos podiam ser exigentes no que tangia a seu juridiquês. — Podemos nos livrar desse feitiço sem causar nenhum... conflito interno entre reinos. Mas quem é esse djinn adormecido?

Com a pergunta, todos os anjos se viraram para Fatma. Ela suspirou, já sabendo a resposta.

— Um marid muito desagradável que eu prometi nunca mais incomodar. Anjos. Ela ainda acabaria morrendo por causa deles.

23

Pela segunda vez em dois dias, Fatma entrou na prisão que ficava sob o Ministério. Zagros ainda estava lá, mas não era ele que a agente tinha ido ver. A intenção dela era muito mais perigosa do que interrogar o bibliotecário — mesmo com ele tendo tentado matá-la. Agora entendia que ele havia estado sob o controle do impostor. O djinn que encontraria naquele dia era bem menos previsível.

— Você está quieta — comentou Fatma, olhando para Hadia que caminhava ao seu lado.

A outra mulher assentiu.

— Visitar esses... supostos anjos... Fiquei pensativa, só isso.

— Pode ser meio impressionante... Mesmo sabendo que eles não são anjos de verdade.

Hadia balançou a cabeça.

— Não é isso. Bem, não só isso. — Ela estacou e encarou Fatma, que parou em seguida. — Eles mexeram na nossa mente. Entraram na nossa cabeça. E a gente não fazia nem ideia. O que mais podem ter mudado ou escondido de nós? Nossos escritos? Nossas histórias? Nossos livros sagrados? O que mais podemos ter deixado de saber? Como podemos ter certeza de qualquer coisa? — Os olhos dela se fecharam, e ela soltou um longo suspiro antes de abri-los de novo. — Como se lida com o peso esmagador disso? Saber que somos apenas pessoas e que existem esses poderes vastos puxando cordinhas sobre as quais podemos nem saber? Eu deveria ajudar a planejar o casamento do meu primo no mês que vem. Mas isso parece tão sem sentido diante dessas coisas... — Ela franziu a testa. — Eu me pergunto se era assim na época em que al-Jahiz abriu o Káf. De repente aprender que o mundo que você conhecia não era tão real assim. Estou escolhendo um momento estranho para filosofar, eu sei. Talvez esteja tendo um surto...

Fatma meneou a cabeça lentamente.

— Você não está surtando. Todo agente tem esse momento. Mais de uma vez. Trabalhar no Ministério é isso. Compreender mais do que as pessoas comuns quanto o mundo ao nosso redor se tornou estranho. Foi com isso que concordamos. E por isso não é para todo mundo. Mas sim, eu às vezes paro e penso muito sobre isso. Aí saio e compro um blazer novo. Porque são essas pequenas coisas, como planejar o casamento do seu primo, que nos mantêm com os pés no chão. — Ela deu uma piscadela. — Talvez você possa aumentar sua coleção de hijabs.

Hadia riu baixinho e elas voltaram a andar.

— Me relembre: o que esse marid disse mesmo? — perguntou ela.

Era a quinta vez que ela perguntava, mas Fatma respondeu mesmo assim.

— Que ele tinha dormido com a esperança de viver mais que a humanidade. Ele também concedeu à última pessoa que o despertou a chance de escolher sua morte.

— E você deu a ele seu nome e sua palavra?

— Ambos. — Fatma tinha sentido o pacto repousando em sua pele.

— Isso torna o acordo impossível de ser quebrado?

— Qualquer coisa pode ser quebrada. Só significa que fazer isso vai cobrar um preço.

Hadia recitou uma dua rápida para sua proteção, a preocupação estampada no rosto. O olhar dela vagou até o objeto que Fatma segurava com força em uma das mãos — uma garrafa enferrujada em formato de pera, incrustada com estampas florais de ouro.

— Eles simplesmente deixaram você sair do cofre do Ministério com essa coisa?

— Fui eu que a trouxe para cá. Falei que precisava corrigir a papelada. Não há motivo para pensarem que eu faria algo absolutamente tolo... como abrir a tampa.

— Claro que não — balbuciou Hadia. — A não ser que se tenha algum tipo de pulsão de morte.

Elas pararam diante de uma cela, a mais distante no fim do corredor.

— Você não precisa entrar — disse Fatma. — Se algo der errado, a proteção da cela deve detê-lo.

Hadia esticou o braço e, dessa vez, pegou dois bastões pretos da parede, avaliando o peso de cada um. Era resposta suficiente.

Fatma abriu a cela, e elas entraram, fechando a porta atrás delas. A agente foi até o centro da sala, ajoelhou-se e colocou a garrafa de bronze no chão.

— Vamos mesmo fazer isso? — perguntou Hadia.

— Precisamos.

Hadia parecia perplexa.

— Por que precisamos mesmo?

Fatma lhe entregou uma cópia da anotação do livreiro, e a mulher se encolheu quando a lembrança voltou.

— É exatamente por isso que temos que quebrar o efeito dessa magia sobre nós. Não podemos continuar assim para sempre. — Ela sacou a janbiya. — Pronta?

Hadia segurou os bastões pretos com mais força e assentiu. Fatma pressionou a faca contra o selo marcado com um dragão em cima da rolha e prendeu a respiração — antes de passar a lâmina pela cobertura de cera, quebrando as proteções restabelecidas.

Mal houve tempo de pular para trás quando uma fumaça verde-clara irrompeu da garrafa como um gêiser. O gás rodopiante ganhou forma rápido, moldando-se em uma silhueta ampla parecida com a de um homem — apenas maior. A nuvem se fundiu, ficando cada vez mais firme até virar carne. Em instantes, um djinn adulto se erguia diante delas.

O marid era tão aterrorizante agora quanto havia sido naquela noite — um gigante coberto por escamas esmeralda, com o peito à mostra subindo e descendo e os chifres lisos de marfim roçando no teto. Por um momento, ele ficou parado, em silêncio, despertando de seu sono. Quando seu terceiro olho abriu, uma pirâmide de estrelas ardentes, ele varreu a cela com um olhar soberbo antes de o focar em Fatma.

— Feiticeira. — A palavra retumbou no espaço pequeno.

Fatma se forçou a encarar o olhar que a esquadrinhava.

— Grandioso, digo novamente, não sou feiticeira.

Os lábios verdes do djinn se retorceram.

— Ainda assim, duas vezes fui convocado à sua presença. Quem além de uma feiticeira ousaria fazer algo assim? Não que importe. Você quebrou sua palavra. Jurou por seu nome. Você já está morta.

Ele falou a última frase como se estivesse comentando sobre o clima. Fatma aprumou a postura.

— Grandioso, eu não teria te despertado se não fosse por uma causa urgente.

O marid bocejou.

— Vocês mortais sempre têm motivos para quebrar seus juramentos. Desculpas para justificar seus modos nojentos. Para justificar sua própria existência. Apenas ouvir sua conversa vazia já é irritante aos meus ouvidos. — Ele ergueu uma mão dotada de garras que era duas vezes maior do que a cabeça da agente, com a palma aberta e o dedos esticados. — Devo remover seus ossos para que seu corpo frágil colapse em uma massa? Talvez substituir seu sangue por areia escaldante? Ou fazer você cortar as próprias entranhas e se engasgar com elas?

— Vejo que andou pensando sobre isso — disse Fatma. A voz saiu firme, mas ela estremeceu por dentro.

O djinn abriu um sorriso cruel.

— Quando durmo, tudo com que sonho é como massacrar mortais. Eu poderia matar todos vocês, como ovelhas aos montes.

— Basta! — disse Hadia, ativando os dois bastões até que crepitassem com raios azuis. — Ninguém vai massacrar ninguém hoje. Se o senhor apenas escutasse...

O marid gesticulou casualmente na direção dela. Braços de pedra de repente surgiram da parede atrás de Hadia, cada um com sete dedos na mão. Eles seguraram a mulher, puxando-a para junto da parede. Seus gritos de espanto pararam quando o corpo dela se tornou pedra — uma estátua presa meio para dentro e meio para fora. Tudo terminou antes que os bastões pretos que ela havia deixado cair tocassem no chão. Fatma encarou, brandindo a janbiya. Ela se virou para o djinn.

— Solte-a! Isso é entre mim e você!

O marid riu baixinho.

— É entre quem eu quiser que seja. Que a aprendiz e a mestra sofram.

— Ela só estava tentando te fazer ouvir! Assim eu poderia contar...

As palavras de Fatma sumiram. Contar o que para ele? As coisas que pareciam tão importantes tinham desaparecido. Ela olhou para o marid com o braço ainda estendido. Os olhos flamejantes queimaram como chamas brancas. Da palma da mão do djinn irrompeu um brilho verde-jade. Inexplicavelmente, um alarme disparou. O djinn franziu o rosto, olhando para o blazer dela. O som se repetiu.

— Vai desligar isso? — perguntou ele. — É irritante.

Fatma pegou o relógio de bolso. Ora, ela tinha definido um alarme? Abrindo o objeto, ela encontrou um pedaço de papel dobrado lá dentro e o desdobrou. Enquanto lia, sua boca trabalhou depressa:

— O Selo de Salomão!

O marid inclinou a cabeça chifrada. Seus olhos flamejantes se abrandaram, e seu braço abaixou lentamente para a lateral do corpo.

— O que você sabe sobre isso? — perguntou ele, com frieza.

Fatma soltou o ar.

— Sei que é um anel criado para controlar djinns. Que rouba o livre-arbítrio de vocês. Um mortal está com esse anel agora. Prendeu um ifrite. Ele não pestanejaria em te tirar de dentro dessa garrafa e te escravizar. Achei que o senhor iria gostar de saber.

O djinn não disse nada por um tempo, coçando a barba branca cacheada. Finalmente moveu o pulso — e Hadia caiu da parede, com o corpo novamente feito de carne. Seu grito interrompido terminou em um lamento quando ela caiu de quatro. Fatma se curvou para ajudá-la a se levantar.

— Uma abominação — murmurou o marid, distraído. — Fomos tolos de pensar que forjar aquilo seria algo sábio. — As sobrancelhas de Fatma se ergueram com o comentário. Ele se virou para olhá-la de novo, ignorando Hadia, que cambaleava sobre as pernas bambas. — O que quer de mim, não feiticeira?

— Há uma magia tecida em torno do anel. Faz com que a gente esqueça dele. Precisamos remover isso. Os anjos disseram que você pode fazer isso.

O djinn resmungou.

— Anjos. É assim que aquelas criaturas estão se denominando agora? — Ele fungou forte pelo nariz e fez uma careta. — O fedor deles está forte em vocês.

Fatma adoraria que ele parasse de cheirá-la.

— Bem, os anjos, ou seja lá o que são, disseram que o senhor podia remover o feitiço. Quando fizer isso, vamos poder encontrar esse mortal que roubou o anel e o devolver aos guardiões.

O anjo resmungou algo de novo, dessa vez mais alto.

— O quê? — disparou ela.

— Um mortal — falou o marid, de forma arrastada. — Roubou o Grande Selo. De um deles? Essa é a história que contaram para você?

Fatma franziu o cenho.

— Como assim?

O djinn revirou os três olhos, como alguém faria com uma criança confusa — ou um cachorro.

— Você acredita que seres capazes de cruzar planos de existência, que forjam feitiços potentes o bastante para confundir um mundo inteiro, que podem curvar o espaço e a realidade a seu bel-prazer, foram enganados... por um ladrão mortal?

— Eles disseram que o anel foi roubado do cofre... — conseguiu dizer Fatma.

O djinn suspirou.

— Esse órgão patético que você chama de cérebro nunca parou para pensar que o poder que emana daquelas criaturas talvez permita que eles façam você acreditar no que quiserem? Ou no que você quiser acreditar?

Fatma sentiu a cabeça explodir. Começou a repassar a reunião com os anjos. O maravilhamento que induziam naturalmente. A ideia de ladrões invadindo um de seus cofres parecera improvável. Ainda assim, eles tinham oferecido uma resposta na qual ela quisera acreditar. Assim, Fatma a havia aceitado sem nem pensar duas vezes. Mas o que aquele djinn estava falando reavivou suas dúvidas. Só podia significar uma coisa.

— Eles permitiram que o anel fosse levado! — exclamou Hadia. O choque de perceber aquilo a fez voltar a si, apesar da voz vacilante. — Eles *queriam* que fosse levado!

O peso da afirmação deixou Fatma aturdida.

— Por quê?

— Para exercer seu poder, é de se presumir — respondeu o djinn, direto.

— Então por que eles mesmos simplesmente não usaram o anel? — perguntou Hadia.

— O selo não pode ser usado por djinns ou qualquer outra criatura tocada por magia. Foi feito para mãos mortais, desde que encontre alguém digno.

Fatma franziu o cenho.

— Encontre alguém digno?

O marid parecia exasperado, pronto para jogar as mãos para o alto.

— Vocês não sabem nada sobre as propriedades e leis que governam objetos mágicos quase sencientes?

— Finja que não — disparou Fatma. — Somos apenas mortais de mentes patéticas, afinal de contas.

Com isso, ele soltou um riso baixo em concordância. Desgraçado!

— O selo tem consciência própria — ele contou a elas. — Apenas um mortal com força de vontade excepcional o poderia chamar de mestre. Ele não aceitaria se revelar para mais ninguém. Embora, ao que parece, ainda mantenha às escondidas a maior parte de seu poder. O fato de você acreditar que a verdadeira forma do selo é um *anel* é prova suficiente disso.

— Isso deveria fazer sentido? — perguntou Fatma, sem mascarar a irritação.

O djinn se inclinou para a frente, direto e reto.

— O selo é um anel de verdade tanto quanto você é uma criatura com uma inteligência nem sequer próxima da mediana. Seu poder mais potente e sua forma verdadeira são revelados apenas para pessoas cujo desejo é puro... Qualidade que parece faltar em quem o possui no momento. Como é com a maioria dos mortais.

— O livreiro disse que ninguém sabe realmente qual é a aparência do selo — murmurou Hadia.

Fatma também se lembrava daquilo, mas não parecia muito relevante. Além disso, sua mente estava ocupada tentando desenroscar os vários nós que o djinn colocava diante delas.

— Foi tudo combinado — pensou ela, falando de uma vez. Seu olhar se encontrou com o de Hadia. — A lista que nos levou até Siwa. Os ladrões da Irmandade. Pegar o selo. Peças colocadas cuidadosamente juntas para que o anel pudesse acabar nas mãos de alguém capaz de utilizá-lo. — Ela se virou de novo para o djinn. — Mas por que eles iriam querer que um mortal utilizasse o anel?

O marid moveu os ombros pesados para dizer que não sabia ou não se importava.

— Qualquer que seja o motivo, eles perderam o controle — disse Hadia. — Não estavam preparados para a ambição desse impostor, que não pode ser refreada. Agora querem que a gente limpe a bagunça deles.

— A ganância dos mortais nunca deveria ser subestimada — entoou o marid.

Anjos. Fatma meneou a cabeça. A maquinação em andamento, qualquer que fosse ela, não mudava o fato de que o anel precisava ser recuperado do impostor.

— Eles disseram que você podia remover o feitiço de confusão. Que existe um contrato que você pode renegociar por...

O marid sacudiu a mão.

— Eu entendo como vínculos contratuais mágicos funcionam, mortal. Por favor, não me insulte tentando me explicar esse tipo de coisa com seu discurso inarticulado.

— Você vai remover o feitiço?

— O que vou ganhar em troca?

O queixo de Fatma caiu. Ele queria algo em troca? Depois de prender Hadia em uma parede?

— Que tal garantir que o impostor não te transforme no bichinho de estimação dele? Isso é bom o bastante?

— Toda magia tem um preço — insistiu o marid. — Qual vai ser meu pagamento?

Ela cerrou os punhos. Djinns podiam ser insistentes com contratos. Não teria como escapar. Ou — percebeu ela de repente — teria?

— Nove Lordes Ifrites significa alguma coisa para o senhor? — perguntou Fatma, e uma inquietação perpassou aquele rosto antigo. Foi tão satisfatório quanto assustador. — Então eles são reais — pressionou ela. — O impostor planeja despertá-los. Trazê-los para cá. Com o Selo de Salomão, ele terá o controle dos djinns mais poderosos. Quer algo em troca pelo seu contrato mágico? Vamos impedir que isso aconteça.

O marid faz uma careta.

— Vocês desejam eles longe deste mundo tanto quanto eu.

— Pense nisso como um benefício mútuo — retorquiu Fatma. — Temos um acordo ou não?

Os três olhos do marid ferviam de raiva, insatisfeito com a oferta. Mas ele parecia gostar menos ainda daqueles Nove Lordes.

— Temos um acordo — decretou ele. — Mas saiba de uma coisa, não feiticeira: se um dia me despertar de novo, não haverá acordo a se fazer. Não vou me importar nem se os céus estiverem caindo.

— Que seja — respondeu Fatma. — Agora cumpra sua parte e remova o feitiço.

O djinn estendeu a mão, e Fatma teve a sensação repentina de estar em chamas — como se tivesse sido *arremessada* no fogo. A dor era tão intensa que ela mal conseguia gritar. Quando sua visão clareou, ela se viu esparramada no chão, contorcendo-se enquanto a sensação agonizante se esvanecia até não passar de um incômodo. Ela viu Hadia ao seu lado, incapacitada de forma similar. Nenhuma delas parecia estar fisicamente machucada, mas, Deus Misericordioso, que dor! Enquanto ainda estava deitada de costas, a cabeça chifruda do marid pairou acima dela.

— A magia foi removida — resmungou ele. — Eu poderia ter feito sem causar dor. — A boca dele se abriu em um enorme sorriso cheio de dentes. — Mas você não deixou isso claro em seu pedido.

Fatma ergueu a mão trêmula e fez um gesto rude. Ela odiava *mesmo* aquele djinn.

Ela ainda resmungava sobre djinns arrogantes e anjos maquinadores enquanto a carruagem automatizada acelerava pelo Cairo até o próximo destino das agentes. Pelo menos a magia de confusão havia sido removida. Elas tinham testado, inclusive abrindo livros para encontrar passagens inteiras agora visíveis. O marid havia feito como prometido. Fatma levara a garrafa dele de volta ao cofre e submetera uma requisição urgente para encontrarem um lugar seguro para ela — com sorte, um baú submerso na parte mais funda do mar.

— Tem certeza de que está bem? — ela perguntou a Hadia.

A mulher estava sentada diante dela, lendo ativamente o livro-razão de Portendorf. Ela tinha feito anotações de tudo que envolvia as palavras "a lista", confirmando muito do que já sabiam. Siwa vinha fazendo bom uso do registro roubado, vendendo e recuperando objetos para o licitante que desse lances maiores — que acabou sendo Alistair Worthington. Os anjos provavelmente tinham presumido que alguém no círculo arrogante do inglês seria obstinado o suficiente para cruzar com menções ao anel. Hadia ergueu a cabeça em reação à pergunta de Fatma.

— Um djinn me colocou dentro da parede. Por um momento, achei que eu *era* a parede. Aí ele tentou queimar minha pele. Então não, não estou bem. Mas, se for a vontade de Deus, vou ficar.

Fatma não insistiu no assunto.

— Tem uma pergunta que não fizemos — disse Hadia, mudando de assunto. — Por que os anjos, ou seja lá o que são, colecionam e acumulam coisas associadas com al-Jahiz?

Fatma balançou a cabeça. Se havia uma coisa que tinham aprendido naquele dia era que quando o assunto eram os anjos, não dava para saber suas motivações. A carruagem delas balançou quando as ruas ficaram irregulares, e ela afastou a cortina para olhar pela janela.

— Chegamos.

— De novo — acrescentou Hadia.

O Cemitério não parecia tão diferente à luz do dia. Exceto talvez pelo fato de que a noite disfarçava parte da imundície — onde tijolos despedaçados entulhavam o chão e barracos de madeira improvisados mal se mantinham de pé. Nem todo lugar era assim. Alguns mausoléus eram bem cuidados por seus ocupantes, e havia túmulos recentemente limpos e pintados. Em outros lugares, novas construções prosseguiam e comerciantes vendiam vasos de argamassa — como se não fosse sexta-feira. As crianças brincavam por entre as lápides, em meio aos varais de roupas secando sob o sol do meio-dia.

— Acha que algum deles vai nos reconhecer? — perguntou Hadia enquanto saíam da carruagem.

Ela havia optado por não usar o uniforme do Ministério, em vista dos eventos recentes.

Fatma percebeu uma mulher encarando-as de uma cozinha, onde trabalhava diante de um forno de pedra bem ao lado de uma tumba com entalhos complexos.

— Talvez. É fácil chamar atenção quando não se é daqui.

Sem falar de seu blazer cinza-claro, colete combinando e camisa branca com risca de giz vermelha. Não era um traje exatamente discreto.

— Olha lá quem está vindo. — Ela jogou a cabeça na direção de um mausoléu alto ao longe.

Era muito parecido com aquele onde elas haviam lutado contra o impostor na outra noite. Quatro pessoas estavam descansando do lado de fora: moças. Não, meninas. Usam cafetãs bem vermelhos que iam até os joelhos, por cima de tshalvar largas. As calças turcas eram azul-escuras e estavam enfiadas em botas pretas com cadarços. As garotas estavam encostadas na entrada do mausoléu, papeando ociosamente. Uma praticava girar uma adaga por trás da mão; todas as outras estavam com a própria lâmina pendurada no quadril. Ao verem Fatma e Hadia se aproximando, elas pararam de falar e encararam as recém-chegadas com o olhar firme.

Fatma as cumprimentou, depois disse:

— Estamos aqui para ver a Leoparda.

Uma jovem alta com traços sudaneses analisou Fatma de cima a baixo.

— Voltou para mais um pouco? Onde está aquele policial gordo? Eu ia gostar de estapear a cara dele de novo, wallahi!

As outras meninas riram alto. Então fora aquela que estalara os cinco dedos no rosto de Aasim. E, como Fatma se lembrava muito bem, também a acertara com um golpe. Provavelmente era melhor deixar aquilo para lá.

— Ela sabe que estamos aqui, então só nos leve até lá.

Outra garota disse algo rude, fazendo as amigas rirem de novo, mas a primeira as fitou com um olhar que as calou. Ela encarou Fatma de novo antes de se virar e as chamarem para segui-la. Elas foram conduzidas até um mausoléu onde havia mais pessoas. Todas mulheres, todas usando o mesmo cafetã vermelho e as mesmas calças turcas, com as mais velhas usando hijabs vermelhos combinando. Talvez fosse algum tipo de classificação. De algum lugar ali perto vinha o som inesperado de risadas de crianças.

A menina parou para consultar uma das mulheres, que olhou tanto para Fatma quanto para Hadia. Quando terminaram, a garota foi embora, provavelmente para voltar ao seu posto. Alguém do grupo se aproximou: uma mulher com vestido branco e hijab preto, usando um inesperado colar brilhante de safiras e rubis. Sua pele marrom tinha rugas e pequenas bolsas sobre os olhos amendoados, enquanto o corpo era robusto como o de uma avó. Havia desconforto no seu olhar, no entanto algo quase predatório. Aquilo também era adequado para a líder das Quarenta Leopardas.

Assim que os anjos haviam dito que Siwa contratava ladrões ousados o bastante para entrar no cofre deles, Fatma soube que só podiam ser elas. Quem mais seria insolente assim? As ladras tinham começado furtando lojas, geralmente usando bur'a, sebleh e milaya lef completas para esconderem as mercadorias obtidas com desonestidade. Elas tinham progredido para assaltos a casas de ricos, passando-se por servas e empregadas, e depois seguido para roubos de joias, arte e, certa vez, uma carruagem blindada inteira carregando baús cheios de moedas de ouro. Até aquele momento, ninguém sabia o que havia acontecido. As membras entravam e saíam da prisão, geralmente detidas por crimes menores. Mas nenhuma revelava sequer uma palavra, cumprindo a pena em silêncio. A líder delas se mantinha intocável e sem ser traída. As pessoas alegavam que ela era tão difícil de pegar quanto o animal que dera o apelido felino à gangue.

— Que a paz esteja contigo, Leoparda. Eu sou a agente Fatma, e essa é a agente Hadia. Obrigada por se encontrar conosco.

— E que a paz esteja convosco, agentes — respondeu a chefe das Quarenta Leopardas. — Usta disse para te esperar.

Aquele era Khalid. O agente de apostas era o melhor contato de Fatma com o submundo do Cairo. Ela o contatara logo depois do encontro com o marid amaldiçoado. Para sua surpresa, o homem dissera que a líder da gangue estava disposta a encontrar as duas — naquele mesmo dia.

— Me digam, agentes... — prosseguiu ela. — Por que não devo mandar uma de minhas filhas amarrar vocês duas agora mesmo e vedá-las em um desses mausoléus, onde nem mesmo alguém do Ministério pomposo de vocês poderá ouvir seus gritos?

Fatma ficou tensa. Ela disse as palavras preguiçosamente, como se perguntasse quanto mel queriam no chá, mas carregavam a promessa de uma faca sacada da bainha. Ao seu lado, Hadia ficou rígida, esquadrinhando o local com os olhos. As pessoas ali não eram meninas como as do lado de fora, e sim mulheres crescidas e em forma — muito parecidas com leopardas. Então seria *aquele* tipo de reunião.

— Não viemos aqui para te ameaçar — disse Fatma. — Ou para sermos ameaçadas por você.

A Leoparda assumiu um tom frio.

— Na última vez que agentes estiveram em el-Arafa causaram uma revolta.

Fatma sentiu a indignação aumentar.

— Eram seguidoras suas que estavam incitando a multidão. Trabalhando ao lado do homem da máscara de ouro.

Os olhos escuros da mulher se tornaram fendas, a voz firme.

— Estamos apenas do lado de el-Arafa. Não nos coloque como mancomunadas com aquele homem sórdido. Vocês vieram como um exército até nossa terra, até as pessoas que protegemos e que nos protegem em retorno. Teríamos lutado com vocês até o fim.

Tudo bem, então, admitiu Fatma. Uma pergunta respondida — mesmo não sendo como ela havia planejado. Era hora de acalmar os ânimos.

— Aquela noite foi um erro — disse ela com arrependimento na voz.

A Leoparda pareceu avaliar sua sinceridade. Enfim assentiu levemente, aceitando a desculpa.

— As pessoas em el-Arafa já estão mal o bastante sem vocês para piorar as coisas. Parece que só vemos a polícia quando algum crime é cometido nas partes mais respeitáveis do Cairo. O povo daqui não confia nas autoridades, e por um bom motivo. Aquela noite não ajudou.

— Não acho que o homem da máscara de ouro ajudou também — acrescentou Hadia. — Ele é o problema.

A líder das Quarenta Leopardas encarou Hadia — que recuou um passo sob o olhar. Mas a mulher mais velha abaixou a cabeça em aprovação.

— Ele é um problema — concordou ela. — Ninguém que mora aqui é estúpido ou ingênuo. Só estão cansados da exploração. Cansados de serem ignorados. Ouvidos desesperados escutam qualquer um que oferece outros a serem culpados. O que querem de mim?

— Khalid disse que você estaria disposta a nos contar sobre um de seus contratos — disse Fatma. — Com um djinn chamado Siwa.

A mulher mais velha agora encarava ambas com um olhar inquisidor. O silêncio inquietante que se seguiu foi rompido por um adhan sendo entoado.

— Hora de orar — anunciou ela. — Vocês vão se juntar a mim. E podem me chamar de Layla.

Não foi um pedido. Assim, depois de fazerem suas abluções, elas oraram.

Quando terminaram, a Leoparda — Layla — conduziu Fatma e Hadia pelo mausoléu até uma entrada nos fundos, com sua comitiva seguindo como guarda-costas. Do lado de fora as esperava uma visão surpreendente. Várias barracas azul-celeste haviam sido armadas. Sob elas, havia fileiras e mais fileiras de mesas de madeira ocupadas por crianças — provavelmente as que elas tinham ouvido mais cedo.

— Eu cresci aqui — disse Layla, pegando com alguém um avental branco bordado com flores coloridas que amarrou por cima do vestido. — Uma mulher tomava conta de uma das tumbas. Não era da família dela, mas da família para qual a dela tinha trabalhado. Achei-a tola. Tomar conta dos mortos de pessoas que provavelmente haviam tratado sua família como serva por gerações? Mas todas as sextas-feiras, depois da oração, ela aparecia e dava fatias de pães e queijo para todas as crianças. Mais tarde descobri que pegava todo dinheiro que a família dona da tumba lhe dava e usava conosco. Foi uma lição sobre não julgar tão depressa. Ela já se foi, mas sigo com sua tradição.

Fatma ficou em silêncio. Se a mulher queria alegar que seu bando de ladras era, na verdade, um grupo de filantropas, roubando dos ricos para alimentar os pobres, ela não discutiria. Mas Fatma duvidava que qualquer outra pessoa naquela favela pudesse bancar aventais chiques. E o rubi vermelho que pendia do colar da mulher — do tamanho de um ovo de galinha — provavelmente poderia alimentar todas aquelas crianças por um ano.

— Vocês também vão precisar de aventais — comentou ela. — E conchas.

Alguém se aproximou para oferecer as duas coisas.

— Acho que não compreendeu por que viemos aqui — Fatma começou a falar. — Não temos tempo para...

— Vocês tiveram tempo para vir aqui e perturbar a vida dessas crianças — replicou Layla, ríspida. — Os pais de algumas ainda estão na cadeia. Outras viram seus irmãos ou familiares serem agredidos pela polícia. Acho que vocês têm tempo, agentes. A não ser que suas desculpas sejam apenas palavras.

Fatma olhou para as crianças. Nenhuma dava muita bola para a conversa delas, mas ela sentiu a culpa do mesmo jeito e vestiu um avental sem protestar mais. Hadia se juntou a ela. Em pouco tempo, as duas estavam servindo rodadas de pão baladi com cumbucas de galinha e mulukhyia — este último preenchendo o ar com sua fragrância de alho e coentro fritos. Em determinada altura, Layla falou:

— Às vezes sou contratada por um djinn chamado Siwa.

Bem, aquilo era uma confirmação.

— Para invadir o cofre dos anjos — disse Fatma.

— É para lá que ele nos manda. — Layla parou para olhar feio para duas crianças brigando por um pão. — Ele paga bem. Mas não foi tão empolgante quanto minhas meninas esperavam.

Fatma trocou olhares com Hadia.

— Ah, é? Como assim?

Layla deu de ombros.

— Era de esperar que invadir o cofre de anjos apresentasse mais perigos. Ou mais dificuldades. Não estou dizendo que foi fácil, mas...

— Pareceu no limite do perigo com os quais suas meninas poderiam lidar — adivinhou Fatma. — Apenas difícil o suficiente para conseguirem. E tendia a funcionar a favor delas. Sem fracasso.

A mulher mais velha parou, inspecionando as duas com um olhar firme.

— Estranho isso, não acham? — Ela voltou ao trabalho. — Quando Usta Khalid me contou que vocês queriam me fazer perguntas sobre meu contrato com Siwa, eu concordei. Porque algo tem me incomodado nestas últimas semanas. Na última vez em que o djinn nos contratou foi para roubar dois objetos. Disse que era muito importante eu ir em pessoa. Eu fui. — Vendo as expressões de surpresa, ela franziu a testa. — Não deixem este corpo velho enganar vocês. Sou bem ágil. Achei os objetos com as informações que ele me ofereceu, incluindo o local preciso onde os encontraria no cofre dos anjos. Mas tem uma coisa estranha: me lembro de roubar uma espada cantante com uma lâmina tão escura quanto a noite. O outro objeto, no entanto... — Ela franziu ainda mais o cenho. — Quando tento me lembrar o que mais roubei...

— ... você não consegue — completou Fatma.

A confusão fez os olhos espertos da Leoparda se semicerrarem.

— Não consigo me lembrar de mais nada daquela noite além de ter pegado a espada. É como se minha lembrança tivesse um buraco. Não sei com o que mais saí do cofre. Mas aí esse homem com máscara de ouro aparece nas ruas do Cairo. Usando essa mesma espada preta. Alegando ser al-Jahiz. Montando nas costas de um ifrite! — Ela meneou a cabeça para a implausibilidade daquilo. — Fomos bem pagas, mas não consigo evitar sentir que tenho um dedo neste erro que dominou a cidade. E toda noite desde que saí daquele cofre sonho com maus presságios. Algo terrível está vindo. — Ela parou. — Estou contando isso a vocês porque acredito que estão tentando impedir que essa coisa aconteça.

— Nós estamos — garantiu Fatma. — Você foi de grande ajuda. Agora temos que ir visi...

— Muito que bem — interrompeu a mulher mais velha. — Assim que terminarem aqui. — Ela apontou enfaticamente para a cumbuca vazia. Uma menininha com um pouco de sujeira no rosto estava atrás da tigela, olhando para cima com expectativa. — Agora continuem entregando comida. Essa meninada está com fome.

24

Fatma e Hadia chegam à rua dos Criadores de Tendas no começo da tarde, indo direto para a loja dos Irmãos Gamal. Com o movimento baixo, os três proprietários estavam sentados, bebendo chá. Dois jogavam um jogo de tabuleiro enquanto o terceiro observava, o gramofone tocando uma gravação arranhada de trompetes e darbukas. As agentes mostraram o distintivo, e os homens distraidamente apontaram para a escada estreita. Chegando lá em cima, elas bateram na porta. Siwa abriu com um sorriso caloroso no rosto — que evaporou ao vê-las. O djinn ilusionista se moveu para fechar a porta, mas Fatma enfiou sua bengala no vão.

— Sabemos que você está envolvido com aquele impostor. Então pode falar agora... ou podemos mandar o Ministério vir te prender com todos os agentes que eu conseguir juntar. O que vai ser?

O djinn a encarou com aqueles olhos verdes amarelados e rodopiantes, tentando parecer um marid ameaçador. Percebendo que ela não recuaria, porém, o ímpeto violento pareceu abandonar o djinn. Ele se curvou e as deixou entrar.

— Também pode parar com esse ilusionismo — disse Fatma, gesticulando para o espaço opulento.

O djinn fez uma careta, balançando a mão no ar como se o limpasse. Instantaneamente, o ilusionismo desapareceu. Estavam no meio de uma sala pequena, com paredes esmaecidas repletas de prateleiras gastas e lascadas cheias de livros dispostos de forma aleatória. Os montes de escrituras, antes alinhados, agora eram pilhas desorganizadas. Os murais com camelos se mantiveram — pinturas medíocres representando corridas e seus participantes. Pelo chão, jaziam bilhetes de apostas aos montes.

As mudanças no djinn alto não eram menos surpreendentes: agora ele não passava de um sujeito atarracado vestindo túnicas mais humildes. Ainda era maior que um humano, mas nem de longe do tamanho de um marid. A grande cabeça listrada de laranja parecia a de um gato, com uma larga boca virada para baixo que o fazia parecer petulante. Com uma bufada indigna, ele gingou até uma cadeira de madeira bamba e se largou nela sem rodeios, descansando o queixo nas mãos enquanto choramingava.

Fatma e Hadia trocaram olhares e foram até onde ele estava, tentando não tropeçar na bagunça.

— Siwa — disse Fatma. — A gente só quer conversar.

O djinn passou a choramingar ainda mais, afundando o rosto nas mãos e balançando a cabeça. Ao lado dele, uma cesta trançada chacoalhou — como se houvesse algo vivo dentro dela. Fatma e Hadia recuaram, sem saber ao certo se queriam descobrir o que podia ser aquilo.

— Nós sabemos sobre o Selo de Salomão — continuou Fatma. — Sabemos o que ele faz — A afirmação só fez Siwa soltar um terrível gemido longo. — Nós também sabemos que você o roubou usando as Quarenta Leopardas.

Siwa se interrompeu em meio aos lamentos, erguendo a cabeça com um olhar não mais hipnotizado, e sim cheio de medo.

— A forma mais doce de viver a vida é usufruindo de indulgências e bebendo vinho! — falou ele sem pestanejar. — Pois somos rapazes, os únicos rapazes que realmente importam, na terra e no mar!

Fatma suspirou. Aquilo de novo.

— Perguntamos da outra vez sobre o dinheiro que AW transferiu para você, conforme o registro no livro-razão de Portendorf. É essa pessoa que está com o anel, não é? O impostor que se denomina al-Jahiz.

Siwa começou a balançar a cabeça com mais força, engasgando-se com as palavras.

— Ele era todo preto, do jeito que te conto! A cabeça! O corpo! E as mãos, era tudo preto! Exceto apenas pelos dentes! Tinha um escudo e uma armadura parecidos com os de um Mouro! E pretos como um Corvo!

— Quem é esse AW? — insistiu Fatma, irritada. — Quem te pediu para roubar o anel? Foi Alexander Worthington?

Siwa emitiu um grito sufocado, puxando uma faca do cafetã amarrotado. Antes que Fatma pudesse impedi-lo, o djinn colocou para fora a longa língua azul-escura e, com um golpe rápido, cortou-a. Ao lado dela, Hadia fez menção de vomitar.

O djinn se atirou de novo na cadeira, a língua arruinada melecando sua roupa de sangue. Enquanto elas observavam, porém, o sangue parou. O ferimento se curou de forma surpreendente e, diante dos olhos delas, a língua começou a crescer de novo. Demorou talvez um minuto, mas no fim voltou a sua forma original. O djinn segurava o órgão cortado na mão, que se remexia — ainda vivo. Ele foi até a cesta trançada e ergueu a tampa. Dentro dela havia um monte de coisas azuis corpulentas que pulavam como peixes. Porém Fatma sabia que não eram isso. Eram línguas. Um monte de línguas cortadas.

— Ya Rabb! — falou Hadia com a voz rouca e fraca. — Agora é que eu passo mal mesmo.

O djinn fechou a cesta e olhou para elas com uma resignação triste no rosto. Fatma o fitou. A magia que impedia os djinns de falar sobre o Selo de Salomão era uma coisa. Mas ele havia cortado de novo a língua quando ela mencionara Alexander Worthington, não o anel. A magia dos anjos era minuciosa, mas aquilo era diferente — cruel e sádico.

— É outro feitiço — percebeu ela. — Um em cima daquele que já te obriga a não falar sobre o selo. Qualquer menção ao... — Ela se deteve quando Siwa ficou tenso, apertando a faca com um olhar suplicante. — Qualquer citação do impostor — emendou ela — ou do roubo te força a jorrar baboseiras.

— Não baboseiras — corrigiu Hadia, encarando a cesta, que emitia sons abafados. — Você disse antes que era literatura, dos livros dele. Eu reconheci aquele primeiro trecho. É de uma das Maqāmah.

Fatma não ouvia o termo desde a universidade.

— Não são coletâneas de histórias do século IX ou X?

— Isso mesmo. A gente tinha que ler essas obras para aprender o ritmo da prosa, que também é usado em alguns encantamentos dos basri. "A forma mais doce de experimentar a vida é usufruindo de indulgências... Pois somos rapazes, os únicos rapazes que realmente importam." É como um dos líderes de um grupo de ladrões se vangloria. Acho que ele estava te respondendo sobre as Quarenta Leopardas. Está tentando falar.

A ideia de que o djinn podia estar se comunicando com elas não havia ocorrido a Fatma.

— "Ele era todo preto..." — recitou ela, lembrando-se das palavras frenéticas. — "Tinha um escudo e uma armadura parecidos com os de um Mouro... pretos como um Corvo." Não sei de onde é isso, mas ele deve estar falando sobre al-Jahiz. Ou o ilusionismo do impostor.

Siwa relaxou os dedos em volta da faca, exalando demoradamente. Levou de novo as mãos ao interior da túnica, dessa vez puxando uma série de papéis dobrados que ofereceu às agentes com a mão trêmula. Fatma pegou as folhas, alisando os vincos. A primeira estava cheia de rabiscos quase ilegíveis. Idioma de djinns. Apenas duas palavras.

— Eu contei — traduziu Fatma.

O resto era um monte de garranchos erráticos em meio a manchas vermelhas.

— Acho que isso é sangue. — Hadia fez uma careta.

Fatma foi para a próxima página.

— Selo.

E era tudo antes de as marcas se tornarem obscuras.

Ela folheou o resto, enquanto Hadia lia:

— Falei sobre... Entreguei... Erro... Enganado... Mensageiros... Escravidão... Condenado. Condenado. Condenado.

A única palavra nas últimas páginas ficava mais indecifrável entre respingos de sangue.

— Uma tentativa de confissão — concluiu Fatma. Olhou de Siwa, que cobria os olhos com uma mão, para o cesto de línguas trêmulas. — Você tentou escrever o que fez, mas mesmo esses pequenos fragmentos da verdade cobraram um preço. Todo esse negócio de cortar a língua... O impostor fez isso com você.

Ela foi acometida por pena. Quantas vezes ele havia dolorosamente se mutilado? Fatma pegou um banco que tinha ali perto, feito para djinns — o que significava que era maior do que um banco de praça —, e se sentou ao lado do djinn. Hadia se juntou a ela. Talvez houvesse outro jeito.

— Você gosta de corridas — disse Fatma, apontando para um dos murais.

Siwa abaixou a mão e olhou para a pintura.

— Eles são lindos quando correm — respondeu ele.

Então o djinn ainda conseguia falar normalmente. Contanto que não fosse sobre o impostor.

— Tenho um primo que aposta em corridas de camelos — disse Hadia. — Muito. Que nem você. Não é sua culpa. É uma doença.

Siwa enrugou o rosto.

— Eu deveria apenas ter sido um arquivista. Era minha paixão. Até conhecer as corridas. Aí isso se tornou minha paixão. Perdi o emprego por isso me virei para conseguir dinheiro de qualquer jeito, para poder continuar indo às corridas. — Ele apontou para os bilhetes de apostas espalhados pelo chão. — Não sei como parar!

Fatma podia só imaginar. De certa forma, djinns eram como pessoas, propensos a criar vícios ou hábitos. Mas era pior para eles. Suas paixões de fato se se reduziam àquilo: algo insaciável e inextinguível. Era quase tão ruim quanto para os golens.

— Você pegou a lista dos anjos para financiar suas apostas — disse Fatma. — Encontrar a Irmandade de Alistair Worthington deve ter sido uma mina de ouro.

— Era para ser só alguns objetos — disse Siwa, com pesar. — Mas se tornou mais que isso.

— Quando percebeu que os anjos estavam te usando? — perguntou ela. — Na sua confissão, você escreveu as palavras "enganado". E "mensageiros". Foram eles que te deixaram pegar a lista. Você deve ter se dado conta disso. Sabia que não devia ser tão fácil roubar algo deles. Mas você continuou. Por dinheiro — continuou a agente. Se o rosto laranja do djinn pudesse corar, coraria. Ele abaixou a cabeça. — Não estamos aqui para julgar, mas precisamos saber sobre a única coisa que você não roubou para Alistair Worthington. Que roubou para outra pessoa.

O rosto de Siwa imediatamente paralisou, a magia tomando conta.

— Não vamos dizer o nome de ninguém diretamente — acrescentou Fatma, depressa. — Talvez possamos conversar sem que você se machuque.

O djinn a encarou antes de aquiescer.

— Vou tentar. Para ajudar a desfazer o que ajudei a libertar.

Ao que parecia, assim como a chefe das Quarenta Leopardas, ele também precisava de uma absolvição.

— Pode balançar a cabeça para responder?

— Não se for sobre... — Os lábios dele se pressionaram com força, incapaz de terminar.

Claro que não seria assim tão fácil. Magia nunca era.

— O impostor te pediu para roubar o Selo de Salomão — começou Fatma.

Siwa visivelmente teve dificuldade para começar a falar.

— De fato, todos dizem: "Minha fé é a certa, e aqueles que acreditam em outra fé acreditam em maledicências, e são inimigos de Deus. Assim como minha fé parece verdadeira para mim, outros também acreditam que sua própria o é; mas a verdade é apenas uma!".

— Acho que esse é um jeito longo de dizer sim — argumentou Hadia.

Uma já foi, pensou Fatma.

— Foi você que contou ao impostor sobre o anel?

— Almas recebem tal conhecimento de almas — respondeu o djinn, bruscamente. — Portanto, não é de livros, nem de línguas. Se o conhecimento sobre mistério vem após o vazio da mente, isso é a iluminação do coração!

— Acho que ele está dizendo que o impostor descobriu sozinho — traduziu Hadia. — Os anjos falaram o mesmo para nós. Que algumas pessoas têm força de vontade o bastante para ver através da magia deles. E aquele marid disse que o anel tinha uma consciência própria. Que se revelaria apenas para alguém que acreditasse ser capaz de usar o selo.

— Aywa — elogiou Fatma. Ela era boa naquilo. — O impostor viu o anel na sua lista e veio pedir. Você provavelmente recusou a princípio. Mas precisava do dinheiro.

O djinn fez uma careta recriminando a si mesmo, a boca se curvando ainda mais para baixo.

— O homem culto que acusa de desobedecer a lei divina sabe que a desobedece, assim como você quando bebe vinho ou comete usura ou se permite falar maldades, mentir e difamar. Você conhece seus pecados e sucumbe a eles, não por ignorância, mas porque é dominado pela concupiscência.

Hadia franziu a testa em concentração, decifrando.

— Ele está admitindo sua fraqueza?

— Última — disse Fatma. — O dinheiro transferido em troca do anel. Veio do impostor?

O rosto de Siwa se contorceu enquanto ele lutava para falar, a culpa clara em sua expressão.

— Você tem uma doença — disse Hadia, com gentileza. — A pessoa que sabia disso tirou vantagem. Esses... anjos... sabiam disso e também tiraram vantagem. Isso que é perversidade de verdade. — Ela olhou para Fatma. — Acho que isso confirma o bastante.

Fatma concordou. Não era necessário perturbar ainda mais o djinn.

— Agora sabemos com certeza. O impostor é o tal AW do livro-razão de Portendorf. Sabemos quem é ele. Ele mandou roubarem o anel. E o usou para se tornar o Mestre dos Djinns. Todas as coisas que vimos esse impostor fazer, seus poderes misteriosos, vêm daquele anel. Fazem com que os djinns usem sua magia como se pertencesse a ele.

— Que Deus nos proteja — sussurrou Hadia, levando a mão ao peito. — Como detemos uma maldade como essa?

— Pegamos o anel de volta — insistiu Fatma. — Mesmo que seja necessário arrancar a mão dele para isso.

Quando ela se ergueu, com a mente já no que precisavam fazer a seguir, Siwa inesperadamente segurou o braço dela. O rosto do djinn era pura frustração.

— Então você não liga para companhias curvilíneas? — gritou ele. — Gostou de ser testado pelo leão da floresta?

Fatma olhou para Hadia, que dessa vez parecia igualmente confusa.

— Não entendi — ela disse para o djinn.

— Gostou de ser testado pelo leão da floresta? — repetiu ele.

Ele falou a mesma frase várias vezes, cada vez mais frustrado. Quando fez menção de pegar a faca, Fatma esticou a mão para o impedir.

— Talvez você possa me mostrar — sugeriu ela.

Siwa arregalou os olhos grandes. Ficou de pé num salto, quase derrubando a agente enquanto corria até seus livros. Em um frenesi, abriu um volume após o outro, jogando escrituras no ar enquanto procurava algo. Fatma trocou outro olhar com Hadia, que balançou a cabeça. Houve um grito de triunfo, e o djinn voltou correndo com um tomo encadernado em couro. Abrindo na primeira página, apontou para as palavras: *Sirat al-amira Dhāt al-Himma*.

Empurrou o objeto na direção de Fatma.

— Vou ler — garantiu ela, pegando o livro.

Uma expressão de alívio recaiu sobre o rosto do djinn, que voltou a se jogar na cadeira.

— *A história da senhora Dhāt al-Himma* — disse Hadia, analisando o título. — Você conhece?

Fatma meneou a cabeça.

— Mas tenho certeza de que alguém no Ministério sabe. Vamos voltar para lá agora. Hora de ver a dra. Hoda. Acho que estou preparada para fazer outra tentativa de passar por cima daquele ilusionismo.

— Está concentrada? Não pense no que deseja que isso seja. Deixe a coisa se revelar. Lembre-se: esvazie a mente. Esvazie a...

— Já entendi — Fatma interrompeu a dra. Hoda. Já era difícil o bastante sem ela grudada na agente, dando instruções.

A chefe dos peritos deu de ombros, ajustando os óculos e cruzando os braços. Mas mal se mexeu para dar algum espaço.

Fatma voltou a focar na mecha de cabelo colocada em uma placa de Petri e mergulhada em líquido. Segundo a dra. Hoda, a solução alquímica fizera seu trabalho, rompendo as ligações que mantinham a magia ativa. Agora, Fatma precisava fazer o resto.

Só que isso se mostrou difícil. Ela estava encarando a mecha de cabelo já tinha mais de meia hora. Nada havia mudado. Nem um único fio.

— Talvez precise de mais solução — sugeriu a agente.

A doutora meneou a cabeça, chacoalhando os cabelos crespos.

— Se fizermos isso, corremos o risco de dissolver tudo.

— Excelente — resmungou Fatma.

Ela podia ir até Amir com tudo que já tinham agora, mas as palavras crípticas dos anjos, a chefe de uma notória gangue de ladras e um djinn ilusionista viciado em apostar não eram lá fontes muito convincentes. Elas precisavam daquela última peça para ligar tudo — algo que Amir e os superiores não pudessem ignorar.

— Apenas se revele — ela balbuciou para a mecha.

— Você consegue — falou Hadia, confiante. — Pense em tudo que descobrimos nos últimos dois dias. Confie nisso. Foi o que nos trouxe até aqui.

Tudo que elas haviam descoberto, ponderou Fatma. Partes do enigma tinham se juntado. Um anel que podia controlar djinns. Guardado por anjos e roubado deles. Tudo se ligando à Irmandade de Al-Jahiz. Estava tudo ali. Ela só precisava fazer as peças se encaixarem. Focando, esvaziou a mente de todo o resto e se deixou guiar por tudo que sabia até então. O panorama formado era fácil de ver. Sempre estivera lá, bem na frente dela.

A mudança não foi tão rápida quanto a da máscara — como se a magia lutasse contra ela. Mas, assim que começou, não parou. Os fios escuros de cabelo repletos de nós se desembaraçaram, ficando lisos e menos crespos. Enquanto observava, a madeixa antes preta assumiu um loiro claro familiar. A dra. Hoda bateu uma palma ao passo que Hadia encarava, maravilhada.

Fatma pegou a mecha de cabelo loiro claro e a ergueu em triunfo.

— Te peguei!

25

Até o fim da tarde, documentos haviam sido enviados para determinar a prisão de Alexander Worthington.

Fatma leu a lista de acusações — terrorismo, incitação à agitação civil, uso de magia ilícita, perturbação da paz do rei. As notícias sobre o anel — que elas tiveram que repetir várias vezes — haviam causado preocupação suficiente para que as agentes conseguissem um mandado. Ao que parecia, o herdeiro dos Worthington não estava acima da lei, no fim das contas, não quando se tratava de uma ameaça como aquela.

Elas até mesmo tinham estabelecido um motivo: um filho ambicioso que ressentia a excentricidade do pai, que sentia que deveria ser herdeiro quanto antes. Disfarçar-se de al-Jahiz parecia o jeito ideal de zombar de tudo que o patriarca Worthington apreciava. Os investimentos repentinos em contratantes de armas, a interrupção da cúpula pela paz: tentativas de desfazer o legado de seu pai. Elas haviam explicado até a discrepância sobre a chegada de Alexander à cidade. Um homem capaz de controlar djinns podia facilmente forjar documentos de viagem. Tudo se encaixava.

Então por que Fatma sentia que estava deixando algo passar?

— Está pronta?

Ela ergueu a cabeça ao ouvir a pergunta de Hadia. As duas estavam do lado de fora do Ministério, onde um comboio de furgões da polícia estava reunido. Aquela seria uma prisão articulada. Ela e Hadia estavam recebendo cobertura de mais dez agentes e cerca de quatro vezes mais policiais. O plano era prender Alexander e recuperar o anel antes que ele pudesse convocar ajuda. Se a operação resultasse em luta, eles tinham autorização de usar força letal. Homens mortos não podiam usar anéis mágicos.

— Pronta.

Hadia avaliou o rosto dela.

— Parece que tem algo te incomodando.

— Ainda estou pensando numas coisas.

— O que fez até aqui é bem impressionante. Admito que eu não tinha certeza de que era Alexander. Mas o cabelo... — Ela apontou para a mecha de cabelo loiro claro que Fatma segurava. — Você estava certa!

— Ainda tem o negócio do Relógio dos Mundos. Não temos uma resposta para isso.

— Bem, com sorte vamos conseguir uma quando cortarmos aquele anel do dedo dele — acrescentou alguém.

Aasim se juntou a elas, com seu uniforme cáqui de costume e o bigode aparado como o de um janízaro.

Fatma balançou a cabeça.

— Não entendo como, de todas as pessoas, você é o menos afetado pela magia dos anjos.

Ela contara a ele sobre o Selo de Salomão uma vez, e ele ainda não havia esquecido. Aquilo havia sido horas antes. Ele era mesmo humano por completo?

Em um gesto convencido, Aasim tocou na própria têmpora com o dedo grosso.

— Força de vontade. Não sinta inveja.

Ela revirou os olhos. Nunca deveria ter mencionado aquilo.

— Como você nunca esbarrou a menções dele nos livros? — perguntou Hadia.

— Não leio muito. Também não sinto vergonha de dizer.

— Nisso eu acredito mesmo — retorquiu Fatma.

O inspetor lhe lançou um olhar repreendedor.

— E não desejem coisas nas quais Deus fez alguns de vocês se distinguirem de outros — disse ele, citando uma aya conhecida. Depois espalmou uma das mãos no ar, como se para afastar a inveja dela.

— Você o trouxe? — perguntou Fatma, mudando de assunto.

— Ali — disse Aasim, apontando com a cabeça para um furgão. — Se já estiver acabado de ficar de mau humor, estou pronto para ir enquadrar aquele inglês. Seria legal se a gente pudesse terminar antes do pôr do sol.

Enquanto todos se empilhavam em veículos, Fatma varreu os arredores com os olhos — e parou quando percebeu que estava procurando por Siti. Ela havia se acostumado com a mulher aparecendo do nada durante momentos como aquele. Nenhum sinal dela naquele dia. Ótimo. Se chegassem a ponto de lutar, quem ela era — *o que* ela era — se tornaria um inconveniente. Mas mesmo assim a agente sentiu uma pontada de decepção ao não ver o sorriso confiante e o gingado inconfundível passando entre os agentes e policiais reunidos. Afastando a ideia da mente, Fatma estava prestes a subir em um furgão quando alguém a chamou.

Ao se virar, encontrou Onsi correndo atrás dela. Quando a alcançou, ele pegou um lenço para secar o rosto enquanto a encarava alegremente. O homem em algum momento parava de sorrir?

— Agente Fatma! — arfou ele.

— Agente Onsi. Você está em outro furgão, com o agente Hamed.

— Sim! E agradeço de novo por me incluir nesta missão. Espero que...

— Não precisa me agradecer, Onsi. — Sinceramente, ele não era a primeira pessoa que vinha à mente dela para operações em campo, mas ele havia sido útil durante o ataque dos ghouls. — Mais alguma coisa?

Onsi assentiu vigorosamente.

— Queria te dizer que li o livro que você me deu!

Fatma piscou, perplexa.

— Você leu *A história da senhora Dhāt al-Himma* nas últimas poucas horas? Normalmente, ela teria levado o livro para Zagros. Mas o djinn ainda não havia sido solto, mesmo depois de tudo que ela tinha contado a Amir. Não com o anel ainda desaparecido. Onsi era a próxima escolha natural, mas aquele tempo tinha que ser algum recorde.

— Eu aprendi a fazer leitura dinâmica na universidade — disse ele. — Não serve para compreender os detalhes, mas descobri que dá para ter um resumo bem decente de uma obra. Bom, uma vez eu terminei os volumes completos do século xiii dos filósofos esotéricos de Tombuctu...

— Onsi — Fatma apontou para o furgão. — Estamos ocupados, não acha?

— Ah! O livro! Uma leitura fascinante. Uma com a qual ainda não tinha trombado, mas ouvi dizer que é muito popular nos reinos do Saara Ocidental. Fala sobre a senhora Fatma Dhāt al-Himma.

— Então somos xarás. Pode ser isso que o Siwa queria que eu soubesse?

— Essa, nem de longe, é a coisa mais notável. No livro, ela é uma princesa que se torna uma rainha guerreira. Alguns eventos desagradáveis acontecem com o marido dela, e ela dá à luz um filho de pele negra. Isso preocupa o pai, que se recusa a conceder legitimidade à criança, embora os médicos confirmem que o menino é dele. Um baita escândalo.

— Tenho certeza — respondeu Fatma, impaciente. — Tem mais alguma coisa?

— Ah, sim! — Ele ajeitou os óculos. — A senhora Dhāt al-Himma é forçada a criar o filho sozinha. Ela o protege e lhe ensina a arte de ser um cavaleiro. Para testar o filho, ela com frequência se veste de homem e o ataca. Ele cresce e se torna um grande guerreiro, mas também fica muito arrogante. Em uma das histórias, quando a mãe o aconselha a não entrar em batalha contra os bizantinos, ele a repreende, manda ela voltar a fiar com as mulheres e diz que ela deve deixar a luta com ele.

— Que ingrato — comentou Fatma.

— Muito. A senhora Dhāt al-Himma se vinga se disfarçando de cavaleiro bizantino e derrota o filho na frente de exércitos inteiros antes de puxar o véu para revelar quem é: uma mulher, além de mãe do guerreiro.

— Parece algo que minha mãe faria. Mas porque está mencionando isso?

— Por causa do que a senhora Dhāt al-Himma fala para o filho depois de erguer o véu: "Então você não liga para companhias curvilíneas? Gostou de ser testado pelo leão da floresta?". Foi isso que o djinn ilusionista disse. Talvez você consiga encontrar sentido nelas?

Fatma o encarou por um longo tempo. Enfim, disse:

— Você é precioso, Onsi.

A expressão dele se alegrou como se ela tivesse colocado uma medalha em seu peito.

O sol pairava baixo enquanto a caravana sacolejava pela estrada que levava à propriedade Worthington. O céu azul começava a desbotar para um tom baço de amarelo, e Fatma conseguia ver as pirâmides em sua eterna vigia. A polícia de Gizé se juntou a eles, o operativo aumentando até quase equiparar o time que havia entrado no Cemitério. Ela esperava que não repetissem aquele desastre.

Hadia ia sentada ao lado dela, forçada a aguentar Aasim recontando histórias sobre sua imensa força de vontade — herdada, acreditava ele, de seu avô. Perto dele havia dois outros homens de uniforme policial. Fatma olhava para o do meio de vez em quando. Ele devolvia a encarada, com os olhos pretos tão ilegíveis quanto sua expressão neutra.

Na realidade, ela não estava prestando muita atenção nele. Ou em Aasim se vangloriando. As palavras de despedida de Siwa pairavam em sua mente, e ela as balbuciava como um mantra. *Gostou de ser testado pelo leão da floresta?* Torcia os fios da mecha de cabelo loiro claro entre os dedos, analisando — como se fosse uma vidente.

Ouvir seu nome a despertou de sua contemplação. Hadia estava apontando para a porta do furgão, por onde Aasim e os outros já estavam descendo. Ela nem sequer havia reparado que tinham parado.

— Você está bem? — perguntou Hadia, o rosto marcado pela preocupação. — Você não falou o caminho todo.

— Aasim falou o bastante por todos. Ele já te comparou com a filha dele?

— O inspetor Bigodudo? Umas três vezes. — Ela abaixou a voz. — Mas sério, o que foi? Achei que você estaria em êxtase. Estamos prestes a prender nosso impostor.

— Só estou pensando numas coisas. — Fatma olhou para a mecha de cabelo, depois pegou o relógio de bolso e o ergueu. — Meu pai me deu isso quando vim para o Cairo. Fez parecido com um astrolábio antigo. Falou para eu olhar para ele sempre que me sentisse perdida, para poder encontrar meu caminho.

— Está se sentindo perdida agora?

Fatma sustentou o olhar de Hadia.

— Você confia em mim?

Ela pareceu surpresa, mas assentiu com convicção.

— Sim.

Fatma guardou o relógio de novo no blazer.

— Quando a gente chegar lá, faça o que eu fizer. Não posso explicar. Ainda estou pensando numas coisas. Mas só vá na minha. Não importa quanto pareça insano.

Hadia ergueu uma sobrancelha, curiosa.

— Insanidade faz parte do trabalho.

Elas saíram do furgão e se juntaram a Aasim. Ele estava diante da propriedade Worthington, dando ordens.

— Estou posicionando a maior parte dos meus policiais em volta da propriedade. Caso o inglês tente encontrar outro jeito de sair. — Ele tocou um apito pendurado no pescoço. — É só eu assoprar isso aqui que meus homens vão tomar a casa. Se o ifrite aparecer...

— Vamos evitar chegar a esse ponto — ela disse a ele. — Mas não tente algemar o homem até eu liberar.

Aasim a encarou, confuso.

— Tudo bem, contanto que ele não faça um discurso de vilão. Eles adoram o som da própria voz.

No fim, foi ele, a própria Fatma, Hadia e quatro policiais que bateram à porta da propriedade. Hamed ficou no controle dos outros agentes, todos armados com equipamentos especializados para enfrentar entidades sobrenaturais — embora nenhum deles já tivesse sido testado em um ifrite. Quando a porta se abriu, revelou o mordomo noturno. Os olhos dele se arregalaram quando viu os furgões da polícia.

— Que a paz esteja contigo... mordomo Hamza, não é? — cumprimentou Fatma.

— E paz para você também, filha — respondeu o homem mais velho, incerto. — Como posso ajudar?

— Alexander Worthington está na residência? — perguntou Aasim.

Hamza assimilou o uniforme do impostor.

— O senhor e a senhorita estão nos quartos lá em cima.

Aasim gesticulou para seus homens, que passaram pelo mordomo.

— Poderia buscar o *senhor* Worthington para nós?

Era mais uma ordem do que uma pergunta. O mordomo noturno fez uma pequena mesura.

— Claro, inspetor.

Ele se virou para sair, mas Fatma o deteve.

— Busque os dois — disse ela. Depois, com mais gentileza: — Tio, tem outras pessoas na casa?

— Eu, um cozinheiro e alguns funcionários do turno da noite.

— Quando fizer o que pedimos, reúna todos eles e os leve embora. Devem ir para o mais longe daqui que puderem.

Em defesa do velho, ele não a questionou ou olhou para Aasim para confirmar. Quando ele desapareceu pelo corredor, ela analisou o amplo salão retangular, com suas antigas luminárias mamelucas de prata, seus murais safávidos e seus pisos estrelados. Fatma caminhou para um dos lados e parou perto de um conjunto de espadas que havia notado no primeiro dia. Os pomos redondos tinham borlas penduradas no ornamentado punho prateado que terminava logo acima da guarda de ferro. Ela puxou uma das espadas até a metade da bainha de couro. Uma lâmina reta de dois gumes. Afiada, ao que parecia. Dava para ver inscrições do Alcorão gravadas na superfície. Hadia observava a outra agente com curiosidade. Antes que qualquer um deles pudesse falar, os anfitriões chegaram.

Alexander Worthington passou a passos largos por um dos arcos de desenho bulboso. Ele usava calça e colete cinza por baixo de um blazer noturno preto. Fatma percebeu o lenço de seda azul com estampa de penas que acompanhava a camisa branca de gola alta. Um plastrão. Ela frequentemente se perguntava se um daqueles cairia bem nela.

Ao seu lado vinha Abigail Worthington, trajada com igual elegância. Usava um dos vestidos mais na moda entre parisienses cariotas: de seda preta e dourada, contas e rendas, tudo adornado com estampas florais maestrais que imitavam henna na pele. Um colar de safiras pretas e rubis repousava logo em cima de sua saboneteira reta, com brincos e braceletes combinando — inclusive na mão ainda enfaixada. Com as tranças de um ruivo escuro empilhadas em altos coques elaborados, ela e o irmão pareciam ter a mesma altura.

— O que significa isso? — exigiu saber Alexander sem se dar ao trabalho de cumprimentar os agentes. Parecia tão irritado quanto quando haviam se conhecido pela primeira vez, o rosto emoldurado por mechas compridas de cabelo loiro claro. — Hamza me disse que tem furgões da polícia na propriedade.

— Alexander Worthington. — Aasim deu um passo à frente, erguendo a ordem judicial. — Sou o inspetor Aasim Sharif da polícia do Cairo. Estou aqui para entregar o mandado da sua prisão.

O inglês de Aasim era ruim, para dizer o mínimo. Mas o aviso saiu bom o suficiente, porque Alexander reagiu como se tivesse sido estapeado. Abriu a boca, embasbacado, e seus olhos vagaram pelo rosto das pessoas ali reunidas até repousar em Fatma.

— O mandado é pelo assassinato de seu pai — disse ela, respondendo ao olhar inquisidor. — E de outras vinte e três pessoas, inclusive membros da Irmandade de al-Jahiz e dois cidadãos egípcios.

O arquejo alto de Abigail ecoou pelo salão, e ela apertou o peito com a mão enquanto sua boca buscava por ar. Parecia prestes a desmaiar.

— Isso é algum tipo de piada? — Alexander fulminou Fatma com o olhar, incrédulo. — Uma troça doentia? Na qual vocês invadem minha casa e me acusam de assassinar *meu próprio pai*?

— Sim. — Abigail soltou uma risada nervosa. — Isso é um tipo de humor nativo. Estão zombando de você, Alexander.

— Garanto que não é uma troça — continuou Fatma. — Instigar uma revolta, cometer um ataque terrorista a uma instituição civil egípcia, colocar a vida do rei em perigo. Está tudo aí. — Ela apontou para o mandado. — Fizemos um em inglês também caso você queira conferir.

Aasim estendeu o papel, que Alexander arrancou da mão do homem e se pôs a ler furiosamente. Fatma o observou, o olhar encontrando o de Abigail, que ainda parecia em choque.

— Que bobagem! — retumbou Alexander. — Essas acusações são exatamente as mesmas feitas contra aquele canalha à solta em sua cidade dizendo ser um místico sudanês! O mesmo que minha irmã encontrou e que, pelo que entendi, admitiu ter assassinado meu pai!

— Que, no caso, é você — expressou Aasim em um inglês forçado.

Alexander praticamente cuspiu:

— Eu? Acreditam que *eu* sou aquele maluco? Por acaso pareço com algum islâmico de pele negra e turbante? Vocês são cegos?

— O impostor usa um disfarce — disse Fatma. — Um ilusionismo de magia ilícita e roubada. — A mão dela foi ao bolso, de onde tirou a mecha de cabelo loiro claro. — Eu cortei isso dele na noite da cúpula do rei. Não é muito comum entre "islâmicos de pele negra e turbante".

Alexander a encarou e levou distraidamente a mão até o próprio cabelo. Percebendo o que estava fazendo, ele a abaixou e sacudiu o mandado com raiva.

— É isso o que se passa por justiça neste país de superstições e charlatanismo? Meu pai é assassinado e *eu* sou acusado de ser o culpado? O que virá a seguir? Alguma grande extorsão de dinheiro, presumo. — Sua voz ficou mais alta, e ele tremia enquanto falava. — Estão enganados se acham que vou pagar alguma propina! Farei meus advogados contatarem a embaixada inglesa agora mesmo! Você não vão sair livres dessa... dessa... afronta! Farei até o último de vocês ser preso antes que a noite termine!

Abigail estendeu as mãos, em súplica — uma para eles e a outra para o irmão, cujo rosto assumia um tom cada vez mais furioso de roxo.

— Isso deve ser um erro. Tenho certeza de que Alexander pode explicar... isso — Ela gesticulou para a mecha do cabelo. — Você pode, não é? — Os olhos azuis esverdeados dela o fitavam com uma incerteza nítida.

— Por que está me olhando assim? — exigiu saber Alexander. — Acredita *neles*?

— Claro que não! Tenho certeza de que você tem uma boa justificativa. — Ela levou a mão à têmpora. — Isso é tudo tão inesperado... Não sei ao certo o que pensar.

— Estão vendo o que fizeram? Aturdiram a mente facilmente impressionável da minha irmã. Isso é um ataque direto ao meu caráter!

Fatma observou a mulher.

— Você está bem, Abbie?

— Só um pouco tonta. Isso tudo é tão repentino...

— Vocês dois estavam indo a algum lugar?

Abigail piscou, atônita, depois olhou para o vestido.

— A um jantar.

— Com um dos poderosos amigos da sua família, provavelmente. — Fatma se virou de novo para Alexander. — Temos o depoimento de um deles afirmando que você estava no Egito na noite do assassinato de seu pai.

— Tenho documentos mostrando a hora da minha chegada!

— Algo nada difícil de forjar para alguém que usa ilusionismo — pontuou Hadia.

Alexander jogou as mãos para o alto, depois começou a rir e balançar a cabeça.

— Estão todos loucos. Este país inteiro está louco. Levou meu pai, e agora quer a mim. — Sua voz diminuiu para um sibilo. — Mas não conseguirá! Este país não vai acabar comigo como fez com meu pai! Não vou deixar!

Fatma buscou no olhar dele algum sinal daquele fogo que ela vira no impostor. Havia arrogância, certamente — a autoimportância de homens que se davam muito valor a si mesmos. Mas nada com aquela intensidade. Ela olhou para os dedos dele. Todos sem nada, exceto pelo que estava adornado com o sinete de prata do pai.

— Parece mesmo loucura, não é? — perguntou ela. — Quando a primeira pista levou a você, achei que eu também estivesse louca. Mas começou a fazer um pouco de sentido. Você parecendo mentir sobre quando chegou ao país. Sua falta de disposição para conversar conosco. Você até mesmo tinha um motivo para tirar seu pai do caminho. E certamente não tinha alta estima pela Irmandade dele. Você também é muito desagradável.

Ele comprimiu os lábios ao ouvir a afirmação.

— Mas não era o bastante — continuou a agente. — O que finalmente nos levou até você foram os acontecimentos mais recentes. Primeiro, não apareceu na cúpula que seu pai ajudou a organizar, mas o impostor apareceu. Depois, descobrimos uma transferência de dinheiro que alguém com iniciais AW fez ao djinn Siwa. Quando visitamos os anjos para saber sobre o anel, tudo ficou claro... apontando para você.

— Do que está falando? — Alexander parecia mais do que frustrado. Olhou para Aasim e depois para Hadia. — Do que ela está falando? Quem é esse djinn, e que dinheiro mandei para ele? Anjos? Por que eu teria algo a ver com essas... criaturas?

Fatma voltou até a parede com as espadas.

— Investigações podem ganhar vida própria. Se começarmos querendo acreditar em algo, as pistas vão nos levar exatamente até esse resultado. Vão se alinhar exatamente com o que queremos. Pintar um quadro conveniente para nós. — Ela sacou uma das espadas da bainha, sentindo a textura do cabo. — Seu pai construiu essa propriedade inteira em homenagem a al-Jahiz e ao que ele chamava de Oriente. Esta espada... é sudanesa, eu acho.

Ela se virou, oferecendo-a para Hadia.

A mulher aceitou a arma sem questionar, observando-a.

— É uma kaskara. Sudanesa, talvez do Sultanato de Baguirmi.

— A agente Hadia é boa com espadas — explicou Fatma, sacando a outra lâmina antes de olhar para Alexander. — Aposto que você também é. Tinha que ser, como capitão.

Ela notou o olhar questionador de Aasim, e gesticulou para pedir paciência antes de jogar a espada para Alexander.

O homem a pegou por instinto, mas desajeitadamente. Colocou a mão em uma das borlas antes de segurar o punho. Ele encarou Fatma.

— O que acha que...?

— Lute com ele! — disse ela.

Hadia não perdeu tempo, assumindo uma postura de luta e disparando contra ele. Alexander deu um grito assustado, abaixando a espada para bloquear o golpe. Foi desengonçado, e ele quase deixou a arma cair quando as lâminas se encontraram. Ela rapidamente o fez recuar aos tropeços, tentando se defender enquanto a parte sem fio da espada da agente invadia a guarda dele várias vezes — acertando-o no braço, no quadril e na perna.

— Já basta — anunciou Fatma.

Hadia desfez a postura ofensiva, recuando.

— O que diabos está fazendo? — rugiu Alexander, enfurecido.

— Peço perdão — disse Fatma. — Você não é tão bom com espadas.

Alexander ficou um pouco mais vermelho.

— Não usamos espadas orientais no exército de sua majestade!

— Claro — disse Fatma. Hadia se aproximou, entregando a kaskara. — É que o impostor é um ótimo espadachim. Ele também usa mais a mão direita. Você luta com a esquerda. Isso é estranho.

Ela sopesou a espada, depois a jogou no ar com o punho virado para a frente. Abigail não estava esperando que a espada fosse arremessada em sua direção, mas a pegou com tranquilidade — segurando-a no alto com uma mão.

Fatma não perdeu mais tempo. Sacando a espada de dentro da bengala, disparou contra a mulher — que assumiu de forma surpreendentemente rápida uma postura defensiva, erguendo a lâmina para deter o ataque. Fatma foi para cima dela com investidas rápidas e regulares. Todas foram bloqueadas com golpes defensivos bem executados. A agente recuou, assentindo. Abigail ficou parada, com o corpo posicionado e equilibrado sob o vestido noturno, um fogo familiar queimando em seu olhar azul esverdeado.

— Caramba! — exclamou ela, a intensidade indo embora. Ela devolveu a espada para Fatma, soltando risinhos nervosos. — Suponho que as aulas de esgrima valeram a pena.

— Isso foi um pouco mais do que algumas aulas — comentou Fatma, devolvendo a espada para a parede. Encarou Hadia, cujo olhar astuto dizia que ela tinha entendido tudo. — Você é boa. E usa a mão direita. Mas não é só nisso que é boa, não é, Abbie?

Abigail pareceu confusa.

— Não sei o que quer dizer.

— Você foi a primeira a nos contar sobre o impostor, o homem com a máscara de ouro. Seu irmão parecia ter todos os motivos para matar seu pai. Mas e você? A filha que ele trazia para o Egito para passar meses, depois anos aqui. A quem confidenciava sobre sua obsessão, que o ajudava a pesquisar livros e manuscritos enquanto o irmão brincava de ser soldado.

— Escute aqui... — começou Alexander.

Fatma ergueu uma mão, silenciando-o.

— Com o que mais você ajudou seu pai? Talvez sendo quem fazia a fortuna Worthington crescer às escondidas enquanto ele ia atrás de antiguidades esotéricas? Mas aí, no fim, você não consegue nada. Seu pai não te deixa entrar para a Irmandade, mas convida uma mulher "nativa". Seu irmão pode entrar, mesmo ele não querendo. Não só isso: ele também é o herdeiro. Você estava lá quando seu pai precisava de alguém, e foi relegada a filha desocupada. Se alguém tinha um motivo para matar Alistair Worthington não seria você, Abbie?

— Absurdo! — soltou Alexander. — Primeiro você me acusa de ser aquele maluco sudanês. Agora acha que é *minha irmã*? Quem será a seguir? Os criados? — Ele olhou para Aasim. — Inspetor! Por quanto tempo vai permitir essa farsa?

Dessa vez foi Aasim que ergueu uma mão para silenciá-lo.

— Foi assim que você encontrou uma passagem sobre o anel? — continuou Fatma. — Não em um daqueles livros tolos que lê na frente das pessoas. Em um dos manuscritos de seu pai. Você viu, não foi? Alguém com força de vontade. Talvez até motivada pela raiva. Você sabia tudo sobre os negócios que a Irmandade fechava com Siwa. Você foi até ele para perguntar. Ele não podia te contar, mas você viu o item na lista dele, talvez quando nem seu pai nem ninguém podia. E você o queria tanto... Com ele, teria o poder de se vingar de seu pai e da Irmandade. Poder para fazer o que quisesse.

A agente ergueu a mecha de cabelo loiro claro de novo antes de continuar:

— Magia de ifrite, é assim que você cria seus ilusionismos. Como se transformou em al-Jahiz. Me disseram que é um tipo especial de enganação. Um que faz as pessoas verem o que *querem* ver. Eu pensei que tinha solucionado o caso. Mas apenas troquei um ilusionismo por outro, como quando você acha que acordou de um sonho mas ainda está sonhando. aw nunca foi Alexander Worthington. Era Abigail Worthington. É por isso que sei que este cabelo que estou segurando não é loiro de verdade.

Fatma olhou para a mecha em sua mão e enfim esvaziou a mente — livre de expectativas e desejos, deixando o cabelo simplesmente ser como era. A coloração loira dos fios desapareceu, deixando para trás um familiar ruivo escuro. O cômodo caiu em um silêncio absoluto.

— Todos vocês devem estar fora de si. — Alexander foi quem o quebrou, rindo abertamente. — Minha irmã? Uma feiticeira bem debaixo do meu nariz? Uma mestra espadachim? Olhem para ela! Ela cai em prantos quando falam muito alto com ela, ou desmaia ao ver sangue. Acho que a pobre criatura nem sequer é capaz de sonhar com tantos conceitos e conspirações extravagantes!

Fatma ergueu a mão de novo para fazer o homem ficar quieto, mas alguém se adiantou.

— Cale a boca, Alexander — disse Abigail, virando o pescoço fino para fitar o irmão com um olhar que parecia capaz de atravessar uma parede. Ele engoliu o riso, e o olhar dela se voltou para Fatma. — Acho que é isso, então — confessou ela em árabe fluente.

O irmão de Abigail arquejou como se tivesse sido estapeado mais uma vez, com uma expressão que combinava com a de Aasim. Até mesmo Hadia, que àquela altura já esperava por aquilo, soltou o ar com força.

— Não vai mais fingir ser uma inglesa assustada? — perguntou Fatma.

Abigail riu. A expressão confusa dela tinha sumido, como se tivesse tirado uma máscara.

— É só desempenhar o papel que as pessoas esperam de nós que elas aceitarão tudo. — Ela mudou para inglês, apontando para o irmão. — Ele acreditou. Nem todo ilusionismo requer magia.

— Mas magia ajuda — comentou Hadia. — Foi você que foi até madame Nabila na noite do assassinato do seu pai, envolvida em um ilusionismo para que parecesse seu irmão. Implorando para que ela mantivesse as coisas em sigilo, que não publicasse nada nos jornais.

— É incrível como uma palavra bem colocada aqui ou ali pode semear confusão — disse Abigail. — O truque é saber o que as pessoas querem ouvir. Talvez é algo que apela a seus medos, preconceitos, desejos ardentes, ou à falta de confiança natural entre os impérios. Ou pode ser tão simples quanto uma soberba mulher egípcia que se deleita em ver um jovem inglês rastejando aos seus pés.

— Ou fazer duas agentes perseguirem seu irmão — disse Fatma. — Nos afastando para longe das pistas para que pudesse seguir com seus feitos sem ser incomodada. Você mandou a carta que o trouxe ao Cairo. Depois plantou pistas, até nos deu o diário de Portendorf. O feitiço no djinn ilusionista, aquele que o faz cortar a língua à mínima menção ao nome de seu irmão. Muito incriminatório.

Abigail fez uma pequena mesura.

— Isso foi um toque especial. Recitar trechos de todos seus livros... Ele ainda mantém as línguas em um cesto? Absolutamente deplorável! — Ela estreitou os olhos. — Mas como você chegou nisso?

— Gostou de ser testado pelo leão da floresta? — recitou Fatma. — Já leu *A história da senhora Dhāt al-Himma*? É sobre uma rainha que vai para batalha vestida de homem, se fantasiando como um leão na floresta. A citação é a provocação presunçosa dela, admirando a própria astúcia e a tramoia que armou.

Abigail assentiu.

— Ah, eu gosto dela!

— Tem um dos truques que não entendi — disse Fatma. — Suponho que você esteve por trás do problema com o carro do seu irmão, que o impediu de chegar à cúpula. Assim, faria com que ele parecesse culpado aos nossos olhos. Mas eu te vi desmaiar quando al-Jahiz apareceu. Como?

Abigail abriu um sorriso voraz.

— Al-Jahiz. Profeta. Salvador. Maluco. Tantas coisas para tantas pessoas... Quem quer que ele realmente fosse, tudo que temos agora é... ilusão.

Ela balançou sua mão enfaixada, e o impostor surgiu: vestido de preto e com o rosto de pele escura de al-Jahiz. Arquejos irromperam pelo salão. Um dos policiais, Fatma percebeu com satisfação, foi o que arquejou mais alto do que todos.

— Al-Jahiz não é uma pessoa só — disse Abigail, encoberta com o ilusionismo. — Ele está aqui.

— E aqui. — Uma voz surgiu quando outro al-Jahiz saiu de um corredor.

— E aqui. — Uma cópia de al-Jahiz ecoou, emergindo de outra passagem.

— Ele está em todo lugar — falou ainda outro al-Jahiz, chegando de uma terceira direção.

Quatro réplicas de al-Jahiz caminharam até Abigail. Ela balançou a mão e os ilusionismos sumiram. Um al-Jahiz se revelou ser Victor Fitzroy, com um sorriso desdenhoso no rosto bem delineado. As irmãs Edginton, Bethany e Darlene, estavam onde a dupla de al-Jahiz havia estado. O sempre sorridente Percival Montgomery correspondia à quarta cópia.

— Então qual de vocês fez o discurso na cúpula?

Quando Percival fez uma reverência para Fatma, Abigail aplaudiu, satisfeita.

— Abigail — disse Alexander, ríspido. — Está dizendo que fez mesmo todas essas coisas terríveis? Que assassinou nosso pai?

Por um segundo, a máscara de seriedade que a mulher usava caiu, mas reapareceu tão rápido quanto sumira.

— Era hora de nosso pai sair de cena — disse ela de forma estoica. — Você viu o que ele estava fazendo com o nome da nossa família, com nosso patrimônio. Quem acha que estava administrando as coisas enquanto você estava vagabundeando pela Índia, pagando de pobre soldado? Aqueles velhos debilitados de quem ele se cercava? Era eu que estava cuidando para que o nome Worthington sobrevivesse em boa estima por outra geração.

— Todas aquelas negociações que você não conseguia compreender — disse Fatma para Alexander. — Aqueles acordos com empreiteiros de armas e as compras de munição? Foi sua irmã que fez. É por isso que ela tentou arruinar a cúpula de paz. Ela quer guerra. Tudo para lucrar.

Alexander encara a irmã, horrorizado.

— Lucrar? — zombou Abigail. — Acha que isso é por dinheiro? Ou para me vingar do meu pai por não me convidar para o clubinho dele? Retaliação contra meu irmão enquanto herdeiro? — Ela lançou um olhar decepcionado para Fatma. — Se eu fosse um homem, se fosse meu irmão como você suspeitou, qual acharia que seria o motivo?

Aasim se inclinou para perto de Fatma.

— Sinto um discurso de vilã vindo aí.

— Poder — respondeu Hadia. — É o que homens costumam querer.

— O que mais poderia ser? — perguntou Abigail. — O Egito agora tem isso. Graças a al-Jahiz. Por milhares de anos, vocês seguraram o cetro do mundo. Agora se tornaram uma nova potência. Enquanto constroem fantásticas maravilhas mecânicas e mágicas, as potências antigas estão em decadência ou brigando entre si. A Inglaterra mal é um império. A bandeira do Reino Unido foi derrotada por hindus místicos de Punjab e rainhas axantes com tambores falantes da Costa do Ouro. — Ela bufou. — Meu pai estava certo sobre uma coisa: fracassar em aceitar esta nova era fez a Grã-Bretanha hesitar enquanto as raças escuras ascendiam. Mas por que criar quando podemos simplesmente tomar? O coração da potência do Egito são seus djinns. E eu vou tomá-los de vocês.

Abigail ergueu a mão enfaixada e as bandagens desapareceram — outro ilusionismo. Por baixo, a pele estava pálida e murcha, quase esquelética. No dedo anular ela usava um anel simples de ouro adornado com letras incandescentes. Fatma o reconheceu de primeira: o Selo de Salomão.

— Farei a Britânia voltar a governar — anunciou Abigail. — O Egito será o primeiro a cair, com seus djinns sob meu controle. Depois vou começar tomando de volta tudo que perdemos, fazendo com que o império volte a ser uno. Com que nos tornemos grandiosos mais uma vez. Talvez eu seja homenageada como lorde Nelson. Talvez me coroem rainha. — Ela parou, admirando o anel. — Ou eu mesma farei com que isso aconteça!

Fatma olhou para a mão de aparência doente da mulher e para o êxtase em seu rosto, lembrando do aviso dos anjos sobre tal poder: *Demais para um mortal utilizar de forma tão deliberada. Com tanta frequência.* Ela se virou para Aasim.

— Anotou tudo isso? — perguntou, e o inspetor assentiu. O olhar recaiu sobre um policial em particular. — E você, ouviu o bastante?

O policial também assentiu, o rosto tomado por uma mistura de choque e desdém.

— Você é uma farsa! — gritou ele.

Abigail o encarou, claramente confusa — até que o reconhecimento bateu.

— Moustafa. Minha testemunha.

— Não mais! — respondeu o homem, aos berros. — Você é uma farsa! Vou te denunciar até meu último suspiro!

Fora plano de Fatma levar o homem junto, vestido como um dos policiais de Aasim. Ter uma testemunha de al-Jahiz vendo a impostora ser desmascarada seria muito útil para acalmar as tensões nas ruas do Cairo.

— As notícias correm rápido nesta cidade — disse ela. — Todos saberão que você não é al-Jahiz. Tem policiais espalhados por toda a propriedade, preparados para entrar com um aviso. Mesmo que consiga nos impedir, vamos voltar com mais pessoas. Não tem mais como você vencer. Acabou.

Um sorriso curioso surgiu lentamente no rosto de Abigail. Seus amigos abriram um sorriso sarcástico. Aquela não era a reação que Fatma esperava.

— Acabou? — perguntou Abigail. — Nem ao menos começou. Ora, agente Fatma, você nem sequer perguntou o que planejo fazer com aquele relógio fantástico. Vou levar a traquitana comigo, de volta para onde tudo isso começou. Meu plano ainda precisava de mais um ou dois dias, mas agora isso vai ter que ser suficiente. — Ela começou a cantarolar: — Os Nove Lordes estão chegando.

Fatma ficou tensa quando letras flamejantes começaram a brilhar no anel na mão de Abigail. Ela estava pronta para mandar Aasim assoprar seu apito e efetuar a prisão quando um som familiar chegou a seus ouvidos. Ela se lembrava dele de suas visitas anteriores à propriedade Worthington. Naquela época era fraco, tão suave que ela com frequência se perguntava se sequer tinha mesmo ouvido algo. Agora era claro. Um toque abafado, como martelos contra ferro. Ela olhou para Hadia.

— Também estou ouvindo!

Fatma sentiu um nó no estômago. O clangor. Ela nunca havia se dado conta daquele clangor.

— Abigail! — começou ela. — Você está sendo usada! Os anjos, eles querem que você...

Abigail reprimiu um bocejo.

— Aquele djinn Siwa tagarelou sobre isso. Que o anel chegou em mim através das maquinações deles. — Ela encolheu os ombros despidos. — Vou te falar o que falei para eles: eu não ligo. O anel agora é meu. Veio até mim. E não sou marionete de ninguém.

O clangor ficou mais alto.

— De onde está vindo? — gritou Hadia.

Não era apenas um clangor, eram muitos, ressoando em um ritmo irregular. Fatma abaixou o olhar para os seus brogues caramelo. O chão estava tremendo? Em torno deles, as paredes vibravam e as luminárias mamelucas de prata balançavam no teto.

— Mando meus homens virem pegar Abigail? — perguntou Aasim, com o apito nos lábios.

Fatma encarou o sorriso no rosto da mulher e negou com a cabeça.

— Saiam! Todos, saiam daqui agora!

Eles correram em direção às portas. Fatma puxou Alexander, que olhava de um lado para outro. Ela fitou Abigail e seus amigos uma última vez; a mulher estava parada no meio da sala sacolejante, despreocupada. A agente passou pela porta e desceu as escadas, com o clangor alto os seguindo até lá fora. Fatma viu Hamed de relance, correndo até eles com vários agentes e policiais a reboque.

Então, a casa colapsou.

Ela sentiu a terra se mover sob seus pés, fazendo-a tropeçar. Aasim estava gritando para a polícia recuar. Os homens que ainda estavam no furgão pularam para fora e correram enquanto a propriedade Worthington desmoronava. Torres, minaretes e colunetas se desintegraram, fazendo a construção inteira cair aos pedaços. O chão foi em seguida, abrindo-se para engolir seções inteiras da mansão. Em instantes, restavam apenas entulhos envoltos em nuvens de poeira sufocantes. Fatma tossia, tentando se afastar mais, quando ouviu um novo som: um estalar. Ao se virar, viu os escombros da casa em ruínas se movendo, indo para a frente.

Ela ainda não havia entendido direito o que aquilo era quando os destroços voaram para todos os lados, fazendo todos buscarem abrigo. Havia algo surgindo da casa. Algo que agora Fatma entendia que estivera ali todo aquele tempo. Primeiro, uma cabeça de metal com chifres flamejantes, seguida por ombros e um corpo enorme na forma de um homem. Não, não um homem. Um djinn! Um grande djinn mecânico, feito de ferro, cobre e aço. Havia ifrites presos à estrutura — seres flamejantes feitos de chamas vermelho-sangue que queimavam intensamente contra o escurecer da madrugada. Eles martelavam e soldavam e batiam em uma cacofonia furiosa.

Ela antes achava que havia apenas um. Mas devia haver dúzias! O trabalho deles estava incompleto, então em algumas partes a estrutura estava sem placas de metal. O peito estava aberto, e viu o coração mecânico girando. Lá dentro, sobre uma plataforma, estavam cinco vultos: Abigail e seus amigos. Logo atrás deles havia um maquinário curioso cheio de engrenagens sobrepostas nas quais vários ifrites trabalhavam. Um medo imenso dominou Fatma. O Relógio dos Mundos!

O imenso djinn mecânico se livrou dos restos da propriedade Worthington como uma fera trocando de pele. Sua cabeça chifrada envolvida por fogo de djinn virou para o norte e seguiu nessa direção, dando passadas vastas com as duas pernas longas. A coisa era ligeira para seu tamanho, e começou a se afastar com rapidez.

Fatma avançou aos tropeços, empurrando um atordoado Alexander consigo. Encontrou Hadia e Aasim apinhados junto com policiais e agentes igualmente perplexos e cobertos de poeira.

— Não acho que trouxemos pessoas o bastante no fim das contas! — comentou Aasim, limpando o bigode.

— Acho que também descobrimos o que aconteceu com aquele aço Worthington que tinha sumido — acrescentou Hadia, encarando o gigante de ferro. — Aonde aquela coisa está indo?

— Ela disse que estavam voltando para onde isso tudo começou — respondeu Fatma.

Aasim franziu a testa.

— O caso? Ele começou aqui.

Fatma olhou para o gigante que se afastava. Ele não estava indo para o norte, mas sim para o nordeste.

— Cairo. Onde tudo isso começou. O Relógio dos Mundos foi feito para recriar as grandes fórmulas de al-Jahiz. Para abrir portas para outros mundos. Ela está levando-o para onde ele perfurou o Káf pela primeira vez.

Hadia arquejou.

— O Palácio de Abdeen!

— Os dignatários da cúpula do rei estão lá! — disse Aasim.

Fatma sentiu o coração apertar.

— Precisamos voltar!

— Vai ser difícil. — Aasim apontou para os escombros da propriedade Worthington. Os poucos furgões da polícia ainda visíveis estavam enterrados embaixo do entulho. — Nossa melhor esperança é que Gizé transmita um alerta quando virem aquela coisa. Talvez alguém seja sensato o bastante para mandar uma viatura para conferir como estamos.

Não era bom o suficiente, pensou Fatma, aflita. Ninguém mais sabia com o que estavam lidando. Ela olhou em volta. Tinha que ter algum jeito de sair dali!

Assim que pensou naquilo, viu um veículo solitário correndo pela estrada em direção a elas. Não um carro. Algum tipo de velocípede motorizado. Mas era volumoso no meio, com uma superfície cor de bronze e prata. Suas duas rodas — uma na frente e outra atrás — tinham pneus mais grossos do que os de velocípedes, além do assento mais baixo. Também fazia muito barulho, com um motor que rugia como se fosse o de um dirigível.

A pessoa que o ocupava estava inclinada sobre a parte da frente do veículo, segurando o guidão de bronze sob o qual um único farol brilhava no crepúsculo crescente. Vinha com o rosto escondido por óculos e um capacete arredondado de couro marrom. O condutor parou o estranho veículo bem diante delas, dando um chute no suporte de apoio com a bota que combinava com o capacete. Levantando os óculos, a pessoa soltou a correia do capacete e o tirou, observando a construção demolida.

Fatma a encarou, boquiaberta.

A condutora, Siti, abriu um sorriso.

— Pelo jeito foi uma festa e tanto.

26

— Sabia que vi uma coisa estranhíssima no caminho para cá? — Siti se reclinou casualmente na estranha bicicleta, vestida com uma calça marrom confortável e um cafetã vermelho e curto usado como blusa, com um longo rifle familiar preso às costas. — Um djinn mecânico gigante. Com ifrites pendurados nele inteirinho. Todo mundo também viu isso, ou andei bebendo?

Fatma correu para perto dela.

— Como você sabia...

— ... onde você estava? Lembra o que te contei sobre a *coisa* que faço?

Claro. Seu talento de meia-djinn. Ainda era desconcertante, mas ela queria beijar a mulher!

— Precisamos chegar ao Cairo!

— Suponho que seja por causa daquele djinn mecânico gigante? Criaturas como aquela costumam não ser boa coisa.

— Abigail Worthington é a impostora — explicou Fatma depressa. — Ela e seus amigos estão levando o Relógio dos Mundos para o Palácio de Abdeen. Ela vai usar o Selo de Salomão e os djinns para controlar o Egito. Depois talvez tente conquistar o mundo.

Siti soltou um assovio baixo.

— Isso definitivamente não soa como boa coisa. — O olhar dela recaiu sobre o grupo de policiais e agentes do Ministério que perambulavam de um lado para outro. — Mas são muitas pessoas. E só tenho isso aqui. — Ela gesticulou para o veículo.

— Que coisa é essa? — perguntou Fatma.

— Uma motocicleta! São populares agora em Luxor. Importei essa.

Fatma balançou a cabeça. A mulher e suas engenhocas. Pelo menos, não voava.

— Essa é outra agente mulher do Ministério? — perguntou Aasim.

Ele havia se aproximado e parecia não conseguir decidir o que encarava: Siti ou a motocicleta.

Siti deu uma piscadela.

— Estou mais para uma colaboradora independente.

Aasim não entendeu a piada.

— Vamos precisar confiscar seu veículo. Assunto da polícia.

— Desculpe, inspetor. — Ela se inclinou para perto dele com um sorriso malicioso no rosto. — Sou a única que consegue montar nisso aqui.

Aasim retorceu o bigode, engoliu em seco, pigarreou e depois voltou até seus homens, olhando de vez em quando por cima do ombro.

— Abla? — Entre todas as pessoas, era Hamed.

O uniforme dele havia sofrido uns bons danos, mas ele não parecia estar ligando. Em vez disso, encarava Siti. Espere. Ele tinha acabado de chamar a meia--djinn pelo primeiro nome?

— Agente Hamed — cumprimentou Siti, amigável.

Ele retribuiu com um meio-sorriso confuso.

— De onde você conhece a Abla?

As sobrancelhas de Fatma se ergueram.

— De onde *você* conhece a Abla?

Antes que ele respondesse, Onsi se aproximou todo animado, sorrindo de forma amável — como se uma casa inteira não tivesse acabado de colapsar com eles dentro — enquanto cumprimentava Siti. Fatma ficou encarando o agente, espantada.

— Abla nos ajudou com um caso no verão passado — explicou Hamed.

— Ela ajudou *vocês* com um caso? — repetiu Fatma.

Siti deu de ombros.

— Só dei um conselho. Estavam com um problema de assombração em um... o quê? Ônibus? Bonde?

— Vagão — Fatma, Hamed e Onsi repetiram juntos.

— É, isso.

— Nunca tive a chance de te agradecer direito — disse Hamed. — Quando voltei de novo para Makka, você tinha partido. O que está fazendo aqui?

Siti parecia prestes a dizer algo astuto, mas Fatma já tinha ouvido o bastante.

— Não quero estragar o reencontro, mas... — Ela apontou para a direção na qual o djinn mecânico gigante havia ido. — Ainda precisamos chegar ao Cairo.

Hamed assentiu, solene.

— Talvez a gente possa recuperar um daqueles furgões da polícia. — Ele olhou para Onsi. — Você por acaso não sabe consertar motores de veículos, sabe?

O homem mais baixo concordou com a cabeça, animado.

— Inclusive adoro ler diagramas de motor a vapor, e usei um para desmontar...

— Claro que sim — interrompeu Hamed. — Então vamos lá.

Os dois se despediram apressados e correram para inspecionar o que havia restado dos veículos da polícia.

Siti pegou um segundo capacete que estava preso no banco de trás e o entregou para Fatma.

— Posso te levar de volta. A moto é tão rápida quanto a maioria dos carros. Certamente mais rápida do que esses furgões da polícia. Acho que a gente consegue alcançar aquela coisa se eu correr.

Fatma olhou para Hadia, que agora estava ao lado dela, percebendo que precisariam se dividir.

— Vá! — insistiu a outra agente. — Procure alguém e mande ajuda. A gente pode te encontrar lá! — Ela se virou sobre os calcanhares para se dirigir a Siti, inclinando-se para perto dela para falar com a voz cortante como uma faca. — Tome conta de Fatma. E mantenha as mãos longe dela. Se eu vir uma marca sequer, você vai ter que se ver comigo, entendeu?

Fatma se deteve no meio do movimento de colocar o capacete, perplexa. Siti parecia igualmente surpresa, mas logo se recuperou e semicerrou os olhos.

— Não acho que você sabe do que está falando. Mas gosto de você. E só está sendo protetora com sua parceira. Então vou fingir que você não acabou de me ameaçar. — Ela respirou fundo, baixando a voz. — Ainda assim, você merece uma resposta. — Os olhos dela brilharam, as pupilas mudando para a forma felina de um dourado iridescente. — Eu sou uma meia-djinn.

Hadia recuou, atônita, com o rosto franzido.

— Quer dizer, tipo uma nasnas?

— Eu pareço ter só metade de um corpo para você? — disparou Siti. — Quero dizer que sou parte djinn!

— Ah. — Os olhos dela se arregalaram quando ela entendeu de verdade. — Ah!

— O que aconteceu naquela noite foi culpa do poder do anel. Eu não tinha controle.

Hadia ouviu em silêncio, mas não parecia completamente convencida.

— Já fui pega desprevenida antes — disse Siti, com firmeza. Baixou a voz de novo, o tom determinado. — Não vou deixar ninguém me obrigar a machucar Fatma de novo.

— Se assegure disso — respondeu Hadia. — Também gosto de você, mas estava falando sério sobre o que disse antes.

Fatma se colocou entre elas.

— Se vocês duas já pararam de fingir serem minhas amas de leite, temos um provável fim do mundo para impedir. — Ela subiu na garupa da motocicleta, prendendo a bengala junto com o longo rifle preso às costas de Siti. — Pode ver como ele está? — Apontou para Alexander Worthington, que estava encarando de queixo caído a casa demolida. — Acho que ele ficou catatônico.

— Posso — respondeu Hadia. — Que Deus esteja convosco! — Ela se virou para Alexander, segurando o homem pelo braço e o conduzindo aos tropeços. — Sei que deve estar sendo difícil para você. Sua irmã é uma maníaca malvada inclinada a conquistar o mundo. Ela matou seu pai, o que é simplesmente horrível. Além do mais, acho que esta casa não tem muito valor de revenda. Mas sempre poderia ser pior! Ó, eu tenho um primo...

Fatma não ouviu o resto, pois ela e Siti aceleraram na direção da escuridão crescente.

A motocicleta fez jus às vantagens contadas por Siti. O negócio era rápido. Certamente, melhor do que as geringonças planadoras — em uma das quais elas haviam voado na última vez em que tinham salvado o mundo. Mas era inquietante se deslocar em uma velocidade tão alta, com o vento golpeando-as com força. Não ajudava o fato de que Siti quase nunca diminuía a velocidade. Fatma passou a maior parte do percurso com os olhos bem fechados, segurando com força a cintura da outra mulher.

Elas pararam brevemente em Gizé para passar a mensagem de que precisavam de ajuda na propriedade Worthington e para alertar o Ministério de que seria necessário evacuar o Palácio de Abdeen. Ainda assim, por mais rápido que estivessem avançando, o djinn mecânico gigante estava bem mais à frente. Foi só quando chegaram à periferia do Cairo que o vislumbraram de novo. A coisa contrastava com o céu noturno, iluminada pelo fogo salpicado pelo corpo que, na verdade, eram ifrites. Depois o djinn sumiu de novo, movendo-se ainda mais depressa na direção da cidade. Foi algum tempo depois de vislumbrar a monstruosidade que elas ouviram a voz no ar. Uma voz de mulher — que estrondava e ecoava.

— Abigail! — disse Fatma, reconhecendo o timbre.

As palavras, porém, ela não conseguia compreender. Não era nem inglês nem árabe, e sim algum idioma de djinn cujas sílabas ressoavam. O corpo de Siti, entre os braços de Fatma, ficou tenso. Ela diminuiu a velocidade até parar por completo.

— O que há de errado? — Fatma perguntou por cima do ruído do motor.

— Eu consigo ouvir Abigail — disse Siti. — Dentro da minha cabeça.

— Como... antes?

— Não. O som está abafado, como se eu estivesse embaixo d'água. Ainda me compele, mas acho que enquanto eu ficar na forma humana, consigo resistir. O que quer que você tenha feito ao invocar a deusa enfraqueceu o poder dela sobre mim.

Fatma não queria pensar sobre o assunto naquele momento.

— Consegue compreender o que ela está dizendo?

Siti assentiu.

— Está convocando os djinns. Demandando que se unam a ela. Que chegou a hora de se curvarem ao Mestre dos Djinns. Também há visões. Lampejos. O Palácio de Abdeen. E... — A voz dela foi morrendo, até Siti ficar em silêncio antes de praguejar baixinho.

Com um sacolejo, ela acelerou a moto de novo.

— O que foi? — berrou Fatma por cima do vento.

— Uma coisa péssima! Os Nove Lordes! Ela vai libertá-los! Com o Relógio dos Mundos!

— Mas por quê?

— Para usar as criaturas! O anel não é o bastante! Não dá para controlar tantos djinns de uma vez! Ou pelo menos ela não consegue. Precisa de líderes para direcioná-los! Ela está criando um exército, um exército de djinns! Esses Nove Lordes Ifrites vão ser o generais dela!

Aquilo parecia ruim. Muito ruim.

— Mais rápido!

Siti se curvou sobre o guidão e o motor da moto rugiu, fazendo a dupla avançar a toda pelas ruas do Cairo. Não era difícil ver por onde o gigante havia passado. Como em Gizé, deixara um trajeto de destruição. Os cabos dos vagões tinham sido arrebentados, alguns desencarrilhando por completo. Havia bondes capotados e carros parados, e algumas construções apresentavam danos. Uma fila de furgões da polícia esmagados foi tudo que restou de um bloqueio erguido às pressas. A motocicleta serpenteava por entre veículos e escombros, e Fatma apenas rezava para que não vissem nada pior naquela noite.

Estavam perto de Al-Sayeda Zainab quando o chão começou a tremer. Siti diminuiu a velocidade até parar. Ao redor delas, um retumbar ficava cada vez mais alto, como um trovão distante. Criaturas se alvoroçavam pelo céu, voando baixo o bastante para ser possível sentir o vento produzido por seu deslocamento e ver seus detalhes. Algumas delas tinham penas, outras eram encouraçadas como morcegos. Quase todas eram pequenas, mas um marid enorme as acompanhava. Fatma e Siti se abaixaram instintivamente quando o titã passou, a longa cauda de cobra serpenteando atrás de si.

— O que está...? — Fatma se interrompeu quando um mar escuro surgiu dobrando a esquina.

De primeira, ela achou que fosse mesmo água. Que, de alguma forma, as ruas haviam inundado. Mas depois viu que a massa era feita de seres individuais, mas muito apinhados. Mais djinns. Os que não voavam, dessa vez, de vários tipos e em maior quantidade. Djinns com cabeça de gazela ou aves. Djinns pequenos como crianças, outro com bem mais de três metros. Djinns azuis e vermelhos ou pretos e de pele marmorizada. Elementais translúcidos de gelo e outros feitos de nuvens inchadas. Djinns com pele que parecia grama ou rocha. Com dentes e garras, alguns com duas cabeças, e outros com até seis braços. Todos se mexendo como uma fera possessa, seguindo a toda na direção delas.

Não havia tempo para fugir. Lugar algum para ir. Elas ficaram completamente imóveis, sentadas na motocicleta, enquanto a onda quebrava contra elas — e depois se abria ao meio. Os djinns desviaram delas, sem prestar atenção alguma nas duas. Estavam todos indo para uma única direção: a estrada que levava ao Palácio de Abdeen.

Siti deu a partida de novo assim que a turba terminou de passar. Nenhuma delas falou, tomadas por pensamentos sombrios. Os djinns estavam sob controle do Selo de Salomão. Abigail teria seu exército. Elas agora teriam de garantir que ela não tivesse generais para liderá-lo. Quando enfim chegaram ao palácio, no entanto, o que encontraram colocou a chance delas em xeque.

O Palácio Abdeen começara a ser construído em 1863, pelo paxá Maomé Ali, com a intenção de ser uma residência real. Mas sua finalização foi em 1872, coincidindo com a época de al-Jahiz na cidade. Em vez de transformar o palácio no centro de seu governo, o paxá o usou para abrigar o místico sudanês, esperando se beneficiar de sua sabedoria. Foi ali que al-Jahiz trabalhou em suas criações mais maravilhosas. Também foi onde abriu um buraco no Káf, mudando para sempre o mundo. Djinns arquitetos incrementaram a mistura original de designs europeus, turcos e egípcios — criando inclusive vários pátios internos extravagantes, finalizados com miniaturas mecânicas de edifícios e monumentos. Naquele dia, os djinns haviam retornado, em um quantidade que teria feito al-Jahiz prestar atenção.

Fatma analisou o mar de seres. Eles se amontoavam nas ruas ao redor do palácio retangular, apinhados ombro a ombro, seguindo em frente com uma inércia persistente. Alguns subiam pela fachada exterior da construção, usando como apoio janelas, sacadas ou qualquer tipo de pedra saliente. Um tinha envolvido com o corpo serpentino um dos pilares da fileira que se estendia diante da entrada da frente, deslizando por sua extensão. Tudo isso para se juntar aos djinns que já estavam no telhado lá em cima, todos olhando para a grandiosa monstruosidade de ferro.

O imenso djinn autômato estava parado em algum lugar entre as paredes internas do palácio. A grande cabeça chifrada se elevava bem acima do teto; a luz das chamas queimando dentro do construto banhava o rosto inacabado com uma malevolência profana. O telhado batia no peito do djinn de metal. Dentro da cavidade aberta, em uma vasta plataforma logo abaixo do coração mecânico rotatório, a autodeclarada Mestre dos Djinns inspecionava seu exército reunido.

Dava para distinguir Abigail Worthington com clareza — de cabelo ruivo escuro e vestido preto e dourado, iluminada pelos flamejantes ifrites que trabalhavam incessantemente na série de engrenagens circulares logo embaixo dela. O Relógio dos Mundos. Ela já nem se dava mais ao trabalho de usar o ilusionismo para parecer al-Jahiz. Ou talvez não tivesse a magia necessária. Estava com a mão erguida, um pontinho dourado cintilando em um dos dedos abertos enquanto convocava os djinns do Cairo aos gritos.

— Não estou vendo seu pessoal — comentou Siti. — Nada de agentes, da polícia. Não vejo nem guardas do palácio.

— Provavelmente foram atropelados. Com sorte, conseguiram evacuar os dignatários.

Siti grunhiu.

— Isso significa que somos só nós.

— "Só nós" vai ter que ser suficiente. Precisamos chegar lá em cima.

— Não se a gente tiver que passar por aquilo.

Siti apontou para o amontoado de djinns. Havia muitos para que transitassem entre eles, com mais chegando a cada minuto. Fatma observou o palácio, procurando por uma porta ou janela aberta. Mas tudo que havia eram djinns.

— Tem outro jeito de subir — sugeriu Siti, parecendo pensativa. — A gente pode voar.

A primeira coisa que veio à mente de Fatma foi o aparato planador da mulher. Mas quando viu os olhos atrás dos óculos de proteção, entendeu o que ela queria dizer.

— Você consegue fazer isso?

Siti deu de ombros.

— Você não é lá muito pesada. E fico mais forte na minha forma de djinn.

— Digo, você consegue fazer isso e não acabar como eles?

— Eu entendi — respondeu Siti, mais séria. — Ela está canalizando muita magia agora para convocar todos estes djinns até aqui. Não sei se ela vai ser capaz de focar em mim especificamente.

Fatma não gostava nada da ideia, e não apenas por temer pela própria segurança. Ela não queria ver Siti sendo transformada como aqueles outros djinns, sem controle algum, forçada a responder a invocações de sua senhora. A ideia fez seu estômago se revirar. Mas ela não sabia se tinham escolha.

— Vamos nessa.

Elas desceram da moto, e Fatma trocou o capacete pelo chapéu-coco — um pouco amassado, mas ainda usável. Siti a fitou com um olhar curioso enquanto removia o próprio capacete.

— Percebeu que nós duas estamos usando a mesma coisa da última vez? — perguntou ela. — Quando a gente foi confrontar o anjo rebelde. Você estava usando essa mesmíssima roupa. E eu, esta.

Fatma olhou para o próprio blazer: cinza-claro, com colete combinando, gravata verde-limão e camisa branca com risca de giz vermelha. Ela se lembrou. Siti estava com as mesmas botas marrons, calças marrom-claras e cafetã. Era uma coincidência esquisita.

— Isso é uma coisa de djinn?

— E eu sei lá? — Siti deu uma piscadela. — Sou só meia-djinn.

E, com isso, ela se transformou.

Embora Fatma já estivesse esperando, a mutação foi surpreendente do mesmo jeito. Surgiu no lugar de Siti... Não, ela se corrigiu, aquela também era Siti. A mulher agora era uma djinn alta com pele brilhante e preta e chifres curvos bem vermelhos. Com os olhos de pupilas felinas, carmim sobre dourado, ela olhou para a outra agente de cima para baixo.

— O que está sentindo? — perguntou Fatma, hesitante.

A mandíbula de Siti ficou tensa, e ela balançou a cabeça de um lado para o outro.

— Que quero que ela fique quieta — grunhiu ela. — Mas estou bem, graças à deusa. — Um par de asas pretas e vermelhas se desenrolou de suas costas. — Vamos lá calar a boca dela.

Fatma não conseguiu reprimir um gritinho quando os braços fortes a enlaçaram e ela foi içada no ar.

A sensação imediata fez seu estômago se revirar como se o mundo tivesse sido virado de cabeça para baixo — de tal forma que a agente não conseguia dizer qual lado era para cima. Quando se recompôs de novo, viu que estavam voando alto sobre a multidão de djinns, subindo mais enquanto o bater das asas de Siti ressoava em seus ouvidos misturado ao zunido do vento. Elas passaram pelo terraço e pousaram entre as fileiras de djinns, cada vez maiores.

Siti soltou Fatma, que cambaleou. Voar nunca fora seu ponto forte. Os djinns em volta nem ao menos olharam para elas. Estavam com o rosto inexpressivo e aqueles assombrosos olhos vazios, apenas se balançando no lugar. Fatma e Siti se viraram para o djinn mecânico. A plataforma sobre a qual Abigail estava parecia uma espécie de andaime, com uma série de degraus que conduziam ao terraço da construção. Os coconspiradores da inglesa estavam logo atrás — Victor, Bethany, Darlene e Percy. Estavam todos de costas, observando os ifrites que, trabalhando com esmero, juntavam placas que formavam o Relógio dos Mundos.

— Está quase acabando — comentou Fatma. — Espere, aonde você está indo? — Ela esticou o braço para segurar Siti, que estava andando para longe. Quando a mulher se virou, a agente viu como ela estava com aqueles olhos opacos de djinn. — Siti! Ouça a mim, não a ela! Se transforme de novo! Siti!

Ela expressou um lampejo repentino de reconhecimento e, em instantes, voltou à forma humana.

— Malesh — desculpou-se Siti em um murmúrio, parecendo constrangida. Ela observou a cena diante delas. — Você está certa, aquele relógio está quase terminado. Quando estiver funcionando, os Nove Lordes vão passar. E todos esses djinns vão virar soldados fiéis a eles. Bem, fiéis a ela.

— A gente pode atacar por aqueles degraus. Lutar direto com ela.

Siti olhou para Abigail, cuja mão branca e de aparência doente estava claramente visível — assim como o anel.

— Tenho uma ideia melhor.

Ela puxou o rifle comprido das costas.

Fatma começou a entender o que ela estava sugerindo.

— Até onde sei — disse Siti, lendo a expressão dela — o Ministério fornece porte de armas.

— Para autodefesa — contrariou Fatma. — Não assassinato.

— Não deixa de ser autodefesa. Assassinato é só a forma como ela é executada — retrucou Siti. Fatma abriu a boca para protestar, mas a meia-djinn seguiu em frente: — Não temos tempo para debater ética. Tudo que sei é que um tiro vai fazer com que aquele anel dela seja inútil, libertar todos estes djinns e parar aquela máquina. A meu ver, é pelo bem maior.

Fatma não gostava daquilo. Nem um pouco. Mas havia muita coisa em jogo. E Siti estava certa sobre uma coisa: não tinham tempo para debater.

— Faça com que seja uma morte limpa — disse ela enfim.

Siti assentiu e se apoiou em um joelho só, pressionando a coronha do rifle contra o ombro para olhar pela mira.

— Você pode estar em uma posição mais vantajosa — murmurou ela para Abigail —, mas eu tenho a deusa.

O dedo dela pairou em cima do gatilho.

— Não acerte nenhum dos djinns! — sussurrou Fatma.

— Não se preocupe. Minha mira é perfeita. Mas talvez isso vire uma bagunça.

Fatma se preparou. Esperava poder conseguir lidar com a bagunça.

Siti começou a sussurrar, e a agente demorou um momento para perceber que era uma oração.

— Louvada sejas tu, Senhora de Todos os Poderes, Olho de Rá, Aquela Brilhante que afasta a escuridão. Abro meu coração para ti. Minhas mãos. Meus olhos. Meu coração é irrepreensível. Tornai minha mira verdadeira para que eu possa obliterar os inimigos de nosso Pai.

O estampido do rifle preencheu a noite. As palavras de Abigail foram bruscamente interrompidas, e uma nuvem preta a envolveu como um véu. A bala colidiu com a bruma e se despedaçou. Victor gritou, segurando o ombro sangrento onde estilhaços o haviam acertado, depois caiu no chão da plataforma. Em um borrão, a nuvem preta se transformou em um vulto familiar. O ghoul de cinzas.

Siti praguejou.

— Achei que tinha acabado com aquela coisa!

Ela se preparou para mirar de novo. Tarde demais. Do terraço, Abigail olhava na direção delas. Avistou com facilidade as duas mulheres no meio do aglomerado de imortais e gritou algo a plenos pulmões. Fatma sentiu o sangue gelar quando, de todos os lados possíveis, olhos de djinns se viraram para encará-las — vazios e mortos.

27

Fatma desviou da mãozorra de um djinn rechonchudo de quatro braços. Não apenas rechonchudo, era quase perfeitamente redondo — uma esfera escamada com mais membros do que necessário e uma bocarra. Com a bengala, ela acertou o djinn entre os olhos, e ele cambaleou para trás. Ao lado dela, Siti jogou um djinn com um único chifre amarelo sobre vários outros, usando o peso das criaturas contra elas próprias.

— Isso está ficando irritante — grunhiu a meia-djinn, pulando para chutar um djinn bem na cara.

— Melhor do que... — Fatma arquejou com o frio cortante que sentiu ao passar por um rodopiante jann de vento. — Continue empurrando! — berrou.

Siti estava certa. Abigail tinha abusado da magia. No início, temiam ser derrotadas pelos djinns. Para a surpresa delas, porém, eles acabaram sendo a menor das ameaças. Sim, ainda eram enormes e monstruosos, mas lutavam devagar. E sem jeito. Alguns faziam uma única menção de avançar contra elas antes de retornar ao estupor. Ainda assim, estavam mantendo Fatma e Siti no lugar, permitindo que o Relógio dos Mundos pudesse ser terminado. A melhor aposta delas era continuar em frente até chegar à plataforma.

— Conseguimos! — gritou Siti.

Ainda estavam cercadas por djinns, mas aqueles não pareciam ter recebido as ordens de Abigail. Estavam com o olhar fixo em sua senhora — que não gritava mais, agora só parada com a mão estendida à frente. Seu cabelo bem penteado parecia prestes a se desmanchar, e uma camada brilhante de suor cobria seu rosto enquanto se concentrava.

— Ela parece vulnerável. A gente deveria acertá-la agora!

— Não com aquilo no caminho.

Siti apontou para o ghoul de cinzas, que as observava com o rosto inexpressivo.

— Precisamos dar um jeito de tirar aquela coisa dali.

— Deixa comigo — disse Siti.

E ergueu o rifle, mirando antes de atirar. Abigail se encolheu com o tiro destinado a ela, mesmo com o ghoul de cinzas se movendo como um borrão para bloquear o projétil. Depois a inglesa olhou para baixo, pausando para gritar um comando. A revolta nuvem preta que era o ghoul de cinzas se virou e fluiu na direção de Fatma e Siti.

— Funcionou — disse Siti. E, em um piscar de olhos, transformou-se em djinn. Quando o ghoul de cinzas se materializou, surgindo diante dela, Siti o golpeou, acertando a coisa com tanta força que a desfez em uma nuvem preta que se espalhou pelo terraço. — Vá cuidar da Abbie. Eu cuido dessa coisa.

Fatma olhou para Siti, preocupada.

— Você vai ficar bem? Assim?

Siti abriu um grande sorriso, embora parecesse um pouco forçado.

— Ela está distraída demais. Além do mais, a deusa está comigo. Vá! Mas espere!

Fatma se surpreendeu ao se ver erguida para um beijo intenso. Seu corpo ficou tenso como se uma corrente elétrica tivesse passado por ela — como se alguém tivesse colocado, contra todas as possibilidades, metade do Nilo em uma garrafa. Quando seus lábios se abriram, ela perdeu o fôlego.

— O que foi isso? — perguntou a agente, maravilhada, enquanto seus pés tocavam o chão de novo.

Siti deu uma piscadela.

— Um presente. Vamos dizer que recarreguei suas baterias.

O rosto dela se contorceu com um rosnado quando o recém-reformado ghoul de cinzas se ergueu de novo, criando uma duplicata.

— Agora vá!

Fatma foi. Seu corpo formigava, e ela parecia completamente revigorada. Deslizando por entre os poucos djinns que restavam, chegou aos degraus do andaime e começou a subir, dois patamares por vez. Alguém pulou para baixo para detê-la. Percival Montgomery. Ela se esquivou dele com facilidade, dando um soco firme em sua mandíbula que fez a cabeça do homem ir para trás. Ele desmaiou na plataforma, e ela sorriu. Que sensação boa! Ela se sentia muito bem!

As irmãs Edginton alertaram Abigail com um grito, que se virou no instante em que Fatma desembainhou a espada e golpeou. A mulher conseguiu desviar da lâmina, mas o fio chegou tão perto de seu rosto que a fez empalidecer.

— Você parece determinada a entrar no meu caminho — disse a inglesa, fervendo de raiva. — Já que, como uma criança, faz questão de ser ouvida.

Ela ergueu o braço e uma lâmina preta apareceu zumbindo em sua mão boa.

Fatma abriu mais o sorriso. E atacou.

Abigail era uma espadachim habilidosa, mas Fatma tinha duas coisas a seu favor. Abigail estava cansada, o preço de sugar tanto do poder do anel. A agente, por outro lado, estava reabastecida pelo poder da magia de djinn. Os pés dela dançavam enquanto ela atacava, aproveitando a vantagem e forçando a oponente a bloquear e recuar depressa. Ela se maravilhou com a facilidade com que previa os movimentos planejados da mulher, defendendo todos os golpes de forma suave. Ela podia ver a nítida exaustão no rosto de Abigail, que respirava em arfadas rasas.

Procurando uma forma de acabar com aquilo, Fatma fingiu tropeçar. Abigail tentou aproveitar o vacilo, estendendo o braço para estocar a agente. Desviando da finta, Fatma atacou com fluidez, a ponta de sua lâmina atravessando o vestido da inglesa para acertar a coxa. A mulher se lançou para trás, gritando e segurando a perna machucada.

— Isso foi pela Siti.

A expressão de Abigail se fechou.

— Não tenho tempo para isso! — Ela sacudiu o anel, que brilhava forte. — Venham a mim!

Um grupo de djinns emergiu do terraço. Fatma ergueu a espada, achando que iriam atacar. Em vez disso, eles formaram um escudo de proteção em volta de sua mestre.

— Quer alguém com quem lutar? — Abigail sorriu com desdém por trás da muralha de corpos. — Aqui está, então. Teste sua coragem!

Ela sacudiu mais uma vez a mão com o anel. Um dos ifrites que trabalhava no Relógio dos Mundos se afastou do gigante de metal, aterrissando com força nos degraus diante de Fatma.

A criatura tinha uns bons dois metros e setenta — sem contar o fato de que o corpo era feito de chamas vivas. O ifrite sacou do nada uma espada de um vermelho ardente — e a desceu com força. Fatma conseguiu erguer a própria arma a tempo de bloquear o golpe. O impacto a fez cair com um dos joelhos no chão enquanto fagulhas saltavam da lâmina do ifrite. Que continuava empurrando-a para baixo. O olhar da agente encontrou com o dele — poças sem fundo de metal fundidos — e ela soube que o fio escaldante em algum momento chegaria nela.

Um rugido ecoou de repente, como o de uma leoa. O ifrite gritou quando garras retalharam seu braço, depois o peito, fazendo jorrar sangue flamejante. Quando se virou, ele deu de cara com outro borrão de garras e asas batendo. Siti! A mulher arreganhou os dentes quando o djinn flamejante berrou, erguendo a espada ardente acima da cabeça com as duas mãos em volta do punho. Em resposta, uma espada surgiu na mão dela — pura prata cintilante. Quando as duas armas se chocaram, a colisão foi ofuscante.

Abigail observava a briga, ainda apertando a perna ferida. Ela gritou de novo, e um segundo ifrite, seguido por um terceiro, mergulhou no ar. Em pânico, Fatma viu os três vultos flamejantes investirem contra Siti. A mulher se eriçou, os seus olhos carmim com dourado brilhando, as asas esticadas e a espada prateada erguida. Fatma nunca tinha visto nada tão belo!

Siti dava conta. Mas ainda era apenas uma meia-djinn enfrentando três ifrites, que faziam chover golpes com as lâminas escaldantes como se fossem ferreiros. Ela foi logo forçada a reduzir seus movimentos a uma desesperada série defensiva. Seus movimentos foram ficando mais fracos, mal bloqueando as estocadas dos inimigos enquanto girava para não perder nenhum dos três de vista. Eles a cercavam como hienas trabalhando para cansar a presa.

Fatma ergueu sua própria espada com a intenção de entrar no combate — mesmo que ela não fosse durar muito tempo. Antes que pudesse se mover, um dos ifrites investiu, fazendo a espada romper a defesa de Siti. A lâmina escaldante perpassou o ombro da meia-djinn, entrando fundo. O grito que ela soltou partiu o coração de Fatma. Ela viu Siti cair de joelhos — a espada brilhante sumindo de suas mãos.

Um segundo ifrite avançou, a lâmina erguida para o golpe derradeiro. Fatma desceu os degraus aos saltos, pronta para se jogar em cima da criatura. De repente, porém, a mão dele congelou no ar. Abigail estava ordenando que ele voltasse ao trabalho. Estava ordenando que todos voltassem. Fatma alcançou Siti no instante em que os três ifrites se viraram para atender à convocação de sua senhora.

— Está queimando! — O rosto de Siti estava contorcido de dor. — Está tudo queimando!

Fatma viu a ferida. Deveria ter cauterizado. No entanto, parecia tanto queimada quanto sangrando. Ela tentou estancar o fluxo, mas afastou os dedos chamuscados. O sangue estava quente ao toque — fervendo, envenenado pela arma dos ifrites.

— Por que você não está se curando?

A única resposta de Siti foi outro grito quando nuvens de fumaça começaram a subir de seu corpo.

A mente de Fatma estava acelerada. Aquele júbilo ainda fluía em seu corpo, e ela podia sentir a energia na ponta dos dedos — curando depressa até os chamuscados que havia sofrido. Ela estava carregando um pouco da magia de Siti. Talvez o bastante para a impedir de se curar. Se pudesse simplesmente devolver...

Ela se inclinou para a frente, pressionando os lábios nos da meia-djinn. A rápida corrente que a havia preenchido até explodir foi drenada — metade do Nilo voltando. Quando se afastou, teve que se esforçar para continuar de pé. Era como se tivesse corrido por quilômetros! Os dedos dela traçaram cautelosamente a ferida de Siti. Não estava curada por completo. Mas a pele havia fechado, e não parecia mais quente ao toque.

— O que você fez? — grunhiu Siti, sentando-se.

— Retribuí sua recarga de energia. — Fatma conseguiu soltar, sorrindo.

Sua breve euforia evaporou enquanto ela olhou para cima e viu os três vultos parados sobre elas como guardas. O ghoul de cinzas.

— Ele sempre volta — resmungou Siti.

Fatma pegou a espada. Estava exausta e, com aquelas pernas bambas, provavelmente não aguentaria muito de pé. Mas se essa coisa queria uma briga, ela daria seu melhor.

Um estalo repentino levou sua atenção de volta à plataforma. Estava vindo do djinn mecânico. Não, não do autômato, e sim da máquina de engrenagens sobrepostas aninhada em seu peito aberto. As peças estavam se virando, os dentes das engrenagens marchando juntos. Elas se moveram devagar no começo, mas logo aumentaram a velocidade: todas girando e se encaixando para trabalhar em perfeita harmonia.

A visão fez Fatma gelar. O Relógio dos Mundos havia sido reconstruído. E estava funcionando.

— Ela conseguiu! — sussurrou Siti.

Seus olhos carmim se fixaram adiante. Não nas engrenagens girando. Ou em Abigail, que estava gritando em triunfo. Mas sim no buraco de escuridão bem acima da cabeça do djinn mecânico — como se alguém tivesse cortado o tecido da realidade.

Da última vez que haviam visto a máquina intacta, ela abrira um portal daqueles para um lugar aquoso escuro — de onde um horror de membros e tentáculos irrompeu. Aquele buraco também era escuro, tanto que se destacava até mesmo no céu noturno. Mas não parecia água. Em vez disso, lembrava uma daquelas nuvens de calor pairando acima do chão quente — o que fez Fatma imaginar que do outro lado ficava um reino cheio de fogo escaldante e implacável. Uma calmaria tomou o ambiente. Até mesmo Abigail ficou quieta — quando viu o que emergiu daquela escuridão e adentrou o mundo.

— Deus misericordioso — sussurrou Fatma.

Eram ifrites. Isso estava claro. Mas eram diferentes de qualquer outro que ela já vira.

Ifrites que pareciam mais com infernos vivos do que criaturas de carne. Mas ia além disso. O corpo deles era formado por chamas líquidas que se misturavam — de um laranja-sangue bem vivo, como a lava jorrando das fendas de um vulcão. E eram bem maiores do que qualquer djinn com o qual a agente já se deparara. Eram tão imensos que era impossível ficarem de pé no terraço do palácio. Em vez disso, pairavam acima da construção — se "pairar" fosse algo que montanhas de rochas fundidas pudessem fazer. Nove ao todo.

— Quem nos trouxe até aqui? — disse um, com a voz estrondosa. — Quem nos despertou de nosso grande sono?

Era o maior entre os nove — com chifres curvados e brancos que brilhavam como ferro quente. Um aro de ouro coroava sua cabeça, um diadema no centro ardendo como uma pequena estrela. Fatma deduziu que se aqueles eram os Lordes Ifrites, o que falara deveria ser o rei. Seu hálito era puro fogo, e chamas dançavam no ar diante dele. Fatma conseguia compreender com clareza a língua de djinn que ele usava — como se o ser estivesse falando em todas as línguas ao mesmo tempo.

Destemida, Abigail gritou com a voz acentuada pela magia:

— Lordes Ifrites! Fui eu que os invoquei! — Ela ergueu a mão, mostrando o anel. — Podem me chamar de Mestre dos Djinns! Podem me chamar de sua senhora! Se apresentem diante de mim agora e ajoelhem-se!

O rei ifrite olhou para baixo, e Fatma conseguiu ver a incredulidade que lampejou em seu rosto imortal. Ele fez surgir do nada uma grande clava de ferro e a abaixou até pairar bem em cima do terraço — fazendo todos os djinns embaixo se dispersarem. Abigail desceu da plataforma, lançando um sorriso arrogante para eles. Megalomaníacos sempre precisavam de uma plateia. A mulher parou diante do ifrite suspenso no ar e ergueu a mão de novo.

— Ajoelhem-se! — exigiu ela.

O rei Ifrite grunhiu.

— Uma mortal nos invocou? Uma mortal quer nos comandar?

— Eu tenho poder sobre vocês! — Ela cerrou o punho, e o anel queimou. — Vão obedecer às minhas ordens e comandar meus exércitos. Serão lordes de novo! E eu serei a senhora de vocês! Agora... *ajoelhem-se*!

Fatma prendeu a respiração, certa de que o terrível obliteraria a mulher em um jorro de fogo. Talvez incinerasse todo mundo ali com toda sua fúria. Em vez disso, o djinn começou a curvar a cabeça. A raiva em seu rosto virou choque. A impressão era que seu corpo estava sendo puxado contra sua vontade, preso por correntes invisíveis.

— Ajoelhem-se! — gritou Abigail. — Ajoelhem-se diante de mim!

O rugido do rei Ifrite estilhaçou a noite, e ele se debateu furiosamente. Abigail hesitou, a coleira escapando por um momento de sua mão. Ela retesou o rosto, determinada, e Fatma viu o suor pingando de suas têmporas enquanto lutava pelo controle.

— Meus deuses — disse Siti. — Ela vai fazer com que todos nós sejamos mortos!

No mesmo instante, Abigail pareceu recuperar o domínio sobre os seres.

— Ajoelhem-se! — gritou ela mais uma vez, com o rosto vermelho de raiva.

Para surpresa delas, o rei ifrite fez exatamente aquilo: ajoelhou-se no ar e abaixou a cabeça chifrada.

— Estou a seu dispor — declarou ele com a voz rouca. Depois, com um tom de desprezo tão vil que parecia capaz de derreter o próprio ar, acrescentou: — Senhora dos Djinns.

— Não — sussurrou Siti.

Um longo silêncio se seguiu, rompido apenas pelas risadas lentas de Abigail. Foram ficando mais altas conforme ela se deleitava com o próprio triunfo. A inglesa ergueu a mão, mostrando o anel para que todos vissem.

— Al-Jahiz pode ter mudado o mundo. Mas eu o transformarei em algo novo! Em algo meu! Digam meu nome! Digam!

— A Senhora dos Djinns — proclamou o rei Ifrite, de cabeça baixa.

Os outros Lordes Ifrites se ajoelharam ao lado dele, repetindo o título. Pelo terraço e pelas ruas lá embaixo djinns gritaram as mesmas palavras, "A Senhora dos Djinns!", até toda e qualquer outra coisa ser engolida pelo tumulto.

Fatma se sentou. Elas tinham falhado. Os djinns ao redor começaram a se colocar de joelhos, prontos para se tornarem o grande exército de Abigail. Bem, nem todos.

Um ainda estava de pé. Curiosamente, continuava se aproximando da inglesa. Era algo fácil de não se perceber com todo resto que estava acontecendo, mas era o único presente se comportando diferente, adentrando aos poucos o círculo que agora cercava sua senhora. Mais notável ainda era o fato de que usava uma túnica marrom com a cabeça coberta.

Algo fez Fatma sentir uma pontada de reconhecimento. Uma sensação de familiaridade. Até mesmo o jeito que ele andava era familiar, com um gingado estranho. Foi apenas quando chegou bem ao lado de Abigail que tirou o capuz, fazendo a mulher arquejar.

O homem havia mudado ainda mais desde a última vez que Fatma o vira. Embora estivesse de pé, parecia mais com um crocodilo do que qualquer outra coisa. A pele de um cinza pálido estava tão coriácea e áspera quanto a do réptil aquático, e ele tinha um longo focinho de crocodilo — com dentes que apareciam mesmo com a mandíbula fechada. Mas foram os olhos verde-escuros, transbordando de vingança, que ajudaram Fatma a reconhecer o sujeito. Não era um djinn. Aquele era...

— Ahmad? — perguntou Siti, confusa.

O que aconteceu a seguir teria de ser visto para crer.

28

Em um momento, Ahmad — sacerdote do Culto de Sobek, a suposta encarnação do antigo deus do Nilo na Terra — apenas fulminava a Senhora dos Djinns com o olhar. No seguinte, investia contra ela, com a boca de crocodilo escancarada e os afiados dentes brancos à mostra.

Duas palavras escaparam dele em um grito sibilado:

— *Por Néftis!*

Abigail estava tão absorta em seu regozijo que mal pareceu ouvir o homem. Assim, quando aquelas mandíbulas se fecharam em sua mão estendida, a que carregava o Selo de Salomão, ela não estava preparada.

Perplexa, Fatma viu a longa cabeça de crocodilo de Ahmad sacolejar de um lado para o outro. Ele se afastou com um puxão terrível, a mão de Abigail presa entre seus dentes.

Acabou tão depressa que ela nem sequer pareceu registrar o acontecido. Abigail cambaleou para trás, encarando o ponto onde antes ficava sua mão — agora apenas um toco sangrento. Ela franziu o rosto, confuso. Devagar, sua pele assumiu uma coloração doentia. Quando abriu a boca, foi para inspirar uma grande quantidade de ar — antes de soltar um grito horripilante.

O pandemônio explodiu.

Por todo o terraço, djinns saíram do transe, parando em meio aos cânticos enquanto a vida voltava a seus olhos vazios. Muitos olharam ao redor, confusos, e era possível ouvir seus murmúrios entre os gritos incessantes de Abigail. No djinn de ferro, ifrites libertos de suas amarras destroçaram a estrutura mecânica gigante para reivindicar sua liberdade, fazendo fragmentos de ferro voarem para todos os lados. A imensa monstruosidade balançou precariamente, como se a magia que a mantinha inteira tivesse sido desfeita. As chamas na cabeça chifrada se extinguiram, e um ruído de ferro sendo retorcido ecoou quando ela se separou do pescoço, quicando em um dos ombros antes de cair no chão. O corpo mecânico foi em seguida, quebrando em pedaços diante dos olhos delas.

Os quatro humanos ainda no topo da plataforma foram forçados a escalar para se salvar. As irmãs Edginton foram as primeiras a pular, aterrissando sem graça alguma no terraço antes de saírem rolando com as pernas estiradas. Percival foi em seguida, deixando Victor para se defender sozinho. Segurando o ombro ferido, ele saltou no momento exato em que a plataforma, o Relógio dos Mundos e o que havia restado do gigante mecânico despencaram no pátio do palácio em uma série de colisões estrondosas.

Fatma olhou para o ghoul de cinzas ainda parado sobre elas. As três réplicas ergueram os braços esquerdos — todos curiosamente desprovidos de mão — enquanto os corpos se dissolviam aos poucos. Pernas, torsos e até mesmo vestimentas evaporaram em cinzas pretas mais finas do que areia, tudo levado pelo vento da noite sem sequer um sussurro sobre o fim dos seres. Fatma e Siti trocaram olhares antes de ajudarem uma à outra a ficar de pé, mancando entre o vai e vem da multidão de djinns. Pararam perto de onde Abigail havia caído de joelhos, ainda gritando e segurando o braço da mão decepada.

— Acho que deve estar doendo — disse Siti.

Fatma olhou além da inglesa — que não era mais uma ameaça — e, em vez disso, procurou por Ahmad. A transformação pela qual ele havia passado naquelas últimas semanas permitira que ele se misturasse facilmente com os djinns — sem ser afetado pelo poder do anel. Fatma se perguntou desde quando ele havia estado ali. Aguardando sua hora, esperando pela vingança. Claro, havia assuntos mais importantes do que Abigail ou Ahmed. Os olhos da agente foram para onde os Nove Lordes Ifrites ainda pairavam — não mais em reverência, mas sim com os olhares flamejantes analisando os arredores.

— Por que *eles* ainda estão aqui? — Ela apontou para o portal. — E por que *aquilo* ainda está aberto?

Quando tinham desarmado o Relógio dos Mundos da última vez, o portal que fora aberto havia se fechado. Aquele, no entanto, continuava — uma fenda escancarada na noite.

— Tenho a sensação de que isso não acabou — murmurou Siti.

De um buraco saía e por uma ladeira caía, Fatma ouviu o muxoxo da mãe.

A agente sacou e ergueu o distintivo, pigarreando.

— Lordes Grandiosos! Sou a agente Fatma do Ministério Egípcio de Alquimias, Encantamentos e Entidades Sobrenaturais! — gritou ela, e os djinns no terraço ficaram em silêncio enquanto se viravam para olhá-la. Acima deles, os ifrites pareceram perceber a presença dela também. — Permitam-me estender minhas mais profundas desculpas pela invocação contra sua vontade e soberania! Esse ato não foi sancionado nem aprovado pelo meu governo, e é uma violação direta de nossos estatutos, leis e códigos criminais sobre o uso ético de magia! Como agora temos a questão sob controle e a infratora em nossas mãos, convidamos os senhores a, por favor, retornarem para seu reino com as mais sinceras desculpas por esse inconveniente!

Pronto. O pedido de desculpas obedecera a todas as regras. Fora até mesmo educado.

O rei ifrite a fitou com um olhar abrasador, e ela tentou não se encolher sob sua intensidade.

— Você é uma mortal tagarela — resmungou ele, depois se virou de costas como se ela nem ao menos existisse.

— Djinns deste reino! — berrou ele. — Por milênios, nós dormimos. Na profundeza dos mundos dentro de mundos do Káf. Agora, estamos acordados. E nos vimos... descontentes — retumbou ele. As criaturas na multidão se encolheram, como crianças levando bronca. — Como é possível ter djinns caminhando em um mundo governado por mortais? Como é possível que uma mortal tenha obtido poder para comandar nossa espécie? Poder para controlar até mesmo nós, os lordes dos djinns? Onde estão os filhos de nosso sangue e fogo para responder a isso?

Como se tivessem sido invocados, vários vultos resplandecentes voaram e pousaram bem diante do rei ifrite. Fatma foi puxada para trás por Siti no instante em que um deles tocou o chão com tanta força que sacudiu o palácio. O ifrite que elas haviam encontrado duas vezes antes — livre de sela e rédeas. Era bem mais alto do que seus companheiros, e mesmo assim parecia pequeno perto dos Lordes Ifrites — uma mera fogueira no inferno deles.

— Ó, Lordes Grandiosos — retumbou ele, dobrando as asas em submissão. — Eu responderei.

— Fale, então — permitiu o rei ifrite. Uma aparência de irritação destorcia seu rosto. — Mas faça aquela criatura parar com o barulho irritante!

Ele estava se referindo a Abigail, que não tinha parado de gritar. O grande ifrite se virou para a senhora que antes havia colocado uma sela nele e esticou a mão para tocar seu braço ferido. Gritos se tornaram berros quando o membro decepado foi cauterizado, emanando o cheiro enjoativo de carne queimada. Os olhos de Abigail se reviraram e ela perdeu a consciência, caindo de cara no chão. Desmaiada. De verdade agora, ao que parecia.

O grande ifrite se virou de novo para seu rei.

— Fiz minha morada em um deserto deste mundo, longe dos djinns que agora vivem entre mortais. Lá permaneci, até ser chamado por essa daí. — Ele rosnou para o corpo desfalecido de Abigail. — Ela me controlou, me colocou arreios como alguém faria com uma fera! Fez meus irmãos e irmãs trabalharem! Ela nos obrigou a falar de vocês, nos forçou a acordá-los de seu sono!

A expressão do rei ifrite se franziu — o próprio sol se enfurecendo. Atrás dele, os outros oito lordes murmuraram seus descontentamentos.

— Você é um ifrite! Um dos seres criados primeiro a partir de um fogo sem fumaça! Seu propósito é governar os djinns! Ainda assim, você se esconde. Permite que uma mortal te controle! — A cabeça dele balançava em um gesto de desgosto. — Isso não pode continuar assim.

— Isso não está me cheirando bem — disse Siti.

Para Fatma também não.

O rei ifrite se ergueu.

— Uma mortal pode ter nos invocado, mas até mesmo de tal perversão conseguiremos tirar algo bom. Nós, os Nove Lordes, retornamos para voltar a governar todos os djinns. Estamos reivindicando este mundo, e iremos comandá-los na guerra vindoura para fazer que este lugar seja nosso. Para que vocês mais uma vez conheçam a glória e honrem seu sangue!

Ele parou magnanimamente, como se esperasse aplausos. Mas houve apenas um silêncio inquietante. Djinn algum falou, muitos trocando olhares alarmados.

— Eu não compro essa! — gritou alguém.

Fatma ficou perplexa ao perceber que fora Siti. Ela deu um passo à frente — alta em sua forma de djinn, mas ainda assim menor do que a maioria ali. Lá em cima, o rei ifrite semicerrou os olhos.

— Você não... compra... essa?

— Essa de que vocês um dia comandaram os djinns e os levaram à glória ou sei lá o quê — respondeu Siti. — Pelo que ouvi, apenas escravizaram os djinns. Fizeram eles lutarem em suas guerras infinitas.

— Para provar quem é mais merecedor — resmungou outro Lorde Ifrite. — Nós somos o tipo superior de...

Siti gargalhou alto, interrompendo o ifrite gigante.

— Os mortais já usam essa. Sobre algumas pessoas serem superiores e destinadas a governar outras. É nisso que ela acredita. — A meia-djinn apontou para Abigail, que permanecia inconsciente. — Em que vocês diferem dela?

Os olhos do rei ifrite se fecharam até virarem fendas.

— Está nos comparando a mortais? — Ele a observou mais uma vez. — Mestiça. Seu progenitor era djinn.

— Prefiro sangue duplo. E o djinn que foi meu "progenitor" não era nem um pouco superior.

— Ainda assim, você tem magia de djinn. Mesmo que inferior, vai poder compartilhar da glória vindoura.

— Quanta nobreza. Mas pode ficar com a glória para você.

O rei ifrite balançou a cabeça.

— Que insolência. Quando ainda governávamos, uma desobediência assim seria retribuída mil vezes com dor. — Ele olhou para os outros djinns. — Não aceitaremos mais impertinências! Somos os lordes dos djinns! Primeiros de nossa espécie! E vocês se curvarão!

A ponta redonda da clava irrompeu em chamas, como se ele tivesse arrancado uma estrela do céu. Embaixo dele, os muitos djinns se agacharam. Um a um, começaram a se curvar.

Desanimada, Fatma só assistiu. Pelo terraço e nas ruas lá embaixo, djinns de todas as espécies e classes se prostravam diante dos Nove Lordes — impelidos por algum medo primal.

Quase todos.

Os olhos dela recaíram sobre uma figura perto dos fundos do telhado do palácio. Uma djinn com a cabeça marrom avermelhada de um onagro e os chifres retos e sinuosos de uma gazela. O rei ifrite também percebeu, brandindo a clava de forma ameaçadora.

— Você se curvará.

— Decidi que não vou — falou a djinn de cabeça de onagro, em uma voz feminina e idosa. — Sou velha demais para me curvar. Dói os meus ossos. Mas mesmo que pudesse, eu não me curvaria diante de vocês.

Chamas dançaram pela testa do rei ifrite.

— Mais insolência.

A djinn de cabeça de onagro deu de ombros.

— Chame como quiser. Mas não gostei de ser escravizada por aquela ali. — Ela apontou uma bengala torta na direção de Abigail. — Agora não quero ser escravizada por vocês. Gosto da minha liberdade. Vou trocar um par de correntes por outro?

— Vamos fazer com que tenham glória! — insistiu o rei Ifrite. — Colocá-los acima dos mortais!

A djinn velha riu.

— Glória? Acha que é isso que me falta? — Ela bufou, rindo baixinho pelo focinho grisalho. — Eu vivo entre mortais. Eles podem ser irritantes, é verdade. Mas também são extraordinários. Eles me visitam em Eid al-Fitr. E eu faço Eid kahk para as crianças deles. Ah! As crianças! São os mortais mais encantadores!

— A glória é sua para... — começou a falar o rei ifrite.

— Eu ouvi das primeiras várias vezes — interrompeu a djinn velha, sacudindo a bengala. — Eu não quero glória. Só quero ir para casa. Esse mundo que você quer criar, de guerra e fogo, não parece glória para mim. Parece um inferno.

O rosto do rei ifrite se fechou. Ele olhou para o ifrite grande.

— Coloque um fim nessa insolência! Mostre a eles a pena por não obedecer a seus lordes!

O ifrite no terraço se virou na direção da djinn desobediente. Fatma sentiu Siti ficar tensa, pronta para lutar. Apertou a própria espada — não ajudaria muito contra um ser flamejante cinco vezes maior que Fatma. Ele encarou a djinn de cabeça de onagro por um instante e, para a surpresa de todos, curvou os ombros largos.

— Não consigo — disse ele. Depois acrescentou depressa: — Ó, Lordes Grandiosos!

O rei ifrite arregalou os olhos flamejantes.

— Mais insolência? Até mesmo de você?

O ifrite grande balançou a cabeça.

— Ó, Lorde Grandioso, o senhor precisa compreender que não busco consolo sem motivo. Tudo o que nós, ifrites, buscávamos quando viemos para este mundo era um lugar no qual pudéssemos ficar sozinhos. Juntos, o sangue de fogo nos dominava, nos incentivava a queimar, a colocar fogo em tudo à nossa volta. Sozinhos, porém, podíamos viver com nossos pensamentos. Pensar sobre o propósito de nossa existência. — Ele ergueu o rosto, ousando encarar o olhar raivoso do gigante flutuando. — O nome é filosofia.

O rei ifrite franziu a testa.

— Fi-lo-so-fia?

O ifrite grande assentiu várias vezes.

— É uma forma de questionar a natureza da existência e nosso lugar dentro dela. Quanto mais penso, mais começo a compreender a mim mesmo. A entender que fui criado para mais do que apenas mergulhar meus inimigos em chamas. Comecei a ler muitas obras incríveis de mortais e outros djinns. Foi assim que descobri que sou um pacifista.

Fatma pestanejou, atônita. Os Nove Lordes pareciam igualmente confusos. Murmuraram entre eles antes de um perguntar:

— O que é isso? Pa-ci-fis-ta?

— Alguém que não comete violência contra outros — explicou o ifrite grande.

— Ele jurou não causar mal a ninguém — acrescentou uma das ifrites inferiores, esta com voz feminina. — É por isso que o que essa mortal o obrigou a fazer foi tão horrível.

O ifrite grande olhou para baixo. Pela primeira vez, Fatma viu nos olhos dele algo que não tinha percebido antes: dor. Talvez até mesmo culpa.

— Você é outra adepta dessa tal fi-lo-so-fia? — perguntou o rei ifrite, enojado.

— Ah, não — respondeu a ifrite. — Eu sou escultora.

— Ela é muito boa! — comentou o ifrite grande. — Faz belas paisagens de rochas e areia! — afirmou ele. Os outros ifrites inferiores concordaram, fazendo a companheira deles olhar para baixo, envergonhada. — Dissemos que ela deveria expor sua arte, mas ela é introvertida, e queremos respeitar isso.

O rei ifrite parecia tão atordoado quanto Fatma. O Ministério entendia mesmo aquelas criaturas?

— Eu também não vou me curvar a vocês — disse outra voz. Pertencia a um marid azul-cobalto que estava no terraço. Ele se ergueu de onde estava ajoelhado. — Não fomos nós que invocamos vocês para cá. Não pedimos que retornassem. Eu me ajoelho apenas ao meu criador.

Ele foi seguido por outro djinn, esse um jann de água.

— Não seremos escravizados!

Vários outros se ergueram, todos gritando sua reprovação com as mesmas palavras. Aquilo pareceu fazer a barragem se romper. Os djinns presentes no terraço se levantaram, entoando: "Não seremos escravizados! Não seremos escravizados!". O movimento foi tomando impulso nas ruas, onde virou um grande protesto com gritos e punhos erguidos. Os Nove Lordes só assistiam, descrentes. Fatma não achava que estavam acostumados com a palavra "não".

Finalmente, o rei ifrite ergueu a clava flamejante e bramiu:

— Silêncio!

Os presentes ficaram quietos, mas djinn algum voltou a se ajoelhar. Alguns estavam de punhos cerrados e olhar firme. Fatma conseguia sentir a magia e a tensão preenchendo o ambiente, correntes intensas que faziam os pelos arrepiarem. Aquele era o prelúdio de uma batalha, entre djinns e os lordes que os haviam governado no passado. A destruição resultante era algo que ela não queria contemplar.

— Ó, Lordes Grandiosos! — chamou Fatma, dando um passo à frente de novo. — Os djinns deste mundo fizeram a escolha deles! O senhor alega querer comandá-los e lhes dar uma vida melhor. Agora guerrearia com eles? Tiraria o sangue deles? Com qual finalidade?

O olhar do rei ifrite se voltou para ela, e um ronco emanou do fundo da garganta dele. Apenas quando um sorriso enorme surgiu no rosto flamejante da criatura é que ela percebeu que ele estava rindo.

— Com qual finalidade, mortal? — A voz dele retumbou. — Ouçam-me, djinns miseráveis! Traidores do sangue! Vocês se colocariam contra seus lordes? Aqueles que os conduziria à grandiosidade? Se não se curvarem de bom grado, serão forçados a se curvar... ou serão destruídos!

Gritos de raiva e rugidos irromperam na multidão. Fatma tentou, de novo, ser ouvida acima do clamor, mas era inútil. Os mesmos djinns que momentos antes estavam acuados agora estavam determinados a não recuar. Ao que parecia, tampouco os Nove Lordes.

— Crianças insolentes! — grunhiu o rei ifrite, com sua coroa em chamas. Ele ergueu a grande clava para o céu, e ela aumentou de forma impressionante para que ele agora pudesse empunhar a arma com as duas mãos. — Se é disputa pela dominação deste reino que procuram, é isso que terão. Que se faça a *guerra*!

Com um arco amplo, ele brandiu a clava, acertando a lateral do Palácio de Abdeen com um golpe perfeito. A construção balançou, a força do impacto fazendo Fatma cambalear. Ela caiu quando o terraço afundou, com um rangido que fazia parecer que o palácio estava gritando de dor. Ela tentou ficar de pé, querendo correr — mas o chão cedeu de repente. Depois a superfície sumiu, e ela se viu caindo em meio ao fogo e às pedras desmoronadas, mergulhando na escuridão.

29

Fatma estava caindo. Em meio a pedras e fogo.

Não.

Não estava caindo. Havia caído. Caiu.

A então...

Ela se sobressaltou — agitando os braços, lembrando-se de como era cair. Agarrando o ar. Com medo de encontrar apenas vazio. Ou ao menos tentou. Algo segurava seus braços com firmeza. Áspero e pesado. Suas pernas também. Assim, ela mal podia se mexer. E ah, como doía! Fatma se forçou a abrir os olhos na escuridão, e eles arderam por causa da poeira. Lembranças confusas giravam em sua cabeça, e ela a sacolejou até fazerem sentido.

O rei ifrite. Palácio de Abdeen. Colapso. Queda.

Ela havia sobrevivido. A dor que sentia nos machucados era prova o bastante. A aspereza da coisa que a mantinha presa era pedra. Os destroços do palácio destruído. Ela havia sobrevivido, mas estava soterrada embaixo dos destroços.

A dedução calma deu lugar ao pânico. Estava soterrada! A qual profundidade? Ela imaginou um uma colina de escombros, sob a qual ninguém a encontraria. A agente tentou se mexer de novo, sem sucesso.

A voz de sua mãe veio — não com um sermão, mas para tranquilizar, perpassando o pânico. *Todo problema tem uma solução*, assegurou ela. *Você vai encontrar um jeito de sair dessa.* Ela prestou atenção no conselho, forçando-se a ficar calma. Tão calma quanto possível estando sepultada embaixo de uma construção caída. Com a visão se ajustando lentamente, ela olhou em volta de novo. Pedras quebradas. Terra. Algo macio roçou em sua bochecha. Tecido? Cabelo? Não. Mais macio que cabelo. Penas!

Ela passou a sentir algo além de pedras. Calor — emanado de um corpo. Um corpo bem grande.

Siti! Sua mente se encheu de novas lembranças. O palácio ruindo. Alguém a segurando. Asas batendo para tentar escapar da avalanche. Mas era demais, e...

Siti a havia salvado. Protegido. Ela conseguia sentir a respiração da outra mulher, ouvir o ar entrando e saindo dela. Mas parecia fraco. Assustadoramente fraco.

— Siti. — Da primeira vez, a voz saiu quase inaudível. Ela molhou a língua com saliva e tentou de novo: — Siti. — Dessa vez, foi um grunhido.

Depois de mais duas tentativas, veio a resposta.

— Quem está aí? Tem alguém aí?

Fatma conhecia aquela voz. Definitivamente não era de Siti. Ela cerrou os dentes.

— Abigail.

— Sim! Sou eu! Quem...?

— Agente Fatma.

Silêncio.

— Como você sobreviveu à queda?

Abigail demorou um momento para responder.

— Sua meia-djinn — disse a inglesa. Então Siti também tinha salvado a mulher. Era uma surpresa. Um trovão estrondoso ecoou de algum lugar lá em cima, fazendo os escombros acima delas tremer. Abigail guinchou. — O que foi isso?

— Eu não sei — disse Fatma, irritada com a pergunta. — Estou aqui com você.

— Eu já ouvi duas vezes! Vindo lá de fora... Acho que está tendo uma luta.

Fatma olhou para cima, como se esperasse ver através das pedras. Um segundo trovão ecoou. Escombros se ajeitaram e estalaram, levantando poeira. Ao lado dela, a respiração de Siti se tornou um ronco barulhento.

— Abigail! Consegue ver alguma coisa? Consegue ver lá fora? — Silêncio. — Abigail!

— Eu não sei. Está tudo muito... espere.

— Espere o quê? — Mais silêncio. — Abigail!

Ela iria estrangular a mulher se ela não respondesse depressa.

— Estou vendo algo. Mas não perto de mim. Acho que está perto de você.

— O quê? — Fatma jogou a cabeça para trás, esticando o pescoço para ver lá em cima. Ali! Um buraco! Dava até para sentir o ar no rosto. Havia uma chance. Juntando mais saliva na língua, ela gritou: — Socorro! Tem alguém aí? Socorro!

Nada. Depois de mais três tentativas, ficou com a garganta seca. Talvez não tivesse ninguém lá em cima, ela considerou sombriamente. Houve um berro estridente e um zunido alto, e ela se esforçou para distinguir qualquer coisa pelo pequeno espaço.

— Então é isso. — Abigail suspirou. — Se morrermos aqui, quero que saiba que eu te perdoo.

Fatma tentou virar a cabeça depressa. Na situação em que estava, porém, tudo que conseguiu foi respondeu com um abafado:

— O quê?

— Eu disse que te perdoo. Acho que é importante dizer, no fim.

— Você me perdoa? *Você me* perdoa?

— Não precisa levantar a voz. Estou tentando fazer as pazes com você.

— Pode ficar com suas pazes! — disparou Fatma.

Abigail soltou um muxoxo.

— Vocês egípcios são tão esquentadinhos. É o calor? — Ao ver que Fatma não responderia, ela continuou: — Achei que você seria mais compreensiva. Afinal de contas, eu é que acabei sem uma mão. Faltava tão pouco! Aí você estragou tudo. Presumo que depois que desmaiei, as coisas deram errado. Se você tivesse me deixado ficar com o anel, nada disso teria acontecido. De certa forma, isso é culpa sua.

— Você é maluca — disparou Fatma.

Abigail bufou.

— Por que as pessoas gostam de usar a palavra "maluca"? Ou "louca"? Ou "fora de si"? Porque eu sou do sexo frágil? Se eu fosse um homem, você duvidaria da minha sanidade?

Fatma suspirou baixinho, odiando admitir que a mulher estava certa. Ela tinha uma tia que sofria de doença mental. Não havia nada de remotamente perigoso nela. E Fatma odiava quando alguém a chamava de "louca", "maluca" ou afins.

— Você está certa — disse ela. — Retiro o que disse. Você sabia exatamente o que estava fazendo. Que ia machucar muitas pessoas. E fez mesmo assim. Deliberadamente. Não tem nada de errado com sua cabeça. Você só é um monstro.

— Ora, obrigada, agente — disse Abigail, com doçura. — Isso significa muito para mim. Sabe, acho mesmo que se não fosse todo esse mal-entendido entre nós, podíamos ser grandes amigas — A afirmação dela fez Fatma rir. — Não, sério. Estou sendo sincera. Somos parecidas de certa forma.

— Não sou como você.

— Ah, eu discordo. Foi encantador competir com sua astúcia, sabia? Eu podia ter te matado várias vezes: te perpassando com minha espada, te incinerando com meu ifrite, mandando um bando de ghouls te destroçar. Mas eu a mantive viva, e sabe por quê? Porque vejo algo de mim em você. Uma mulher forçada a viver em um mundo governado por homens inaptos. Cheia de energia e determinação. De certa forma, temos uma conexão. Minha irmã morena do Oriente.

— Melhor ficar quieta agora — sugeriu Fatma.

— Claro, algumas ligações podem ser mais fortes do que outras. Como a sua com a meia-djinn.

Fatma ficou tensa. Estava prestando atenção à respiração de Siti. Não havia ficado mais forte.

— Não fale dela.

— Naquela noite, quando a controlei, tive vislumbres dos segredos dela — Abigail seguiu. — De vocês duas. Tão, tão próximas. Quando ela envolveu seu pescoço com as mãos... O que deve ter sentido! Você entendeu naquele momento o que ela era? Que carregava uma fera dentro de si? É isso o que djinns são, sabe. Feras. Tão perigosas quanto qualquer cão se não colocarem a focinheira nelas da maneira correta. Mas assim que são treinados... Ah, são muito úteis.

Fatma reprimiu a raiva, recusando-se a se envolver. Abigail riu do silêncio, e parecia determinada a começar a atormentar a agente de novo quando surgiu outro som.

— Fique quieta! — disse Fatma, prestando atenção.

Eram vozes? Respirando fundo, ela gritou de novo. Será que havia imaginado coisas? O segundo grito quase a deixou rouca. As vozes voltaram. Estavam se aproximando! Dava até para entender o que estavam dizendo.

— Você ouviu, Yakov... Veio daqui, acho...

Fatma gritou mais uma vez — não palavras, porque isso era difícil demais. Abigail se juntou a ela, as duas fazendo o máximo de barulho possível — até que uma voz abençoada respondeu:

— Ouvimos vocês! São quantas?

— Três — soltou Fatma, a voz rouca.

Graças a Deus!

— Um momento, frau! — A voz se afastou. Ela só conseguia ouvir uma, de um homem. Ele falava inglês, na maior parte do tempo, com um sotaque pesado. — *Achtung!* Cuidado com qual pedra escolhe! *Nein!* Essa não! Melhor! Agora vai, levante! Coloque as costas nela, Yakov! Você é um urso russo ou um cachorrinho irritante? Isso mesmo!

Com um rangido, os escombros perto de Fatma se mexeram. Pedaços de rochas foram puxados de cima dela, e um maravilhoso ar gelado passou por seu rosto. A agente piscou, percebendo que estava olhando para o céu noturno através de uma névoa de poeira. Conseguia ver o palácio, metade da construção ainda de pé em meio a um campo de destroços. Mãos se aproximaram para tirar Fatma de onde estava e a colocar no chão de novo. Estava livre! Seus olhos tentaram reconhecer os salvadores, e ela se viu encarando um rosto inesperadamente familiar: um homem com nariz largo e um largo bigode com as pontas viradas para cima.

— He! Frau! — O kaiser alemão Guilherme II sorriu. — Yakov, olhe quem é. Da outra noite!

Fatma virou para o outro homem: o general russo. Ele estava com as mãos apoiadas nos joelhos, ofegando muito. Ambos pareciam desgrenhados, com longas camisas soltas e calças com os suspensórios pendurados ao lado do corpo.

— Fique aí! — disse Guilherme. — Vamos ajudar suas amigas. Yakov!

Fatma quis dizer que, para começo de conversa, não estava em estado para ir a lugar algum. Além disso, uma das mulheres nos escombros definitivamente não era sua amiga. Na verdade, talvez pudessem deixá-la por lá. Mas não chegou a dizer nada daquilo em voz alta, pois foi mergulhada na escuridão. Ouviu um zunido de vento acompanhado por um guincho de estourar o tímpano.

Demorou um momento para compreender que a escuridão era a sombra de algo voando lá no alto. Um pequeno dirigível? Mas tinha asas e um comprimento absurdo. Não era um dirigível. Era um rukh!

O grande pássaro passou voejando em um borrão de penas azuis. Foi seguido por outro, depois mais um. Zum! Zum! Zum! Quatro ao todo. Com garras grandes o bastante para pegar um automóvel e dourados bicos curvados capazes de retalhar um elefante. A ventania que produziam soprou Fatma, limpando um pouco da poeira. Ela ficou olhando enquanto eles se inclinavam em formação, virando a ponto de dar para distinguir os vultos em suas costas. Djinns! Cavalgando em rukhs! Esforçando-se para ficar de pé, ela acompanhou o voo deles com o olhar, até sumirem à distância — e arfou.

Nove Lordes Ifrites andavam pelas ruas do Cairo.

Eles haviam descido do céu — tão gigantes que faziam as construções parecerem pequenas. Em volta deles, silhuetas menores se espalhavam. Mais djinns. Uma batalha.

Fatma viu os rukhs mergulhando para lutar. Marids em suas costas arremessavam o que pareciam lanças ou tridentes feitos de raio que cintilavam pelo céu preto. Um dos Lordes Ifrites brandia uma cintilante lâmina bifurcada na direção deles, forçando os oponentes a desfazerem sua formação. Outro balançava um chicote de fogo líquido; ele estalou no ar, acertando um rukh, que berrou enquanto deixava uma trilha de fumaça ao bater em retirada.

— Magnífico — murmurou alguém.

Abigail. Eles a tinham resgatado. Ela estava péssima, com o cabelo, antes bem ajeitado, todo desgrenhado — sem falar na mão que faltava. Parecia absorta na batalha.

— Tem noção do que eu poderia ter conquistado com criaturas tão incríveis?

Fatma estava pronta para mandá-la ficar quieta de novo quando viu os dois homens carregando alguém ainda imóvel. Eles colocaram Siti no chão, grunhindo pelo esforço. Proteger Fatma e Abigail do colapso do prédio havia cobrado seu preço. Arranhões vermelhos cortavam a pele da meia-djinn, e uma de suas asas estava dobrada em um ângulo estranho. Fatma correu para perto dela, segurando a cabeça de Siti entra as mãos.

— Venha, Yakov, pare de encarar — ralhou Guilherme. — Vamos encontrar o curandeiro!

Fatma mal os viu se afastando, os olhos fixos em Siti, esquecendo por um instante até mesmo a desordem ao seu redor. Tudo que ela queria naquele momento era que a mulher acordasse. Abrisse os olhos e dissesse algo sagaz. Ou completamente inapropriado. Os lábios da agente começaram a sussurrar uma prece que soava mais como um apelo.

— Deus, o maior beneficente, o mais Misericordioso. Ela não. Ela não.

— Lembre-se com frequência da morte, a destruidora de todos os prazeres — ressoou a voz de uma mulher. — Mas ainda não é a hora dela.

Fatma ergueu a cabeça e viu que os dois homens haviam voltado, com uma mulher entre eles. Demorou um momento para reconhecê-la, vestida como estava com uma simples jelaba preta e o rosto emoldurado por um hijab branco.

— Amina — disse ela, surpresa.

— Agente Fatma — cumprimentou a neta de Alhaji Omar Tal. — Que bom te encontrar com vida!

— Como está aqui? Eles não evacuaram o palácio?

— *Já.* — Assentiu Guilherme. — Nos colocaram em carruagens. Não chegamos muito longe antes de uma onda de djinns enlouquecidos nos atingir.

— A maioria de nós fugiu — disse ela, explorando Siti com os dedos. — Nós três encontramos abrigo aqui perto. Quando o palácio desmoronou, eu os convenci a voltar comigo para procurar por sobreviventes.

— Como eu podia dizer não para tal dama? — perguntou o kaiser. — Sou muito parecido com Siegfried.

Fatma percebeu naquele momento que o goblin ainda se encontrava empoleirado no ombro dele. Não estava dormindo, mas sim virado para observar a batalha ao longe. Fatma olhou de novo para Amina.

— Você é curandeira?

— Uhum — respondeu a mulher, concentrada. — Os talentos de meu avô passaram para mim.

— Então ela vai sobreviver?

— Se Deus quiser. Mas vou precisar de mais ajuda. Jenne!

Ao seu chamado, uma sombra alta dotada de um aroma intoxicante brotou atrás dela. Não, uma sombra não. Um ser com um rosto branco como cal que olhava para baixo com impassíveis olhos prateados. Amina disse algo, e sua qareen exibiu a língua preta e enrolada — que, na ponta, carregava uma pedra lisa e marmoreada. Amina a coletou como se arrancasse uma fruta do pé antes de abrir com força a boca de Siti e enfiar a pedra dentro.

— Um gris-gris — explicou ela, massageando o pescoço da meia-djinn. — Muito parecido com um bezoar. Uma vez que o paciente a engole, a cura é imediata.

Assim que falou, os olhos de Siti se abriram de supetão. Em um borrão, ela passou para a forma humana — cuspindo e tossindo. Olhou em volta, atordoada, antes de colocar a mão na boca e tirar a pedra de lá.

— Quem colocou isso na minha garganta? — disse ela, ofegante.

Fatma respirou, aliviada, apertando a mão de Siti com força.

Amina pegou a pedra de volta e a entregou para a Qareen — que prontamente a engoliu.

— Precisei usar gris-gris para te trazer de volta à forma humana. Seu lado djinn precisa se curar.

— Não. — Siti tentou se levantar. — Preciso estar apta a lutar...

— Meios-djinns são bem comuns no meu país — insistiu Amina, forçando-a a sentar de novo com firmeza. — Diziam que o antigo rei Samanguru era meio imortal, supostamente capaz de se transformar em um furacão e convocar exércitos de formigas.

— Você tem um exército secreto de formigas sobre o qual queira falar? — perguntou Fatma, divertida, incapaz de conter a palermice depois de ver Siti consciente e falando de novo.

A mulher fez uma cara feia para Amina.

— E daí?

— E daí que estou familiarizada o bastante com sua espécie para saber como cuidar de você. Se vire com este corpo mortal. Deixe seu lado djinn descansar. — Ela olhou para Fatma e Abigail. — Já vocês duas...

Não teve pedras para elas; Amina apenas colocou as mãos sobre a pele das mulheres. Fatma sentiu o corpo ficar morno, seus machucados e dores se amenizando.

— Que incrível — comentou Abigail, tocando com cuidado uma área da testa onde antes havia um corte. — Curandeira, poderia fazer algo sobre... — Ela ergueu a mão decepada, esperançosa.

Amina começou a inspecionar o ferimento, mas Jenne soltou um sibilo penetrante.

— Sua voz — falou a qareen, os olhos prateados brilhando e o aroma emanado agora amargo. — Jenne se lembra da *Senhora dos Djinns*. Em nossa mente. Chamando. Insistindo.

Amina soltou o pulso de Abigail, alarmada.

— O impostor!

Os olhos de Guilherme se arregalaram.

— Uma mulher inglesa! Por trás de todos esses problemas? Não é interessante, Yakov? — Ele inspecionou Abigail de novo, e Fatma teve a impressão de que o sorriso dele escondia traços de admiração.

Um estrondo alto ecoou de onde ocorria a batalha, e todos os olhares se viraram naquela direção — onde luzes ofuscantes e véus de chamas iluminavam a noite.

— Se tivermos uma guerra — declarou Guilherme —, espero apenas que seja gloriosa!

— Hoje não — disparou Amina, ficando de pé. Ela se virou para Fatma com um olhar curioso. — Você nunca me disse precisamente para qual agência trabalha. Mas para te encontrar aqui, imagino que seja aquela lá que lida com... tudo isso. Algum dia, vamos nos encontrar de novo, e talvez você me conte mais sobre seu trabalho para o governo. Agora, porém, há outras pessoas nos escombros que precisam ser encontradas. Rezo para que você seja capaz de impedir esse mal, agente. Confie em Deus.

Levantando a bainha do jelaba, ela se afastou depressa com os dois ajudantes logo atrás. Fatma ficou olhando enquanto desapareciam nuvem de poeira adentro — uma princesa da África Ocidental, o kaiser alemão e um general russo perambulando pelo destroçado Palácio de Abdeen naquela noite muito estranha no Cairo.

Siti levou um momento para conseguir se levantar, ainda com dificuldades de se equilibrar.

— Diga que temos um plano.

Quando Fatma se virou, os olhos da meia-djinn estavam fixos na batalha dos imortais.

— O plano era não deixar isso acontecer.

Elas cobriram os ouvidos quando um trovão ressoou por alguma magia de djinn.

— Eles vão destruir a cidade se a gente não os impedir.

— Vocês não podem impedi-los — comentou Abigail. Ela tinha parado ao lado de Fatma e Siti, e soava arrogante mesmo estando toda esfarrapada. — Eu os controlei. Aqueles Nove Lordes. Por um breve momento glorioso. Foi como tentar controlar uma estrela. — Ela se virou para Siti. — Obrigada por me salvar. Muito gracioso da sua parte.

Siti fulminou a mulher com um olhar assassino e abriu um de seus sorrisos felinos.

— Não teve nada de gracioso nisso. Eu quase atirei na sua cara, lembra? Djinns têm boa memória. Os rancores, então, demoram ainda mais para esquecer.

E você foi lá e gravou sua presença em nossa memória. A vida que está prestes a ter, com a sensação de estar sendo caçada, sempre olhando por cima do ombro e incapaz de fugir de djinns que podem entrar até mesmo em seus sonhos... Eu não ia deixar você perder tudo isso... Abbie.

Pela primeira vez, Abigail ficou pálida de verdade.

Siti se virou, depois franziu o rosto.

— Tem alguém te chamando?

Fatma prestou atenção. Alguém *estava* de fato chamando-a pelo nome. Aos gritos. Ela perscrutou a escuridão para ver de onde a pessoa vinha. Era Hadia se aproximando delas! Ela vinha correndo, ou o mais próximo disso possível considerando os escombros. Estava com as roupas e o rosto manchados, mas ainda parecia bem melhor do que elas. Quando as alcançou, puxou Fatma para um abraço.

— Alḥamdulillāh! Disseram que o palácio tinha desmoronado! Achei que você estivesse embaixo dele!

Fatma não se deu ao trabalho de dizer que, na verdade, havia estado.

— Como você chegou aqui?

— Onsi fez um daqueles furgões da polícia funcionar! Corremos o caminho inteiro! — O olhar dela recaiu sobre Abigail, depois sobre a mão que faltava. — Acho que perdi algumas coisas.

Fatma a atualizou, vendo o queixo dela cair cada vez mais.

— Os Nove Lordes Ifrites! — Hadia olhou para os gigantes flamejantes que espalhavam o caos na cidade. — O inspetor Aasim veio conosco. Já resumiu os acontecidos para a polícia e o Ministério. Disseram que o rei vai convocar o exército...

Antes que tivesse terminado, o chão balançou com um tremor. Parou. Depois balançou de novo. E de novo. Sucessivas vezes. Fatma estava pronta para perguntar o que estava acontecendo quando viu.

Outro gigante caminhava pelas ruas do Cairo. Esse não era feito de fogo, mas de algo escuro e ondulante. Água! Era tão alto quanto os Lordes Ifrites, tinha a forma de um homem esguio, pernas capazes de dar passadas enormes e braços que, pendurados ao lado do corpo, passavam da altura de onde os joelhos deveriam estar. Seu corpo líquido rodopiava e colidia contra si mesmo, formando infinitas ondas e redemoinhos.

— Que novo horror é esse? — sussurrou Hadia.

— Não é um horror — disse Siti, maravilhada. — É obra de algum jann!

Jann? Fatma havia lido textos que alegavam que os marid mais antigos já haviam habitado a profundeza dos mares. Mesmo eles, porém, não tinham sido capazes de manipular os elementos — não em uma escala como aquela.

— Onde conseguiram toda aquela água? — perguntou Hadia.

— No Nilo — raciocinou Fatma. — Onde mais?

Enquanto observavam, os Lordes Ifrites se viraram para o novo desafio.

O primeiro a encarar o inimigo brandia uma lâmina em chamas. O gigante de água se movia surpreendentemente depressa, com a rapidez de um rio corrente. Ele ergueu um braço comprido como um tronco, fazendo-o girar em uma torrente ondulante. Quando o golpe atingiu a espada, a chama se extinguiu. A onda perpassou o braço do Ifrite; onde o tocou, o fogo apagou, e as chamas líquidas se resfriaram até virarem rochas pretas atrás de jorros de vapor. O Lorde Ifrite rugiu de raiva ou talvez de dor, cambaleando para trás. Outro tomou seu lugar apenas para ter um olho fundido lavado por um dos braços ondulantes. Um terceiro foi obrigado a se jogar de joelhos quando dois golpes dos membros do gigante de água atingiram suas pernas — apagando as chamas.

Por um breve momento, Fatma ousou ter esperança.

Mas ela morreu quando o rei ifrite avançou, erguendo a clava abrasadora acima do ombro. Ele entoou algo que estrondou, e seu corpo queimou com novas chamas — que mudaram de vermelho para laranja, depois para um azul-claro até, enfim, arder em um branco feroz.

Quando o gigante de água atacou de novo, seu braço encontrou o calor branco — e chiou. Grandes nuvens de um vapor intenso subiram, tão profusas que não dava para enxergar nada. Quando se dispersaram, o rei ifrite estava ileso. O gigante de água, no entanto, parecia... menor. Foi a vez de o rei ifrite sacar a clava, golpeando o gigante de água com força suficiente para fazê-lo cambalear, ondulando por causa do impacto. Em instantes, os Nove Lordes o cercaram, brandindo suas armas flamejantes em golpes selvagens.

— Espero que o exército chegue logo — sussurrou Hadia.

Fatma encarou o gigante de água condenado, perguntando-se o que aconteceria com os muitos jann que o haviam invocado. Se o campeão deles fracassasse e se desfizesse, até onde a inundação resultante se espalharia?

— Isso não vai ser o suficiente — disse ela, odiando falar aquelas palavras. Era a verdade, porém.

Aqueles Lordes Ifrites não seriam detidos pelos djinns que já haviam controlado. Ou por máquinas que os próprios djinns ajudavam os homens a construir. Ela encarou o portal aberto — ainda visível na noite. A partir do momento em que aquela passagem fora aberta, a batalha já estava perdida.

— Não, não vai ser o suficiente — concordou alguém.

Fatma se virou na direção da voz gutural, procurando no escuro até encontrar o vulto agachado nos escombros. Ele ficou de pé quando ela o reconheceu, saindo das sombras em um farfalhar de sua familiar túnica marrom. Mesmo que tivesse tentado, não teria conseguido reprimir um arquejo.

— Ahmad! — exclamou Siti.

O sacerdote do Culto de Sobek, e a suposta encarnação do antigo deus do Nilo na Terra, acenou. Abigail recuou aos tropeços, como se estivesse em um pesadelo.

— Você estava aí todo esse tempo? — perguntou Siti.

— Não todo. Bem, a maior parte. Certo, foi o tempo inteiro. Isso também é uma atitude perturbadora?

— Sim, Ahmed — suspirou Siti. — Bem perturbadora.

— Malesh. — Ele tirou o capuz. — É difícil lembrar de pensar como uma pessoa.

Fatma fez uma careta ao ver o focinho de crocodilo do homem. Ele estava longe de ser uma pessoa. Uma mão dotada de garras puxou da túnica o isqueiro de escaravelho de prata enquanto a outra pegava o maço de Nefertari. Tentou prender um cigarro fino na bocarra cheia de dentes, mas desistiu depois de três tentativas.

— Vou sentir falta disso — balbuciou ele.

— Ahmad — disse Fatma. — Por que você não foi embora? — perguntou, e o homem a encarou com um olhar distante. — Ahmad?

Ele piscou, atônito, voltando a si.

— Agente. Minha mente às vezes fica meio nebulosa agora. Eu estava indo embora, é. Para o reino de Sobek que clama por mim. Para nadar pelo rio. Ao sul, nos templos antigos. Para me unir ao deus sepultado. Mas voltei para ajudar. Para detê-los. — Ele olhou para a batalha, onde o gigante de água fora forçado a ficar de joelhos. — Eu tenho algo. Algo que peguei.

Ele colocou a mão dentro do maço de Nefertari de novo — mas puxou de lá não um cigarro, e sim um pequeno e despretensioso anel de ouro.

O coração de Fatma pulou uma batida. O Selo de Salomão!

— Ladrão! — berrou Abigail. O medo dela pareceu diminuir à mera visão do anel. — Você roubou de mim! Eu o terei de volta! — Ela esticou o braço, mas afastou os dedos quando ouviu o sibilo crocodiliano. — Monstro! Você *comeu* minha mão?

— Você a *matou* — grunhiu ele. — Você a *roubou* de mim. Seja grata por eu não tê-la partido em pedacinhos. — Ele se virou. — Além do mais, não sou um canibal. Sua mão tinha um cheiro podre. Então só a joguei fora.

Abigail deu uma engasgada.

Fatma ignorou a discussão.

— Ahmad, o que quer com isso?

— Esses Lordes Ifrites precisam ser controlados mais uma vez. Aqui está o poder para isso.

Naturalmente. Quem além de um Mestre dos Djinns poderia salvá-los naquele momento?

— Eu não te encontrei por acaso — disse ele. — Fui conduzido até aqui.

— Conduzido por quem? — perguntou Fatma. — Pelo seu deus?

Ahmad deu de ombros.

— Meu deus, providência divina, talvez o próprio anel.

— Ele voltou para mim! — disse Abigail, ávida. — Ele sabe que sou sua senhora!

Todos decidiram ignorá-la.

— Você vai usá-lo? — gaguejou Hadia.

Ela parecia mais confusa com o homem crocodilo do que com todas as outras coisas que já havia visto.

— O anel foi feito para mãos humanas. E eu já estou unido ao deus sepultado.

— Mãos mortais — repetiu Siti. — Então não foi feito para uma meia-djinn.

— Djinns não podem usar o anel contra outros djinns — respondeu Ahmad.

— Eu o usarei — pronunciou Abigail. — Eu já os controlei antes!

Dessa vez, Ahmad se virou para estalar a mandíbula no ar, o que a fez se calar.

— Com isso, sobram nós duas — concluiu Hadia, não parecendo nem um pouco feliz.

— É o que parece — concordou Ahmad.

Ele ofereceu o anel a Hadia, que prontamente recuou.

— Pegue — disse Fatma.

Hadia a encarou cautelosamente, mas esticou os dedos trêmulos para aceitar o anel, tudo isso enquanto sussurrava algo baixo, talvez uma oração. Respirando fundo, deslizou a joia pelo dedo e esperou. Um momento de silêncio se passou antes de ela balançar a cabeça, expirando um alívio óbvio.

— Acho que ele não me quer — disse ela.

Fatma ficou tensa quando todos os olhos se fixaram nela. Sem pressão. Ela esticou a mão, e Hadia colocou o anel em sua palma. Não parecia pesado. Ou poderoso. Parecia apenas um anel. Escolhendo um dedo da mão direita, ela o colocou e esperou. Nada. Abigail riu.

— O anel escolhe quem o usa. — Ela sorriu com desdém. — Não vai simplesmente...

Ela parou no meio da frase, encarando a mão de Fatma. Assim como todos os outros. Porque o anel estava brilhando.

— Mas como... — Fatma começou a dizer, logo antes de o mundo girar.

Ela estava girando em um turbilhão. Não havia cima ou baixo. Sem chão. Apenas uma tempestade ofuscante de cores desenfreadas sem forma ou aparência e uma voz estrondosa vibrando nos ouvidos dela. *Me use. Me domine. Me faça sucumbir à sua vontade. Ou te farei sucumbir.* Em pânico, Fatma levou a mão ao anel e gritou. A coisa estava quente! Tentando ignorar a dor, ela o arrancou do dedo.

— Fatma? Fatma!

Siti a olhava de cima, a expressão preocupada. Ela havia caído? Com ajuda, a agente voltou a se colocar de pé.

— O que aconteceu? — perguntou Hadia.

Fatma olhou para o anel em sua mão. Brilhando, mas frio. Como explicar?

— Achou que ele fosse simplesmente fazer o que você queria? — zombou Abigail. Fatma encarou o sorriso presunçoso da inglesa. — O anel vai te fazer sucumbir se você não o controlar. — Ela esticou a mão. — Sou a única capaz de fazer isso. Me deixe usar o poder dele. Me deixe salvar sua cidade.

Fatma ouviu a voz de novo em sua cabeça, enfraquecida a um sussurro. *Nós lembramos dessa aí. Tanta ambição... Ela nos usaria de novo. Nos daria poder. Nos daria um propósito! Precisamos ter um propósito!* A mão que segurava o anel se contorceu, erguendo-se para oferecê-lo a Abigail.

Hadia a agarrou pelo pulso no meio do movimento, alternando o olhar entre ela e Abigail. Fatma dispensou a voz da cabeça, enfim se dando conta do que estava prestes a fazer. Franziu a testa. A coisa estava tentando dominá-la? Encarando Abigail, ela ergueu o anel e o deslizou de novo para o dedo.

O turbilhão voltou em um rugido. Sem noite, sem aqui ou lá — apenas a tempestade caótica. A voz estrondou, proclamando suas exigências.

Não! Interrompeu Fatma. *Você me escolheu para te usar, então vou te usar! Se submeta a mim ou vou te jogar no buraco mais fundo e escuro que encontrar! Onde ninguém vai te achar! Onde você não terá utilidade ou propósito... nunca!* A voz não falou de novo, mas o turbilhão desapareceu em um piscar de olhos. Ela estava de volta. Ao seu redor, estavam Siti, Hadia e Ahmad — Abigail um pouco distante.

— Consegui — Fatma disse para eles. — Consigo... senti-los.

Acontecera assim que o turbilhão havia desaparecido. Ela conseguia sentir os djinns. Todos eles. Era como um puxão — como se ela estivesse segurando um grande ímã e eles fossem seres de metal. Cada um deles a puxando. E ela sabia que só precisava puxar de volta. O olhar dela recaiu sobre os Lordes Ifrites. A sensação que emanavam era impossível de ignorar; todos os outros pareciam menor em comparação. Erguendo a mão com o anel, ela esticou o braço para puxar um deles particular — e assim o fez.

O rei ifrite, pronto para desferir o golpe final sobre o já derrotado gigante de água, cambaleou para trás sob o controle de Fatma. As emoções dele fluíram para ela através do anel: choque, espanto, depois uma explosão de fúria. Com um rosnado, ele bramiu seu desacato. Ela grunhiu, firmando o controle. Abigail havia dito que dominá-lo era como tentar segurar uma estrela. Agora, aquela estrela estava brava. Com um empurrão poderoso, ele a afastou, fazendo-a cambalear.

— O que aconteceu? — perguntou Siti, contendo a queda de Fatma.

— Não consegui controlar o rei ifrite. Essa batalha o deixou mais forte. Como se ele estivesse se alimentando disso.

— O fogo cresce conforme consome — sussurrou Abigail. — Agora esse fogo está te caçando.

Fatma olhou para ver que a mulher estava certa. O rei ifrite estava olhando em volta. Tinha sentido o poder do anel de novo, e estava procurando quem o usava. Eles não tinham muito tempo.

Estendendo o braço, ela o segurou de novo. A sensação era a de estar tentando enlaçar um vulcão em erupção. O ifrite lampejou em chamas brancas e fulminantes, fazendo-a cambalear uma segunda vez. Ela olhou para a palma das mãos e as viu manchadas de vermelho — suas roupas soltando colunas de fumaça.

— Acho que conseguiu a atenção dele — disse Ahmad.

Fatma viu o rei ifrite fixar os olhos nela como lamparinas ardentes. Ele se ergueu no ar, bramindo sua raiva. Os outros oito lordes se levantaram junto com suas grandes asas flamejantes para voar na direção dela. Ela ergueu a mão para tentar de novo, mas Hadia a impediu.

— Fatma, escute! Lembra do que o marid disse? Que havia mais poder no anel! Que o selo nem mesmo era um anel! Que ele revelaria sua verdadeira forma para quem cujo desejo fosse genuíno!

A lembrança voltou de uma vez. Abaixando a mão, ela chamou. *Quero conversar!*

Não houve resposta, mesmo enquanto via os ifrites chegando mais perto.

Eu quero usar o verdadeiro selo!

Ainda nenhuma resposta. Os ifrites estavam quase sobre eles, o calor de seus corpos enormes intenso.

Meu desejo é genuíno!

Sem aviso, ela tropeçou de volta para o turbilhão. Sem cima ou baixo de novo. Sem chão. Apenas a dança caótica. Então, pelos cantos dos olhos, uma parte do redemoinho começou a se esticar. Onde se abriu, era apenas um espaço branco, um vazio, como uma tela branca desprovida de cores ou movimento. Aquilo a envolveu, e tudo ficou abruptamente em silêncio.

— Tem alguém aqui? — perguntou ela.

Em resposta, um pequeno bicho peludo apareceu trotando, surpreendentemente familiar com seus pelos prateados. Ramsés? Mas não. Ramsés tinha olhos amarelos. Os daquela criatura brilhavam em um dourado radiante.

— Você é o anel? — perguntou ela, hesitante.

— Somos o Selo — respondeu o anel de maneira melódica, porque claro que ele falava. — Você está usando o anel.

Fatma olhou para a própria mão. Estava mesmo. Mas o anel não era mais de ouro. Em vez disso, metade do pequeno objeto era feita de ferro e a outra, de cobre. A atenção dela se voltou para o Selo.

— Por que você parece meu gato?

— Você compartilha seus pensamentos com muita facilidade. Podemos escolher outra coisa.

Em um borrão, Siti surgiu diante dela, com o mesmo olhar dourado.

— Não, o gato estava bom — disse Fatma, depressa.

O anel — o Selo — deu de ombros ainda na forma de Siti e virou um gato de novo.

— Eu quero te usar na sua verdadeira forma — disse Fatma.

O Selo riu. Era estranho ver um gato rindo.

— Quem é você para fazer tal exigência? Você se acha outro Salomão? Já não te demos o suficiente de nós? Quer nosso coração também?

Fatma ouviu a mãe. *O gato foge da coleira.* Ela tentou uma abordagem diferente.

— Não é uma exigência, é um pedido. Meu desejo é genuíno.

O Selo suspirou.

— Isso é o que todos dizem. Faça seu pedido.

— Quero salvar esta cidade e todo seu povo. Para isso, preciso do verdadeiro Selo.

— E o que quer para você?

— Nada. Meu desejo é genuíno.

O Selo riu de novo.

— Nada? Mesmo sendo tão parecida com aquela outra?

— Aquela outra?

O Selo se transformou em Abigail Worthington — com a mão faltando e tudo. Fatma cerrou os dentes.

— Não sou parecida com ela.

O Selo inclinou a cabeça de Abigail.

— Ah, é? Sabe por que não escolhemos esta daqui? — Um borrão, e Hadia apareceu diante dela. — *Eu não. Eu não. Eu não.* Foi isso que ela disse para nós. Mas você... — Outro borrão, e Fatma estava encarando uma imagem espelhada de si mesma. — Nenhuma dúvida preenchia seus pensamentos. Você era como aquela outra: com força de vontade, determinada e pronta para nos usar. Ela queria um grande poder. O que você quer? Talvez invocar djinns para te trazerem riquezas incontáveis? — Uma visão dançou diante dos olhos de Fatma: djinns carregando enormes baús de ouro e pedras preciosas e os colocando aos seus pés. — Ou talvez que djinns te construam um reino grandioso? — E a agente passou a ver uma cidade com abóbadas e maravilhas de ouro, com uma estátua mecânica carregando seus traços se erguendo no centro da metrópole. — Ou talvez um desejo mais íntimo? — Siti era quem apareceu na visão dessa vez, conectada a Fatma sem dúvida ou questionamento. — Já fomos usados por grandes lordes e governantes. Todos alegavam genuinidade, mas queriam muito mais.

A última imagem perturbou Fatma, e seus olhos recaíram sobre o anel de ferro e cobre em seu dedo que prometia tanto poder. Mas ela conseguiu abrir um sorriso confiante. Levou a mão até o blazer, dando um tapinha no relógio ali dentro.

— É aí que sou diferente — disse ela, usando o casual dialeto sa'idi que falava em casa. — Não sou um lorde ou um governador. Sou apenas a filha de um relojoeiro, de uma aldeia perto de Luxor. Não desejo nenhuma dessas coisas. Só quero salvar esta cidade.

Sua cópia franziu o rosto, e virou um gato de novo.

— Um desejo genuíno precisa ser mesmo isso! — grunhiu ele. — Nos use para outro desejo, e você pagará o preço: a perda do seu corpo e das suas vontades! Para que *nós* possamos te usar como desejarmos!

Fatma assentiu. Era assim que as coisas costumavam ser.

— Eu aceito.

Ela pensou ter visto o gato sorrindo de novo.

— Então feito — pronunciou ele. E sumiu.

Fatma voltou para o mundo. Sabia que o tempo não havia passado ali — nem um segundo. Mas muita coisa tinha mudado.

Tudo em volta dela era luz. Djinns, ela também sabia. Ainda em suas várias formas e aparências, mas feitos de espirais incandescentes em cores vívidas que vibravam em uma sinfonia harmoniosa. Parecia haver centenas deles — salpicando a noite como muitos vaga-lumes.

Ainda assim, nenhum comparado aos Lordes Ifrites.

Os nove gigantes enormes pairavam bem em cima dela, com os corpos envoltos em torrentes de luzes, a música deles estridente e violentamente estrondosa. Ela não sabia quando tinha erguido a mão para comandá-los. Mas continuavam ali como estátuas imóveis, com as armas levantadas no meio do golpe, prestes a descer — contidas pelo poder do anel.

Só que não havia mais anel. Nem de ouro, nem de ferro ou cobre.

Ele havia sumido, desaparecido de seu dedo. No lugar dele, escritos e grifos que ela não conseguia ler se espalhavam pela pele para formar uma geometria simétrica — como se uma mão divina a houvesse marcado. As marcas adornavam as pontas de seus dedos, sua mão e seus braços. Ela sabia que, se olhasse, veria que as inscrições decoravam até mesmo seu peito e rosto. Virando a mão, ela encontrou uma estrela cintilante em cada palma — mudando de cinco pontas para seis, oito ou doze. O Selo verdadeiro.

Encarando os Nove Lordes, ela sentiu a raiva deles — fazendo seus corpos brilhantes queimarem ainda mais. O ódio do rei ifrite era palpável. Com aquele, decidiu Fatma, ela conversaria olho no olho.

Através do Selo, ela vasculhou entre os muitos djinns até encontrar uma luz em particular. Ele obedeceu a seu chamado, voando com asas ardentes para pousar diante dela. O ifrite que Abigail havia usado como montaria.

— Senhora do Selo. — Ele fez uma mesura, abaixando a cabeça chifrada. — Como posso te servir?

— Não sou sua senhora — ela disse a ele. — E não quero que você me sirva. Quero fazer um pedido. Me leve para conversar com aqueles Lordes. Por favor. Pode dizer não, se quiser.

O ifrite pareceu verdadeiramente surpreso. Ele a encarou com estranhamento, mas enfim acenou para que ela se aproximasse. Ela subiu em suas costas largas, intocada pelo fogo. Quando a agente se ajeitou, ele saltou e decolou com asas de chamas, subindo cada vez mais até estarem pairando diante do rosto do rei ifrite dominado.

Ela tirou o documento do Ministério do bolso e o levantou.

— Talvez ainda não me conheça. Eu sou a agente Fatma, do Ministério de Alquimia, Encantamentos e Entidades Sobrenaturais. No momento, você está violando uns cem códigos diferentes ao se envolver com entidades interdimensionais não sancionadas. Então eu gostaria de pedir mais uma vez: volte para o maldito lugar de onde veio. Esta batalha acabou. Agora.

O rei ifrite ficou em silêncio, mas sua fúria fluía pelo Selo. A força deste imobilizava o ifrite de modo que não conseguisse mover sequer um músculo sem o consentimento dela. Um longo silêncio se estendeu enquanto ele se debatia. Ela revirou os olhos para suas tentativas fúteis de resistir. Aquilo estava ficando constrangedor. Ele enfim sossegou, e aquela raiva crescente dentro dele começou a ceder. Depois de um tempo, ele soltou um suspiro repleto de labaredas. Quando falou, foi em um tom majestoso de resignação.

— Como desejar, Senhora do Selo — resmungou ele. — Já vimos sangue de djinns ser derramado o suficiente no dia de hoje. Vamos voltar a dormir, e partiremos deste mundo.

Fatma assentiu uma única vez.

— Tem a minha gratidão, Lorde Grandioso.

O rei ifrite sorriu com desdém.

— Isso é frívolo, mortal. Todas as palavras um dia serão banhadas no fogo do qual nascemos. E você nem sempre estará aqui para usar esse poder contra nós. Temos apenas que aguardar. Este mundo, como todos os outros, queimará. Na hora certa.

Aquilo não era nada tranquilizador.

— Certo. Podem ir agora. E fechem a porta ao sair.

Com uma guinada, o rei ifrite voou alto no céu, seguido pelos outros lordes. A força das grandes asas soprou uma lufada de vento quente sobre ela, tão intensa que o ifrite que Fatma montava teve de se afastar. Enquanto observava, os gigantes flamejantes desapareceram um a um pelo portal escancarado. Quando o último passou, ele colapsou em um estrondo ensurdecedor que ela teve certeza de que havia estourado janelas por quilômetros. Fatma balançou a cabeça por causa do apito que tomou seus ouvidos. Tinha esquecido daquela parte.

Logo estava de volta ao chão. Ela desceu do ifrite e encontrou Hadia e Siti esperando. Só que Siti não era exatamente Siti. Sobreposto a ela estava o grande arrebol carmim que era sua forma de djinn. Ela vibrava, e Fatma de repente sentiu que podia ler tudo sobre a outra mulher — suas emoções, seus pensamentos e até mesmo suas lembranças. Era uma tentação — estender o poder e puxar só um pouco daquilo, só dar uma espiada. Em seus pensamentos, ela ouviu algo que parecia um gato rindo.

Terminei, disse ela, depressa. *Pegue seu poder de volta.*

O riso se tornou um lamento petulante; quando Fatma abaixou o olhar, porém, as inscrições brilhantes haviam sumido de sua pele. O anel voltara a seu dedo. Ouro de novo. Ela o puxou bem rápido — e prontamente caiu quando suas pernas cederam.

— Você está bem? — perguntou Siti, segurando-a.

— Um pouco fraca. — Estava mais para exausta.

— Glória a Deus — sussurrou Hadia. — Acho que vencemos.

Fatma olhou para os escombros, as construções e os carros destroçados e as chamas ainda queimando ali perto — onde o gigante de água se arrastava de volta na direção do Nilo. Eles tinham ganhado. Mas a que preço? Cerrando o punho em volta do anel, ela encontrou Ahmad. Ele estava empoleirado sobre alguns destroços e a encarava intensamente com seus olhos de crocodilo. Reunindo suas forças, ela se aproximou dele e esticou a palma aberta.

— Pegue — disse ela. — Leve para onde quer que esteja indo. E enterre. Onde ninguém vá encontrá-lo. Nunca.

Ahmad hesitou, depois esticou a mão dotada de garras para pegar o anel. Fatma já estava decidida a se desfazer daquela coisa. Malditos fossem aqueles supostos anjos. Ela não iria deixar o item voltar à posse deles. Também não confiava no Ministério para deixá-lo em suas mãos. Enquanto reprimia a pontada de perda que a dominou de forma inesperada, Fatma percebeu que não confiava sequer em si mesma.

Abigail gritou de repente, atacando Ahmad — sem noção alguma do perigo. Ela poderia ter tido outra parte do corpo mordida, ou até mesmo um membro arrancado se Hadia não a tivesse detido, torcendo um braço atrás de suas costas e a segurando firme. Ainda assim a mulher se rebatia, com os olhos azuis esverdeados arregalados e febris.

— É meu! — choramingou ela. — Eu mereço! Não é seu para que o dê a outra pessoa! É meu! Meu!

Ahmad balançou a cabeça.

— Por que esses colonizadores sempre reivindicam o que não é deles?

O ifrite, que estivera em silêncio até então, pigarreou.

— É o poder do... — Ele parou abruptamente, com a cabeça chifrada balançando de um lado para o outro.

Ele ainda não conseguia falar sobre o Selo, mas Fatma entendeu. Usá-lo por apenas um momento já a havia afetado. Por quanto tempo Abigail o usara? Semanas?

— Você não pode manter o anel longe de mim! — gritou ela. — Eu consigo sentir, eu sinto, eu sinto! Vou atrás dele e ele vai clamar por mim e eu vou encontrá-lo e vou tê-lo de novo! Ele pertence a mim! A mim! A mim!

— Acho que ela não está brincando — disse Hadia, preocupada.

Fatma se virou para o ifrite.

— Consegue fazer ela se esquecer? Sobre... você sabe.

Os olhos fundidos dele se estreitaram.

— Você... deseja que eu lhe obedeça?

Ela negou com a cabeça, enfática. Isso nunca.

— Pense nisso como algo para o seu próprio bem.

O ifrite contemplou a questão. Virando-se para Abigail, ergueu a mão dotada de garras e tocou a pontinha de uma delas na testa da inglesa. Sua tagarelice foi interrompida e ela retesou todo o corpo antes de colapsar nos braços de Hadia. No ponto em que o ifrite havia tocado, um símbolo flamejante queimou lentamente na pele da mulher e depois desapareceu. Mas o queixo dela estava frouxo, e seus olhos encaravam o nada — vazios.

Fatma se virou para o ifrite, alarmada.

— O que você fez?

— Eu a fiz esquecer — respondeu ele.

— Quanto?

— Tudo que consegui encontrar. Tudo o que ela era.

Hadia arfou.

— Não foi isso o que quis dizer! — disparou Fatma.

O rosto do ifrite se contorceu de raiva.

— Ela me transformou em servo dela. Não vou arriscar que isso aconteça de novo.

Fatma olhou para Siti.

— Não podemos permitir isso.

— Por quê? — perguntou Siti, sem compaixão no olhar.

Fatma balbuciou.

— Porque... é errado. — Ela olhou de novo para o Ifrite. — Sei o que ela fez com todos vocês. O que te obrigou a fazer. Ela merece ser punida. Mas não assim. Eu entendo...

— Você entende a escravidão? — perguntou o ifrite.

Fatma vacilou, pensando em uma resposta. Os olhos dela recaíram sobre a mão fechada de Ahmad e o que estava escondido ali dentro. Mas ela sabia que, mesmo que pudesse ter o anel de novo, não o usaria para colocar aquele djinn atormentado sob seu controle — nem para que ele desfizesse o que havia feito.

— Pensei que você fosse um pacifista — ela conseguiu, enfim, dizer.

O ifrite se virou, estendendo as asas flamejantes.

— É por isso que ela ainda está viva.

Em um turbilhão de vento ardente, ele voou para o alto e planou para longe. Siti envolveu a cintura de Fatma com o braço e se inclinou para sussurrar:

— Sinto muito. Sei que não é assim que você faz as coisas. Mas djinns têm sua própria justiça. Você fez o que pôde. Salvou a gente do que ela desencadeou — explicou. Fatma abriu a boca, mas a meia-djinn insistiu: — Brincar com um poder como esse é atrair o julgamento dos deuses. Sinta pena se quiser, mas não vou deixar que você se culpe pelo que ela causou a si mesma.

Fatma desistiu, permitindo que sua cabeça pousasse no ombro de Siti quando o cansaço a dominou. Ela encarou a boca escancarada de Abigail e os olhos que encaravam o nada — mortos e vazios. A perturbadora canção de ninar dos djinns surgiu em sua mente sem ser convidada.

Os Nove Lordes estão dormindo. Queremos mesmo acordá-los? São capazes de queimar sua alma só de olhar em seus olhos!

Magia. Ela sempre cobrava um preço.

EPÍLOGO

Fatma limpou os restos de sopa do prato com um pão pita. A tia de Siti fazia a melhor mulukhiya do mundo, com pedaços de cordeiro macios o bastante para derreter na língua. Tinha sido servido junto com um leque de pratos espalhados por uma longa mesa — travessas grandes com frango cozido no molho de pimenta e até mesmo fatta com pedaços grandes de carne cozida. Ela levantou a cabeça e viu madame Aziza encarando-a com um olhar de aprovação da ponta da mesa, onde estava sentada. A proprietária do Makka gostava de ter certeza de que as pessoas gostavam de sua comida. Isso significava repetir não apenas uma vez, mas sim duas ou três. Com o apetite que Fatma estava naquele momento, isso não era um problema.

Ela e Hadia tinham ido ao restaurante núbio para celebrar o fim do caso. Aasim também estava lá. O inspetor parecia estar tentando comer por todos eles. No momento, tagarelava para tio Tawfik enquanto degustava um prato de fígado cru de camelo junto com uma mistura apimentada de cebolas conservadas em vinagre. Tawfik alegava que o prato núbio tinha potentes qualidades nutricionais; a julgar pela quantidade que os dois haviam devorado até então, estavam a caminho de ter todos os seus males curados.

Siti estava sentada diretamente na frente dela, entre Hamed e Onsi. Os três conversavam como velhos amigos. Era estranho ver Hamed tão casual e despreocupado com o que falava. O jeito que encarava Siti, no entanto... Aquele olhar era inconfundível. Não ajudava ela ser uma galanteadora incurável.

— Isso está uma delícia! — elogiou Hadia ao lado dela, praticamente gemendo ao engolir um pedaço de peixe com arroz de coloração caramelo. — Achei que ia precisar voltar lá para Alexandria para encontrar um sayadeya decente.

— Esta cidade tem tudo de que você precisa — respondeu Fatma. — Se souber onde procurar.

— E vai estar aqui amanhã, graças a Deus — disse Hadia.

— Graças a Deus — murmurou Fatma.

Estaria ali, embora tivesse sofrido alguns estragos.

Dois dias haviam se passado desde a noite no Palácio de Abdeen. Desde que ela tinha enfrentado os Lordes Ifrites e impedido que o mundo fosse atropelado por um exército de djinns subjugados. E já parecia ter sido havia duas semanas, ou dois meses. Muita coisa acontecera nas últimas quarenta e oito horas.

Fatma abaixou o olhar para a edição vespertina de domingo do *Al-Masri* que estava sobre a mesa. A primeira página do jornal estava repleta de histórias sobre Abigail Worthington ter sido desmascarada como o impostor, abafando quase tudo sobre a cúpula do rei — que também tinha milagrosamente sobrevivido. Os administradores da cidade estavam particularmente ávidos por espalhar a notícia. Não que precisassem mesmo se preocupar. A fofoca se espalhava bem o suficiente no Cairo, com o outrora seguidor Moustafa anunciando nas ruas que o suposto al-Jahiz era uma fraude. As Quarenta Leopardas ajudavam a divulgar a notícia, levando o homem de um lugar para o outro para que ele desse seu relato.

Um humilhado Alexandre Worthington tinha concordado em dar ajuda incondicional ao Ministério para que descobrissem a extensão dos crimes de sua irmã. Abigail havia continuado na custódia dele, agora em um estado catatônico. Seus coconspiradores — Victor Fitzroy, Bethany e Darlene Edginton e Percival Montgomery — estavam todos presos e acusados como cúmplices dos crimes dela. Londres se negara a pedir uma extradição, e os membros da família na Inglaterra estavam sendo investigados por conluio. Não havia nenhum plano naquele momento para reconstruir a propriedade Worthington — a maior parte agora jazia no sumidouro escavado por ifrites.

Quase todo o Cairo permanecera intocado pela batalha. Mas partes do centro se resumiam a ruínas. A limpeza já havia começado. Djinns arquitetos estavam fazendo grandes propostas para reconstruir o que fora destruído. Pelo menos o reinado de horror terminara. O povo estava por todo canto agora — como se compensando o tempo trancafiado em casa. Os ataques de ódio haviam terminado. Segundo Siti, donos de lojas no Khan tinham até mesmo ajudado a reparar os danos da loja de Merira. Era bom saber que a cidade podia se curar — embora algumas feridas permanecessem.

O tecido gasto da sociedade que Abigail tinha exposto de forma tão ampla ainda permanecia. Hadia inclusive tivera a ideia de falar sobre as condições das favelas do Cairo na próxima reunião da Sororidade Feminista Egípcia.

— Se as mulheres podem lutar e derrotar o patriarcado, podemos acabar com a injustiça! — dissera ela. — Você vai ver!

Do lado de Fatma, ela faria questão de reforçar em seus relatórios que todos os materiais associados com o Relógio dos Mundos deveriam ser destruídos permanentemente. Não dava para dizer se seus superiores dariam ouvidos ou não.

Mas a coisa era perigosa demais para ser mantida por perto — por mais bem trancada que estivesse.

E, claro, havia o Selo de Salomão.

Em seu resumo inicial do caso, a agente alegara que o anel havia se perdido em meio a toda a desordem. Nem o Ministério nem o Conselho Angelical tinham ficado feliz com aquilo. Mas eles que reclamassem com a autointitulada reencarnação do deus Sobek. Se um dia o encontrassem.

— Ouvi dizer que soltaram Zagros — disse Hadia. — Sem acusações. Ele vai voltar esta semana.

— A gente vai ter que fazer uma visita — respondeu Fatma. — Não vejo a hora de ser insultada.

Na frente dela, Siti gargalhou alto, chamando sua atenção. Ali estava outra inesperada ponta solta. Muita coisa havia acontecido entre as duas nas últimas semanas. Fatma ainda estava tentando entender o fato de a mulher ser meia-djinn. Como aquilo influenciava na relação já complicada das duas, ela não sabia ao certo. Tudo de que tinha certeza era que havia se apaixonado perdidamente pela mulher. Então talvez não fosse tão complicado assim. *Se roubar, roube um camelo*, ela ouviu o sussurro da mãe. *E se amar, ame a Lua*.

— O jeito que você olha para minha sobrinha... — comentou madame Aziza. — Me lembro de quando homens me olhavam desse jeito. Eu era uma belezura.

Fatma se virou para ela, um pouco perplexa. Aquela senhora não deixava nada passar! Ao seu lado, Hadia se inclinou para a frente.

— A senhora ainda é uma belezura, madame Aziza. Como uma flor no auge do desabrochar.

A mulher mais velha sorriu, mostrando as rugas.

— Ora, isso é poesia. Encontrou alguma para recitar para minha sobrinha? Não tem jeito melhor de impedi-la de fugir por aí.

Fatma sentiu a boca ficar seca. A voz de madame Aziza não estava alta o bastante para ser ouvida por outros tagarelas além dela e de Hadia. Ainda assim, foi mais que suficiente. Ela encarou os grandes olhos escuros da mulher, que combinavam com seu hijab. Um olhar sagaz.

— Você devia pedir para Onsi alguns poemas bons de amor — murmurou Hadia, indolentemente, bebericando seu chá. — Ele é muito culto. E meio que romântico. — Notando a pergunta não feita de Fatma, ela deu de ombros. — Já contei que tenho um primo? — Ela colocou uma mão no coração. — Parceiras confiam umas nas outras. Amigas também.

Amigas, refletiu Fatma. Aquilo era ainda mais surpreendente do que parceiras.

Hadia abriu um sorriso enorme antes de continuar:

— Mas enfim, Siti me contou tudo sobre esse Jasmim. Eu quero ir!

Fatma arqueou uma sobrancelha. Seria algo inusitado. Ela olhou de novo para Siti, que retribuiu com um longo olhar contemplativo que fez o interior de Fatma se alvoroçar. Ah, sim, não tinha mais jeito.

O breve momento delas foi interrompido por uma jovem parente de Siti que se aproximou carregando uma pequena algibeira de couro. Ela a entregou para Fatma.

— Alguém deixou isso comigo. Um homem. Ele veio mais cedo, mas disse para eu te deixar terminar de jantar antes de entregar.

Fatma pegou a algibeira.

— Como ele era?

A jovem meneou a cabeça.

— Não sei dizer. Usava um capuz. E já estava escuro. Mas sua voz era estranha e rouca. Achei que ele estivesse doente.

Fatma olhou para Hadia, que estava ocupada conversando com outro agente e não tinha percebido a chegada da jovem. Pedindo licença, ela saiu da mesa e foi para um canto antes de desamarrar depressa os cordões da algibeira e colocar a mão lá dentro. Encontrou uma caixa de madeira e um bilhete, que desdobrou e leu:

Agente Fatma,
*   Espero que esteja bem. Você tem minha gratidão por tudo que fez. Agora parto para viver em um lugar sagrado, para meu lar e templo, onde aquela que é Néftis vive para sempre. Existem poderes neste mundo que não deveriam estar nas mãos de homens. Ou imortais. E que deveriam ficar para sempre lacrados onde não possam causar dano algum. Nisso, nós concordamos. Deixei algo em seus cuidados, já que não confio em mais ninguém para tal. Você também pode confiar em mim.*
*   Lorde Sobek, Mestre das Águas, o Atazanador,*
*   Lorde de Faium, Defensor da Terra, General dos Exércitos Reais.*
P.S.: Aqui é o Ahmad.

Prendendo a respiração, ela gentilmente abriu a caixa de madeira — seu coração pulou uma batida ao ver o brilho que escapava lá de dentro. Se preparando para o que iria encontrar, jogou a tampa para trás. Lá dentro havia um pequeno isqueiro prateado. No formato de um escaravelho.

Por algum motivo, aquilo a fez sorrir. E ela usou um lenço vermelho para secar suavemente o suor de nervoso que havia brotado logo embaixo do chapéu-coco.

— Essa foi boa, Ahmad — balbuciou ela.

Depois de acender o isqueiro uma vez, ela o fechou e o colocou dentro do blazer, ao lado do relógio de bolso, antes de voltar para a mesa. Bem na hora de sobremesa.

AGRADECIMENTOS

O primeiro romance longo! Dá para acreditar? Tem muita gente para agradecer. Primeiro, a Diana Pho — que não só me ajudou a resolver este romance parte por parte, como também apostou naquela primeira história sobre djinns, steampunk e o Cairo. É por sua causa que Fatma tem uma casa, e um mundo onde crescer! A melhor tia editora que *já existiu*! Obrigado ao meu agente, Seth Fishman, que é o homem mais animado para se ter ao lado. Tanto você quanto Diana ajudaram a melhorar este romance de estreia com cada sugestão e revisão. Obrigado a Carl e Ruoxi, que me ajudaram a trabalhar nas partes finais deste livro e levá-lo além da linha de chegada. E minha mais sincera gratidão à equipe Tordotcom inteira — inclusive os revisores mágicos —, pelo trabalho duro de transformar este livro em algo vivo de verdade, respirando e belo!

Quero mandar um agradecimento especial para quem me ajudou a navegar pelo folclore encantador e pelos manuscritos medievais que inspiraram este romance, assim como aqueles que cuidadosamente me guiaram pelas complexidades do Egito moderno com seus idiomas, culturas e costumes. Muito obrigado por compartilhar comigo sua especialidade aprendida e suas experiências vividas.

Estou sempre em dívida com minha irmã, Lisa, que me encorajou a continuar escrevendo mesmo quando pensei em desistir; com meu pai, que sempre tem orgulho das minhas conquistas; e com minha mãe, que sei que teria ficado encantada de ver isso. Um salve para Lasana, que me acompanhou na viagem do Cairo até Aswan. Ainda temos piadas para mais "vinte mil anos!" E, claro, todo meu amor a Danielle, Nia e Nya, que estão sempre me apoiando.

Por último, a todos os leitores que continuaram pedindo por mais desse mundo: vocês foram o melhor combustível para minha musa. Vocês fizeram este livro acontecer mais do qualquer outra pessoa. Que ele os encha de prazer e atinja suas expectativas.

ESTA OBRA FOI COMPOSTA PELA ABREU'S SYSTEM EM CAPITOLINA REGULAR
E IMPRESSA EM OFSETE PELA GRÁFICA SANTA MARTA SOBRE PAPEL PÓLEN NATURAL
DA SUZANO S.A. PARA A EDITORA SCHWARCZ EM JULHO DE 2023

A marca FSC® é a garantia de que a madeira utilizada na fabricação do papel deste livro provém de florestas que foram gerenciadas de maneira ambientalmente correta, socialmente justa e economicamente viável, além de outras fontes de origem controlada.